AF205343

Das sechste Gebot
von
Amos Czarny

Wenn ein Ring sich schließt, ist eine Geschichte beendet, sagt man. Doch nicht jeder Ring kann sich schließen, wenn der passende Verschluss fehlt.

Das sechste Gebot

(Du sollst nicht morden)

Ein Roman,
nach wahren Begebenheiten

von

Amos Czarny

Ähnlichkeiten mit lebenden Personen sind nicht
beabsichtigt oder rein zufällig

Anmerkung

Bei der Zählung der Gebote gibt es im Judentum und in den christlichen Kirchen unterschiedliche Traditionen. Die hier wiedergegebene Fassung folgt der jüdischen Tradition.
Diese Zählung ergibt sich dort, wo das Bilderverbot - "Du sollst dir kein Bildnis machen" - als zweites Gebot aufgeführt wird, so auch in der anglikanischen, reformierten und orthodoxen Tradition. Dort werden dann "neuntes" und "zehntes" Gebot als ein Gebot verstanden.

Bibliografische Information der Deutschen Nationalbibliothek:
Die deutsche Nationalbibliothek verzeichnet diese Publikation in der Deutschen Nationalbibliografie; detaillierte bibliografische Daten sind im Internet über http://dnb.dnb.de abrufbar

©2016 Amos Czarny
Herstellung und Verlag:
BoD – Books on Demand, Norderstedt

ISBN 978-3-7494-1974-6

Das sechste Gebot ist eine bewegende Familiengeschichte, die um 1900 beginnt und sich bis zum heutigen Tag über drei Generationen erstreckt. Sie erzählt die facettenreiche Lebensgeschichte von Schimon Feinstein, einem jüdischen Jungen, dessen Großeltern väterlicher und mütterlicherseits, den Antisemitismus in Deutschland erleiden mussten, dem Holocaust entkamen und im von England verwalteten Mandatsgebiet Palästina Zuflucht fanden. Dort lernen sich ihre Kinder kennen, die 1948 Israels Staatsgründung miterleben. Ein Jahr später heiraten sie und bekommen zwei Söhne, Schimon und Oren. Die Familie durchlebt eine schwierige Zeit in ihrer umkämpften Wahlheimat. Sie beschließen, nach 25 Jahren wieder in ihr Geburtsland Deutschland zurückzukehren. Schimele, jetzt Schimon genannt, besucht die Schule, studiert, heiratet und macht beruflich Karriere. Trotz heftigen Turbulenzen im Berufs- und Privatleben, fühlt er sich in Deutschland wohl, doch sein Herz schlägt auch für Israel. Sehnlichst wünscht er sich Frieden in diesem Land und verfolgt intensiv die politischen Geschehnisse und den andauernden Konflikt mit den arabischen Nachbarn.

Zur selben Zeit fließt in die Geschichte das Leben und der Leidensweg des Palästinenserjungen Sinan ein, der voller Hass gegen Juden und Israel Terroranschläge verübt.

Nach seiner Verwundung bei einem terroristischen Anschlag in Tel Aviv, der Behandlung in einem israelischen Krankenhaus und anschließender Inhaftierung in einem israelischen Gefängnis, erfährt er ein einschneidendes Erlebnis, das ihn zum Umdenken bewegt. Sinan gerät in eine Sinnkrise. Er will jetzt dem gewaltsamen Kampf abschwören, entgegen dem Auftrag seiner Organisation. Er wird verfolgt, muss fliehen und reist nach Deutschland. Zweimal im Leben, kreuzen sich die Wege von Schimon und Sinan in Frankfurt.

Beim zweiten Mal, will Schimon Sinan helfen. Doch dazu kann es nicht mehr kommen.

Kapitel 1
Der Infarkt

Es war der letzte Montag im April 2009. Nichts deutete darauf hin, dass es für Schimon ein schicksalhafter Tag werden würde. Die unheilvollen Vorzeichen am Morgen hatte er ignoriert als er ins Büro gefahren war. Kurzatmigkeit, Druck im Brustbereich, Symptome, die er leichtfertig auf eine vorübergehende allergische Reaktion zurückführte. Und dabei war das Wochenende davor so angenehm und erholsam gewesen. Die Sonne Schien, die Temperaturen verwöhnten Körper und Seele mit wohliger Wärme, das Wetter in Marburg lud zum Rausgehen ein. Genau richtig, um Fahrrad zu fahren, was er immer gern tat. Schon seit Langem plante er sein altes Fahrrad ein wenig aufzupolieren, oder vielleicht sogar ein Neues zu kaufen. Zwar gab es keinen zwingenden Grund dazu, schließlich tat der alte Drahtesel, den er vor 20 Jahre gebraucht für 90 D-Mark erworben hatte, noch gute Dienste. Doch nun standen beide, er und seine Frau Ria, bei dem Fahrradhändler in der Stadt und ließen sich ganz unverbindlich beraten. Die Probefahrt mit einem modernen Tracking Rad gab den Ausschlag. Es war offensichtlich, dass die technische Entwicklung nicht stehen geblieben war. Also verabschiedete er sich schweren Herzens von seinem alten Drahtesel, den er in Zahlung gab, und erwarb ein neues Hightech Gerät mit 21 Gängen. Die erste Fahrt musste auch nicht lange auf sich warten lassen. Sie sollte direkt vom Händler nach Hause führen. Während seine Frau mit dem Auto den Heimweg antrat, radelte er schwungvoll doch untrainiert, einfach drauflos. Nie zuvor besaß er solch ein luxuriöses Gefährt. Aluminiumrahmen, moderne Gangschaltung, gefederte Gabel, Tachometer, alles nur vom Feinsten. Zweifellos bereitete auch das Fahren höchsten Spaß und verleitete zu maximalen Leistungen. Er radelte an der Lahn entlang, erreichte schnell die Innenstadt und drehte dort noch eine Ehrenrunde. Um sein zuhause zu erreichen, war es erforderlich, eine erhebliche Steigung zu überwinden. Die fehlende Kondition zwang ihn jedoch, das Fahrrad über die lang ansteigende Straße am Köhlersgrund hochzuschieben. Es fiel ihm ziemlich schwer und er musste in immer kürzeren Abständen anhalten, um nach Luft zu ringen. Dennoch hielt er es für normal und sah keinen Grund zur Beunruhigung. Schließlich hatte er vor einem Monat bei einer scintigrafischen Herzuntersuchung die Bestätigung erhalten, dass mit der Pumpe doch alles in Ordnung sei. Der Grund für diese Untersuchung basierte auf die Empfehlung eines Kardiologen, dem bei einem Belastungs-EKG zuvor eine winzige Abweichung in der EKG-Linie auffiel. Da er jedoch zu diesem Zeitpunkt keine Beschwerden verspürte und auch nicht primär zu den Risikogruppen, wie Übergewichtige oder Raucher gehörte, darüber hinaus sein enger beruflicher Zeitplan keine Unterbrechung erlaubte, ließ er sich mit der Untersuchung Zeit und schob sie vor sich her. Symptome, die hin und wieder auftraten und schnell verschwanden, wie starke Rückenschmerzen, Druck im Brustbereich oder Schmerzen am Kiefer, fanden keine Beachtung und wurden einfach ignoriert. Erhöhte Cholesterinwerte, erhöhter Blutdruck und der tägliche Berufsstress, der sich über viele Jahre hinweg zog, waren auch kein Thema. Ausgepowert erreichte er das Ende der Steigung und war glücklich, sich nun auf das Fahrrad schwingen zu können und in Richtung Heimat zu radeln. Zuhause angekommen fühlte er sich so richtig wohl und freute sich über die neue Erwerbung und die gelungene Heimfahrt.

Es war Sonntag. Die Sonne schien vom blauen Himmel herab, die Vögel zwitscherten auf den Ästen und man beschloss das neue Rad auf das Auto zu laden, und nach Frankfurt zu fahren. Dort, im Keller der Frankfurter Wohnung parkte Rias Zweirad, mit dem man eine Radtour entlang des Mains machen wollte. Sie genossen die Fahrt, den lauwarmen Wind, das beschauliche Treiben am Mainufer. Sie fühlten sich sichtlich wohl.

So ging ein wunderschönes Wochenende zu Ende.

Am Montagmorgen setzte er sich in sein Auto und fuhr wie immer ins Büro. Dieser Tag aber sollte anders enden wie sonst.

Schon während der kurzen Fahrt ins Büro verspürte er einen seltsamen Druck im Brustbereich. Das kann nur eine allergische Reaktion sein, beruhigte er sich. Im Büro angekommen, fiel ihm jeder Schritt schwer und er setzte sich an seinen Schreibtisch, in der Hoffnung, dass die Beschwerden bald nachlassen werden. Sie blieben. Jede Bewegung strengte an und verstärkte noch mehr den Druck in der Brust. Irgendwie überbrückte er die Zeit am Computerbildschirm bis zur Mittagspause. Zum Mittagessen wollte er nach Hause fahren. Er wohnte nicht weit von der Firma. Mühsam schleppte er sich zum Parkplatz und ließ sich in den Autositz fallen. Zuhause angekommen war er zum ersten Mal nicht in der Lage die Treppen in die dritte Etage zu steigen. Er benutzte den Aufzug und schloss mühsam die Wohnungstür auf. Vom Aufzugsgeräusch überrascht, wurde Ria aufmerksam und fragte verwundert nach dem Grund. Er fühlte sich schlecht, atmete schwer und verspürte Luftnot. In der Küche roch es gut, das Essen stand auf den Tisch. Er setzte sich hin, konnte jedoch kein Bissen zu sich nehmen. Der Druck in der Brust verstärkte sich. Kalter Schweiß überzog seinen Körper. Er bewegte sich langsam ins Wohnzimmer und legte sich auf das gelbe Sofa. Ria, in Medizinfragen höchst bewandert, hatte eine schreckliche Ahnung. Sie erkannte sofort die bedrohliche Situation, alle Anzeichen wiesen auf einen Herzinfarkt hin. Umgehend wählte sie die Notrufnummer der Ambulanz und wischte ihm den Schweiß von der Stirn. Er merkte, wie sich die Realität immer weiter von ihm entfernte und allmählich verschwand.

Nun musste alles schnell gehen. Die Minuten verrannen. In kurzer Zeit waren die Notärzte im Raum und begannen mit der Erstversorgung. Er hatte für kurze Zeit das Bewusstsein verloren. Infusionen wurden gelegt. Man trug ihn hinunter in den Krankenwagen. Mit Blaulicht und Sirene raste das Fahrzeug in Richtung Werda, zum Diakonie Krankenhaus. Die Notaufnahme war bereits informiert. Es ging um Minuten. Kurz darauf lag er auf dem Behandlungstisch zur Einführung eines Herzkatheders. Er war wieder ansprechbar, wusste aber die Bedrohlichkeit der Lage nicht einzuschätzen. Von der Leiste wurde der dünne Draht in die Arterie nach oben in Richtung Herz eingeschoben. Die Diagnose war niederschmetternd. Sie lautete Hinterwandinfarkt. Die Ärzte bemühten sich mit allen Mitteln den Verschluss der Herzkranzgefäße zu öffnen. Währenddessen saßen seine Frau Ria und sein Sohn Tom im Warteraum und bangten um sein Leben, das auf Messers Schneide stand. Ria registrierte die aufkommende Hektik beim medizinischen Personal. Besorgt huschten die Schwestern rein und raus aus dem Untersuchungsraum. Alle Bemühungen, den Verschluss zu öffnen waren vergeblich. Erschwerend kam hinzu, dass auch die Gefäße der Vorderwand nahezu verschlossen waren. Die Überlebenschancen standen äußerst schlecht.

Die Uhr an der Wand zeigte 13:09.

Kapitel 2
Schimons Geburt

Eigentlich heißt er Schimon, doch seine Mutter nannte ihn Schimele. Geboren ist Schimele im Winter 1950, in einem heißen Land am Mittelmeer. Die kalte Jahreszeit dauert kaum mehr als 3 Monate in dieser Region und kann dann manchmal ziemlich verregnet sein. Richtig frostig ist sie selten. Aber an jenem Tag im Februar, als Schimon das Licht der Welt erblickte, war alles anders. Es hat geschneit in Tel Aviv. Die Welt war weiß, was einem kleinen Naturwunder gleichkam.

„Als ich am Morgen aufwachte", erzählte Abraham sein Vater, den man in diesem Land Aba nennt, „war mein alter blauer Lastwagen, mit dem ich allerlei transportierte, ganz von dickem Schnee bedeckt. Wir freuten uns. Es war ein ungewöhnlicher Anblick."

Schimele war ein hübsches Baby, sagten alle, die ihn sahen. Ein kleiner Blondschopf mit himmelblauen Augen, die wie zwei Aquamarine in der Sonne glänzten, was nicht oft in dieser mediterranen Region vorkam. Menschen, die den Eltern beim Spaziergang an der Strandpromenade von Bat Yam begegneten und einen Blick in den Kinderwagen warfen, waren vom zahnlosen Lächeln dieses niedlichen Babys im blauen Strampelanzug begeistert.

Jungs wurden traditionell im maskulinen Machoblau gekleidet. Mädchen immer in einem sanften Baby Rosa. Besonders stolz war man auf Söhne, zumindest beim Erstgeborenen, und das musste man schließlich der Welt zeigen.

Schimele war ein Nachkriegskind. Ein Jahr vor seiner Geburt endete der Befreiungskampf um den Staat Israel, der für die Juden 1948 auf für sie historischen Boden entstanden ist. Kaum drei Jahre zuvor, war der Zweite Weltkrieg zu Ende gegangen, der auf grausamster Weise den Tod für so viele Menschen gebracht hatte.

Eine Katastrophe, die allerorts eine schreckliche Spur der Verwüstung hinterließ. Sechs Millionen Juden, Hunderttausende Sinti, Roma, Homosexuelle, Kommunisten und andere Regimegegner, fanden in den Vernichtungslagern der Nazis ein schreckliches Ende. In Europa, Asien und Afrika verloren Millionen Zivilisten und Soldaten ihr Leben. Die Welt war aus den Fugen geraten.

Deutschland, wo das Unheil seinen Anfang nahm, 4000 Kilometer von Israel entfernt, lag 1945 in Trümmern. Viele Städte glichen einer Wüstenlandschaft. Menschen irrten verloren durch die zerbombten Straßen. Kinder waren auf der Suche nach ihren Eltern. Familien, die der Krieg auseinandergerissen hatte, betrauerten unzählige Opfer, ohne zu fragen ob sie am Unheil schuldig oder schuldlos waren. Menschliche Tragödien spielten sich überall ab. Die Maske des verbrecherischen Nazi Regimes war gefallen und entblößte langsam auch die Gesichter der Täter. Es gab sie noch, diejenigen, die sich sehnsüchtig den Endsieg des Dritten Reiches gewünscht hätten. Nicht alle waren verführt worden. Nur einige Jahre zuvor stand noch manch einer dieser Leute in der ersten Reihe, um frenetisch dem Führer zu huldigen. Sie waren es auch, die Juden auf offener Straße verprügelten, Judensterne und Hakenkreuze auf jüdische Geschäfte schmierten, Synagogen anzündeten, ihre Nachbarn denunzierten, mit Freude in den Krieg zogen, oder pflichtbewusst ihren grausamen Dienst in den Vernichtungslagern leisteten. Alles für das Vaterland. Sie wollten ein neues Deutschland, ein tausendjähriges Reich, ein arisch reines Volk.

Zwölf lange Jahre währte der Traum, der Tränen und Leid über die Welt brachte. Über 60 Millionen Leben waren am Ende ausgelöscht.

Kapitel 3
Vaters Flucht aus Fulda

An einem warmen Sommertag, im Juli 1920, erblickte der kleine Adolf in der Bischofsstadt Fulda die Welt. Hanna, die glückliche Mutter, drückte ihn ans Herz und gab sich alle Mühe den kleinen Schreihals zu beruhigen. Doch Baby Adolf nahm davon keine Notiz. Hanna, eine kleine Frau mit rundlichen Formen und langem, braunem Haar, das sie zu einem Dutt zusammenknäulte, war mit 23 Jahren eine junge Mutter.

Vier Jahre zuvor, während ihrer Ausbildung zur Schneiderin in einem kleinen Dorf in Polen, lernte sie Salomon Feinstein kennen und lieben. Es geschah, als sie sich im kleinen Dorfladen am Ende der Straße begegneten. Verschämt schaute sie ihn von der Seite an, hoffend, dass er ihre Blicke registriert und erwidert. Salomon, ein eher hölzerner Typ, der sich nicht sonderlich für das weibliche Geschlecht interessierte, schien es selbst, wie viele Vertreter der männlichen Zunft, nicht zu bemerken. Als er sich zum Verlassen des Ladens umdrehte, stieß er ungewollt mit Hanna zusammen, was ihm äußerst peinlich war. Höflich entschuldigte er sich, und so kamen sie ins Gespräch. Später trafen sie sich öfters hinterm Haus, zuerst heimlich, da die Eltern nichts davon wissen durften. Schließlich gehörte es sich nicht, seinen Ehepartner selber auszuwählen. Das stand den Eltern zu, mithilfe eines Ehevermittlers, einem Schadchan. Nach unzähligen Diskussionen, Streitereien und Versöhnungen, erteilten die Eltern auf Anraten des Rabbis doch noch ihren Segen. Sie wurden in einer traditionellen jüdischen Hochzeit vermählt und bezogen ein winziges Zimmer am Rande des Dorfes. Hanna arbeitete als Schneiderin, Salomon als Schneider.

Man zählte das Jahr 1917. Seit drei Jahren schon tobte der Erste Weltkrieg in Europa und überzog den Kontinent mit Tod und unsäglichem Leid. Kämpfe im Osten, zermürbende Stellungskriege im Westen, forderten Millionen Opfer auf beiden Seiten.

Salomon, ein kleiner, untersetzter Mann, blond mit blauen Augen, sollte zum polnischen Militär eingezogen werden. Den Einberufungsbefehl erhielt er per Post in einem grauen Umschlag. Seine Gedanken kreisten um die Zukunft mit Hanna. Er wollte nicht für Polen kämpfen, er wollte gar nicht kämpfen, keine Menschen töten, sondern einfach nur leben. Am selben Abend noch, packte er hastig eine abgewetzte Ledertasche mit den nötigsten Reiseutensilien, in die er auch einen samtenen Stoffbeutel mit dem Gebetsschal und den Gebetsriemen aus Leder einsteckte. Salomon war ein frommer Mann aus orthodoxem Haus. Nicht vergessen durfte er auch das winzige Gebetsbuch, ein Talisman, das ihm sein Vater zur Bar Mitzwa, als er 13 Jahre alt wurde, mit den Worten schenkte: „Und denke daran mein Junge. Das Heiligste, was Gott dem Menschen gab, ist das Leben. Befolge seine Regeln und missachte sie niemals."

Zwischen den Seiten, irgendwo in der Mitte, blitzte, kaum sichtbar, ein Zettelchen heraus, das Salomon nicht sonderlich beachtete. Er zog die Tasche über die Schulter, verabschiedete sich von Hanna mit einem Kuss auf die Stirn, schickte noch einen traurigen letzten Blick auf sein vertrautes Umfeld und verließ das Zimmer in die dunkle Straße. In dieser Nacht floh er über die Grenze nach Deutschland. Auf verschlungenen Wegen, über Felder und Wiesen und durch dichte Wälder erreichte er schließlich die Stadt Fulda. Dort fand Salomon ein kleines Zimmer und bereitete alles vor, um seine Frau zu empfangen, denn Hanna sollte bald nachkommen. So hatten sie es vereinbart. Gemeinsam mit ihrer Freundin Mascha planten beide alsbald die Flucht durch die Wälder bis zur deutschen Grenze, die sie nachts im Schutze der Dunkelheit überqueren wollten, so wie es Salomon zuvor gelungen war. Sie wussten über die Strapaze und die Gefahr, die ihnen bevorstand, doch nichts konnte sie von ihrem Plan abbringen. Nicht einmal Hannas Schwangerschaft im vierten Monat.

So machten sie sich auf den Weg.

Der Mond versteckte sich hinter dicken Wolken, der Regen prasselte in Strömen, die Silhouetten der Bäume zeichneten ein bizarres Bild in die Landschaft. Fast schon erreichten sie die Grenze des Deutschen Reiches, als plötzlich zwei polnische Grenzsoldaten sie entdeckten und ohne Warnung mit ihren Bajonetten auf sie einstachen. Hanna wurde am Kopf und am linken Auge getroffen. Sie fiel schmerzverzerrt zu Boden und blieb im Morast regungslos liegen. Mascha versuchte zu fliehen, doch sie kam nicht weit. Irgendwo, zwischen den Büschen verlor sie das Bewusstsein. Die Soldaten nahmen ihnen alles Geld, das sie bei sich trugen und ihre Wertsachen ab und verschwanden in der Dunkelheit. Hanna wälzte sich vor Schmerz in der Regenlache, die sich langsam blutrot färbte. Verzweifelt und mit letzter Kraft, schrie sie in die dunkle Nacht um Hilfe. Nach einer Weile vernahm sie Stimmen, erkannte menschliche Konturen, die auf sie zukamen. Sie hörte sie reden. Sie sprachen deutsch. Die deutschen Soldaten, die das Gelände durchsuchten und ihre Hilferufe wahrnahmen, fanden sie röchelnd und furchtbar zugerichtet am Boden liegen. Umgehend wurde sie in das nächste Lazarett eingeliefert. Nach einer Notoperation verblieb sie noch eine Weile ohne Bewusstsein auf einem harten Feldbett in einem kalten Stoffzelt. Als sie Tage später wieder zu sich kam, wollte sie wissen, was mit ihrer Freundin Mascha geschah. Die Nachricht traf sie wie ein Blitzschlag. „Mascha war im Wald leblos aufgefunden worden", sagte die Schwester mit gesenktem Kopf. „Sie war verblutet." Hanna erzählte den Ärzten das schreckliche Geschehen und gab ihnen die Adresse von ihrem Gatten Salomon in Fulda. Er hatte sie schon sehnsüchtig erwartet ohne zu ahnen, was ihr zugestoßen war. Hanna war gerettet, doch das Kind, das sie trug, musste sterben.

Ein paar Wochen vergingen, und Hanna hatte sich langsam erholt. Sie durfte das Lazarett verlassen und machte sich auf den Weg nach Fulda zu ihrem Gatten. Da Salomon bereits ein Zimmer angemietet hatte, erhielten sie zügig von den Behörden der Stadt eine Aufenthaltsgenehmigung. Wie eine zarte Pflanze begann ihr neues Leben in Deutschland zu keimen.

Mit einer kleinen Schneiderei machten sie sich selbständig und konnten so ihren Lebensunterhalt bestreiten. Tag und Nacht ratterten die alten Nähmaschinen und fügten Stoff an Stoff zu Kleidungsstücken zusammen. Das Geschäft lief gut, sie waren erfolgreich und konnten sich bald eine größere Wohnung in der Karlstrasse leisten. Salomon fuhr mit dem Rad in die umliegenden Dörfer, wo er den Bauern passende Arbeitskleidung verkaufte, Hanna sammelte alte Stricksachen, um aus der Wolle wieder neue Strickwaren zu erstellen.

Der Erste Weltkrieg ging zu Ende, Millionen Menschen auf beiden Seiten der Front hatten ihr Leben in einem barbarischen Krieg verloren. Die deutsche Wirtschaft lag in Trümmern. Deutschland verlor Elsass-Lothringen an Frankreich sowie seine Überseekolonien in Afrika und wurde von den Alliierten im Versailler Vertrag 1919 zu horrenden Reparationszahlungen verpflichtet. Europas Karte musste neu gezeichnet werden.

Erneut wurde Hanna schwanger. Neun Monate später hielt sie glücklich einen Jungen im Arm, den sie Adolf nannten, denn Adolf gehörte in jener Zeit zu den häufigsten Babynamen in Deutschland. Er schrie immer noch, als wisse er schon was ihn auf dieser Welt erwarten würde. Doch nichts half, nun war er da und wurde zum Verbleib gezwungen. Adolf sollte auch nicht alleine bleiben, ihm folgten in den nächsten Jahren noch drei Geschwister. Allmählich wurde es eng in der Wohnung und Salomon suchte nach einem Häuschen mit einem angeschlossenen Laden. In der Königstraße stand das passende Objekt, das sie kurze Zeit später bezogen haben. Unweit vom Haus lag auch das Hotel Kurgrafen, wo wohlhabende Besucher mit ihren feinen Karossen aus ganz Deutschland einkehrten. Immer, wenn der kleine Adolf mit den blauen Augen und dem braun gewellten Haar von den Eltern gesucht wurde, fanden sie ihn neben oder unter den Fahrzeugen der Hotelgäste. Sie faszinierten ihn, er wurde magisch von ihnen angezogen. Doch die Eltern hatten andere Pläne mit dem Jungen, denn man wollte einen Musiker in der Familie haben. Adolf sollte Geige lernen. So besorgten sie ihm ein gebrauchtes Instrument, das in einem schwarzen Kasten verstaut war, und schickten den Kleinen zum Unterricht beim Musiklehrer Horn um die Ecke. Der Mann, ein Musiker in Pension mit runder Nickelbrille und einem ebensolchen Bauch, gab sich redlich Mühe mit dem Zögling, doch alle Anstrengungen des ambitionierten Musikpädagogen wollten nicht fruchten. An der Geige hat es nicht gelegen, tröstete er sich zuweilen. Der kleine Adolf ließ sich einfach nicht für das Gejammer des Streichinstrumentes begeistern. Doch wie sollte er es seinem Vater sagen? Brav zog er zu den Unterrichtsstunden mit dem Geigenkasten in der Hand und ließ sich nichts anmerken. Als eines Tages Musiklehrer Horn Salomon auf dem Markt traf und sich nach seinem kleinen Schüler erkundigte, den er schon lange nicht mehr gesehen hatte, war die Sache aufgeflogen. Der Geigenkasten war nämlich immer leer und Adolf erhielt zur Belohnung zwei saftige Ohrfeigen. Gleiches passierte auch mit dem Bibelunterricht, der zugunsten der feinen Autos vor dem Hotel Kurgrafen öfters ausfallen musste. In der jüdischen Schule glänzte der kleine Adolf weniger durch theoretisches Wissen, als mehr durch sein Interesse für Handwerk und Technik. Seine besondere Liebe gehörte doch allem, was Räder hatte und rollte.

Die Jahre bis 1933 vergingen für Adolf ohne besondere Vorkommnisse, bis zu seiner Bar Mitzwa in der nahegelegenen Synagoge. Am 30. Januar desselben Jahres wurde Hitler von Reichspräsident Paul von Hindenburg zum Deutschen Reichskanzler ernannt. In den Straßen sah der kleine Adolf jetzt die Hitlerjungen in Uniformen vorbeimarschieren. Die Fensterscheiben der jüdischen Schule bewarfen sie mit Steinen und auf der Straße wurden die jüdischen Schüler beleidigt und verfolgt. Diese gingen in Gruppen nach Hause, um sich gegenseitig zu schützen.

Die politische Lage für Juden verschlechterte sich von Tag zu Tag. Salomon machte sich große Sorgen um die Familie und schrieb an das Palästina Amt in Berlin, mit der Bitte, ihm ein Zertifikat für eine Auswanderung zu erstellen. Es war sein innerster Wunsch als gläubiger Jude in das Land seiner Väter zurückzukehren. Salomon sah das Unheil in Deutschland nahen, er wusste die Situation früh einzuschätzen. So bemühte er sich, zuerst, das Haus zu verkaufen. Da er viele Kunden auf den Dörfern um Fulda hatte, fand er einen alten Bauern aus Bronzel, dem er von seiner Zwangslage erzählte. Man einigte sich auf ein Viertel des Immobilienwertes, auszuzahlen in bar. Eines Tages, Adolf stand im Laden, Vater verrichtete hinten in der Schneiderei seine Arbeit, betraten zwei stämmige Herren in brauner Uniform und mit Hakenkreuzbinden am Arm den Raum. Sie schauten sich um, stöberten zwischen den Kleiderständern und fragten nach dem Vater. Adolf kannte sie, sie gehörten zur früheren Kundschaft.

„Wo ist dein Vater", wollten sie wissen und schauten sich um.

Adolf gab keine Antwort.

„Du brauchst keine Angst zu haben", versicherten die Männer, „Wir wollen deinem Vater nichts tun", meinte der eine und schob misstrauisch einen Vorhang zur Seite hinter dem Stoffballen gestapelt waren.

„Er ist gerade eben weggegangen", antwortete Adolf geistesgegenwärtig, und bemühte sich seine zittrige Stimme zu unterdrücken. Salomon hörte sie im Nebenraum reden und ahnte bereits ihre Absicht. Auf leisen Sohlen schlich er die Treppe zum Dachboden hinauf und suchte hinter einem alten Schrank ein Versteck. Argwöhnisch schritten die Herren durch den Laden und stießen die Tür zur Schneiderei auf. Sie war leer. So verließen sie wortlos und unverrichteter Dinge das Geschäft. Seit diesem Ereignis waren sie hinter Adolfs Vater her.

Salomon musste eine Zuflucht finden, um nicht gefasst und verhaftet zu werden. Heimlich fuhr er zunächst nach Bronzel zum Käufer des Hauses. Mit ihm erledigte er rasch die Formalitäten und erhielt das vereinbarte Geld in bar. Freunde besorgten ihm Bahnkarten und halfen ihm bei der Ausreise nach Italien, wo er sich für eine Weile in einer kleinen Pension in Mailand einmietete. Drei Wochen später erhielt die Familie Post. Es waren die Einreisedokumente, die das Palästinaamt in Berlin ausfertigte. Voller Freude öffnete Hanna den Umschlag. Im Schreiben war zu lesen, dass einige Unterlagen unvollständig waren und daher die Genehmigung zur Einreise nicht erteilt werden konnte. Die Enttäuschung war riesig und schwenkte in Wut um.

„Wir packen unsere Koffer und fahren nach Berlin", schimpfte resolut die kleine Frau.

Über Umwege wurde Salomon in seinem italienischen Versteck über die bevorstehende Reise informiert. Man wollte sich in München treffen und gemeinsam nach Berlin weiterreisen. Hanna packte die Koffer, sammelte ihre vier Kinder und setzte sich in den Zug nach München. Am vereinbarten Treffpunkt in der Nähe der Bahnhofstoiletten trafen sie den Vater, den sie kaum erkannten. Salomon war abgemagert, sein Gesicht zierte ein grauer Bart. Der Bahnhof wimmelte von Menschen, viele trugen braune und schwarze Uniformen mit Hakenkreuzen am Arm. Überall wehten die roten Fahnen mit der Nazi Rune drauf. Die Stimmung war ausgelassen, fast wie auf einem Volksfest. Was ist geschehen, was war der Grund für diese feierliche Betriebsamkeit, wollte Salomon wissen. Das Volk drängte zum Bahnsteig und belagerte den letzten Waggon des eingefahrenen Zuges. Die Türen öffneten sich, Polizisten schlugen eine Bresche durch die Menschenmenge und bahnten wie ein Eisbrecher den Weg frei. Stolzen Schrittes marschierte die oberste Führung der Nazigrößen zackig durch das Spalier, an ihrer Spitze der Führer Adolf Hitler, der lässig den Arm zum Gruß erhob. Begeisterte Menschenmassen jubelten ihm zu, schwenkten kleine, rote Nazifähnchen und schrien vor Glück. Die Emotionen überschlugen sich. So nah waren sie ihrem geliebten Führer nie gewesen. Für Salomon, Hanna und die Kinder wirkte diese Szenerie gespenstisch. Sie hatten Angst und wären jetzt am liebsten im Erdboden versunken. Glücklicherweise waren sie in der Menge nicht besonders aufgefallen, mit ihren arisch blonden Haaren und den nordisch blauen Augen. Nichts deutete auf ihre jüdische Herkunft hin. Eiligst suchten sie den Zug nach Berlin und stiegen ein. Es dauerte eine Weile, bis sie den Bahnhof verließen, da alle Fahrpläne aufgrund des Führerbesuches außer Kraft gesetzt wurden. Endlich, zwei Stunden später, setzte sich die schwere Dampflok schnaufend in Bewegung.

In Berlin führte die Familie der erste Weg zum Palästinaamt nach Charlottenburg, in die Meinekestrasse 10. Sie klopften an verschiedene Bürotüren an, trugen ihr Anliegen vor, doch niemand wollte ihnen zuhören. Hanna entschied, vor dem Büro des Verantwortlichen solange zu verharren, bis sie ihre Einreisezertifikate erhalten würden. Zwei Tage belagerte die Familie mit den Koffern den Eingang zum Büro, ohne Essen und Trinken. Am dritten Tag keimte beim Chef des Amtes Mitleid auf. Er veranlasste die Erteilung der fehlenden Papiere, sodass der Ausreise nichts mehr im Wege stand. Nach einem kurzen Aufenthalt in einer kleinen Herberge in Berlin, saßen sie schließlich im Zug nach Italien.

An einem Dienstag, zum Ende des Jahres 1934 legte am Hafen von Triest der Dampfer GALILEO ab. Sechs Tage dauerte die Durchquerung des Mittelmeeres bis zum ersehnten Ziel Palästina. Bei anbrechender Morgendämmerung, ganz in der Ferne, zeichnete sich schemenhaft der Berg Carmel. Der Hafen von Haifa kam immer näher, schon waren Kräne, Eisenbahnwaggons und Menschenbewegungen zu erkennen. Vorbei an Schiffen der englischen Kriegsmarine tuckerte der Dampfer gemächlich zur Anlegestelle, wo es an der Kaimauer von Matrosen und Hafenarbeitern mit armdicken Tauen an Stahlringen verzurrt wurde. Fasziniert verfolgte Adolf vom Oberdeck aus die Aktion. Es war ein seltsames Gefühl, das ihn in diesem Moment durchfuhr: Das soll nun seine neue Heimat werden. Er schaute sich um. In den Augen seiner Eltern konnte er Tränen erkennen. Es waren Tränen der Freude. Nie hatte er sie weinen sehen, doch dieser Anblick schnürte ihm die Kehle zu. Unten regelten englische Soldaten den Ablauf. Im Hafen von Haifa sammelten sich zahlreiche Flüchtlinge, die dem Naziregime entkommen waren. Sie standen in Reihen vor provisorisch aufgestellten Tischen und wurden ordnungsgemäß aufgenommen. Ihre Namen wurden in Dokumenten erfasst.

Als Adolf zitternd vor Aufregung vor dem verschwitzten Registrierungsbeamten mit dem buschigen Schnurbart stand, musterte dieser ihn prüfend von Kopf bis Fuß und starrte eine Weile verwundert auf das Einreisedokument. Dann schaute er dem Jungen direkt in die Augen und hob die rechte Augenbraue.

„Adolf ist dein Name?" fragte er ungläubig in holprigem deutsch und schüttelte den Kopf.

Der Junge nickte verunsichert und schaute verschämt zu Boden.

„Wie kann ein jüdischer Junge bloß Adolf heißen. Adi vielleicht oder Adalbert, aber Adolf? Gott bewahre. Na, zum Glück trägt er noch keinen Schnurbart, grummelte er leise und lehnte sich zurück. Er grübelte einen kurzen Augenblick, schaute fragend zum Nachbarn rüber, dann verkündete er wie ein Feldherr mit lauter Stimme seine Entscheidung:

„Von heute an ist dein Name Abraham, und nur Abraham. Abraham Feinstein."

Diesen Namen trug er unwiderruflich in den Ausweis ein.

Hinter ihm nickte sein Vater zufrieden. „Awremel, oj Awremel ist a schener Nome."

Kapitel 4
Mutters Flucht aus Breslau

Der 20ste November 1921 war ein grauer Herbsttag in Schlesien. Hartnäckig hielt sich schon seit Tagen eine dunkle Wolkendecke über Breslau. Immer wieder öffnete der Himmel seine Schleusen und begoss die Stadt mit dicken Regentropfen wie aus einer lecken Gießkanne mit riesigen Löchern. An diesem Tag standen sie im kleinen Saal unter der Chuppa, dem jüdischen Traubaldachin, und gaben sich das Jawort. Die Braut Mathilde, die einmal Schimons Großmutter werden wird, und der Bräutigam Hugo, den sie laut Hochzeitsritual sieben Mal umkreisen musste. Dies soll an die behütende Rolle der Frau, die das ganze Haus mit Liebe und Verständnis beschützt, erinnern. Die Zahl sieben, steht für die sieben Tage der Schöpfung, da das junge Paar symbolisch im Begriff ist, eine eigene ʼneue Weltʼ zusammen zu erschaffen. Hugo, der stolze Bräutigam mit schütterem Haar und der kreisrunden Nickelbrille, sprach das Hochzeitsgebet. Dann zertrat er das Weinglas, in Gedenken an die Trauer, die Zerstörung und das Leid, die Juden in den letzten Jahrtausenden ertragen mussten. Anschließend begann die Feier mit Musik und Tanz. Hugo und Mathilde kannten sich schon fast zwei Jahre und wussten, dass sie füreinander bestimmt waren. Beide kamen aus ehrenhaften Familien und waren die deutschesten Deutschen, die man sich vorstellen konnte. Arbeitsam, fleißig, pünktlich und sehr genau. Wahrhaftige Jäckes, wie man deutsche Juden zu nennen pflegte. Patriotismus und die Liebe zum Vaterland verband das Paar. Bruno, Mathildes Bruder, erhielt sogar als Auszeichnung das deutsche Verdienstkreuz um seinen tapferen Einsatz für das Deutsche Reich im Ersten Weltkrieg.
Drei Jahre nach der Hochzeit wurde der ersehnte Stammhalter geboren und nach jüdischem Ritus auf den Namen Fritz getauft. Die große Freude währte jedoch nicht lange, denn nach zwei Monaten nahm Gott ihn wieder zu sich.

Wieder vergingen fast drei Jahre, bis Mathilde erneut schwanger wurde und ein Mädchen gebar. Sie gaben ihr den Namen Liselotte und nannten sie liebevoll Lilo. Lilo war der Sonnenschein des Hauses, obwohl sie eigentlich ein Sohn werden sollte. Mathilde wollte danach keine Kinder mehr, da sie nicht mehr so jung war. Doch es sollte anders kommen. 1927 erblickten gleich Zwillinge, Manfredi und Ruthi, das Licht der Welt. Hugo konnte es kaum fassen wieder einen Stammhalter zu haben, doch leider war es ihm auch dieses Mal nicht beschieden, das Glück festzuhalten. In seinen Armen starb Fredi im Alter von nur neun Monaten an den Folgen von Masern. Hugo stürzte sich noch tiefer in die Arbeit. Die Wurstfabrik, die er aufgebaut hatte, lief recht gut, erforderte aber sehr viel Einsatz. Dennoch war er seinen beiden Töchtern ein liebevoller und fürsorglicher Vater, der ihnen an nichts fehlen ließ. So begann Ruths Leben, doch es sollte nicht immer leicht für sie werden.

Bis zum dritten Lebensjahr lebte sie in Breslau, dann zog die Familie nach Berlin. Die kleine Ruthi, ein zierliches Geschöpf mit niedlichem Gesicht und langen, braunen Zöpfen, erlebte eine heile Welt die noch zwei Jahre so anhielt. Sie feierten ihren fünften Geburtstag, als sich langsam ein grauer Schleier über die anbrechende Zukunft senkte. Bis zu diesem Tag waren sie eine glückliche deutsche Familie. Doch allmählich spürten sie gewisse Anfeindungen, die sich offen oder unterschwellig in ihren Alltag einschlichen. Nachbarn wendeten sich grundlos ab, manche langjährige Kunden wechselten mit fadenscheinigen Argumenten zur Konkurrenz. In gewissen Zeitungen wurde Stimmung gegen Juden verbreitet, zunächst unterschwellig, dann ganz offen als Hetze. Aber man wollte es nicht bemerken, nicht wahrhaben, man hatte es schlichtweg ignoriert. Doch die Wirklichkeit ließ sich nicht betrügen. Sie kam immer näher, wurde immer sichtbarer. Papa Hugo, ein weitsichtiger Mann, erkannte die Vorzeichen. Er hatte eine instinktive Vorahnung, die ihm keine Ruhe ließ, und die nach einer Ausreise verlangte. Das angestrebte Ziel sollte Palästina sein. Mama Mathilde wollte es nicht glauben, ihr geliebtes Deutschland verlassen zu müssen. Ihnen konnte doch gar nichts passieren, sagte sie voller Überzeugung. Sie waren Deutsche wie alle anderen in diesem Land. Sie sind hier geboren und praktizierten nicht einmal konsequent ihr Judentum. Sie haben niemandem etwas Böses getan und unterschieden sich in nichts von den Nachbarn nebenan. Alles ist nur ein schlechter Traum, der bald vorbeiziehen wird, beschwichtigte sie, so wie es viele Tausend andere Juden in Deutschland taten. Hugo ließ sich nicht mehr von seinem Vorhaben abbringen. Die Wurstfabrik überließ er einem Cousin, der ihm eine Geldsumme für die Reise auszahlte. Beim Palästinaamt in Berlin beantragte Hugo ein Einreisezertifikat für das Gelobte Land, doch es kam keine Antwort. Erneut versuchte es Hugo mit einem zweiten Schreiben. Dieses Mal erhielt er eine Antwort. Die Einreise wurde verweigert. So packten sie die Koffer, schlossen die Türen ihrer Wohnung ab und begaben sich auf die Flucht. Es folgte eine schwere Zeit. Nachts überschritten sie bei Kälte und Schnee die Grenze zur Tschechoslowakei, in der Hoffnung, dort eine Weile bleiben zu können. Hugo bekam hier keine Arbeit, die Familie musste nach einem kurzen Aufenthalt weiterziehen. So ging die Reise in Europa von Land zu Land weiter, mit dem innigsten Wunsch, irgendwo eine Bleibe zu finden. Doch für einen Juden gab es keinen sicheren Platz mehr auf dem Kontinent.

Es folgte eine Odyssee durch sieben Länder in fünf Jahren. Oft verbrachte die Familie die Nächte auf harten Parkbänken, in Zügen oder in kalten Bahnhofshallen. Zwei kleine Mädchen, eine herzkranke Mutter, der nur die Sorge um ihre Kinder noch die Kraft gab, und ein verzweifelter Vater, der noch immer seinen Traum vom Heiligen Land vor Augen hatte.

Es war an dem jüdischen Feiertag, dem Passahfest, als sie in Holland ankamen und zur jüdischen Gemeinde in Amsterdam gingen, um Asyl zu finden. Sie wurden freundlich aufgenommen und dann zur Polizei geschickt, um sich dort anzumelden, da sie nicht die nötigen Einreisedokumente besaßen. Doch Hugo durfte die Polizeiwache nicht mehr verlassen, während Mathilde und die Kinder in einem Streifenwagen ins Frauengefängnis gebracht wurden. Mutter brach unter Tränen zusammen, die Mädchen schmiegten sich weinend an ihrem Körper. Die Nacht sollten sie in einer Zelle verbringen. Leise sang Mathilde die Kinder in den Schlaf. Sie starrte nur noch vor sich hin und konnte kein Auge schließen. Diese Nacht zog sich wie eine Ewigkeit hin. Am Morgen brachte man sie zum Vater zurück, der von zwei Beamten bewacht wurde. Ohne gültige Papiere könnten sie nicht in Holland bleiben und sollten zurück nach Deutschland abgeschoben werden, hieß es lapidar. Die Fahrt zum Bahnhof wollte kein Ende nehmen. Die kleine Ruthi schaute mit verweinten Augen aus dem geschlossenen Fenster der schwarzen Limousine. Sie rollte langsam an der Gracht entlang an Kaufmannshäusern mit riesigen Glasfronten ohne Vorhänge. Überall konnte man reinschauen, alles sah so friedlich aus, fast wie auf einer Urlaubsfahrt. Der Schein trog. Sie waren auf der Flucht und sollten bald wieder in der Hölle zurück, die sie verzweifelt verlassen hatten. Auf dem Bahnhof führten die zwei Beamten sie zu den Bahnsteigen. Mama hielt die Mädels an der Hand und drückte sie fest an sich. Papa lief voraus und schleppte mühsam, fast kraftlos, die zwei schweren Koffer, die fast am Boden schleiften. Rechts und links flankierten ihn die Grenzbeamten in ihren langen Ledermänteln und den Krempelhüten, die an Gestapo-Männer erinnerten. Man betrat Bahnsteig 5. Alle schwiegen, ihre Herzen pochten gewaltig vor Angst. Zu beiden Seiten der Plattform standen mit geöffneten Türen Züge zur Abfahrt bereit. Auf dem Schild des Waggons zur Linken war in großen Lettern die Destination zu lesen. Sie lautete HAMBURG. Die Beamten blieben stehen. Sie schauten sich um, dann blickten sie in die verängstigten Gesichter der kleinen Mädchen an Mamas Hand. Wortlos verständigten sie sich durch Blicke miteinander.

„Kommt", sagte der eine und wandte sich zum Waggon auf der anderen Seite des Bahnsteiges.

„Ihr steigt jetzt hier ein. Das ist der Zug nach Brüssel. Von dort müsst Ihr versuchen weiterzukommen. Jetzt seid Ihr frei."

Dann drückte er Papa eine Bescheinigung in die Hand, die er auf Verlangen dem Schaffner zeigen sollte. Es war ein Wink des Himmels. Ungläubig, doch unsagbar glücklich, bestiegen sie den Zug und schickten den Beamten dankbar ein stummes Lächeln.

Stunden später erreichten sie Brüssel, doch die Freiheit sah anders aus, als sie es sich erhofft hatten. Auch in Belgien konnte Hugo keine Arbeit finden und sie erhielten auch keine Aufenthaltsgenehmigung in dem Land.

Der Einfluss des Nationalsozialismus nahm zu und erfasste weitere Länder um Deutschland herum. Vielerorts war zu spüren, wie wenig man als Jude geduldet war. Die Flucht ging weiter, die Kraft ließ nach, das Geld wurde von Tag zu Tag knapper.

Ihre nächste Station auf der Odyssee durch Europa hieß Paris. Ein großer Bahnhof, lange Boulevards, alte, graue Häuser, am Horizont der Eifelturm, so empfing sie die französische Hauptstadt. Wohin jetzt und wie weiter, lautete die immer wiederkehrende Frage. Sie meldeten sich bei den Behörden, man wies sie in eine Asylunterkunft für Flüchtlinge. Mit vielen anderen Familien, die das gleiche Schicksal verband, hausten sie zusammen in einem großen Saal und hofften auf bessere Tage. So deprimierend es sich anfühlte, sie waren anspruchslos froh darüber, ein Dach über den Kopf zu haben. Mit der französischen Sprache allerdings, taten sie sich sehr schwer. Frankreich erteilte den Flüchtlingen eine dreimonatige Aufenthaltsgenehmigung, die drei Mal verlängert werden konnte. Und so blieben sie neun Monate in Paris. Die Mädels durften eine Schule besuchen, für die kleine Ruthi mit den langen Zöpfen war es das erste Schuljahr. Sie hatte große Schwierigkeiten sich in den Unterricht einzufinden. Lilo, ihrer großen Schwester, gelang der Einstieg besser, sie hatte sich schnell integriert und fühlte sich schon fast wie eine kleine Französin. Als nach neun Monaten die Aufenthaltsgenehmigung auslief und die Behörden eine erneute Verlängerung verweigerten, musste die Reise jedoch weitergehen.

Wien sollte die letzte Station vor dem Erreichen des ersehnten Zieles werden. Die Zeit verstrich und Ruthi kam ins achte Lebensjahr. Sie war ein ruhiges, sensibles Mädchen, das eine besondere Vorliebe für Puppen hegte. Mit ihnen schien sie in eine heile Welt einzutauchen.

Man schrieb das Jahr 1936, in dem man noch angesichts der herrschenden Verhältnisse in Österreich als Jude geduldet wurde, sofern man sich nicht allzu offen als solcher zu erkennen gab. Es existierte noch eine jüdische Schule, die beide Mädchen besuchten. Die Familie wohnte in einem winzigen Zimmer in der Nähe des Praters, was für die Kinder ein kleines Paradies bedeutete. Es verging kaum ein Nachmittag, den sie nicht im Prater verbrachten. Mit der Zeit kannte man die beiden niedlichen Mädels, die so häufig dort verweilten. So durften sie manchmal sogar kostenlos Karussell fahren oder auf den Ponys reiten. Für die kleine Ruthi sollte es die schönste Zeit auf der langen Flucht durch Europa werden. Auch in der Schule machte sie fröhlich mit und fühlte sich sichtlich wohl. Für Papa Hugo wurde es jedoch zunehmend schwerer. In seinem Beruf als Fleischer bekam er keine Anstellung und um Geld zu verdienen, musste er Abend für Abend in Kaffeehäusern oder Restaurants hausieren gehen. Eine bedrückende Vorstellung, die er nur schwer ertrug. Auch Mama Mathilde litt sehr darunter. Doch da sie schwer herzkrank war und ihr Gesundheitszustand sich immer weiter verschlechterte, konnte sie eine berufliche Tätigkeit kaum noch ausüben.

Die Tage vergingen, das Leben in Wien nahm einen fast normalen Lauf, sofern man es so nennen konnte. Man fügte sich seinem Los, in der Hoffnung auf eine baldige Besserung.

Doch es sollte schlimmer kommen.

Es war Anfang 1938 an einem schönen Frühlingnachmittag. Wie immer steuerten die Mädels den Prater an, um sich ein wenig zu vergnügen, doch heute war alles anders. Plötzlich wurden sie gemieden und durften nicht mehr an den Fahrbetrieben teilnehmen. Alles das, was ihnen so viel Freude bereitete, blieb ihnen von nun an verwehrt. In der Ferne sahen sie die Hitlerjugend in ihren braunen Uniformen in den Park einströmen und sich auf alle Fahrgeschäfte stürzen. Was da mit einem Mal geschehen war, konnten sie noch nicht verstehen. Traurig und verstört rannten sie zurück nach Hause.

„Mama, was haben wir ihnen bloß getan, dass sie uns nicht mögen? Wir sind doch genau wie sie, wir sprechen ihre Sprache und sehen nicht anders aus", suchte die kleine Ruthi schluchzend nach einer Antwort. Lilo hielt sie fest an der Hand und drückte sie an sich. Auch sie kämpfte mit den Tränen.

„Ihr habt nichts falsch gemacht, meine Süßen."

Mama Mathilde versuchte sie zu trösten und wischte ihnen die Tränen aus den Augen.

„Die Kinder können nichts dafür, sie wissen nichts über uns. Wir alle haben eine schwere Zeit durchzustehen, doch auch das wird bald vorbei sein. Wir stehen fest zusammen und werden es gemeinsam schaffen", streichelte Mathilde über die Köpfe der Mädels und versuchte dabei ihre eigene Verzweiflung zu unterdrücken. Draußen auf der Straße wehten bereits die ersten Hakenkreuzfahnen aus einigen Fenstern. Der Nationalsozialismus breitete sich wie ein brauner Teppich über die Stadt und über ganz Österreich aus. Hitlers Truppen marschierten ein und erzwangen den Anschluss an das Deutsche Reich.

Wieder wurde die Familie von der Angst erfasst, vertrieben zu werden und von der Sorge, wie es jetzt weitergehen sollte. Für Hugo stand der Plan fest. Sie werden jetzt nach Palästina ziehen. Die Frage war nur, wann und wie.

Eines Tages erfuhr er aus der Tageszeitung, dass König Georg der Zweite von England Wien besuchen würde. Da unternahm er einen Versuch, der unfassbar war. Er beschloss dem König einen Brief zu schreiben, indem er ihm die ganze Lage schilderte und um Hilfe für ein Zertifikat nach Palästina bat. Mama Mathilde war das alles nicht so recht. Sie regte sich darüber auf, da sie es für ein Hirngespinst hielt und sich nichts davon versprach. Aber von dieser Idee war Hugo nicht abzubringen, hatte er doch durch seine sprichwörtliche Sturheit schon so manches erreicht. So geschah es. Und tatsächlich, nach kurzer Zeit schon lag ein Antwortschreiben im Briefkasten. Es glich einem märchenhaften Traum, den man kaum in Worte fassen konnte. Sie erhielten einen Termin und wurden ins Hotel zum König einbestellt! In den folgenden Tagen war die Aufregung besonders groß. Mama Mathilde nähte den Mädels neue Kleider und man sprach den ganzen Tag nur noch über den bevorstehenden Besuch beim König. So ersehnten sie in schlaflosen Nächten den großen Tag herbei. Mit einem großen Strauß roter Rosen fuhr die Familie zum noblen Hotel. Doch irgendetwas ging auf der Fahrt schief. Die Aufregung war so groß, dass sie die falsche Straßenbahn bestiegen und wieder zurückfahren mussten. Mit erheblicher Verspätung erreichten sie hechelnd ihr Ziel und konnten den König nur noch in seinem Wagen bei der Abfahrt begrüßen. Er schickte sie zu seinem Sekretär hinauf, der über alles unterrichtet war und ihnen das Zertifikat aushändigte. So unglaublich es klang, ihr sehnlichster Wunsch war in Erfüllung gegangen. Ein Märchen war wahr geworden. Drei Wochen später standen sie mit ihren Koffern im Hafen von Triest und bestiegen das Passagierschiff GALILEO, mit dem Ziel Haifa in Palästina. So gelang der Familie die Flucht aus ihrer deutschen Heimat, um der Vernichtung in den Konzentrationslagern der Nazis zu entkommen.

Nach ihrer Odyssee durch mehrere europäische Länder, die ihnen zumeist den Aufenthalt verweigerten, landeten sie schließlich im damaligen englischen Mandatsgebiet Palästina. Es war nicht das Land, in dem Milch und Honig flossen. Es war auch kein sicherer und begehrter Ort um zu leben. Doch für Juden, die in vielen Ländern und zu allen Zeiten Anfeindungen, Verfolgungen und

Pogromen ausgesetzt waren, galt es als natürlicher Zufluchtshafen, den sie sich seit Jahrtausenden erträumt hatten.

NÄCHSTES JAHR IN JERUSALEM, so endete seit Anbeginn des Judentums die Anrufung in den jüdischen Gebetsbüchern.

Kapitel 5
Das Heilige Land

Diese Heimat, die vor 2000 Jahren, zurzeit des Juden Jesus, Galiläa, Judäa und Samaria hieß, gilt als historische Wiege des Judentums und später auch des Christentums. Seit der Vertreibung der Juden durch die Römer im ersten Jahrhundert nach Christus, existierte auf diesem Boden, der hauptsächlich aus heißem Wüstensand und ausgedehnten Sumpfgebieten bestand, weder ein eigenständiger politischer Staat noch eine selbständige Nation. Geschichtsschreiber erzählen über den heroischen Kampf aufständischer Juden gegen die römischen Besatzer und den Fall ihrer letzten Bastion Massada am Toten Meer, 73 nach Christus. Die für Juden heilige Stadt Jerusalem und der zweite Tempel wurden von den Römern zerstört, den Juden das Betreten der heiligen Stätten verboten. Die Provinz Judäa, die als Königreich Davids auf die zwölf Stämme Israels gründete, wurde von Kaiser Hadrian im Jahre 135 n.Chr. in Phillistäa, nach dem Volksstamm der Philister, umbenannt. Diese waren Jahrhunderte zuvor übers Meer von den ägäischen Inseln gekommen, hatten sich im Küstenstreifen des heutigen Gazastreifens angesiedelt und bekämpften die dort lebenden Juden. Kaiser Hadrians Wunsch und Befehl war es, jede Verbindung zu den jüdischen Wurzeln für immer vergessen zu machen. Auf den Ruinen der zerstörten Hauptstadt Jerusalem wurde die römische Kolonie Aelia Capitolina, benannt nach dem Mittelnamen des Kaisers Hadrian und dem römischen Kapitolhügel, neu aufgebaut und von Nichtjuden besiedelt. Die meisten der dort lebenden Juden wurden getötet oder verbannt und verstreuten sich während der folgenden Diaspora in viele Länder auf der ganzen Welt.
Über 500 Jahre später kündigte der Prophet Mohammad die Geburtsstunde des Islams an. Im Jahre 636 n. Chr. drangen Stämme aus der arabischen Halbinsel, dem heutigen Saudi Arabien, in die Region ein, die seinerzeit dem christlichen Byzanz angehörte, und

zwangen die Bewohner oftmals mit dem Schwert die neue Religion des Islams anzunehmen.

Es begann eine wechselhafte, leidvolle Geschichte von Besitzer und Besatzer. Unter den Arabern wurde das Land abwechselnd von Damaskus, Bagdad und Kairo aus regiert. So lebten Araber und Juden über Jahrhunderte gemeinsam in Palästina unter wechselnden Herrschern, zuletzt unter osmanischer und englischer Verwaltung. Alle Bewohner dieser Region wurden damals als Palästinenser bezeichnet. Doch Sie bildeten weder ein vereintes Volk noch eine einheitliche Nation. Beduinen zogen mit ihren Herden durch das Land, Fellachen lebten in Dörfern, wo sie zumeist als Pächter ihre kargen Böden bestellten, andere in arabischen Städten und Gemeinden. Ein Großteil des unbewohnten Landes erstreckte sich über die unfruchtbare Negev Wüste im Süden, während große Flächen in der Mitte und im Norden um den See Genezareth herum überwiegend aus malariaverseuchten Sumpfgebieten bestanden. Eigentümer vieler Böden waren zumeist reiche Syrer, die in Damaskus lebten. Viele Ländereien gehörten im Ausland lebenden arabischen Großgrundbesitzern, die mit dem öden Grund nichts anfangen konnten. Im Laufe der 400-jährigen osmanischen Herrschaft verkam ein Großteil des Landes. Neue arabische Großgrundbesitzer aus Syrien, Ägypten und Libanon bestachen Behörden, um sich riesige Gebiete anzueignen und die darauf lebenden Fellachen und ziehende Beduinen zu vertreiben oder durch hohe Zinszahlungen zur Aufgabe zu zwingen. Sie nutzten diese Grundstücke als Spekulationsobjekte, um sie später für viel Geld an Juden aus Amerika und Europa zu veräußern. Seit der am Ende des 19. Jahrhunderts von Theodor Herzl angestoßenen Zionistischen Bewegung und der Gründung des Jewish Colonial Trust im Jahre 1899 rückte Palästina für Juden wieder stärker ins Blickfeld. Jüdische Organisationen kauften das Land den arabischen Besitzern ab und begannen es zu kultivieren. Sie legten mit Hilfe von Eukalyptus Bäumen aus Australien die Sümpfe trocken und kultivierten die Wüste. Sie gründeten Städte, Dörfer und gemeinschaftliche Kolchosen, die man Moschavim und Kibbuzim nannte. Auf Sand gebaut, entstand 1909 die heute florierende, weltoffene Stadt Tel Aviv, was Hügel des Frühlings bedeutet.

Kapitel 6
Die Aliyah (Der Aufstieg)

Mitte und Ende der 30iger Jahre waren Schimons Großeltern mit ihren Kindern in das Land ihrer Väter zurückgekehrt, wo sie begannen, sich eine neue Zukunft aufzubauen.

Der erträumte Frieden lag aber noch in weiter Ferne, denn immer wieder flammten bewaffnete Konflikte zwischen Arabern und Juden auf, die mit der Zeit deutlich heftiger wurden. Aufgehetzt von Hadi Amin al-Husseini, dem radikalen Mufti von Jerusalem, der sich 1941 mit Hitler verbündet hatte, folgten viele Muslime seinem Ruf zum Jihad, dem Heiligen Krieg gegen die Juden, mit der Behauptung, die Juden würden ihnen das ganze Land wegnehmen wollen.

Abraham, der Neueinwanderer, hatte so etwas nie im Sinn. In seiner Umtriebigkeit besaß der Junge kein Sitzfleisch und suchte immer das Abenteuer. So beschloss er schon im Alter von fünfzehn, mehr von der Welt sehen zu wollen und verschwand bei Nacht und Nebel aus dem Elternhaus. Niemand wusste wohin. Die Eltern machten sich Sorgen. Salomon fuhr in der Gegend herum und suchte Awremel in allen Ecken der Stadt, doch sein Sohn war nirgends zu finden. Abraham wollte die Welt sehen. In der Hafenstadt Haifa heuerte der Ausreißer unter falscher Altersangabe als Schiffsjunge auf dem Frachter HAR ZION an. Stolz posierte er in seiner weißen Uniform mit gewelltem, nach hinten gekämmtem Haar und strahlend blauen Augen auf dem Schiffsdeck für ein Foto, das er irgendwann seinen Eltern schicken wollte. Als das Schiff zum ersten Mal das Festland verließ und er oben an der Reling stand, flossen plötzlich die Tränen. Mit einem Mal war ihm bewusst geworden, dass dies keine Urlaubsfahrt werden würde. In diesem Augenblick überwältigten die Sehnsucht nachhause und die Angst vor der ungewissen Zukunft seine unbändige Abenteuerlust. Nicht einmal schwimmen konnte der Junge als angehender Seemann, doch das wurde ihm schon während der ersten Fahrt von den gestandenen Seebären rüde beigebracht. In einem Hafen warf man ihn vom Deck aus ins Wasser, und erst als er um sein Leben ruderte und zu ertrinken drohte, flog der Rettungsring hinterher. Den Schwimmkurs hatte er erfolgreich bestanden.

Einmal führte die Schiffsroute in die Türkei, ins Schwarze Meer, nach Rumänien und nach Griechenland. In Europa tobte inzwischen der Zweite Weltkrieg und wälzte sich immer weiter in die Welt hinaus. Gerade legte der Frachter in Kreta an, als am Mittwoch, den 14.Mai 1941, deutsche Fallschirmjäger ihre Invasion auf der Insel eröffneten und die dort stationierten Engländer in heftige Kämpfe verwickelten. Buchstäblich in letzter Sekunde, gelang es dem Schiff den Hafen zu verlassen und auf das offene Meer zu entkommen. Es sollte Abrahams letzte Fahrt als Seemann werden. Ein unbestimmtes Gefühl drängte ihn, den Kahn zu verlassen. In Haifa beschloss er abzuheuern und einen neuen Weg einzuschlagen. Eine schicksalhafte Entscheidung. Auf der nächsten Fahrt des alten Dampfers, der voll mit Pottasche beladen war, wurde er vor der Küste Griechenlands backbord von einem Torpedo getroffen, das ein deutsches U-Boot abgefeuert hatte. Eine heftige Explosion zerfetzte das Mittschiff und es versank in den Tiefen des Mittelmeeres. Es gab keine Überlebende.

Der Krieg war in vollem Gange. Die Kämpfe in Nordafrika zwischen Hitlers Afrika Corps und den englischen Truppen unter General Montgomery tobten unerbittlich. Die Ziele der Deutschen waren vornehmlich strategischer und wirtschaftlicher Art: Sicherung des Mittelmeeres und der nordafrikanischen Häfen für deutsche Schiffe und Ausbeutung des lybischen Öls für die deutsche Kriegswirtschaft. Doch gab es seit 1942 auch Pläne, von Afrika aus in den Nahen Osten einzumarschieren und die Juden aus Palästina zu vertreiben, oder sie zu vernichten. Abraham meldete sich freiwillig zur englischen Armee, in die jüdische Brigade der Royal Airforce. Er diente in einer Versorgungseinheit und fuhr mit dem Lastwagen Munition von den englischen Militärlagern in Ägypten, Sudan und Libyen zu den Fronten. Zwei Jahre dauerten die heftigen Schlachten im heißen nordafrikanischen Wüstensand um Städte wie Tobruk oder El Alamein, schließlich gelang es den alliierten Truppen in schweren und verlustreichen Gefechten Hitlers Armee unter General Rommel in Afrika zu besiegen. Als der Krieg zu Ende ging, wurde die jüdische Brigade aufgelöst. Abraham verließ die Armee, glücklich und unbeschadet. Für seinen Lebensunterhalt erwarb er einen blauen, betagten Lastwagen der Marke Fordson aus englischen Armeebeständen, mit dem er in Tel Aviv seine Dienste für Transporte aller Art anbot. Währenddessen wurde die Situation im Land aufgrund von Attentaten und arabischen Überfällen auf jüdische Siedlungen immer prekärer. Die englischen Mandatsherren schlugen sich auf Druck einflussreicher Araber und aus politischem Eigeninteresse immer mehr auf die arabische Seite. Die Grenzen wurden für Juden geschlossen. Traumatisierte Holocaust Flüchtlinge, die dem Grauen der Nazis in letzter Not auf überfüllten Seelenverkäufern, wie der berühmt gewordenen EXODUS, über das Mittelmeer entkommen konnten, wurden von den Engländern mit Kriegsschiffen noch auf See oder schon im Hafen von Haifa aufgebracht und nach Zypern oder Mauritius umgeleitet. Menschen, die eben dem Tod entronnen waren, wurden jetzt auf den Inseln in Internierungslagern eingesperrt. Zu ihnen gehörte auch Onkel Bruno und seine Familie, der Arzt aus Breslau und Bruder von Schimons Oma Mathilde, der mit Gattin nach Mauritius verbannt wurde und dort als Lagerarzt dienen musste. Durch eine Infektion verlor er selbst ein Bein und war kaum noch in der Lage ohne Unterstützung eigenständig zu gehen.

Zur selben Zeit bekämpften in Palästina jüdische Rebellen und Kampfeinheiten, wie die Hagana und der Irgun und auch arabische Gruppierungen die englischen Verwaltungsherren, jedoch mit vollkommen unterschiedlichen nationalen Zielen. Das Bestreben beider Seiten war es zunächst die Engländer aus dem Land zu vertreiben und einen eigenen Staat zu gründen. Auf Dauer konnte England dem massiven Druck der Araber und Juden nicht widerstehen, man wandte sich an die UN Vollversammlung in New York. Nach eingehender Prüfung 1947 schlug die Versammlung die Beendung des britischen Mandates in dieser Region vor und sprach sich entweder für eine Teilung Palästinas oder für einen arabisch-jüdischen Föderativstaat aus.

Im November 1947 fand schließlich die schicksalhafte Abstimmung statt. Gebannt saßen Abraham mit Familie, Ruthi mit Familie, so wie alle Juden im ganzen Land vor dem Radio und lauschten voller Hoffnungen und Erwartungen dem Votum in New York. 33 ja Stimmen, 11 nein, 10 Enthaltungen, lautete das Ergebnis. Die Abstimmung sah mehrheitlich die Teilung Palästinas in ein jüdisches und ein arabisches Gebiet vor. Auf ca. 25.000 Quadratkilometer, einer Fläche kleiner als Belgien, sollten ein arabischer und ein jüdischer Staat entstehen, dessen Bevölkerung jeweils 1,3 Millionen Araber und 608.000 Juden zählte. Jerusalem –für Juden, Christen und Moslems von gleicher zentraler Bedeutung, war dabei als neutrale Enklave gedacht. Das den Juden zugesprochene Territorium entsprach einem kleinen, zerrissenen Fragment aus einigen Gebieten im Norden, an der Küste und dem größten Teil in der kargen Negev Wüste. Ansonsten waren einige jüdische Siedlungen auf arabischem Land verteilt. Der Weg von Tel Aviv nach Jerusalem lag voll und ganz in arabischer Hand. Notgedrungen waren die Juden mit der Lösung einverstanden, einen jüdischen Staat als winzige Insel mitten in einem arabischen Ozean ihr Eigen zu nennen. Gleichzeitig hätte es aber auch der Grundstein für einen eigenständigen arabischen Palästinenserstaat werden können. Kategorisch lehnte die Arabische Liga jedoch den Plan ab und drohte bei Verwirklichung mit militärischen Maßnahmen durch eine neu aufgestellte arabische Befreiungsarmee. Unmittelbar nach dem UN-Beschluss und seiner offiziellen Verkündung, griffen arabische Truppen jüdische Siedlungen an. Erbitterte Kämpfe flammten an vielen Orten mit jüdischen Einheiten auf. Nichts deutete auf einen bevorstehenden Frieden hin.

Am 14. Mai 1948 wurde die englische Flagge in Palästina endgültig eingerollt, der letzte englische Soldat verließ das Land. Das englische Mandat war beendet. Der Weg wurde frei für die Staatsgründung, der ersten und einzigen Demokratie im Nahen Osten.

Am Nachmittag desselben Tages rief David Ben Gurion über den Äther in Tel Aviv den neuen Staat Israel aus, international legitimiert durch den Beschluss der Vereinten Nationen und als neues Mitglied der internationalen Staatengemeinschaft. Israel wurde umgehend von der Sowjetunion, USA und andere Staaten anerkannt. Die Menschen strömten auf die Straßen und feierten enthusiastisch die Geburt ihrer alten, neuen Heimstätte. Sie tanzten, umarmten sich und waren glücklich. Die warmen Sonnenstrahlen signalisierten Hoffnung und Zuversicht.

Die Freude währte nur kurz. Noch am selben Abend heulten die Sirenen in Tel Aviv. Ägyptische Flugzeuge dröhnten über die Stadt und warfen die ersten Bomben ab. Die Menschen suchten Schutz in den Luftschutzkellern. Fünf arabische Armeen setzen sich aus allen Himmelsrichtungen auf die israelischen Grenzen in Bewegung. Die Zeichen standen auf Krieg. In der Nacht vom 14. zum 15. Mai 1948 rückten Einheiten aus Ägypten, Transjordanien, Syrien, Irak und dem Libanon in Israel ein, mit dem Ziel, die Proklamation des jüdischen Staates zu annullieren und den Staat auszulöschen. Die arabischen Führer riefen alle in Israel lebenden Araber auf, ihre Häuser zu verlassen und versprachen ihnen, nach dem Sieg über die Juden, alles Land und noch viel mehr zurück zu erhalten.

„Mit Gottes Hilfe werden wir die Juden ins Meer werfen, Allah hu akbar", lautete ihr Versprechen siegessicher.

Manche Araber blieben. Manche wurden von jüdischen Einheiten aus ihren Dörfern vertrieben. Hunderttausende aber glaubten an diese Versprechen und landeten für eine unbestimmte Zukunft in provisorischen Flüchtlingslagern nahe den Grenzen zu Israel.

Kapitel 7
Palästinenser verlassen ihr Dorf

Auch Abdalla, seine schwangere Frau und ihre fünf Kinder, packten hastig ihr kümmerliches Hab und Gut und begaben sich zu Fuß auf den staubigen Weg nach Osten in Richtung Jordanien. Die Luft war heiß und stickig. Stumm und voller Angst, folgte die Familie dem forschen Schritt des Familienoberhauptes.

Immer wieder trieb er sie an: „Jalla, jalla, beeilt euch, die Juden werden uns abschlachten, wenn sie uns erwischen!" Das war die Botschaft, die der Imam immer wieder verkündet hatte.

Aischa, seine schwangere Frau, trug einen schweren Korb mit Lebensmitteln auf ihrem Rücken, den sie vor dem Aufbruch noch auf die Schnelle zusammengestellt hatte. Abdalla war ein einfacher Mann, er wollte nur in Frieden leben. Er blickte noch einmal traurig auf seine schlichte verfallene Hütte zurück, auf die 7 Olivenbäume, die sein Vater vor vielen Jahren hier gepflanzt hatte, und auf das kleine Feld, das er von einem Großgrundbesitzer gepachtet und bis gestern noch für die Familie bestellt hatte. Es tat ihm weh dieses Stück Land, das seine Heimat war, zu verlassen, auch wenn es ihm nicht einmal gehörte und nicht viel hergab. Doch er war auch zuversichtlich bald wieder hierher zurückzukehren, dann, wenn der Krieg erst einmal vorbei und die Juden ins Meer geworfen waren- Inchallah! So hatten es ihm die arabischen Führer versprochen.

Früher hatte er ja gar nichts gegen die Juden, manchmal haben sie ihm ja sogar geholfen und ihm gute Ratschläge für die Bearbeitung seines Feldes gegeben. Aber jetzt, wo sie ihn vertreiben und ihm das Land rauben wollten, jetzt hatte er Angst vor ihnen und begann sie zu hassen. "Gott wird diese Ungläubigen dafür bestrafen", hatte der Imam gesagt. Und bald, so hoffte er, würde wieder ein Sohn auf die Welt kommen, auf den er stolz sein könnte. Und Sinan, so würde er ihn nennen, sollte mit Allahs Hilfe hier zur Welt kommen, denn bis zur Geburt würden sie längst wieder zurück sein. Dieser Gedanke tröstete Abdalla ein wenig und er eilte schnellen Schrittes voraus.

Kapitel 8
Der Unabhängigkeitskrieg

Für die Juden war der Befreiungskrieg des neu gegründeten Staates gegen fünf arabische Armeen ein Kampf ums nackte Überleben. Sie standen mit dem Rücken zum Meer, sie durften ihn nicht verlieren. Das wäre ihr Ende gewesen, und das Ende eines Jahrtausend währenden Traumes der sich eben gerade verwirklichte. Abraham wurde von der israelischen Armee mit seinem Lastwagen zum Militärdienst rekrutiert. Wieder pendelte er als Versorgungssoldat zwischen den Militärlagern und transportierte Munition und Proviant an die Front.

Zur selben Zeit diente auch eine junge Frau namens Ruth, bei einer anderen Einheit irgendwo im Land. Abraham kannte sie flüchtig, da Ruth früher mit Abrahams Bruder befreundet war. Und so begegnete er ihr immer wieder auf seinen Transportfahrten an der Torschranke irgendeines Militärlagers, wo sie Wache stand. Sie lernten sich näher kennen, trafen sich öfter, und es entwickelte sich eine Freundschaft, der mit der Zeit ein inniges Liebesverhältnis folgte. „Wenn der Krieg zu Ende ist, werden wir heiraten, liebe Ruthi, eine Familie gründen und Kinder haben", so planten sie ihre Zukunft. Die gemeinsame deutsche Herkunft, einigte sie im Herzen wie ein unsichtbares Band.

Die Kämpfe im Land gingen unvermindert weiter. Jüdische Untergrundorganisationen fanden Aufnahme in der israelischen Verteidigungsarmee ZAHAL. Arabische Truppen drangen immer tiefer auf jüdisches Gebiet in West Galiläa ein, israelische Einheiten drängten sie wieder zurück und erzielten Geländegewinne. In Jerusalem wurde die Situation immer dramatischer. Die belagerte Stadt stand ununterbrochen unter Beschuss der Arabischen Legion. Die jüdischen Viertel waren von der Umwelt abgeschnitten, ihre Vorräte gingen zur neige, die Menschen in der Stadt drohten zu verhungern. Die Welt schaute weg und schwieg.

Unter großen Opfern kämpfte sich die israelische Armee den Weg durch die Judäischen Berge nach Jerusalem frei, durchbrach die Blockade und versorgte die Belagerten mit Lebensmitteln und Waffen. Jerusalem wurde befreit. Im Mai 1949 endete Israels Unabhängigkeitskrieg auf Druck der Großmächte mit einem Waffenstillstand, jedoch ohne einen Friedensvertrag. Den verweigerten die arabischen Länder. Viele Familien, Juden wie Araber, trauerten um ihre getöteten Angehörigen, um Freunde und Bekannte, die sie in diesem sinnlosen Krieg verloren hatten.

Israel war nicht untergegangen. Im Kampf ums Überleben gelang es dem jungen Staat sogar, sein Gebiet um eine Sicherheitszone zu vergrößern, die es auch nicht bereit war aufgeben, solange die Araber ihrerseits nicht einem Friedensvertrag zustimmen wollten. Jerusalem wurde geteilt, die Altstadt, mit all ihren Heiligtümern für die Juden, fiel an Jordanien. Auch das gesamte Westjordanland wurde Jordanien einverleibt. Der Gazastreifen gelangte unter ägyptischer Verwaltung, wurde allerdings nicht von Ägypten annektiert. Die Araber empfanden die Niederlage als eine Schmach, die sie nicht überwinden konnten und für die sie ewige Rache schworen. In das kollektive Gedächtnis der arabischen Palästinenser gingen die Geschehnisse von 1948/49 als `Al Nakba´, die `Katastrophe´, ein. Friedensverhandlungen mit den arabischen Ländern fanden nicht statt, da sie sie strikt ablehnten. Sie wollten einen Staat Israel in ihrer Mitte nicht akzeptieren und strebten nach wie vor seine Zerstörung an.

So nahm auch das Leid der palästinensischen Flüchtlinge seinen Anfang. Von ihren Glaubensbrüdern in den umliegenden Ländern unbeachtet, lebten sie völlig sich selbst überlassen in provisorischen Lagern, an den Grenzen des Libanons, Jordaniens und Ägyptens und dienten fortan nur noch als politische und moralische Waffe gegenüber Israel und der übrigen Welt. Von Integration war bewusst fast nie die Rede. Der Plan, der gemäß UN Beschluss, auch zur Gründung eines arabisch-palästinensischen Staates hatte führen sollen, war nun für lange Zeit hinfällig geworden, als Folge der Besetzung von Teilen dieses Gebietes durch Israel, der Eingliederung des Westjordanlandes und Ost Jerusalems zum Haschemitischen Königreich Jordanien und der Unterstellung des Gazastreifens an Ägypten. Das Problem der arabischen Palästina-Flüchtlinge bildete eine schwere Friedenshypothek. Bis Oktober 1948 registrierte das UNO-Hilfswerk für Palästina bereits über 650.000 Flüchtlinge. Nur wenigen von ihnen wurde erlaubt, nach dem Waffenstillstand in ihre Heimat zurückzukehren. Die anderen, die im Land geblieben waren, erhielten die israelische Staatsbürgerschaft und durften ihre Kultur und Religion ungehindert ausüben. Da Ostjerusalem und somit die Klagemauer sowie andere jüdische Heiligtümer laut Waffenstillstandsvereinbarung auf jordanischem Boden lagen, wurde den Juden ab diesem Tag der Zutritt zu all ihren Heiligen Stätten verwehrt.

Zur gleichen Zeit und in den folgenden Jahren, fand von der Welt völlig unbeachtet, auch ein Exodus in die Gegenrichtung statt. Fast 850.000 Juden wurden aus ihrer arabischen Heimat in Ländern Nord Afrikas und dem Nahen und Mittleren Osten vertrieben, und mussten ihr Hab und Gut dort zurücklassen. Eine unheilvolle Mischung aus Gewalt, antisemitischer Propaganda und staatlich sanktionierter Ausgrenzung, ließ sie ebenfalls zu Flüchtlingen werden. Einwanderungswellen aus dem Jemen, Irak oder Marokko bewegten sich gen Israel, Hunderttausende Menschen unterschiedlicher Kulturen mussten in dem kleinen Land integriert werden.

An einem Mittwochabend, im Jahre 1949, fand in Tel Aviv eine Hochzeit statt. Abraham und Ruth gaben sich das Ja-Wort. Laut jüdischem Brauch wird das Brautpaar unter der Chupa, einem Baldachin, dass das neue gemeinsame Dach der Familie bedeutet und von vier Stäben gehalten wird, getraut. Als Soldaten folgte das Paar einer militärischen Zeremonie. Die Stäbe des Baldachins wurden von vier Gewehren ersetzt. Mit einem Mal hallten Schüsse durch das nächtliche Tel Aviv. Es waren Salutschüsse zu Ehren des Brautpaares. Leider vergaßen sie vorab, die Vermählung bei den Behörden anzukündigen. Gott hat es nicht sonderlich gestört, die Sicherheitsbehörden wohl. Mit quietschenden Reifen war ein Polizeikommando umgehend zur Stelle, da ein Anschlag vermutet wurde. Groß war der Schreck, doch schnell hatte sich die Situation geklärt. Nachdem die Polizisten dem Hochzeitspaar gratuliert hatten, zogen sie wieder beruhigt von dannen.

Kapitel 9
Schimons Kindheit

Ein Jahr später erblickte Schimele in Tel Aviv das Licht der Welt. Es war ein kalter Wintertag, an dem etwas höchst Ungewöhnliches geschah. Schnee bedeckte Tel Aviv, was fast an ein biblisches Wunder grenzte in diesem sonst so heißen Land.

Die ersten zwei Jahre verbrachte die Familie in Ramat Chayal, einer Soldaten-Siedlung für junge Paare in der Nähe Tel Avivs. Das kleine Häuschen wurde Ima und Aba, Schimeles Eltern, von der Gemeinde gestellt. Es war ein buntes Treiben im Ort mit vielen Kindern unterschiedlichen Alters und Herkunft. Das Leben spielte sich vorwiegend auf der Straße ab. Alle jungen Familien verband ein ähnliches Schicksal, sodass sie eine eingeschworene Gemeinschaft bildeten. Die Haustüren standen jedem offen. So fühlte sich auch jeder überall zu Hause. An einer Straßenkreuzung nahe Jaffa belegte Aba seinen Lastwagenstellplatz, gemeinsam mit anderen Spediteuren, die täglich auf neue Kunden warteten. Manchmal durfte auch Schimele mit auf die Transportfahrten gehen. Er liebte das Autofahren. Da saß er in der Kabine, links neben Aba. Der alte, blaue Fordson war noch ein Rechtslenker aus englischem Militärbestand. Der kleine Junge genoss die Aussicht von oben. Zuweilen stand er sogar auf dem Sitz wie ein Kapitän auf der Brücke. Die betagte Maschine brüllte höllisch laut in der Fahrerkabine und es stank heftig nach Benzin. Doch das störte Schimele überhaupt nicht. Er liebte diesen Lärm, die quietschenden Federn und den Geruch von verbranntem Treibstoff. Zu den besonderen Höhepunkten einer Speditionsfahrt gehörte die Leerfahrt zurück. Schimele hatte immer sein kleines, blaues Dreirad dabei, das ihm sein Aba, was auf Hebräisch Vater bedeutet, selbst zusammengeschweißt hatte. Mit dem durfte er auf der leeren Pritsche herumfahren. Er erlebte glückliche Tage. Daran änderten die winterlichen Überschwemmungen in Ramat Chayal, die das winzige Häuschen fast regelmäßig unter Wasser setzten und die Möbel wie Boote schwimmen ließ, für Schimele nichts. Einmal tauchte sogar der Fordson mit der Schnauze unter Wasser und musste von Aba zum Trocknen in seine Einzelteile zerlegt werden. Da hingen Kolben, Vergaserteile und Zündkerzen friedlich mit tropfender Unterwäsche auf der Wäscheleine im Hof beieinander. Als Schimele seinen dritten Geburtstag feierte, zogen die Eltern von Ramat Chayal nach Ramat Gan, einer Stadt am Rande von Tel Aviv. Das alte Häuschen, in das sie sich einquartierten, lag direkt an der Mündung einer kleinen Seitengasse zur vielbefahrenen Hauptverkehrsader, die von Tel Aviv nach Haifa im Norden des Landes an der Küste entlang führte. Die breite Autostraße wurde damals neu geteert und erhielt den Namen: `Kwisch Schachor´, die schwarze Straße. Da Autos Schimele, wie seinen Vater schon, von klein auf faszinierten, konnte der Verkehr auf dieser Straße für ihn nicht dicht genug sein. Je mehr Räder vorbeirollten, desto fröhlicher wurde er. Stundenlang saß er am Fenster und betrachtete die vorbeiziehenden Fahrzeuge, die Austins, die Renaults, die Peugeots, die Chauson Busse aus Frankreich und die British Leyland Busse aus England, die man scherzhaft British Elend nannte, da sie meistens eine schwarze Rauchfahne hinter sich herzogen und oft mit Pannen stehenblieben. Er kannte alle Marken. An Autos mangelte es auch in direkter Nachbarschaft nicht, denn genau neben der Wohnung lag die Werkstatt vom korpulenten, schnauzbärtigen Awramiko, in der es unaufhörlich, tagein, tagaus klopfte und hämmerte. Auf der gegenüberliegenden Seite der schmalen Straße befand sich der putzige Lebensmittelladen von Rochale. Eigentlich hieß sie Rachel und war großzügig gerechnet zwischen 40 bis 60 Jahre alt, so genau konnte sie keiner einschätzen in ihrem blumigen Kittel und dem zu Dutt geknäulten grauen Haar. Rochale mochte Schimele sehr, denn immer schenkte sie ihm Bonbons, wenn er mit Ima im Geschäft zum Einkaufen war. Rochales Laden glich einem Mikrosupermarkt, denn es bot alles was man zum Leben brauchte. Jeder wunderte sich, wie sie in dem Durcheinander dieses heruntergekommenen Sammelsuriums immer auf Anhieb den gewünschten Artikel fand. Doch das blieb Rochales Geheimnis. Nicht selten huschte eine kleine Maus durch die Regale und verschwand quietschend hinter irgendwelchen Dosen. Rochales Tante Emma Laden war stadtbekannt in Ramat Gan, ihr Ruf eilte ihr voraus und sie konnte ihn nicht einholen. Gleich nebenan flickte Michal der Jemenite in seiner winzigen Werkstatt kaputte Autoreifen. Michal war ein hagerer, kleingewachsener Mann, der sehr wenig sprach und ständig ein schwarzes Barrett auf den Kopf trug. Vermutlich bedeckte er damit seine Kippa, Michal war ein gottesfürchtiger, höchst fruchtbarer Jude mit sieben Kindern. Zumeist saß er wie ein Fakir auf dem Bürgersteig vor dem Eingang seiner fensterlosen Arbeitskammer auf einem alten Pneu und zog mit einer Eisenstange Reifen auf Felgen auf. Alle mochten ihn, auch wenn keiner wirklich wusste, was er dachte. Das italienische Restaurant neben Michal gehörte Palermo. Ob er so hieß, oder nur von dort stammte, konnte niemand sagen. Palermo war ein untersetzter, dicklicher Italiener, der das Restaurant mit seiner Familie bewirtschaftete. Schimon war nie drin gewesen, das konnte sich die Familie nicht leisten, doch der Duft italienischer Speisen der oftmals in die Luft stieg und bis zu seinem Fenster zog, war einfach betörend.

Eines Tages, als Schimele gerade auf die Straße schaute, zerfetzte ein riesiger Knall die Luft. Schimele erschrak sich fast zu Tode. Die Explosion kam aus Palermos Lokal und hinterließ eine schwarze Rauchwolke, die über dem Dach verpuffte. Dann war es totenstill. Mit einem Mal klappten Fensterläden auf, Menschen strömten zum Ort des Geschehens, Sirenen waren schnell zu hören. Der eingetroffene Krankenwagen lud zwei blutende Personen auf. Es waren die beiden Söhne von Palermo, die mit undefinierbaren Chemikalien experimentiert hatten. Später erfuhr man, dass sie es zum Glück überlebt haben, einer von ihnen jedoch sein Augenlicht verlor.

Kapitel 10

Auf dem Weg ins Flüchtlingslager

Abdalla schlurfte mit seinen abgerissenen Sandalen durch den Sand und schaute immer wieder zurück. Es war das Jahr 1947. Mit der rechten Hand zog er den kleinen Achmed hinter sich, in der Linken umklammerte er einen Holzstab, den er bei jedem Schritt energisch in den harten Boden rammte. Ein schwerer, verrosteter Hausschlüssel aus Eisen schaukelte in der Tasche seiner zerschlissenen Hose, als letzte Erinnerung an eine glückliche Zeit. Hinter ihm trotteten die Söhne Mahmud und Ali, gefolgt von ihrer schwerbepackten schwangeren Mutter, die an jeder Hand ein kleines Mädchen mitzog. Die Sonne brannte gnadenlos vom Himmel, die trockene Erde wirbelte bei jedem Schritt heißen Staub auf. An einer Straßenkreuzung gesellten sich weitere Familien dazu, die ebenfalls mit Taschen beladen in Richtung Osten zogen. Manche zerrten magere Ziegen an einer Schnur hinter sich her, andere trugen Hühner in engen Körben auf dem Rücken. Die Angst war ihnen ins Gesicht geschrieben, sie wollten nur ihr Leben retten. Die Kolonne wurde länger, immer mehr Familien schlossen sich dem Zug an. Viele Stunden waren sie schon unterwegs. Ganz weit am Horizont schimmerte ein grüner Streifen, Dattelpalmen waren zu erkennen. Dort fließt der Jordan, dort werden sie bleiben. Erschöpft erreichten sie ihr Ziel, wo sie unter den Bäumen endlich Schatten fanden. Hier glaubten sie sich sicher vor den Juden. Drüben, am anderen Ufer des Flusses, organisierten sich arabische Truppen für einen erneuten Angriff gegen die barbarischen Zionisten. Aischa legte eine große Stoffdecke auf dem Boden aus und öffnete den Proviantsack, aus dem sie trockenes Fladenbrot herauszog, das sie an allen verteilte. Abdalla kniete auf den Boden, breitete die Hände aus, und schickte sein Gebet nach Süden in Richtung Mekka. Anschließend spannte er ein großes Tuch von einem Baum zum anderen und markierte so seine neue, ärmliche Behausung. Die Sonne senkte sich im Westen über die Wüste von Judäa und tauchte das Land in eine tiefe Dunkelheit.
Die erste Woche verging und nichts geschah. Aus allen Himmelsrichtungen erreichten neue Großfamilien die Lichtung, um sich

hier niederzulassen, und mit ihnen wuchs das Lager von Tag zu Tag weiter an. Doch der mitgebrachte Proviant ging allmählich zur Neige. Bald weinten die Kinder vor Hunger, und Krankheiten griffen um sich. Der kleine Ali lag apathisch auf der Decke und atmete schwer. Seine Mutter Aischa, drückte sorgenvoll das Kind an ihre Brust und streichelte liebevoll seine Stirn. Er hatte hohes Fieber. Einen Arzt oder Medizin gab es hier nicht, nur Allah konnte noch helfen. Als der Morgen anbrach, atmete Ali nicht mehr. Er hatte die Welt verlassen. Aischa stimmte ein lautes Klagelied an, sie weinte bitterlich.

„Das waren die verfluchten Juden, sie haben meinen Sohn umgebracht", schrie Abdalla und streckte die Hände zum Himmel.

Von allen Seiten näherten sich Männer und Frauen, die in das Klagelied einstimmten. Der kleine Leichnam wurde in einem weißen Tuch eingewickelt und in einer schmalen Grube mit Blickrichtung nach Mekka, wie es der Koran vorschreibt, beigesetzt.

Tage später traf ein Hilfstrupp der UN im Lager ein und verteilte einfache Zelte und Nahrung an die Flüchtlingsfamilien. Die Jutesäcke trugen mit großen Buchstaben den Namen des Ursprungslandes, aus dem die Hilfe stammte, und daneben dessen Flagge. Es war die USA. Man baute die Zelte auf, sie boten ein wenig Schutz vor der heißen Sonne am Tag und vor der Kälte in der Nacht. Allmählich entwickelte sich eine Art Gemeindeleben in der Zeltstadt. Man half sich gegenseitig, doch nichts konnte darüber hinwegtäuschen, dass nur ein paar Kilometer weiter der Krieg noch unbarmherzig tobte. Die hygienischen Verhältnisse im Lager verschlechterten sich zunehmend, überall stapelte sich der Müll. Niemand kümmerte sich darum. Die Kinder benutzten alles was sie finden konnten als Spielzeug, und die Erwachsenen ließen Tag um Tag tatenlos an sich vorbeiziehen. Eines Abends waren aus Abdallas Zelt Schmerzensschreie zu hören. Frauen aus der Nachbarschaft eilten herbei und krochen hinein. Minuten später ertönte ein herzerweichendes Babyweinen aus der einfachen Stoffbehausung. Abdalla wurde gerufen, er war überglücklich, er hatte wieder einen Sohn.

Der Neugeborene sollte Sinan heißen.

Der Junge wuchs in ärmlichen Verhältnissen auf, wie die vielen anderen Kindern im Lager auch. Wochen und Monate vergingen, doch nichts änderte sich zum Besseren. Für Nahrung und Klei-

dung sorgten jetzt die Hilfsorganisationen der UN. Ein Tag glich dem anderen in dieser Einöde.

Die Juden hatten ihren Staat bekommen, während die geflüchteten Palästinenser weiterhin ihr Dasein in Zelten fristeten und ums Überleben kämpften. Die großen Versprechungen der arabischen Führer und Imame, sie in ihre Heimat zurück zu führen nachdem der Sieg über die Juden errungen sei, waren in der heißen Wüstensonne wie Wasserdampf verdunstet. Niedergeschlagen stellten sich die Menschen auf eine ungewisse Zukunft ein. Einzig der große Traum war noch geblieben. Eines Tages, so war man sich sicher, wird uns Allah wieder dahin zurückführen, wo wir unsere Wurzeln haben.

Provisorien festigten sich, aus Zelten erwuchsen Baracken aus allen Materialien, die der Müll hergab. Mangelnde hygienische Verhältnisse blieben, Nahrungsmittel waren immer knapp, Hoffnungslosigkeit begleitete den Alltag. Die Kinder waren sich selbst überlassen. Eine kleine, baufällige Steinhütte diente für das Freitagsgebet als Moschee und an den übrigen Tagen als Schule für die Kinder. Die Bildung übernahm ein Imam, der regelmäßig seine Hasstiraden über die Juden und den Staat Israel ausschüttete und fanatisch die Lehren des Propheten aus dem heiligen Koran verkündete. Die Kinder hingen an seinen Lippen und sogen seine Worte begierig auf. Juden und Christen gehörten zu den Ungläubigen, gegen die die im Koran aufgeführten Strafen anzuwenden seien. „Sie zu bekämpfen ist die höchste Pflicht. Sie sind Affen und Schweine, die man abschlachten muss." Sinan lauschte den Lehrern gebannt zu.

Zwischen den Hütten spielten sie immer Krieg. Die Stöcke, die sie als Äste von den Bäumen brachen, dienten als Gewehre, mit denen sie die Juden aus ihrem Land vertreiben wollten.

„Später, wenn er groß ist, wird er auch ein Kämpfer werden und sein Land mit der Hilfe Allahs zurückerobern", schwor Sinan.

Kapitel 11
Heuschrecken und Sinai Feldzug

Währenddessen, im Sommer 1954, geschah in Ramat Gan etwas Außergewöhnliches, das Schimele nie vergessen sollte. Im Radio wurden Warnungen vor herannahenden Heuschreckenschwärmen aus der Wüste bekanntgegeben. Heuschrecken hat Schimele noch nie gesehen. Er kannte sie nur aus der Passahgeschichte, als eine der zehn Plagen die Moses über den Pharao verhängte, um die Juden aus der ägyptischen Sklaverei zu befreien. Am Nachmittag, so lautete die Radiomeldung, sollten die Heuschrecken auch seine Stadt erreichen. Türen und Fenster mussten geschlossen, alle Ritzen mit Klebestreifen abgedichtet werden. Schimele wusste nicht warum, doch er wunderte sich über die hektische Geschäftigkeit drinnen und draußen. Menschen hetzten nach Hause, der Autoverkehr auf der sonst so befahrenen schwarzen Straße nahm rapide ab. Eine seltsame Ruhe war eingekehrt. Auch Ima und Aba stopften alle Öffnungen nach außen mit geknäultem Papier zu. Schimele schaute gebannt durch die Fensterscheiben und wartete neugierig auf das sich anbahnende Ereignis. Es musste etwas ganz Besonderes bevorstehen. Plötzlich klatschte ein fingergroßes Insekt an das Fensterglas und ließ es bedrohlich wackeln. Kurz darauf noch eins und noch eins, und mit einem Mal verdunkelte sich der Himmel und Millionen von Heuschrecken fielen in Schwärmen in der Straße ein. Von allen Seiten knallten die braunen Insekten an die Fensterscheiben und rutschten wie dicke Tropfen herab. Es war ein erschreckendes Spektakel, das Schimele Angst einjagte. Kreuz und quer schossen Abermillionen von Tiere durch die Luft und benetzten Häuser und Bäume. Einigen gelang es sogar, irgendwie durch eine winzige Tür- oder Fensterspalte in die Wohnung einzudringen. Es schien als habe eine fremde Macht die Erde übernommen. Stunden vergingen, bis die dunklen Wolken allmählich weiterzogen. Sie hinterließen kahl gefressene Bäume und Pflanzen, an denen nur noch nackte Äste, wie Fetzen herunter hingen. Unzählige Insekten lagen überall leblos auf dem Boden. Nun wusste Schimele sehr genau wie Heuschrecken aussehen und was sie zu bewirken vermochten. Nun verstand er auch, warum der Pharao die Juden aus Ägypten ziehen ließ.

Doch es gab natürlich auch schöne Tage, dann, wenn Schimele in den Kindergarten gehen durfte. Gan Sahava war der Kindergarten für die ganz Kleinen, ein paar Minuten von zuhause entfernt, wo Schimele den ganzen Tag mit den anderen Kindern spielend und tobend verbrachte. Hier lernte er auch Arnon kennen. Arnon war wie Schimele klein und schmächtig, er besaß die Gabe gleichzeitig mit jedem Auge in eine andere Richtung schauen zu können und trug eine runde Nickelbrille in seinem sommersprossigen Gesicht. Arnon wohnte in derselben Straße, ein paar Häuser weiter und kam aus sehr reichen Verhältnissen. Beide verstanden sich auf Anhieb wie eineiige Zwillinge und wurden alsbald ziemlich beste Freunde, die viel Zeit miteinander verbrachten.

Die Tage vergingen und Schimele zog mit den Eltern einen Straßenzug weiter, in eine kleine Erdgeschoßwohnung eines Mehrfamilienhauses in der Jonathan Straße. Sie lag genau gegenüber der Schule, sodass Schimele nur den schmalen Fußweg überqueren musste und schon den Schulhof betreten konnte. Schimele ging gern in die Schule, er war ein sehr guter Schüler und allseits recht beliebt. Dabei taten Ima und Aba alles, um ihm die besten Voraussetzungen für das Lernen zu bieten. Sie gaben ihm viel Zuneigung und die nötige Aufmerksamkeit, die ein Kind in diesem Alter benötigt. Fürsorglich und liebevoll half ihm Ima bei den Hausaufgaben und achtete sorgfältig darauf, dass er sie ordentlich erledigte. Der Junge sollte es später besser haben als seine Eltern. Aba hatte nicht allzu viel Zeit, da er lange und schwer arbeiten musste, um das wenige Geld für den Lebensunterhalt der Familie zu verdienen. Es hat nie wirklich gereicht und man musste sich sehr einschränken. Schimele träumte oft vom Reisen, doch leider bekam er nie die Möglichkeit dazu. Wehmütig sah er immer den großen amerikanischen Mack Diesel Lastwagen mit der Bulldogge auf der Motorhaube nach, die ihre Waren in den tiefen Süden und in den hohen Norden des Landes transportierten oder auch den Bussen, die zum Negev oder nach Galiläa rollten. Wie gern wäre er da einmal mitgefahren.

Im Fach Erdkunde war er besonders gut. Er wusste viel über das eigene Land, er beherrschte die Hauptstädte der meisten Staaten auf der Welt und konnte die Flaggen den Ländern mühelos zuordnen. Doch viel weiter als Tel Aviv war er nie gekommen. Die Eltern hatten weder die finanziellen Mittel, noch ein eigenes Fahrzeug, um damit die Gegend zu erkunden. Ganz selten aber bot sich doch mal eine Gelegenheit an, die kleine Welt um Tel Aviv mit einem Vehikel zu entdecken, wenn auch nicht mit dem Eigenen. Aba war technisch äußerst versiert und kannte sich mit Fahrzeugen sehr gut aus. Er arbeitete sogar als Automechaniker in verschiedenen Autowerkstätten. Zu jener Zeit mussten Neufahrzeuge noch vorsichtig auf den ersten Kilometern eingefahren werden wie Kindern, denen man das Laufen vorsichtig beibringen wollte. Das überließen manche Neubesitzer gern einem Fachmann. Und so ergab es sich, dass Aba gebeten wurde, diese Aufgabe zu übernehmen. Für Schimele war es wie ein hochheiliger Feiertag, als sein Vater einmal mit einem winzigen Renault 4CV, der einem Frosch ähnelte, an einem arbeitsfreien Samstag zu Hause vorfuhr, die Familie rein quetschte, und sie alle auf der holprigen Küstenstraße in Richtung Haifa hoch knatterten. Autofahren war für Schimele ein faszinierendes Erlebnis, er konnte nicht genug davon bekommen. Es wirkte zuweilen fast wie heilende Medizin und diente sogar dazu Schmerzen zu vertreiben. So wie an jenem Nachmittag, als Schimele wieder einmal, wie schon oft, von heftigen Kopfschmerzen geplagt wurde. Die Eltern wussten sich keinen Rat und beschlossen mit ihm in die Klinik nach Petah Tiqua zu fahren. Als sie in den Bus stiegen und er sich in Bewegung setzte, schienen Schimons Schmerzen sich allmählich zu verflüchtigen. Auch die Untersuchungen im Krankenhaus zeigten keine Ergebnisse. Seitdem hieß die wirksamste Therapie Mobilität.

Im Juni 1955 wurde die Welt um einen besonderen Erdenbürger reicher. Schimele bekam einen Bruder, den die Eltern Oren nannten. Es war ein tolles Gefühl der große Bruder von einem kleinen Baby zu sein. Schimele war ganz stolz darauf. Zwar hofften Ima und Aba auf eine Tochter, die sie Orit nennen wollten, denn sie hatten sich schon immer ein Mädchen gewünscht. Doch beim Anblick von Oren waren sie überglücklich ein solch hübsches, gesundes Kind im Arm zu halten. Die rosa Babykleidung, die Ima schon vorsorglich gekauft hatte, konnte der Freude keinen Abbruch tun – da musste auch der kleine Oren durch. Er konnte sich auch noch nicht dagegen wehren.

Schimele ging zur Schule und genoss die Zeit. Er war immer der Klassenprimus und brachte die besten Noten nach Hause. Da er auch sehr gut zeichnen konnte, gestaltete er für Schulveranstaltungen die überdimensionalen Plakate, die die Schüler auf Märsche und Festivitäten stolz vor sich her trugen. Mit Freunden spielte er zusammen Fußball, wanderte und streunte in seiner Stadt herum. Doch die Leidenschaft für alles, was Räder hatte und sich bewegte, steckte weiter tief in ihm drin. Und da die Familie kein Auto besaß, wünschte er sich nichts sehnlicher, als wenigstens ein eigenes Fahrrad zu besitzen. Ein Velo, das nur ihm gehörte. Arnon, sein Freund, hatte längst ein luxuriöses Gefährt mit dem Schimele auch schon mal ein paar Runden drehen durfte, aber ein eigenes Zweirad, das wäre ein Traum. Das wussten auch Ima und Aba, und eines Tages beschlossen sie, diesen Traum zu Schimons Geburtstag wahr werden zu lassen. Man ging zusammen in die Stadt, wo Rudolf, ein alter Bekannter aus Deutschland, sein Fahrradgeschäft betrieb. Das Sortiment bestand vorwiegend aus zusammengebastelten Rädern in allen Größen und Farben. Ein lebendiger Fahrradfriedhof. Die Eltern hofften bei Rudolf, ein billiges Kinderrad zu erstehen. Rudolf, ein dicker, glatzköpfiger Mensch, der immer verschwitzt war und danach auch roch, kramte im Lager herum und holte einen kleinen, gebrauchten Drahtesel hervor, den irgendjemand zwar liebevoll aber vollkommen unprofessionell in blau angemalt hatte.

„So, mein Junge, das ist genau das Richtige für dich", triumphierte er und wischte sich mit dem Taschentuch seine verschwitzte Glatze ab. Schimeles Augen glänzten beim Anblick des Vorführmodells. Zwar war dieses Gestell schon ziemlich betagt, ein wenig verbeult und hatte Vollgummireifen, aber dennoch, es sah aus wie ein Fahrrad, hatte zwei Räder, einen Lenker mit einer großen Klingel dran und einen richtigen Plastiksattel. Das Fehlen einer Bremse fiel nicht ins Gewicht. Was brauchte man mehr, um sich fortzubewegen. Für Schimele war es das schönste Fahrrad der Welt, und es gehörte ihm ganz allein. Zuhause durfte er es ausfahren. Stolz präsentierte er es seinem Freund Arnon, mit dem er die ersten Probefahrten die abschüssige Straße hinunter unternahm. Leider spielte bei diesem Gefährt die Sicherheit eine ziemlich untergeordnete Rolle. Und da das Rad nur eine Rücktrittsbremse besaß, die Kette aber ständig vom Zahnrad absprang, war es oft nicht mehr zu stoppen. So lief das Abbremsen an der Bordsteinkante selten ohne Blessuren ab. Das alles, hatte der gute alte Rudolf vergessen zu erwähnen. Schimele sollte das nicht stören, er war nun mobil.

Da der Straßenverkehr ihn schon immer begeisterte, wurde er in seiner Klasse zum Leiter der Verkehrslotsen gewählt. So durfte er in dieser Aufgabe die Schüler zum Dienst einteilen und den Ablauf an der großen Straßenkreuzung, in Uniform und mit einer Trillerpfeife ausgestattet, überwachen. Wenn er so am Straßenrand stand, die Fahrzeuge an ihm vorbeirollten, träumte er immer wieder seinen großen Traum vom Reisen. Orte wie Naharia, Metula, Tiberias, Beer Sheva, Eilat, klangen für ihn wie Namen aus einer fernen Welt, obwohl sie kaum weiter als 300 Kilometer entfernt lagen. Diesen Traum konnte nur ein Wort noch übertreffen. Es hieß auf Hebräisch Chutz Laaretz, was so viel bedeutet wie, das Ausland. Der Mond konnte nicht viel weiter weg sein.

Schimele wusste aber auch schon, dass es unmöglich war, auf dem Landweg aus Israel ins Ausland zu gelangen, da es rundherum von Feinden umgeben war und es nur sogenannte heiße Grenzen gab. Im Norden, der Libanon, im Nordosten, Syrien, im Osten, Jordanien, im Südwesten, Ägypten und im Westen der einzige Ausgang in die weite Welt, das blaue Mittelmeer. Wie gern hätte er einmal die Nachbarländer besucht oder wäre zumindest an die Grenze gefahren, um nur einmal kurz seinen Fuß auf die andere Seite zu setzen. Was das wohl für ein Gefühl sein mochte, im Ausland zu sein? Doch es blieb ein Traum. Eigentlich konnte er es nicht wirklich verstehen, denn dort drüben lebten doch ebenso Menschen, die womöglich denselben Wunsch hatten wie er. Er hatte nie etwas gegen sie gehabt. In der Schule lernte er viel über die Geschichte der Juden und des Staates Israel, erfuhr aber auch vieles über die arabischen Nachbarländer und die Menschen, die dort lebten. Er wusste auch von den israelischen Arabern und den Beduinen, die Nomaden waren und in der Negev Wüste mit Zelten und Kamelen umherzogen. Nie wurde in der Schule Verachtung oder Hass gegenüber den Arabern oder ihrer Religion gelehrt. Schließlich gehörten sie, wie die Juden, hierher und waren ein traditioneller Bestandteil dieser Region, mit dem man in Frieden und Harmonie leben wollte. Zumal doch alle Semiten vom selben Urvater Abraham abstammten und eigentlich an denselben Gott glaubten.

Nach der Vertreibung von Juden aus den arabischen Ländern und ihrer Einwanderung nach Israel gab es auch hier jetzt viele orientalische Juden, die ihre Bräuche und Kultur aus dem Irak, Jemen, Marokko und andere arabische Länder mitbrachten und sie in Israel weiterführten. Im Schmelztiegel Israel fanden sich Tür an Tür alle Mentalitäten wieder - von Europa über Vorderasien und Afrika bis Amerika. Nicht immer lebten diese Juden in trauter Eintracht miteinander. Dafür waren sie von ihrem Ursprung und ihrer Mentalität her manchmal zu verschieden. Dennoch gab es eine grundlegende Gemeinsamkeit, die sie alle verband. Das Judentum, seine geschichtliche Vergangenheit, der Jahrhunderte alte Antisemitismus, die Verfolgung und die immerwährende Bedrohung Israels durch die arabischen Länder rundherum.

Immer wieder wurden Kibbuzim an den Grenzen Israels von radikalen arabischen Kämpfern, den Fedajin, überfallen und Menschen ermordet. Viele von Ihnen drangen nachts über die Grenzen aus Ägypten und Jordanien ein, mit dem Ziel, möglichst viele Juden zu töten. Sie wurden zumeist von den arabischen Regimen toleriert oder sogar unterstützt. Dieser islamistische Terror, konzentrierte sich schon damals auf Israel, wurde in der übrigen Welt jedoch kaum wahrgenommen. Er war noch zu weit weg. Schon immer standen vor allem ökonomische Belange im Vordergrund. Erst 1956, als Gamal Abdel Nasser, der ägyptische Präsident, der sich als Offizier an die Macht putschte, den Suezkanal verstaatlichte und damit die wirtschaftlichen Interessen der Engländer und Franzosen torpedierte, lenkte die Welt plötzlich ihr Augenmerk auf diese Region. Die Suezkrise und der Sinai Krieg zwischen Ägypten, England, Frankreich und Israel, schreckten die Menschen in Europa und Amerika auf. Für England und Frankreich waren es in erster Linie Handelsvorteile, die sie für sich schützen wollten. Für Israel war es eine sicherheitspolitische Frage. Nach dem Putsch der Generäle 1952 in Ägypten, bei dem sie König Farouk stürzten und die Macht an sich rissen, änderte die neue Regierung unter Präsident Gamal Abdel Nasser ihre Strategie. Sie beendete die Kooperation mit westlichen Staaten und wandte sich einem nationalistischen, panarabischen und antiisraelischen Kurs zu. Im Laufe des Jahres 1956 verschärfte sich der Konflikt zwischen Ägypten und Israel, das sich zunehmend Angriffen durch Fedajin von ägyptischem Territorium und vom ägyptisch verwalteten Gaza Streifen aus erwehren musste. Ägypten, unter der Führung von Präsident Gamal Abdel Nasser, blockierte den Golf von Akaba, sperrte den Suezkanal für israelische Schiffe und verletzte somit internationales Recht. Zugleich bildete Ägypten gemeinsam mit Jordanien und Syrien ein `Vereinigtes arabisches Oberkommando´.

Am 29.Oktober des Jahres 1956 begann der Sinai Krieg. Bis zu diesem Tag wusste Schimele nicht genau, was Krieg bedeutet. Er konnte lediglich die Nervosität und die Hektik registrieren, die sowohl auf der Straße als auch im Haus, indem sie wohnten, herrschte. Die Nachrichten im Radio gaben ständig Lageberichte durch. Die Menschen hingen an den Lautsprechern und verfolgten nervös das Geschehen. Zipora, die Nachbarin vom dritten Stock, kam mit verweinten Augen zu Schimeles Eltern in die Wohnung im Erdgeschoß und zitterte vor Angst. Ihr älterer Sohn Drori war eingezogen worden und kämpfte jetzt im Sinai. Für die Nacht wurde in allen Wohnungen Verdunklung angeordnet. Jalousien und Vorhänge waren fest verschlossen, die Straßen stockfinster. Schimele lag schon im Bett in dem kleinen Zimmer, das zur Straßenseite führte zusammen mit Oren, dem kleinen Baby, als plötzlich die Sirenen lautstark von den Dächern zu heulen begannen. Es war die Aufforderung, in die Luftschutzkeller zu eilen. In Israel besaßen die meisten Häuser einen solchen Luftschutzkeller, wie sie auch in öffentlichen Gebäuden und in vielen Straßen zu finden waren. Hastig stürzten Ima und Aba noch in Pyjama ins Kinderzimmer, packten die beiden Kinder und eilten zügig die Treppen hinunter, wo sich bereits viele Hausbewohner bangend eingefunden hatten. Zuerst war es ganz ruhig, niemand sagte etwas. Draußen heulten noch die Sirenen. Ganz allmählich hörte man leise die ersten Gespräche über Ängste, Sorgen und Nöte.

Glücklicherweise war keine Bombe auf Ramat Gan gefallen. Im Laufe der nächsten Tage musste man diese vermeintlichen Übungen noch oft bei Tag und bei Nacht wiederholen, solange der Krieg anhielt. Schließlich eroberten israelische Truppen die Sinaihalbinsel und drangen bis zum Suez Kanal vor. Militärisch war der Sinai Feldzug für England, Frankreich und Israel ein Erfolg, politisch mussten sie dem Druck der Supermächte USA und UDSSR nachgeben und das eroberte Gebiet wieder an Ägypten zurückgeben. Der Konflikt ging zu Ende, doch der Hass der Araber gegenüber Israel wuchs. Die Anschläge ließen nicht nach. Fast gehörten sie schon zum Alltag. Der Blick auf eine Landkarte zeigte deutlich, wie verwundbar Israel war. Mit einer Länge von 537 Kilometern zog sich der Streifen an der Mittelmeerküste entlang, wie ein Band mit einer engen Wespentaille. An der schmalsten Stelle maß sie gerade einmal 15 Kilometer, ideal für Artilleriebeschuss vom Westjordanland bis ins Zentrum von Tel Aviv. Im Norden, östlich vom See Genezareth, stiegen die Golanhöhen an und boten den syrischen Stellungen einen herrlichen Ausblick auf die israelischen Kibbuzim im Tal, die sie auch regelmäßig mit Kanonensalven attackierten. Die Negev Wüste verjüngte sich nach Süden hinunter wie ein Dreieck und floss mit der Spitze bei Eilat ins Rote Meer ein. Im Osten drohten Syrien und Jordanien, im Südwesten provozierte Ägypten.

Kapitel 12
Eine harte Zeit

Die Zeit verging, und die wirtschaftliche Situation im Land wurde immer schwieriger. Aba musste seinen Lastwagen verkaufen. Er war nicht mehr konkurrenzfähig gegen die kleinen, wendigen, dreirädrigen Transport Motorräder, die wesentlich mobiler und preiswerter ihre Dienste anbieten konnten. Schließlich musste er aufgeben. So bot ihm seine Schwester eine Stelle in der Metallfabrik ihres Mannes und dessen Brüder in Jaffa an. Die Fabrik für Stanzteile ähnelte eher einem großen Ersatzteillager für Eisenschrott, indem ein paar höllisch laute Stanzmaschinen ihr Werk verrichteten. Das löchrige Wellblechdach war im Winterregen undicht und im Sommer heizte es die Halle wie einen Glutofen auf. Aba fuhr jeden Morgen in aller Frühe mit dem Fahrrad die 20 Kilometer von Ramat Gan nach Jaffa und kam spät abends wieder zurück nach Hause. Er war froh eine Arbeit zu haben, um die Familie ernähren zu können. In der Anfangszeit lief alles recht gut, solange der Vater der drei Brüder das Zepter in der Hand hielt. Er war ein gerechter Mann der Leistung honorierte und Familiensinn besaß. Als er kurze Zeit danach verstarb, kehrte sich die Situation um. Die Brüder übernahmen das Kommando und führten ein straffes Regiment ein. Auch Aba bekam es täglich zu spüren, indem er bevorzugt als erster zu den schwersten körperlichen Arbeiten beordert wurde. Die physische und psychische Belastung wuchs von Tag zu Tag an. Der Mann befand sich in der Zwickmühle zwischen Schwager als herrischem Boss und Schwester als Blutsverwandte, mit der er jeglichen Streit vermeiden wollte. Die Situation machte ihm sehr zu schaffen. Er fraß den Ärger in sich hinein und litt ständig unter psychosomatischen Beschwerden. Oft redete er nächtelang verzweifelt mit Ima über die unerträgliche Lage, doch auch sie konnte ihm dabei nicht helfen. Schimele spürte die Spannung, die die Eltern immer von den Kindern fernhalten wollten. Sie taten alles, damit es beiden gut geht und gaben ihnen was in ihrer Macht stand. Vor allem Liebe und sehr viel Zuneigung. Sie waren die besten Eltern, die man sich vorstellen konnte und Schimele ist ein richtiges Mamakind gewesen. Trennung von den Eltern war für ihn ein Greul, wenn auch nur für ein paar Stunden. Die bloße Drohung von Ima, natürlich nur als erzieherische Maßnahme, ihn bei Ungehorsamkeit in ein Kibbuz zu schicken, zeigte sofort ihre nachhaltige Wirkung. Sie war nie wirklich ernst gemeint, doch das konnte Schimele nicht wissen. Er ließ nicht einmal die Eltern abends ausgehen, aus Angst, sie würden nicht mehr wiederkehren. Und wenn sie es doch einmal probierten, mit der Bitte, die Nachbarn im Haus sollten einen Blick auf die Kinder werfen, so saß Schimele nach kurzer Zeit auf dem Fenstersims und weinte bitterlich. Zur Verstärkung weckte er auch den kleinen Oren, um seiner Forderung Nachdruck zu verleiten. Schimele hatte zunächst gewonnen, die Eltern gingen äußerst selten aus.

Religiös war die Familie nie, höchstens traditionell. Man besuchte an hohen Feiertagen die Synagoge und feierte die jüdischen Feste wie Rosh Hashana (das jüdische Neujahrsfest), Yom Kippur, Chanukka, Pessach oder Sukkot. Jeden Freitagabend zündete Ima die Schabbat Leuchter an, sie führte die Hände vors Gesicht und sprach leise das Schabbat Gebet. In der Mitte des Tisches bedeckte ein weißes Tuch die Chala, das jüdische Zopfgebäck, daneben stand der rote, süße Wein. Aba segnete den kommenden Schabbat und den Wein, „Baruch ata Haschem elohenu, bore pri hagafen."

Dann wurde das traditionelle Essen auf den Tisch gebracht. Als Vorspeise gab es gefillte Fisch, eine osteuropäisch jüdische Spezialität aus Karpfenscheiben, gefüllt mit gehacktem und gewürztem Fischfleisch. Der Hauptgang bestand aus einer Hühnernudelsuppe, dem anschließend gekochtes Hühnerfleisch folgte. An jedem Freitagabend, eines jeden Monats, eines jeden Jahres. Tradition bleibt nun mal Tradition. Schimele hat es unbeschadet überstanden.

In der Schule war er ein Musterschüler der viel Bestätigung für seine Leistungen erhielt. Er ging zu den Pfadfindern, spielte Fußball und wuchs auf wie jedes andere Kind auch. Schimele hatte viele Freunde, doch Arnon war nach wie vor der Beste. Mit zehn, regten sich die ersten Gefühle für das andere Geschlecht. Sie saß in derselben Klasse, hieß Shira, war blond, zierlich und von Hause aus sehr vermögend. Ihre Eltern besaßen eine luxuriöse Villa in Ramat Gan und zwei Schuhgeschäfte in Tel Aviv. Schimon war nicht der Einzige dem Shira den Kopf verdrehte. Alle Jungs in der Klasse, natürlich auch Arnon, buhlten um die Zuneigung des hübschen Mädchens. Dass ihr Vater eine große französische Limousine der Marke Simca besaß, erhöhte den Reiz ungemein. Schimon gehörte zu den Privilegierten, denn er durfte Shira öfters in ihrer wundervollen Villa besuchen. Manchmal trafen sie sich zusammen mit anderen Klassenkameraden am Samstag im Park der Affen auf einem Hügel über der Stadt, um zu spielen, singen und tanzen.

Im Gegensatz zu Ima und Aba waren die Großeltern väterlicherseits, die in der orthodoxen Gemeinde Bne Brak lebten, sehr religiös. Bei ihnen wurde zusammen mit der übrigen Familie am Passah Fest der Seder-Abend gefeiert. Da saß die gesamte Verwandtschaft um den langen Tisch herum und zelebrierte den Auszug der Juden aus der Sklaverei in Ägypten vor über 3000 Jahren. Dies waren die seltenen Male, an denen Schimon mit der väterlichen Familie zusammenkam. Die Beziehung zu diesem Strang, war weder innig noch gefühlsbetont. Einzig Cousin Adi, sieben Jahre älter als Schimon und Sohn von Abas Schwester, besaß eine emotional enge Bindung zu seinem Onkel. Irgendwie hat er ihn bewundert. Ima und Aba gehörten eher zu den `armen´ Verwandten in diesem Kreis und wurden zumeist nur dann kontaktiert, wenn man etwas von ihnen wollte. Außerdem war Ima eine typische `Jeckete´, wie die deutschen in Israel genannt wurden. Sie besaß keine polnischen Wurzeln wie Abas Familie, was ihren Stand etwas minderte.

Im Unterschied zu Abas Familie, bestand zu Imas Verwandtschaft eine herzliche Bindung. Die Großeltern mütterlicherseits starben jedoch früh, Schimon war erst 6 Jahre alt. Dennoch blieben bei ihm gewisse sprachliche Erinnerungen haften, denn Oma Mathilde redete immer deutsch mit den Eltern, und so war der Klang dieser Sprache, in der sich auch Ima und Aba oft unterhielten, für Schimon sehr vertraut. Ihre Herkunft, wollten und konnten die Eltern nicht wie ein Kleidungsstück abstreifen, weder im Kopf noch in ihrer Mentalität. Werte, wie Fleiß, Pünktlichkeit, Ehrlichkeit und nicht zuletzt eine gewisse Zurückhaltung, machten ihnen jedoch das Leben in Israel nicht immer leicht. Deutsche Tugenden wurden damals in Israel zwar hochgeschätzt, allerdings auch oft belächelt und von vielen nicht selten ausgenutzt.

Schimon besuchte die sechste Klasse und war nach wie vor Klassenbester. Bei Schulaufführungen spielte er meistens die Hauptrolle und war trotz seiner geringen Körpergröße, er gehörte zu den Kleinsten in der Klasse, respektiert und anerkannt. Geografie zählte weiterhin zu seinen Lieblingsfächern, in Sport brachte er überzeugende Leistungen und außerdem konnte er sehr gut zeichnen. Er fühlte sich in seinem Lebensumfeld wie ein Fisch im Wasser. In zwei Jahren sollte er aufs Gymnasium kommen, gemäß dem damaligen israelischen Bildungssystem von acht Jahren Grundschule. Er liebte sein Land und war stolz darauf Israeli zu sein. Und dennoch blieb sein größter Wunsch, eines Tages die Grenzen dieses Landes in irgendeine Richtung überschreiten zu dürfen, den Frieden mit den Nachbarländern zu erleben, um sich gegenseitig besuchen zu können.

Kapitel 13

Die Auswanderung nach Deutschland

1962, Schimon war zwölf Jahre alt, kurz vor den Sommerferien verspürte er eine seltsame Unruhe zuhause. Er konnte es noch nicht richtig deuten, doch er fühlte, dass eine Veränderung bevorsteht. Ima und Aba sprachen immer häufiger vom Ausland, das Wort Deutschland war öfters gefallen. Abends saßen sie lange zusammen und unterhielten sich leise auf Deutsch miteinander. Aba sah ausgelaugt und deprimiert aus. Seine blauen Augen waren blass geworden und strahlten tiefe Traurigkeit aus. Um den Lebensunterhalt zu verdienen, arbeitete er unermüdlich. Tagsüber in der Fabrik, abends und an Wochenenden reparierte er Jalousien, doch das Geld reichte kaum mehr als für Wohnen und Essen. An einem Abend, eröffneten Ima und Aba den Kindern ihren Plan. Sie wollten in Kürze auswandern, zurück nach Deutschland, doch das sollte aber vorerst niemand wissen. Eine Auswanderung in dieses verfluchte Land, nur 15 Jahre nach dem Ende des Holocaust, entsprach einem Verrat an Israel und den Juden. Das durfte nicht sein. Amerika, ja, jedes andere europäische Land, vielleicht, aber Deutschland, auf keinen Fall. Nach all dem, was Nazideutschland den Juden angetan hatte, sollte kein Jude jemals mehr deutschen Boden wieder betreten. Tief saß der Hass gegen alles Deutsche und gegen jeden, der Deutschland nur erwähnte. Und dennoch gab es bei manchen deutschen Juden die den Genozid überlebt hatten, einen inneren Drang in ihre ursprüngliche Heimat zurückzukehren. Sie fühlten sich in Israel manchmal als Fremdkörper, der dem mediterranen Lebensstil nicht gewachsen war. Sie hatten es auch nicht immer einfach in diesem Land mit ihrer deutschen Mentalität. Gewohnte Werte wie Ordnung, Pünktlichkeit, Zurückhaltung oder Höflichkeit fanden wenig Platz in dieser Gesellschaft. Und so waren sie davon überzeugt, dass sie in ein anderes, ein neues Deutschland kommen würden, indem man wieder neu anfangen und die Vergangenheit überwinden kann.
„Kinder", sagten die Eltern, „wir werden in den Sommerferien eine große Reise machen. Wir werden nach Deutschland fahren. Mit einem Ozeandampfer über das Mittelmeer bis nach Venedig und von dort, über Wien, nach Deutschland. Noch steht es nicht

fest in welcher Stadt wir in Deutschland leben werden, aber das werden wir dem Schicksal überlassen. Ihr dürft es aber niemandem erzählen. Sollte euch jemand fragen, dann fahren wir nach Amerika. Mehr wisst Ihr nicht."

Schimons Augen glänzten. Ins Ausland! Wahrhaftig, aus Israels Grenzen hinaus, raus in die große, weite Welt. In diesem Augenblick war alles andere vergessen. Die Schule, die Freunde, das Land. Ein Traum sollte Wirklichkeit werden, es geht nach Chuz lararetz. Das Abenteuer kann beginnen.

In den folgenden Wochen wurden alle Vorbereitungen getroffen. Ima und Aba kannten einen Makler, der ihnen dabei half, die kleine Wohnung zu verkaufen. Sie brachte nicht viel ein, sie war mickrig, lag im Erdgeschoss und hatte feuchte Wände. Doch jeder Dollar war nötig, um die Reise zu finanzieren. Von den Vorbereitungen bekamen die Kinder nicht allzu viel mit. Für sie verlief der Alltag noch in seiner normalen Bahn. Allmählich leerte sich die Wohnung. Möbel wurden verkauft oder verschenkt. Zwei große Koffer standen im Flur, mit dem Allernötigsten bepackt. Die Sommerferien, und somit der Tag der Abreise, rückten immer näher. In der Schule gab es Zeugnisse. Schimons Zertifikat war wie gewohnt tadellos. Doch die Freude über das kommende Abenteuer überwog die guten Noten bei weitem. Er konnte es kaum noch abwarten mit dem großen Schiff in See zu stechen. Das Fernweh hatte ihn gepackt und ließ ihn nicht mehr los.

An einem Dienstag, Anfang Juli 1962, war es soweit. Am Morgen stand die Familie, Aba war 42, Ima 35, Schimon 12 und Oren 7, mit zwei vollgepackten, grauen Koffern am zentralen Busbahnhof in Tel Aviv und bestieg den Bus nach Haifa. Es war ein heißer Sommertag, die Sonne brannte schon zu früher Stunde vom blauen Himmel herab. Für Schimon schien es zunächst wie ein Ausflug ins Grüne. Noch konnte er sich nicht genau vorstellen, was auf ihn zukommen würde, doch die Fantasie beflügelte alle Sinne. Eine Stunde dauerte die Fahrt nach Norden die Küste hoch, dann erreichte der Bus den Hafen von Haifa. Man passierte die Sperren, zeigte die Ausweise. Von weitem war schon ein größerer grauer Dampfer mit vielen kleinen Bullaugen zu erkennen. Das Schiff hieß Hermes, ein unter zypriotischer Flagge fahrender Kahn. Eigentlich war er nicht wirklich groß und dazu noch recht betagt, doch für Schimon war es das Gigantischste, das er je gesehen hatte. In der Ferne winkten einige Menschen. Als sie näher kamen erkannte Schimon die Verwandtschaft, die sich zum Verabschieden bereits eingefunden hatte. Alle wussten mittlerweile, dass die Auswanderung nach USA bevorstand. Da erschienen Abas Eltern, seine Brüder und Imas Schwester mit Familie. Nun wurde es ernst. Die Tür in die Zukunft stand offen und niemand wusste wann, wie und wo man sich wiedersehen würde. Tränen flossen, Küsse und Umarmungen ausgetauscht. Plötzlich nahm Salomon, Abas Vater, seinen Sohn beiseite und flüsterte ihm etwas ins Ohr. „Awremel", sprach Schimons Opa leise auf Jiddisch, "Ich weiss schoin. Ihr fuhrt nicht noch Amerika, Ihr geit wieder zirick nach Deitschland". Er öffnete die rechte Hand seines Sohnes und drückte ihm ein winziges Gebetbüchlein hinein, mit einem kleinen Zettelchen darin.

„Dieser Talisman wird eich end dene ganze Mischpoche beschitzen end ihnen Glick ind Segen bringen."

Aba schaute ihn etwas verwundert an. Er zögerte einen Augenblick, dann nickte er zustimmend und wischte sich eine kleine, verirrte Träne von der Wange. Von da an war das Geheimnis gelüftet. Just an dieser Stelle hatten sie vor 25 Jahren den Boden dieses Landes zum ersten Mal betreten. Nun werden sie ihn wieder verlassen. Man bestieg die Treppen zum Oberdeck. Schimons Familie stand an der Reling und winkte den Angehörigen am Pier zu. Ein lautes Hupen zerriss die Stille, begleitet von einer schwarzen Dampfwolke, die gewaltig aus dem dreckigen Schornstein in den wolkenlosen Himmel zischte, und langsam trennte sich der Dampfer vom Boden Israels. Gemächlich drehte das Schiff den Bug in Richtung offenes Meer und gewann zunehmend an Fahrt. Der Hafen, die Häuser, der Berg Carmel, schrumpften immer mehr, bis sie am Horizont verblassten und ganz allmählich verschwanden.

Schimon musste zuerst das Schiff erkunden. Es war ein altes Boot, böse Zungen hätten es als Seelenverkäufer bezeichnet, doch es besaß alles Nötige, um Passagiere über die Meere zu befördern. Ein Bordrestaurant, das einem Schnellimbiss ähnelte, eine Lobby mit der Gemütlichkeit eines Bahnhofwarteraums, ein Deck mit älteren Liegestühlen, und viele enge Kabinen im Bauch. Für Schimon war es eine kleine schwimmende Welt, die ihn in eine neue, große bringen sollte. Als es Abend wurde, verdunkelte sich das Meer und die Lichter des Schiffes spiegelten sich im Wasser wieder. Die graue Innenkabine, in der sie untergebracht waren, war winzig klein, stickig und roch nach Motorenöl. Vermutlich lag sie sogar unter dem Wasserspiegel. Zwei schmale Stockbetten auf jeder Seite der beigen Wände, ließen kaum Platz zum Umdrehen. Eisenrohre schlängelten sich an der Decke entlang und führten in die Nachbarkabinen. Ein winziges Spülbecken aus Metall vor einem verblassten Spiegel reichte gerade zum Zähneputzen. Auch für die Sicherheit war gesorgt. An der abgewetzten, dunklen Holztür der Kabine hingen zwei weiß-rote Rettungsringe, in deren Mitte ein vergilbtes Hinweisblatt mit Verhaltensregeln bei Notfällen auf Englisch und Griechisch klebte. Eine Lebensversicherung von unschätzbarem Wert. Die verblassten Schwarzweiß-Bilder mit den abgebildeten Personen, stammten aus den Anfängen der Fotografie. Als Ima das Licht ausschaltete, wurde es stockfinster in der Zelle. Monoton summten die Schiffsdiesel und ließen den Raum beständig vibrieren. Nur der Wellenschlag an der Kabinenwand übertönte zuweilen die Eintönigkeit und ließ Schimons Herz aus Furcht schneller schlagen. Dass Holz schwimmt, wusste er, aber bei Metall hatte er so seine Zweifel. Auch das ungewohnte Schaukeln, das normalerweise Babys zum Schlafen bringt, konnte ihn nicht wirklich beruhigen.

Am frühen Morgen legte das Schiff zunächst in Famagusta auf der Insel Zypern an und bot den Passagieren die Möglichkeit zu einem Landausflug. Mit Bussen wurde man in einer kleinen Landrunde von Famagusta nach Limassol gefahren, um dort wieder an Bord zu gehen. Für Schimon war es ein grandioses Gefühl, das erste Mal ausländischen Boden zu betreten. Er genoss jeden Augenblick und saugte die Eindrücke wie ein nasser Schwamm auf. Von Limassol führte die Reise in Richtung Griechenland, mit einem Zwischenstopp auf der Insel Rhodos. Laut der griechischen Mythologie wurde die Insel nach der Nymphe Rhode, der Tochter des Meeresgottes Poseidon benannt, die bei Abwesenheit ihres Vaters auf die Insel aufpasste. Schimon hat es nicht sonderlich bewegt. Auf Rhodos führte ein Landausflug nach Petaloudes, dem weltberühmten Schmetterlingstal. Bei jeder kleinen Erschütterung stiegen gleichzeitig Zigtausend rosa Schmetterlinge in die Luft und färbten mit ihren leuchtenden Flügelunterseiten den Himmel in Pink.

Über Piräus in Griechenland dampfte das Schiff weiter seinem Ziel entgegen. Beeindruckend auf dem Weg war die Passage durch den Kanal von Korinth, der das griechische Festland von der Insel Peleponnes trennt. Die Durchfahrt war so eng, dass man fast die haushohen Felswände zu beiden Seiten des Schiffes mit ausgestreckten Armen berühren konnte. An Albanien und Jugoslawien vorbei, führte die Route die Adria hinauf, bis zur Endstation Venedig, der Traumstadt, die man unbedingt einmal gesehen haben musste. Nach dem Ausschiffen fuhr die Familie in ein kleines Hotel am Stadtrand, wo man für eine Nacht ein Zimmer bezog. Am nächsten Tag sollte die Reise weitergehen. Doch vorher stand noch eine kurze Stadtbesichtigung an. Mit einem Wasserbus schipperte man durch enge Wasserstraßen bis zum Canale Grande und spazierte über den berühmten Markusplatz mit seinen unzähligen Tauben, ebenso vielen Touristen und Cafés mit märchenhaften Preisen. Für den unerlässlichen Kauf ein paar kleiner Souvenirs hatte Aba Geld gewechselt. Die Zeitungsgröße der italienischen Lira Scheine stand in krassem Gegensatz zu ihrem tatsächlichen Wert. Die Flut der Eindrücke überwältigte Schimon. Die Kanäle, die Brücken, die Gondeln und nicht zuletzt die prachtvollen Stadtpaläste. Ein Traum wurde Wirklichkeit - Bella Italia.
Am nächsten Morgen fuhr man zum Bahnhof von Venedig. Von da aus wollten sie den Zug nach Wien nehmen. Ima hatte einige Monate als Kind in dieser prachtvollen Stadt gelebt. Es war die Zeit, als die Familie auf der Flucht vor den Nazis war und über Österreich nach Palästina ausreisen wollte. Wien hatte sie in keiner schlechten Erinnerung behalten und so wollte sie unbedingt den Platz sehen, wo sie damals gelebt und wie es sich seitdem verändert hatte. Der Nachtzug ratterte über die Gleise, bis er bei Morgengrauen in den Wiener Hauptbahnhof einfuhr. Ein kleines Hotel in Bahnhofsnähe diente als Domizil für die kommenden zwei Nächte. Schimon war noch müde von der Zugfahrt. Die Aufregung und die Erwartung auf neue Eindrücke ließen ihn die Nacht nicht gut schlafen. Doch die Neugier auf diese Stadt machte alles vergessen. Zuerst fuhren sie mit der Tram in den Bezirk, in dem Ima als Kind gewohnt hatte. Das Haus gab es nicht mehr. Es war längst abgerissen worden und einem modernen Bau gewichen. Dennoch keimten bei Ima Erinnerungen auf, die ihr die Tränen in die Augen trieben. Im Prater erhellte sich ihr Gesicht

wieder. Sie erinnerte sich, wie sie hier mit den Eltern und ihrer Schwester Lilo Karussell gefahren war, leckeren Langosch verdrückte und mit dem großen Riesenrad eine Runde drehen durfte. Sie wollte es wiederholen, die Vergangenheit wieder aufleben lassen, und so stiegen alle in eine Kabine ein. Langsam bewegte sie sich nach oben und hielt zwischendurch immer wieder an. Von ganz oben war die Aussicht über Wien und den Prater grandios. Eine Welt voller Vergnügungen. Bisher kannte Schimon nur einen Rummelplatz, der war in Jaffa. Zwei Schiffschaukel, ein kleines Karussell und ein paar winzige Falafelbuden, das war alles. Und jetzt war er in Wien, im berühmten Prater, wo alles sich drehte, fuhr und bewegte. Eines aber hatte es ihm ganz besonders angetan. Stundenlang hätte er mit dem Autoskooter seine Bahnen im Kreis ziehen können, wenn es nicht schon allmählich dunkel geworden wäre und die Eltern ins Hotel zurückkehren wollten. Am nächsten Tag stand noch der Besuch im Schloss Schönbrunn auf dem Plan. So etwas kannte Schimon aus den Büchern, die er gelesen hat und den Bildern, die ihn begeisterten. Und jetzt stand er wahrhaftig davor. Ein unbeschreiblicher Moment. Ein echtes Schloss, verschwenderischer Prunk in den Räumen, kostbare Möbel, die Wohnräume des Kaisers Franz Joseph und seiner Gemahlin Elisabeth, genannt Sissi - Eine Welt, die jede Geschichte zu wirklichem Leben erweckte. So etwas hatte es in Israel nicht gegeben.

Wien war nun die letzte Station, bevor es ins Zielland gehen sollte, nach Deutschland. Schimon hatte noch keine rechte Vorstellung von diesem Land. Er wusste nur, dass alles in Deutschland sehr sauber und ordentlich sein sollte. Die Sprache konnte er nicht, obwohl er sie zu Hause, wenn Ima und Aba sich unterhielten, gehört hatte. `Ja´ und `nein´, waren die einzigen Worte, die er konnte, was ihn jedoch nicht sehr weit bringen würde. Natürlich hatte Schimon schon viel über den Holocaust in der Schule gelernt, auch hatte er im Kino Kriegsfilme gesehen, in denen die Deutschen immer die Schurken waren, doch zu Hause hatte er kein böses Wort über Deutschland gehört. So war er einfach nur neugierig auf dieses Land, aus dem seine Eltern damals vertrieben wurden und in dem sie jetzt wieder leben wollten. Morgens stand die Familie im belebten Wiener Hauptbahnhof, Ima, Aba, zwei kleine Kinder, zwei schwere Koffer. Sie starrten zur großen Anzeigentafel hinauf, mit all den Zugverbindungen nach ganz Europa.

„Der erste Zug, der nach Deutschland fährt, den werden wir nehmen", beschloss Ima. Das Ziel war offen, das Schicksal sollte entscheiden, wo sie sich in Deutschland niederlassen würden.

Der nächste Zug ging nach Frankfurt am Main. Den haben sie bestiegen.

Kapitel 14
Erste Jahre in Deutschland

Am nächsten Morgen lief die Bahn auf Gleis 7 am Frankfurter Hauptbahnhof ein. Man zählte den 13. August 1962. Quietschend kam der Zug an der Bahnsteigkante zum Stehen. Schimons Augen waren überall. So einen riesigen Bahnhof mit so vielen Bahnsteigen hatte er noch nie gesehen. Durchsagen röhrten ständig aus überdimensionalen Lautsprechern, Menschen huschten eilig von Zug zu Zug. Hier wurde gelacht, dort geweint, umarmt, geküsst, begrüßt und verabschiedet.

„Wie soll es nun weitergehen, was passiert jetzt?" wollte Schimon neugierig wissen.

„Jetzt werden wir uns irgendwo in der Nähe ein Hotel suchen und uns da einquartieren", sagte Ima.

„Dann werden wir die nächsten Schritte einleiten." Nicht weit vom Bahnhof, ein paar Minuten Fußmarsch weg, lag das Hotel *Württemberger Hof*. Ein sechsstöckiges Gebäude, das sich an einer stark befahrenen Straße befand. Die Bahnhofgegend in Frankfurt, das wussten sie noch nicht, umfasste das Rotlichtviertel und war für ihre zwiespältigen Vergnügungen deutschlandweit bekannt. Hier reihte sich eine Bar an der anderen, hier blühten Prostitution und Kriminalität. Tagsüber war es nicht immer deutlich zu erkennen, sobald jedoch der Abend anbrach und die bunten Lichter angingen, waren die Vergnügungen allgegenwertig. Schimon hat das alles nicht gestört. Er war schon zwölf, doch nicht gerade aufgeklärt für sein Alter. Das farbenfrohe Treiben wirkte auf ihn wie ein großer Rummelplatz. Das Zimmer, das sie bezogen haben, lag im sechsten Stock mit direktem Blick auf die Straße. Während Ima die Koffer auspackte, saßen Schimon und Oren am Fenster und beobachteten interessiert die vorbeirauschenden Autos. Irgendwann wurde es langweilig und Schimon begann seinen Bruder zu necken. Ein wenig Ärgern, ein wenig drücken, ein wenig stoßen, und schon war das Malheur passiert. Der große Spiegel an der Wand, ging mit einem lauten Klirren zu Bruch. Heulen, Zähneknirschen, Angst vor Strafe. Aba trat den Gang nach Canossa, um an der Rezeption das Missgeschick zu erklären. Es war halb so schlimm, der Spiegel wurde auf die Rechnung gesetzt. Draußen war es dunkel geworden. Am Haus gegenüber, an der Fassade im Erdgeschoß, gingen bunte Lampen an. Die Schaufenster waren Schwarz abgedeckt, über der Eingangstür prangte in roten Leuchtbuchstaben der Name *Colibri Bar*. Vom Zimmerfenster gab es viel zu sehen. Vor dem Etablissement stolzierten leicht bekleidete Damen in äußerst kurzen Röcken und hochhackigen Pumps hin und her und warteten auf Kundschaft. Ab und zu hielt ein Wagen an, eine Männerhand winkte aus dem Fahrerfenster eine Dame heran, sie beugte sich herab und verhandelte den Preis. Manchmal stieg sie ein und fuhr mit weg. Ein anderes Mal jagte sie das Auto mit einer deutlichen Handbewegung und einem Fußtritt ans Blech fort. Besonders spannend wurde es an jenen Abenden, als es sehr laut vor der Bar wurde. US Soldaten, teilweise noch in Uniform und ziemlich alkoholisiert, gerieten zunächst verbal, dann brachial aneinander. Es waren weiße und dunkelhäutige Männer, die aufeinander losgingen. Sie schenkten sich nichts bei dieser heftigen Keilerei. Das kannte Schimon von Kinofilmen. Es machte Spaß dieses Schauspiel von der Loge ganz oben in echt zu sehen. Einige Minuten später hielten mit quietschenden Reifen zwei US Militär Jeeps vor der Bar an, aus denen vier hünenhafte Militärpolizisten heraussprangen, die mit ihren Schlagstöcken gleich auf die prügelnde Meute losgingen. Die schlagenden Argumente zeigten sehr schnell ihre überzeugende Wirkung. Den Rädelsführern legte man umgehend Handschellen an, sie wurden in die Jeeps verfrachtet. Dann stürzten zwei MPs in die Bar hinein, wo anscheinend die Party noch in vollem Gang war. Auch hier dauerte es nicht allzu lang, bis die Türe des Clubs mit Wucht aufplatzte, und ein Soldat in hohem Bogen auf den Bürgersteig landete. Die beiden Polizisten mit den Schlagstöcken griffen ihn auf, setzen ihn zu seinen beiden Kameraden, die im Jeep lädiert aneinander lehnten, und verschwanden mit den Fahrzeugen so schnell, wie sie kamen. Dann war Ruhe, zumindest für diese Nacht.

Das Programm der folgenden Tage war von den Eltern genau geplant worden. Es lautete: Arbeitsstelle finden, Wohnung mieten, Kinder einschulen. Alles sollte so schnell wie möglich erfolgen. Während die Kinder nicht allzu viel von den Aktivitäten der Eltern merkten, liefen doch alle Maßnahmen planmäßig nacheinander ab. In der Nähe des Bahnhofs befindet sich das Hotel Excelsior. An einem Morgen betraten Ima und Aba die Vorhalle und baten an der Rezeption einen Verantwortlichen zu sprechen. Es dauerte nicht allzu lange, bis sie dem Personalchef gegenübersaßen und nach einer Arbeitsstelle fragten. 1962 war ein Jahr, in dem sich Deutschland in einem wirtschaftlichen Aufschwung befand, es herrschte Vollbeschäftigung. Schon 1955 schloss die Bundesregierung den ersten Anwerbeabkommen mit Italien ab. Es folgten 1960 Vereinbarungen mit Griechenland und Spanien, später mit der Türkei, Marokko, Tunesien und Jugoslawien. Eine goldene Zeit für Arbeitnehmer, die sich ihre Arbeitsstelle auf dem Arbeitsmarkt quasi aussuchen konnten. Aba wurde als Hausmeister eingestellt, Ima als Mitarbeiterin im Wäschemagazin. Somit war das monatliche Einkommen zunächst gesichert.

Als Nächstes wurde die Wohnungsbeschaffung in Angriff genommen. Die *Frankfurter Rundschau* am Wochenende bot Kauf- und Mietobjekte an. Verschiedene Anrufe führten nicht zum Erfolg. Bei einem Angebot jedoch wurde ein Treffen zur Besichtigung der Wohnung vereinbart. Der Hausbesitzer war ein renommierter Kaufmann, dem einige Ledergeschäfte in Frankfurt gehörten. Er wollte vorab die ganze Familie kennenlernen, und so fuhr man zu seinem Büro an der Hauptwache. Der Vater des Leders war ein großer, stattlicher Mann, elegant gekleidet, mit einer dunklen Hornbrille. Er wirkte sehr freundlich und schien kinderlieb zu sein, denn gleich sprach er die Jungs direkt an. Schimon und Oren schauten sich verdutzt an, sie verstanden kein Wort. Ima griff sofort mit der Übersetzung ein. Dann besprachen die Eltern die Konditionen und einigten sich auf die gewünschte Summe. Zur damaligen Zeit war es üblich bei Neubauten vor dem Einzug beim Wohnungsinhaber, einen Baukostenzuschuss zu entrichten. Für die angebotene Wohnung betrug die Summe 6000 D-Mark. Eine stolze Summe, die die damalige Wohnungsknappheit dokumentierte. Dann ging es zur Wohnungsbesichtigung. Schon die Fahrt dahin war für Schimon ein Ereignis, denn der Wohnungseigner nannte einen nagelneuen, großen Mercedes 300 SE mit weichen Ledersitzen sein eigen - ein Traum auf vier Räder. Das neue, sechs stöckige Haus stand in der Heidestraße im Stadtteil Bornheim. Im Erdgeschoß befanden sich rechts vom Eingang eine Münzwäscherei und links ein Kiosk. Die Wohnung lag im obersten Stock und konnte per Fahrstuhl erreicht werden. Sie umfasste zwei Zimmer, Küche, Bad und sogar ein Balkon, der zum Hof führte. Alles war modern und roch frisch und neu. Die Begeisterung kannte keine Grenzen, und die Eltern entschieden sie sofort zu mieten. Der Vertrag wurde unterschrieben, das Projekt Wohnung unter Dach und Fach gebracht. Der Einzug sollte in Kürze erfolgen, nach Kauf und Lieferung der ersten Möbel. Ein paar Tage später hat man sie angekündigt, der Umzug vom Hotel in die neue Wohnung konnte stattfinden. Für Schimon war dieses Haus nahezu ein Wolkenkratzer, denn die Gebäude in Israel waren viel kleiner. Zur ersten Einrichtung gehörte selbstverständlich auch ein schwarz-weiß Fernseher von Grundig. Für Schimon und Oren begann das goldene Bildschirmzeitalter. Jede freie Minute verbrachten sie vor der Glotze und saugten alles auf, was gesendet wurde. Die Auswahl war sehr begrenzt und beschränkte sich auf zwei Kanäle, ARD und ZDF in monochrom, doch diese wurden bis zum Sendeschluss ausgereizt. Sogar das Testbild nach Beendigung des Programms konnte noch begeistern. Außerdem bekamen sie auch ein Telefon, was in Israel nur reiche Leute besaßen. Im Haus waren die neuen Nachbarn sehr freundlich und hilfsbereit. Ganz besonders Frau von Eichmann, nicht verschwägert oder verwandt mit dem Nazischurken Adolf Eichmann, der in Argentinien gefasst und 1961 in Israel zum Tode verurteilt und hingerichtet wurde. Im Übrigen das einzige Todesurteil, das gerichtlich je in Israel vollstreckt wurde. Beim ersten Anblick des Namens an der Haustür erschraken die Eltern und fühlten sich sehr unwohl. Als sie jedoch Julia persönlich kennenlernten und sie die Befürchtung zerstreuen konnte, war das Eis schnell gebrochen. Julia mochte die Kinder und brachte ihnen immer wieder kleine Geschenke. Auch die Beziehung zu den anderen Nachbarn hatte sich schnell positiv entwickelt, besonders zu Petra und Klaus die den kleinen Kiosk unten bewirtschafteten, und zu den Benders von der Münzwäscherei. Die Benders waren besonders reich, denn sie leitete den Laden, er war Steuerberater und fuhr einen nagelneuen, weißen Opel Rekord. Schimon war begeistert, denn Herr Bender erlaubte ihm sogar manchmal, sich ans Lenkrad zu setzen.

Als Nächstes stand die Schule für die Kinder auf dem Plan. Sie sollte in der Nähe der Wohnung sein. In zehn Minuten Fußweg lag die Lersner Grundschule. Schimon kam in die Fünfte, Oren in die Anfangsklasse. Die ersten Schultage waren für Schimon und Oren eine wahre Tortur. Zuhause flossen die Tränen. Zwar wurden sie von den Lehrern sehr freundlich aufgenommen und betreut, doch im Unterricht verstanden sie kaum ein Wort.

„Seht Ihr Kinder, wie wichtig es ist, die Sprache zu erlernen?" mahnten die Eltern. „Von nun an werden wir nur noch Deutsch mit euch sprechen, und Ihr müsst auch auf Deutsch antworten", forderten sie. Es war kein leichtes Unterfangen, denn man hat sich bislang immer nur auf Hebräisch verständigt, und welches Kind sucht sich nicht den leichtesten Weg aus, an dem es festhalten möchte. Das Vorhaben begann etwas holprig und war nicht immer von Erfolg gekrönt. Doch im Laufe der Zeit konnte man Fortschritte verzeichnen. Kinder lernen bekanntlich schnell, im Unterricht, auf dem Schulhof und mit neuen Freunden. Allmählich zog der Alltag ein. Aba erfüllte pflichtbewusst seinen Job ganztags im Hotel, Ima arbeitete dort halbtags, und die Kinder besuchten die Schule. Schimon gewann neue Freunde in der Klasse und in der Nachbarschaft und wurde recht schnell integriert. Es dauerte gerade drei Monate, als die Eltern beschlossen Schimon aufs Gymnasium zu schicken. Der Junge hatte doch solch gute Leistungen in Israel gezeigt und brachte tadellose Zeugnisse nach Hause, meinte Ima, nun sollte er hier auf dem Gymnasium weitermachen. Die deutsche Sprache wird er schnell lernen, dachten sich die Eltern.

„Ich möchte auch einen deutschen Namen haben", kam eines Tages der seltsame Wunsch bei Schimon auf.

„Und wie möchtest du heißen?" erwiderte Ima erstaunt. Schimon grübelte einen Augenblick.

„Anton wäre schön. So hieß auch der Junge in dem Film Pünktchen und Anton, den ich in Israel sah. Oder vielleicht Adrian, wie der nette deutsche Schauspieler Adrian Hoven, den du so gerne im Kino siehst", meinte Schimon.

„Nun, solange der Junge nicht Adolf heißen will, ist es mir egal", murmelte Aba im Hintergrund. Aus der Namensänderung war dennoch nichts geworden, alles ist beim Alten geblieben, Schimon hieß weiterhin Schimon. Aufgrund der geringen Deutschkenntnisse wurde Schimon auf dem Helmholzgymnasium eine Klasse tiefer eingestuft, doch er fühlte sich recht wohl dabei. Es war zwar ein reines Jungengymnasium, aber das störte ihn nicht sonderlich. Schwieriger gestaltete sich für ihn der Unterricht. Mathematik, Englisch, Latein und Deutsch fielen ihm nicht leicht.

Die Arbeiten hat er regelmäßig verhauen, was ihn nicht besonders motivierte. Dennoch wurstelte er sich irgendwie durch. Er hatte viele Freunde. Niemals spürte er aufgrund seiner Herkunft eine Abneigung von Schülern oder Lehrern. Nur einmal kam es zu einem kleinen Zwischenfall, als ein Klassenkamerad ihn als Jude beschimpfte und abfällige Bemerkungen äußerte. Es war nicht das erste Mal, dass der korpulente Roland es tat. In seiner kurzen Lederhose, dem blonden, akkurat gescheiteltem Haar und dem weißen Trachtenhemd, vermittelte er echtes Deutschtum, das er scheinbar mit der zu fetten Muttermilch eingesogen hatte.

Schimon war immer der Kleinste in der Klasse. Doch wenn es darauf ankam, wusste er sich wirkungsvoll zu wehren. „Das sagst du nicht noch einmal", mahnte er Roland, der mindestens ein Kopf größer war. Roland provozierte weiter, als plötzlich Schimon auf ihn stürzte, ihn am Ohr packte und es solange drehte, bis es zu reißen drohte. Roland besaß große Ohren, die sich wunderbar greifen ließen. Damit hatte Roland nicht gerechnet.

Es tat schrecklich weh und er begann kläglich zu jammern. „Loslassen, loslassen", schrie er mit schmerzverzerrtem Gesicht. Schimon hielt das Ohr noch eine Weile fest, bis er sicher war, dass das Argument wirkte, und dass keine Gegenwehr mehr zu erwarten war. Von diesem Tage an ging ihm Roland aus dem Weg und wagte es nicht mehr zu provozieren. Schimon hatte sich so auch seinen Platz in der Gruppe gesichert und wurde von nun an von allen respektiert.

Am Abend des 22.Oktober 1962 saßen die Eltern gebannt vor dem Bildschirm und lauschten, wie viele Millionen andere Menschen auf der Welt, höchst besorgt der Ansprache des amerikanischen Präsidenten John F. Kennedy. Seine Ankündigung schockierte die westliche Welt und versetzte sie in Angst und Schrecken. Russland wollte auf Kuba, 200 Kilometer vor der amerikanischen Küste, Atomraketen stationieren, was eine massive Bedrohung für die USA darstellte. Das konnte Amerika nicht tolerieren, die Konfrontation spitzte sich zu. Die amerikanische Regierung entschied sich für eine Seeblockade vor Kuba, um russische Schiffe aufzuhalten. Sollten die Russen nicht einlenken, stünden die Zeichen auf Krieg zwischen Russland und USA, lautete die unheilvolle Botschaft. Die Welt hielt den Atem an. Eine atomare Auseinandersetzung zwischen den Supermächten könnte das Ende dieses Planeten bedeuten und Europa wäre direkt betroffen, denn die heiße Grenze zwischen Ost und West, verlief genau durch das geteilte Deutschland. Die sowjetischen Schiffe näherten sich dem Blockadering um Kuba. Die roten Telefone liefen heiß, jeder Regierung waren die verheerenden Folgen bewusst, die sie auslösen würde, kaum 17 Jahre nach dem Ende des Zweiten Weltkrieges, doch niemand wollte nachgeben. Die Russen fürchteten eine amerikanische Invasion in Kuba, während die USA die Stationierung von Atomraketen vor ihrer Haustür strikt ablehnten. Die Situation eskalierte und stand vor der Explosion, als John F. Kennedy über seinen Bruder Robert, dem russischen Botschafter Dobrynin am 27.Oktober das Angebot unterbreitete, Kuba nicht anzugreifen, wenn die Sowjets ihre Raketen abzögen. Ein Tag später erklärten sich die Russen mit dem Vorschlag einverstanden. Die Welt schrammte an einem atomaren dritten Weltkrieg ganz knapp vorbei. Das Aufatmen war überall zu vernehmen.

Zum ersten Mal wurde Schimon mit einer weltpolitischen Krise von höchstem Rang konfrontiert.

Zwischenzeitlich hatte auch Aba seine Arbeitsstelle gewechselt und war nun bei einer Ford Autowerkstatt als Mechaniker beschäftigt. Ima stieg im Hotel auf, erlangte die Position der Magazinverwalterin und war für die gesamte Wäschelogistik verantwortlich. Oftmals besuchte Schimon nach der Schule Aba in der Werkstatt, um sich die Autos anzuschauen. Hier wurden Träume wahr, hier durfte er sich in die Autos reinsetzen und hinterm Lenkrad von großen Reisen schwärmen. Ford Taunus 17M P4, genannt Badewanne, oder Ford Taunus 15M, Autos, die Schimon bislang nur von Fotos kannte, hier durfte er sogar am Steuer sitzen. Es roch in der Werkstatt betörend nach Benzin und Motorenöl. Angegliedert war auch eine Verkaufsstelle mit Ausstellungsraum für neu und Gebrauchtfahrzeuge. Dieser Raum hat es Schimon besonders angetan. Er konnte sich stundenlang darin aufhalten, den Duft der Autos schnuppern und sich in technischen Details verlieren. Hier stand auch das Objekt der Begierde zum Verkauf. Aba sagte, dass er sich für dieses Auto auch schon interessiert hat und es vielleicht mal kaufen wird. Es war ein alter, gebrauchter VW Käfer aus dem Jahre 1951 mit Brezelfenster am Heck und Zweifarbenlackierung. Die dunkelblaue Farbe der oberen Hälfte glänzte im Neonlicht, die weiße Teillackierung zu beiden Seiten vermittelte eine gewisse Sportlichkeit. Sogar ein Radio mit dicken, weißen Drucktasten gehörte zur Ausstattung. Schimon wünschte sich nichts sehnlicher, als dass dieses Auto bald vor ihrer Türe stehen wird und sie Fahrten in Deutschland und Europa unternehmen können. Schließlich würde dies das erste eigene Fahrzeug der Familie sein. Was für eine wundervolle Aussicht.

Eines Tages wurde der Traum wahr und Aba parkte das Prachtstück vor dem Haus. Von nun an waren die Wochenenden für Ausflüge reserviert. Die erste große Fahrt führte nach Fulda, Abas Geburtsstadt. Es war ein sehr kalter Winter, der Erste im Leben von Schimon mit Eis und Schnee. Doch das sollte die Familie nicht stören. Sie hüllten sich in dicken Mänteln, setzten sich in den frostigen VW Käfer und kutschierten los. Die Scheiben waren rundherum beschlagen, die Heizung des kleinen, luftgekühlten Motors, gab sich alle Mühe sie frei zu pusten. Vergeblich. Das Eis benetzte sogar das Glas von innen und musste ständig mit dem Kratzer für kleine, runde Gucklöcher abgeschabt werden. Immer wieder wunderte sich Aba, dass der Wagen nicht richtig zog, besonders bei leichten Steigerungen. Dabei hat er doch als Experte akribisch das Fahrzeug vor jeder Fahrt geprüft und vorbereitet. Was konnte bloß die Ursache sein. Für einen leidenschaftlichen Automechaniker eine echte Herausforderung. Er musste sich das Problem genauer anschauen und steuerte den nächsten Parkplatz an. Als er die Autotür öffnete und aussteigen wollte, musste er sich an den Dachholmen festkrallen. Das Problem war schnell unter seinen Füssen spürbar. Die Straße glänzte gefährlich, das Eis bot den Pneus keinerlei Halt. Es war auch Abas erste Erfahrung auf einer glattgefrorenen Straße zu fahren. Gemächlich, und äußerst vorsichtig ging die Reise nach Fulda weiter. Vollkommen unterkühlt, steuerte man die erstbeste Aufwärmstation in der Stadt an. Es war das Bahnhofsrestaurant. Am Tisch, direkt neben der Heizung, nahm man heißen Tee und Kuchen zu sich und klemmte die frostigen Eisfüsse zwischen die Heizungsrippen. Nach einer Weile durchzog eine wohlige Wärme den ganzen Körper. Der Spaziergang durch die Stadt sollte an diesem Tag ausfallen. Sie fuhren noch in der Königstraße vorbei, wo Abas Elternhaus stand, den die Großeltern zur Nazizeit mit den Kindern verlassen mussten. Aba stieg aus und klopfte an der Tür. Er war neugierig zu wissen, ob sich jemand an seine Familie erinnern kann. Vorsichtig öffnete sich die Türe zu einem schmalen Spalt.

„Was wollen Sie?" fragte die ältere Frau dahinter misstrauisch.

„Entschuldigen Sie, darf ich Ihnen eine Frage stellen?" antwortete Aba zögerlich.

„Kennen Sie die früheren Bewohner dieses Hauses?" wollte er wissen.

„Nein", erwiderte die Frau schroff und kurz angebunden.

„Wohnen Sie schon lange hier?" schob er nach, in der Hoffnung mehr zu erfahren.

„Wir wohnen in diesem Haus schon seit fast 30 Jahren", reagierte die Frau barsch.

„Und was wollen Sie hier überhaupt?"

„Meine Familie hat vor langer Zeit hier gewohnt, ich habe in diesem Haus als Kind gespielt."

Mit einem Knall fiel die Türe ins Schloss. Mehr konnte Aba nicht erfahren.

Der Winter wollte in diesem Jahr nicht nachlassen. Er war frostig und bedeckte Flüsse und Seen mit einer dicken Eisschicht. Im Februar 1963 sollte Schimon nach jüdischem Gesetz in den Erwachsenenstand erhoben werden. Für jüdische Jungen ist die Bar Mitzwa mit 13 Jahren ein großes Ereignis, das gebührlich mit der ganzen Mischpocke und Freunde gefeiert wird. Besonders die Geschenke sind für den Jubilar höchst willkommen und trösten ein wenig über die bevorstehende Prozedur. Denn am Tag der Bar Mitzwa muss der Gefeierte auf dem Gebetspodest in der Synagoge laut und deutlich einen Absatz aus der Bibel den Gästen vorlesen. Er steht im Mittelpunkt, er ist die Hauptperson. Und da es nicht bloß ein trockenes Vorlesen sein darf, sondern betontes Vortragen nach altem Ritual in einem traditionellen Singsang, muss diese Passage mit einem Rabbi wochenlang zuvor gelernt und intensiv geübt werden. Schimon hat es schließlich sehr gut absolviert, bescheinigten ihm alle Gäste, und die Geschenke hat er sich auch redlich verdient. Das winzige Gebetsbüchlein mit dem Zettelchen darin, das ihm seine Eltern liebevoll verpackt zwischen den anderen Geschenken legten, hat er nicht sonderlich beachtet. Es landete schnell auf irgendeinem Regal. Dennoch sind die Eltern stolz auf ihn gewesen. Nach jüdischem Recht war er nun zum Manne geworden, aber in Wirklichkeit ist er noch dasselbe Kind geblieben wie vor seiner Bar Mitzwa. Außer ein paar neue Härchen an einigen Körperstellen konnte er keine Veränderung an sich feststellen. Er ging weiterhin zur Schule, spielte mit Freunden und fuhr mit dem Tretroller vor dem Haus herum. Die Mieten im Haus wurden drastisch erhöht, und so bemühten sich die Eltern schon seit vielen Wochen um eine Sozialbauwohnung. Sie hatten Glück, ihnen wurde eine neue Bleibe im Frankfurter Stadtteil Rödelheim zugeteilt.

Es war Freitag, der 22. November 1963. Der Umzug stand, kurz bevor als Schimon von der Schule zurückschlenderte und am Kiosk vorbeikam. Das Radio dröhnte in voller Lautstärke, Petra und Klaus saßen gebannt davor und verfolgten die neuesten Meldungen. Auch in der Münzwäscherei daneben lauschten die Kunden erschrocken dem Rundfunksprecher, der die schockierende Nachricht aus USA verkündete.

„Heute, um 12:30, wurde auf den amerikanischen Präsidenten John F. Kennedy bei seinem Besuch in Dallas, Texas, ein Attentat verübt. Gerade zog die Fahrzeugkolone langsam an der jubelnden Menge vorbei, als plötzlich mehrere Schüsse auf den Wagen abgefeuert wurden, die den Präsidenten am Kopf trafen. Er wurde umgehend in die Notaufnahme des Parkland Memorial Hospitals gebracht, wo die Ärzte verzweifelt um sein Leben kämpften, vergebens. Um 13:00 wurde John F. Kennedy für tot erklärt". Amerika und der Rest der Welt trauern um einen charismatischen Präsidenten, der der Welt Hoffnung auf eine bessere Zeit gegeben hat.

Wenig später fand der Umzug vom Stadtteil Bornheim nach Rödelheim statt. Die größere Wohnung verfügte über drei Räume, und Schimon bekam ein eigenes Zimmer. Auch Oren erhielt eine eigene Kammer, während die Eltern selbstlos im Wohnzimmer auf einer Schlafcouch nächtigten. Es gab wohl nichts was diese Eltern nicht für ihre Kinder tun würden.

Zur Schule musste Schimon jeden Tag fast eine Stunde mit der Straßenbahn Nummer 3, von Rödelheim nach Bornheim rattern. Das machte ihm jedoch nichts aus, er fuhr gern Tram. Sie zockelte durch Bockenheim, an der Frankfurter Uni, dann an der Alten Oper vorbei, die noch immer eine Kriegsruine war. Weiter führte die Strecke durch die berühmte Fressgasse, über die Hauptwache und die verkehrsreiche Zeil, am Frankfurter Zoo vorbei, bis hin zum Ostend. Schimon stand gern auf der Plattform, da die Schiebtüre im Sommer immer offenblieb und der frische Wind in den Zug rein wehte. Drin im Waggon, war meistens kein Platz, und wenn er mal doch sitzen durfte, musste er immer aufstehen, wenn ältere Menschen eingestiegen waren. Das gebot seine Erziehung. In der neuen Siedlung fand Schimon schnell Freunde mit denen er oft zum Fußballspielen auf die Wiese hinterm Haus ging. Die Felder lagen weit offen, noch standen keine Häuser auf dem Gelände. Es war eine bunte Klicke die sich immer am Nachmittag nach der Schule zusammenrottete. Schimons bester Freund wurde Stefan, der Nachbarsjunge mit dem Er sich besonders gut verstand. Auch einige Mädchen gehörten zur Gruppe, doch für Schimon war das Thema noch nicht allzu wichtig, obwohl er schon 13 war. Eines Tages geschah etwas, was beinahe in einer Katastrophe geendet hätte. Schimon kam von der Schule nach Hause und hatte Hunger. Aba und Ima waren in der Arbeit, Oren machte seine Hausaufgaben. Wenn die Brüder alleine zuhause waren, sorgte meistens der kleine Oren für das leibliche Wohl. Schimons Kochtalente waren äußerst begrenzt. Zum Standard Menü gehörte ein Büchsenöffner, eine Dose Ravioli, ein paar Fischstäbchen oder Spaghetti aus der Fertigpackung. An jenem Tag sollte Falafel (orientalische Kichererbsen Klopse) den Hunger stillen. Das wäre Schimons Spezialität. Das Öl in der Pfanne musste heiß sein, wusste Schimon, bevor er die zu Kugeln geformte Paste einlegte. Heiß ist, wenn es dampft, war er sich sicher. Als aber plötzlich der Dampf in der Pfanne unerwartet in Feuer umschlug, erschrak er sich zu Tode. In der ersten Panik griff er die Pfanne mit dem kochenden Öl und führte sie hastig zum Spülbecken. Dabei verschüttete er heißes Öl auf den Boden, auf dem er ausrutschte. Dass man mit Wasser Feuer löscht, wusste er, doch die Wirkung in Verbindung mit brennendem Öl war ihm noch nicht geläufig. Als er den Wasserhahn öffnete, um das Feuer zu löschen, schoss eine riesige Stichflamme in die Höhe am Gesicht vorbei und erfasste Schränke und Vorhänge. Alles um ihn wurde mit einem Mal rußig schwarz. Schimons Gesicht, die Hand und der Fuß, brannten vor Hitze und färbten sich rot. Als das Feuer von alleine ausging, schaute sich Schimon erschrocken um und resümierte, ist ja nochmal gut gegangen. Oren kam aus seinem Zimmer herausgeschossen und stand entsetzt vor der schwarzverrußten Küche.

Wie beichte ich es meinen Eltern, grübelte Schimon. Am besten ich laufe jetzt zu Aba an die Arbeitsstelle und erzähle ihm ganz behutsam, was geschah. Und so rannte Schimon zur Werkstatt und gestand dem Vater das Malheur. Die gesundheitlichen Folgen konnte er sich gar nicht vergegenwärtigen. Er erlitt Verbrennungen zweiten Grades im Gesicht und am Fuß. Aba reagierte sofort und fuhr mit ihm in das nächste Hospital, wo er umgehend notärztlich versorgt wurde. Es dauerte noch Wochen, bis die Wunden vollkommen heilten. Die Küche wurde schneller renoviert, Falafel bis auf weiteres von der Speisekarte gestrichen.

Im Gymnasium ging es mit den Leistungen leidlich weiter. Die deutsche Grammatik bereitete Schimon immer Schwierigkeiten, sie war viel zu kompliziert und furchtbar langweilig. Noch schlimmer hielt er es mit Mathematik und Latein. Die Arbeiten hat er regelmäßig verhauen. Er hatte zwar alles Gelernte gut verstanden, doch leider immer erst nach der Prüfung. Mit der Zeitabfolge hat es eben ein wenig gehapert. Englisch und Erdkunde mochte er sehr gern, Sport war sein Lieblingsfach, darin war er sehr gut. Am meisten allerdings schätzte er die Pausen. Eines Tages brachte ein Mitschüler eine neue Schallplatte in die Klasse mit, die er in der Pause auf einem batteriegetriebenen Plattenspieler laufen ließ. Es war eine Single die mit 45 Umdrehungen abgespielt wurde und ein grünes Label mit einem Apfel in der Mitte trug. Schimon hatte diese Musik bislang noch nicht gehört, doch er fand sie super, wie alle seine Mitschüler. Der Song hieß: yeah, yeah, yeah, gesungen von einer neuen Band namens Beatles. Auf dem Papiercover, indem die schwarze Scheibe steckte, lächelten vier Pilzköpfe mit mäßig langen Haaren. Das Lied begeisterte. Zuhause saß Schimon oft nach der Schule in seinem Zimmer und hörte im Transistorradio den ihm die Eltern geschenkt hatten die Musiksendung T4 - Teens, Twens, Top Time, im Hessischen Rundfunk. Beatles, Stones, Hollies und viele andere läuteten eine neue musikalische Ära ein.

Es war ein ganz normaler Dienstag, als es passierte. Die Schulglocke läutete zur Frühstückspause. Die Schüler strömten johlend und springend auf den Schulhof hinaus. Manche tobten und ließen ihre im Unterricht angestaute Energie aus dem Körper heraus. Andere standen in Gruppen und unterhielten sich miteinander. Schimon verweilte zusammen mit Hans unter der großen Linde,

als plötzlich ein spitzes Ding mit großer Geschwindigkeit ange-
flogen kam und sein rechtes Auge traf. Es war eine Eichel, die
wie ein Geschoß aus irgendeiner Ecke des Schulhofes mit enor-
mer Wucht geworfen wurde. Schimon fiel zu Boden. Ihm wurde
schwarz vor Augen. Für einen Augenblick verlor er das Bewusstsein. Sofort stürzten andere Schüler und Lehrer herbei. Schimon
war noch benommen und hielt sich das rechte Auge zu. Es
schmerzte sehr. Ein Lehrer beugte sich über ihn und wollte die
Verletzung sehen. Er zog vorsichtig Schimons Hand vom Auge.
„Schimon, kannst du etwas sehen?"
Schimon öffnete langsam das getroffene Auge, doch alles um ihn
blieb dunkel. Er zitterte am ganzen Leib, er hatte Angst. Sofort
wurde ein Taxi bestellt der Schimon mit einem Lehrer zum nahen
Augenarzt brachte. Man rief Ima an, sie traf nach kurzer Zeit beim
Arzt ein. Der Doktor nahm sich umgehend dem Notfall an, die
Untersuchungen ergaben eine akute Netzhautverletzung. Schimon
wurde ins Krankenhaus gebracht, wo weitere Untersuchungen
durchgeführt wurden. Er war auf dem rechten Auge blind gewor-
den. Noch konnte niemand sagen, ob es für immer bleiben wird.
Das Auge wurde zugebunden, jetzt zählte nur die Hoffnung auf
Heilung. Der Junge, der die Eichel geworfen hat, bekam eine
Ermahnung, die Versicherung zahlte eine geringe Summe als
Entschädigung. Für sie war der Fall damit erledigt.
Ein Jahr später wechselte Schimon die Schule und kam auf das
Goethegymnasium in Frankfurt. Die Wunde im Auge heilte langsam, allerdings blieb eine Narbe auf der Netzhaut, die das Seh-
vermögen gravierend einschränkte. Feinmechaniker oder Pilot
konnte er nicht mehr werden. Das Goethegymnasium lag wesentlich näher zu Rödelheim, und so dauerte die tägliche Fahrt mit der
Straßenbahn nur noch eine knappe halbe Stunde. Außerdem, und
das schätzte Schimon sehr, war es eine gemischte Schule mit
Mädchen in der Klasse, vierzehn war schließlich ein Alter, indem
sich allmählich etwas in einer gewissen Körperregion regte. Nicht
dass Schimon aufgrund des Wechsels plötzlich zu einem guten
Schüler mutierte. Mathematik, Chemie und Physik fielen ihm
nach wie vor schwer. Er hat zwar die Formeln die es anzuwenden
galt schon verstanden, doch noch immer erst nach den Prüfungen,
was leider zu spät für eine gute Bewertung war. So dümpelte er
ständig im gelb-roten Bereich der Noten zwischen 3 bis 5. Für

mehr hat es nicht gereicht. Zuweilen konnte er es aber mit einer guten Leistung in Sport oder Englisch ausgleichen. Nach oben blieb trotzdem noch sehr viel Luft. Um diesen Raum zu verkleinern, entschieden die Lehrer, dass Schimon die Klasse wiederholen muss. Das tat weh, brachte aber den gewünschten Erfolg. Zumindest zeitweilig. Die Klassengemeinschaft war nett. Man lernte gemeinsam und feierte ab und zu Partys. Diese fanden immer zuhause bei einem anderen Mitschüler statt. Zuerst fing es lebhaft an, die Beatmusik dröhnte laut und es wurde wild gerockt. Irgendwann, als auch die Sonne langsam unterging und das Zimmer sachte dunkler wurde, schlug die Musik leisere Töne an, und man schwenkte zum gemächlichen Stehblues über. Die Körper kamen sich näher und man bewegte sich behäbigen Schrittes und Wange an Wange im schleppenden Takt auf der Tanzfläche. Sinalco Cola und andere Softdrinks machten die Runde, Zigaretten wurden gepafft, man war schließlich schon 'erwachsen´. Schimon tanzte gern und nicht einmal schlecht. Er hatte viel Rhythmus im Blut. Für den langsamen Blues war er nicht für alle Mädels der passende Tanzpartner. Da bevorzugten die Meisten einen längeren Kerl an dessen Schulter sie sich anlehnen konnten. Sie träumten vom großgewachsenen, langhaarigen Popstar aus der Zeitschrift Bravo, der sie anhimmelt und auf Händen trägt, obwohl manche selber weder durch Schönheit noch Geist glänzen konnten. Zum Glück gab es auch die anderen Mädchen, die Selbstbewussten, denen die Körpergröße ihrer Partner ziemlich egal war. Sie schätzten andere Eigenschaften höher als ein paar Beinzentimeter Länge mehr. Zuweilen litt Schimon unter seiner geringen Körpergröße, doch er ließ es sich nicht anmerken. Er war selbstbewusst und konnte sich in jeder Situation gut behaupten. Schimon ging auch mit der Mode. Er trug eine schwarze Kellerfalten Hose mit roten Bein Einsätze in den Falten, die von kleinen Goldkettchen zusammengehalten wurden. Das war besonders in. Die Hose schleifte am Boden und öffnete beim Gehen den Blick auf ein paar schwarze Wildlederschuhe deren Sohlen nach vorne hochgezogen waren. Eine schreckliche Mode, doch man gehörte mit ihnen dazu. Ganz besonders mochte er auch die hellblaue Trevira Hose ohne Gürtel und ohne Taschen. Zwar war sie ihm etwas zu weit am Bund, doch auch hierfür gab es eine Lösung. Er band sich ein Handtuch um den Bauch, sodass die Hose knackig eng gesessen hat. Das sollte jedoch niemand wissen. Kreativ war Schimon schon immer. Er zeichnete gern und das mit viel Talent. Seine Leidenschaft gehörte den Autos und sein Traumberuf wäre diese zu entwerfen. So saß er oft zuhause vor dem großen, weißen Blatt und erdachte neue Fahrzeugformen, die er zu Papier brachte. Dabei veränderte er zuerst aktuelle Modelle, indem er sie in Cabrios oder Kombis verwandelte. Später wurden die Entwürfe eigenständiger und wesentlich innovativer. Er war bestrebt, sich neue Zeichentechniken selbst beizubringen und experimentierte mit unterschiedlichen Malwerkzeugen, wie Kreide, Kohle und Filzstifte. Er träumte davon, ein berühmter Fahrzeugstylist wie Pininfarina oder Giugiaro in einer der renommierten italienischen Design Schmieden zu werden. Um dieses Ziel zu erreichen, das wusste Schimon, musste er in der Schule Leistung bringen, Abitur machen und anschließend Design studieren. Das haben ihm auch seine Eltern immer wieder eingetrichtert. Doch so sehr er sich bemühte, so wirklich gut hat es mit dem Lernen nie geklappt. Mathematikprüfungen gingen oft daneben, Chemie hat er nie verstanden, Physik ging so, solang es sich um praktische Experimente handelte. Doch sein Ziel hat er nicht aus den Augen verloren. Es war die Zeit, in der sich viele Menschen von technischen Neuheiten begeistern ließen und in gewisser Weise zukunftshörig waren. Die sechziger Jahre bedeuteten noch Aufschwung in der Wirtschaft und vielversprechende Zukunftsperspektiven für steigenden Wohlstand.

Im Jahr 2000, so prognostizierten Zukunftsbüchern, sollten die meisten Krankheiten besiegt sein, Menschen im Weltraum leben und Autos durch die Luft fliegen. Schimon haben diese Aussichten fasziniert. Für Politik hatte er sich zu jener Zeit nicht besonders interessiert. Er hat zwar beiläufig verfolgt, was in der Welt geschah, und wusste über wichtige Ereignisse Bescheid, doch das lief für ihn nur am Rande seines Lebens mit. Ausgenommen, es handelte sich um den Nahostkonflikt und um Israel. Hierüber hat er sich in den Medien sehr genau informiert. Er fühlte sich dem Land, indem er geboren war, eng verbunden und hoffte immer wieder auf Frieden in der Region. Nicht zuletzt aus dem einfachen Grund, einmal mit dem Auto von Deutschland nach Israel fahren zu können und die arabischen Länder auf dem Weg zu bereisen. Doch dazu sollte es zunächst nicht kommen.

Kapitel 15
Sinans Leben im Flüchtlingslager

Das Leben im Flüchtlingslager war erbärmlich und trist. Ein Tag glich dem anderen. Außer Freitag. An diesem Tag versammelten sich die Männer in einer Hütte, die als Moschee diente, zum Freitagsgebet. Der Imam hielt wieder eine glühende Predigt gegen Israel und die verhassten Hundesöhne und rief zum Heiligen Krieg, dem Jihad, auf. Wer den Märtyrertod stirbt, dem ist ein Platz im Paradies gesichert, versprach er den Gläubigen.
Mit den Gegebenheiten, dem Schmutz und dem Elend im Lager, hatte man sich allmählich abgefunden. Arbeit gab es keine, die alten Männer saßen oft auf dem zentralen Platz beieinander, tranken heißen Tee, träumten von der Vergangenheit und hofften auf die Rückkehr und eine bessere Zukunft für ihre Kinder. Allah wird es richten, trösteten sie sich gegenseitig. Die Kinder tollten wild herum und vergnügten sich mit ihren Spielsachen, die sie aus Müll gebastelt haben. In den armseligen Hütten trafen sich die Frauen und beklagten beim Kochen das erbärmliche Leben. Die karge Nahrung lieferte die UNWRA, ein Hilfswerk der Vereinten Nationen, das 1949 speziell zur Betreuung palästinensischer Flüchtlinge errichtet wurde. Trotz aller Bemühungen der UNWRA, die Menschen im Lager mit Lebensmitteln, Unterkünften, Kleidung und Medikamenten zu versorgen, fühlten sie sich mittlerweile von ihren Glaubensbrüdern, die Ihnen so viel versprochen hatten, endgültig im Stich gelassen. Man hatte sie schlicht in den Lagern vergessen. Mehr und mehr sehnten nach Rache für ihre verlorene Ehre und ihre verlorene Zukunft. Immer wieder tauchten jetzt im Lager bewaffnete Männer auf. In ihren abgewetzten Klamotten, den um den Kopf geschlungenen Palästinensertüchern und den umgehängten Kalaschnikows, machten sie mächtig Eindruck, vor allem auf die Jungen. Sie wurden langsam ihre Helden und Vorbilder. Man wollte so sein wie sie. Mit den Kindern und Jugendlichen praktizierten sie Kampfübungen. Zu-

erst schien es wie ein Spiel, doch mit der Zeit wurde es Ernst. Schon die Kleinsten durften mit Waffen hantieren und sie für die Größeren präparieren. So jagten die kleinen Kämpfer hasserfüllt über das Gelände und schossen wild auf alles, was sich bewegte. „Allah ist groß, tötet die Juden", riefen sie ihre zornigen Parolen aus, die ihnen die Anführer einschärften. „Wer als Märtyrer stirbt, kommt direkt ins Paradies."

Sinan war ein drahtiger Junge mit wachen, braunen Augen, und er war ein gelehriger Schüler. Er besaß eine schnelle Auffassungsgabe und konnte auch durch seine sportlichen Leistungen überzeugen. Er liebte den Kampf und war leicht für die Lehren der neuen Gotteskrieger zu begeistern.

„Sinan, du bist unser bester Mann", ermunterten sie ihn immer wieder. „Mit uns wirst du die Zionisten aus Palästina vertreiben und deiner Familie ihre Ehre zurückgeben."

Nach einer langen Kampfausbildung, kam für Sinan der große Tag. Zusammen mit anderen Jugendlichen wurde er in ein Ausbildungslager in Jordanien gebracht. Tag für Tag fanden irgendwo in der jordanischen Wüste unter sengender Sonne Kampfübungen statt, die dem Körper alles abverlangten. Sie robbten unter niedrig gespannten Stacheldrahtnetzen hindurch, während Kugelgeschoße knapp über ihre Köpfe hinweg flogen. Bei einer dieser Aktionen verfing sich Jassir, Sinans Freund, mit dem Hosenbein an der Spitze des Drahtes. Erschreckt hob er den Kopf, als ihn plötzlich eine Kugel den Schädel zerfetzte. Er war sofort tot. Nie zuvor wurde Sinan so nah mit dem Sterben konfrontiert. Er war schockiert. „Er ist ein Märtyrer. Er ist im Kampf für Allah gestorben", schrie der Anführer und hob die Hände in den Himmel. Sinan kämpfte mit den Tränen, hielt sie aber krampfhaft zurück. Er durfte sie nicht zeigen. „Hier werdet Ihr für Kommandos ausgebildet, um euer Land zu befreien. Es ist eure Mission. Das dürft Ihr nie vergessen", fügte der Kommandeur eisern hinzu. Neben Nahkampftraining umfasste die Ausbildung auch Sprengstoffkunde und die Entführung von Geiseln. Menschenleben sollten dabei keine Rolle spielen, weder das eigene noch das der Gegner.

Tage später war es soweit. Sein Auftrag lautete, in ein Grenzkibbuz einzudringen, und Geiseln zu nehmen. Im Austausch sollten *dann eigene Glaubensbrüder aus israelischer Gefangenschaft freigepresst werden.*

In einer lauen Mondnacht zogen sie los. Sinan und zwei Kameraden waren auf dem Weg zur israelischen Grenze. Um die Schulter hing die Kalaschnikow, am Gürtel steckten Messer und zwei Handgranaten. Am Horizont tauchten die Lichter des Kibbuz auf. Vorsichtig wie Raubkatzen auf der Jagd schlichen sie in Richtung Zaun. Sinan griff zur Zange, die in einer Seitentasche seiner Hose steckte und trennte mit einem kräftigen Schnitt die Maschen. Sie schlängelten sich durch das Loch im Zaun und liefen auf das erste Haus zu. Die Fenster waren beleuchtet. Drinnen spielten gerade die Eltern mit den Kindern, die den ganzen Tag im Kindergarten des Kibbuz verbracht hatten. Es war spät geworden, nun sollten sie bald ins Bett gebracht werden. Sinan klopfte an der Türe. „Mi se, wer ist da?" rief eine Frauenstimme. Sinan schwieg. Die Schritte kamen immer näher. Die Türe wurde einen Spalt geöffnet. Mit einem heftigen Schlag boxte Sinan die Türe auf und warf die Frau zur Seite. Sie fiel auf den Boden und schlug sich dabei den Kopf an der spitzen Kante des kleinen Schrankes auf. Sie verlor die Besinnung. Mit den Kalaschnikows im Anschlag stürzten die drei Angreifer ins Wohnzimmer. Erschreckt unterbrach der Ehemann das Spiel mit den Kindern und stürzte sich sofort auf Sinan. Mit dieser Gegenwehr hatte Sinan nicht gerechnet. Der Mann nahm ihn in den Würgegriff und versuchte ihn zu entwaffnen. Sinan wollte sich befreien, was ihm aber nicht gelang. Der Mann drückte gewaltig zu. Schreie auf Arabisch hallten durch den Raum. Mit einem Mal spürte Sinan wie der Griff des Familienvaters sich immer mehr lockerte. Langsam sank der Mann blutend zu Boden. Einundzwanzig Messerstiche durchbohrten ihn von allen Seiten am ganzen Körper. Es war ein kurzer, ungleicher Kampf. Auf den kalten Fliesen weinten drei kleine Kinder bitterlich. Das hatten die drei Angreifer ursprünglich anders geplant. Eigentlich wollten sie die Bewohner als Geiseln mitnehmen und mit ihnen ihre Kameraden freipressen. Doch nun war die Aktion vollkommen aus dem Ruder gelaufen. Sie mussten sofort verschwinden, bevor die Tat entdeckt wird. Schnell zurück zum Lager. Sie schlupften durch das Loch im Zaun und rannten mit aller Kraft in die dunkle Nacht.

„Zumindest haben wir zwei Juden exekutiert", hörte Sinan seinen

schnaufenden Kameraden stolz verkünden. Ihr Auftrag wurde, wenn auch nicht wie vorgesehen, erfolgreich erfüllt, verkündeten sie dem Anführer.

Am Morgen darauf wurde das Lager von Düsenjägern der israelischen Armee angegriffen. Die Bomben trafen zielgenau ihre Bestimmung. Das Lager wurde verwüstet, es gab viele Opfer unter den Fedajin. Sinan konnte noch rechtzeitig fliehen und sich in einer Erdhöhle verstecken. Er war einer der wenigen, die den Angriff unbeschadet überlebten. So zählte er nun zu den Helden der Truppe, die für höhere Aufgaben auserkoren waren. In Zukunft sollte er im europäischen Ausland agieren und dort neue Kämpfer für die palästinensische Sache rekrutieren.

Kapitel 16
Der 6 Tage Krieg

Im Nahen Osten rumorte es immer wieder durch innerarabische Konflikte sowie verschiedenen Religions- und Stammesfehden. Zumeist ging es um machtpolitische Interessen einzelner Diktatoren in Ländern wie Ägypten, Syrien, Libyen oder Irak, von denen jeder die Vorherrschaft über die arabische Welt an sich reißen wollte. Trotz aller Auseinandersetzungen und Feindschaften zwischen diesen Despoten, fanden sie doch jedes Mal wieder diese eine Klammer, die sie in ihrer Zerstrittenheit einigen sollte. Das Zauberwort hieß Israel. Es war die Klammer des Hasses gegen den gemeinsamen Feind, die bei jeder Gelegenheit bemüht wurde.

Die militärischen Konflikte an der israelisch-ägyptischen Grenze im Sinai hatten sich über die Jahre gehäuft. In den letzten Tagen des Mai 1967 spitzte sich die Lage jedoch immer mehr zu. Als der ägyptische Präsident Nasser, die seit 1956 stationierten UN-Truppen an der Grenze zwischen Ägypten und Israel vertrieb, seine Panzerdivisionen vorrücken ließ, dazu noch den Suezkanal und die Straße von Tiran am Roten Meer für israelische Schiffe sperrte, und somit Israels Handel den Würgegriff ansetzte, war es nur noch eine Frage der Zeit, wann die israelische Wirtschaft kollabieren würde. Nach reinen Drohgebärden, wie sie schon öfter von arabischer Seite in der Region ausgestoßen worden waren, sah es nun nicht mehr aus. Die Welt schaute zu, schwieg und ließ Nasser gewähren. Dabei hatte es schon im Frühjahr 1966 begonnen. Die arabischen Nachbarstaaten verstärkten ihre anti-israelischen Aktivitäten. Immer mehr Zivilisten wurden an der syrischen und jordanischen Grenze durch Beschuss oder Anschläge getötet. Die Syrer bombardierten regelmäßig von den Golanhöhen aus israelische Siedlungen. Es waren Provokationen mit schwerwiegenden Folgen.
Ulrich Sahm, ein deutscher Journalist und Experte im Nahost Konflikt, beschrieb die Situation vor Ausbruch des 6 Tage Krieges mit folgenden Worten:

In den Stadtparks von Tel Aviv und Ramat Gan wurden schon Massengräber ausgehoben. Fußballfelder wurden geweiht, um als Friedhöfe zu dienen. Außenminister Abba Eban nannte die nur 15 Kilometer breite `Wespentaille´, zwischen Mittelmeer und Jordanien, nördlich von Tel Aviv, `Auschwitzgrenze´. Rundum waren arabische Armeen aufmarschiert. Der ägyptische Präsident Gamal Abdel Nasser erklärte am 26. Mai 1967: "Unser Ziel ist die Zerstörung Israels. Das arabische Volk ist bereit, zu kämpfen." Zu dem verbalen Säbelrasseln der Araber gesellten sich konkrete Provokationen. Ägypten sperrte die internationale Wasserstraße von Tiran und unterbrach so Israels Versorgung mit Erdöl aus Iran. Das war ein Verstoß gegen internationales Recht, von Israel als `Casus Belli´ dargestellt. Der ägyptische Truppenaufmarsch im entmilitarisierten Sinai war ein Bruch der Abkommen nachdem Sinai-Feldzug von 1956. Nasser forderte zudem die UNO auf, ihre UNEF-Beobachter abzuziehen. Seit 1965 gab es Terrorangriffe palästinensischer `Fedajin´ vom ägyptischen Gazastreifen auf Israel. 1967 stieg die Zahl dieser Terroranschläge drastisch an. Zudem beschossen Syrer immer wieder den Norden Israels von den Golanhöhen aus. Am 7. April 1967 schoss die israelische Luftwaffe vier syrische MiG-21 über Jordanien und zwei weitere über den Vororten von Damaskus ab. Die Zeichen standen auf Krieg. Israelis glaubten, ihr Ende sei gekommen. Gemäß der Legende habe auf einem Schild am Flughafen gestanden: "Wer als Letzter das Land verlässt, möge das Licht ausschalten". Bis heute ist umstritten, ob die Araber diesen Krieg wirklich wollten. Die israelischen Forscher Isabella Ginor und Gideon Remez behaupten in ihrem Buch `Foxbats (MIG-21) über Dimona´, dass die Sowjetunion einen arabischen Krieg gegen Israel provozieren wollte, um den Atomreaktor bei Dimona zu zerstören. Gerüchteweise produzierte Israel dort seine ersten Atombomben. Gefälschte Geheimdienstberichte über kriegerische Absichten Israels veranlassten die Araber, ihre Truppen aufmarschieren zu lassen.

Die Amerikaner waren damals im Nahen Osten kaum engagiert. Sie schickten das Spionageschiff `Liberty´ vor die Küste Israels. Vermutlich wegen eines Irrtums wurde das Schiff von der israelischen Luftwaffe angegriffen. 34 amerikanische Offiziere und Seeleute starben. Das Rückgrat der israelischen Armee bildeten französische Mirage Jets und britische Sherman Panzer. Das strategische Militärbündnis zwischen Israel und den USA, die politische Nähe und Finanzhilfe entwickelten sich erst ab 1970, nach dem `Schwarzen September´, als Israel auf Bitten der Amerikaner die PLO Jassir Arafats an einem Sturz König Husseins und Syrien an einem Einmarsch in Jordanien verhindert hatte.

In Ägypten wurde der Notstand ausgerufen. Syrien erklärte seine Truppen kampfbereit. Jordanien, Kuwait, Irak und Sudan mobilisierten. Algerien, Irak und Saudi Arabien verlegten Panzerverbände bis an die Grenzen Israels. Angesichts der kampfbereiten arabischen Übermacht zog Israel seine Reservisten ein, um das winzige stehende Heer von 50.000 Mann zu verstärken. Da Israel eine Mobilisierung seiner Reservisten nicht lange durchstehen konnte, war es nur eine Frage der Zeit bis zum Kriegsausbruch, oder auch, bis bei den entnervten Israelis die Sicherungen durchgingen, wie der Historiker Tom Segev meint.

Am 5. Juni um 8:45 Uhr ägyptische Zeit, 15 Minuten vor Arbeitsbeginn in ägyptischen Ämtern, als Generäle und Piloten auf dem Weg zu ihren Büros waren, starteten israelische Kampfflugzeuge mit der aufgehenden Sonne im Rücken ihren kriegsentscheidenden Überraschungsangriff auf Militärflughäfen im Sinai. In 24 Stunden hatten sie 416 arabische Kampfflugzeuge am Boden zerstört. Der Rest ist Geschichte.

Israel schuf mit taktischen Manövern punktuelle Überlegenheit. Wegen eines ägyptischen Funkspruchs über vermeintliche Siege, obgleich die ägyptische Luftwaffe schon ausgeschaltet war, bombardierte Jordanien Tel Aviv und Jerusalem. Am 6. Juni, dem zweiten Tag, zog auch Syrien in den Krieg, ebenso verleitet durch ägyptische Siegesmeldungen. Die große israelische Offensive gegen Syrien begann jedoch erst am Freitag, den 9. Juni, nachdem Ägypten geschlagen und das Westjordanland mitsamt Jerusalem erobert waren.

Täglich verfolgte Schimon mit den Eltern in den Nachrichten voller Angst und Sorge den Verlauf der Kriegshandlungen. Schließlich hatten sie Verwandte und Freunde im Land, die unmittelbar betroffen waren. Niemand konnte genau wissen, was dort wirklich geschah, da man sich auf die Berichterstattung kaum verlassen konnte. Erst nach und nach, als sich Meldungen über die Erfolge der israelischen Armee verdichteten und allseits bestätigt wurden, konnte man aufatmen. Israel ist noch einmal davongekommen. Für die arabische Welt war es eine Schmach. Die westliche Welt hingegen bewunderte Israel für den Mut und die Fähigkeit, sich in sechs Tagen aus einer solchen Umklammerung zu befreien. Mit der Eroberung der Sinai Halbinsel und dem Gazastreifen, dem Westjordanland und den Golanhöhen, verschaffte sich das kleine Land eine ausreichende Sicherheitszone. Allerdings erlegte es sich damit auch eine neue Bürde auf, für eine nicht absehbare Zeit. Dennoch, glaubte Schimon, wäre jetzt die beste Gelegenheit, über Frieden mit den Arabern zu verhandeln und eine Lösung mit den Palästinensern zu erzielen. Das Wichtigste dabei war aber, dass die Araber nun der Gewalt gegen Israel abschwörten, und es als Staat in ihrer Mitte akzeptierten. Es war die Grundvoraussetzung für ein Leben in friedlicher Nachbarschaft in der Region.

Ulrich Sahm beschrieb die Situation wie folgt:
Der Sechs Tage Krieg im Juni 1967 war auch die Geburtsstunde der Palästinenser als Nation. Die bekannte palästinensische Politikerin Chanan Aschrawi sagte einst: "1948, bei der Staatsgründung Israels, gab es noch keine Palästinenser, sondern nur Araber. Deshalb können die Palästinenser nicht für den Krieg und für die territorialen Verluste verantwortlich gemacht werden." Seit wann also gibt es `Palästinenser´? Üblicherweise wird die Charta der Palästinensischen Befreiungsorganisation PLO erwähnt, mit der sich die Palästinenser ihren Namen gegeben haben. Denn als die Briten von 1917 bis 1948 in Palästina herrschten, wurden alle Bewohner dieses Gebietes, Juden wie Araber, Armenier und Drusen `Palästinenser´ bezeichnet.
Die erste PLO-Charta wurde 1964 in Kairo verfasst. 1968 wurde sie überarbeitet. Die Änderungen zeigen, dass erst nach dem Krieg von 1967 der Begriff `Palästinenser´ konkretisiert wurde. Im Artikel 24 der ursprünglichen Fassung dieser PLO-Charta heißt es noch, dass die Organisationen im Westjordanland des Haschemitischen Königreichs von Jordanien, im Gazastreifen und

in der Himmah Gegend (südlich des See Genezareth) keine `regionale Souveränität´ ausübe. Die palästinensischen Unabhängigkeitsbestrebungen konzentrierten sich also ursprünglich allein auf das Staatsgebiet Israels und schlossen die heutigen `Palästinensergebiete´ aus Rücksicht auf die Jordanier aus. Nach dem Sechs Tage Krieg, in der überarbeiteten Version, entfiel dieser Ausschluss der palästinensischen Städte Ramallah, Bethlehem und sogar Ostjerusalems aus jenem Gebiet, wo die Palästinenser ihre Souveränität ausüben wollten. In Artikel 1 hieß es zunächst, dass Palästina ein arabisches Heimatland sei mit engen Bindungen zu den arabischen Ländern. 1968 wurde daraus ein `palästinensisch-arabisches Heimatland´. Eine `palästinensische Persönlichkeit´ war 1964 noch eine `permanente und echte Charakteristik, die nicht verschwindet und von Vätern auf die Söhne vererbt wird´. Nach dem 6-Tage-Krieg wurde diesem nationalen Selbstverständnis hinzugefügt: `Die zionistische Besatzung und die Verstreuung des palästinensisch-arabischen Volkes als Resultat von Katastrophen können das Volk nicht von seiner palästinensischen Persönlichkeit entledigen oder diese tilgen´.

Der Definition, dass ein `Palästinenser´ ein `arabischer Bürger´ sei, folgt die teilweise Ausschließung der Juden. 1964 gab es noch `Juden palästinensischer Herkunft´. 1968 gab es `permanent in Palästina vor der zionistischen Invasion lebende Juden´. 1964 mussten diese Juden noch `friedvoll und loyal´ sein, während 1968 diese Auflage entfiel. 1964 sollten Jugendliche noch in `arabischer und nationalistischer Weise´ erzogen werden. 1968 wurde das `nationalistisch´ in `revolutionär´ umgetauscht. 1968 wurden diesen hehren Zielen noch "bewaffneter Kampf" hinzugefügt und die `Bereitschaft, für das Heimatland Leben und Eigentum zu opfern´.

In beiden Texten wird Juden abgesprochen ein Volk zu sein. Israels Entstehung wird für `null und nichtig´ erklärt. Doch die neuere Version ist ungleich militanter und in ihrer Wortwahl aggressiver. So werden der `Speerspitze des Kolonialismus und des Imperialismus´ ab 1968 Rassismus und Rassentrennung sowie `faschistische und Nazi-Methoden´ nachgesagt. Fast die ganze Palette heutiger Propaganda gegen Israel ist da schon vorformuliert.

1964 hingegen war zwar von Kampf und Befreiung die Rede, jedoch ohne Gewalt zu erwähnen.

Ende der sechziger Jahre verwirklichte die PLO mit Flugzeugentführungen und Terroranschlägen, darunter auch bei den Olympischen Spielen in München oder auf dem Flughafen in Wien ihren `legitimen bewaffneten Kampf´. 1964 war das noch nicht Teil des palästinensischen Selbstverständnisses.

Mit dieser Gewalt gelang es PLO-Chef Jassir Arafat tatsächlich, die Palästinenser ins Bewusstsein der internationalen Gemeinschaft zu bomben.

Bemerkenswert ist das völlige Fehlen von zwei Elementen, die seit einigen Jahren als `Kern des Nahostproblems´ empfunden werden. In der alten wie der neuen PLO-Charta werden mit keinem Wort Flüchtlinge und deren `Recht auf Rückkehr´ erwähnt. Ebenso fehlt jegliche Erwähnung Jerusalems. Nach heutigem Selbstverständnis ist der künftige Staat ohne Ost-Jerusalem als Hauptstadt undenkbar. Mit den Osloer Verträgen verpflichtete sich Arafat 1993 zu einer Streichung der anti-israelischen Paragraphen und zu einer Neuformulierung der Charta. Doch das ist bis heute nicht geschehen.

Kapitel 17
6 Tage Krieg aus Sinans Sicht

Sinan hatte Karriere in der Organisation gemacht, doch noch agierte er weiter im Land. Er befehligte einen kleinen Trupp tatenhungriger Jugendlicher, die sich freiwillig zu Selbstmordkommandos gemeldet hatten. Schon verschiedene Attentate zählten sie zu ihren Erfolgen. Junge Männer, manche kaum älter als 15 Jahre, hatten dabei ihr Leben als Märtyrer Allah geopfert und ihre Familien waren stolz auf sie, denn sie wurden als Helden verehrt. Außerdem bekamen ihre Eltern Vergünstigungen und finanzielle Unterstützung von der Organisation.

Die politische Lage in den letzten Tagen im Mai 1967 spitzte sich immer mehr zu. Die arabischen Medien veröffentlichten schon lautstark Kampfparolen und das Ende des Staates Israel. Alle Hoffnungen stützen sich auf den großen ägyptischen Präsidenten Gamal Abdel Nasser, der die Israelis in die Zange genommen hatte. Vielerorts in der arabischen Welt wurde der bevorstehende Sieg über die Juden bereits vorgefeiert.
„Bald sind wir zurück in unserem Dorf", berichtete Sinan stolz seinem Vater und präsentierte ihm die schreiende Überschrift der aktuellen Tageszeitung. Abdalla konnte zwar nicht lesen, doch das riesige Foto der jubelnden Massen mit den großen Transparenten tat ihm gut und überzeugte ihn. Er lächelte zufrieden und schaute zur Wand. Dort hing ein großer, verrosteter Hausschlüssel.
„Unsere Truppen werden zusammen mit Ägypten, Syrien, Jordanien und allen anderen Brüderstaaten die Juden ins Meer werfen", versprach Sinan voller Zuversicht.
In vielen arabischen Städten strömten die Massen auf die Straße und riefen zum Heiligen Krieg auf. In Amman führte auch Sinan eine Demonstration an. Euphorisch tobten die Menschen und verbrannten unter den rufen Allah hu akbar israelische Flaggen und Strohpuppen, die israelische Politiker darstellten. Alle waren davon überzeigt, dass die erlittene Schmach von 1948 bald mit einem großen Sieg beglichen würde.
Am Morgen des 5. Juni 1967 meldete der arabische Rundfunk Kämpfe auf der Halbinsel Sinai. Die Radiosprecher überschlugen sich vor Begeisterung und meldeten erste Erfolge der siegreichen

ägyptischen Armee. Die Truppen hätten die Grenze überschritten und seien tief auf israelisches Gebiet eigedrungen, verkündeten sie. Glücklich saßen Sinan und seine Mitkämpfer im Lager und lauschten den Siegesmeldungen von der Front. Ungeduldig warteten sie auf ihren Einsatz und den Angriffen der syrischen und jordanischen Armee von Osten.

„Wenn das so weitergeht, wird Israel in einigen Stunden von der Karte ausgelöscht sein. Dieser Übermacht kann kein Staat widerstehen." So war ihr einstimmiges Urteil.

Sie wussten von der Stärke der ägyptischen Armee und den modernen Waffen, die ihnen die Russen geliefert hatten, und zweifelten zu keiner Minute an den schnellen Sieg. Nun hieß es, dass auch die syrischen Truppen auf den Golanhöhen den Norden Israels attackierten und auf dem Vormarsch nach Haifa seien. Kein Wort war davon zu hören, dass zur selben Zeit bereits die gesamte ägyptische Luftwaffe von israelischen Jägern am Boden zerstört worden war. Israel hatte Syrien davor gewarnt in den Konflikt einzugreifen, doch die syrische Führung war von den vermeintlichen Erfolgsmeldungen an der Südfront so überzeugt, dass auch sie den Beschuss von den Höhen der Golan Berge auf die Ortschaften am See Genezareth befahl. In Israel herrschte Funkstille. Nichts wurde über die Erfolge vermeldet. Zwei Tage später sah sich auch König Hussein gezwungen, der arabischen Koalition beizutreten. Der Westen Jerusalems wurde unter Beschuss genommen. Der Jubel unter den Palästinensern kannte keine Grenzen. In Jordanien, waren sie bislang nur geduldet, nun verhalf ihnen der haschemitische König zu ihrem Recht auf die alte Heimat. Israel war gezwungen zu reagieren. In den engen Gassen Jerusalems tobten Häuserkämpfe die vielen jungen Soldaten das Leben kosteten. Schließlich gelang israelischen Elitesoldaten die Eroberung der Altstadt. Zum ersten Mal nach 19 Jahren standen wieder Juden an der Klagemauer, hatten Tränen in den Augen und beteten.

Abdallah hörte von weitem das Grollen der Panzer. Die Schüsse kamen immer näher und ließen die Erde erbeben. Am Horizont erkannte er schon die Soldaten. Es waren Israelis. Als er sie sah, brach für ihn eine Welt zusammen. Alle rannten wild durcheinander, Kinder, Frauen und Männer. „Die Juden kommen", schrien sie voller Angst und Entsetzen. „Sie werden uns abschlachten, sie *werden sich an uns rächen. "*

Die israelischen Soldaten erreichten das Lager. Da von hier aus kein Widerstand geleistet wurde und die jungen Kämpfer sich rechtzeitig über den Jordan Fluss abgesetzt hatten, durchsuchten die Soldaten das Lager nach Waffen. Nur langsam trauten sich die Bewohner aus ihren Häusern. Es war ihnen nichts geschehen.

Ganz allmählich wurden die wahren Bilder des Krieges in die Welt gesendet. Nach sechs Tagen hatte die ägyptische Armee eine bittere Niederlage erlitten. Israel hatte die gesamte Halbinsel Sinai eingenommen, im Nordosten die Golanhöhen erobert und stand jetzt kurz vor der syrischen Hauptstadt. Im Osten war das gesamte Westjordanland mit Jerusalem in israelische Hand gefallen. Doch auch jetzt war kein arabisches Land bereit, mit Israel Frieden zu schließen. Stattdessen wuchs die Wut über den verhassten Feind und die erneute Schmach, die durch ihn der arabischen Welt zugefügt worden war. Dabei hätte dieser Moment vielleicht die besten Voraussetzungen geboten, einen echten Friedensschluss mit den arabischen Nachbarn zu erzielen und den Grundstein für einen Palästinenserstaat zu legen.

Treffend formulierte es damals Aba Eban, der ehemalige israelische Außenminister mit der Aussage: „Die Palästinenser lassen keine Gelegenheit aus eine Gelegenheit zu verpassen ".

Kapitel 18
Frankfurter Westend

Schimon war 17 Jahre alt. Der große Urlaub stand unmittelbar bevor. Nach den Ereignissen beschloss die Familie mit dem Auto nach Israel zu reisen. Über Land war nur ein Teil der Strecke möglich. Syrien und Libanon erlaubten keine Durchfahrt, die Grenze nach Israel war geschlossen. So ging es zunächst bis Griechenland, und dann weiter mit dem Schiff von Piräus nach Haifa. Man besuchte Familie und Freunde und machte Ausflüge im Land. Der Sommer war extrem heiß, der blaue Simca 1300 besaß noch keine Klimaanlage. Die offenen Fenster saugten die Hitze auf und wirbelten sie im Fahrzeug herum wie in einen Umluft Ofen. In der Negev Wüste und auf den Golanhöhen lagen noch ausgebrannte Fahrzeuge der arabischen Armeen, die erst nach und nach weggeräumt wurden. Man reiste zum Toten Meer, dem tiefsten Punkt der Erde, einem Brutofen, der 437 Meter unter dem Meeresspiegel liegt. Man bestieg die Festung Massada und durchquerte das Westjordanland, vorbei an arabischen Städten und Dörfern, bis hin nach Tiberias am See Genezareth. Was Schimon jedoch am meisten beeindruckte, war Jerusalem. Viele Jahre lang durften Juden nicht mehr an der Klagemauer, dem höchsten jüdischen Heiligtum im Ostteil der Stadt beten. Die Westmauer stand noch als Überbleibsel des zweiten jüdischen Tempels, der von König Herodes um 20 vor Chr. erbaut und von Titus um 70 nach Chr. zerstört worden war. Auf dem Tempelberg hatten später auch die Muslime ihre al Aqsa Moschee errichtet. Voller Ehrfurcht stand Schimon vor der Klagemauer, und obwohl er gar nicht religiös war, betete er leise vor sich hin. Er schrieb einen Zettel mit seinen geheimsten Wünschen, stieg auf einen Stuhl und steckte ihn gemäß einem jüdischen Brauch so hoch es ging zwischen die Felsblöcke zu den Abertausenden anderen Wunschzetteln, in der Hoffnung, Gott würde ihn als Erstes lesen. Da Schimon klein war, bemühte er die Zehenspitzen für zusätzliche Zentimeter. Da waren ihm jedoch manch andere um Längen voraus.

Von Jerusalem fuhren sie zurück nach Tel Aviv, wo sie in der warmen Abendsonne an der wunderschönen, lebhaften Strandpromenade der weißen Stadt entlang schlenderten. In Ramat Gan übernachteten sie bei Freunden und Schimon genoss es wieder einmal durch die Straßen dieser Stadt zu spazieren, in denen er als kleiner Junge gespielt hatte. Er traf ein paar alte Schulkameraden und natürlich auch Arnon, seinen besten Freund. Es war ein Gefühl, als käme er wieder nach Hause zurück.

Der Urlaub ging zu Ende und vier Wochen später hatte ihn der Alltag in Frankfurt wieder eingeholt. Schimon quälte sich weiterhin auf dem Gymnasium, doch es wollte keine Besserung eintreten. Schließlich entschloss er sich, die Schule zu verlassen. In einigen Monaten würde er endlich achtzehn werden, was er ohnehin kaum noch erwarten konnte. Dann sollte auch sein größter Wunsch in Erfüllung gehen: Der Führerschein. Seit ein paar Wochen schon, nahm er Unterricht in der Fahrschule. Irgendwie schienen die Gene des Vaters durchgeschlagen zu sein, denn das Fahren fiel ihm besonders leicht und er lernte es sehr schnell. Autofahren war die schönste Sache der Welt. Am achtzehnten Geburtstag würde er seinen Führerschein ausgehändigt bekommen, nach bestandener Prüfung natürlich. Aber daran hatte er sowieso nie gezweifelt. Es reichten ihm auch genau zehn Fahrstunden dazu. Das Geld hierfür haben ihm die Eltern zum Geburtstag geschenkt.
Aba arbeitete inzwischen als Mechaniker in einer Volkswagen Werkstatt, in der Nähe der Wohnung, Ima war noch immer im Hotel am Bahnhof als Magazinverwalterin tätig. Bruder Oren besuchte das Gymnasium in Frankfurt auf dem Weg zum Abitur. Er war ein weitaus besserer Schüler als Schimon, man konnte stolz auf ihn sein. Oren war ein stiller Junge, introvertiert, und sehr musikalisch. Er konnte sich stundenlang in seinem Zimmer einschließen und seiner Gitarre geduldig die richtigen Töne beibringen. Für ungeübte Ohren, wie die von Schimon, klang es manchmal ziemlich schräg und es nervte ihn auch öfters. In seiner Vorstellung erwartete er von Anfang an eine exzellente musikalische Darbietung, wie er sie aus dem Radio kannte. Damals konnte er ja nicht absehen, welches Potential in seinem Bruder steckte. Nach und nach wurden auch die Klänge harmonischer. Jahre später gründete Oren Bands, komponierte seine eigenen Songs und trat in kleinen Clubs auf. Die Haarpracht gewann an Länge und wellte sich lässig über die Schultern. Der wilde Schnurbart

sollte Männlichkeit und Reife darstellen. Mit solcher Pracht konnte es Schimon nicht aufnehmen.

Zum achtzehnten Geburtstag war es soweit. Sein erster VW Käfer stand vor der Tür, ein Geschenk von Ima und Aba. Er glänzte cremefarbig und verfügte über kraftvolle 30 Pferdestärken im Heck. Schimons Stolz war grenzenlos. Der Traum von der großen Freiheit hatte sich erfüllt. Er jobbte damals hin und wieder am Nachmittag im Latscha Supermarkt und verdiente sich so ein paar D-Mark zum kleinen Taschengeld hinzu, das er regelmäßig von den Eltern bekam. Benzin kostete zu dieser Zeit 47,5 Pfennige pro Liter, was zwar für Schimon nicht ganz billig war, doch mit dem bescheidenen Nebenverdienst konnte er noch ein paar Extrarunden drehen. Und so nahm er ab und zu seine Freunde auf kleine Spritztouren mit. Um die Reparaturen musste er sich keine Sorgen machen, dabei half Vater Abraham.

Im Sommer 1968, verließ Schimon das Gymnasium mit der Mittleren Reife. Er hatte andere Pläne als sich weiter auf der harten Schulbank zu drücken. Es sollte eine kreative Betätigung sein, die viel mehr seinen Neigungen entsprach, am liebsten etwas mit Automobilen.

Im Westen Frankfurts stand die Werkkunstschule *Westend*. Eine renommierte Anstalt der bildenden Künste, die von einem namhaften Künstler, seiner Frau und deren Tochter in einer familiären Atmosphäre geleitet wurde. Zu den Schwerpunkten zählten Freie Kunst und Gebrauchsgrafik. Schimon meldete sich zur grafischen Sparte an. Nachdem er Arbeitsbeispiele vorgelegt hatte und eine Aufnahmeprüfung absolvieren musste, die er erfolgreich bestand, wurde er zum Studium zugelassen. Die Schule lag im Frankfurter Nobelviertel, in einem herrschaftlichen, mehrstöckigen Stilaltbau. Ein bunter Haufen fand sich dort zusammen. Die 68ger Generation mit unterschiedlicher sozialer Herkunft und Hintergrund. Junge, unerfahrene, naive, Mädchen und Jungen saßen beieinander neben älteren Studenten, die ihren Job hingeschmissen hatten, um im zweiten Anlauf ihre künstlerischen Visionen zu verwirklichen. Manche hatten große Ziele, andere versuchten nur ihren Tag in warmen Räumen und netter Gesellschaft, mit Kaffee und filterlose Zigaretten zu verbringen. Gauloises und Gitanes gehörten zu den bevorzugten Marken. Die Palette reichte von sehr begabten Individualisten, die kreativ ihre Ideen zu Papier bringen konnten, bis hin zu solchen, die im besten Fall den Bleistift gerade spitzen konnten. Im Grunde haben sie nur ihre Lebenszeit in diesen Räumen verplempert. Daneben waren aber auch viele nette und lustige Gestalten dabei. Zum Beispiel der talentierte Zeichner Beni, ein langer, dürrer Rotschopf, dessen Eltern beruflich eine hohe Position in einem Industrieunternehmen bekleideten, doch leider dem Alkohol zugeneigt waren, was auf den Sohn abgefärbt hatte. Da war Angelika, die man Angi nannte, eine hübsche Blondine aus dem Odenwald mit weichgelocktem Haar, die sich gern mit Drogen abgab und irgendwo im Frankfurter Westend eine kleine Bude bewohnte. Oder auch Gernfried, ein genialer Handwerker, der bereits eine handwerkliche Ausbildung absolviert hatte und nun diese Fähigkeiten mit seinen künstlerischen Neigungen, die er zweifellos besaß, verbinden wollte. Nicht zu vergessen Joachim, ein hagerer junger Mann, der von Anfang an auf Karriere in einer Agentur bedacht war und immer an irgendwelche Jobs ran kam, die auch recht einträglich waren. Joachim war ein richtiger Macher-Typ und Organisator. Als sein Freund, profitierte auch Schimon davon, denn Joachim sorgte immer dafür, dass auch andere bei diesen Jobs mitmachen konnten. Besonders in den Semesterferien bot ein großes Chemieunternehmen, das Stoffe herstellte, lukrative Studentenjobs auf der Frankfurter Messe Interstoff an. Da musste eine Gruppe als Team Tag und Nacht zusammenarbeiten, um die Materialien, die auf dem Messestand ausgestellt werden sollten, passgenau zurechtzuschneiden. Die Arbeit war nicht leicht, machte jedoch viel Spaß und war zudem sehr gut bezahlt. Mehrere Messen hatten die Clique zusammengeschweißt.

Auch in der Werkkunstschule hatte sich eine nette Truppe zusammengefunden. Schimon gefiel das Studium, wenn es auch noch nicht ganz der Richtung entsprach, die er anvisierte. Grafik war zweidimensional, Schimon wollte aber auch die dritte Dimension, das Produktdesign, erlernen. Und so plante er für das kommende Semester den Wechsel auf die Hochschule für Gestaltung in Offenbach, wo ein weiterführendes Studium der Produktgestaltung angeboten wurde. Doch noch war es nicht soweit. Und so entwarf, zeichnete und skizzierte er Layouts, übte sich in Schrifttechniken, Druckarten und Fotografieren. Abends, nach dem Studium, trafen sich die Studenten in einer Kneipe in der Innenstadt oder bei einem der Kommilitonen zuhause und unterhielten sich bis tief in die Nacht. In zwei Dingen unterschied sich Schimon von den meisten seiner Mitstudenten, er trank keinen Alkohol und er nahm keine Drogen. Um lustig und gesellig zu sein, hatte er es nicht gebraucht, zumal es ihm auch nie schmeckte. Ab und zu paffte er ein Zigarettchen mit, doch das war eher aus Solidarität. Alle akzeptierten es, wenn er seine Cola bestellte und den Biertrinkern zuprostete. Drogenkonsum war damals sehr verbreitet, und besonders in dieser Gruppe, in der die Joints von Hand zu Hand wanderten, hoch in Mode. Schimon hat sich nie getraut zu probieren. Seine größte Angst war, die Kontrolle über sich zu verlieren, auch wenn andere überzeugt behaupteten, es sei eine tolle Erfahrung, die man sich nicht entgehen lassen sollte. Das galt für Alkohol genauso wie für Drogen. Immer wieder wurden sie ihm angeboten, und man versuchte ihn zu überreden, doch seine Angst war stärker als seine Neugier. Obwohl auch die ziemlich ausgeprägt war. Denn irgendwie wollte er doch unbedingt einmal wissen, wie es jemandem geht, wenn er unter Drogen steht. Was fühlt er und wie verhält er sich? Eines Abends bot sich die Gelegenheit. Beni und Angi wollten sich treffen und Angi schlug vor, in ihrer Bude zu kiffen. Sie wollten Schimon überreden, dorthin zu kommen und mitzumachen. Schimon willigte ein, aber nur unter der Bedingung, dass er dabei bloß zuschauen würde. Und so tappten die Drei durch das Frankfurter Westend, bis sie Angis kleine Unterkunft im Souterrain eines Altbaus erreichten. Als sie die knarrende Türe aufdrückte, schoss ein muffiger Gestank aus dem dunklen Zimmer heraus. An der Wand der Rumpelkammer lag eine uralte Matratze auf dem nackten, kalten Boden. Sie verbreitete einen üblen Geruch, der einem den Atem zuschnürte. Angi erzählte, dass ihr niedlicher Goldhamster vor einiger Zeit verschwunden sei, und sie bis heute nach ihm suche. Schimon schaute sich verunsichert um. Er setzte sich in einen klapprigen Stuhl in der Ecke und wartete neugierig. Beni und Angi ließen sich auf die alte Matratze fallen und lehnten sich mit dem Rücken an die Wand. Eine seltsame Atmosphäre erfüllte den schummrigen Raum. Neben der abgewetzten Matratze stand eine offene Bierflasche, die noch halbvoll war. Wahrscheinlich ein Rest von der letzten oder vorletzten Nacht. Angi nahm einen Schluck und reichte sie Beni weiter. Auch er nippte daran. Anscheinend vergaßen sie Schimon schon bald, der noch immer ganz ruhig in der Ecke auf dem Stuhl saß und sie beobachtete. Zu sehr waren sie mit sich selbst und ihrer kleinen Orgie beschäftigt. Angi raffte sich nochmal kurz auf und legte eine Schallplatte auf den Plattenspieler. Psychedelische Klänge strömten aus alten Lautsprecherboxen und breiteten sich wie ein sphärisches Seidentuch über das Zimmer aus. Angi zündete noch ein paar Räucherstäbchen an, die den Raum mit stinkendem Moschusduft einräucherten. Dann griff sie zu einem kleinen bunten Kästchen und holte Zigarettenpapier und zwei klein geknubbelte Alufolien heraus. Den Inhalt vermischte sie mit dem Tabak zweier Zigaretten, die sie für sich und Beni neu drehte. Beide zündeten sich die Joints an und inhalierten sie genussvoll in tiefen Zügen. Schimon beobachtete gespannt die Szene, als müsse gleich etwas Außergewöhnliches passieren. Doch die beiden entrückten bald immer tiefer in eine andere Welt, die ihnen scheinbar einen inneren Frieden brachte. Außer den psychedelischen Klängen, die den Raum erfüllten, tat sich nichts. Schimon saß immer noch da und wartete. Vielleicht fangen sie jetzt an zu tanzen, dachte er, oder fallen sogar übereinander her, dann hätte sich das hier doch irgendwie gelohnt. Doch nichts davon geschah. Beide zogen am Joint, starrten zur Decke hinauf und sprachen kein Wort miteinander. Schimon verlor jedes Zeitgefühl. Es mochte schon eine halbe Stunde vergangen sein und allmählich begann er sich in seinem Stuhl zu langweilen. Er schaute auf die Armbanduhr, doch in diesem dunklen Schein konnte er die Uhrzeit kaum erkennen. Sein Hintern tat ihm schon von der angespannten Sitzposition inzwischen auch schon weh. Vermutlich war auch Angis niedlicher Hamster in diesem Raum des Lebens überdrüssig geworden und hatte sich mit einem Selbstmord hinter der Matratze davon erlöst. Schließlich hatte Schimon genug gesehen, er war enttäuscht, hatte sich doch viel mehr vorgestellt. Leise stand er auf und tappte vorsichtig zur Tür. Die Kiffer schienen es gar nicht zu bemerken, sie wandelten gerade schläfrig in ihrer eigenen imaginären Welt umher.

Schimon drückte die Tür von außen zu und fand sich auf der nächtlichen Straße wieder. Seine Neugier war vorerst einmal besänftigt. Er schlenderte durch die dunklen Straßen des Frankfurter Westends und passierte dabei die wunderschönen Altbauten, die seit Wochen schon von Hausbesetzern und Räumkommandos der Polizei heftig umkämpft wurden. Die Häuser dienten geldgierigen Investoren als Spekulationsobjekte. Sie ließen sie bewusst leer stehen, um sie später abreißen zu lassen. Auf den Grundstücken sollten danach Banken und Versicherungen ihre Paläste bauen, und diese für horrende Summen vermieten. So wurden Wohnraum in Frankfurts bester Wohnlage vernichtet und langjährige Mieter aus der Innenstadt gedrängt. Diese Praxis erzeugte Unmut in der Bevölkerung, brachte die Studenten auf die Straße, und mündete immer wieder in heftige Straßenschlachten mit der Polizei. Schimon war unpolitisch, ganz im Gegensatz zu seinem Kommilitonen Rudi. Der hatte sich den Marxisten angeschlossen und war bei jeder Demonstration ganz vorne mit dabei. Eigentlich war Rudi mit seinen zerschlissenen Klamotten ein netter Kerl, solange er nicht über seine extrem politischen Anschauungen dozierte. Mit der kommunistischen Ideologie war er schon im Elternhaus aufgewachsen. Immer wieder versuchte er Schimon auf Veranstaltungen zu zerren, in denen sich Studentengruppen die Welt nach ihrer Ideologie zurechtrücken wollten, einige sogar mit Gewalt. Doch das war Schimon zu radikal. In diesen politischen Hexenkesseln, die meistens in den verrauchten und buntbeschmierten Unisälen stattfanden, ging es oft hoch her. Unendlich lange, kontroverse Diskussionen, Pfeifkonzerte, fliegende Dosen als Argumentationshilfen und knallharte Auseinandersetzungen, die nicht selten in Handgreiflichkeiten endeten. Das war nicht Schimons Welt, obwohl auch er so manches in Gesellschaft und Politik als ungerecht empfand und gern verändert hätte. Doch störte ihn vor allem die ideologisch zu einseitige Ausrichtung der Linken, ganz besonders gegenüber Israel.

„Rudi, was habt Ihr Linken bloß gegen die Juden und Israel?" wollte er von seinem Freund wissen, als sie mal die Gelegenheit fanden alleine unterwegs zu sein.

„Ihr habt doch den Palästinensern ihr Land gestohlen und lasst sie in Flüchtlingslagern dahinvegetieren. Außerdem bringt Ihr Frauen und Kinder um." Rudi wurde laut, sein Gesicht zornig. Eine so harsche Reaktion hatte Schimon nicht erwartet. Er schien an einem ideologischen Grundsatz gekratzt zu haben. Er war sich erst nicht sicher, ob er das Gespräch weiterführen sollte, doch es drängte ihn mehr, über diese tiefe Verachtung zu erfahren.

„Woher weißt du das so genau?" fragte er ruhig.

„Das weiß jeder", schoss es heraus. „Das steht doch überall zu lesen. Israel ist genau wie Amerika ein faschistisches und imperialistisches Land, das die Welt beherrschen will und die Araber unterdrückt!"

„Warst du schon mal dort, um das richtig beurteilen zu können? Und kennst du außer mir noch einen Israeli?"

„Ich würde nie dahin fahren, auch wenn du mein Freund bist. Ich kenne keine anderen Israelis", Rudi hatte sich ein wenig beruhigt.

„Schau dir doch mal die Weltkarte an und die Größe dieses winzigen Landes. Da passt oft noch nicht einmal der ganze Name drauf, höchstens die Abkürzung IL. Es gibt auf der ganzen Welt höchstens 15 Millionen Juden, und davon gerademal vier Millionen in Israel. Wie sollen die denn hunderte Millionen von Arabern, oder die ganze Welt bedrohen? In diesem Land haben schon immer Juden gelebt, da gab es noch gar keine Moslems auf der Welt. Der Islam drang doch erst 650 Jahre später von osten in dieses Gebiet ein, und das nicht gerade friedlich. Dass Juden in einem jüdischen Land leben wollen, steht ihnen gleichermaßen zu, wie jedem Araber in einem islamischen und jedem Christen in einem christlichen Land. Deswegen wurde dieses Gebiet ja von der UN in ein jüdisches und ein arabisches Land aufgeteilt. Die einzigen, die das nicht akzeptieren wollen, sind doch...."

Bevor er den Satz beendet hatte, drehte sich Rudi um und verschwand wortlos. Viele Jahre später erfuhr Schimon beiläufig von alten Bekannten, dass Rudi einmal mit Schlips und Sakko gesichtet worden war und mittlerweile im Management eines amerikanischen Industrieunternehmens gelandet war.

Zum nächsten Semester wollte sich Schimon an der Fachhochschule für Gestaltung in Offenbach bewerben. Vier Studienrichtungen wurden hier angeboten. Freie Kunst, Grafik, Architektur und Produktgestaltung. Auch wenn der Fachbereich Formgebung noch nicht auf Fahrzeug Styling eingerichtet war, so erhoffte er sich doch, mit dem Studium den Einstieg zu seinem Traumberuf als Autodesigner zu finden. Nebenbei hatte er sich autodidaktisch weitergebildet. Dazu besorgte er sich die entsprechende Literatur und übte zuhause die unterschiedlichen Zeichentechniken. Da gab es viele Vorbilder, Designikonen, zu denen man aufschaute und die die moderne Formgebung prägten. Die deutsche Firma Braun galt als führende Schmiede für beispielhafte Formgestaltung. Pininfarina, Giugiaro und andere italienische Meister zauberten geniale Fahrzeuglinien für Ferrari, Lamborghini und andere exklusive Edelmarken. Die Form sollte der Funktion folgen! Doch manche Künstler sahen es genau umgekehrt, was zuweilen aber auch seinen Reiz hatte. Mit einer Referenzmappe, vielen Unterschiedlichen Arbeiten und dem Zeugnis der Werkkunstschule, bewarb sich Schimon eines Morgens im Sekretariat der Fachhochschule Offenbach. Es dauerte zwei Wochen, bis er eine Antwort bekam. Er erhielt die Einladung zur Aufnahmeprüfung, was schon ein gutes Zeichen war. Die Prüfung umfasste Theorie in Kunstgeschichte und grafische Fragen sowie praktische Aufgaben. Schimon meisterte sie alle mit Bravour und konnte die Prüfer von seiner Eignung überzeugen.

So begann eine neue Phase in seinem Leben, ein Studium von acht Semestern zum diplomierten Industrie-Designer. Viele der alten Kommilitonen, die ebenfalls die Lehranstalt wechselten, fanden sich in Offenbach in unterschiedlichen Fachbereichen wieder.

Das Studium an der Fachhochschule war viel strenger und strukturierter als in der familiären Werkkunstschule. Die Vorlesungspalette gestaltete sich sehr breit gefächert und reichte von Psychologie, über Kunstgeschichte bis hin zu Ergonomie und Kybernetik. Praktische Aufgaben im Bereich Modellbau, konnten in der gut ausgestatteten Werkstatt unter der Leitung von fachkundigen Dozenten durchgeführt werden. Noch wohnte Schimon bei den Eltern, und so fuhr er mit seinem Käfer jeden Tag quer durch Frankfurt von Nordwesten nach Südosten und zurück.

Die Sommerferien rückten näher und Schimon fieberte der ersten großen Reise mit dem eigenen Wagen entgegen. Das hatte er mit seinem alten Schulfreund Didi vereinbart. Sie wollten gemeinsam Italien erobern, nachdem sie schon vor einem Jahr zusammen eine abenteuerliche Fahrradtour entlang des Mains gemacht hatten. Damals lag ihr Ziel etwa 70 Kilometer von Frankfurt entfernt, wo sie auf einem Campingplatz ihr Zelt aufschlagen wollten. Schimons Vater hatte das Gepäck mit dem Auto dorthin gebracht, sodass man im wahrsten Sinne des Wortes unbeschwert in die Pedale treten konnte. Am Abend stand dann ihr kleines Zelt am Rande eines Campingplatzes, und sie machten es sich gemütlich darin. Schnell waren auch zwei Mädels gefunden, mit denen man anbandeln konnte. Didi hatte Glück. Seine war klein und zierlich. Für Schimon blieb nur die 90 Kilo Ausgabe einer weiblichen Matrone mit mütterlichen Instinkten übrig. Und so verlor sich damals sein Enthusiasmus an der Aktion auch recht schnell wieder.

In diesem Jahr aber sollte alles viel besser werden.

Schimon und Didi waren auf dem Weg nach Italien, und der alte 30 PS Käfer schuftete mächtig auf den Serpentinen der Alpen, hinauf zum St. Gotthard Pass. Der Ausblick war berauschend, die Temperaturen winterlich frisch. Hinter dem Gotthard begann der Süden. Man schnupperte genüsslich die italienische Luft. Die Lira Bündel, so groß wie Packpapier, und genau soviel wert, ebenso wie die Benzingutscheine die man schon vorab günstiger erworben hatte, bereiteten sich auf ihren Einsatz vor. Die erste Nacht in Italien war in Genua geplant. Am späten Nachmittag machten sich beide auf die Suche nach einer Schlafstätte. Doch zuvor trieb sie der Hunger in eine kleine Pizzeria auf einen Snack, wo sich plötzlich zwei kontaktfreudige junge Italiener zu ihnen an den Tisch gesellten. Sie erkundigten sich nach ihrer Herkunft und nach den Plänen ihrer weiteren Reise. Als sie hörten, dass man gerade ein Zimmer suche, schlugen sie vor, doch bei ihnen zu übernachten. Da sie sehr freundlich aussahen und das Reisebudget nicht besonders üppig war, willigte man erfreut ein. Der Käfer konnte auf dem Parkplatz bleiben, denn sie hatten ihr eigenes Auto dabei, mit dem sie Schimon und Didi zuerst zu einer kleinen Stadtrundfahrt und dann zu Luigi mitnehmen wollten. Zu viert zwängten sich alle in den winzigen Fiat 500 hinein, mit dem man durch das nächtliche Genua kurvte. Die Jungs waren sehr anhänglich, was aber zunächst bedeutungslos schien. Sie schwätzten in gebrochenem Englisch, gestikulierten und witzelten auf Italienisch. Vom blonden Didi waren die dunkelhaarigen Italiener besonders angetan. Bei Luigi angekommen, saß man erst in dem kleinen Wohnzimmer auf der Couch und trank ein Bierchen. Dann einen Grappa und dann noch einen. Allmählich hatte man die nötige Bettschwere erreicht und Luigi führte beide in ein kleines Nebenzimmer, wo in jeder Ecke auf dem Boden eine Matratze lag. „Hier könnt Ihr schlafen", meinte er lässig. Franco verabschiedete sich und man fiel müde auf seinen Schlafplatz. Luigi wollte im Salon auf der

Couch übernachten. Das Licht wurde ausgeschaltet und der Raum tauchte in völlige Dunkelheit. Schimon war fast eingeschlafen, als plötzlich von der anderen Ecke des Zimmers ein Schrei zu hören war. „Hör auf", röhrte Didi verärgert. Luigi hatte sich leise zu ihm geschlichen, hatte sich auf die Matratze gelegt und schmiegte sich nun sanft an Didis Körper. „Lass mich in Ruhe schlafen!". Luigi war von dieser abweisenden Reaktion erschrocken und stammelte in gebrochenem Englisch mit italienischem Akzent, er wollte gar nichts machen, nur ein bisschen fühlen. Es tue ihm leid, er verschwände gleich wieder. Dann kehrte erst mal Ruhe ein, doch sie hielt nicht lange an. Irgendwann, kurz vor Morgengrauen tapste er wieder ganz leise in den Raum und legte sich zu Didi auf die Matratze, während der noch tief und fest in seiner Traumwelt wandelte. Außer einem Rascheln war nichts zu vernehmen. Als Didi morgens die Augen aufschlug und Luigi hinter sich bemerkte, war er sehr erzürnt darüber.

„Komm, lass uns gehen", schlug Schimon vor. „Luigi soll uns zurück zu unserem Auto fahren." So brachte Luigi beide zum Parkplatz zurück. Eigentlich war er kein schlechter Kerl, nur ein bisschen zu anhänglich. Von da an aber wurden sie vorsichtiger. Die weitere Reise verlief harmonisch und ohne nennenswerte Zwischenfälle. Wochen später blieben davon nur noch Erinnerungen übrig, und ein paar bunte Fotos von Strand und Meer.

Der Alltag nahm wieder seinen Lauf. Neben dem Studium jobbte Schimon hin und wieder, mal in einer Spedition, wo er schwere Fässer auf Transporter aufladen musste, mal in Supermärkten, wo er Waren in Regale auffüllen durfte. Gut gefallen hat ihm die Arbeitsstelle bei einem Frankfurter Zeitungsverlag, wo er für das Archiv Zeitungsausschnitte zu Büchern band. Hier lernte er Conny kennen, ein bildhübsches Mädchen mit langen, braunen Haaren. Conny war noch Schülerin und hatte im Verlag einen Ferienjob. Sie verstanden sich auf Anhieb gut und vertieften schnell ihre Freundschaft. Doch allzu lange hat die Beziehung nicht gehalten, wahrscheinlich lag es ein wenig an Connys Elternhaus. Ihre Eltern waren glühende Vertreter der kommunistischen Partei, was auch auf Conny in kräftigem Rot abgefärbt hatte. Dem konnte Schimon nicht viel abgewinnen und so trennten sich ihre Wege bald wieder. Das Geld, das Schimon mit den Jobs verdiente, legte er, wie nicht anders zu erwarten, in Autos an. Nach zwei VW Käfer, war es an der Zeit sich zu verändern. Das nächste Gefährt war ein älterer, silberfarbener Simca 1301 mit Lenkradschaltung und roten, weichen Polstern. Er glitt leise und weich auf dem Asphalt – das war fahren wie Gott in Frankreich.

An einem Sommertag fuhr Schimon von der Hochschule in Offenbach zurück nach Frankfurt, wo er, wie so häufig, im Stadtzentrum haltmachte und durch die Innenstadt schlenderte. Am Mainufer fand gerade ein Fest mit einem Rummelplatz statt. Der Anziehungspunkt für junge Leute waren immer die Autoskooter. Hier präsentierte man sich, hier konnte man Kontakte knüpfen, hier war was los. Und so stand Schimon am Rand der Fahrbahn und beobachtete das Geschehen. Dabei fiel Ihm eine kleine Gruppe von drei Mädels auf, die lebhaft über die ambitionierten ´Rennfahrer´ in den Bumsautos witzelten. Ein zierliches Geschöpf in einem schottengemusterten Minirock und mit hüftlangen schwarzen Haaren blickte immer wieder zu ihm herüber und schien an einen Kontakt interessiert zu sein. Auch Schimon war es nicht entgangen und er näherte sich der Gruppe. Zaghaft wandte er sich an das Mädchen und eröffnete das Gespräch. Sie antwortete aufgeschlossen und es entwickelte sich eine nette Konversation. Sie heiße Gisa und wohne in einem Vorort von Frankfurt, erzählte sie. Schimon bot ihr an, sie nach Hause zu fahren, was sie erfreut annahm. Nachdem sie sich von ihren Freundinnen verabschiedet hatte und beide auf dem Weg waren, erfuhr er, dass sie derzeit nur zu Besuch bei ihren Eltern sei. Für ein paar Monate lebte sie in Frankreich bei der Schwester, wo sie auch zur Schule ging. Doch bald, sagte sie, würde sie wieder ganz zurückkommen, und man könne sich dann öfter sehen. Sie verabredeten sich für den nächsten Tag, um die Zeit bis zu ihrer Abreise noch zu nutzen. Erst spazierten sie durch die Innenstadt, dann ging es ins Kino und zum Abschluss in ein kleines Lokal auf eine Tasse Tee. Schimon brachte Gisa wieder nach Hause. Sie blieben noch eine ganze Weile im Auto sitzen, unterhielten sich, knutschten miteinander und weihten schließlich die roten, weichen Polster mit dem ersten Sex ein. Gisa war Schimons erste richtige Freundin. Sie schrieben sich fast täglich Liebesbriefe und schickten sich kleine Geschenke. Immer wenn Gisa wieder im Lande war, nutzen sie die Zeit für Ausflüge, Spaziergänge und Kuschelstunden.

Im Sommer kam Arnon, Schimons alter Jugendfreund aus Israel zu Besuch. Schimon und Arnon planten gemeinsam einen Urlaub in Südfrankreich. Es wurden herrliche, abwechslungsreiche drei Wochen im Lande der Gallier, bis auf den nicht unerheblichen Zwischenfall, bei dem sie beinahe mit dem Simca die Klippen an der Cote d`Azur ins Meer abgestürzt wären. In der Euphorie des Urlaubs hatte Schimon vergessen nach dem Motoröl zu schauen. Hätte er das getan, wäre ihm dabei vielleicht auch früher aufgefallen, dass der Behälter der Bremsflüssigkeit fast leer war. Das Bremspedal ließ sich schon länger ziemlich tief durchtreten, bis das Fahrzeug zum Stehen kam. Schimon hatte das nicht sonderlich beunruhigt. Doch auf der kurvigen, abschüssigen Küstenstraße, hoch über dem blauen Meer, gewann das Fahrzeug immer mehr an Geschwindigkeit und war plötzlich kaum noch zu stoppen. Schimons Adrenalin schoss in die Höhe. Er schaltete die Gänge wild runter und nutzte die Motorbremse, bis er das Auto gerade noch rechtzeitig am Bordstein zum Stehen brachte. Freundliche Franzosen halfen ihnen bei der Suche nach einer Werkstatt, in die der Simca abgeschleppt wurde. Die Reisekasse schrumpfte daraufhin merklich, und man beschränkte sich im weiteren Verlauf des Urlaubs auf Baguette und Cola. Schimons Verhältnis zu seinem Simca war von da an getrübt, so schaute er sich bald nach einem neuen Gefährt um.

Vor dem Haus in Rödelheim stand eines Tages ein ganz besonderes Angebot zum Verkauf. Der Nachbar, ein Autohändler, wollte für das Fahrzeug 1400 DM. So ein Schnäppchen wollte sich Schimon nicht entgehen lassen, besonders deshalb nicht, weil es sich um ein maisgelbes Fahrzeug der Marke Glas 1304 mit roten Kunststoffsitzen handelte. Ein Flitzer, der sich schon auf vielen Rallyes ausgezeichnet hatte. Nach kurzer Zeit war der Deal perfekt und Schimon jagte den Wagen über die Autobahn. Doch leider war die Freude nur von kurzer Dauer, denn Zuverlässigkeit gehörte nicht unbedingt zu den Tugenden des zerbrechlichen Glases. Immer wieder musste Aba das Fahrzeug wiederbeleben, damit Schimon es bewegen konnte. Weder die legändere Beschleunigung noch der kernige Klang des Motors waren schließlich noch Grund genug dem Glas noch eine weitere Chance zu geben. Er musste weg und den Platz für einen Nachfolger räumen. Dieser war schon ausgeguckt und stand bei einem Händler auf dem Hof. Ein NSU 1000, der große Bruder vom kleinen Prinz 4, beeindruckende 40 PS stark und rasante 135 Km/h schnell. Natürlich konnte er es bei diesen Leistungen nicht mit dem Glas aufnehmen, doch er hatte auch einen großen, erfolgreichen Bruder namens NSU TT, von dem ein wenig Glanz abfärbte. Um wenigstens die Optik etwas anzugleichen, wurden vorne die Kofferraumhaube in Rally schwarz lackiert, zwei bullige Nebelscheinwerfer aufmontiert und die Motorhaube hinten einen Spalt hochgesetzt. Es wirkte bedrohlich und sollte Respekt verbreiten. Schließlich konnte niemand sehen, wie viele Ponys sich eigentlich im Motorraum um die Traktion mühten. Dennoch machte es sehr viel Spaß den NSU durch die Kurven zu bewegen, da er über eine besonders gute Straßenlage verfügte.

Kapitel 19
Untersuchungshaft

An einem Dienstagnachmittag, nach der Vorlesung, machte Schimon wieder Halt in Frankfurts Innenstadt. Er parkte seinen Wagen im Parkhaus und spazierte durch die Stadt. Er setzte sich in ein kleines Café, wo er einfach nur Menschen beobachtete, was eine seiner Vorlieben war, und er genoss die Sonne und das bunte Treiben auf der Straße. Als Großstadtkind mochte er diese Atmosphäre sehr, unterschiedliche Gestalten, interessante Geschäfte, farbige Vielfalt. Nach einem Rundgang kehrte er wieder zurück zu seinem heißgeliebten NSU 1000. Auf der dritten Ebene des Parkhauses angekommen, stieg er ein und rollte langsam die spiralförmige Abfahrt hinab. Als er im ersten Stockwerk war, streckte ihm plötzlich ein Polizist eine Kelle entgegen und forderte ihn auf anzuhalten und auszusteigen. Ein zweiter Polizist stand neben dem Streifenwagen und sicherte das Feld ab. Schimon wunderte sich darüber, denn er war sich keiner Schuld bewusst. Er stieg aus seinem Fahrzeug aus und folgte der Anweisung des Polizisten, ihm seine Papiere auszuhändigen. Er fragte nach dem Grund der Kontrolle, doch die Beamten gaben sich höchst wortkarg. Schimon musste sich mit dem Gesicht zum Wagen umdrehen und die Hände auf das Dach auflegen, damit ihn der Polizist auf vermutete Waffen abtasten konnte. Währenddessen schaute sich der zweite Beamte in dem NSU um. Dann klackten die Handschellen. Unweit von der Stelle stand ein gut gekleideter, älterer Herr mit fülligem Bauch vor einer dicken Mercedes Limousine. Er beobachtete die Aktion genau und wartete auf die Ordnungshüter. In seinem grauen Anzug sah er aus wie ein Geschäftsmann oder ein Handelsvertreter. Mit Schimon im Schlepptau, gingen die Polizisten zu dem Herrn, zeigten auf ihren Gefangenen und fragten, ob er ihn wiedererkenne. Der nickte selbstgefällig und bestätigte: „Ja, das ist er. So sehen sie alle aus, und mit den Turnschuhen können sie sich immer unauffällig wegschleichen."
Nun wurde es ernst. Schimon wollte sofort wissen, wofür er beschuldigt wurde, worauf der Beamte erklärte: „Du sollst das Fahrzeug dieses Mannes aufgebrochen haben, um Stoffe aus dem Innenraum zu entwenden. Er hat dich dabei gesehen, und als du entdeckt wurdest, bist du weggelaufen, behauptet er. Um das zu

klären, müssen wir dich mit auf die Wache nehmen."

Nach wie vor glaubte Schimon an eine Verwechslung, die sich sehr schnell aufklären ließe, doch darüber, von der Polizei wie ein Schwerverbrecher behandelt zu werden und über die falschen Anschuldigungen des dicken Vertreters, war er sehr aufgebracht. Er fragte sich, was wohl der Grund für diese schnelle Festnahme sein konnte und glaubte nach kurzer Überlegung es zu erahnen. Der Mann war tatsächlich ein Stoffvertreter, und im NSU lagen kleine Stoffreste in einer Plastiktüte, die noch von der letzten Stoffmesse stammten und die sich jeder vom Team als Wischlappen mitnehmen durfte. Auf der Polizeiwache angekommen, und noch immer in Handschellen, wurde Schimon zunächst in eine Einzelzelle im Keller der Station eingeschlossen. Es war eine schreckliche Erfahrung für etwas eingesperrt zu werden, was man nicht getan hatte. Er kochte vor Wut. Auf den Verleumder, auf die Polizei und auf das System, das so etwas erlaubte. Es war auch die bedrückende Ungewissheit, was nun einen erwartete. Man verlor jedes Zeitgefühl. Schimon hoffte auf eine schnelle Aufklärung und seine baldige Freilassung. Er wusste auch nicht, ob seine Eltern informiert worden waren und war sicher, dass sie sich Sorgen machten. Der Zorn schlug allmählich in Hass um. Es war die Ohnmacht gegenüber einer ungerechten Anschuldigung, und die Angst davor, sie nicht widerlegen zu können. Jedes Wort konnte falsch sein, wenn man sich erst einmal in den Mühlen der Justiz befand. Er war mit dem Gesetz noch nie in Berührung gekommen und hatte sich deswegen vorher auch nie Gedanken darüber gemacht. Aber nun saß er hier, eingesperrt und hilflos. Als Gerechtigkeitsfanatiker lastete die Situation schwer auf ihn, wie ein Sack Zement, den er nicht abwerfen konnte.

Drei Stunden später öffnete sich die Zellentür und ein Polizist begleitete ihn nach oben in ein Büro. Die Handschellen wurden ihm wieder angelegt.

„Du wirst eine Nacht in der Untersuchungshaft verbringen müssen, da der Schnellrichter heute nicht mehr verfügbar ist." Was für eine niederschmetternde Nachricht! In einem Streifenwagen wurde er in die Untersuchungs-Haftanstalt gefahren, wo er in eine kleine Zelle mit drei weiteren Häftlingen verlegt wurde. Ihrem Aussehen und Gebaren nach war das sicher nicht ihre erste Begegnung mit der Justiz. Selbstverständlich beteuerten alle unschuldig zu sein. Sie wüssten auch nicht, warum sie hier gelandet sind. Man wechselte kaum ein Wort miteinander, außer dass man gegenseitig nach Namen und Herkunft fragte und über die scheiß Bullen schimpfte. Das einigte alle, auch Schimon.

Einer der Mitgefangenen stammte vermutlich aus einem orientalischen Land, worauf sein Akzent, seine pechschwarzen Haare und die großen, braunen Augen hinwiesen.

„Wie heißt du?" fragte ihn Schimon.

„Sinan." Es folgte kurzes Schweigen.

„Woher kommst du?"

„Aus Jerusalem", war die knappe Antwort.

Schimon schaute ihn an. „Dann sind wir quasi Nachbarn, ich bin in Tel Aviv geboren", sagte er mit dem freudigen Gefühl einen Landsmann neben sich zu haben.

Sinan zog die Augenbrauen hoch. Seine dunklen Pupillen blitzten auf.

„Aber ich komme aus Ostjerusalem, aus Jordanien, äh, Palästina", korrigierte er sich. „Ich bin Araber."

Schimon traf ein stechender Blick.

Jetzt war alles klar. Im normalen Leben stand Sinan auf der anderen Seite, doch in dieser Situation waren sie eher Verbündete, die das gleiche Schicksal teilten. Eigentlich wirkte Sinan sympathisch und vermittelte irgendwie eine gewisse Bindung zur heimatlichen Region. Es wäre sicher schöner gewesen ihn unter anderen Umständen kennenzulernen. Trotz aller politischen Differenzen, fühlte Schimon keinerlei Abneigung gegen Araber oder Muslime, die Israel und die Juden als Nachbarn akzeptierten und mit ihnen friedlich leben wollten. Diese Gedanken lenkten ihn für einen kurzen Augenblick von der misslichen Lage ab, in der er sich hier befand. Doch zwei Fragen ließen ihm keine Ruhe. Was machte Sinan in Deutschland, und weshalb ist er hier im Knast gelandet? Schimon war neugierig, aber er traute sich nicht zu fragen. Auch Sinan schwieg und schaute auf die Wand gegenüber. Er schloss die Augen und schien in einer fremden Welt versunken zu sein. Es war lange still in der Zelle, niemand sprach ein Wort. Nur das Ticken einer Armbanduhr war aus einer Ecke zu hören. Doch die Zeit schien stehengeblieben zu sein.

„Araber brauchen wir hier nicht. Und Juden genauso wenig", unterbrach plötzlich ein dicker, glatzköpfiger Kerl mit Stiernacken die Stille und verschränkte seine tätowierten Arme. Er hatte wohl zuvor den kurzen Wortwechsel zwischen Schimon und Sinan aufgeschnappt.

„Türken und Araber haben hier in Deutschland gar nichts zu suchen", blökte er. „Und die Juden sind geldgierige Säcke, die uns ständig die Schuld an ihrer Vernichtung zuschieben."

Schimon warf Sinan einen fragenden Blick zu. Sinan schien es zu verstehen, seine Augen brannten vor Wut.

Mit einem leichten Knarren wurde die Zellentür geöffnet und die Wachbeamten forderten die Häftlinge auf, in einen geschlossenen Gefangenentransporter einzusteigen. Die Fahrt ging ins Gefängnis nach Höchst, um dort die kommende Nacht zu verbringen. In einer großen Gemeinschaftszelle mit Stockbetten und vergitterten Fenstern, durch die der Mond und genau fünf Sterne hinein schienen, wurden Männer unterschiedlichster Kulturen aus verschiedenen Haftanstalten der Region zusammengebracht und eingepfercht. Eine wahre multikulturelle Gemeinschaft, die vorwiegend Ost Europa, die Türkei, den arabischen Raum sowie Afrika repräsentierte. Nachdem jeder seine Schlafstätte belegt hatte, erlosch das Licht. Als Wolken am Himmel aufzogen, wurde es stockdunkel in der großen Gemeinschaftszelle. Man hörte Gemurmel, das Knarren der Matratzen, das Auf- und Absteigen aus den Betten und Menschen die orientierungslos im dunklen Raum umherirrten.

Schimon konnte nicht einschlafen. Seine Gedanken kreisten um die Frage, was passieren würde, wenn man ihm seine Unschuld nicht glaubte und er ungerechterweise vom Schnellrichter zu einer Strafe verurteilt würde. Er hatte doch nichts getan, wofür sollte er bestraft werden? Was waren das für Menschen, die einem so etwas antun wollten? Er begann an dem ganzen Rechtssystem zu zweifeln, obwohl er bislang immer fest daran geglaubt hatte. Besonders Gewalttaten, wenn sie eindeutig bewiesen waren, sollten zur Abschreckung hart bestraft werden, das war bisher immer seine Meinung gewesen. Aber in seinem Fall, da fehlte doch jeder Beweis! Er grübelte die halbe Nacht darüber.

Am Morgen fuhr man die Gefangenen wieder in aller Frühe in die Untersuchungshaft zurück, wo sie erneut in eine kleine Zelle gesperrt wurden. Jeder sollte einzeln dem Schnellrichter vorgeführt werden. Als endlich die Zellentür aufgeschlossen und Schimons Name aufgerufen wurde, schoss sein Puls blitzartig nach oben.

„Kommen Sie mit", forderte ihn der Justizbeamte harsch auf, „Sie werden jetzt abgeholt."

Er führte Schimon in ein Büro, in dem jedoch nicht ein Schnellrichter, sondern ein Polizeikommissar Schmidt hinter seinem Schreibtisch kauerte. Ihm gegenüber saß Aba, Schimons Vater, mit versteinerter Miene. Er schaute Schimon verständnislos an, war aber froh ihn gesund und unbeschadet wiederzusehen.

„Setz dich", befahl der Beamte, ein älterer, jovialer Herr. „Jetzt, erzähl mal, was passiert ist", wollte er von Schimon wissen und schaute ihm dabei tief in die Augen. Schimon schilderte den Verlauf der Dinge bis ins kleinste Detail. Er war sich keiner Schuld bewusst und fühlte sich von der Polizei ungerecht behandelt. Bestimmt hatte auch die Kripo den Fall inzwischen recherchiert und seine Familienverhältnisse ermittelt. Und sicher hatten sie auch feststellen können, dass die Familie vollkommen unbescholten war. Er wusste nicht, dass schon am Tag vorher mehrere Polizeibeamte in ihrer Wohnung aufgetaucht waren und eine Hausdurchsuchung durchgeführt hatten, bei der erst einmal Ima vor Aufregung und Scham fast ohnmächtig geworden war und bei der schließlich auch nichts verdächtiges gefunden worden war.

„Wir haben alles im Protokoll festgehalten", sagte der Kommissar, „du musst es nur noch unterschreiben und kannst mit deinem Vater nach Hause gehen. Ich hoffe wir sehen uns hier nie wieder", verabschiedete er danach Vater und Sohn. Schimon war erleichtert. Dennoch blieb ein gewisser Schatten über der Sache hängen. Der Fall war nicht aufgeklärt, Schimon wurde nur wegen Mangel an Beweisen freigelassen. So hoffte die Familie, dass der wahre Täter doch noch bald gefasst werden würde, um Schimon eindeutig von jeglicher Schuld zu rehabilitieren. In den folgenden Nächten konnte er nur sehr schlecht schlafen, immer wieder spulte sich der Vorfall wie ein grausamer Film in seinem Kopf ab. Was wäre passiert, wenn der Fall vor einem Richter geendet hätte. Was, wenn er unschuldig verurteilt worden wäre. Wie hätte er überhaupt seine Unschuld beweisen können. Fragen über Fragen, die ihn unaufhörlich beschäftigten. Keiner machte sich darüber Gedanken und konnte es nachempfinden, wenn er nicht selbst davon betroffen war. Eben noch, als er im Streifenwagen saß, in Handschellen gefesselt, da hatte er die Polizisten gehasst. Aber sie machten ja auch nur ihre Arbeit. Er verstand schon, wie aufreibend Polizeiarbeit sein konnte, wenn man es täglich mit dubiosen, aufmüpfigen oder gewalttätigen Menschen zu tun hatte. Man wurde beschimpft, beleidigt und bedroht und sollte doch immer gerecht und menschlich bleiben. Darüber blieb Schimon noch sehr lange mit sich selbst im Zwiespalt.

Die Zeit begann mit ihrer Aufgabe, die Wunden zu heilen und der Alltag nahm wieder langsam seinen Lauf. Gisa war noch in Frankreich und man tauschte weiter lange und innige Liebesbriefe miteinander aus. Sie waren mit Herzchen verziert und verrieten auch unverhohlen manche Intimität. Gisa besaß einen üppigen Busen und hatte sexuell ein ausgeprägtes Verlangen und eine ebensolche Fantasie. So beschrieb sie in den Briefen, wie sie manchmal ihre Lust mit einem Bleistift befriedigte. Wie das genau gehen sollte, konnte sich Schimon nicht ganz vorstellen, aber ihre Offenheit hatte doch einen gewissen Reiz der Schimons sexuelle Verklemmtheit irgendwie anregte.

Er fuhr weiterhin täglich zur Fachhochschule nach Offenbach und machte wie gewohnt ab und zu seinen Halt in Frankfurts Innenstadt, wo er sich in ein Café setzte und Menschenstudien betrieb.

Geparkt hat er nicht mehr im Parkhaus.

Kapitel 20
Der Schwarze September

Auch Sinan wurde kurze Zeit darauf aus der Untersuchungshaft entlassen. Aus Mangel an Beweisen, hieß es. Schon eine ganze Weile war er vom deutschen Verfassungsschutz wegen Kontakten zur terroristischen und linksradikalen Szene beobachtet worden, doch bislang war ihm nichts Rechtswidriges nachzuweisen. Nach seiner Entlassung tauchte er wieder bei Gesinnungsgenossen in einem Frankfurter Vorort unter. Er zog es nun vor das Land wieder für eine Weile zu verlassen, um sich den deutschen Behörden zu entziehen und bestieg am Flughafen eine Linienmaschine nach Amman.

Unweit der jordanischen Hauptstadt, am Rande der Wüste, befand sich ein Ausbildungslager der PLO. Hier wurde Sinan herzlich von Kampfgenossen begrüßt, denn er galt noch immer als ein Held, der im Ausland seine Aufträge pflichtgemäß durchführte. Schon seit geraumer Zeit häuften sich die Konflikte zwischen dem Haschemitischen Königshaus in Jordanien und der dortigen PLO. Die israelische Eroberung der Westbanks im Sechstagekrieg bedeutete für das Land einen herben Gesichtsverlust, den die Palästinenser nicht hinnehmen wollten, zumal für sie die palästinensisch-stämmige Bevölkerung eine potentielle Basis im Land darstellte. So strebte die palästinensische Führungsschicht immer stärker danach ihre Macht zu etablieren. Ihre Milizen verdrängten jordanische Sicherheitskräfte aus den Flüchtlingslagern und auch aus einigen Städten und unterwarfen sich demonstrativ keinerlei Kontrolle durch das jordanische Militär. Zudem wurde die Bevölkerung, sogar unter Waffengewalt gezwungen, Geld an die Milizen zu entrichten. In der Folge kam es vermehrt zu gewalttätigen Auseinandersetzungen mit der Armee.

Im PLO-Camp wurden gerade Pläne für ein Attentat auf den jordanischen König Hussein geschmiedet. Sinan wurde in das Unternehmen eingeweiht. Eines Morgens, im Juni 1970, griffen radikale Kräfte die Geheimzentrale der Staatsführung in Amman an, König Hussein entging nur sehr knapp einem Anschlag. Die Reaktion folgte prompt. Die jordanische Armee konterte mit Artilleriebeschuss auf militante Flüchtlingslager. Die Kämpfe eskalierten und endeten letztlich mit der Vertreibung der palästinensi-

schen Organisationen aus Jordanien. Die Niederlage galt als Geburtsstunde einer Terrororganisation namens `Schwarzer September´.

Auch Sinan musste Jordanien verlassen und setzte sich in die syrische Hauptstadt Damaskus ab. Dort sollten neue Terrorpläne und Anschläge in Israel und im Ausland ausgearbeitet werden. Deutschland galt als primäres Ziel. Eine Weile noch wirkte er in Damaskus, traf dort verschiedene Anführer der Organisation und wurde mit Geld versorgt, bis er seinen nächsten Auftrag erhielt. Mit falschen Papieren ausgestattet, nahm er eines Tages einen Flug nach Paris. Von dort aus sollte er mit einem Mietwagen über die Rheingrenze nach Deutschland einreisen.

Kapitel 21
Jeanne

Zur gleichen Zeit saß Schimon in einem kleinen Lokal in der B-Ebene unter der Frankfurter Hauptwache, trank seinen Tee und studierte die Tageszeitung. Ein junges Mädchen betrat die Cafe Stube und setzte sich an den Nebentisch. Aus den Augenwinkeln heraus konnte Schimon erkennen, dass sie einen etwas ungepflegten Eindruck machte. Ihre langen dunklen Haare hingen ungekämmt herab, ihr dunkelblauer, zu großer Wintermantel, den sie über einen schwarzen Rollkragenpulli trug, wies bereits starke Verschleißspuren auf, wie auch die kniehohen Reiterstiefel, die schon bessere Zeiten gesehen hatten. Schimon beachtete sie nicht sonderlich, er las weiter im Tagesblatt. Sie wollte sich eine Zigarette anzünden und kramte in ihrer schwarzen, abgewetzten Ledertasche nach einem Feuerzeug. Als sie nichts fand, wandte sie sich an Schimon und fragte mit einem französischen Akzent nach Feuer. Schimon, der leidenschaftliche Nichtraucher, konnte ihr leider nicht helfen, und empfahl, die Kellnerin zu fragen. Doch dieser französische Akzent hatte ihn neugierig gemacht und er fragte, woher sie genau komme. Aus Orleans, antwortete das Mädchen, aber jetzt sei sie auf der Durchreise in Frankfurt. Sie sei viel unterwegs und suche gerade eine Möglichkeit zum Übernachten. Es entwickelte sich ein intensives Gespräch zwischen den beiden, bei dem sie Schimon erzählte, dass sie Jeanne hieß, und zwanzig Jahre alt war. Zuweilen würde sie auch Drogen nehmen, darin sähe sie kein Problem. Ihre Eltern lebten in Frankreich, ihre Mutter war deutsche, und die Großeltern wohnten in Norddeutschland. Der Vater hatte ihr aufgrund ihres Lebenswandels Hausverbot erteilt, so habe sie mit der Mutter nur heimlich Kontakt. An diesem Abend war sie sich nicht ganz sicher, wo sie eine Unterkunft finden würde, doch das sei nicht so schlimm, sagte sie. Sie wollte bei Bekannten anfragen oder zur Not in einem Park schlafen. Es war Januar und ziemlich kalt draußen. Tage zuvor hatte es sogar geschneit. Für Schimon klang das alles sehr seltsam, diese Welt kannte er nicht. Sie tat ihm ein wenig leid, und so lud er Jeanne für diese Nacht zu sich nach Hause ein. Erfreut willigte sie ein. Vorher aber, fuhren sie noch zusammen in ein Krankenhaus, in dem Schimons kranke Mutter seit einigen Tagen lag, und die er besuchen wollte. Erstaunt schaute sich Ima das fremde Mädchen an, als beide in das Krankenzimmer hereinkamen. Sie kannte wohl Gisa, aber wer war jetzt diese Begleiterin? Schimon stellte sie seiner Mutter als eine neue Bekannte vor, was Ima aber offensichtlich nur ein wenig zu beruhigen schien.

Danach nahm er die neue Bekanntschaft mit nach Hause und bot ihr einen Schlafplatz in seinem Zimmer an. Er selbst fror die Nacht auf einer Couch nebenan in dem Zimmer seines Bruders. Mit Aba gab es Ärger, der wollte Jeanne aus der Wohnung raus haben. In den folgenden Tagen kamen sich beide etwas näher und sie durfte trotz Abas Protest länger bleiben. Schimon konnte jetzt wieder in seinem eigenen Bett schlafen, mit Jeanne an seiner Seite. Die Enge störte sie dabei nicht besonders. Schimons soziale Ader war erwacht, er mochte sie und nahm sich vor, sie von den Drogen abzubringen. Zwischenzeitlich kehrte auch Ima aus dem Krankenhaus zurück und die Familie war wieder komplett. Jeanne war von diesem intakten Familienleben und der Gastfreundschaft sehr beeindruckt. Das hatte sie von daheim nicht gekannt, innige Gefühle füreinander hatten dort kaum eine Rolle gespielt. Sie fügte sich gern in die Familie ein und half sogar manchmal im Haushalt mit. Zurück nach Frankreich wollte sie nicht, das Verhältnis zu ihrem Vater war noch zu sehr angespannt.

Die Bindung zwischen Schimon und Jeanne wurde enger, und der Alltag spielte sich langsam ein. Schimon beendete die Beziehung mit Gisa und widmete sich jetzt voll und ganz seiner neuen Liebschaft. Sie sollte im bürgerlichen Leben Fuß fassen, und er wollte ihr dabei helfen. Sie reduzierte merklich ihren Drogenkonsum und schien ihr neues Leben zu genießen. Eine gemeinsame Wohnung sollte her, ein Job für Jeanne und die Kontaktaufnahme zu ihren Eltern, das war Schimons Plan. Alles andere würde sich ergeben. Die Dinge entwickelten sich prächtig, aus Zuwendung entstand eine richtige Liebesbeziehung. Sie verstanden sich sehr gut und hatten viel Spaß miteinander. Schimon studierte, arbeitete zwischendurch und besorgte Jeanne ebenfalls eine Stelle als Verkäuferin in einer Boutique. Sie gewann immer mehr Selbstvertrauen und half mit, eine gemeinsame Wohnung zu suchen. Diese fanden sie in Offenbach, nicht weit von der Hochschule für Gestaltung. Man organisierte einige Möbelstücke, viel Platz war ohnehin nicht im Einzimmerappartement und richtete sich gemütlich ein. Dann war es Zeit für den nächsten Schritt, Jeanne sollte wieder Kontakt mit ihrer Familie aufnehmen. Als die Eltern von der Wandlung ihrer Tochter hörten, waren sie hellauf begeistert und boten ihr jegliche Unterstützung an. Sie luden das junge Paar nach Orleans ein, denn sie wollten Schimon `den Erlöser´ kennenlernen. Es war eine lange Fahrt dorthin, und da die Strecke noch nicht als Autobahn ausgebaut war, schlängelte sich die Route National durch die kleinsten französischen Dörfer. Als sie endlich ankamen, war Schimon sehr beeindruckt, denn das hatte er nicht erwartet. Die Zufahrt auf das weitläufige Gelände führte über einen eigenen Parkweg, von Platanen gesäumt, mit einer feudalen Auffahrt zu einem modernen, zweistöckigen Gebäude mit einer großen Glasfassade am Ende des Weges. So müssen sich Könige fühlen, wenn sie nachhause kommen, dachte Schimon hinterm Steuer. Ein wahrhaft erhebendes Gefühl. In dem langgestreckten Glanzbau befand sich nicht nur die Wohnung der Familie, sondern auch zugleich die Arbeitsstelle des Vaters, der Leiter eines französischen Forschungsinstituts in diesem Gebäude war. Ella, die Dalmatiner Hündin, wedelte fröhlich mit dem Schwanz, als sie die verlorene Tochter des Hauses als Erste begrüßte. In einer eigens für sie zugeschnittenen Strumpfhose, die über ihrem Hinterteil hochgezogen war, bot sie einen skurrilen Anblick der Schimon etwas irritierte. „Sie läuft manchmal ein wenig aus", flüsterte Jeanne ihm unauffällig ins Ohr. Auch die Mutter und beide Geschwister eilten herbei und freuten sich über das Wiedersehen nach der langen Trennung. Der Wohnbereich im Haus erstreckte sich über zwei Ebenen, die Einrichtung bestand aus edlen Stilmöbeln und kostbaren Dekorationsstücken. Das antike Mobiliar stand in einem krassen Gegensatz zum modernen Stil des Gebäudes, doch auf den hatte der Vater wohl keinen Einfluss gehabt. Ginge es nach ihm, so wäre das Institut in einem alten Schloss untergebracht worden. Als Ausgleich dafür sammelte er alte französische Häuser, die er aufgekaufte und nach und nach restaurierte. Er besaß bereits mehrere davon und daneben noch ein gemütliches Holzchalet, hoch oben in den französischen Alpen. Der Aufenthalt in Orleans brachte Jeanne ihrer Familie wieder ein Stück näher, und Schimon wurde gern als Schwiegersohn in spe angesehen, zumindest von der Mutter. Der Vater mochte Juden nicht besonders, was er aber nicht offen zeigte.

Zurück in Offenbach äußerste Jeanne einmal den Wunsch Kosmetikerin zu werden und ihr Abitur nachzuholen. Schimon ermutigte sie dazu und versprach, sie bei ihrem Vorhaben zu unterstützen. Jetzt wollte sie allen zeigen, wozu sie fähig war. Schimon half ihr bei der Suche nach einer Ausbildungsstelle in einem Kosmetiksalon, was auch schnell gelang. Jeanne war glücklich, sie entwickelte großen Ehrgeiz und war auch erfolgreich. Nicht nur die Arbeit selbst machte ihr viel Spaß, auch mit ihrer Chefin verband sie eine enge Freundschaft. Da sie jedoch nur eine minimale Vergütung bekam, behielt sie noch weiterhin ihre Halbtagsanstellung in einer Boutique. Daneben meldete sie sich noch zu einem Fernstudium in Frankreich an, mit dem sie ihr Abitur nachmachen wollte. Schimon brachte sie täglich zu ihrer Arbeitsstelle und holte sie abends wieder ab. Es war eine glückliche Zeit, aber manchmal machte sich bei Jeanne eine gewisse Überforderung bemerkbar. Sie hatte sich etwas zu viel zugemutet, hielt jedoch weiter krampfhaft an ihrem Vorhaben fest.

Man sprach jetzt von Hochzeit und einer gemeinsamen Zukunft. Im Sommer 1972 war es dann soweit, das Fest wurde vorbereitet. Es sollte in Orleans stattfinden, standesgemäß mit einer entsprechenden Zeremonie im Rathaus, und im Beisein des Bürgermeisters sowie anderen hohen Persönlichkeiten der Stadt. Schimons ganze Familie war nach Frankreich gereist, wo das Brautpaar am Tag der Hochzeit mit einem wahren Blumenmeer empfangen wurde. Im Rathaus hatte man eine im Landhausstill dekorierte Tafel aufgebaut, und es wurde ein Menü mit exklusiven französischen Speisen und den teuersten Weinen des Landes serviert, frei nach dem Motto, Adel verpflichtet - *noblesse oblige*. Honorige Gäste beehrten die Veranstaltung, der Bürgermeister hielt seine Rede. Die Zukunft versprach rosige Zeiten. Üppige Geschenke wurden gereicht, von nutzlosen Staubfängern bis hin zu größeren Geldbeträgen. Ein neues Auto musste her, damit man fortan öfter die Familie in Frankreich besuchen konnte. Und so stand schon kurz darauf ein knallroter Simca 1000 Rallye mit Schalensitzen vor der Tür!

Kapitel 22
Die olympische Katastrophe

In einer kleinen Gemeinde am Rande von Frankfurt klingelte am Nachmittag im abgedunkelten Zimmer das Telefon.
Sinan hob den Hörer, sagte jedoch kein Wort.
„Hallo, wer da?" fragte die Stimme auf Arabisch am anderen Ende der Leitung.
„Hallo, ist Abu Sin da?" drängte der Anrufer auf eine Antwort.
„Wer dort?" fragte Sinan. Er musste damit rechnen abgehört zu werden.
„Hier ist Khalil. Ich habe eine Nachricht von Omar für Abu Sin."
„Worum geht es?"
„München. Mehr kann ich nicht sagen. Näheres dazu erfährst du auf der Demonstration nächsten Samstag in Frankfurt."
Der Hörer auf der anderen Seite klackte, die Leitung verstummte.
Sinan wusste von der Veranstaltung, die sich gegen Israel, Amerika und die deutsche Regierung richtete. Sie alle zählten zu den großen Feinden, die seiner Ansicht nach das Leid der Palästinenser verursachte und den man überall bekämpfen musste. Mit den Demonstrationen konnte man die Aufmerksamkeit der Presse und der Öffentlichkeit auf sich lenken. Linke Gruppen und Menschenrechtsorganisationen, planten ebenfalls an den Protesten teilzunehmen.
Samstag früh bestieg Sinan den Zug zum Frankfurter Hauptbahnhof. Ein buschiger, schwarzer Schnurbart, den er sich angeklebt hatte und ein Barrett, das leicht schräg auf seinem Kopf saß, verliehen ihm ein französisches Aussehen. Die Augen versteckte er hinter einer dunklen Sonnenbrille. Um den Bahnhof herum postierten sich derweil Polizei und Sicherheitskräfte. Auch Wasserwerfer standen bereit, um gewaltsame Ausschreitungen zu vermeiden. Schon versammelten sich Aktivisten aller Couleur auf dem Vorplatz, die Palästinafahnen hissten und große Transparente mit Judensternen und Hakenkreuzen hochhielten. Der Demonstrationszug sollte vom Hauptbahnhof über die Kaiserstraße zur Zeil führen, und mit einer Kundgebung am Frankfurter Römer enden. Der Marsch setzte sich in Bewegung. `Freiheit für Palästina´ und `Tod den Imperialisten´, schallten es in den Häuserschluchten. Irgendwo in der enggedrängten Menge reihte sich

*auch Sinan ein. Hinter einem breiten Schriftband fand er einen
vor den Kameras geschützten Platz. Er bemerkte nicht, wie sich
eine Person zwischen den Demonstranten bis zu ihm hindurchge-
zwängt hatte und jetzt unmittelbar neben ihm marschierte.*

*„Abu Sin", wandte sich der Mann, leise und fast unbemerkt an
Sinan.*

*Es war so laut um sie herum, dass Sinan es zunächst gar nicht
registrierte. Erst beim dritten Mal bemerkte er die Kontaktversu-
che des Nachbarn.*

„Omar?" drehte er sich fragend um.

„Ja, Bruder. Wir haben eine Aufgabe für dich."

*Omar zog einen Zettel aus seiner Tasche, den er unauffällig in
Sinans Hand drückte. Dann ließ er sich in der Reihe zurückfallen
und verschwand irgendwo in der Menge. Der Protestmarsch erreichte den Römer, wo bereits eine Bühne aufgebaut worden war.
Die Stimmung war aufgeheizt, die Parolen wurden lauter, begleitet von Pfiffen aus hunderten von Trillerpfeifen. Die Feindseligkeit richtete sich auch gegen die Polizei, die für die Teilnehmer
den verhassten Staat repräsentierten. Plötzlich flogen Flaschen
und Steine in Richtung der Polizisten. Tumulte begannen, Schaufenster zersprangen, Autos brannten. Die Staatsmacht griff massiv
ein. Sinan suchte Schutz hinter einer überdachten Straßenbahn-
haltestelle, um nicht von den Schlagstöcken getroffen zu werden.
Überall zwischen den Randalierern huschten Presseleute mit
Kameras umher und suchten nach den besten Fotomotiven für
ihre nächste Reportage. Bevorzugt waren Bilder, die schlagende
Polizisten auf vermeintlich friedliche Demonstranten zeigen. Momentaufnahmen die beim Leser Emotionen auslösen sollten, bar
jeder Erklärung wie es dazu gekommen war.*

*Langsam löste sich Sinan von seinem Versteck und bewegte sich
schnellen Schrittes zur nächsten Bahnstation. Die Rufe nach seinem Namen überhörte er im lauten Straßenverkehr. Auf der gegenüberliegenden Straßenseite stand Schimon, der ihn trotz seiner
Tarnung erkannt hatte. Gern hätte er ihn jetzt angesprochen, ihm
einige Fragen gestellt. Doch Sinan war schon hinter der nächsten
Ecke verschwunden.*

*Zurück im Zimmer, holte er den Zettel aus seiner Hosentasche.
Darauf stand in arabischer Schrift zu lesen:
Operation München*

Olympische Spiele
Geiselnahme der israelischen Olympia Mannschaft zur Befreiung
von 232 unserer Brüder und 2 RAF Kämpfern aus israelischer
Haft.
Abu Sinan besorgt die Waffen und wird die Logistik unterstützen.
Waffen werden an bekannter Stelle versteckt und dem Kommando
vor der Aktion bereitgestellt.
Weitere Information wird folgen.

Kommando schwarzer September für die Befreiung Palästinas

Es war das Jahr 1972. Es stand im Zeichen der Olympischen
Spielen in München, ein Ereignis, das die Welt bewegte. Am
26.August, um 15Uhr, wurden die Spiele mit einer grandiosen
Feier eröffnet. Der Stadionsprecher Joachim Fuchsberger ver-
kündete den Einzug der Nationen unter dem Jubel der 62000
Zuschauer im Olympiastadion. Es sollten die fröhlichen Spiele
dieses Sommers werden. Die Menschen genossen die Wettbewer-
be vor Ort und überall an den Bildschirmen. Das olympische Dorf
war nur leicht bewacht, Deutschland wollte der Welt und den
Athleten das Gefühl von Freiheit vermitteln. Zäune sollten im
neuen Deutschland der Vergangenheit angehören. Doch am elften
Tag unterbrach eine schreckliche Nachricht jäh die freudige
Stimmung. Es war der 5. September 1972.
Bewaffnete Mitglieder der palästinensischen Terrororganisation
Schwarzer September drangen mit Sturmgewehren in die israeli-
schen Unterkünfte im Olympischen Dorf ein. Sie hatten den Auf-
trag, die Sportler als Geiseln zu nehmen, um inhaftierte und be-
reits verurteilte Kampfgenossen in Israel freizupressen. Gleich zu
Beginn des Angriffs töteten sie zwei der Athleten. Die restlichen 9
verschleppten sie als Geiseln und forderten mit ihnen das Land
verlassen zu können. Es folgten zähe Verhandlungen mit deut-
schen Politikern zur Freilassung der Gefangenen, die aber alle
am Ende scheiterten. Die israelische Regierung bot Unterstützung
durch erfahrene Terrorspezialisten an. Diese wurde jedoch von
den deutschen Behörden abgelehnt. Mit Terroristen verhandeln,
war für die Israelis ausgeschlossen. Bei dem folgendem Be-
freiungsversuch durch die in solchen Aktionen völlig unerfahrene
deutsche Polizei, kam es auf dem Flugfeld von Fürstenfeldbruck

zum Gefecht mit den Geiselnehmern und schließlich zu einer Katastrophe. Alle israelischen Sportler, fünf Terroristen und ein Polizist verloren bei dem Einsatz ihr Leben. Die fröhlichen Spiele wurden nach einer Trauerfeier bis zum Ende fortgesetzt.

Kapitel 23
Ehe und Krieg

Jeanne schien in ihrer Arbeit aufzublühen. Schimon sah sie aber nicht mehr allzu oft, da sie immer häufiger die Zeit lieber mit ihrer befreundeten Chefin verbrachte. Auch traf sie manchmal wieder alte Bekannte aus ihrer Drogenzeit, was sie aber vor Schimon zu verheimlichen versuchte. Er nahm es hin, er wollte ihr die Freude nicht verleiden. Doch irgendwie schien sich etwas in ihr zu wandeln. Die ersten Konflikte kamen auf, und er begann darunter zu leiden. Schimon war in dieses Mädchen verliebt, er sah, wie sie sich aus einer ausgeflippten Zwanzigjährigen zu einer verantwortungsbewussten Frau entwickelt hatte, auch aufgrund seiner Einwirkung. Doch er spürte auch ihre Unzufriedenheit. Jeanne wollte alles, aber sie hatte sich überschätzt. Vielleicht hatte aber auch er sie überschätzt. Vielleicht war sie im Innersten doch noch nicht bereit für eine Veränderung, wie er es sich gewünscht hätte. Sie fühlte sich oft müde und ihre Sehnsucht in die Heimat schien zu wachsen. Schimon war gewillt, alles für sie zu tun, sogar mit ihr nach Frankreich zu ziehen. Aber das wollte sie nicht. Sie begann immer mehr ihr eigenes Leben zu führen, aus dem sie Schimon beiseite drängte. Er sollte immer mehr Rücksicht auf ihren Zustand nehmen. Ihre Chefin erinnerte ihn ständig daran, wie allein Jeanne hier in Deutschland war und wie sehr ihre Arbeit sie in Anspruch nahm. Jeanne kam immer seltener nach Hause. Wo sie gewesen war, wollte sie nicht preisgeben. Schimon wurde misstrauisch, was ihre Beziehung nur noch weiter belastete. Krisen und Versöhnungen gehörten inzwischen zur Tagesordnung. Jeanne kündigte ihre Halbtagsstelle als Verkäuferin und konzentrierte sich auf ihr Fernabitur. Im Sommer war es soweit, die Prüfung sollte in Frankreich stattfinden, und Jeanne reiste dorthin. Kurz darauf hatte sie ihr Abitur erfolgreich gemeistert. Zur selben Zeit stand auch Schimons Diplomprüfung zum Industriedesigner an. Und auch er bestand sie mit Bravur. Jetzt träumte er den Traum von einer bürgerlichen Zukunft mit einer gut dotierten Stelle, einer liebevollen Frau, einem schönen Haus und später auch Kinder.
Jeanne kehrte aus Frankreich zurück. Sie war vollkommen verändert. Sie strebte wieder nach ihrem früheren Leben in totaler Frei-

heit zurück. Jetzt wollte sie die Trennung. Schimon war am Boden zerstört und flehte sie an, es nicht zu tun. Jede Nacht führten sie stundenlange emotionsgeladene Gespräche. Die folgenden Wochen waren voller Spannungen und Auseinandersetzungen. Jeanne fand irgendwo neue Freunde, für die sie euphorisch brannte. Ständig telefonierte sie mit einem Mann in Frankreich. Den Sex mit Schimon hatte sie ausgesetzt. Sie behauptete, sie sei frigide geworden. Notgedrungen fügte er sich der Situation. Er erfüllte ihr jeden Wunsch und gab bei allem nach. Jeanne gewann die Oberhand und führte jetzt das Kommando, Schimon folgte ihr wie ein Hündchen seinem Frauchen, aus Angst sie zu verlieren. So entspannte sich die Situation scheinbar ein wenig, sie glich einem Waffenstillstand zwischen einem Sieger und einem Verlierer. Man plante den Umzug in eine andere Wohnung, ein Neuanfang, in den beide ihre Hoffnung setzten.

Schimon war zu dieser Zeit als Grafiker in einem kleinen Werbestudio nahe Frankfurt angestellt. Er durfte Flaschenetiketten entwerfen, Layouts kleben, Fotos vergrößern und Dildo Verpackungen für einen Sex Shop kreieren. Es sollte nur eine Zwischenstation werden, denn die Stelle in der kleinen Werbeagentur verlor er etwas später wieder. Das Inhaber-Ehepaar hatte sich zerstritten und stand in Scheidung. Die Agentur konnte auf dieser Basis nicht mehr weiter existieren und sollte geschlossen oder verkauft werden. Schimon wurde gekündigt. Eigentlich hätte er sich jetzt gern in der Autoindustrie als Designer beworben, doch fast alle Fahrzeughersteller lagen weit entfernt von Frankfurt und so konzentrierte er sich bei seinen Bewerbungen auf Unternehmen in der Rhein Main Region, um eine Trennung von Jeanne zu vermeiden. Er gab sich sehr viel Mühe bei der Erstellung seiner Bewerbungsunterlagen, doch sie erzielten nicht den gewünschten Erfolg. Die Absagen die er erhielt, reichten von der lapidaren Aussage, man habe sich für einen anderen Bewerber entschieden, über eine angeblich fehlende Übereinstimmung mit dem geforderten Profil, bis hin zu seiner scheinbaren Überqualifizierung. Die meisten Antworten schlossen mit der zynischen Floskel: Wir wünschen Ihnen viel Erfolg für Ihren weiteren Lebensweg. Schimon ließ sich dennoch nicht entmutigen und bewarb sich munter weiter.

Der Wandkalender zeigte, Samstag, den 6.Oktober 1973. Schimon saß im Wohnzimmer und blätterte in der Zeitung. Er hoffte auf einen geruhsamen Tag ohne Streit mit Jeanne. Nichts deutete auf etwas Besonderes hin. Den höchsten jüdischen Feiertag, Jom Kippur an diesem Tag, hatte er schlichtweg vergessen. Er war ein freidenkender Jude, für die Orthodoxen, ein sogenannter Gummigoi, wie sie abfällig diese Spezies nannten. Schimon leugnete nie seine religiöse Herkunft. Er war als Jude geboren und würde auch als solcher sterben, das war klar. Er glaubte fest an Gott, den er sich zwar bildlich nicht wirklich vorstellen konnte, doch er bemühte sich, im Geiste der Zehn Gebote zu leben. Ob sie tatsächlich von Gott stammten, konnte er nicht zu beurteilen, aber er war der Meinung, dass sie eine vernünftige Grundlage für ein gesellschaftliches Zusammenleben von Menschen bildeten. Alles andere in der Religion, glaubte er, sei bloß von Menschen für Menschen gemacht worden, und daher für ihn nicht so relevant. Das Radio dudelte monoton in den Raum und wechselte zwischen Musik und langweiligen Berichten, bis zu den Nachrichten. Die erste Meldung schreckte Schimon auf. Etwas Unerwartetes passierte auf der Weltbühne, was auch ihn und seine berufliche Zukunft für längere Zeit beeinflussen sollte.

Der Jom Kippur Krieg war ausgebrochen. In Israel wurde an diesem Sonnabend der heiligste aller Feiertage gefeiert. Jom Kippur ist der Tag der Versöhnung, der zehn Tage nach dem jüdischen Neujahrsfest stattfindet. Es ist das Bekenntnis von Reue und Buße, bei dem gläubige Juden fasten und den Tag in der Synagoge mit Beten verbringen. Es wird nicht gefahren und nicht gearbeitet, Radios schweigen, es gibt keine Unterhaltung, das gesamte Land steht still, zumindest der jüdische Teil. Christen und Moslems führen dagegen einen ganz normalen Alltag.

Um 9:30 Uhr eilten Menschen in Tel Aviv, und überall im Land, zum Gottesdienst in die Synagogen. Jossi, Schimons ehemaliger Schulkamerad, und sein Vater Mosche, wunderten sich über die ungewöhnliche Verkehrsbewegung auf der Straße. Sie sahen Militärfahrzeuge, die sich in Richtung Stadtautobahn bewegten. Irgendetwas musste im Gange sein. In der Synagoge spürte man die Unruhe. Menschen rannten ein und aus, Militär Jeeps hielten vor den Eingängen und sammelten Reservisten ein, Transistorradios wurden eingeschaltet. Die Meldungen klangen beängstigend. Ägyptische Truppen, so hieß es, hätten im Sinai den Suezkanal überquert und die Bar Lev Linie, Israels Schutzwall, überrannt.

Gleichzeitig griffen die Syrer im Norden von den Golanhöhen an und sind nach Nordgaliläa eingedrungen. Israel war auf den Angriff an einem solch hohen Feiertag nicht vorbereitet. Reservisten weilten zu Hause bei ihren Familien, während junge Rekruten die Grenzen nur notdürftig bewachten. Untergangsstimmung und Angst machten sich schnell breit. Wenn es jetzt nicht gelang, die arabischen Truppen noch zurückzudrängen, war das Land verloren. Die Menschen rannten nach Hause. Im Radio wurden ständig Codenummern und Codewörter durchgegeben, die Reservisten zu ihren Truppen beorderten. Die Sirenen im ganzen Land heulten von den Dächern, und die Bevölkerung wurde aufgefordert, in den Bunkern Schutz zu suchen. Es war wieder Krieg. Die Niederlage und die Schmach von 1967 wollten der ägyptische Präsident Sadat und der syrische Präsident Assad mit diesem Überraschungsangriff und einem raschen Sieg wieder wettmachen.

Auch Jossi und Mosche begaben sich schnellstens zu ihren Einheiten irgendwo an den Grenzen des Landes. Binnen Stunden war die Mobilmachung vollzogen. Im Norden Galiläas drangen die Syrer immer tiefer auf israelisches Gebiet ein, Ortschaften wurden aus der Luft bombardiert, die Lage wurde von Stunde zu Stunde dramatischer. Hunderte junger Soldaten starben schon bei Kämpfen während der ersten Angriffswellen der arabischen Armeen. Noch wussten ihre Familien nicht, welche Trauer sie erwarte. Es sollte noch 48 Stunden dauern, bis sich die israelischen Truppen formiert hatten und zum Gegenangriff übergehen konnten. Jetzt ging es um das Überleben des Staates Israel, um einen Kampf mit dem Rücken zur Wand, der für Israel das Meer darstellte. Mosche kämpfte mit seiner Einheit in der Sinai Wüste, Jossi im Norden des Landes. In den Schutzbunkern bangten Familien um das Leben ihrer Väter, Söhne und Töchter an den Fronten. Als die Lage schon fast aussichtslos schien, gelang es der israelischen Armee doch noch den Vormarsch der arabischen Einheiten zu stoppen. Mit übermächtigem Kampfeswillen und vielen Opfern konnten die israelischen Truppen die Angreifer auf allen Linien zurückzudrängen und die Gebiete, die sie seit dem Sechstagekrieg 1967 besetzt gehalten hatten, wieder zurück erobern. Die israelischen Panzer drangen weit in syrisches Gebiet ein und standen kurz vor Damaskus. In Ägypten überquerten die Soldaten den Suezkanal und näherten sich Kairo. Der Krieg dauerte drei Wochen und endete erst auf Druck der USA und Russlands mit einem Waffen-stillstand. Etwa 2.700 Israelis und 20.000 Syrer und Ägypter ver-loren dabei ihr Leben. Auch Mosche gehörte zu den Gefallenen Soldaten, Jossi, sein Sohn, wurde schwer verwundet. Trauer be-deckte das ganze Land.

Als Reaktion auf die Niederlage, setzten die arabischen Länder zum ersten Mal ihr Öl als Waffe ein. Die Produktion wurde von der OPEC, der Organisation der Erdöllexportierenden Länder, um 5 Prozent gedrosselt, mit dem Ziel, Staaten, die für Israel waren, wirtschaftlich unter Druck zu setzen. Das Ölembargo zeigte deut-lich, wie sehr die westlichen Länder von diesen fossilen Brenn-stoffen abhingen und wie massiv es die Wirtschaft traf. Die Fol-gen waren einschneidend. Deutschland verhängte Sonntagsfahr-verbote auf Autobahnen, Österreich verfügte als Sparmaßnahme einen autofreien Tag pro Woche. Kurzarbeit und Arbeitslosigkeit stiegen deutlich an, viele Unternehmen meldeten Insolvenz an. Konzerne, vor allem aus der Fahrzeugindustrie, ordneten einen Einstellungsstopp für neue Mitarbeiter an, was auch Schimons Chancen auf einen Wunschjob in der Automobilbranche zunichtemachte.

Zu Weihnachten steigerte sich erneut Jeannes Unmut über die bestehende Situation und sie wollte den Heiligen Abend bei ihrer Chefin verbringen. Ursprünglich hatte man geplant diesen Abend, gemeinsam mit der Familie bei Schimons Eltern zu feiern. Schi-mons Mutter hatte immer den Weihnachtsbaum geschmückt und die Geschenke darunter verteilt. Als überzeugte Ökumänin liebte sie diese Tradition, die sie neben Chanukka, dem jüdischen Lich-terfest, Jahr für Jahr pflegte. Die Parallelen beider Feste waren unverkennbar. An Weihnachten wurde der Baum mit Lichtern geschmückt und es gab Geschenke. Nach jüdischem Brauch wur-den zu Chanukka acht Kerzen auf einem Leuchter gezündet, zur Erinnerung an die Wiedereinweihung des zweiten jüdischen Tem-pels in Jerusalem 164 vor Christus, und es gab ebenfalls Geschen-ke für die Kinder. Es sollte ein schöner Familienabend werden. Man einigte sich schließlich darauf, nacheinander bei beiden Ein-ladungen den Abend zu verbringen. Es kam jedoch anders. Als Schimon zwei Tage zuvor Jeanne vom Kosmetikstudio abholte, und ihre Chefin sich gerade aus einem nichtigen Grund über ihre kleine Tochter geärgert hatte, schüttete sie plötzlich ihren ganzen Frust auch über Schimon aus. Er war sich keiner Schuld bewusst und suchte den Ausgleich, was ihre Emotionen nur noch stärker in Wallung brachte. Sie forderte Schimon auf, die Wohnung zu verlassen und verbot ihm wiederzukommen. Jeanne schlug sich auf die Seite ihrer Chefin und beschloss, den Weihnachtsabend nun ganz bei ihr zu verbringen. Traurig fuhr Schimon am Heiligabend zu seinen Eltern und musste sich eine Ausrede für Jeannes Abwesenheit einfallen lassen. Die liebevoll verpackten Geschenke blieben unberührt unterm Weihnachtsbaum liegen. Kurz vor Mitternacht rief Jeanne an und bat Schimon sie abzuholen. Er stand unten vor dem Haus, doch sie ließ ihn eine Weile warten, bis sie kam. Einige Tage wechselten sie kein Wort miteinander, fast bis zum Jahreswechsel.

An Silvester waren beide bei Freunden eingeladen, um gemeinsam den Jahresübergang zu feiern. Die Party war in vollem Gange, man tanzte, trank und fieberte dem neuen Jahr 1974 entgegen. In den dunklen Ecken lümmelten sich einige Paare, die es im alten Jahr noch einmal genießen wollten. Die laute Musik lähmte jedes Gespräch, die Luft war von Zigarettenrauch vernebelt. Schimon suchte Jeanne, er hatte sie schon eine Weile nicht mehr gesehen und machte sich Sorgen. In den Räumen war sie nicht, auch in der Küche konnte er sie nicht finden. Bevor er verzweifelt aufgab, warf er kurz einen Blick ins Badezimmer. Da stand sie, eng umschlungen mit einem jungen Mann, der sie zärtlich küsste. Für einen kurzen Augenblick zuckten beide zusammen. Schimon zog die Türe zu und verließ geschockt und niedergeschlagen die Wohnung. Eine Weile irrte er ziellos durch die kalten Straßen, Tränen liefen ihm übers Gesicht, sein Hals schnürte sich zu. Was sollte er tun, zurück zur Party und einfach so tun, als wäre nichts geschehen? Das konnte er nicht. Andererseits, wie sollte Jeanne nach Hause kommen, schließlich hatte er den Wagen. Das sollte ihm jetzt egal sein. Nun musste er hart bleiben, ein Zeichen setzen. Der innere Kampf tobte in ihm und überlagerte jeden klaren Gedanken. Dabei merkte er nicht, wie ihn seine Füße wieder zurück in die Wohnung führten. Als er eintrat, hatte niemand etwas von seinem Verschwinden bemerkt. Jeanne saß allein auf einem Sessel und zog an ihrer Zigarette. Als sie Schimon an der Tür sah, lief sie auf ihn zu und entschuldigte sich für ihr Verhalten. Es wäre gar nichts zwischen ihnen beiden passiert, sagte sie, nur ein kleiner Flirt, nichts von Bedeutung. Schimon verzieh ihr, wie immer, und sie prosteten einander zu. Die Uhr schlug zwölf, 1974 war geboren.

Doch die vermeintliche Ruhe hielt nicht sehr lange. Tägliche Reibereien gehörten bald wieder zur Tagesordnung. Das Wort Trennung kam immer öfter zur Sprache. Trotzdem fixierten sich beide auf den bevorstehenden Wohnungswechsel. Schimon klammerte sich weiter an Hoffnungen. Drei Monate später war es soweit. Er fand eine geräumige Dreizimmerwohnung im Frankfurter Nordend, in die das Paar einzog. In den ersten Wochen war man mit der Einrichtung beschäftigt, was ein wenig als Ablenkung diente. Doch auch das neue Umfeld konnte nicht über die Risse in der Beziehung hinwegtäuschen. Das Auf und Ab von Auseinandersetzungen und Versöhnung ging in den neuen Räumen genau so weiter, wie es in der alten Wohnung schon alltäglich war. Die Trennung schien von ihrer Seite schon beschlossene Sache zu sein, doch Schimon wollte die Wirklichkeit nicht wahrhaben. Er kettete sich wie mit unsichtbaren Handschellen an diese Ehe fest, sie durfte einfach nicht auseinanderbrechen. Er vergötterte Jeanne, bot ihr alles, was er nur bieten konnte. Er hatte ihr zurück in ein bürgerliches, scheinbar drogenfreies Leben zurückgeholfen, sie wieder ihrer Familie nähergebracht und ihr neues Selbstvertrauen gegeben. War das jetzt alles nichts mehr wert? Oder hatte er sich vielleicht getäuscht? Hatte sie das alles womöglich überhaupt nicht wirklich gewollt? Hatte sie sich einfach darauf eingelassen und dann irgendwann Angst bekommen, dass es zu viel für sie war? Zu viel Alltag, zu viel heile Welt! Und wenn es so war, warum? Er konnte es nicht verstehen.

Dann passierte etwas.

An jenem Abend eröffnete ihm Jeanne, dass sie schwanger sei. Ein Kind mit ihr, das wäre der Gipfel seiner Träume. Doch war er auch wirklich der Vater? Egal, Hauptsache, sie würden zusammenbleiben. Doch Jeanne wollte das Kind nicht. Sie sagte, es habe in dieser Beziehung keine Zukunft, und außerdem sei es so oder so zu früh für Kinder. Sie stritten die ganze Nacht, bis schließlich schweren Herzens die Entscheidung fiel, die Schwangerschaft zu unterbrechen. Jeanne setzte sich mit ihren Eltern in Verbindung, die ihr umgehend das Geld für die Abtreibung schickten. Dann fuhren beide nach Holland, wo der Eingriff vorgenommen wurde. Die Stimmung nach dem Eingriff war sehr bedrückt, auf der Rückfahrt wechselten sie kein Wort miteinander. Einige Tage später begann Jeanne ihre Kosmetikausbildung in einer Schule in Frankfurt. Schimon sah sie jetzt nicht mehr oft. Morgens saß sie im Unterricht, nachmittags arbeitete sie im Kosmetikstudio und die Abende verbrachte sie mit irgendwelchen Freunden, die er nicht kannte, irgendwo in der Stadt. So blieb auch nicht viel Zeit zum Streiten.

An einem Nachmittag im Juni ereignete sich eine seltsame Begebenheit. Jeanne kam früher nach Hause und schien guter Dinge zu sein. Für Schimon ein ungewöhnlicher Umstand, über den er sich aber freute. Nach langer Zeit waren sie mal wieder nett zueinander.

„Möchtest du ein Tee?" fragte Jeanne fürsorglich,

„ich mache uns gerne einen."

Welch ungewöhnliche Wandlung, was war bloß geschehen, dachte sich Schimon, konnte sich aber keinen Reim darauf machen. Und so beließ er es für sich bei der Frage, ohne eine Antwort zu suchen. Er wollte die schöne Atmosphäre nicht mit misstrauischen Hintergedanken trüben. Jeanne kam aus der Küche und stellte zwei große Tassen Tee auf den Tisch. Für Schimon war es wie ganz zu Beginn ihrer Beziehung, als sie sich noch so gut verstanden und liebevoll miteinander umgingen. Er empfand ein Glücksgefühl wie schon seit langem nicht mehr, das er mit den Händen festhalten wollte. Irgendwann im Gespräch fragte Jeanne, ob er sich wohlfühle und es ihm gut gehe, was er mit einem zärtlichen Blick bejahte. Dass sich seine Wahrnehmung leicht veränderte, ignorierte er. Er sah sie an, sie war wunderschön und wurde immer schöner. Die Konturen ihres Gesichtes gewannen an Kontrast und Schärfe. Auch die weiße Strukturtapete an der Wand bekam einen rötlichen Stich. Er spürte ein seltsames Gefühl, das er bislang nicht kannte. Für Schimon war es immer wichtig die Kontrolle über sich zu behalten, ein Grund dafür, dass er sich auch nie betrank oder Drogen nahm. Doch allmählich fühlte er, wie die Beherrschung über seine Sinne zu schwinden begann. Er bekam Angst. Alles im Raum drehte sich und schien fast unwirklich. Die Möbel erwachten zum Leben, bewegten sich selbständig im Zimmer und wechselten ihre Form. „Was ist das?" stammelte er, „Ich

weiß nicht, was mit mir los ist. Ich fühle mich so seltsam."
Jeanne ergriff seine Hand und meinte, „komm, lass uns ein wenig
spazieren gehen, dann wirst du dich besser fühlen." Im Treppenhaus hielt sich Schimon am Geländer fest und glaubte, er wandelte durch einen pinkfarbenen Lichttunnel. Auf der Straße sah alles
ganz anders aus wie sonst. Die Bäume trugen lilafarbene Äpfel,
die Autos bewegten sich wie lebende Monster auf Schienen, Menschen, die wie Alien aussahen, huschten vorbei und hinterließen
einen glitzernden Lichtstreif, und die Fenster in den Häusern
strahlten in bunten Regenbogenfarben. Schimon zitterte und fasste
Jeannes Hand. Er glaubte, verrückt zu werden. Er wollte den
schrecklichen Trip anhalten, doch er konnte nichts dagegen tun.
„Ich möchte wieder nach Hause", flehte er. „Ich möchte, dass
dieser Alptraum wieder aufhört", jammerte er. Auch Jeanne hatte
die heftige Wirkung dieser Droge im Tee nicht erwartet und war
vollkommen verunsichert. Sie versuchte, Schimon zu beruhigen.
„Wir werden jetzt zurückkehren und dann wird alles wieder gut",
tröstete sie ihn und zog ihn hinter sich her. Als sie wieder die
Wohnung betraten, sah sie für Schimon vollkommen fremd aus.
Es war ihm, als sei er nie hier gewesen. Jeanne führte ihn ins
Schlafzimmer und half ihm sich auf das Bett zu setzen. Er wollte
sich hinlegen, doch er konnte es nicht. Er fühlte sich wie verstei-
nert. Er sah sich als sitzende Sphinx mitten in der heißen Wüste.
Der ganze Körper schmerzte und er versuchte sich flach auf den
Rücken fallen zu lassen. Es gelang nicht, er war wie in Beton
einzementiert. In seiner Vorstellung zog mit einem Mal ein heftiger Windstoß auf, der den Sand aufwirbelte. Eine heftige Wind-
böe warf die Sphinx zur Seite um. Die steinerne Statue stürzte und
blieb im heißen Sand liegen. Im selben Augenblick knallte Schimon rücklings auf das Bett. Sein Gehirn spielte verrückt. Jeanne
beugte sich über sein Gesicht. Sie hatte plötzlich das Gesicht
seiner Mutter. „Du bist doch nicht meine Ima, wer bist du bloß,
was machst du hier?" flüsterte er ängstlich. „Nein, hab keine
Angst, ich bin Jeanne, deine Frau." Schimon schwieg und starrte
gebannt zur Decke des Zimmers hinauf, wo bunte Spiralen einen
wilden Tanz vollführten. Er zitterte, alle Glieder taten weh, die
Kraft hatte ihn verlassen. Langsam fielen die Augenlider zu und
er versank in einen tiefen Schlaf.
Am nächsten Morgen wachte er mit starken Kopfschmerzen auf.

Alles um ihn herum drehte sich, er bemühte sich durch Konzentration das Kreisen anzuhalten, was ihm aber nicht gelang. Den ganzen Tag über, und auch in den folgenden Tagen, kehrten immer wieder diese schrecklichen Halluzinationen zurück und ließen ihn nicht los. Nur ganz allmählich wurden die Abstände größer, bis sie ganz langsam verschwanden.

Schimons Welt brach nun gänzlich zusammen. Er wusste, dass etwas geschehen war, was ihrer Beziehung den Todesstoß versetzt hatte. Sie suchten einen Anwalt auf, um die Scheidung einzuleiten. Die Prozedur ging ziemlich problemlos vonstatten, da sie weder Kinder noch nennenswerte Güter besaßen. Von dem roten Simca 1000 Rallye musste sich Schimon allerdings verabschieden. Jeanne kehrte nach Frankreich zurück und zog mit dem Freund zusammen, mit dem sie bereits seit längerem ein Verhältnis gehabt hatte. Für Schimon folgte jetzt eine schwere Zeit. Trotz allem Leid, das er mit ihr verband, konnte er Jeanne nicht vergessen. Der Verlust schmerzte sehr. Oft lag er nachts im Bett, träumte von vergangenen Zeiten und vergoss dabei viele Tränen. Ihm war, als habe er einen rohen Diamanten zu einem reinen Brillanten schleifen und formen wollen und als dieser genau seiner Vorstellung entsprach, hatte er ihn dann wieder verloren. Diese Liebe fraß ihn auf, nichts ging mehr. Der Gedanke zermürbte ihn geistig und körperlich. Er glaubte, nie wieder jemanden so begehren zu können, wie es bei ihr gewesen war. Er suchte nach Trost, Ablenkung und Zärtlichkeit.

Kapitel 24
Hannelore und Radjif

Da war Hannelore, eine bildhübsche Studentin aus der Grafik. Sie gehörte damals zur Clique, zusammen mit Paule. Gemeinsam spielten sie früher in den Pausen zwischen den Vorlesungen Tischtennis im Keller der Uni und unterhielten sich über Gott und die Welt. Sie verstanden sich gut, waren auf einer Wellenlänge. Hannelore war während des Studiums schon an Schimon interessiert und hätte gern die Beziehung intensiviert, aber Schimons Welt gehörte einzig und allein seiner großen Liebe Jeanne. Doch das war jetzt schon eine ganze Zeitlang her. Jetzt, in seiner misslichen Situation, suchte er etwas Trost und Verständnis und wieder die Nähe zu einer zärtlichen Frau. Hannelore stand gerade vor der Anschlussprüfung und war noch Single. Als es an ihrer Tür klingelte und Schimon vor ihr stand, freute sie sich sehr und war erstaunt über den unerwarteten Besuch. So verbrachten sie manche Tage und Nächte in ihrer kleinen Studentenbude, in der sie eine mit Fellen ausgekleidete Liebeshöhle kreiert hatte, die zum Kuscheln und noch viel mehr einlud.

Dennoch konnte Schimon in seinen Gedanken und Gefühlen nicht von Jeanne ablassen, die Erinnerung an ihr verursachte immer wieder Schmerzen in seiner verletzten Seele. Er spürte auch, wie ihn diese Traurigkeit abwärts zog und ihn in Depressionen zu stürzen drohte. Aber er durfte daran nicht kaputt gehen, er musste dagegen ankämpfen, sein Leid überlisten, diese Liebe vielleicht sogar in Hass umwandeln, um einen Ausgleich zu finden. Es war nicht leicht ein solches Vorhaben zu verwirklichen, doch er fing an, daran zu arbeiten. Tag und Nacht stellte er sich die seelischen Qualen vor, die er oft in dieser Beziehung erlebt hatte, die Demütigungen und schließlich den Verlust seiner Würde. Es war eine innere Schlacht, die erbarmungslos tobte. Ein Kampf von Liebe und Verständnis, gegen Kränkung, Abwehr und Vergessen. Der Pendel schwang wild zwischen Sehnsucht und Hass hin und her, bis er am Ende auf einer Seite stehen blieb. Die Sehnsucht schwand immer mehr Es ist nur Selbstschutz, sagte sich Schimon fast entschuldigend, fühlte sich aber fortan von Tag zu Tag besser. Nun war es an der Zeit, wieder an die eigene Zukunft zu denken. Schimons Liebe galt nach wie vor den Automobilen, sein großer

Traum, ein Job in einer namhaften Styling Abteilung. Zwar bot die Hochschule für Gestaltung in der Zeit seines Studiums noch kein spezielles Fach an, das sich mit Fahrzeugdesign beschäftigte, doch Schimon hatte sich nebenher autodidaktisch weitergebildet und konnte eine üppige Mappe mit zahlreichen Designstudien von Prototypen präsentieren. Er bewarb sich bei allen deutschen und europäischen Fahrzeugherstellern, jedoch ohne positive Rückmeldungen. Aufgrund des Ölembargos nach dem Jom Kippur Krieg und der allgemeinen wirtschaftlichen Situation, herrschte weiterhin überall Einstellungsstopp. So beschloss Schimon, aus der Not eine Tugend zu machen und sich als Freiberufler dem Arbeitsmarkt zu stellen. Schnell fand er Kontakt zu einer Unternehmensberatung, die ihm sporadisch kleinere Designaufträge vergab. Schimon war kreativ, er entwickelte neue Produkte, und optimierte bestehende Artikel, doch mit dem sprichwörtlich jüdischen Geschäftssinn war er leider nicht ausgestattet. Und so plätscherte dieses Arbeitsverhältnis eine Zeitlang wie stilles Wasser dahin, ohne einen nennenswerten Erfolg zu bringen. Derweil bewarb sich Schimon unbeirrt weiter. Die ständigen Absagen legte er sorgfältig in einem großen Ordner ab.

Dann kam Radjif. Radjif war ein Inder, den Schimon zufällig in einem Café in Frankfurt getroffen und mit dem er Kontakt aufgenommen hatte. Radjif sprach Englisch, was Schimon sehr entgegenkam und ihm Gelegenheit gab, seine eigenen Sprachkenntnisse zu verfeinern. Zwar zerstörte der indische Akzent jede Ähnlichkeit mit dem gewohnten Englisch, doch Radjif war stetig bemüht, sich verständlich zu artikulieren. Schimon mochte Sprachen und suchte immer nach einer Möglichkeit sie zu praktizieren. Hebräisch war seine Muttersprache, Deutsch gehörte zum Alltag, Englisch lernte er in der Schule und Französisch hatte er manchmal mit Jeanne gesprochen. Radjif war ein gebildeter Mann aus sehr reichem Hause, der in Deutschland ein Geschäft eröffnen wollte. Es war die Zeit, in der Rockgrößen mit ihrer Musik einem esoterischen Trend folgten, und ihre Fans damit in einen spirituellen Bann zogen. Die Beatles verweilten in Indien, und auch die Rolling Stones waren dort. Man fuhr in den Aschram und meditierte ins Nirwana. Gurus propagierten die freie Liebe und Jogis `verwöhnten´ tagelang ihre Sitzfläche auf spitzen Nagelbrettern. Beim bloßen Gedanken tat Schimon schon der Hintern weh. Man steckte Räucherstäbchen an, trug weiße Felljacken, band sich indische Seidentücher um den Hals und lauschte den Klängen der Sitar. Radjif wollte allerlei Waren aus Indien importieren und sie in Frankfurt auf dem Römerplatz verkaufen. Dafür brauchte er aber die entsprechenden Papiere zur Genehmigung und eine passende Räumlichkeit. Schimon versprach ihm, ihn dabei zu unterstützen. Er besorgte den Gewerbeschein und half Radjif eine Holzhütte als Verkaufsraum anzumieten. Zusammen richteten sie den Laden ein und präsentierten die Waren kundengerecht auf selbstgezimmerten Regalen. Der Verkauf lief recht gut, das Angebot fand viel Zuspruch bei jungen Leuten, insbesondere aus der Hippieszene. Auch Schimon stand ab und zu hinter der Theke und half in dem vom Räucherstäbchenduft erfüllten Laden aus. Radjif plante schon viel weiter. Er wollte mit Schimon als Teilhaber ein richtiges Geschäft in der Innenstadt eröffnen. Doch für Schimon ging alles viel zu schnell, zumal seine Risikobereitschaft nicht besonders ausgeprägt war, was wohl schon in seinen Genen steckte. Auch war der Traum vom Designerjob in einer Styling Abteilung für ihn noch nicht ausgeträumt. Und so half er weiterhin Radjif nur dabei, die exotischen Waren aus Indien, den Kunden schmackhaft zu offerieren. Es war abwechslungsreich, und interessant und machte Spaß mit diesem etwas verrückten, bunten, internationalen Publikum zu plaudern. Man erfuhr nebenbei viel über ihre Herkunftsländer, fremde Lebensgewohnheiten und die verschiedensten Reiseerfahrungen.

An einem Vormittag betraten Carol und Kim den Laden. Zwei amerikanische Studentinnen, die mit dem Rucksack durch Deutschland trampten und noch keine Bleibe für die Nacht gefunden hatten. Sie erzählten, sie seien aus Phoenix, Arizona, und schon zwei Monate in Europa unterwegs. Vom alten Kontinent waren sie begeistert. Alles wirkte hier so klein, so putzig und so historisch. Schimon musste schmunzeln. Außerdem hätten sie nicht erwartet, dass Deutschland so fortschrittlich sei, denn es gäbe schon überall elektrisches Licht. Schimon war amüsiert über diese beachtlichen Ergebnisse. Carol war die kleinere der beiden, wohlgenährten Amerikanerinnen. Ihre füllige Gestalt zeugte von besonderer Liebe zu Burgern, Fritten und Cola. Als Wortführerin schleppte sie Kim wie einen großen Hund an einer unsichtbaren Leine hinter sich her. Kim, einen Kopf größer, war ein wenig schlanker als Carol, was bei ihren geschätzten 100 Kilo aber nicht sonderlich auffiel. Schimon hoffte, mehr über Amerika zu erfahren, schließlich war es das Land, in das er schon immer reisen wollte. Und da er in seiner großen Dreizimmerwohnung alleine lebte, lud er die beiden Damen für die Nacht zu sich nach Hause ein. Sie waren sehr erfreut darüber und nahmen die Einladung gerne an. Auf dem Weg bestellten sie noch drei große American Style Pizzas und genügend Cola, die sie zusammen bei einem amerikanischen Dinner verdrücken wollten. Schimon war sich nicht sicher, ob die beiden davon satt würden, doch im Notfall hätte sein Kühlschrank auch noch etwas hergegeben. Er gab ihnen gute Tipps, was man noch alles in Deutschland und Europa sehen konnte und bekam im Gegenzug nützliche Information für eine künftige USA Reise, die er schon seit langem plante. Er freute sich auch auf eine Einladung nach Phoenix, die er nun als eine seiner Stationen auf der Tour mit einplanen konnte. Doch das sollte in dieser Nacht nicht alles gewesen sein. In der Wohnung standen ein Einzelbett im Wohnzimmer und ein Doppelbett im Schlafzimmer. Nun war zu entscheiden, wer schläft wo und mit wem. Carol schlug vor, dass Kim im Wohnzimmer übernachtete und sie bei Schimon. Der Widerspruch hielt sich bei Kim in Grenzen, sie nickte brav. Auch Schimon hatte nichts dagegen, schließlich war Kim nicht unbedingt sein Typ und er legte es auch nicht darauf an, etwas mit ihr zu haben. Carol zog sich sodann aus, bis auf ihren Slip und den BH, und gab ungezwungen ihre beachtlichen Rundungen preis. Schimon bevorzugte eher schlanke, zierliche Frauen, doch Carol war sympathisch und es hatte auch mal seinen Reiz, eine Frau von diesen Ausmaßen in ihrer vollen Natürlichkeit zu betrachten. Er wunderte sich über ihre Freizügigkeit, zumal Amerikaner gewöhnlich als äußerst prüde beschrieben wurden. Carol setzte sich auf die dicke Matratze, die unter ihrem Gewicht qualvoll ächzte und einsank. Sie knöpfte ihren BH auf und streifte ihn ab. Schimons ließ es sich zwar nicht anmerken, doch sein Puls jagte sofort ungebremst in die Höhe. Der Anblick dieser beiden riesigen Brüste mit den großen dunklen Warzenhöfen und bleistiftdicken Nippeln überwältigte seine Sinne. Vielleicht legte es Carol auch eben darauf an. Sie schaute zu ihm rüber und schien genau zu wissen, was er in diesem Augenblick empfand. Anscheinend hatte auch sie ein gewisses Defizit, das sie jetzt gern ausgleichen wollte. Instinktiv, und gleichzeitig ganz vorsichtig, bewegte sich Schimons Hand hin zu den Objekten der Begierde. Carol ließ es willig geschehen und steckte ihre Hand unter Schimons Decke. Auch sie suchte nach einem besonderen Stück Freude für die Nacht. Schimon löschte das Licht und begann, ihren Körper zu erforschen. Es war eine fleischige, feuchte Angelegenheit, die jedoch beiden sehr viel Freude bereitete und für Schimon eine vollkommen neue Erfahrung brachte.

Am nächsten Tag reisten beide Mädels zufrieden ab und hinterließen eine wonnige Erinnerung, sowie ihre Adresse in Phoenix, Arizona. Radjifs Laden am Römer blieb noch ein paar Wochen geöffnet, bis die Stadt Frankfurt alle Verkaufsbuden dicht machte, und den ganzen Platz vollkommen neu zu gestalten begann. Radjif reiste ab. Schimon hat nie wieder etwas von ihm gehört.

Kapitel 25
Reise nach Amerika

Er träumte von Amerika, dem Land der unbegrenzten Möglichkeiten. Die Flugtickets waren schnell besorgt, der Rucksack gepackt. So stand er am Flughafen und fieberte der großen Reise entgegen. Er hatte weder einen Plan noch ein festes Ziel in den Vereinigten Staaten. Auch die Dauer der Reise stand noch nicht fest. Er wusste, dass er in acht Stunden auf dem John F Kennedy Flughafen in New York landen würde, und anschließend nach Westen bis an die Pazifikküste fahren wollte. In der Tasche hatte er vier Adressen von Bekannten, die er möglicherweise besuchen würde. Sie alle lagen irgendwie auf der Route nach Kalifornien. Das kleine Budget erlaubte nur Übernachtungen in billigen Jugendherbergen, in den Greyhound Bussen oder bei seinen Bekannten. Der Flug hatte Verspätung, so musste sich Schimon eine Weile gedulden, bis er die Maschine besteigen durfte. Die Ankunft in New York war für den späten Nachmittag vorgesehen, doch jetzt, bedingt durch die Verspätung, könnte es sogar abends werden.

Nach acht Stunden Flug kreiste die Maschine über den Wolkenkratzern und das Lichtermeer der Weltmetropolle und setzte zur Landung an. Schimons Herz pochte heftig. Er war in Amerika, dem ewigen Traum seines Vaters, der das aber nie verwirklichen konnte. Jetzt war er, sein Sohn da, und wollte alles mit allen Sinnen aufsaugen. Es dauerte lange, bis die Zollformalitäten erledigt waren und er seinen braunen Rucksack aus hunderten von Gepäckstücken auf dem Transportband herausfischte. Draußen, vor dem Terminal, stand der Shuttle Bus nach Manhatten. Dort wollte er zuerst hin, für ihn war das der Nabel der Welt. Alles wirkte hier irgendwie anders. Die Menschen, die Autos, sogar der Geruch, einfach amerikanisch. Der Greyhound Bus verließ das riesige Flughafengelände und schwenkte auf die Highway. Entlang der Strecke wuchsen die Häuser stetig an und wurden immer größer, immer höher, obwohl nicht unbedingt schöner. Im Licht der Abendsonne sahen sie eher schäbig und heruntergekommen aus. In der Ferne tauchten die ersten Wolkenkratzer auf. Der Bus bahnte sich sein Weg durch Tunnels und über riesige Brücken aus Stahl, die wie unauflösbarere Knoten ineinander verschlungen waren. Dann erreichte er das Herz New Yorks. Die Straßen waren voller Menschen. Die Gebäude ragten bis zum Himmel. Schimon konnte sich nicht sattsehen. Er richtete gebannt den Blick nach oben und hielt wie ein Kind Ausschau nach den Spitzen der Wolkenkratzer. Dabei bemerkte er gar nicht, wie ihn manche der umstehenden Fahrgäste verwundert und schmunzelnd beobachteten. Jetzt war er, noch in Gedanken vertieft, endgültig in der neuen Welt angekommen. Die Central Station der Busse befand sich in der 42.Strasse. Mit großen Augen bestaunte er das hektische Treiben und erkundigte sich dann nach der nächstliegenden Jugendherberge. Sie lag einige Häuserblocks weiter entfernt. Hinter den mächtigen Häuserfronten ging die Sonne unter und dimmte langsam das Tageslicht ab. In den Avenues strahlten jetzt die Neonlichter in grellbunten Farben wie in einem großen Circus. Er machte sich auf den Weg zu seiner Unterkunft. In Deutschland hatten ihn viele vor der Kriminalität in New York gewarnt. An jeder Ecke kannst du Drogen kaufen und sogar vor Mord schreckt man nicht zurück, sagten sie. Schimon schaute sich immer wieder um. Und tatsächlich, an den Straßenecken standen viele dubiose Gestalten, zumeist dunkelhäutig, und beobachteten das Geschehen. Die Jugendherberge nannte sich YMCA und glich einem heruntergekommenen Hotel. Der Weg dorthin führte durch das Rotlichtviertel in der 42. Straße, gesäumt von Sexshops und Bordellen. In dunklen Hauseingängen kauerten Obdachlose, gewickelt in alten Zeitungen, um sich ein wenig aufzuwärmen. Sie hatten sich für die Nacht eingerichtet. Für Schimon war diese Gegend nicht gerade geheuer und ziemlich angsteinflößend. Er spürte, dass ihn tausend Augen aus der Dunkelheit verfolgten. Einfach nur schnell die Herberge erreichen und die Tür hinter sich verschließen, dachte er. Trübe, halbkaputte Neonröhren in Rot mit den Buchstaben YMCA, markierten schon von weitem das Ziel. Er betrat die leere Lobby mit der betagten Einrichtung. Hinter der Rezeption schnarchte auf einem Hocker ein fülliger, dunkelhäutiger Nachtportier. Als Schimon vor ihm stand und er ihn erschrocken bemerkte, hob er müde seinen wuchtigen Kopf und fragte, was er wolle. Sein amerikanischer Slang war nicht leicht zu verstehen, doch Schimon konnte sich die seltsamen Laute zusammenreimen. „Ein Zimmer für die Nacht, vielleicht auch für zwei", antwortete er. Die Herberge schien nicht gerade überbucht zu sein. Nachdem er die Registrierungspapiere ausgefüllt hatte, überreichte ihm der alte Mann die Zimmerschlüssel und dirigierte ihn nach oben. Mit einem altertümlichen Aufzug, ruckelte Schimon in die siebte Etage. Er war froh, oben heil angekommen zu sein, und suchte sein Zimmer. Er irrte durch lange dunkle Gänge, die nur von der Notbeleuchtung erhellt wurden, vorbei an kaputten Türen, auf denen die Zimmernummern nur notdürftig mit der Hand angezeichnet waren, bis er schließlich seine Schlafstätte fand. Ein vermoderter Raum mit der Möblierung aus den Gründerjahren. Alles wirkte heruntergekommen und dreckig. Schimon verriegelte die Tür und klemmte einen Stuhl davor. Etwas beunruhigt war er von dem verrosteten Schiebefenster, das offen stand und an dem eine alte Feuerleiter vorbeiführte. Bis zur nächsten Häuserwand waren es höchstens zwei Meter. Hier konnte jeder nach Lust und Laune einsteigen und sich bedienen. Er griff in seinen Rucksack und holte das kleine Taschenmesser heraus, das er neben sich legte. Eine psychologische Beruhigungspille für den Fall der Fälle, dachte er. So lag er einige Zeit in voller Montur auf dem klapprigen Bett mit dem Stahlgestell und bemühte sich wach zu bleiben. Es fiel ihm schwer, die Augen offen zu halten nach diesem langen Flug und alldem, was er an diesem Tag schon erlebt hatte. Vieles schwirrte ihm durch den Kopf, als er plötzlich Schritte im Gang hörte. Sie kamen immer näher und blieben direkt vor seiner Tür stehen. Es klopfte heftig an der Tür. Irgendjemand wollte sich Zugang verschaffen. Schimon erschrak. Sollte er jetzt antworten? Wieder klopfte es mehrmals. „Wer da?" fragte Schimon, doch es kam keine Antwort. Er griff zum Taschenmesser und hielt es für den Fall bereit, dass die Türe aufgebrochen würde. Das Klopfen wurde stärker, begleitet von einem Rütteln am Türknopf. Schimon blieb auf dem Bett liegen, sein Puls schlug heftig, er bebte am ganzen Körper. Noch mehrere Male rumpelte es an der Tür, dann wurde es still. Wieder hörte man Schritte, sie wurden immer leiser, bis sie schließlich verstummten. In dieser Nacht schlief Schimon sehr wenig, obwohl er doch eigentlich so müde gewesen war. Er lag wach und beobachtete die Tür und das Fenster, das sich trotz aller Versuche nicht schließen ließ. Als die ersten Lichtstrahlen das Zimmer erhellten, war ihm leichter ums Herz geworden. Nichts war passiert, niemand war eingebrochen, und wahrscheinlich hatte er sich umsonst so gesorgt.

Bei Tageslicht sah alles schon viel vertrauenserweckender aus.

Für Heute hatte er sich vorgenommen Manhatten zu erforschen und dabei eine Adresse aufzusuchen, die er von seinen Eltern bekommen hatte. Unten, in den Häuserschluchten, herrschte reger Verkehr. Gelbe Cabs, die typischen New Yorker Taxis, rauschten hupend vorbei, laute, stinkende Busse, rumpelten über abstehende Gullideckel, Wolkenkratzer mit zahllosen Fenstern reckten sich wie riesige Mauern zu beiden Seiten der Straße in den Himmel. Manhattens schachbrettartige Anordnung der Straßen erleichterte die Orientierung enorm, vorausgesetzt man konnte zählen. Die Hauptstraßen wurden Avenues genannt, die Querstraßen als nummerierte Streets gekennzeichnet. Nicht einmal Amerikaner mit einem mittleren Bildungsgrad sollten sich im Normalfall verlaufen können. Auf den breiten Gehwegen tummelten sich Menschen aus allen Nationen dieser Erde. New York schien ein Schmelztiegel zu sein, der einem Mikrokosmos entsprach und dabei gleichzeitig ein Panoptikum menschlicher Vielfalt. Junge, Alte, Weiße, Schwarze, Gelbe, Rote, Dicke, ziemlich Dicke, sehr Dicke, Schicke, Verwahrloste, Atheisten, Christen, Juden, Moslems, Buddhisten und einfach nur Menschen. Schimon wandelte durch die Straßen, und kam an der Wallstreet an, wo rege Geschäftigkeit herrschte. Banker in konservativen Anzügen und Geschäftsfrauen in züchtig schicken Kostümen, prägten das Bild dieses Viertels. Manche standen vor Fast Food Lokalen, bissen genüsslich in ihre XXL Hamburger und schlürften Cola aus überdimensionalen Pappbechern. Das ist Amerika, dachte sich Schimon, so hatte er es sich vorgestellt. Am Times Square flackerten riesige Lichtreklamen von jeder Wand herab. Von den vielen einmündenden Straßen ergoss sich lawinenartig der Verkehr auf den Platz. Straßenhändler mit kleinen Verkaufswägen versuchten ihre Hotdogs und Bagles an den Mann oder Frau zu bringen. Schimon konnte sich kaum sattsehen, er war von den Eindrücken überwältigt. Jetzt wollte er die Metro nach Coney Island nehmen, sofern er sie fand. Dort wohnte Donni und seine Familie, ein aus Israel ausgewanderter Freund der Eltern. Ihnen sollte er schöne Grüße überbringen. Schimon hatte schon einiges über Coney Island mit seinem legendären Vergnügungspier und den Attraktionen an der Atlantikküste gehört. Als er aus der Metro wieder nach oben kam und über die morschen Planken des Piers wanderte, flachte seine Vorfreude merklich ab. Betagte, heruntergekommene Fahrgeschäfte, manche nicht mehr in Betrieb, schienen längst von der Zeit überholt worden zu sein. An den Wänden prangten wilde Graffitis, die farbenfroh und lauthals Gewalt predigten.

Donni wohnte in einer Hochhaus Siedlung im Süden Brooklyns und fuhr Taxi in New York. Jemand der auswanderte um ein besseres Leben zu finden, sah gewiss anders aus. Offensichtlich war er immer noch auf der Suche nach dem Glück vom Tellerwäscher zum Millionär. Er freute sich über die überbrachten Grüße, während seine Frau Schimon einen Tee anbot. Noch bevor es dunkel wurde, verabschiedete sich Schimon und nahm die nächste Metro zurück nach Manhatten. Die zweite Nacht in der Herberge konnte er durchschlafen.

Am nächsten Tag sollte es weiter nach Westen gehen. Schimon marschierte zur zentralen Busstation und löste eine Fahrkarte nach Denver, Colorado. Auf den Greyhound Bussen standen die Destinationen. Es waren verheißungsvolle Namen wie, Chicago, Miami, New Orleans, San Francisco oder Los Angeles. Für Schimon klangen sie wie Musik in den Ohren. Er wusste, in diesen Bussen konnte man Tage verbringen und dabei einen ganzen Kontinent durchqueren. Er liebte lange Fahrten und weit entfernte Ziele, und so machte er es sich in der ersten Reihe hinter dem Fahrer bequem. Der Mann war nicht einfach nur ein Fahrer. Er war ein Kapitän der Straße, der einem in seiner makellosen Uniform, dem schneeweißen Hemd, der tiefsitzenden Mütze und der Ray Ban Pilotenbrille auf der Nase väterlichen Respekt einflößte. Irgendwie erinnerte er Schimon an einen Hollywood Schauspieler, den er neulich im Kino gesehen hatte. Nachdem sich der Bus gefüllt hatte, setzte sich die schwere Karosse in Gang. Neben Schimon platzierte sich eine ältere, dunkelhäutige Dame, die mit ihrer Körperfülle zweidrittel der beiden Sitze einnahm. Es war eng geworden. Schimon rückte ans Fenster, so nah er konnte.

„Wo kommst du her?" wollte die kontaktfreudige Lady wissen. Dies schien immer die erste Frage von Amerikanern zu sein, nicht nur gegenüber Touristen. Schließlich ist das Land so groß, dass jede Reise für manche wie eine Fahrt zum Mond erscheint. Das macht neugierig. „Frankfurt, Germany", antwortete Schimon. Germany musste immer beigefügt werden, da der Durchschnittsamerikaner instinktiv nach einem der drei ihm bekannten Bundesstaaten in den USA fragte. Alles andere gehörte schon fast zu einem anderen Universum. „Germany", hakte die Lady nach, „wo liegt das?" „In Europa", belehrte sie Schimon etwas verwundert. „Gibt es da schon Strom?" wollte sie noch wissen. Diese Frage hatte er schon fast erwartet. Das Gespräch verlor allmählich an Niveau. Schimon bemühte sich etwas Bildung in die amerikanische Kultur einzubringen und erzählte von den neuesten deutschen Errungenschaften. Als er nach einer viertel Stunde fertig war, schien das Interesse der alten Dame allerdings merklich nachgelassen zu haben, denn sie schlief bereits seit 14 Minuten friedlich in ihrem Sitz. Der Motor brummte monoton seinen Highway Song, und die weite Landschaft raste am Fenster vorbei. Nach vier Stunden Fahrt gab es endlich eine Pause in einem Truckstopp, einer Raststätte für Trucker. Die volle Blase durfte geleert, der Magen schnell mit einem Hamburger und einem süßen Donut gefüllt werden. Dann ging die Fahrt weiter.

In Chicago hatte der Bus einen längeren Aufenthalt. Schimon stieg aus, und erforschte die Gegend um den zentralen Busbahnhof. Da es langsam dunkel wurde, traute er sich nicht, sich allzu weit von der Station zu entfernen. Er wollte auch sowieso gleich die Weiterreise antreten, denn die Übernachtung im Bus kostete lediglich die Fahrkarte und schien darüber hinaus sicher zu sein. Die Tage waren für Besichtigungen vorgesehen, die Nächte für die Busfahrten. So sollte das kleine Budget geschont werden. Die lange Fahrt durch die Nacht war anstrengend, denn die Sitze des Busses zwangen den Körper in eine Position, die sogar einen indischen Fakir gequält hätte. Dazu schien der Fahrer an Hitzewallungen zu leiden, denn die Klimaanlage war bis zum Anschlag auf kalt gestellt, offenbar eine weitverbreitete amerikanische Krankheit. Draußen konnte man eine wohlige Wärme genießen, während drinnen, ob in Häusern, Supermärkte oder in Bussen, ein frostiger Winter herrschte. Schimon rollte sich so gut es eben ging ein, und mümmelte sich in seine Jacke. Der nächste Stopp war Omaha. Eine verschlafene Station, gehüllt in gelbes Neonlicht. Ein paar dunkle Gestalten lungerten draußen um den Bus herum. Der Fahrer empfahl den Fahrgästen, aus Sicherheitsgründen, im Bus zu bleiben. Er wollte für die Weiterfahrt niemanden verlieren. Zum Glück war es nur ein kurzer Aufenthalt, dann setzte sich der Wagen wieder in Bewegung. Langsam dämmerte der Morgen, am

Horizont stieg die Sonne wie ein roter Ball hinter einem Vorhang auf und schickte ihre Strahlen in den rotblauen Himmel. Auf den grünen Highway Schildern war schon Denver zu lesen. In der Ferne tauchten die Umrisse der Rocky Mountains mit ihren schneebedeckten Gipfeln auf. Die letzten Meilen führten noch mitten durch die Stadt, vorbei am Rathaus, das mit seiner Kuppel dem amerikanischen Kongress in Washington ähnelt. Dann fuhr der Bus in den unterirdischen Busbahnhof.

Denver war für Schimon ein fester Anlaufpunkt, wo er Verwandte besuchen wollte. Hildi und ihre beiden Söhnen waren vor vielen Jahren aus Deutschland in die USA ausgewandert und lebten seitdem in dieser Stadt. Schimon hatte ihre Adresse, nahm den Stadtbus und fuhr dorthin. Die Überraschung war groß, als er mit seinem Rucksack vor Hildis Tür stand und sofort herzlich begrüßt wurde. In den nächsten Tagen durchforstete er Denver kreuz und quer. Am Wochenende fuhr man zusammen in die Berge, wo sie eine Wanderung durch die herrlichen Wälder unternahmen. Weit oben, an einem türkisblauen Bergsee, durften sie die gigantische Aussicht über das faszinierende Bergpanorama der „Rockis" genießen. An einem Abend wurde Schimon in die Casa Bonita eingeladen. Die Menschenschlange am Eingang des flachen Gebäudes im spanischen Stil versprach eine besondere Attraktion. Drinnen betrat man ein riesiges mexikanisches Dorf mit Marktplatz und Verkaufsstände, das die perfekte Illusion vermittelte. Um eine Felsenbucht mit rauschendem Wasserfall waren Tische und Bänke aufgestellt, an denen typisches mexikanisches Essen serviert wurde. In einer wechselnden Farbillumination sprangen athletische Schwimmer kunstvoll in die Fluten. Die überdimensionalen Steaks überlappten den Tellerrand, die Tortillas und die Burritos schmeckten umwerfend gut. Für die atmosphärische Untermalung sorgten im ganzen Dorf lateinamerikanische Klänge, die den Gast in eine südamerikanische Welt versetzten.

Schimons nächste Station war San Francisco. Kalifornien, der Inbegriff für Freiheit, Sonne und Meer. Hier entstand die Flower Power Bewegung, die mit dem Motto: `Make Love Not War´, über die gesamte westliche Welt schwappte. Als der Greyhound Bus die Straßenschilder nach San Francisco passierte, bekam Schimon glänzende Augen. Jetzt war er angekommen, ein Traum wurde Wirklichkeit. Er freute sich, nun endlich die rollende Kühlbox verlassen zu können und sich in der kalifornischen Sonne aufzuwärmen. Als er jedoch ausstieg, wurde er schnell eines Besseren belehrt. San Francisco lag nicht in Südkalifornien und gehörte somit auch nicht zur wärmeren Region des Sonnenstaates. Und so musste er auch weiterhin sein molliges Sweatshirt anbehalten. Sonne und blauer Himmel sorgten aber trotzdem für eine gehobene Stimmung. Mit der historischen Cable Car, der Kabelstraßenbahn, die bereits 1877 zum ersten Mal ihren Betrieb aufnahm, fuhr er über den Hügel zum Fisherman`s Wharf mit seinen vielen Piers, Fischrestaurants und Souvenirläden. Die Silhouette der Stadt war faszinierend. Die Sonne spiegelte sich in den Glasfassaden der Wolkenkratzer. Die Bucht gab den Blick frei auf die Golden Gate Brücke und auf die Gefängnisinsel Alcatraz. Das war nicht selbstverständlich, denn oft liegt die Bay im dichten Nebel, und der Wind peitscht eiskalt zwischen den Mauern. Die Fahrt mit dem Boot nach Alcatraz war dennoch ein schaukelndes Erlebnis, das auch den Magen tanzen ließ. Alcatraz liegt mitten in der Bucht von San Francisco und wurde früher als Hochsicherheitsgefängnis genutzt. Die Insel wurde 1846 für 5000 Dollar vom militärischen Gouverneur Kaliforniens den Mexikanern abgekauft. Später fiel sie in den Besitz der US Regierung. In der Zeit des Goldrauschs, wurde 1852 auf der Insel der erste Leuchtturm im gesamten amerikanischen Pazifikraum aufgestellt. Als dieser nachließ, begann die militärische Nutzung der Insel. 1934 wurde die Insel in eine Strafjustizanstalt umfunktioniert. Hier wurden vorwiegend Kriminelle inhaftiert, die als unverbesserlich und schwierig eingestuft wurden, wie zum Beispiel Al Capone. Aufgrund der kalten Strömung gab es kaum eine Chance, von der Insel zu entkommen. Wegen zu hoher Betriebskosten wurde das Gefängnis 1963 geschlossen. Seither war Alcatraz ein Museum und eine der größten Touristenattraktionen in Kalifornien.

Vier Busstunden von San Francisco entfernt liegt Los Angeles, LA, wie es die Amerikaner liebevoll nennen. Hier irgendwo surften die Beach Boys, hier sollte es nie regnen, wie Albert Hammond in seinem Song: `It Never Rains in Southern California´, behauptete. Neben den Universal Studios und Disney World, gehörten auch die Strände von Malibu, Santa Monica und Venice Beach zu den besonderen Sehenswürdigkeiten. Souvenir- und Verkaufsstände säumten die Strandpromenade und zogen Touristen an. Am Muscle Beach, dem breiten Strand von Venice, ließen sich die kuriosesten Gestalten bewundern. Muskelbepackte Bodybuilder trainierten an Geräten unter freiem Himmel, Radfahrer, Skateboarder, Jogger und viele andere Sportenthusiasten, nutzten die Promenade als Showbühne, als Trainingsgelände oder einfach nur um ihre stählernen Körper dem staunenden, zumeist wohlgenährten Durchschnittsamerikaner, zu präsentieren.

Weiter ging es nach San Diego. Auch hier, an der Grenze zu Mexiko, hatte Schimon eine Adresse, die er ansteuern wollte. Bernhard, der Auswanderer, lebte seit vielen Jahren mit seiner Familie in dieser Stadt. Schimon sollte ihm persönliche Grüße von Ima und Aba überbringen. Als Aba 15 Jahre alt war und in Haifa auf ein Schiff angeheuert hatte, konnte er jedes Mal während eines Heimataufenthalts bei Bernhards Familie nahe Haifa wohnen. Danach haben sie sich nie wieder gesehen. Schimon fand die Telefonnummer im Telefonbuch und rief an. Bernhard staunte über den überraschenden Anruf, war aber hocherfreut, als er die Grüße von Aba entgegennahm. Er lud Schimon zu sich nach Hause ein und bot ihm an, ihn abzuholen. Auch könne er dort übernachten. Als selbständiger Handwerker besaß er ein kleines Unternehmen zur Reparatur von Klimaanlagen, was in Kalifornien ein lukratives Geschäft war. Das dokumentierte er auch nach außen mit dem riesigen, weißglänzenden Lincoln Continental, mit dem er Schimon von der Bushaltestelle abholte. So mussten sich Filmstars fühlen, wenn sie durch Hollywood cruisen, dachte sich Schimon und genoss die Fahrt durch das warme San Diego. Er blieb noch zwei Tage bei Bernhard im Haus, danach ging die Reise weiter in die Wüste von Arizona.

Es war eine bizarre Landschaft durch die der Greyhound Bus, auf der schnurgeraden, schwarzen Highway entlang fuhr. Rote Felsen bis zum Horizont, die wie zerklüftete Mauern in den Himmel ragten, vertrocknete Kakteen, die ihre Stacheln bedrohlich aufrichteten. Wie eine Fatamorgana, schimmerte die Hitze über dem heißen Asphalt und zeichnete imaginäre Bilder in die Luft. Im Bus war es kühl, fast schon kalt. Schimon rollte sich auf seinem Sitz ein, wie ein Bär im Winter und ließ die Landschaft an sich vorbeiziehen. Er freute sich schon auf die nächste Station in Phoenix, Arizona. Die Anschrift und die Telefonnummer von Carol steckten in seiner Tasche. Von der Bushaltestelle rief er sie an. Sie war sichtlich erfreut über sein Kommen, und ein paar Minuten später stand sie schon mit ihrem alten Toyota und in ihrer fülligen Pracht vor dem Busbahnhof. Carol studierte Psychologie und schien die Zeit mehr außerhalb als innerhalb der Universität zu verbringen. In dem kleinen Häuschen, das sie bewohnte, zeigte sich ihre ganz individuelle Art von Ordnung, die man mit gutem Gewissen als American Chaos bezeichnen durfte. Sie selbst schien das nicht zu stören. Sie packte ein paar zerknitterte Klamotten, die wild durcheinander auf der Doppelmatratze herumlagen, und warf sie auf den Boden.

„Hier können wir schlafen", meinte sie grinsend. „Jetzt rufe ich noch erst Kim an, dann gehen wir etwas essen und anschließend zeige ich dir ein Stück Arizona." Nachdem sich auch Kim in das kleine Auto gezwängt hatte, fuhren sie in ein Restaurant zu einem amerikanischen Dinner. Der Fast Food Palast bot familiengerechte Menus im XXL Format, die zumeist aus Hamburger und Pommes, zusammen mit einem Liter Cola als kleinem Durstlöscher bestanden. Schimon schaute Carol an, nun kannte er ihr Geheimnis. Genüsslich vertilgten sie die watteweichen Brötchen in denen mächtige Fleischballen mit einem Salatblatt als Garnierung eingelegt waren.

Danach fuhren sie aus der Stadt raus, die letzten Häuser verschwanden am Horizont. Obwohl es schon Nachmittag war, heizte die Sonne noch kräftig ein. Das Thermometer im Auto zeigte 98 Grad Fahrenheit, über 36 Grad Celsius. Die Straße mündete in einem Feldweg, der schnurstracks ins Nichts führte. Hinter dem Wagen stieg eine Staubwolke auf, die sich erst nach Minuten wieder auflöste. Plötzlich tauchten in einer kleinen Senke grüne Sträucher auf, die an einem plätschernden Bach wuchsen. Das glasklare Wasser suchte sich seinen Weg zwischen großen, glattpolierten Flusssteinen und schlängelte sich ins nirgendwo. Sie waren ganz allein in dieser Wildnis und Carol meinte, sie könnten sich hier im frischen Wasser abkühlen. Kaum ausgesprochen zog sie ihre Kleider aus und hüpfte splitternackt über die glitschigen Steine. Schimon war verblüfft. Da sprang Miss Sonnenschein völlig entblößt in der Natur freien herum und freute sich ihres Lebens. Auch Kim legte ab. Sie zog ihr knappes T-Shirt und die Hotpants aus, knüpfte sich den BH auf, ließ ihn fallen und streifte zuletzt noch den Slip ab. So stand auch sie in ihrer vollen Pracht

mit einem üppigen Busen vor Schimon und folgte ihrer besten Freundin ins Wasser. Es war ein reizvoller und nicht ganz unerotischer Anblick, zwei fleischige Mädels so ungehemmt im Wasser plantschen und sich dann auf den warmen Steinen rekeln zu sehen. Das war nun das Stück Arizona, das ihm Carol zeigen wollte. Ob sie etwas damit bewirken wollte, konnte Schimon nicht einschätzen. Er selbst traute sich nicht die Kleider auszuziehen, dazu war er einfach zu gehemmt. Und so wartete er ganz ruhig bis die beiden sich ausgetobt und wieder angekleidet hatten. Sie brachten Kim nach Hause und fuhren zurück zu Carols Haus. Der Nachmittag am Bach blieb nicht ohne Folgen, denn die lustvolle Wärme steckte ihnen noch tief in den Gliedern. Carol zog in dieser Nacht alle Register und Schimon hat es redlich genossen. Nach zwei Tagen, die sie fast ausschließlich in Carols Bett verbrachten, packte Schimon erneut seinen Rucksack und setzte die Reise fort.
Über El Paso, New Orleans und Washington, führte die Fahrt wieder zurück nach New York, von wo aus er den Flieger nach Frankfurt nahm.

Kapitel 26
Gottesfürchtige Nina

Es war eine erlebnisreiche Erfahrung in den USA, die Schimon für ein paar Wochen aus der tristen Realität in eine andere Welt versetzt hatte. Nun war er wieder dort angekommen, wo er sich neu orientieren musste. Er versuchte zuerst einmal, seine Pläne zu sortieren, er wollte sich wieder neue Ziele setzen. Doch irgendwie landeten die Gedanken immer wieder in einer Sackgasse. Auch sein Geld war knapp geworden, weshalb er sich intensiv um einen neuen Job bemühen musste. Der Blick fiel auf eine Stellenanzeige, in der ein kleines Unternehmen in Frankfurt einen jungen Designer für die Entwicklung neuer Produkte suchte. Schimon sah seine Chance gekommen. Sofort bewarb er sich auf das Angebot, das, wie er glaubte, für ihn, wie geschaffen war. Und tatsächlich erhielt er eine positive Antwort und die Einladung zu einem Einstellungsgespräch. Die Anforderungen passten genau auf sein Profil, denn man konnte ihn vielseitig als Designer und Grafiker einsetzen. Auch gelang es ihm, den Firmeninhaber von seiner Person und seinen Fähigkeiten zu überzeugen, was ihm auf Anhieb die Stelle sicherte. Zum ersten Mal eine richtige Anstellung im erlernten Beruf, wie er es sich immer vorgestellt hatte, wenn auch nicht in der Automobilbranche, was er sich lieber gewünscht hätte.

Die kleine Firma lag in einem Hinterhof im heruntergekommenen Frankfurter Bahnhofsviertel, in guter Nachbarschaft zum Rotlichtbezirk. Jetzt hatte Schimon endlich eine feste Anstellung mit einem halbwegs vernünftigen Gehalt. Außerdem bekam er ein eigenes Büro, einen breiten Schreibtisch und ein großes Zeichenbrett für Konstruktionspläne. Die Vision seines Chefs lag in der Entwicklung und Vermarktung neuer technischer Produkte zusammen mit einem kleinen Team, bestehend aus einem Designer und einem Mann für das Marketing. Es waren hochgesteckte Ziele, die der Inhaber verfolgte. Bald wurden die Aufgaben komplexer, die Anforderungen an die kleine Truppe immer höher. Tag und Nacht saß das Team zusammen und suchte nach Lösungen für die visionären Ideen des Chefs. Einiges gelang auch, war innovativ und zukunftsweisend, wie etwa ein neuer Antrieb für Fahrräder. Allein für die Vermarktung und die kommerzielle

Verwertung fehlte oft der entscheidende Schwung. Von seinem ersten Gehalt gönnte sich Schimon schon bald einen alten VW Käfer, mit dem er in seiner Freizeit durch die Gegend schrubbte. Alles schien sich jetzt in die richtige Richtung zu bewegen. Hin und wieder besuchte er das Jugendzentrum der jüdischen Gemeinde in Frankfurt, wo er schnell neue Freunde kennenlernte, mit denen er manch freie Zeit verbrachte.

Daneben war er aber auch froh, sich wieder öfter mit seinem Bruder Oren zu treffen.

Oren, ein hochbegabter Musiker, der sich das Gitarre Spielen selbst beigebracht hatte, trat inzwischen oft mit der eigenen Band bei Veranstaltungen auf, die Schimon gern besuchte und wo er auch oft fotografierte. Er war stolz auf den kleinen Bruder und bewunderte seine bedingungslose Konsequenz beim autodidaktischen Erlernen dieses Instruments, beim Komponieren der Musik und Schreiben der Texte. Das hätte er auch gern gekonnt. Er liebte Musik und hatte schon oft versucht sich das Spielen der Gitarre selbst beizubringen, doch irgendwie waren seine Finger immer zu kurz und der Gitarrenhals zu breit, glaubte er. Und so fand er sich mit der Tatsache ab, dass seine Stärke mehr im zeichnerischen Talent lag als im musikalischen.

Eines Tages war sie da. Sie hieß Nina, lebte in Israel, war fromm und mit seinen Eltern über mehrere Ecken bekannt. Sie wollte für ein paar Tage Deutschland besuchen und fand Unterkunft in der elterlichen Wohnung. Schimon hatte sie noch nie zuvor gesehen, und so trieb ihn die Neugier dieses Mädchen zu treffen. Als er zu seinen Eltern kam, saß sie auf der Couch im Wohnzimmer. Sie hatte lange, braune Haare, war groß, schlank und etwa im selben Alter wie er selbst. In ihrer hellen bis oben zugeknöpften Bluse, dem engen langen Rock und den hohen braunen Lederstiefeln, sah Nina hübsch und sehr fraulich, ja sogar recht sexy aus. Sie kam aus einem jüdisch-orthodoxen Elternhaus und studierte in Tel Aviv irgendetwas mit Kunst. So fanden sie beide gleich ein gemeinsames Thema, über das man sich austauschen konnte. Nina war sehr vielseitig interessiert und wollte mehr über Deutschland erfahren. Sie erzählte von zuhause, ihrer Familie, dass sie oft in die Synagoge ging und ein gottesfürchtiges Leben führte. Schimon war überhaupt nicht religiös und versuchte sich in ihr Weltbild hinein zu versetzen, was ihm aber nur schwerlich gelang.

Dennoch fanden sie Gemeinsamkeiten und verstanden sich gut. Schimon schlug vor, ihr einige Sehenswürdigkeiten in der Umgebung zu zeigen. Sie nahm es gerne an. Am Wochenende fuhren sie zusammen nach Heidelberg und besichtigten die Altstadt und das Schloss. Nina genoss die Ausflüge. Auch Schimon machte es Spaß, ihr Fremdenführer zu sein. Doch obwohl sich beide sympathisch waren, achtete sie peinlichst genau darauf, körperlich immer einen gewissen Abstand zu ihm zu halten und jede Berührung zu vermeiden. Ihr Aussehen und ihr Verhalten gefielen Schimon zwar, jedoch nicht ihre Einstellung zur zwischengeschlechtlichen Beziehung, die für ihn fast eine Provokation darstellte. Wohl respektierte er ihre Überzeugung, fragte sich jedoch, ob diese Frau überhaupt keine leiblichen Bedürfnisse kannte. Und wenn doch, wie sie mit ihnen umging. Kein Sex vor der Ehe, keine Masturbation, keine Erotik, was blieb da noch für den Körper übrig, außer Essen und Trinken. Bestimmt lebten nicht alle religiösen Juden so enthaltsam, auch wenn es nach außen hin so aussah. Für Schimon wirkten die orthodoxen Juden besonders heuchlerisch. Wie alle Fanatiker in jeder Religion beriefen sie sich stur und blindgläubig nur auf die heiligen Schriften. Frauen, so schien es, galten bei ihnen als Menschen zweiter Klasse. Die Frau wurde laut der Bibel aus der Rippe des Mannes erschaffen und sollte daher dem Manne untertänig sein und ihm dienen. Sie durfte sich nicht aufreizend kleiden, um nicht auf andere Männer, sondern nur auf den eigenen Mann anziehend zu wirken. Sie sollte als Jungfrau in die Ehe gehen und ihm möglichst viele Kinder gebären, bevorzugt Söhne. Nur zu diesem Zweck hatte sie wohl Gott erschaffen und ihr dies als Lebensaufgabe gegeben.

Für Schimon, eine absurde Vorstellung.

Eines Abends saßen beide auf dem Bett im kleinen Gästezimmer und diskutierten darüber. Nina verteidigte vehement ihren Glauben mit all seinen Auflagen, Bräuchen und Traditionen.

„Es ist Gottes Wille, dass wir so sind und so handeln. Wir befolgen nur das, was in der Bibel steht. Nur so können wir bezeugen, dass wir gläubige Juden sind", behauptete sie voller Überzeugung.

„Wir sind das auserwählte Volk, und haben Pflichten gegenüber unserem Herren", sagte sie noch.

„Auch ich glaube an Jahwe als eine höhere Macht", gab Schimon zu, „und bin sicher, dass es nur einen Gott für alle Menschen gibt, ob Juden, Christen oder Moslems. Die Bibel wurde aber von Menschen geschrieben, und sie wurde immer wieder nach deren eigenen Vorstellungen und Interessen ausgelegt. Sie beinhaltet sicher auch Elemente, die historisch nachvollziehbar sind, auch wenn diese vermutlich mehrfach umgeschrieben und ständig ergänzt worden sind. Gott hat aber damit nichts zu tun. Womöglich amüsiert er sich gerade köstlich über so manches auf dieser Erde. Besonders über alle diejenigen, die blindlings und stur den Schriften nacheifern. Wir leben ja heute in einer modernen Gesellschaft, in der das Zusammenleben natürlich auch bestimmte Regeln erfordert. Diese sind aber schon grundsätzlich in den Zehn Geboten enthalten. Respekt, Toleranz und Liebe sind wichtige Voraussetzungen für eine friedliche Koexistenz von Menschen. Aber auch Kontrolle und Bestrafung gehören dazu, nämlich dann, wenn Menschen soziale Grundregeln nicht befolgen und anderen bewusst Schaden zufügen."

Es war spät geworden, das Zimmer lag schon im Dunkeln. Ihre Sitzposition wurde allmählich unbequem und sie legten sich nebeneinander auf Ninas Bett. Zwischendurch verstummte das Gespräch und bot Zeit zum Nachdenken. In der Wohnung war es still geworden, alle hatten sich schlafen gelegt. Die schmale Matratze, zwang beide enger zusammenzurücken. Schimon spürte das Verlangen, Ninas warmen Körper an seiner Seite zu spüren. Wie zufällig trafen sich beide Handrücken und pressten sich aneinander. Sie flüsterten nur noch ganz leise. Vorsichtig fuhr er ihr mit der Hand über die Wange. Sie ließ ihn gewähren, doch er fühlte den inneren Kampf, der in ihr tobte. Es gefiel ihr und sie genoss die Zärtlichkeit auf ihrer Haut. Doch es widersprach gänzlich den Regeln des Glaubens. Schimon ließ nicht ab und führte den Finger leicht über ihre Stirn, die Nase, den Mund. Nina kostete die sanfte Wärme. Sie schloss die Augen und atmete ruhig. Schimon wurde etwas mutiger und setzte die Fahrt seiner Hand fort. Er erreichte ihren fleischigen Busen. Sie atmete schwerer. Weich ließ er den Finger über die aufgerichteten Brustwarzen kreisen, die sich unter dem T-Shirt deutlich abzeichneten. Nina versuchte seine Hand wegzuführen, doch sie tat es nur halbherzig, es schien ihr zu gefallen. Schimon spürte, wie die Mauer um sie herum Stein für Stein abbröckelte. Ihre Bauchdecke hob und senkte sich immer schneller, als seine Hand sich weiter zu ihrer Scham bewegte. Sie sagte kein Wort. Ihre Erregung war mit Händen greifbar, aber auch er war hochgradig aufgeheizt von ihrer Lust. Gern hätte er jetzt mit ihr geschlafen, aber das wollte sie nicht. Sie blockte ab. Und doch konnte sie ihre unbändige Lust nicht mehr bremsen. Sie ergriff Schimons Hand und presste sie an ihren Schamhügel. Dann führte sie seine Bewegungen und bat ihn so weiter zu machen. Er schob seine Hand unter ihren Rock und führte Nina mit abwechselnd sanften und festen Berührungen und mit Gottes Hilfe zum Höhepunkt. Sie bemühte sich ihr Stöhnen zu unterdrücken, als sie zum Orgasmus kam. Ihr Körper bebte. Sie war glücklich und fühlte sich irgendwie befreit. Der Mensch bestand also doch nicht nur aus Seele und Geist, schmunzelte Schimon im Dunkeln.

Dieses Spiel trieben sie noch einige Male, bis Nina Deutschland wieder verließ.

Kapitel 27
Reise nach Israel

Das Jahr 1975 erlebte die ersten kalten Tage, der Winter hatte sich langsam angekündigt. Im Job war das Ende abzusehen. Die Hoffnung des Unternehmers, aus dem kleinen Hinterhofbüro eine florierende Ideenschmiede zu erschaffen, ging nicht auf. Es gab keinen Durchbruch und es gelang nicht, die neuen Produkte erfolgreich am Markt zu platzieren. So fiel die Entscheidung, die Firma zum Ende des Jahres wieder zu schließen. Schimon und seinen beiden Kollegen wurde gekündigt, die Büros geschlossen. Jetzt stand er wieder am Anfang. Das Glück schien ihn nicht zu verfolgen, und wenn doch, dann muss er wohl immer etwas schneller gewesen sein, um ihm gerade noch zu entkommen. Beruflich wie auch privat. Schimon rutschte in die Arbeitslosigkeit. Die Wohnung musste er aus Geldmangel aufgeben, er zog nun wieder mit Sack und Pack ins Elternhaus zurück. Das winzige Gebetsbüchlein, das ihm seine Eltern zur Bar Mitzwa geschenkt hatten, war als Talisman indes immer dabei. Doch irgendwas musste geschehen, denn so konnte es nicht lange bleiben. Also beschloss er, sein Leben ganz neu zu ordnen, und das, irgendwo anders, ein Ortswechsel stand an. Was lag da näher, als es einmal in Israel zu versuchen? Er liebte dieses Land, konnte die Sprache, kannte die Mentalität der Menschen und hatte selbst persönliche Beziehungen zu Verwandten, Freunden und Bekannten.
Schimon kaufte sich ein Ticket und saß bald im Flieger nach Tel Aviv. In Israel reiste er viel herum, genoss die Schönheiten des Landes, übernachtete in Jugendherbergen, bei Familie und Freunden und fühlte sich sehr wohl. Er besuchte Jerusalem, wo er traditionsgemäß an der Klagemauer seinen Wunschzettel in einen Schlitz zwischen die riesigen Quader steckte, und fuhr anschließend mit dem Bus in den Glutofen des Toten Meeres, mit über 400 Metern unter dem Meeresspiegel, die tiefste Stelle der Erde. Er legte sich in das ölige, warme Nass dieses Sees wie in einen Liegestuhl, und ließ sich vom salzigen Wasser schwerelos tragen, ohne jede Angst unterzugehen. Der Himmel war blau, die Aussicht gigantisch. Auf der gegenüberliegenden Seite des Sees, schimmerten violett die Berge Jordaniens. Auf der israelischen Seite erstreckte sich die felsige Negev Wüste, die einer kraterarti-

gen Mondlandschaft ähnelte. In der einfachen Herberge des Kibbuz Ein Gedi, traf er abends mit vielen Jugendlichen zusammen, die ebenfalls den Sinai durchqueren wollten. Als die Nacht sich über die kleinen Häuser legte und der Mond taghell die Felsstrukturen in den Horizont zeichnete, herrschte in der Wüste eine absolute Stille.

Am Tag darauf, führte sein Weg zur Festung Massada, hoch oben, auf einem riesigen Felsplateau. Historische Ausgrabungen ließen die Geschichte der Juden wieder aufleben. Als 66 nach Christus der jüdische Krieg gegen die römische Besatzung tobte, überrumpelte eine Gruppe jüdischer Rebellen die Besatzer und nahmen die Festung Massada ein. Vier Jahre später zerstörte der römische Feldherr Titus Jerusalem und den zweiten jüdischen Tempel und verjagte die Juden aus der Stadt. In Massada verschanzten sich 973 Sikarier, eine jüdische Gruppe, mit Männern, Frauen und Kindern. 15000 römische Soldaten belagerten über Monate die Festung. Als schließlich die Lage der Juden aussichtslos wurde, beschlossen die Belagerten, lieber den Freitod zu wählen und als freie Menschen zu sterben, als den Römern in die Hände zu fallen. Die Tat stellt bis heute symbolisch den Freiheitwillen des jüdischen Volkes da. *Massada wird nie mehr fallen,* lautet seit je her das Versprechen bei der Vereidigung israelischer Soldaten an diesem geschichtsträchtigen Ort. Vor der einsamen Busstation mitten in der Wüste wartete Schimon auf die nächste Verbindung nach Eilat, Israels südlichste Stadt am Roten Meer. Die Sonne brannte gnadenlos vom Himmel herunter. Der heiße Asphalt schickte Zerrbilder in die Luft. Endlich war von weitem die Silhouette des ankommenden Fernbusses zu erkennen. Schimon stieg ein. Die Kabine war angenehm temperiert und voller junger, gut gelaunter Leute. Die einsame Straße führte an der jordanischen Grenze entlang, und man passierte das historische Sodom. Gomorra war nicht zu sehen. Nichts deutete Auf eine biblische Katastrophe hin. Vorbei an der Stadt Eilat, Israels Tor zum Roten Meer, überquerte der Bus die ägyptische Grenze. Er stach in den Sinai, der noch in israelischer Hand war, und fuhr an der Küste entlang bis nach Nueiba. Am weißen Strand vor dem tiefblauen Meer, ragten Palmen in die Höhe, die Schatten spendeten und der Oase eine wohltuende Ruhe schenkten. Unter den Bäumen breiteten langhaarige Rucksacktouristen aus aller Welt ihre bunten

Decken aus, auf denen sie träumend ins Nirwana abglitten. Ihr Odeur verriet, dass ihre Taufe schon viele Jahre her war, doch zum Glück wurde der Gestank immer wieder von der süßlichen Duftwolke ihrer Joints verjagt. In Sichtweite parkten Kamele neben großen, schwarzen Beduinenzelten. Hin und wieder tauchten freundliche Wüstenbewohner in der provisorischen Hippie Kolonie auf und versuchten nutzlose Souvenirs loszuwerden. Das Paradies konnte nicht weit weg sein.

Da traf Schimon auch Jonathan, ein junger Israeli, der gerade seinen dreijährigen Militärdienst beendet hatte und sich nun eine Auszeit gönnte. Er stammte aus einem Kibbuz im Norden des Landes und erzählte, dass sie immer unter Raketenbeschuss aus dem Libanon leben mussten. Ohne Warnung, schlugen Geschosse ein und zwangen Kinder und Erwachsene schnell im Luftschutzbunker Unterschlupf zu finden.

„Joni, warum beklagst du dich?" klang aus dem Schlafsack daneben die nölige Stimme eines bekifften Junkies aus Skandinavien.

„Ihr habt doch den Arabern das Land gestohlen. Wen wundert es, dass sie euch hassen und beschießen." Der Akzent verriet seine schwedische Herkunft.

„Wie kann man jemandem etwas stehlen, was ihm nie gehört hatte?" erwiderte Jonathan verärgert.

„Wie kommst du darauf?" hauchte es apathisch zurück.

„Es hat in der Geschichte weder ein palästinensisches Volk mit einem Nationalbewusstsein, noch ein eigenständiges Land mit diesem Namen gegeben", raunte Jonathan.

„Kühne Behauptung", raffte sich der Junkie noch einmal auf und drehte seine knochige Gestalt zur anderen Seite.

„Dann öffne ein Geschichtsbuch, mein Freund", entgegnete Jonathan.

„Darin wirst du lesen, dass das mit dem Namen Palästina bezeichnete Gebiet, weder ein Staatsgebilde gewesen war, noch hatte es anerkannte Landesgrenzen, im besten Fall Verwaltungseinteilungen. Die Regionen Nord Galiläa sowie Judäa und Samaria, in denen seit Jahrtausenden Juden lebten, waren seinerzeit römische Provinzen, die von Kaiser Hadrian, 135 nach Christus in Syria Palaestina umbenannt wurden, um die Juden für ihren Widerstand gegen die Römer zu bestrafen. Die meisten Juden wurden verbannt, dennoch blieben manche jüdische Gemeinden bestehen. Das Land verlor an Bedeutung. Später fielen die Gebiete dem Osmanischen Reich und danach den Briten zu. Doch der Name Palästina blieb als Mahnzeichen bestehen, und niemand hatte sich in den Jahren danach wirklich für das Terrain selbst interessiert. So gesehen, haben die Juden gleichermaßen ein historisches Recht auf den Boden ihrer Väter, auch wenn es Araber später gewaltsam besetzten - gewaltsam,„ unterstrich Joni seine Aussage. „Zu keiner Zeit hatten sich die Araber damit abgefunden, das Land mit den Juden zu teilen. Jede Friedensinitiative haben sie torpediert, im Glauben, mit Gewalt ihr Recht erzwingen zu können. Glücklicherweise ohne Erfolg, bis heute zumindest. Als 1948 das Gebiet in ein arabisches und jüdisches Land auf Geheiß der Vereinten Nationen geteilt wurde, haben uns fünf arabische Länder angegriffen. Die meisten arabischen Bewohner sind geflohen und dem Ruf ihrer Führer gefolgt, die ihnen eine Rückkehr versprachen, sobald die Juden ins Meer geworfen würden. Daran glauben viele heute noch. Andere blieben im Land und wurden zu israelischen Bürgern mit Rechten und Pflichten in einer funktionierenden Demokratie. Dass die Geflüchteten von ihren Brüdern in Lagern gezwängt und unwürdig behandelt wurden, haben wir doch nicht zu verantworten. Doch genau das wirft uns die Welt vor. Bis heute mussten wir durch mehrere Kriege gehen, die auf beiden Seiten zahlreiche Menschen das Leben gekostet hatten. Auch ich war an der Front und sah meine Freunde sterben. Jungs, mit denen ich zur Schule ging, die ihr Leben noch vor sich hatten. Jungs, die gerne heute mit uns hier gesessen hätten. Viele Familien haben Väter, Söhne, Brüder und Freunde verloren. Sie waren dafür gestorben, dass wir noch leben. Meine Großeltern mussten für dieses kleine Stück Land kämpfen, meine Eltern taten es, ich muss es tun und ich hoffe, dass meine Kinder es nicht mehr werden müssen. Glaubst du, dass wir aus Spaß kämpfen? Wir wollen einfach nur überleben, in Ruhe und Frieden mit den Nachbarn leben, wie Ihr in Europa auch. Nicht mehr, aber auch nicht weniger."

Jonathan, der harte Kerl, drehte den Kopf zur anderen Seite, und wischte sich die Tränen aus dem Gesicht.

Robi der Junkie, schwebte längst im Nirwana und träumte von bunten Blumen. Jonathans traurige Geschichte hatte ihn vermutlich gar nicht wirklich erreicht.

Der Bus nach Sharm el Sheikh wartete an der Haltestelle. Es lagen noch über hundert Kilometer bis zur südlichsten Spitze der Halbinsel Sinai. Der nächste Halt hieß Dahab, ebenfalls eine kleine Oase am Roten Meer, in der man sich günstig mit Datteln versorgen konnte. Eine halbe Stunde später erreichte der Bus Sharem, wie die Israelis es liebevoll nannten. Es war ernüchternd. Eine felsige Spitze, die wie eine Zunge ins tiefblaue Meer hinein ragte, sonst nichts. Nur ein paar Bauwagen verschandelten die urige Landschaft und deuteten auf eine bevorstehende Bautätigkeit hin. Schade, eine so wunderschöne Landschaft mit Hotels zu entstellen, dachte Schimon und wünschte sich, dass es nie dazu kommen würde.

Zurück in Tel Aviv suchte Schimon den Einstieg in ein neues Berufsleben, eine Tätigkeit bei der er sich endlich verwirklichen konnte. Doch es wollte ihm auch hier nicht gelingen. Zudem besaß er die deutsche, aber auch gleichzeitig die israelische Staatsbürgerschaft. Das hieße für ihn, einen Militärdienst von drei Jahren ableisten zu müssen, falls er sich dafür entscheiden sollte, im Land zu bleiben. Die Militärbehörde hatte ihn vorsorglich schon erfasst, gemustert und für tauglich befunden. Bei Beendigung des Militärdienstes würde er 29 Jahre alt sein und noch keinen Job haben. Schimon schwankte zwischen dem gewohnten Umfeld in Deutschland, und einem neuen Anfang in Israel. Er liebte zwar dieses Land, seine Menschen, ihre Art zu leben und natürlich auch das Wetter. Doch in seiner Brust schlugen zwei Herzen. Und schließlich siegte die europäische Seite. Er beschloss, wieder nach Hause zurückzukehren und eine Arbeit als Grafiker oder Designer zu suchen. Hoch über den Wolken spulte er die letzten drei Monate in Gedanken ab. Sicher war er sich nicht, ob die Entscheidung zur Rückkehr, die richtige war. Doch das würde erst die Zukunft zeigen. Außerdem war ihm Deutschland ans Herz gewachsen und zur zweiten Heimat geworden. Hier lebten die Eltern, der Bruder und die Freunde. Hier war er frei und konnte problemlos über jede Grenze schreiten.

Schimon schloss die Augen und ließ seinen Gedanken ihren Lauf. Menschen haben Träume. Einer der wichtigsten ist es, den passenden Partner fürs Leben zu finden. Ein Mensch, mit dem man in Glück und Freude sein Leben teilen möchte. Schimon hat es schon einmal versucht, es ging schief und hinterließ eine hässliche

Narbe in seiner Seele, die nur langsam verblasste. Es tat weh verlassen zu werden. Er würde nie mehr eine andere Frau so lieben können wie Jeanne. Sie hatte ihn erst verzaubert und dann maßlos verletzt. Er hatte ihr alles gegeben und sie warf es weg. Sie war wohl doch nicht anders, als die meisten jungen Frauen heutzutage, resümierte er.

„War es bei mir Schicksal oder womöglich Glück, dass es so gekommen ist?" fragte er sich selbst.

„Los alter Freund", ermunterte er sich, „die Vergangenheit liegt doch hinter dir. Und wenn man sich etwas ganz fest wünscht, wird es vielleicht einmal in Erfüllung gehen." Er dachte dabei an den Wunschzettel, den er hoch oben in den Spalt des riesigen Quaders der Klagemauer eingeschoben hatte. Das Bild eines hübschen, liebevollen Gesichtes erschien vor seinem geistigen Auge. So sollte sie sein, die Frau seines Lebens. Sollte er ihr jemals begegnen, so würde er sie an ihrem Lächeln erkennen.

Kapitel 28
Ein Traum wird wahr

Schimon war 26 Jahre alt und arbeitslos. Drei Monate hatte er sich in Israel aufgehalten, ursprünglich mit der Absicht, sich dort ein neues Leben aufzubauen. Wieder in Frankfurt, durchforstete er sogleich die Stellenangebote in den Tageszeitungen und schrieb seine Bewerbungen. Er nahm erneut Kontakt zur jüdischen Gemeinde auf, wo er sich schon vor seiner Israelreise mit einer Reihe junger Leute angefreundet hatte. An manchen Abenden traf man sich im Gemeindezentrum, spielte Gesellschaftsspiele, hörte Musik oder unterhielt sich einfach über Gott und die Welt. Da war Hilda, mit der er sich ganz gut verstand, da war Julius der Zahntechniker und viele andere, die die Gruppe bereicherten. Schimon war offen für jeden Berufsvorschlag, der ihm geboten wurde. Und da er irgendwo gehört hatte, dass man in der Zahntechnik gutes Geld verdienen konnte, erkundigte er sich bei Julius nach den Möglichkeiten eines Einstiegs in diesen Beruf. Von ihm erfuhr er, dass Hildas Schwager ein zahntechnisches Labor besaß, in dem auch Julius tätig war. Hilda bot Schimon sofort an, das Labor zu besuchen und sich einen Eindruck von diesem Arbeitsfeld zu verschaffen.

An einem Donnerstag im März, stand Schimon vor dem Labor in Frankfurt-Bornheim, noch braungebrannt von der israelischen Sonne, in weißen Jeans und einem hellblauen Kurzarmhemd, das im Ton zu seiner Augenfarbe passte. Über die schwarzen, nackenlangen Haare, klemmte er sich lässig seine dunkle Piloten Sonnenbrille. Die Füße steckten in hässlichen, schwarzen Clogs, die jedoch gerade hoch in Mode waren. Er war neugierig, was ihn hier erwarten würde, da es für ihn ein vollkommen neues Arbeitsgebiet darstellte. Schimon wurde freundlich von dem Inhaber begrüßt, der ihn Schritt für Schritt durch die Räume führte. Dann bot ihm der nette Mann an, einfach nur dieses Metier auf sich wirken zu lassen und sich mit den Zahntechnikern zu unterhalten, um mehr darüber zu erfahren. Da saßen sie in lockeren Reihen und widmeten sich fingerfertig fremden Gebissen zu, die sich vor ihnen auf den Tischen stapelten. Manche schauten kurz auf, betrachteten Schimon neugierig im Stillen, mit der Frage, ob das wohl ein neuer Kollege sei und kehrten sofort wieder zu ihrem

Werk zurück. Julius saß am Fenster und hob gleich grüßend seine Hand. Man wechselte ein paar belanglose Freundlichkeiten in einer lockeren Atmosphäre.

An einem anderen Arbeitstisch saß sie und schrubbte an einem Gipsmodell. Sie schaute kurz hoch, und ihre Blicke trafen sich. Ihre braunen Augen über den rundlichen Wangen glänzten. Sie strahlten etwas Unwiderstehliches aus und zogen Schimons Aufmerksamkeit magisch an. Sie hatte ein wunderschönes Gesicht, das ihn faszinierte. Sie lächelte. Es war wohl das schönste Lächeln, das er bislang gesehen hatte. Er näherte sich vorsichtig und stellte ihr einige Fragen zu ihrem Beruf. Sie klangen eher unbeholfen, doch sie wusste sie sehr kompetent zu beantworten. Er wollte nicht aufdringlich wirken, und so wandte er sich wieder Julius zu. Im Inneren spürte er dennoch ein seltsames Gefühl, das ihn zu ihr hinzog. Sie stand auf und bewegte sich im Raum. Ihre braunen, schulterlangen Haare, ihr rotweiß gestreifter Pulli, ihre engen Jeans, die über den braunen Stiefeln mit hohem Absatz gekrempelt waren, alles passte genau zu seinen Vorstellungen von einer Traumfrau. Einzig ihre Körpergröße dämpfte ein wenig seine Euphorie. Eine so hübsche Frau ist sicher schon vergeben, schätzte er, und falls nicht, ist sie bestimmt nicht an jemandem interessiert, der einen Kopf kleiner ist als sie, vermutete Schimon. Was er zu diesem Zeitpunkt nicht wissen konnte, war ein Gespräch, das vor kurzem unter den Kollegen stattgefunden hatte und bei dem es um bevorzugte Partnervorstellungen gegangen war. Auslöser war eine sehr hübsche Frau, die immer außen am Laborfenster vorbeistolzierte und die männlichen Laboranten faszinierte. Auch Ria, so hieß Schimons neue Begegnung, beschrieb dabei ihr Wunschbild von einem Mann, was sich mit Schimons Äußerem erstaunlicherweise weitgehend deckte.

Nach einer halben Stunde verabschiedete er sich und fuhr mit der Straßenbahn zurück nach Hause. Er wohnte noch bei den Eltern und hatte kein eigenes Auto. Diese Frau aus dem Labor, ging ihm nicht mehr aus dem Kopf, doch er war sich sicher, dass es nur eine kurze Träumerei bleiben würde. Einige Tage später trafen sich die Gemeindefreunde wieder, Julius fragte ihn nach seinen Eindrücken, die er vom Beruf des Zahntechnikers und auch von Ria gewonnen hatte. Der Job, antwortete er, hätte ihn nicht allzu sehr begeistert, ihm als Kreativen, schien das etwas langweilig zu sein. Aber die Frau, die habe ihm schon gut gefallen.

„Sie ist doch viel zu groß für dich", meinte Julius scherzhaft.

„Aber nicht im Sitzen", entgegnete Schimon, „ich will sie auch nicht gleich heiraten, aber kennenlernen wäre nicht schlecht."

„Dann ruf sie doch an", empfahl Julius und reichte Schimon die Telefonnummer, wohlwissend, dass auch Ria nicht ganz abgeneigt war. Schimon beschloss sie anzurufen, was sollte schon passieren?

Am nächsten Abend klingelte bei Ria das Telefon. Sie wohnte seit kurzem bei einem Bekannten, nachdem sie aus einem kleinen Dorf an der Schweizer Grenze in die Großstadt gezogen war. Eigentlich war es eher eine Flucht. Verzweifelt musste sie etwas ungeheuer Wertvolles zurücklassen, was ihr fast das Herz brach. Es war der kleine Sohn, den ihr der Ex Mann nach der Scheidung entrissen hatte. Sie floh vor einem Menschen, der sie während der Ehe sogar alkoholisiert misshandelt und missbraucht hatte. Trotzdem ließ sie schweren Herzens den kleinen Sohn bei ihrem Mann zurück, um ihn nicht aus seiner gewohnten Umgebung herauszureißen, was ihm, wie sie vermutete, sicher noch mehr geschadet hätte. Sie weinte oft, machte sich Vorwürfe, doch in dieser Situation sah sie keinen anderen Ausweg mehr. Sie suchte einen neuen Anfang, irgendwo in einer Großstadt. Einer Stadt, die auf jeden Fall auch eine direkte Verbindung zur Heimat sicherte. Da bot sich eben Frankfurt an. Es fügte sich auch, dass sie zu Hause schon in der Zahntechnik tätig gewesen war, und dass ihr ein Bekannter eine Unterkunft in dieser Metropole anbieten konnte. So zog sie mit ihrem gesamten Hab und Gut, das in einen kleinen VW Käfer passte, in die neue Welt, wo sie schnell eine Arbeitsstelle in diesem Labor fand.

Als das Telefon klingelte, nahm sie den Hörer ab. Schimon zögerte einen Augenblick. Dann eröffnete er das Gespräch mit einigen Floskeln. Ria wunderte sich über seinen Anruf. Woher hatte er bloß ihre Telefonnummer, und warum bezogen sich seine Fragen nicht auf ihre Arbeit? Dennoch freute sie sich, dass er angerufen hatte. Sie fand ihn sympathisch. Es entwickelte sich ein nettes Gespräch über dies und jenes. Zum Abschluss schlug Schimon ein Treffen vor. „Vielleicht morgen?" fragte er.

„Das geht leider nicht", war Rias Antwort, „da habe ich noch etwas zu tun."

Schimon ließ sich die Enttäuschung nicht anmerken und war schon kurz davor das Gespräch zu beenden. Schade, dachte er sich, noch während er redete. Hätte schön werden können. Am anderen Ende spürte Ria intuitiv Schimons Resignation. Eigentlich wollte sie ihn auch sehen, doch am nächsten Tag war es für sie wirklich nicht möglich. Sofort wusste ihr weiblicher Instinkt, was zu tun war.

„Wie wäre es mit übermorgen?" schlug sie vor.

„Gern", antwortete Schimon erleichtert.

Sie verabredeten sich für den Nachmittag um vier Uhr in der Frankfurter Innenstadt, in einem Café an der Hauptwache. Schimon freute sich auf das Rendezvous. Er fuhr in die Stadt und setzte sich in das kleine Café unten in der B-Ebene direkt ans Fenster. Dann bestellte er seinen gewohnten Tee und schaute auf die Uhr. Es war zehn vor vier. Ich bin gespannt, ob sie pünktlich ist, dachte er. Vielleicht hat sie es sich aber auch anders überlegt und kommt gar nicht. Die Gedanken sprangen wie ein Jo-Jo hin und her. Er kontrollierte seine Gefühle, es sollte sich alles auf einer sehr rationellen Ebene bewegen. Das war er sich schuldig, nach der großen Enttäuschung mit der ersten großen Liebe, die zerbrochen war. Er schloss die Gefühlsschranke, um seine Emotionen zu schützen. So ein Absturz sollte ihm nicht noch einmal passieren. Freundschaft ja, Sex ja, Liebe nein, zumindest nicht so schnell. Drei Minuten vor vier, jetzt müsste sie allmählich kommen, hoffte er. Vielleicht geht auch seine Uhr falsch. Draußen hing eine große Straßenuhr. Auch sie zeigte dieselbe Zeit an. Er nahm noch einen Schluck Tee, der schon abgekühlt war. Menschen eilten vor dem Fenster aus allen Richtungen hin und her, doch sie war nicht dabei. Fünf Minuten nach vier. Das war es nun gewesen, mein Freund, gestand er sich ein. Ich warte noch zehn Minuten, und dann hat sich die Sache erledigt. Zehn Minuten nach vier. Wie schön, dass ich meine Gefühle steuern kann, bestätigte er sich. Nun sieht man, wofür es gut ist. Viertel nach vier. Auf zu neuen Ufern! Schimon stand auf, um zu gehen, nachdem er die Rechnung beglichen hatte. Er verließ das Lokal und ging zu den Treppen, die hinauf zur Straßenebene führten. Mit gesenktem Kopf nahm er die ersten Stufen nach oben, als ihm plötzlich eine junge Frau auf ihrem Weg nach unten entgegen kam. Es war so, als hätten sich im gleichen Augenblick zwei Magnete getroffen und angezogen. Eine schicksalhafte Begegnung. So stand Ria in ihrem rotweiß gestreiften Pulli, der engen Jeans und den neuen flachen Schuhen vor ihm und strahlte eine Mischung aus Verärgerung, Verwunderung und Erleichterung aus.

„Wo kommst du denn her?" wollte sie wissen.

„Aus dem Café dort unten. Ich habe die ganze Zeit auf dich gewartet", sagte Schimon. „Und wo warst du?" Ria deutete auf einen unscheinbaren Eingang nebenan.

„Hier oben in diesem Café. Ich dachte du hättest mich versetzt".

„Dasselbe habe ich auch von dir gedacht", antwortete er.

Es war ein seltsamer Zufall, dass beide im selben Augenblick die Lokale verlassen hatten, um sich dann direkt aufeinander zuzubewegen. Jetzt, wo diese glückliche Fügung sie doch noch zusammenführte, beschlossen sie gemeinsam ein Lokal anzusteuern. Sie hatten sich eine Menge zu erzählen, entdeckten sehr viele Gemeinsamkeiten, das Gespräch wollte nicht abreißen. Schimon fühlte sich wohl. Es war eine vertraute Atmosphäre, so, als würden sich zwei alte Bekannte nach langer Zeit wiedersehen. Sie war so schön mit ihren großen braunen Augen, den langen Haaren und dem bezauberndem Lächeln. Außerdem wirkte sie auch nicht mehr so groß in ihren neuen, flachen Schuhen. Er hörte gern den südbadischen Akzent, der ihre Herkunft deutlich verriet. Es ähnelte Schwyzerdütsch. Der Funke der Sympathie schien von zwei Seiten gleichermaßen überzuspringen und beide zu erfassen. Sie hätten sich noch lange vieles erzählen können, doch sie waren sich schon sicher, dass dies nicht ihr letztes Treffen bleiben würde. Zum Abschluss schauten sie sich noch gemeinsam im Kino den Film: *Einer flog über das Kuckucks Nest,* mit Jack Nicolson an. Als das Licht im Saal ausging, schmiegten sie sich aneinander. Es dauerte nicht lange bis zum ersten Kuss. Der preisgekrönte Film soll sehr gut gewesen sein, ließen sie sich später erzählen. Ria brachte Schimon danach mit dem Auto nachhause und irrte noch eine Weile in den verwirrenden Großstadtstraßen Frankfurts umher, bis sie endlich ihr Quartier gefunden hatte, so wie es ihr schon häufig hier passiert war. Sie verabredeten und trafen sich in den nächsten Tagen, ohne sich jemals wieder zu verpassen. Es war der Beginn einer intensiven Liebesgeschichte.

Schimon war weiter auf der Suche nach einem Job, egal welchen, um wieder einen Einstieg in die Arbeitswelt zu finden. Er schrieb unentwegt seine Bewerbungen auf Stellenanzeigen, doch nichts wollte fruchten. So sehr er sich auch bemühte, es folgte eine Absage nach der anderen. Trotzdem verzweifelte er nicht, jede Absage spornte ihn weiter an, es erneut zu versuchen. Irgendwann würde es sicherlich klappen, tröstete er sich. Er war zu jeder Arbeit bereit, und so bot sich einmal doch eine zeitlich begrenzte Stelle bei einem deutschen Chemieunternehmen an, für die hochqualifizierte Tätigkeit eines einfachen Büroboten. Die `Position´ war anständig dotiert und konnte im unwahrscheinlichen Fall einer Übernahme noch ausgebaut werden. Schimon war glücklich, etwas gefunden zu haben, das ihn finanziell unabhängig machte. Mit Ria traf er sich fast jeden Tag. Sie brachte ihn nach Hause, musste jetzt aber nicht mehr immer zurückfahren. Sie blieb bei ihm über Nacht und schlief mit ihm zusammen auf der schmalen Couch im Wohnzimmer der Eltern. Die Enge konnte beide nicht stören. Sie lieh ihm ihr Auto, er brachte sie zur Arbeit und holte sie wieder ab. Von nun an verbrachten sie jede freie Minute zusammen.

Als Nächstes stand die Suche nach einer eigenen Wohnung für Ria an. Sie durchforsteten gemeinsam die Wohnungsanzeigen in der Frankfurter Rundschau, die als Hauptquelle für das äußerst begrenzte Angebot an Wohnungen diente. Kaum war die Wochenendausgabe am Freitagnachmittag in den Verkaufsstellen erschienen, schon besetzten gewiefte Studenten die umliegenden Telefonzellen, um als Erste die Vermieter kontaktieren zu können. Da Schimon Frankfurt sehr gut kannte, wusste er sofort, wo sich die angebotenen Wohnungen befanden, was bei der Suche von Vorteil war. Eine der Offerten brachte den Erfolg, sie fanden ein kleines Einzimmerapartment im Stadtteil Bornheim. Die Unterkunft lag im Hinterhof eines großen Altbaus, ruhig, und mit einer berauschenden Aussicht auf die nächste Hauswand. Die Sonne traute sich nicht allzu oft in den Hof, doch das war auch nicht so wichtig. Dafür lag die Behausung recht zentral und die Arbeitsstelle für Ria von dort aus gut zu erreichen. Sie zogen ein und besorgten sich gemeinsam die ersten Möbelstücke. Ganz allmählich wuchs Schimons Bestand an Unterhosen in Rias Schrank, denn mit jedem Besuch brachte er ein neues Kleidungsstück mit. Er ließ allmählich immer mehr Gefühle zu, und eigentlich konnte und wollte er sich gar nicht mehr dagegen wehren. Ihre Emotionen verschmolzen miteinander wie Wachs in der Sonne. Sie verstanden sich hervorragend und hatten viel Spaß zusammen, geistig und körperlich.

Doch zuweilen wurde Ria von ihrer Vergangenheit eingeholt. Ihr kleiner Sohn fehlte ihr sehr. Schimon versuchte sie zu trösten, in der Hoffnung, dass es nur eine Frage der Zeit sei, bis auch der kleine Junge sich eines Tages für seine Mutter und die neuen Verhältnisse interessieren würde. Dann könnte sich alles zum Guten wenden. Doch das sollte noch eine Weile dauern. Kurz darauf reisten sie erstmals nach Süden, zu Rias Familie. In Säckingen, einem idyllischen Städtchen am Rande des Schwarzwaldes, direkt am Rhein und der Schweizer Grenze gelegen und bekannt für die älteste Holzbrücke Europas, wohnte die Schwester mit ihrem Mann und den vier Kindern. Ein lebhafter Clan, der immer zu feiern wusste. Im Wohnzimmer wurde zu aktuellen Rockklängen in ausgelassener Atmosphäre getanzt und getobt. Schimon fühlte sich gleich wohl und war schnell in die Familie integriert.

Ria und er waren viel unterwegs, beide liebten das Reisen, beide waren sehr spontan. So kam es vor, dass sie an einem Freitagnachmittag in ihrem Käfer saßen und einfach nur im 30 Kilometer entfernten Friedberg spazieren gehen wollten. Unterwegs fiel es ihnen ein, dass sie auch noch ein Stück weiter fahren könnten, und so landeten sie schließlich in Amsterdam. Ihre erste große Urlaubsfahrt führte an die Atlantikküste. Sie hatten Sehnsucht nach Sonne und Meer. Das Ziel hieß St. Nazaire in der Bretagne. Mit dem cremefarbenen Volkswagen, einem Zelt und fünfhundert D-Mark in der Tasche, zuckelten sie in den Westen Frankreichs. Dort angekommen, war die Enttäuschung riesengroß. Ein dunkler, wolkenverhangener Himmel zog sich wie eine graue Decke bis zum Horizont und schickte dicke Tränen zur Erde herab. Da, wo das Meer sein sollte, erstreckte sich eine trübe Wattlandschaft, auf der kleine Fischerboote wie leblose Fische im weichen Meeresboden steckten. Auf den Fotos sah das doch ganz anders aus, erinnerte sich Schimon. Blaues Meer, farbenfrohe Bötchen und weiße Wölkchen am Himmel. Nein, das konnte nicht das Paradies sein, höchstens sein Hinterhof. Hier wollten sie auf keinen Fall bleiben. Sie falteten die große Frankreichkarte aus und steckten sich ein neues Ziel. Sonne und Meer konnte nur noch das Mittelmeer bieten und das würden sie frühestens ein paar Hundert Kilometer weiter südlich finden. Das Budget erlaubte zwar nur einen sehr bescheidenen Luxus, doch irgendwie sollte es schon reichen, versprach der Optimismus. Sie durchquerten Gallien und erreichten das Mittelmeer. Noch hatten sie sich nicht festgelegt, in welchem Ort sie ihr Zelt aufschlagen wollten, da beschlossen sie aus Kostengründen, erst einmal das Auto in eine Schlafstätte umzufunktionieren. Alle Gepäckstücke hatten sie vor und hinter den Sitzen verstaut. Darüber legten sie die aufgepumpten Luftmatratzen und konnten so unter der Dachkuppel des Wagens übernachten. Durch das geöffnete Schiebedach wehte die frische Meeresluft hinein.

Sie waren gerade eingeschlafen, da wurden sie plötzlich durch ein rüdes Klopfen auf dem Wagendach geweckt. Um das Fahrzeug herum schwirrten französische Polizisten, die wild mit Taschenlampen herumfuchtelten und in das Auto hineinleuchteten. Erstaunt versuchten sie eine Antwort für das Durcheinander in diesem Fahrzeug zu finden. Akrobatisch windete sich Schimon nach vorn und schlängelte seinen Oberkörper durch das Schiebedach nach oben. Die Zirkusnummer schien die Polizisten zu beeindrucken, das hatten sie noch nicht gesehen. Einer gab jedoch zu verstehen, dass die wilde Übernachtung hier verboten sei, und fragte Schimon nach seinen Ausweispapieren. Schimon deutete auf das Gepäck, das sich tief unter den Sitzen befand. Die Ordnungshüter waren erkennbar amüsiert über diese ungewöhnliche und höchst kreative Art der Übernachtung. Sie witzelten noch eine Weile darüber und verzichteten am Ende auf jede Art der Belehrung. Sie wünschten beiden weiterhin eine geruhsame Nacht und verließen lachend und gestikulierend den Platz.

Am Tag darauf ging die Fahrt weiter bis zum Strand von Narbonne. Eine große, leere Fläche, die einem Parkplatz ähnelte, wurde gerade als neuer Campingplatz ausgewiesen. Hier wollten sie sich für die nächsten Tage niederlassen. Aus dem kleinen Kofferraum des Käfers schleppten sie das Zelt heraus, legten es auf den Boden und zogen es aus seiner Hülle heraus. Ihnen stockte der Atem. Der Stoff bröselte auseinander wie feuchtes Zeitungspapier und krümelte zu Pulver. Des Rätsels Lösung war schnell gefunden. Dieses Zelt war beim letzten Urlaub nass verpackt worden und hatte ein Jahr lang leise vor sich hin gemodert. Wieder ein Rückschlag für die Urlaubskasse, denn jetzt musste schnellstens eine ordentliche Behausung aus dem nächsten Großmarkt her. Das neue Zweimann-Zeltchen war klein, billig und sehr gemütlich. Die nächsten Tage verbrachten Schimon und Ria in liebevoller Eintracht, mal vor, mal im Zelt und genossen die Sonne und die Wärme am Mittelmeer. Wie jeder Urlaub einmal zu Ende geht, vergingen auch diese Tage wieder viel zu schnell. Sie fuhren die französische Riviera entlang bis nach Monte Carlo. Im Hafen reihten sich am Pier sündhaft teure Jachten aneinander, auf deren Decks sich gelangweilte Millionäre vor gefüllten Champagnergläsern und üppigen Obstschalen lümmelten. Hin und wieder erschien ein livrierter Butler aus dem Inneren des schwimmenden Palastes und reichte den Herrschaften untertänig ein paar Drinks. Ria und Schimon schlenderten an den weißen Kähnen entlang und fantasierten sich in die Welt der Schönen und Reichen. In den Sternerestaurants an der Promenade, schlemmte die High Society an weiß gedeckten Tischen Austern, Hummer und saftige Steaks zu edlen Weinen. Dabei sein ist alles, sagten sich die beiden, packten ihre Käsebaguettes aus und verzerrten sie voller Genuss auf einer Holzbank am Kai.

Die letzte Etappe der Reise führte über den Sankt Gotthardpass. Die Brieftasche war schon fast so leer wie der Tank des Käfers, und doch konnten sie stolz auf eine sehr ökonomische Haushaltführung zurückblicken. An einer italienischen Tankstelle vor den Alpen, sollte der Wagen noch den letzten Schluck bekommen, um sie gelassen nach Hause zu bringen. Es war dunkel geworden. Schimon setzte den Zapfhahn an die Öffnung des Benzintanks und ließ den Sprit munter rein fließen. An der Kasse, wunderte sich der Tankwart, dass ein Käfer sogar Diesel tanken konnte, was ihm recht ungewöhnlich erschien. Die Bezeichnung Gasolio, war für Schimon kein Begriff, er wählte einfach die günstigste Zapfsäule. Eine fatale Fehlentscheidung, wie sich schnell herausstellte. Der nette italienische Tankwart setzte ein breites Grinsen auf und hatte sofort die Lösung parat.

„Lasse Gasolio unte rauslaufe, dann neue Benzin in Macchina".

Da sie nicht für immer in Italien bleiben wollten, waren die Optionen sehr begrenzt. Der Tankwart hatte recht: Gasolio unte raus, neue Benzin in Macchina!

Mit dem letzten Tropfen im Tank und einer leeren Brieftasche, aber erholt und glücklich, erreichten sie ihr gemütliches Heim in Frankfurt. Sie waren ein eingespieltes Team.

Schimon liebte Ria aus tiefstem Herzen. Sie war für ihn die Frau, die er sich sein Leben lang gewünscht hatte. Alles passte zusammen. Sie war lieb, klug und erfahren. Sie stand mit beiden Beinen fest auf dem Boden und war außergewöhnlich apart. Beide teilten sie die gleichen Interessen, hörten dieselbe Musik und waren gern auf Achse. Er wollte ihr immer eine Freude bereiten, denn wenn sie lachte, strahlte für ihn die Sonne. Mit ihr wollte Schimon sein ganzes Leben verbringen, sie wurde ein unverzichtbarer Teil seiner Familie. Gemeinsam reisten sie in den Ferien mit Rucksäcken in die USA, schliefen nachts in Greyhound Bussen, durchquerten das Land von Osten nach Westen und von Norden nach Süden, übernachteten in noblen, aber auch heruntergekommenen Jugendherbergen. Sie besuchten Verwandte, schlossen neue Freundschaften, fuhren durch die Wüste in Arizona, erlebten einen Orkan in Florida und tauchten ein in die Glitzerwelt von Las Vegas. Zuhause bewarb sich Schimon weiter um einen Job, in der Hoffnung, nun doch noch eine feste Anstellung in seinem Fach zu finden und mit Ria das Leben zu genießen. Als Nächstes stand eine gemeinsame Wohnung auf den Plan. Diese fanden sie nach einigem Suchen im Frankfurter Stadtteil Hausen. Eine kleine Zweizimmerwohnung unterm Dach, die sie gemütlich möblierten. Gestalten und Einrichten bereitete beiden viel Freude und so konnten sie in der neuen Wohnung ihrer Kreativität freien Lauf lassen.

Eines Tages läutete das Glück an der Tür. Schimon erhielt eine Zusage auf eine seiner zahlreichen Bewerbungen. Zwar weder in der Autoindustrie noch in seinem erlernten Beruf als Designer, dennoch eine feste Stelle mit einer kleinen Aussicht auf einen möglichen Einstieg in den grafischen Bereich. Trotz einigen Beschränkungen, freute er sich auf diese geregelte Anstellung, denn sie wurde gut bezahlt, lag in der Nähe der Wohnung und hatte mit Fotografie, einem seiner Hobbies, zu tun. In der Niederlassung eines japanischen Fotoherstellers sollte er in einem kleinen Team die Büroarbeit unterstützen und den Lagerversand führen. Die Arbeit konnte ihn zwar geistig nicht allzu sehr fordern, war aber auch nicht besonders anstrengend. Nebenbei bot er seine Dienste bei der Gestaltung von Prospekten, Displays und Schaufensterdekoration für einige Fotofachhändler an, was ihm einen kreativen Zugang zur Werbung verschaffte. Auch Ria wechselte die Arbeitsstelle in ein anderes Zahntechniklabor, das in Reichweite der neuen Wohnung lag. Oft erzählte sie von der tollen Atmosphäre die dort herrschte, von den netten Kollegen und dem verständnisvollen Chef, der für seine Mitarbeiter immer da war. Alles hatte sich wundervoll entwickelt.

Die nächste große Anschaffung sollte ein VW Bus sein, den sie sich als Camping-Mobil für ihre Reisen ausbauen wollten. In der Zeitung wurde ein dunkelgrünes Fahrzeug angeboten, das sich hierfür hervorragend eignete. Es wurde auf den Hof hinterm Haus gefahren und die Arbeit ging los. Nach eigener Planung wurden Möbeln aus dicken Spanplatten mit der Kreissäge gezimmert und eingebaut, Wasserzufuhr und Herd installiert, Polster bezogen und gelbe Vorhänge aufgehängt. Das Auto bekam ein Hubdach und wurde mit einem dünnen, goldfarbenen Bändchen außenherum verziert. Es war der schönste Campingbus der Welt, und er gehörte ganz allein ihnen.

Nun lebten sie schon zwei glückliche Jahre zusammen und waren bereit, den Bund fürs Leben einzugehen. In ihrem weißen, langen Kleid war sie eine bezaubernd schöne Braut. Schimon trug eine braune Samtjacke und eine beige Hose, die er sich extra für dieses Ereignis gekauft hatte. So stiegen sie zum vorgegebenen Termin in aller Herrgottsfrühe, an einem kühlen Juli Morgen 1978, aus ihrem VW Bus aus. Dieser durfte sogar direkt vor dem Standesamt am Frankfurter Römer parken. Im historischen Trauungssaal saßen die Hochzeitsgäste, unter denen sogar Familienangehörige aus Israel angereist waren, und lauschten andächtig den Worten des Standesbeamten. Nachdem Ria zum ersten Mal mit ihrem neuen Nachnamen unterzeichnet hatte, beide vom Standesbeamten im Beisein der Trauzeugen zu Mann und Frau erklärt worden waren und sie sich ewige Liebe und Treue versprochen hatten, wurde der offizielle Akt mit einem innigen, langen Kuss beendet. Nach einem üppigen Frühstück mit allen Gästen bei Schimons Eltern, traf sich die geladene Gesellschaft im Gut Neuhof bei Neu Isenburg zum großen Festessen wieder. Freudig endete der erste Tag in ihrem Leben als Mann und Frau. Schimon hatte das Glück gefunden. Er war sich seiner Liebe sicher, eine Liebe, die in den letzten zwei Jahren gedieh und schon tiefe Wurzeln geschlagen hatte.

In dieser Nacht gingen Schimon viele Fragen und Gedanken durch den Kopf. Er stellte sich all die Menschen vor, die noch niemals das Glück hatten, eine solche Beziehung zu erleben. Männer wie Frauen, die immer auf der Suche nach Zweisamkeit waren, sie aber nicht wirklich gefunden hatten. Einige von ihnen hatte er gekannt. Ihnen hätte er gewünscht ebenso glücklich zu werden, wie er es jetzt war. Er suchte nach dem Grund ihrer Einsamkeit, fragte sich ob es vielleicht Egoismus oder überzogener Anspruch ist. Vielleicht folgten sie nur dem, was die Medien den Menschen einsuggerierten. Männer und Frauen wurden auf simple Abziehbilder reduziert. So sollten Traumpartner blendend aussehen, sehr reich, besonders intelligent, bedingungslos treu und immer humorvoll sein. Fantasiewelten wurden von Medien geschaffen und Erwartungen kompromisslos geweckt, die oft unreflektiert übernommen wurden. Nur die Liebe blieb auf der Strecke. Doch Schimon hatte sein Glück gefunden und musste es mit beiden Händen festhalten.

Ein paar Tage später saßen sie zur Hochzeitsreise in ihrem rollenden Häuschen und steuerten in Richtung Süden. Das Ziel hieß Portugal. Sie durchquerten Frankreich, bestiegen die Pyrenäen und reihten sich in den langen Stau auf der Hauptstraße durch Andorra, wo zahlreiche Touristen den Weg versperrten, um sich mit zollfreien Waren zu versorgen. Weiter ging die Fahrt über einsame Landstraßen durch Zentralspanien. Die Temperaturen kletterten ungebremst nach oben und der brennende Asphalt schimmerte wie ein transparenter Film in der Landschaft. Der Hunger ließ sie an einem kleinen Gasthaus am Straßenrand anhalten. Heiße Windböen schüttelten das Restaurantschild wie ein loses Blatt in alle Himmelsrichtungen. Das rhythmische Klopfen an der Metallstange unterbrach immer wieder die unendliche Stille in dieser gottverlassenen Gegend. Es ähnelte der Kulisse in einem Wild West Streifen. Sie betraten den verwaisten Essraum des einsamen Restaurants, das anscheinend schon seit langer Zeit keine Gäste mehr bewirtet hatte. Die vielen herumstreuenden Katzen verliehen dem Raum eine merkwürdige Atmosphäre und waren das einzige Lebenszeichen in dieser kargen Stube. Wie aus dem nichts, tauchte plötzlich ein altes Mütterchen auf, die die unerwarteten Gäste auf Spanisch begrüßte. Der Sprache nicht mächtig, bemühten sich beide eine Bestellung aufzugeben, was kläglich scheiterte. Die alte Frau rief ihren Mann zu Hilfe, der einige Brocken Französisch stottern konnte. Er empfahl das Tagesmenu, vermutlich auch das Einzige, was seine Speisekarte hergab, sofern eine solche überhaupt vorhanden war. Es klang nach Kaninchen. Nach einer Weile des Wartens wurden zwei Teller serviert, auf denen die putzigen Tierchen lagen. Die Körperform ähnelte schon sehr dem bestellten Rammler, doch die Kopfform wollte nicht so recht passen. Ria schaute sich um. Immer noch schlichen einige Katzen im Raum herum. Sie hatten sie nicht gezählt, als sie sich an den Tisch setzten, und so machte es auch keinen Sinn, es jetzt zu tun. In jedem Fall schienen es weniger zu sein, vielleicht auch nur zwei. Der Hunger reduzierte sich auf ein Minimum. Sie zahlten geschwind und setzten die Fahrt noch ziemlich hungrig fort. Das alte Brot in der Bordküche schmeckte vorzüglich. Langsam änderte sich auch die Vegetation und man erreichte die portugiesische Grenze in Porte Allegro. Ein kleiner Campingplatz, idyllisch gelegen, spendete angenehmen Schatten unter hohen Bäumen. So saßen sie entspannt auf ihren Campingstühlen vor dem Bus, ließen die letzten Stunden Revue passieren und lachten herzlich über das Erlebte.

Lissabon, Portugals Hauptstadt mit 500.000 Einwohnern, beeindruckte mit ihren Sehenswürdigkeiten. Sie liegt an der Mündung des Flusses Tejos und besticht durch eine malerische Altstadt mit fliesenbestückten Häusern in Blau. Durch die engen Gassen rattern altertümliche Straßenbahnen mit historischen Wagen und versetzen den Besucher zurück in eine frühere Zeit. In den schmalen Gässchen der Altstadt stehen vor den Hauseingängen kleine Grillkocher, auf denen Sardinen und andere Meeresfrüchte brutzeln, die einen betörenden Duft verbreiten. Die Stadt Lissabon hielt sie zwei Tage in ihrem Bann und entließ sie mit schönen Erinnerungen auf der Fahrt an der langgezogenen Atlantikküste in Richtung Süden. Vorbei an zahlreichen Korkbäumen am Rande der Straße, deren Rinde vom Stamm geschält worden war, schlängelte sich die Route durch kleine, ursprüngliche Dörfer, die noch einige Jahrzehnte von der Moderne entfernt waren. Allmählich wurde die Küste felsiger. Mit wunderschönen Buchten kündigte sich die Algarve an. Oben auf dem Abhang, wo es ganz still und einsam war, mitten in der Natur mit einem herrlichen Blick auf den weiten, azurblauen Atlantik, ließen sie sich nieder. Dort saßen sie lange und genossen die Aussicht bei einem Gläschen Rotwein. Vor ihnen stürzte der steile Fels wie eine Wand in die Tiefe und endete in einem gelben Sandstrand, der sich weitläufig und menschenleer ausbreitete. Um dorthin zu gelangen, folgte man einem kleinen Pfad, der sich langsam nach unten schlängelte und durch einen kleinen Tunnel in den weichen Sand mündete. Unten, in den Fels gehauen, befand sich ein kleines Fischlokal, das zum Speisen und Genießen verführte. Ein paar handgezimmerte Tische und Bänke luden zum entspannten Verweilen ein. Die Betreiber gehörten unverkennbar zur selben Familie, denn alle, ob Mann, Frau, jung oder alt, trugen die gleichen Gesichtszüge. Sie hielten ihren Kopf, als schauten sie ständig zum Himmel hoch und hatten die Augenlider immer nur halb geöffnet. Die primitive Küche befand sich in einer Felshöhle, aus der sie die leckeren Grillfische und Salate heraustrugen. Bei solchem Anblick war der Hunger riesengroß und die Portionen viel zu klein. Doch etwas machte Ria nachdenklich. Einmal beobachtete sie den Koch dabei, wie er gerade aus einem engen Spalt im Fels herauskroch, welcher scheinbar als Toilette fungierte. Es sah so aus, als habe er gerade seine Verrichtung erledigt und wende sich nun wieder gemächlich wieder der Speisenzubereitung zu, während er dabei noch seelenruhig seine Hose zuknöpfte. Hoffentlich steht nicht gerade unser Salat als Nächstes an, schoss ihr der Angstschweiß in den Nacken. Der Gedanke vertrieb den Hunger schlagartig, doch zum Glück stand schon die himmelguckende Schwester am Tisch und servierte das Essen. Ganz bestimmt hatte sie unseren Salat geschnitten, versuchten sie sich zu beruhigen.

Nach ein paar geruhsamen Tagen und einigen gescheiterten Versuchen, im frostigen Atlantik zu baden, bewegte sich die rollende Behausung die Küste entlang bis nach Conil. Das kleine Fischerdörfchen mit einigen Lokalen und ein paar bescheidenen Souvenirläden strahlte eine südländische Urlaubsstimmung aus. Auf dem schier endlos breiten Sandstrand campierten junge Leute in kleinen Zelten und genossen die untergehende Abendsonne. Da standen auch schon einige alte Wohnmobile in einer Formation auf dem weißen Sand, die Ria und Schimon magisch anzogen. Dort steuerten sie auch ihren Bully hin, der jedoch plötzlich im weichen Sand stecken blieb. Sofort eilten aus allen Richtungen willige Helfer herbei, die mit vereinten Kräften den Wagen befreiten. Es waren deutsche Rocker, die offensichtlich schon seit längerem hier residierten. Man kam schnell ins Gespräch, saß zusammen und frönte dem süßen Nichtstun. An einem Abend, wurde der dritte Geburtstag der kleinen Annika, der Tochter eines netten Rockerpaares, gefeiert. Man stieß den ganzen Abend mit Bier und Sekt an, wobei das Geburtstagskind allerdings ziemlich wenig Beachtung fand. Nur einmal, raffte sich einer der mächtigen Kerle auf, setzte sich neben dem Kind und sang ihr in seinem holprigen Englisch ein Geburtstagsständchen vor. Er gab sein Bestes. Aus Happy Birthday, machte der Fremdsprachler ein Happy Birdsday, was die kleine Annika zum Glück noch nicht verstand und sich über das nette Ständchen freute. Die Clique amüsierte sich, der Abend war gelungen.

Die Rückfahrt verlief gemächlich mit einigen Übernachtungen auf Parkplätzen oder irgendwo am Straßenrand. Auf das Bett im Schlafzimmer ihrer gemütlichen Wohnung haben sie sich schon ganz besonders gefreut. Bald hatte sie der Alltag wieder.

Ria saß im Labor am langen Tisch und formte Gebisse, Schimon packte neue Kameras ein die ihre Empfänger erfreuen sollen. Im Warenlager lief das Radio den ganzen Tag in voller Lautstärke und verbreitete eine lockere Atmosphäre. Trotz allem mussten die Aufträge schnell und ordentlich abgearbeitet werden. Für Schimon bedeutete dies keine große Herausforderung, er hatte viel Zeit zum Nachdenken und für neue Pläne.

Die Nachrichten im Radio ließen ihn an diesem Tag im Oktober 1978 aufhorchen. Es ging um Israel, es ging um Frieden. Der Radiosprecher verkündete, dass Menachem Begin, Israels konservativer Premierminister, den ägyptischen Präsident Sadat nach Jerusalem für Friedensgespräche eingeladen hatte. Anwar al Sadat stimmte tatsächlich zu. Es schien sich ein Wunder anzubahnen. Echter Frieden zwischen Israel und Ägypten, zwischen Juden und Araber, ein Traum, der endlich Wirklichkeit werden würde. Wie sehr hatte sich Schimon das gewünscht. Kein Krieg, kein Hass, offene Grenzen, einmal nach Ägypten reisen. Schimon verfolgte in den kommenden Tagen stündlich die Nachrichten, in der Hoffnung, dass nichts dazwischen kommen dürfe. Und dann war es wirklich soweit. Sadats Maschine landete in Israel. Er wurde mit Handschlag von Begin begrüßt. Schimon, und mit Ihm ganz Israel, saßen gebannt an den Fernsehern und Radios und verfolgten das Unglaubliche in einer Liveübertragung. Schimon hatte Tränen in den Augen, sein Herz schlug schneller. Er wünschte sich, dass dies der Anfang für einen umfassenden Frieden im Nahen Osten mit allen Arabern werden sollte. Er hoffte, dass nun auch andere arabische Länder diesem wunderbaren Beispiel folgen würden. Der Anfang war schließlich gemacht. Zwei mutige Staatführer, die trotz heftigem Widerstand ihr Leben riskierten, um zwei Völkern, die sich schon so lange bekämpften, näherzubringen.

Kapitel 29
Der Friedensvertrag

Im Flüchtlingslager saß Abdallas Großfamilie gebannt vor dem alten Fernseher. Das schwarzweiße Bild auf dem matten Bildschirm flimmerte und setzte immer wieder kurz aus, der Empfang war schlecht. Der Ton lief in voller Lautstärke und schallte aus den engen Häuserfronten zurück. Euphorisch kommentierte der Korrespondent des ägyptischen Senders das historische Treffen des Jahrhunderts. Die Maschine des ägyptischen Präsidenten landete eben auf dem Ben Gurion Flughafen bei Tel Aviv und rollte zur vorgegeben Position. Am Cockpitfenster wehte eine kleine ägyptische Flagge zum Zeichen des Friedens. Ein roter Teppich war schon ausgerollt, die Treppe wurde zum Rumpf der Maschine geschoben. Die Flugzeugtür ging langsam auf, am Eingang erschien Anwar as Sadat lächelnd und winkend. Er schritt die Treppe herab und wurde herzlich vom israelischen Empfangskomitee unter Ministerpräsident Menachem Begin begrüßt. Abdallah schwieg. Niemand sagte ein Wort. Die Gefühle waren aufgewühlt, sie pendelten zwischen Hoffnung und Enttäuschung.

„Sadat, dieser Hundesohn, hat uns Palästinenser verraten", schrie Mahmud, Abdallahs ältester Sohn den Fernseher an. „Er hat sich mit den Israelis verbündet."

Sein Vater schaute ihn niedergeschlagen an. Die Traurigkeit stand in seinem zerfurchten Gesicht geschrieben.

„Ja mein Sohn, er hat unsere Zukunft zerstört. Wir werden nie wieder in unser Dorf zurückkehren können. Jetzt ist auch Ägypten unser Feind."

„Wir werden weiter für unser Recht kämpfen Vater, genau wie Sinan, unser Bruder."

„Aber ich will euch nicht verlieren, mein Sohn", erwiderte der alte Mann.

„Unser Sohn kämpft für unsere Ehre", warf die Mutter ein. „Wir werden ihn nicht verlieren. Wenn er in der Schlacht fallen wird, dann wird er als Märtyrer in den Himmel steigen und wir werden stolz auf ihn sein."

Abdallahs Augen tränten. Sinan war sein Lieblingssohn, der Gedanke ihn zu opfern, brach ihm fast das Herz.

„Aber vielleicht wird doch irgendwann alles gut", klang seine zittrige Stimme. „Vielleicht wird uns Sadat nicht vergessen und der Frieden mit den Israelis wird auch für uns etwas Gutes bringen. Und wenn es Arbeit und mehr Freiheit sein wird, so wäre es doch ein erster Schritt."

Ein paar Wochen später, der Friedensvertrag war unterzeichnet, erfuhren auch die Palästinenser Erleichterungen in ihrem Alltag. Straßenkontrollen im Westjordanland wurden vom israelischen Militär aufgehoben, vielen wurde Arbeit in Israel angeboten. Wer gemeldet war und keinen Kontakt zu terroristischen Kreisen hatte, erhielt eine Arbeitsgenehmigung, die ihn dazu berechtigte, im israelischen Kernland eine Tätigkeit aufzunehmen. Es gab in der Baubranche und in der Landwirtschaft enormen Bedarf an Arbeitskräfte. Busse und Lastwagen wurden organisiert, um die vielen Gastarbeiter zu den Arbeitsstellen zu befördern. Mit dem Lohn, den sie erhielten, konnten sie ihre Familien ernähren und sich einige Anschaffungen erlauben. Die meisten waren zufrieden, da es ihnen wirtschaftlich besser ging als zuvor. Dennoch zeigte diese vermeintliche Freiheit auch ihre Kehrseite. Immer mehr jüdische Siedler, vorwiegend bibeltreue Fanatiker, die von einem Großisrael träumten, besetzten unbewohntes Land und gründeten darauf illegale Siedlungen. Zunächst waren es nur wenige, doch mit der Zeit kamen immer mehr dazu. Sie ignorierten Recht und Gesetz und pochten auf das historische Erbe der Juden dieses Land von Gott erhalten zu haben. Sie lehnten jeden Kompromiss ab und scheuten keine Konfrontation mit der Regierung, den Militärbehörden und der Polizei. Die israelische Regierungspartei befand sich in einer politischen Zwickmühle. Um an der Macht zu bleiben, hing sie von der Koalition mit den orthodoxen Parteien ab. Sie bildeten das bekannte Zünglein an der Waage. Diese jedoch, unterstützten die Ansprüche und Forderungen der Siedler. Die Mehrheit der israelischen Bevölkerung war mit der Besiedlung nicht einverstanden, es gruppierten sich neue Parteien und Organisationen, die diese Entwicklung rigoros ablehnten.

Auch auf palästinensischer Seite wuchs die Verärgerung. Die illegalen Siedlungen gossen Öl auf den Mühlen der ohnehin radikalen Kräfte, die bemüht waren, jede Vereinbarung mit Israel zu torpedieren. Palästinenser die zu Kompromissen bereit waren und ein friedliches Zusammenleben mit den Israelis anstrebten, wur-

den als Kollaborateure und Verräter angefeindet und mussten um ihr Leben fürchten. Angst und Mistrauen beherrschten die Gesellschaft.

Kapitel 30

Hamburg

Trotz der netten Arbeitsatmosphäre und der Hoffnung auf einen Einstieg in den Werbebereich bei dem Fotokonzern, schien für Schimon die Zeit stillzustehen. Er bemühte sich in Eigeninitiative Werbematerialien zu entwerfen und sie dem Unternehmen anzubieten, doch jede Aktion verkümmerte in irgendeinem bürokratischen Kanal in der Zentrale.

Eines Tages bekam er einen Anruf aus Hamburg. Ein früherer Arbeitskollege, der kürzlich zu einem Wettbewerber wechselte, teilte ihm mit, dass die bisherige Werbeabteilung einen neuen Mitarbeiter suche, und empfahl ihm, sich zu bewerben. Hamburg klang verlockend, das sagte auch Ria. Einfach die eingefahrenen Gleise verlassen und etwas Neues kennenlernen. Schimon zögerte nicht lange und bewarb sich umgehend bei dem japanischen Kamerahersteller. Er schien ein potentieller Kandidat zu sein, denn einige Tage später erhielt er die Einladung zu einem Vorstellungsgespräch. Da saß er nun vor dem Personalbüro und wartete gespannt und ein wenig nervös auf die Entscheider. Er wurde in einen hellen, modernen Raum geführt, wo er vom Personalchef, dem Verkaufsleiter und dem Werbeleiter freundlich begrüßt wurde. Bewerbungsgespräche hatten immer ihre eigene Dynamik, das wusste Schimon. Es gab viele Faktoren, die den Ablauf der ersten Begegnung positiv oder auch negativ beeinflussen konnten. Es war auch immer ein psychologisches Spiel, bei dem die Masken erst nach und nach fielen. Zunächst wurde man kritisch beäugt und es begann mit einfachen Floskeln, um die Atmosphäre zu lockern und das Eis aufzuschmelzen. Dann wurde es konkreter und man stocherte gezielt in die Fakten hinein. Besonders wichtig dabei war, ob die Chemie zwischen den Parteien stimmte. Offensichtlich hatte das bei dieser Begegnung zugetroffen. Schimon wurde nach dem Gespräch in die Werbeabteilung geführt und den Mitarbeitern vorgestellt. Arbeitsplatz und Abläufe wurden erklärt. Zuletzt stand noch eine kurze Kennenlernvisite in den heiligen Hallen beim japanischen Geschäftsführer auf dem Plan. Ehrfürchtig betraten sie nach vorsichtigem Anklopfen ein riesiges Büro, in dem hinter einem noblen Schreibtisch die Gottheit höchstpersönlich thronte. Sie sprach Englisch, jedoch mit einem starken japanischen Akzent, der sicher auch angelsächsische Muttersprachler zur Verzweiflung getrieben hätte. Doch wer wollte das einem Gott verübeln? Jedenfalls war der lächelnde Mann sehr nett, höflich und zuvorkommend, eine Eigenschaft, die Schimon sehr schätzte.

„Wir haben noch einige Bewerber, die wir sehen wollen, aber wir werden uns wieder bei Ihnen melden", lautete das hoffnungsvolle Versprechen zum Abschied. Schimon hatte ein gutes Gefühl, doch wirklich beurteilen konnte er das Ergebnis dieser Begegnung nicht. Bewerbungsgespräche waren wie ein Horoskop, sie konnten in Erfüllung gehen, mussten es aber nicht. Und da er allgemein eher ein Pessimist als ein Optimist war, rechnete er trotz der netten Aufnahme mit einer Absage, frei nach der Devise, wenn nichts daraus wurde, konnte man auch nicht enttäuscht werden. Eines Abends jedoch kam der ersehnte Anruf aus Hamburg. Es war eine Zusage für die Stelle des Werbefachmanns in der Promotionabteilung dieses namhaften Weltunternehmens der Fotobranche. Die Freude war grenzenlos, der Wechsel bedeutete eine neue Chance. Im Januar 1979, sollte die neue Stelle angetreten werden. Das bedeutete, Kündigung der laufenden Arbeitsstelle und die Suche nach einer Unterkunft für Schimon in Hamburg, zunächst für die Probezeit von drei Monaten. War die erst einmal positiv überstanden, sollten Wohnungssuche, Umzug und eine neue Arbeitsstelle für Ria in Hamburg folgen.

Die Zeit verging wie im Flug, doch der Winter hatte sich über das Land gelegt. Heftige Kältewellen zogen aus dem Polarkreis heran und bedeckten Norddeutschland mit einer weißen Pracht. Es war schön anzusehen, zumindest im Fernsehen, von der Couch im warmen Wohnzimmer aus. Doch es wollte nicht mehr aufhören zu schneien, die eisige Polarkälte wurde immer dramatischer. Nord und Ostsee froren zu, Eisschollen schoben sich an den Küsten wie riesige Dominosteine übereinander und boten ein bizarres Bild. Alle Häfen waren blockiert, der gesamte Schiffsverkehr lahmgelegt. Der Norden Deutschlands versank unter einer meterhohen Schneeschicht, die alles unter sich begrub. Am zweiten Januar musste Schimon seine neue Stelle antreten. Der Zug nach Hamburg war brechend voll. Ria und Schimon standen im Gang mit zahllosen anderen frierenden Fahrgästen und betrachteten die Eisblümchen, die sich an den Fenstern gebildet hatten. Je weiter man nach Norden kam, desto heftiger wurde auch der Schneefall. Durch alle Ritzen drang das gefrorene, weiße Pulver in die Waggons ein, und erzeugte kunstvolle Strukturen. Wenn es bloß nicht so bitterkalt wäre. Endlich, nach endloser Fahrt und mehreren Stopps auf freier Strecke wegen Schneeverwehungen, erreichte der Zug den Hamburger Hauptbahnhof. Wie Mauern türmten sich die Schneewände an den Straßenrändern auf, die von Schneeräumern aufgeschoben worden waren und parkende Fahrzeuge dahinter verschwinden ließen. Es war nur noch eine schmale Schneise, die dem stockenden Verkehr eine kleine Lebensader freihielt. Eine Stunde standen beide schlotternd an der Haltestelle, bis sie endlich in die warme Kabine des heillos verspäteten und völlig überfüllten Busses einsteigen konnten. Das Ziel war ein kleines Hotel in der Nähe der Firma, in dem sie ein günstiges Zimmer für die ersten paar Nächte mieteten. Während Schimon den neuen Job antreten sollte, wollte Ria in Hamburg für ihn eine Bleibe suchen. Das war ihr Plan.

Der erste Arbeitstag stand an. Ein bitterkalter Wintertag war angebrochen, an dem die Sonne nur zaghaft aus ihrem warmen Verschlag auf der anderen Seite der Erdkugel herauskroch. Schimon stapfte in seinen eleganten Sommerschuhen und im dicken Wintermantel durch den tiefen Schnee in Richtung seiner neuen Arbeitsstelle. Vor dem Firmengebäude, mühte sich eine ratternde Schneeräummaschine, die Parkplätze freizuschaufeln. Schimon betrat sein neues Büro. Er war allein. Erst nach und nach trudelten die neuen Kollegen ein, die sich ebenfalls mühevoll durch den Schnee gekämpft hatten. Der Chef war noch nicht eingetroffen, er wohnte außerhalb von Hamburg, in Schleswig Holstein, und schien noch unterwegs zu sein. Dafür begrüßten ihn seine neuen Kollegen aus der Werbeabteilung. Als der Vorgesetzte Stunden später völlig aufgelöst das Büro betrat, erzählte er, dass er auf der Lokomotive nach Hamburg mitgefahren war. Komplette Züge kamen nicht mehr durch. Einzig eine Lokomotive, die ein paar Fahrgäste mitgenommen hatte, konnte sich noch den Weg durch die Schneemassen bahnen. Ria suchte währenddessen ein Zimmer in Hamburg. Akribisch studierte sie die Wohnungsangebote, telefonierte mit Vermieter, fuhr mit Bussen zu Besichtigungen kreuz und quer durch die riesige Stadt und erlebte hautnah die Niederungen des Wohnungsmarktes in dieser Metropole. Sündhaft teure

Wohnlöcher, unfreundliche Eigentümer, vage Zusagen. Dann endlich hat es doch noch geklappt. Ein schönes Zimmer in einem prachtvollen Altbau im Stadtteil Eppendorf bei einer betagten Dame zur Untermiete.

Der Winter hielt Norddeutschland noch eine ganze Weile fest im Griff, bis er allmählich an Kraft verlor und sich müde zurückzog. Schimons Arbeit gestaltete sich indes sehr positiv. Nette Kollegen, umgänglicher Vorgesetzter, gut funktionierendes Team, die Aufgaben anspruchsvoll und vielseitig. Werbekonzepte für neue Kameras wurden entwickelt und mit einer Werbeagentur umgesetzt. Man plante und errichtete Messestände und führte Promotion Aktionen bei Fotohändler in ganz Deutschland durch. In den ersten drei Monaten der Probezeit setzte sich Schimon müde aber froh jeden Freitagnachmittag in seinen roten VW Golf und raste die fünfhundert Autobahnkilometer nach Frankfurt herunter, um mit Ria das Wochenende zu verbringen. Dieses endete für ihn am Sonntagabend, als er wieder die 500 Kilometer nach Hamburg antreten musste. Beide sehnten den Tag herbei, an dem sie wieder vereint sein würden. Nach Ende der Probezeit wurde Schimon in ein festes Arbeitsverhältnis übernommen und von nun an konnten sie ihre weitere Zukunft planen. Ria kündigte ihre Arbeitsstelle in Frankfurt und kümmerte sich um eine neue Unterkunft in der Hansestadt. Sie mieteten eine hübsche Dreizimmerwohnung im Hamburger Stadtteil Billstedt, und richteten sie nach ihrem Geschmack ein. Bald darauf fand auch Ria eine Anstellung in einem zahntechnischen Labor in Bergedorf, was ihnen endlich ein gutes und geregeltes Einkommen sicherte. Hamburg war schön, groß und hatte sehr viel zu bieten. Sie mochten die Stadt mit all ihren Sehenswürdigkeiten. Immer wenn es ihre Zeit erlaubte, waren sie unterwegs, schwirrten durch die belebte Innenstadt, spazierten an der Alster entlang und schlenderten durch die noblen Einkaufszentren. In den ersten Monaten fühlten sie sich wie Touristen auf einer Urlaubsreise. Allmählich aber schlich sich der ganz normale Alltag ein. Bei aller Begeisterung für die neue Welt, gab es doch auch ein paar Schattenseiten, die sich immer deutlicher abzeichneten. Vom Süden her waren sie stabileres Klima und wärmere Tage gewohnt. Hamburgs Schmuddelwetter mit Wind und Regen wollte sie nicht so recht überzeugen, trotz der norddeutschen Redensart, es gebe kein schlechtes Wetter, nur falsche Kleidung. In Hessen war auch die Medienlandschaft vielfältiger. Für Hamburg gab es nur den NDR, der mit unterhaltsamer Musik eher geizte, sich dafür aber mit mehr oder minder intellektuellen Berichten profilieren wollte. Hamburg war der Mittelpunkt des Universums, behaupteten die Einheimischen stolz, dann komme erst einmal lange Zeit nichts, und hinterm Horizont, für sie der Balkan, tummelte sich der Rest der Welt. Eine gehörige Portion Überheblichkeit, war nicht zu überhören. Auch die Arbeitswut der Norddeutschen, stellte für Südlichter wie Ria und Schimon eine wahre Herausforderung dar. Sie mussten verwundert feststellen, dass dieser Stadtstaat mitunter die wenigsten Feiertage in Deutschland gewährte, und dass der Mensch dort nicht für das Leben arbeitete, sondern für die Arbeit lebte. Ria erlebte es hautnah im Labor, als sie es einmal wagte, während der Arbeit mit Kollegen zu sprechen, und dabei nur stumme Blicke erntete. Das hielt sie nicht lange aus und wechselte alsbald die Arbeitsstelle. An ihrem neuen Arbeitsplatz herrschten erfreulicherweise angenehmere Verhältnisse, die das kühle, norddeutsche Klima etwas erwärmten. Besonders durch eine Arbeitskollegin, mit der sie sich sehr gut verstand und viel Spaß hatte. Zur Ehrenrettung der Hamburger konnte sie mit der Zeit aber auch feststellen, dass es dort zwar länger dauerte, den Menschen näher zu kommen, doch war das einmal erreicht, so konnte die Freundschaft ein Leben lang halten. Schimon hatte sich in der Abteilung eine feste Position erarbeitet und wusste mit seiner Leistung zu überzeugen. Neben Fotoapparaten kamen noch medizinische Produkte und Geodäten hinzu. Zuweilen vertrat er schon den Werbeleiter, war viel auf Reisen und diente als Ansprechpartner für die Agenturen. Das Unternehmen wollte seinen Bekanntheitsgrad in Deutschland erhöhen und sponserte als Werbeträger den Fußball Bundesligisten Werder Bremen. Schimon hatte die ehrenvolle Aufgabe die Promotionsaktivitäten zu unterstützen und den Schriftzug auf das Trikot der Spieler TV-tauglich zu kreieren. Unterschiedliche Schriftgrößen und Typen wurden aus verschiedenen Entfernungen durch die Linsen von Kameras getestet, bis ein optimales Ergebnis erzielt war. Auf den Erfolg der Mannschaft hatte es aber leider wenig Einfluss.

Bei Ria änderten sich die Umstände im Labor, nachdem der Inhaber verstorben war. Sie musste eine neue Arbeitsstelle annehmen. Es zeigte sich wieder ein atmosphärischer Abstieg, den sie aber nicht lange mitmachen wollte. Sie beschloss daraufhin, eine Ausbildung zur Heilpraktikerin zu beginnen.

Vier Jahre Hamburg bedeuteten eine liebenswerte Erfahrung, die sich allerdings immer mehr abnutzte. Der Stern des Südens leuchtete von Tag zu Tag heller, die Sehnsucht zur Heimat schwoll immer weiter an. Obwohl der Weg in den hohen Norden Europas nicht mehr allzu weit war, nutzte man doch jede Gelegenheit im Urlaub in den Süden zu fahren, oder Fernreisen nach USA zu unternehmen. Die mentale Loslösung aus Hamburg war schon vollzogen. Schimon studierte jedes Wochenende die Stellenanzeigen im Frankfurter Raum, in der Hoffnung, die passende Position zu finden, zunächst jedoch ohne Erfolg. In dieser Zeit waren beide wieder für ganz neue Veränderungen offen. So planten sie für den Sommer einen Urlaub in Israel. Neue Ideen keimten auf, ob man sich vielleicht nach Möglichkeiten umschauen sollte, in diesem Land ein neues Leben zu beginnen. Ria präferierte den ruhigen Kibbuz, Schimon die lebhafte Großstadt Tel Aviv. Doch das sollte zunächst einmal noch zweitrangig sein.

Das erste Ziel im Heiligen Land führte sie natürlich zur Klagemauer in Jerusalem. Traditionell stecken sie dort wieder ihre Wunschzettelchen in die Ritzen zwischen die mächtigen Steine. Je höher, desto besser, sagte man, und umso schneller würde es den Empfänger erreichen. So kam Schimon der Stuhl neben der Mauer gerade recht.

In Tel Aviv informierte er sich nach Arbeitsmöglichkeiten in einer Werbeagentur. Er stellte sich bei einer Firma vor, und bekam prompt eine Zusage. Auf der Busreise in den Norden Galiläas direkt an der libanesischen Grenze, besuchten sie den Kibbuz Sasa, der auch ein zahntechnisches Labor betrieb. Ria erkundigte sich nach einer Arbeitsmöglichkeit und sollte sogleich eine Probe ihres Könnens abliefern. Sie meisterte es mit Bravur und bekam umgehend ein Angebot. Nun stand die gravierende Entscheidung an. Alle Punkte wurden erwogen, jede Überlegung in ihre Einzelteile zerlegt. Vieles sprach für ein Bleiben im Land, doch manches auch dagegen. Insbesondere die Tatsache, dass Schimon ohne Aufschub für drei Jahre seinen Militärdienst anzutreten hätte, sollten sie sich dafür entscheiden, im Land zu bleiben. Angesichts dieser Perspektive ließ die Verlockung sehr schnell nach, und sie bestiegen wieder die Maschine nach Frankfurt. Nach ihrer

Rückkehr kaufte sich Schimon noch am Flughafen die Tageszeitung und studierte wie gewohnt die Stellenanzeigen. Ein Inserat stach ihm sofort ins Auge. Da suchte ein japanischer Foto- und Büromaschinenhersteller für die deutsche Niederlassung bei Frankfurt kurzfristig einen Werbeleiter. Schimon erinnerte sich an den Zettel, den er in die Klagemauer gesteckt hatte, wohlweislich ziemlich weit oben. Die himmlische Post klappt besser als die irdische mit dem direkten Kontakt zum Chef, scherzte er, zumal er tief im Inneren auch fest daran geglaubt hatte. Am Tag darauf schickte er sofort seine Bewerbungsunterlagen mit einer großen Portion Hoffnung ab, denn der nächstmögliche Kündigungstermin für seine Stelle in Hamburg, stand unmittelbar bevor. Zwei Tage später, klingelte abends das Telefon. Es war der Personalchef des Unternehmens aus Eschborn. Man fand die Bewerbung interessant und wollte schnellstens den Kandidaten kennenlernen. Schimon nahm sich zum Freitag frei, und fuhr von Hamburg zum Vorstellungsgespräch. Er kannte bereits die Prozedur, sie war überall sehr ähnlich. Doch dieses Mal war es etwas anderes, er wollte die Stelle unbedingt haben. Er gab sein bestes und konnte schließlich überzeugen. Prompt kam die Zusage. Die Freude war unbeschreiblich. Jetzt musste sofort die Kündigung verfasst und zum letztmöglichen Termin abgegeben werden.

Mit einem erhabenen Gefühl betrat er Montagmorgen das Büro. Irgendwie schien die Stimmung bei den Kollegen gedrückt zu sein, doch er ahnte nicht warum. Jeder saß an seinem Arbeitsplatz und sprach kein Wort. Irgendetwas musste passiert sein. Kurz darauf wurde die gesamte Abteilung ins Allerheiligste zum obersten Herrn gerufen. Da saß er hinter seinem edlen Holzschreibtisch, flankiert von der Personalleiterin. Wie die Hühner auf der Stange reihten sich die Mitarbeiter vor ihm auf und warteten gespannt auf die Ankündigung. Er kam gleich zur Sache.

„Aus organisatorischen Gründen", eröffnete er, „müssen wir leider die Werbeabteilung drastisch reduzieren und Mitarbeiter freisetzen."

Wie das klingt, dachte sich Schimon. `Freisetzen´ trägt etwas Beschwingtes, etwas Positives in sich. Welcher Zynismus mit dem man Menschen aus dem Job jagt. Er sah die entsetzten Gesichter der Kollegen, die den Chef ungläubig anschauten. Es kam ziemlich unerwartet, obwohl es in den letzten Tagen schon Gerüchte in verschiedene Richtungen gegeben hatte.

„Wir haben einen Sozialplan für Sie erstellt, und werden Ihnen Abfindungen zahlen", setzte der Chef generös nach. „Mitarbeiter, von denen wir uns verabschieden müssen, werden umgehend freigestellt."

Schimon sagte kein Wort. Es war wie ein Wink des Himmels. In der Tasche trug er noch die Kündigung bei sich, die er heute eigentlich hatte abgeben wollen. Er ließ sie stecken. Sein Herz pochte schneller und erhöhte vor Freude die Schlagzahl. Dass es so glücklich ausgehen würde, hätte er sich im Traum nicht vorgestellt. Mit ernster Miene verließ er das Büro. In der Werbeabteilung herrschte Eiszeit, die Stimmung sank auf dem Nullpunkt. Eine Kollegin packte ihre Tasche und verließ den Raum mit Tränen in den Augen. Schimon hielt es kaum noch aus, so schnell wie möglich die gute Nachricht seiner Liebsten mitzuteilen. Er hob den Telefonhörer ab und rief sie an. Mit trauriger Stimme teilte er ihr die erfreuliche Neuigkeit mit. Zum Glück konnten die Kollegen im Raum Rias Reaktion nicht hören. Sie jauchzte vor Freude, denn nun würde wieder ein neues Kapitel aufgeschlagen. Es war wieder einmal Zeit, die Wohnung zu kündigen, ein neues Zuhause in Frankfurt zu finden und den Umzug zu organisieren. Darin hatte Ria schon genügend Erfahrung gesammelt, nach 32 Umzügen in ihrem noch recht kurzen Leben. Da man jetzt aber noch einige Monate hatte, bis Schimon die neue Stelle antreten sollte, konnten sie sich diesmal in aller Ruhe der Wohnungssuche in Frankfurt widmen.

Kapitel 31
Wieder in Frankfurt

Im Stadtteil Sossenheim, kaum zehn Minuten von der neuen Arbeitsstelle entfernt, fand sich eine geräumige Vierzimmerwohnung im Dachgeschoß eines Mehrfamilienhauses. Schimon sollte für das Unternehmen die Werbeabteilung mit neuen Mitarbeitern aufbauen und die Position der Firma im deutschen Markt mit entsprechenden Werbemaßnahmen stärken. Das sollte in Zusammenarbeit mit den Kollegen in den anderen europäischen Ländern und der Zentrale in Japan geschehen. Die Kooperation mit Japanern war ihm nicht fremd, er kannte ihre Mentalität und schätzte sie sehr. Er interessierte sich für die Kultur und respektierte ihre Eigenarten. So wurde er auch von den japanischen Kollegen sehr geachtet. Fachlich bewies Schimon Kompetenz und Kreativität, was für die Zusammenarbeit mit der Werbeagentur sehr förderlich war. Er wusste, wovon er redete, und sprach dieselbe Sprache wie die Gestalter. Besonders mit sensiblen Grafikern war eine Abstimmung nicht immer leicht. Sie akzeptierten selten Kritik und ähnelten in dieser Hinsicht Köchen, die sich ebenso kreativ betätigten und sich nicht in die Suppe spucken ließen. Sie gaben immer ihr Bestes, es kam aus ihrem tiefsten Inneren und war eben eine echte Herzensangelegenheit. So wurde die Aufgabe des Werbeleiters als Vermittler, oftmals zu einem Seiltanz zwischen rationell denkenden, von Zahlen geleiteten Verkäufern und schöpferischen, euphorischen Grafikern. Eine reizvolle Aufgabe, die Schimon viel Freude bereitete. Es war zudem auch gerade die Zeit, in der in vielen Büros Computer Einzug hielten. Zum Glück wusste Schimons Sekretärin mit diesem neumodischen Gerät umzugehen. Für ihn selbst waren sie noch ein Buch mit sieben Siegeln. Da stand er vor dem klobigen IBM PC mit dem schwarzweißen Bildschirm, auf dem beim Betätigen der Tastatur seltsame Zeichen hin und her tanzten. Man konnte darauf schreiben und man konnte das Geschriebene sogar ausdrucken. Faszinierend waren die dünnen, wabbeligen Floppy Disks, die wie ein Stück Mazze in den Schlitz des Computers eingeschoben wurden und das, was man vorher geschrieben hatte speichern konnten. Das konnte keine Mazze. Und wie viel sich doch alles auf einer Festplatte festhalten ließ. Ein neues, elektronisches Zeitalter war angebrochen und Schimon musste sich damit anfreunden.

Ria wollte in Frankfurt ihre schon in Hamburg begonnene Lehre zur Heilpraktikerin fortsetzen, doch die Schule befand sich weit weg von ihrem Wohnsitz und so musste sie sich umorientieren. Sie dachte an einer gastronomischen Ausbildung, um später in einer Bank oder Versicherung eine Kantine zu leiten. Die Umschulung wurde vom Arbeitsamt genehmigt, der Start war für Februar 1984 angesetzt. Alles lief derzeit wie geschmiert in ihrer glücklichen Beziehung, es ging rapide bergauf. Nur Kinder hatten sie nicht geplant, denn sie vertraten die Meinung, dass es schon genügend Nachkommen auf dieser Welt gab und dass die Zukunft im Allgemeinen ohnehin zu unsicher für Nachwuchs sei. Für sie hatte das Reisen höchste Priorität, viel unterwegs zu sein, mit dem Auto, mit dem Flugzeug oder mit dem Schiff, das liebten sie beide.

Irgendwann im Sommer, das Wetter war sonnig und warm, bepackten sie ihren neuen, schneeweißen VW Golf, und fuhren nach Bayern auf einen Bauernhof im Allgäu. Dort genossen sie eine wunderschöne und entspannte Zeit auf dem Land. Der Blick aus ihrem Zimmerfenster auf die grünen Weiden und verschneiten Alpen war imposant anzuschauen und beflügelte ihre Sinne. Sie hatten viel Spaß in dieser berauschenden Natur, Spaß, der aber noch große Folgen haben sollte.

Kapitel 32
Das Attentat

4000 Kilometer entfernt, im Westjordanland, rollte zur selben Zeit eine alte Mercedes Limousine holpernd über den grauen Asphalt der löchrigen Landstraße. Durch die geöffneten Scheiben wehte der lauwarme Wüstenwind von den kahlen Bergen herein. Die rote Abendsonne bereitete sich auf das Ende ihres Tagewerks vor und setzte langsam zum Sinkflug an. In Kürze würde die Landschaft in Dunkelheit gehüllt sein. Hinter dem Fahrer saßen zwei Männer auf dem Rücksitz und schwiegen. Ihre Gesichter wurden von abgewetzten, schwarzweiß gemusterten Tüchern bedeckt, die nur die pechschwarzen Augen freiließen. Immer und immer wieder spielten sie ihre Mission in Gedanken durch. Das Ziel war klar, die Aufgabe eindeutig, sie durfte nicht misslingen. Der Fahrer bremste ab. An einem Feldweg, verließ das Fahrzeug die befestigte Straße und bog auf eine kaum erkennbare Piste ab. Es nahm einen Schleichweg, um nicht entdeckt zu werden. Unter den Sitzen, lagen hinter einer unauffälligen Klappe zwei Kalaschnikows und ein Rucksack voller Sprengstoff. Irgendwo im Niemandsland, stoppte der Wagen. Die Männer stiegen aus und machten sich zu Fuß weiter auf den Weg zur Grenze. Sie kannten diese Gegend gut. Immer wieder versteckte sich der Mond hinter einer Wolkendecke und verdunkelte die Wüste. Bis zum Grenzzaun war es nun nicht mehr weit und sie durften sich nicht von den Patrouillen der Israelis entdecken lassen. Die Aktion musste unbedingt erfolgreich verlaufen, damit alle darüber ausführlich berichteten und das Leid der Palästinenser wieder ins Licht der Öffentlichkeit rückt.

In Tel Aviv brach ein neuer Tag an. Schon am frühen Morgen breitete die Sonne ihre warmen Strahlen über die weiße Stadt aus, die langsam aus dem Schlaf erwachte. Der dichte Berufsverkehr nahm schnell zu, lange Autoschlangen verstopften die Straßen. Menschen eilten zur Arbeit, Kinder in die Schule. An der Bushaltestelle auf der belebten Dizengof Straße warteten die Fahrgäste ungeduldig auf ihre Beförderung. Eine bunte Menschenmenge verschiedensten Alters und Couleur spiegelte die Vielfalt dieser pulsierenden Metropole am Mittelmeer wieder, die 24 Stunden den Taktstock schwingend ihre Bewohner tanzen ließ. Yaron stand eingezwängt mittendrin. Er war noch müde vom Abend zuvor. Das Frühstück, das ihm seine Mutter liebevoll zubereitet hatte, ließ er heute Morgen unberührt stehen. Immer wieder fielen ihm die Augen zu, was selbst die dröhnende Musik aus seinen Kopfhörern nicht verhindern konnte. Bis spät in die Nacht hatten sie gestern in der Disco den Siebzenten Geburtstag von Gil, seinem Schulfreund gefeiert. Man trank Alkohol, tanzte und war ausgelassen. In einem Jahr sollten sie zum Militärdienst eingezogen werden, dann begann der Ernst des Lebens. Danach wollte er vielleicht nach Europa reisen und seinen Onkel Schimon in Deutschland besuchen. Dafür hatte er sich schon ein wenig Geld mit Schülerjobs zusammengespart. Doch zuerst einmal musste er die Schule zu Ende bringen. Heute würde er sicher zu spät zum Unterricht kommen, dachte er. Von weitem war ein lautes Motorendröhnen zu hören, endlich, jetzt kam der Bus. Die Bremsen quietschten, die Türen öffneten automatisch, und die Menge strömte hinein. Jeder versuchte noch einen Sitzplatz zu ergattern. Yaron half einer jungen Frau, ihren Kinderwagen in den Bus zu heben. Das Baby weinte und verlor dabei seinen Schnuller. Der Bus war drückend voll. Fahrgäste unterhielten sich, manche schimpften auf den Verkehr, andere witzelten über die Politik und die Politiker. Der Bus setzte sich ruckartig in Bewegung und bremste immer wieder abrupt ab, während der Fahrer ständig über andere Verkehrsteilnehmer fluchte. Yaron schaute sich um. Der junge Mann neben ihm, ein dunkelhäutiger Typ mit einem Dreitagebart, blickte stur zur Decke. Er wirkte nervös, seine Lippen bewegten sich, er schien irgendetwas zu murmeln. War es ein Gebet? Yaron wollte gerne ein Stück weiter wegrücken, doch die Enge gab keinen Fußbreit nach. Noch zwei Stationen, dann war er am Ziel, beruhigte er sich.

Plötzlich geschah es. Die gewaltige Detonation war im ganzen Stadtzentrum zu hören. Häuserfronten bebten, Fensterscheiben gingen zu Bruch. Eine Wolke aus Feuer und Rauch stieg in den Himmel. Der zerfetzte Bus war kaum noch zu erkennen. Ein deformiertes Gitter aus Metall lag regungslos auf dem schwarzen Asphalt mitten in einem Trümmerfeld. Leblose Körper, abgerissene Teile von Menschen, die eben noch miteinander geredet, geschimpft und gescherzt hatten, lagen in riesigen Blutlachen verstreut auf der Straße und boten ein grauenvolles Bild. Verwunde-

te, blutverschmierte Fahrgäste, die noch im Metallkäfig eingeklemmt waren, schrien vor Schmerzen und riefen um Hilfe. Passanten halfen dabei, verletzte Fahrgäste am Straßenrand notdürftig zu versorgen. Von überall her waren Sirenen zu hören, Polizei, Feuerwehr und Krankenwagen jagten zum Unglücksort. In Windeseile verbreitete sich die Nachricht von dem grausamen Anschlag im ganzen Land. Besorgte Eltern, Verwandte und Freunde, die um ihre Angehörige bangten, eilten angstvoll zum Tatort der Tat und versuchten mehr über die betroffenen Opfer zu erfahren. Die Szene war gespenstisch. Schockierte, traumatisierte Menschen saßen weinend und blutüberströmt am Straßenrand, Helfer rannten durcheinander und luden die Verletzten in die Krankenwagen, die mit quietschenden Reifen und heulenden Sirenen davonbrausten. Die Leichen wurden mit weißen Leinentüchern zugedeckt. Unter einem Tuch schaute ein zerfetzter Fuß heraus.
Er gehörte Yaron.
Zur gleichen Zeit wartete einige Straßenzüge weiter Sinan auf den Bus der Linie Fünf. Sein brauner Sportrucksack hing ihm locker über die Schulter. Niemand schöpfte irgendeinen Verdacht. Sinan glich vielen jungen Israelis, die auf dem Weg zum Sport waren. Als der Bus anhielt und sich die Türen öffneten, zwängte er sich mit dem Pulk hinein. Bei der nächsten Station wollte er den Bus wieder verlassen. Immer mehr Menschen drängten in das überfüllte Fahrzeug hinein und schoben Sinan nach hinten. Der Bus setzte sich rumpelnd in Bewegung und fädelte langsam in den stockenden Verkehr ein. In drei Minuten sollte er die nächste Haltestelle anlaufen. Sinan setzte seinen Rucksack mit der tödlichen Fracht ab und stellte ihn unauffällig neben einem Sitz auf den Boden. Niemand schien ihn sonderlich zu beachten. Krankenwagen bahnten sich heulend den Weg durch den dichten Verkehr am Bus vorbei und lenkten die Leute ab. Sinan zwängte sich langsam zwischen die Fahrgäste hindurch und drängte zur Ausgangstür.
„Hallo mein Freund", rief ihm ein aufmerksamer Fahrgast zu. „Du hast was vergessen."
Er deutete auf den Rucksack auf dem Boden. Sinan tat so, als hätte er es nicht gehört. Hundert Augenpaare richteten sich plötzlich auf ihn.
„Hilfe", schrie eine Frau hysterisch. „Das ist eine Bombe. Raus,

wir müssen raus hier." Panische Angst erfasste die Menschen. Jeder versuchte der Gefahr zu entkommen, was jedoch in der Enge kaum möglich war. Der Fahrer brachte sofort durch eine Vollbremsung den Bus zum stehen und öffnete rasch die automatischen Türen. Die Fahrgäste stürzten ohne Halt übereinander. Der Rucksack war umgefallen, das leise Ticken darin setzte plötzlich aus. In Windeseile leerte sich der Wagen. Sinan nutzte die Gelegenheit und sprang mit einem großen Satz über eine alte Frau hinweg ins Freie. Er lief um sein Leben. Drei Sicherheitsbeamte folgten ihm mit gezückter Waffe. Aus der Jackentasche zog Sinan seine Pistole und entsicherte sie beim Laufen. Er bog in eine kleine Seitengasse ein, doch die Verfolger kamen immer näher. Er suchte hinter einer Hauswand Deckung und feuerte einen Schuss ab. Einer der Verfolger wurde getroffen und stürzte zu Boden. Er blieb regungslos liegen. Sein Kamerad blieb stehen und kümmerte sich um ihn. Der dritte Sicherheitsbeamte setzte die Jagd fort. An einer geeigneten Stelle setzte er zu einem gezielten Schuss an und drückte ab. Sinan spürte mit einem Mal einen heißen Schmerz, der seinen Körper durchzog. Die Beine knickten ihm ein. Er suchte irgendwo Halt, doch sein Körper gehorchte ihm nicht mehr. Ihm war, als hätte jemand einen Schalter betätigt und das Licht abgedreht. Es wurde dunkel.

Als er wieder die Augen öffnete, lag er in einem weißen, sauberen Bett. Alles um ihn herum wirkte verschwommen. Das medizinische Gerät auf dem Tisch daneben, an das er mit Kunststoffschläuchen verbunden war, piepste monoton. Eine breite Binde umschlang seinen Bauch, der bei der geringsten Bewegung furchtbar schmerzte. Sinan schaute sich um. An der Tür des kleinen Raumes stand auf Hebräisch das Wort INTENSIV. Durch ein Glasfenster konnte Sinan einen uniformierten Mann und eine Frau in blütenweißer Kleidung erkennen, die angeregt und gestikulierend miteinander sprachen. Nach einer Weile drehte sich die Schwester um und kam in das Zimmer hinein. Sinan schloss die Augen. Die Krankenschwester hantierte kurz am piepsenden Gerät und analysierte die Daten auf dem Display. Sinan öffnete, kaum sichtbar, die Augen zu einem schmalen Schlitz. Die dunkelhaarige Frau mit dem weißen Häubchen war sehr hübsch. Sie registrierte sogleich sein Augenzucken und sprach ihn vorsichtig auf Hebräisch an.

„Kannst du mich hören?" suchte sie den ersten Kontakt und deutete gleichzeitig mit dem Zeigefinger auf das Ohr.

Sinan bejahte mit einem leichten Kopfnicken. Ein bisschen Hebräisch hatte er im Laufe der Jahre aufgeschnappt.

„Kannst du mich verstehen?"

Wieder nickte er.

„Wie geht es dir, hast du Schmerzen?" wollte die Schwester wissen.

„Ein wenig", antwortete Sinan leise in seinem arabischen Akzent.

„Wir werden uns hier um dich kümmern, bis du wieder gesund bist. Für uns macht es keinen Unterschied ob du Freund oder Feind bist. Unser Auftrag ist es, jedem zu helfen der Hilfe braucht. Und das tun wir. Aber dann wirst du vor ein israelisches Gericht gestellt. Du wolltest einen Terroranschlag auf einen Bus voller unschuldiger Menschen verüben und hast einen jungen Familienvater getötet. Sein Baby ist erst vier Wochen alt."

Kapitel 33
Tom

Einige Wochen später im fernen Deutschland, spürte Ria eine Veränderung in ihrem Körper. Sie hatte eine Vermutung, doch sie behielt es für sich. Eigentlich konnte das gar nicht sein. Ärzte hatten ihr bescheinigt, dass sie nach mehreren Unterleibsoperationen, nicht mehr schwanger werden konnte. Daher hatte sie auch nicht verhütet. Dennoch führte sie einen Schwangerschaftstest durch und das Unmögliche war doch möglich geworden, ein positives Ergebnis. Um absolute Gewissheit zu bekommen, konsultierte sie ihren Frauenarzt.

„Wie kommen Sie darauf, dass Sie schwanger sind?" fragte der verwundert. „Nach all Ihren Operationen kann das überhaupt nicht sein. Auch ein Test ist nicht unbedingt immer zuverlässig."

„Doch", erwiderte Ria voller Überzeugung, „Ich fühle es."

Das Gefühl einer Frau wog oft mehr als jede ärztliche Logik.

„Wenn Sie recht haben", sagte der Arzt selbstsicher, „werde ich die Kosten für den Test übernehmen, wenn nicht, zahlen Sie ihn selbst." Das Ergebnis war eindeutig. Der Arzt beglich ungläubig seine Schulden.

Schimon lag an diesem Freitagnachmittag entspannt in der Wanne und erholte sich von einer harten Arbeitswoche, als Ria von ihrem Arztbesuch zurückkehrte. Gespannt sah er sie an und wartete auf den Befund. Sie nickte und lächelte. Dazu musste sie nichts mehr sagen, er war ohne Zweifel positiv. Wie ein Feuerwerkskörper stieg in Schimon ein ungeheures Glücksgefühl auf.

Das gibt es nicht, nun würde er in diesem Leben doch noch Vater. Eigentlich wollte er keine Kinder, aber jetzt, wo es tatsächlich wahr wurde, war er ungeheuer glücklich darüber. Mit dieser einzigartigen Frau, die er grenzenlos liebte, ein gemeinsames Kind zu haben, war eine Gunst des Schicksals. Er war sich nicht mehr ganz sicher, ob er das damals an der Klagemauer auch auf seinen Zettel geschrieben hatte, doch wenn nicht, dann hatte es Gott sicher noch nachgetragen. Er würde ein guter Vater werden, der beste überhaupt. Welch ein Glück für die Kleine, denn es sollte ein Mädchen sein. Sie würde sicher sehr hübsch werden, bei einer so attraktiven Mutter. Und bestimmt auch sehr klug. Den nächsten Gedanken sparte er aus. Andererseits, warum ein Mädchen? Ein

Sohn wäre ja auch eine echte Bereicherung. Ein Junge, mit dem er sich über Autos und Fußball unterhalten könnte und der seinen Mann im Leben stehen würde. Wie auch immer, Hauptsache, das Kind war gesund und fand sein Glück. Beide Eltern wollten alles dazu beitragen dem Kind viel Liebe zu geben und es auf das Leben so vorzubereiten, dass es ein wertvolles Mitglied in der Gesellschaft werden konnte. Sie würden ihm Wissen und Werte vermitteln, die ihm den Weg in eine erfolgreiche Zukunft ebnen sollten. Sie würden es ihm vorleben. Und wenn dies alles geschafft war, und es sein Leben selbständig meistern konnte, dann hätten sie ihre Aufgabe erledigt.

Die Monate vergingen, und das Baby nahm in Rias Bauch menschliche Formen an. Im Ultraschall sah man die Hände, die Finger, die winzigen Füßchen, das Herz und einen kleinen Fortsatz, der nun die Namensgebung erleichterte. In den Abenden saßen sie zusammen und suchten nach einem passenden Namen für den neuen Erdenbürger. Er sollte kurz sein, dynamisch, nicht altbacken, aber auch nicht zu modisch, eben wie geschaffen für einen sympathischen, aufgeschlossenen, klugen, hübschen Menschen. Man einigte sich auf Tom. Tom klang gut, man konnte auch Tomi zu ihm sagen. Dann, wenn er lieb und gehorsam war. Der errechnete Termin der Geburt sollte im Januar 1985 sein. Doch wer konnte schon genau sagen ob das Kind auch wirklich pünktlich war.

Das neue Jahr brach an, der Winter war kalt. Schimon war geschäftlich stark eingespannt und wieder einmal sehr viel unterwegs. So war auch für jenen Freitag eine Geschäftsreise nach München zu einem namhaften Großkunden geplant. Der Flug war schon für den frühen Morgen gebucht. Tom sollte sich noch ein paar Tage Zeit lassen. Am besten er betrat am Wochenende die Welt, dann wären auch beide Eltern zuhause und hätten Zeit. Doch das Kind hatte schon damals seinen eigenen Kopf. Am Donnerstagabend, noch vor der Tagesschau, draußen hatte es geschneit, machte er sich langsam auf den Weg und kündigte sich mit schmerzhaften Dehnübungen in Mutters Bauch an. Schimon war aufgeregt, es war schließlich seine erste Geburt, abgesehen von der eigenen. Und die hatte er fast verschlafen. Ria war abgeklärter, sie kannte die Prozedur und konnte damit wesentlich besser umgehen. Bei Schimon setzten schon die Wehen ein, aber Ria beruhigte ihn, es konnten eigentlich nur Blähungen sein. Schnell erreichten sie die Klinik. Die langen Gänge waren menschenleer. Irgendwo trafen sie auf einen weißen Kittel in dem eine korpulente Nachtschwester steckte. Schon von weitem rief ihr Schimon aufgeregt zu, dass seine Frau bald gebären werde. Das war der Schwester nicht entgangen. Für sie reine Routine, die sie wohl täglich von werdenden Vätern gehört hatte. Sie brachte die schwangere Frau auf die Station, wo Ria sofort untersucht wurde. Es war wohl doch noch nicht soweit. Tom hatte nur geübt. Dennoch sollte es nicht mehr allzu lange dauern. Es pochte und klopfte in Mutters rundem Bauch. Sie sollte ein warmes Bad nehmen, empfahl die Schwester, das würde die Geburt beschleunigen. Ria lag in der Wanne und hoffte, dass Tomi endlich die Tür öffnete und seine Eltern begrüßte. Schimon saß zitternd daneben und wartete voller Spannung auf den neuen Thronfolger. Die Zeit verging wie fließendes Blei. Es müssen Stunden gewesen sein. Er schaute wieder auf die Uhr. Seit dem letzten Mal sind gerade zehn Minuten vergangen. Plötzlich zuckte und windete sich Ria, geplagt von heftigen Schmerzen. Tomi meinte es ernst. Er hatte nun beschlossen, seine geschützte Höhle zu verlassen, und die Welt mit seiner Anwesenheit zu beehren. Es war soweit. Nervös rief Schimon die Schwester, die eilig den Arzt informierte. Ria wurde ins Geburtszimmer gebracht und auf den Stuhl in die entsprechende Position gehoben. Tomi ließ sich nicht mehr bremsen. Der Arzt packte ihn am Kopf und zog ihn mit einem gekonnten Griff heraus. Als der Kleine die kalte Hand des Arztes an seinem Köpfchen fühlte, schrie er laut auf und heulte wie eine Sirene. Vielleicht hatte ihn die neue Welt auch nur so erschreckt, obwohl er noch gar nichts von ihr sehen konnte. Wenn man mich so am Kopf aus dem warmen Bett herausziehen würde, wäre ich auch ungehalten, dachte sich der stolze Vater. Zum ersten Mal sah er den kleinen Wurm, auf den er neun Monate gewartet hatte. Er war so süß, so putzig, genauso wie er ihn sich gewünscht hatte. Doch was war das? Sein Ohr war ganz verknickt! Hoffentlich hatte ihn der Arzt beim Herausziehen nicht beschädigt. Darunter würde das Kind sein ganzes Leben leiden. Gab es da eine Garantie, oder zumindest eine Gewährleistung, und wenn ja, wie lange? Für weitere Gedanken hatte Schimon keine Zeit, denn schon lag das schönste aller Babys in den Armen seiner glücklichen Mama. Sie lächelte liebevoll und drückte das Kind an ihr Herz. Es war vollbracht. Jetzt wusste Schimon auch, warum er keine Frau sein wollte, das hätte er sicherlich nicht so bravurös hingekriegt wie die beste aller Ehefrauen. Er war inzwischen müde geworden, die Augen fielen ihm fast zu. Es war ein langer Tag gewesen und eine aufregende Nacht davor. Er schaute auf die Uhr, sie zeigte vieruhrdreißig. Ein toller Bursche dieser Tom. Kam pünktlich und hat sogar Papas eintägigen Geschäftstermin berücksichtigt, welch eine Disziplin. Ria brauchte nun ihre Ruhe, um sich von den Strapazen zu erholen. Da konnte Schimon in den nächsten Stunden sowieso nicht viel helfen. Schnell fuhr er nach Hause, zog sich um, und eilte zum Flughafen. Im Flugzeug nickte er immer wieder todmüde ein. Zwischendurch nippte er gelegentlich an dem kalten Kaffee, der vor ihm stand und ließ die Augen wieder zufallen. Den heftigen Stoß, den ein Luftloch verursacht hatte und der die Hälfte vom Kaffee über seine Hose verschüttete, hat er nicht einmal wahrgenommen. Zur Landung musste er von der Stewardess geweckt werden. Er nahm ein Taxi und saß kurz darauf seinem Geschäftspartner in einem komfortablen Sessel im Büro gegenüber.

„Wenn ich etwas übernächtigt aussehe, so bitte ich um Entschuldigung", sagte Schimon als Erstes. „Es war weder zu viel Alkohol noch eine ausschweifende Feier. Ich bin einfach nur Vater geworden, und ich muss zugeben, es ist ein tolles Gefühl."

Der Mann sah den braunen Kaffeefleck auf Schimons Hose und grinste belustigt. Er hatte schon vier Kinder.

Von nun an waren sie zu dritt und genossen jede Minute miteinander. Tomi war ein süßes und lebhaftes Baby. Als ihn ein Arzt untersuchen wollte und er auf einem Tisch auf den Rücken lag, nahm er kurzerhand Reißaus, indem er sich mit den Füßen nach hinten, flink wie ein Äffchen, wegdrückte. Er war kaum zu halten. „Das wird mal ein Sportler", prognostizierte der Mediziner anerkennend und war froh, ihn doch noch am Fuß erwischt zu haben. Eine andere Glanzleistung wurde von seiner Mutter weniger euphorisch kommentiert, als er nämlich einmal beim Windelwechsel treffsicher in hohem Bogen seinen Rasensprenger betätigte. Doch das alles spielte überhaupt keine Rolle. Schließlich war er ja das hübscheste, klügste und begabteste Kind der Welt, wie sein Vater ganz objektiv urteilte. Und tatsächlich, mit elf Monaten war der Kerl in der Lage, sich eigenständig auf zwei Beinen zu bewegen, was ihm aber wahrscheinlich später leider keinen Ehrentitel einbringen würde. Und Sprechen konnte er schon nur ein paar Monate später, wenn auch nicht gleich fließend. Besonders gefreut hat es seinen Vater, dass er sehr bald fast jede Automarke von seinen Hunderten von Spielzeugautos aufsagen konnte. Eine beachtliche Leistung, die in einer mobilen Welt höchste Anerkennung abforderte. Talent kam eben nicht von ungefähr. Ob ihm das allerdings im wahren Leben wirklich helfen würde, das wusste auch Schimon nicht. Und das wahre Leben hatte noch einige Untiefen parat. Schimon war gerade auf dem Weg zurück aus Belgien, wo er sich mit Kollegen aus den europäischen Niederlassungen getroffen hatte. Er saß in der Maschine nach Frankfurt, als er die Tageszeitung aufschlug. Auf der Titelseite prangte ein Foto von einem zerborstenen Atomreaktor irgendwo in der Ukraine. Es sah bedrohlich aus und verhieß nichts Gutes. Der Unfall war schon zwei Tage zuvor passiert und drohte nun Europa mit radioaktivem Staub zu überziehen. Die Wolke zog west- und nordwärts und sollte in Kürze auch Deutschland erreichen. Zuhause angekommen, verfolgte Schimon in den folgenden Tagen mit der Familie sorgenvoll die Nachrichten, die eine gefährliche Entwicklung vorhersagten. Abhängig von der Wetterlage, war nun alles möglich. Radioaktivität konnte man weder sehen, noch riechen oder schmecken. Sie war einfach da und hatte für die Betroffenen fatale Folgen. Panik machte sich breit. Wen würde es treffen und was wären die Auswirkungen. Politik und Medien zeichneten düstere Prognosen und riefen zu Schutzmaßnahmen auf, die jedermann beachten sollte. Gemüse aus den betroffenen Gebieten durfte nicht mehr verzehrt werden, Fleisch und Milch könnten ebenfalls über die Nahrungskette verseucht sein, die Verunsicherung in der Bevölkerung wurde zunehmend größer. Kinder sollten nur noch zuhause spielen und die Fenster geschlossen bleiben. In der Bevölkerung ging die Angst um. Niemand vermochte vorher zu sagen, wie sich die Lage aufgrund der Wetterverhältnisse entwickeln würde. Experten, und manche, die sich dafür hielten, nutzen jede Möglichkeit, um sich zu profilieren. Der Medienrummel hatte wieder einmal Hochkonjunktur. Alles drehte sich in diesen Tagen und Wochen um den Supergau von Tschernobyl und die nahende Apokalypse für die Menschheit durch einen bevorstehenden Strahlentod. Der Ruf nach Abschaltung aller Atomkraftwerke wurde unüberhörbar, die Partei der Grünen hatte ihre große Sternstunde. Für Schimon war die Frage von Atomkraft bislang kein vordringliches Thema gewesen. Er verstand nicht viel davon und hatte sich hierzu auch wenig Gedanken gemacht. Strom kam eben aus der Steckdose, und sobald die Quelle versiegte, würde in unserer modernen Welt alles zusammenbrechen, zumindest das wusste er. Auch die Frage der Entsorgung von Atommüll stand für ihn nicht zur Debatte. Irgendwie würde man das Zeug schon los. Erst mit der Katastrophe von Tschernobyl, wurden ihm die Probleme und die Risiken dieser Technologie, wie auch die Entsorgung und Lagerung der Abfälle mit ihren Jahrtausendelangen Halbwertszeiten, bewusst. Die Befürworter der Abschaltung aller Kraftwerke hatten schon recht, dachte er, doch wo sollte der lebenswichtige Strom herkommen? Kohlekraftwerke wurden wegen der vielen Schadstoffe verdammt, die sie in die Luft ausstießen und die den Klimaschutz fast unmöglich machten. Solarenergie reichte in unseren sonnenarmen Breiten bestimmt nicht aus, um den gesamten Bedarf zu decken. Windenergie stand auch nur in begrenztem Maße und nicht überall zur Verfügung, und Wasserkraftwerke waren nur dort möglich, wo es eben große Flüsse gab. Auch wenn es Schimon klar war, dass Atomkraft nicht das beste Mittel der Wahl war, so glaubte er nicht, dass man sofort und kompromisslos darauf verzichten konnte. Dennoch war er froh, dass nun die Diskussion über alternative Energien stärker in den Mittelpunkt gerückt wurde und einen zentralen Stellenwert in der Gesellschaft bekam.

Mit der Zeit verschwand auch Tschernobyl immer mehr aus den Augen der Öffentlichkeit, um anderen Themen Platz zu schaffen. Gleichzeitig ließ mit der Zeit die Angst vor einer unmittelbaren Verstrahlung nach. Die Kinder tobten wieder auf den Spielplätzen, und die Mütter kauften wieder bedenkenlos Milch und Gemüse im Supermarkt ein. Wild und Pilze aus Bayern und besonders aus Osteuropa wurden noch eine Weile gemieden, bis letztlich auch sie zu günstigeren Preisen ihre Kunden fanden. Deutschland hatte überlebt und die Zeitungen benötigten neue Katastrophen, um Werbung wirkungsvoll zu platzieren. Tschernobyl war ein alter Hut geworden.

Kapitel 34
Auf der Karriereleiter

Das Leben ging wie gewohnt weiter, und schon wieder ein neuer Umzug! Man träumte vom Kauf einer eigenen Wohnung, doch die war noch unerschwinglich. Große Ersparnisse waren keine vorhanden. Auch konnte man nicht auf irgendein Erbe zurückgreifen, da war auch nichts zu erwarten. Der ersehnte Lottogewinn stand weiter in den Sternen, obwohl sie doch dem Glück immer wieder eine neue Chance gaben. Sie wunderten sich darüber, wie Menschen so große sechsstellige Summen für ein Eigenheim aufbringen konnten. Der normale Verdienst eines Durchschnittsbürgers konnte ja niemals dafür ausreichen, es sei denn, man trug sein Leben lang eine hohe Schuldenlast mit sich herum. Sie konnten zwar sehr gut von ihrem Gehalt leben und mussten sich im täglichen Leben auch nicht allzu sehr einschränken, doch für den Kauf einer eigenen Wohnung hätte das nicht gereicht. Auf jeden Fall aber wollten sie den Stadtteil Sossenheim verlassen, um ihrem Sohn ein besseres Umfeld zu bieten.

Ria war wieder in ihrem Element. Ihre Leidenschaft gehörte schon seit jeher den Immobilien. Es machte ihr Freude sich mit dieser Materie zu beschäftigen. Eigentlich wäre sie als Maklerin eine Kanone, sie hätte in der Branche sicher Karriere machen können. Und so steckte sie ihren ganzen Elan in die Suche nach der neuen Unterkunft. Zusammen mit einem Makler, graste sie tagein tagaus hartnäckig ganz Frankfurt und Umgebung ab, bis der Makler verzweifelt aufgab. Man munkelte, er wäre depressiv in der Psychiatrie gelandet. Schließlich wurde Ria doch fündig, in Kelkheim, einem Städtchen im Taunus, in der Nähe von Frankfurt. Da stand es, das Haus im Grünen, mit einem schönem Garten und großzügiger Wohnfläche auf drei Etagen verteilt und zur Miete. Als sie euphorisch Schimon davon erzählte, hielt sich seine Begeisterung anfangs noch in Grenzen. So weit außerhalb der Stadt, das war nicht unbedingt seine Sache. Er war in der Großstadt aufgewachsen und konnte sich kaum vorstellen, jemals aufs Land zu ziehen, irgendwo in die Prärie, wie er immer sagte. Dennoch ließ er sich darauf ein, das Objekt zu besichtigen, auch wenn es für seinen Geschmack zu weit außerhalb lag. Aber das Haus gefiel ihm, und das Angebot war verlockend. Rias Charme und ihr anziehendes Wesen hatten sicherlich mit dazu beigetragen, dass der Vermieter am Ende nur noch diese Familie als neue Mieter haben wollte. So zogen sie in dieses Haus ein und machten es sich dort gemütlich. Tomi besuchte den Kindergarten, Ria kümmerte sich um alle inneren Angelegenheiten der Familie, sowie um die sozialen Kontakte zu Freunden und Verwandten.

Währenddessen, gestaltete Schimon den Werbeauftritt des japanischen Büromaschinenherstellers in Deutschland mit großem Erfolg. Die Promotion Abteilung wuchs auf sieben Mitarbeiter an und gleichzeitig auch die Verantwortung für einen millionenschweren Werbeetat. Prämierte Anzeigenkampagnen, glanzvolle Farbprospekte, beeindruckende Messestände in der Größe von Fußballfeldern mit integriertem Thementheater gehörten zu den Höhepunkten im Auftritt des Unternehmens am Markt. Mit der japanischen Geschäftsführung, mit seinen Vorgesetzten und Kollegen, und auch mit den übrigen Mitarbeitern, pflegte Schimon ein ausgezeichnetes Verhältnis, weshalb ihm das Unternehmen auch schon mehrmals den Besuch der Firmenzentrale in Tokio genehmigte. Dort wurde er herzlich aufgenommen, mit der sprichwörtlichen asiatischen Gastfreundschaft, zu der auch traditionell die Verbeugung und der Austausch von Visitenkarten gehörten. Zwei sehr junge und hübsche Japanerinnen, führten ihn durch das Gebäude. Es folgten die obligatorische Begrüßung von Mitarbeitern und eine Präsentation zur Geschichte der Firma. Darauf ging es in eine Abteilung, wo er einige Kollegen wiedersehen sollte, die schon eine Zeit lang mit ihm in Deutschland tätig gewesen waren. Als er das Großraumbüro betrat, lächelten ihm vertraute Gesichter erfreut entgegen. Doch das, was er dort auch noch zu sehen bekam, überraschte ihn sehr. Da saßen die Kollegen an langen Bürotischen wie in einer Kantine beieinander und starrten konzentriert in die Computer Monitore direkt vor ihren Köpfen. Am Ende dieser Tischreihe, auf einem etwas bequemeren Stuhl mit zwei Armlehnen, thronte der Abteilungsleiter, der in Deutschland gewöhnlich immer über sein eigenes, großes Büro verfügte. Diese Tischeinheit bildete eine komplette Abteilung. Es wäre anzunehmen, dass bei einer solchen physischen Nähe auch die Kommunikation hervorragend funktionierte, doch weit gefehlt. Die Hierarchie musste strikt eingehalten werden, wonach jeder Vorschlag erst über mehrere Stationen die Leiter hochzu-

steigen hatte, um dann ganz oben abgesegnet zu werden. Dann hopste die Entscheidung wieder kaskadenartig nach unten, weichgekaut und gar zur eventuellen Umsetzung. Eigentlich sollte auch dies kein Problem darstellen, denn in demselben großen Raum, kaum einige Meter weit entfernt von dieser Abteilung, stand ein voluminöser Holzschreibtisch mit einem bequemen Sessel dahinter. Hier war der Himmel, das `ganz weit oben´. Den Herrn in dem dunklen Anzug und dem schwarz gegelltem Haar, der hinter diesem Schreibtisch saß, kannte Schimon recht gut, bisher allerdings nur in einem anderen Umfeld. In Deutschland hatte er als oberster Geschäftsführer in einem noblen Büro residiert, das eher einem großen Saal glich. Ob das hier nun ein Aufstieg war, konnte Schimon nicht so recht beurteilen. Hier war einfach alles etwas anders. Die Japaner arbeiteten viel länger am Tag als die Deutschen, was jedoch nicht unbedingt auch eine höhere Produktivität bedeutete. Immerhin hatten langjährige Angestellte im Durchschnitt achtzehn Tage Urlaub im Jahr, von denen die meisten aber nur höchstens acht nahmen, um nicht länger als ihre Kollegen zu fehlen und dadurch eine bessere Bewertung beim Chef zu bekommen. Entscheidungen wurden selten mit einem klaren ja oder nein beschieden. Das würde zu einem Gesichtsverlust führen, was für asiatische Verhältnisse eine unwürdige Niederlage bedeutet hätte. Schimon kannte diese Codes aus der alltäglichen Zusammenarbeit und respektierte sie. „Wir werden darüber nachdenken", war zum Beispiel schlichtweg ein verkapptes, `nein´.
Um Land und Kultur besser kennenzulernen, lud ihn die Geschäftsführung einmal als besondere Ehre zu einer mehrtägigen Reise durch Japan ein. Dafür wurden ihm Kollege Hiroshi als Begleiter und ein schwarz livrierter Fahrer mit weißen Handschuhen und einer noblen Limousine zur Verfügung gestellt. Es ging zunächst nach Kyoto und Nara, Japans alte Kaiserstädte. In Kyoto zeigte der nette Kollege Schimon verschiedene Tempel, Schreine und andere kulturelle Sehenswürdigkeiten. Dann wollte er ihn mit etwas ganz besonderem überraschen. Als sie am Abend mit der überfüllten Untergrundbahn fuhren, wunderte sich Schimon über die vielen schlafenden Männer in ihren dunklen Anzügen, die es scheinbar genau im Gefühl hatten, wann sie wieder aussteigen mussten. Wie Hiroshi erklärte, nahmen die meisten von ihnen Stundenlange Wege in Kauf, um zur Arbeitsstelle zu gelangen.

Viele litten unter Schlafmangel und nutzen die Fahrt in der Bahn zu ihrer Entspannung. Andere lasen Mangas, japanische Komikhefte, die unverblümt harte Sexszenen mit jungen Mädchen zeigten. Als sie am Ziel angekommen waren, es war schon dunkel geworden, führte der Hiroshi Schimon von der hellerleuchteten Hauptstraße in eine dunkle Gasse hinein. Neugierig folgte er ihm und wunderte dabei sich über diese Geheimnistuerei. Am Ende der Gasse stand eine Hütte, die von außen nur schummrig beleuchtet war. Unter dem maroden Vordach aus Holz, saßen drei dubiose Typen, die die Ankömmlinge misstrauisch beäugten. Sie sahen wenig vertrauenserweckend aus. Was hatte bloß dieses rätselhafte Verhalten zu bedeuten, dachte Schimon. An der vorderen Wand der baufälligen Hütte, direkt neben der klapprigen Tür, stand ein Fenster offen, hinter dem eine zwielichtige Gestalt auf Kundschaft wartete. Das war vermutlich die Kasse. Der japanische Kollege verhandelte dort um den Preis, wie man es nur aus einem orientalischen Bazar kannte. Der einzige Unterschied war die Sprache. Schimon wollte nun wirklich wissen, was sich hinter dieser ominösen Bretterwand befand, als ihm Hiroshi verriet, dass es sich um eine Sex Show handelte. Er sprach nur ganz leise. Irgendwie schien sich das Ganze am Rande der Legalität zu bewegen. Der Eintrittspreis war üppig, für Schimon viel zu teuer. Außerdem musste er das nicht unbedingt gesehen haben. Hiroshi bemühte sich, ihn davon zu überzeugen, dass das hier etwas Besonderes sei, eine außergewöhnliche Vorführung. Vermutlich hat er auch nur einen Grund gesucht, selbst dieser erotischen Show beizuwohnen. Hartnäckig weigerte sich Schimon hineinzugehen, bis der Kollege ein letztes, sehr überzeugendes Argument einbrachte. Er lud ihn ein. Der Raum glich einem alten Theater und war in rotem Licht getaucht. Die Bühne ragte wie ein Schlauch tief in den Zuschauerraum hinein. Um die Bühne herum waren Kinositze gruppiert, die nach hinten anstiegen und irgendwo im dunklen des Saales verschwanden. Der Blick nach oben traf mehrere kleine, durchsichtige Glasebenen, die von unten einsehbar waren. Eine interessante Konstruktion, doch wofür sollten die gut sein? Das sollte er aber erst eine halbe Stunde später erfahren. Noch tat sich nichts im Saal. Hier und da saßen vereinzelt Zuschauer, sowohl Japaner als auch Zugereiste herum, alle warteten ungeduldig auf den Beginn der Aufführung. Es waren nur Männer, sofern man das in diesem schummrigen Licht erkennen konnte. Mit einem Mal gingen die Strahler an und erleuchteten die Bühne, begleitet von traditioneller japanischer Musik. Ein bisschen Kultur konnte ja nicht schaden, freute sich Schimon, als eine Geisha im kostbaren japanischen Kimono und den traditionellen japanischen Adiletten aus Holz auf die Bühne tippelte. In der Hand hielt sie ein prachtvoll geschnitztes Holzkästchen, das sie vor sich auf den Boden legte. Sie drehte sich zu den Klängen eines fernöstlichen Zupfinstrumentes mit gleitenden Bewegungen um die eigene Achse und schwang die Arme gleichmäßig kreisend in die Luft. Der Tanz war schön anzusehen. Nachdem sie einige Runden gedreht hatte, löste sie die Schlaufe des breiten Gürtels um ihren Kimono und ließ das kostbare Seidenteil langsam auf den Boden gleiten. Sie war splitternackt. Im Schein des Lichtstrahls, der auf sie gerichtet war, wirkte ihre Haut samtig. Für eine Japanerin, überraschte sie mit einem unerwartet vollen Busen. Das weißgeschminkte Gesicht wirkte wie eine Maske, die Figur überzeugte mit niedlichen Rundungen um das Becken herum. Tänzelnd öffnete sie behutsam das Holzkästchen und holte daraus einen glänzenden, kunstvoll gedrechselten Dildo. Sanft strich sie sich über das Dekolleté, kreiste um den Busen und die Brustwarzen herum, über den flachen Bauch bis herunter zur kahlrasierten Scham. Geschmeidig glitt der Körper zu Boden und setzte sich animierend und mit gespreizten Schenkeln direkt vor das Gesicht eines Zuschauers in der ersten Reihe. Seine Augen begannen, wie zwei Sterne zu glänzen. Was dem wohl jetzt durch den Kopf strömte, fragte sich Schimon. Zur selben Zeit füllte sich die Bühne mit weiteren Tänzerinnen, die unbekleidet erotische Tanzübungen in unterschiedlichen Stellungen vollführten. Der Saal schien irgendwie zu vibrieren. Nun gesellten sich auch Männer zu der Tanzgruppe, die ebenfalls die Hüllen fallen ließen und mit den Damen akrobatische Liebesakte auf der Bühne vollzogen. Als die Orgie ihren Höhepunkt erreichte, lösten sich ein paar Darstellerinnen von der Gruppe und luden Zuschauer ein, mit auf die Bühne zu kommen. Es gelang ihnen, einige Herren dazu zu bringen, bei dem Stück als Statisten ihren feuchten Beitrag zu leisten. Manche hatten einen außergewöhnlich kurzen Auftritt. Geschwind suchten sie verschämt ihren Platz auf und verschwanden schnell in der Dunkelheit. Andere wurden von den Künstlerinnen auf die oberen Glasbühnen geleitet, wo sie zum Vergnügen der übrigen Zuschauer einen Liebesakt vollbrachten, dem man von unten durch die Glasplatte aus einer ganz neuen Perspektive beiwohnen konnte.

Ein seltsames Volk, diese Japaner, fand Schimon, als sie wieder durch die dunkle Gasse zum Hotel zurückschlenderten. Der japanische Kollege fragte ihn nicht, ob es ihm gefallen hatte, das erlaubte ihm die Höflichkeit nicht. Womöglich konnte der Gast es verneinen, was zum Gesichtsverlust des Gastgebers geführt hätte. Schimon war sehr froh über die Zurückhaltung des Japaners.

Von Kyoto aus ging die Fahrt weiter nach Nara, wo er zum ersten Mal in einem typisch japanischen Hotel, einem Ryokan, übernachten durfte. Ein einfaches Holzhaus umgeben von einem wunderschönen japanischen Garten, der Ruhe und Entspannung ausstrahlte. Ein schlichtes Zimmer, das nur mit einem Schrank mit verzierten Schnitzereien, einem kleinen schwarzen Bodentisch und zwei Sitzkissen möbliert war. Im kleinen Nebenraum befand sich das Bad mit einer vertieften Bodenwanne, in der ein niedriger Hocker und ein mit Wasser gefüllter Holzbottich standen. Zum Waschen setzte man sich auf den Hocker, seifte sich ein und goss mit einem Schöpflöffel das Wasser über Kopf und Körper. Nach dem Waschritual, rieb man sich mit dem Handtuch trocken und hüllte sich in einem bereitliegenden Kimono ein. Schimon schaute sich um. Er vermisste das wichtigste Möbelstück im Schlafraum. Nirgendwo waren Betten zu sehen. Der Japaner öffnete den Schrank und holte zwei gerollte Futon Matratzen heraus, die er auf den Boden ausbreitete. Schnell waren die Betten gerichtet. Am nächsten Morgen beinhaltete das warme Frühstück eine Miso Suppe, bestehend aus Fisch Sud und Sojabohnenpaste, Tofu, Fisch, eingelegtem Gemüse und Reis sowie grünen Tee. Eine Mischung, an die man sich erst einmal gewöhnen musste. Frische Brötchen mit Schinken oder Marmelade wären auch nicht schlecht gewesen.

Am Tag darauf war eine die Fahrt mit dem berühmten japanischen Schnellzug Shinkansen nach Osaka und Kobe geplant. Als Schimon am Bahnsteig auf den Zug wartete, für den man immer reservierte Plätze brauchte, schaute er auf die Bahnhofsuhr. Es wurde immer erzählt, dass die Bahn in Japan überpünktlich sei. In zwei Minuten sollte der Zug im Bahnhof einlaufen. Auf dem asphaltierten Boden des Bahnsteiges waren weiße Striche in gleichmäßigen Abständen aufgetragen. Auf dieser Linie reihten sich die Fahrgäste kontrolliert und geduldig hintereinander auf. Schimon mochte die Disziplin und die Höflichkeit der Japaner. Der Sekundenzeiger der Uhr sprang gerade auf die Ankunftszeit um, als im selben Augenblick der Shinkansen am Bahnsteig zum Stehen kam, mit den Türen genau vor den wartenden Fahrgästen. Geordnet betrat man den Waggon und platzierte sich auf dem reservierten Sitz. Ein sanftes Anrollen, ein kraftvolles Beschleunigen. Der Zug raste nach Süden mit über dreihundert Kilometern in der Stunde, so weich, als würde er über den Schienen schweben. In der Kabine war nur ein leises Rauschen zu vernehmen. Vorbei am imposanten, schneebedeckten Gipfel des heiligen Berges Fujiyama, bahnte sich die Schlange aus Metall wie ein Pfeil den Weg zwischen Reisfeldern und Dörfern, über Brücken und Tälern. Japan war eben nicht nur Tokio. In Osaka durfte Schimon die Produktionsstätten seines Unternehmens besichtigen, in denen die Produkte hergestellt wurden, die er in Deutschland bewarb. Alles lief hier automatisch, Roboter fuhren wie von Geisterhand geführt durch die Hallen, luden Teile von Hochregalen auf und transportierten sie gezielt zu anderen Robotern, die die Geräte komplett eigenständig zusammenfügten. In staubfreien Räumen, produzierten vermummte Mitarbeiter, glitzernde Silicon Platten, aus denen die Computerchips entstanden, die zur Steuerung dieser Geräte dienten.

Für Schimon war diese Reise eine äußerst erlebnisreiche Erfahrung, die ihm neue Horizonte eröffnete.

Einige Tage später, saß er hochmotiviert und voller Erinnerungen wieder in seinem Büro in Eschborn und widmete sich den neuen Werbeaufgaben. Das Geschäft mit Büromaschinen lief gut, das Arbeitsaufkommen für die Abteilung wuchs an. Überstunden gehörten zur Tagesordnung, und Schimon war dienstlich viel unterwegs. Zu seiner Entlastung stellte er eine neue Mitarbeiterin ein. Sie hieß Sabine, schien kompetent zu sein und glänzte mit einem attraktiven Äußeren. Es zeichnete sie auch aus, dass sie überaus ehrgeizig war und große Berufsziele hatte, die sie schnell verwirklichen wollte. Wie sehr, zeigte sich im Laufe der Zeit. Gute Mitarbeiter mussten gefördert werden, das wusste Schimon, sie würden dem Unternehmen nutzen. Wenn diese Mitarbeiter jedoch ihre Ambitionen auf Kosten und zu Lasten anderer Kollegen verfolgten, konnte das schnell zu Unfrieden, Demotivation und Leistungsabfall in der ganzen Abteilung führen. Für ihn war Mitarbeiterführung immer ein Balanceakt, der zwischen Fordern und Fördern pendelte. Bei Sabine wurde es immer schwerer, diese Waage im Gleichgewicht zu halten. Sie fühlte sich besonders zum Verkaufsleiter hingezogen, der gleichzeitig auch Schimons Vorgesetzter war. Offensichtlich fand auch er sie sehr anziehend, was Schimons Stand nicht eben erleichterte. Anfangs sah man sie nur ab und zu beim Chef im Büro, später häufiger. Wenn sie mit Schimons Entscheidungen nicht konform ging oder ihren eigenen Weg bestreiten wollte, besprach sie es direkt mit seinem Vorgesetzten, der schnell ihre Position einnahm und Schimon dienstlich von der Sache `überzeugte´. Wie zwei Verliebte Täubchen, turtelten sie manchmal miteinander, ohne das Tuscheln der Kollegen hinter vorgehaltener Hand zu beachten. Auf einer großen Messe saß einmal abends die gesamte Mannschaft in einer Kneipe beim Bier zusammen, als plötzlich die Tür aufging, und das Paar fröhlich im gleichen pinkfarbenen Pullover eintrat. Scheinbar hatte es diese modischen Kleidungsstücke an diesem Tag im Sonderangebot gegeben.

Für Schimon wurde die Situation zunehmend schwieriger. Die täglichen Frustrationen überwogen die Erfolgserlebnisse, der Druck lastete immer schwerer auf ihn. Es wurde immer offensichtlicher, dass Sabine die Position des Werbeleiters anstrebte, und das, mit der Hilfe eines mächtigen Verbündeten. Nach fünf erfolgreichen Jahren, in denen er mit geschickter Werbung das Gesicht des Unternehmens in Deutschland geprägt hatte, trug er sich allmählich mit dem Gedanken, das Unternehmen zu verlassen. Er hörte inzwischen aufmerksamer zu, wenn Headhunter ihm am Telefon neue Positionen anboten. Auch verfolgte er intensiver den Stellenmarkt in den Zeitungen. Der Wunsch nach Veränderung reifte in seinen Gedanken.

Eines Tages entdeckte er in einer Werbefachzeitschrift das Inserat eines führenden Herstellers für Messefaltwände in der Nähe von Frankfurt. Gesucht wurde der Leiter für den Marketingbereich, der mit neuen Kommunikationskonzepten die Position des Unternehmens am Markt stärken sollte. Es handelte sich um ein mittelständisches Inhaberunternehmen, das sich bereits einen Namen in ganz Europa gemacht hatte. Schimon bewarb sich auf die Stelle und bekam die Zusage. Sie war gut dotiert und beinhaltete sogar einen Firmenwagen. Schnell hatte er sich in den ersten Monaten eingearbeitet. Er sollte ein interessantes Produkt vermarkten, das er bereits selbst früher auf Messen und Kongresse eingesetzt hatte. Nun galt es diesem Produkt neuen Schub zu geben und dem Vertrieb die notwendigen Mittel zur Verkaufsförderung zu liefern. Schimon setzte sich mit viel Elan ein und gehörte nach kurzer Zeit schon zur Führungsriege um den Inhaber. Der Mann war eine sympathische Persönlichkeit, sehr kreativ und innovativ, aber auch ziemlich autoritär und selbstherrlich. Das bekamen viele seiner Mitarbeiter zu spüren. Die hohe Fluktuation in der Firma zeugte von mangelnden Führungsqualitäten. An jenem schicksalhaften Tag im April, stand eine große Veranstaltung für den gesamten Vertrieb und dem Außendienst an. Neue Produkte sollten vorgestellt, Verkaufsschulungen und Motivationstraining durchgeführt werden. Auch Schimon hatte sich intensiv vorbereitet, um sein Marketingkonzept vor der gesamten Mannschaft zu präsentieren. Bis zur Mittagspause lief alles planmäßig. Doch Schimon spürte zunehmend eine gewisse Unruhe unter den Teilnehmern, die er sich aber nicht erklären konnte. Hier und da standen kleine Gruppen zusammen und tuschelten leise miteinander. Andere diskutierten heftig und tauschten sehr emotional ihre Argumente aus. Schimon sah den Inhaber aufgeregt von einem Kollegen zum anderen springen und lebhaft gestikulieren. Irgendetwas war im Gange, etwas, das sehr schwerwiegend den weiteren Ablauf beeinflusste. Da Schimon noch ziemlich neu im Team war, hatte er noch nicht die Gelegenheit gehabt, viele Verkäufer aus dem Außendienst persönlich kennen zu lernen.

Er zog den Finanzmanager beiseite und bat um Aufklärung.

„Palastrevolution", stammelte der kreidebleich. „Es ist eine Palastrevolution, und das könnte das Ende dieses Unternehmens werden."

„Was ist passiert?" drängte Schimon weiter.

„Der Verkaufsleiter hat eben seine Kündigung eingereicht. Er wird ein Konkurrenzunternehmen gründen und einen Großteil der Verkaufsmannschaft und der Kunden mitnehmen. Nun versucht er zu sondieren, wer noch bereit ist, ihm zu folgen."

Für viele war es eine böse Überraschung, manch anderer war

bereits im Vorfeld heimlich darüber informiert. Schimon war sprachlos. Jetzt, wo er sich gerade gut eingearbeitet hatte und seine Position sich festigte, schien alles abrupt zu enden. Er setzte sich auf einen Stuhl und beobachtete das hektische Treiben. Es glich einem Hühnerstall, in dem der Fuchs auf Raubzug war. Dann trat der Verkaufsleiter an ihn heran. Mit ihm war er bislang zumeist gut ausgekommen.

„Es tut mir leid", entschuldigte der sich, „dass Sie bei Ihrem ersten großem Meeting so etwas erleben müssen, doch es gab für uns keinen anderen Weg. Wir wurden vom Chef wie Sklaven behandelt, er schnürte uns die Luft ab. Es war für mich keine leichte Entscheidung, aber ich wusste genau, dass viele hier genauso denken und ich nicht allein mit diesem Problem da stehe. Wären Sie bereit, mit uns in das neue Unternehmen einzusteigen?"

Schimon war auf diese Frage nicht vorbereitet. Er wusste zwar nicht, wie es in Zukunft weitergehen sollte und konnte die Situation nur schwer einschätzen, doch er besaß mit dieser Firma einen laufenden Arbeitsvertrag und den wollte er nicht unüberlegt kündigen. Dafür hatte auch der abtrünnige Verkaufsleiter Verständnis. Er bot Schimon an, jederzeit im neuen Team willkommen zu sein. Die meisten der Mitarbeiter verließen bestürzt den Raum und kehrten zu ihren Arbeitsplätzen zurück. Der verbliebene Führungsstab begab sich zu einer Krisensitzung in einen separaten Raum. Der Inhaber war am Boden zerschmettert. Niedergeschlagen verließ er die Firma und fuhr nach Hause. In Schimons Büro diskutierte derweil der Rumpf der verbliebenen Geschäftsleitung über die Zukunft des Betriebes. Es wurde beschlossen, mit den Mitarbeitern weiterzumachen, die noch loyal zur Firma standen. Anschließend fuhren sie zum Haus des Firmeninhabers, um ihm den Rettungsplan zu unterbreiten. In einer Ecke versunken, saß dieser Mann, der eben noch so selbstherrlich das Zepter über sein Unternehmen geschwungen hatte. Tränen liefen ihm übers Gesicht. Keiner vermochte zu beurteilen, ob es Tränen der Trauer oder der Erkenntnis waren. Wahrscheinlich fühlte er sich wie ein Vater, der plötzlich sein Kind verloren hatte und damit jede Hoffnung auf die Zukunft. Verzweifelt wollte er jetzt aufgeben, einfach alles hinschmeißen. Nach eindringlichem Zureden jedoch, keimte in ihm schließlich erneut ein Funken Zuversicht auf und er stimmte dem Vorschlag seiner Mannschaft zu. Am Tag darauf rief die Geschäftsleitung die verunsicherten Mitarbeiter zusammen, und Schimon als Kommunikationsverantwortlicher hielt eine motivierende Rede, die einen neuen Aufbruch einleiten sollte. Es schien als würde die Sonne wieder ihre wärmenden Strahlen aussenden. Der Optimismus hielt noch einige Tage an, doch die Realität ließ sich nicht lange betrügen. Eine fehlende Verkaufsmannschaft war nicht von heute auf Morgen zu ersetzen, das Geschäft brach ein, der Umsatz stürzte in die Tiefe. Das Budget für Marketingaktivitäten musste auf ein Minimum gestrichen werden, die Position des Marketingleiters wurde gekippt. Für Schimon bedeutete dies das Ende einer kurzen Karriere, die doch so vielversprechend begonnen hatte.

Er war plötzlich arbeitslos geworden. Es begann eine kalte Zeit. Er schrieb täglich neue Bewerbungen, die meistens unbeantwortet blieben oder zu einer Absage führten. Die Tage vergingen, der Erfolg blieb aus. Oft saß er im Wohnzimmer und grübelte resigniert über seine Lage. Dunkle Gedanken kreisten wie ein Fliegenschwarm in seinem Kopf herum. Die Nachrichten im Radio dagegen, meldeten wie immer Erfolgsmeldungen aus der deutschen Wirtschaft.

„Das ökonomische Barometer steht auf Hoch. Die derzeitige Wirtschaftslage lässt uns zuversichtlich in die Zukunft blicken", verkündete optimistisch der zuständige Minister anlässlich der Eröffnung einer großen Messe. Die Auftragslage ist so gut wie nie zuvor, tönten Wirtschaftsbosse und Experten unisono. Wir brauchen mehr Fachkräfte und müssen die Zuwanderung für ausländische Arbeitskräfte erleichtern, forderten andere.

Wenn die Wirtschaft floriert, dann müssten meine Aussichten schnell einen neuen Job zu bekommen, doch hervorragend sein, folgerte Schimon hämisch und schrieb die nächste Bewerbung. Wie beruhigend zu wissen, dass es in diesem Land keine wirklichen Probleme zu geben schien. Alles lief offenbar nach Plan. Der Bürger jammerte doch nur auf hohem Niveau. Das behaupteten zumindest realitätsfremde Politiker, die das Boot in trüben Gewässern sicher zu lenken glaubten.

Und wenn einmal etwas nicht funktionierte, dann waren einfach die anderen daran schuld, die einem den eigenen Erfolg verleideten. „Die Amerikaner bestimmen doch bei uns, wo es wirtschaftlich und politisch langgehen soll, während sie selbst im eigenen

Land ihre Probleme nicht in den Griff bekommen! Die Engländer zählen zwar geografisch zu Europa, fühlen und handeln jedoch, als wären sie ein eigener Kontinent mit einer vorgelagerten Insel namens Europa! Die Gallier im Westen haben die Schmach von verlustreichen Schlachten in der Vergangenheit nicht überwunden und führen sich immer noch wie die Grand Nation auf! Die Südeuropäer leben auf unsere Kosten von den Subventionen der EU, und wir Deutsche lassen uns widerspruchslos als größter Einzahler im Club abmelken!" An den Stammtischen wurde über den steigenden Druck in den Betrieben und über die Gastarbeiter geschimpft, `die den Deutschen die Arbeit wegnahmen´. „Jüdisches Kapital und Zionisten regieren die Welt", wetterten rechtsradikale Parteien und reckten ihre braunen Köpfe und Arme in die Höhe. Linke Kräfte gaukelten dem Menschen den Traum von einer gerechten Gesellschaft vor, die nur nach ihrer Pfeife tanzen musste. Deutschland und die Welt waren im Wandel. Und Schimon war enttäuscht.

Obwohl seine Familie für eine Zeitlang durch das Arbeitslosengeld abgesichert war und Ria eine Stelle in einer PR Agentur hatte, machten sich bei ihm zunehmend Sorgen um die Zukunft breit. Er war ein Sicherheitsmensch, das hatte er von den Eltern geerbt. Die Furcht von anderen abhängig zu werden, steckte tief in ihm drin. Er hatte gelernt, dass man sehr viel dafür tun musste, um mit eigener Kraft seinen Weg zu machen. Glück gehörte zweifellos dazu, doch verlassen konnte man sich nicht darauf. Er hatte so viel Einsatz im Berufsleben gezeigt und großen Erfolg gehabt, doch in der beruflichen Achterbahn seiner Karriere gab es auch mehrfach Höhen und Tiefen durchzustehen. Oftmals hatte er zwischen den Stühlen gesessen und als Puffer zwischen Vorgesetzten und Mitarbeitern gedient. Er hatte Ungerechtigkeiten auf beiden Seiten der Hierarchie erfahren und begann langsam daran zu zweifeln, ob er sich wirklich weiterhin noch in diese Karrierespirale einspannen lassen wollte. Der Preis, den man zahlen musste, wurde immer höher. Vielleicht war da eine einfache, geregelte Tätigkeit in einer Werbeabteilung mit einem verständnisvollen Chef und mehr Zeit für die Familie doch die bessere Wahl.

Schimon gehörte nicht zu den Charakteren, die sich durch Intrigen oder den Einsatz ihrer Ellenbogen nach oben arbeiten konnten oder wollten. Solche Menschen verachtete er. Für ihn zählten in erster Linie Leistung und Kollegialität. So schrieb er weiter seine Bewerbungen, in der Hoffnung, einen baldigen Hauptgewinn zu erzielen, der seinen Vorstellungen entsprach. Eine Arbeitsstelle in Frankfurt, das hätte er sich schon gewünscht, doch es war ihm auch klar, dass er Kompromisse eingehen und den Radius seiner Suche auf ganz Deutschland erweitern musste, wobei Hamburg nicht mehr zur ersten Wahl gehörte. Und trotz aller Rückschläge: Jede Absage gab ihm neuen Ansporn, obwohl doch manche Begründungen seltsam kurios klangen. Insbesondere dann, wenn er als überqualifiziert eingestuft wurde. Immerhin wünschte man ihm noch viel Erfolg für die Zukunft, eine Floskel, die er noch aus früheren Zeiten kannte. Dennoch blieb er zuversichtlich, eines Tages die passende Stelle zu finden.

An einem Dienstag steckten im Briefkasten Rückantworten von zwei großen Unternehmen. Beide luden Schimon zu einem Vorstellungsgespräch ein. Das eine befand sich im Hunsrück und suchte einen Werbeleiter für hochwertige Haushaltswaren, das andere hatte seinen Sitz in Marburg und bot eine Stelle für einen Werbespezialisten im Bereich Labordiagnostik an. Das klang interessant. Ganz besonders lockte der Sitz der Firma in der wunderschönen historischen Stadt Marburg, nur eine Stunde von Frankfurt entfernt. Schimon stellte sich vor, alles entsprach genau seinen Erwartungen. Das Werk lag im Grünen, produzierte und vertrieb medizinische Produkte und gehörte als Tochterunternehmen einem deutschen Chemie-Giganten. Schimon bekam die Stelle. In einem netten Team war er für die Werbung von diagnostischen Laborgeräten zuständig. Die Probezeit überstand er ohne Probleme, womit nun ein neues Domizil in Marburg gefunden werden musste und wieder ein Umzug ins Haus stand. Schimon wollte unbedingt in der Innenstadt wohnen. Als Großstadtkind konnte er es sich kaum vorstellen, in einem Dorf zu leben, obwohl Marburg ein sehr reizvolles Umland hatte. Über einen Makler suchte er nach einer passenden Wohnung, die er Ria vorstellen konnte. Sie bevorzugte eher das Dorfleben, das sie aus ihrer Kindheit noch kannte.

„Auf dem Land können sich Kinder besser entfalten und es ist sicherer als in der Stadt", sagte sie, womit sie auch zweifellos Recht hatte. So wagte sich Schimon zaghaft über die Stadtgrenze hinaus, sechs oder sieben Kilometer waren wahrhaftig keine Entfernung. Dort fand er eine großzügige Wohnung mit Aussicht auf eine wunderschöne Landschaft. Wo andere Urlaub machten, da könnte auch er wohnen, ging es ihm auf. Am Wochenende präsentierte er Ria die neue Entdeckung, von der beide gleich begeistert waren. Den Umzug organisierte sie in ihrer perfekten Art höchst professionell, während der kleine Tomi gleich im Kindergarten am Ort angemeldet wurde. Schimon arbeitete sich langsam in seinem neuen Job ein, alles begann sich gerade wieder reibungslos ineinander zu fügen, als völlig unerwartet am 9. November 1989 in Deutschland etwas Unglaubliches geschah.

An jenem Donnerstag schalteten sie den Fernseher ein. Die Nation stand Kopf, in Berlin tanzte sprichwörtlich der Bär. Ein Volk jubelte lautstark und feierte seine Wiedervereinigung. Die Mauer in Berlin war gefallen, die Grenzen zur DDR wurden geöffnet. Hunderttausende strömten zu Fuß und mit Autos heraus aus ihrer jahrelangen Belagerung von Ost nach West und atmeten den frischen Duft der Freiheit. Fremde küssten und umarmten sich auf den Straßen, Freudentränen flossen, das Glück war mit Händen zu greifen.

28 Jahre lang waren die Bürger zuvor in einem Staat eingesperrt, der sie bespitzelt und nach der Ideologie ihrer Funktionäre gegängelt hatte. Ein Staat, der sich nach außen rühmte, nichts mehr mit Nazideutschland gemein zu haben und doch menschenverachtend mit seinen eigenen Bürgern umging. Die Parallelen zwischen Gestapo und Stasi, HJ und FDJ, rechtsradikalen Faschisten und linkradikalen Kommunisten waren unverkennbar. Die Diktatur war geblieben, die Jacke von rechts auf links gewendet. Manche Bürger machten mit und profitierten vom System, die Mehrheit aber musste sich anpassen und litt unter diesem Regime. Gewiss brauchte niemand zu hungern oder zu frieren, das Sozialsystem funktionierte zunächst reibungslos. Es gab auch keine Arbeitslose in diesem Land, zumindest nicht offiziell. Doch das mussten die Bürger mit Unfreiheit, Entbehrungen, Mistrauen und Angst bezahlen. Mehr als tausend von ihnen, bezahlten das sogar mit ihrem Leben, bei dem Versuch die Freiheit im Westen zu erreichen.

An diesem Tag, begann für Deutschland und die Welt eine neue Zeitrechnung, und in der Beziehung zwischen Ost und West öffnete sich ein neues Kapitel. Die Euphorie erfasste ein ganzes Volk. Hoffnungen keimten auf und der Bundeskanzler sprach von blühenden Landschaften. Auf westdeutschen Straßen tuckerten immer öfter schnaufende Trabbis mit dem Länderkennzeichen DDR am Heck, auf dem notdürftig das DR überklebt worden war. Der Verkehr auf den Autobahnen der Bundesrepublik füllte sich schlagartig mit Fahrzeugen aus dem Ostblock. Lebensmittelläden, Boutiquen und Sex Shops hatten Hochkonjunktur, sächsisch war in aller Munde. Besserwessis machten sich umgehend in den Osten des Landes, um ahnungslose Ossis mit ominösen Angeboten zu übervorteilen. Go East - der Goldrausch hatte begonnen.

Kapitel 35
In israelischer Haft

Im Nahen Osten, irgendwo in der Wüste Negev, lag eine gutbe-
wachte Festung, umgeben von Stacheldraht und Wachtürmen.
Neben einem zweistöckigen Hauptgebäude in der Mitte des Ge-
ländes, wo sich die Zellen der Gefangenen befanden, erstreckte
sich ein niedriger Flachbau, in dem ein Essraum für die Häftlinge
und die Büros der Gefängnisverwaltung untergebracht waren.
Dahinter befand sich ein kleiner, umzäunter Hof für den Frei-
gang.
227 verurteilte Häftlinge verbüßten ihre Strafen in dieser Anstalt,
zumeist palästinensische Attentäter, die schon Jahre wegen Mor-
des hier einsaßen. In einer kleinen Werkstatt mussten manche
Insassen tagsüber Metallelemente für Möbel zusammenstecken,
andere betrieben die Wäscherei oder waren in der Küche tätig. Im
Gemeinschaftsraum gab es einen Fernseher und Literatur in heb-
räischer und arabischer Sprache. Diesen Raum benutzten die
Insassen auch für gemeinsame Gebete. Die Häftlinge waren in
sauberen Einzel-oder Zweierzellen untergebracht, die sie mit
Bildern ihrer Angehörigen an den Wänden schmückten. Alle zwei
Monate durften die Inhaftierten Besuch von ihren Familien erhal-
ten, der in einem speziellen Besucherraum mit einer Glasabtren-
nung stattfand. Die meisten Gefangenen glaubten ihre Familien
gut versorgt, denn sie wurden finanziell von den Organisationen
der PLO oder Hamas großzügig mit Geldern aus Europa unter-
stützt.
Auf dem Tisch in Sinans Zelle lag ein kleines Büchlein. Darin
dokumentierte er seine Zeit in der Haft. In den vergangenen fünf
Jahren hatte er schon eine Menge zusammengetragen. Damals
lautete sein Urteil lebenslänglich, was in Israel tatsächlich ein
Leben lang bedeutet. Obwohl auch die Todesstrafe noch laut
Gesetz in Kraft war, wurde sie, anders als in den USA, China und
den arabischen Ländern, in Israel nicht mehr praktiziert. Die
einzige Ausnahme war 1961 die Vollstreckung des Todesurteils
über den SS-Obersturmbannführer Adolf Eichmann gewesen. So
hatte Sinan keine Hoffnung mehr, sein Leben in Freiheit zu been-
den. Nächtelang lag er grübelnd auf seiner Pritsche und spulte
die Filme der Vergangenheit ab. In der ersten Zeit war er verbit-

tert und voller Hass gegenüber allem, was mit Israel und den Juden zusammenhing. Ob beim Freigang oder in den wenigen gemeinsamen Stunden mit den Kameraden, immer fluchte man über den Zionismus und suchte eine Möglichkeit aus der Haft zu fliehen. Der Zorn steigerte sich von Tag zu Tag und die Wut stach wie Dornen auf der Haut. Hinter diesen Mauern hatte sich eine hierarchische Struktur ausgebildet, die ihren eigenen Gesetzen folgte. Da gab es die Anführer, denen man widerspruchslos zu gehorchen hatte. Sie besaßen eine ungebrochene Macht, die sie auch auszuüben wussten. Es herrschte ein System, das sich wenig von dem in der Außenwelt unterschied. Widerspruch wurde vom Anführer nicht geduldet. Um dem auch Gewicht zu verleihen, wurden hinter dem Rücken der Aufseher nicht selten Exempel an Abtrünnigen statuiert. Jede vermeintliche Kollaboration mit dem Feind, wurde auf irgendeiner Art bestraft. Niemand sollte die palästinensische Sache verraten. Das Ziel hieß auch hier, den jüdischen Feind zu vernichten, oder als Märtyrer zu sterben. Der Druck war ungeheuerlich, der Raum für eigene Gedanken auf ein Minimum beschränkt. Die Atmosphäre der Angst herrschte in vielen Zellen.

Wochen, Monate, Jahre vergingen, der monotone Tagesablauf blieb. Manche Häftlinge wurden freigelassen, neue kamen hinzu. Nur die Aufseher blieben dieselben.

Da war Ari, ein mächtiger Israeli mit einem Stiernacken, der von seiner Erscheinung her zwar Furcht einflößte, aber ein ruhiger, herzensguter Mensch war. Oder Adina, die übereifrige Beamtin, die manchmal etwas aufbrausend war, sich aber letztlich fair und korrekt verhielt. Als Frau musste sie sich oft Respekt gegenüber den moslemischen Gefangenen verschaffen, was ihr durch ihr resolutes Auftreten auch meistens gelang. Irgendetwas, hat Sinan an dieser Frau beeindruckt. Vielleicht war es ihre bestimmte Art, sich bei Männern durchzusetzen. Vielleicht aber auch ihr Mut, in einem solchen Umfeld den Dienst zu verrichten. Auch wenn sie eigentlich der Feind war, so entstand doch über die vielen Jahren eine gewisse Verbundenheit und Nähe, die den Alltag begleitete. Er hätte sie gern mal angesprochen, um mehr über sie zu erfahren, doch das traute er sich nicht. Vielleicht war es die Angst und die Ehrfurcht vor dem Anführer und den anderen in der Gruppe. Es war Montag, einer der langersehnten Besuchstage nach zwei

Monaten. Sinan wurde von Ari, dem Wärter in den Besucherraum geleitet. In der Kabine hinter einer Glasscheibe erkannte er Abdalla, seinen alten Vater. Das zerfurchte Gesicht den ein weißer Bart um das Kinn zierte, wirkte eingefallen und traurig. Mühevoll hob Abdalla seinen Gehstock zum Gruß.

„Du siehst traurig aus, Abu", begrüßte ihn Sinan.

Abdalla senkte den Kopf.

„Ja, mein Sohn. Ich habe keine guten Nachrichten."

„Was ist passiert, Abu?" fragte Sinan gespannt.

„Mahmud, dein Bruder, liegt im Sterben. Er ist schwer verletzt. Allah sei ihm gnädig."

„Die Juden, die verdammten Juden." Schrie Sinan und schlug mit der Faust auf die Panzerscheibe. „Sie werden uns niemals in Ruhe lassen. Sie wollen uns vernichten."

Der mächtige Ari, der den Raum überwachte, schickte einen warnenden Blick zu ihm hinüber.

Sinan sackte auf seinem Stuhl zusammen. Er versuchte, seine Tränen zu unterdrücken.

„Nein, mein Sohn. Es waren nicht die Juden. Es waren unsere eigenen Brüder", sagte Abdalla leise und mit zittriger Stimme.

Sinan hob ungläubig den Blick zur Scheibe.

„Nein Abu, das kann nicht sein. Wir sind doch ein Volk, alle Palästinenser. Warum haben sie das getan?"

„Das weiß nur Allah", erwiderte der alte Mann resigniert.

„Die Organisation hatte uns als Entschädigung für deine Verhaftung monatlich etwas Geld versprochen. Wir haben es aber nie bekommen. Mahmud fragte nach, doch er erhielt keine Antwort. Immer wieder hakte er nach und sie sagten nur, sie hätten zurzeit kein Geld. Dabei weiß jeder, sie bekommen zig Millionen Dollar aus Amerika und Europa, aber niemand kann sagen, wo das alles bleibt. Mahmud wollte doch nur für den Lebensunterhalt unserer Familie etwas verdienen. Er meldete sich bei den Israelis, die haben ihm eine Arbeit auf einer Baustelle vermittelt. Viele von unseren Brüdern haben das gemacht. Sie wurden frühmorgens mit Bussen abgeholt und abends zurückgebracht. Man hat sie gut behandelt und auch entsprechend bezahlt. Doch nicht alle hatten Gutes im Sinn. Einige wurden von der Organisation unter Druck gesetzt. Sie sollten die Arbeiten sabotieren. Und so setzten sie auf den Baustellen einfach die falschen Betonmischungen an oder *gossen Beton in die Leitungsrohre, um sie zu verstopfen. Das konnte man ihnen nicht so schnell nachweisen.*

Mahmud wollte da nicht mitmachen. Irgendjemand muss ihn bei der Organisation verraten haben. Zuerst kamen sie uns nachhause, um uns zu warnen. Als das nichts nutzte und Mahmud weiter nicht mitmachte, haben sie ihn unter Druck gesetzt. Aber auch dann gab er nicht nach. Es sind doch unsere Brüder, hat er mich beruhigt, sie werden uns nichts tun. Eines Abends kam er nicht mehr nachhause. Der Bus war längst wieder abgefahren. Wie sind alle losgezogen, um deinen Bruder überall zu suchen. Hinter einer Steinmauer haben wir ihn gefunden. Hilflos lag er da und blutete stark aus einer Wunde am Kopf. Wir wollten wissen, wer ihm das angetan hat, doch er brachte kein Wort heraus. Seine Hände waren gebrochen. Wir brachten ihn ins Krankenhaus, aber die Ärzte sagten, es gäbe nur noch wenig Hoffnung. Er hatte viel Blut verloren. Der Doktor nahm mich beiseite. Er flüsterte mir ins Ohr, dass es vielleicht doch noch eine Chance für seine Rettung gäbe. Mahmud müsste aber in ein israelisches Krankenhaus eingeliefert werden. Ich flehte den Doktor bei Allah an, alles zu tun, um Mahmuds Leben zu retten. Dann hat er telefoniert, ich weiß nicht mit wem.

Am frühen Morgen holte ein israelischer Krankenwagen ihn ab und fuhr in die Klinik nach Jerusalem. Auf der Straße, versperrten unsere Jugendlichen den Weg und bewarfen den Wagen mit Steinen. Jetzt liegt Mahmud auf der Intensivstation. Ich bete zu Allah, dass er ihn am Leben erhält.“

Abdalla trocknete mit dem Handrücken seine Tränen.

„Die Zeit ist um!“, Ari schloss mit einer bestimmten Handbewegung die Besuchsstunde ab.

„Ihr müsst jetzt gehen“, wandte er sich an die Besucher.

Sinan war deprimiert. All das, woran er so fest geglaubt hatte, bekam plötzlich hässliche Risse. Seine Glaubensbrüder, denen er bedingungslos vertraute und mit denen er gemeinsam so vehement für die Befreiung seines Landes gekämpft hatte, diese Menschen wollten seinen Bruder töten. Und nur weil er der Familie zum Überleben verhelfen wollte. Sinan geriet in einen bedrückenden Zwiespalt. In seinem Inneren tobte ein Kampf. Nächtelang lag er wach auf der Pritsche in seiner Zelle und suchte Antworten auf so viele Fragen, die wie Dornen seine Haut stachen. Für die anderen hier galt er als Held, der Juden ins Jenseits befördert hatte. Für die Organisation war er ein tapferer Gotteskrieger, der bereit war sein Leben für Allah zu opfern, um Palästina zu befreien. Für die Israelis war er ein Terrorist, der wahllos unschuldige Frauen und Kinder brutal ermordete. Für seinen alten Vater war er der Sohn, den er nicht verlieren wollte. Doch was war er wirklich?

Kapitel 36
Marburg

Für Schimon lief alles nach Plan. Das Unternehmen, dem er angehörte besaß, einen hervorragenden Namen in der pharmazeutischen Industrie und galt als führend in der Branche. Seine Stärke lag in der Forschung. Marketing und Verkauf folgten dem mit einem gewissen Abstand. Wenn auch der Anspruch an die Qualität der Werbung und damit die Anforderung in den Job recht hoch und der Druck zuweilen massiv waren, so gab es hier doch klare Richtlinien, denen man folgen konnte. Ein tolles Team und ein eigenwilliger Chef formten und pflegten nach außen hin das Gesicht des Unternehmens. Prospekte wurden gestaltet, Anzeigen kreiert, Messestände geplant und Präsentationen erstellt. Die Zusammenarbeit mit den Kollegen im Marketing und in den Landesvertretungen funktionierte fast immer reibungslos, man fühlte sich wie ein Mitglied in einer großen Familie.
Schimon gewöhnte sich an das Leben auf dem Dorf. Man traf Bekannte und gewann neue Freunde. Tom wurde in die Dorfschule aufgenommen, Ria begann eine Ausbildung als Arzthelferin und arbeitete daneben in einer Landarztpraxis. Gemeinsam mit jungen Mädchen, die vom Alter her leicht ihre Töchter hätten sein können, besuchte sie gleichzeitig die Berufsschule und meisterte den Lehrstoff bis zum erfolgreichen Abschluss. Schimon bewunderte ihren Ehrgeiz, ihre schnelle Auffassungsgabe und ihre Fähigkeit, Abläufe klar erklären zu können. Sie war sehr vielseitig interessiert und irgendwie wusste sie über alles Bescheid. Freunde und Bekannte schätzten ihren Rat, besonders wenn es um Gesundheitsfragen ging. Unter günstigeren Voraussetzungen wäre sie sicher eine gute Ärztin geworden. Aber das war nur eine ihrer vielen Stärken. Ihre Leidenschaft gehörte den schönen Künsten. Gestalten, Einrichten und Dekorieren von Wohnungen, ausgefallene Kleider entwerfen sowie leckere Speisen zuzubereiten, darin war sie meisterlich. Sie konnte aus allem ein schmackhaftes Gericht kreieren, mit dem es ihr immer wieder gelang, ihre Gäste zu begeistern. Zur Abrundung ihrer Talente, gehörte auch ihre Fähigkeit Menschen zu verschönern. Nachdem sie ihre Ausbildung zur Arzthelferin mit Bravur abgeschlossen hatte und schon fest im Beruf stand, drängte es sie weiter, zu einer neuen Entfaltung im

Bereich Kosmetik. Selbstverständlich hat sie auch diese Herausforderung mit einem erfolgreichen Abschluss gekrönt. Bei aller Vielfalt blieb sie dabei eine wundervolle Ehefrau, Partnerin und Mutter. Neben ihrer Arbeit erledigte Ria aber auch alle finanziellen Angelegenheiten und legte den Grundstein für die Zukunft der Familie, indem sie mit Weitsicht einen Bausparvertrag abschloss.

Schimon war zu der Zeit beruflich stark eingebunden, war geschäftlich viel unterwegs und tat sein Bestes, um seiner Familie einen angenehmen Lebensstandard zu ermöglichen. Alles war im Lot, alles lief rund. Die finanzielle Situation erlaubte es sogar, ein Grundstück im Dorf zu erwerben, mit dem Ziel, eines Tages ein kleines Häuschen darauf zu bauen. Da aber die Kosten für ein Eigenheim höher ausfielen als veranschlagt, entschieden sie sich lieber für den Erwerb einer attraktiven Eigentumswohnung mit Fernsicht.

Unterdessen nahm die Welt Fahrt auf, das Wirtschaftssystem drehte sich immer schneller. Wie die Fangarme einer Krake umschlangen Gewinnmaximierung und Profiterwartung von Aktionären und Anteilseignern die operative Arbeitswelt und drückten immer stärker zu. Die Finanzbranche hatte Hochkonjunktur, die Börse boomte. Umstrukturierungen, Fusionen, Firmenaufkäufe waren an der Tagesordnung. Funktionierende Firmen wurden zerschlagen, andere wanderten in Billiglohnländer ab. Konzernchefs setzten Mitarbeiter frei oder ersetzten sie durch billige Arbeitskräfte aus dem Ausland. `Nichts ist so beständig wie die Veränderung´, lautete zur Rechtfertigung die zynische Parole von Wirtschaft und Industrie. Ein moderner Mensch musste sich dem Lauf der Dinge fügen oder eben aussteigen, verteidigten sie den Wandel. Mit Hilfe der Politik wurden die Maschen im sozialen Netz erweitert, immer mehr Menschen fielen durch und knallten auf dem harten Boden der Realität.

Auch bei Schimon im Unternehmen bahnten sich grundlegende Umwälzungen an. Die Muttergesellschaft, setzte auf eine Neustrukturierung und entschied dabei, sich von nun an nur noch auf das Kerngeschäft zu konzentrieren. Das bedeutete die Trennung von traditionellen Geschäftsfeldern, wie unter anderem auch der Pharmazie. So verabschiedete man sich von zwei Teilbereichen des Betriebes, die dafür mit anderen Firmen verbandelt wurden und die eine neue Unternehmensidentität, auf Neudeutsch, eine

`Corporate Identity´, erhielten. Das dritte Kind aus dem Gesamtbereich der Pharmazie, namens Diagnostika, blieb noch erhalten. Für das Werk in Marburg fühlte es sich an, als wäre eine Familie mit hundertjähriger Tradition auseinandergerissen worden. Vertraute Kollegen wurden getrennt und in neuen Organisationen eingebunden, Strukturen wurden verändert, mancher Mitarbeiter freigesetzt. Schimon stand vor einer grundlegenden Entscheidung. Sollte er als Einzelkämpfer im Bereich Diagnostik, und somit im Konzern bleiben, oder mit allen anderen Kollegen der Werbeabteilung unter neuer Flagge tätig werden. Seine Entscheidung fiel auf die Sparte Diagnostika. Da kannte er sich aus, da war er zuhause. Mit den neuen Vorgesetzten kam er ohnehin sehr gut aus und erfahren genug war er auch. Man bot ihm die Stelle des Werbeleiters International an, mit der Aufgabe, eine ganz neue Abteilung aufzubauen und zu leiten. Doch bekanntlich hatte schon immer jede Medaille ihre zwei Seiten. Die neue Position bedeutete für Schimon zwar mehr Verantwortung, ein besseres Gehalt, und eine persönliche Aufwertung im Unternehmen - aber auch einen Standortwechsel. Als eine neue Stelle des Führungsstabes war die Werbeabteilung direkt dem Marketingleiter und der Geschäftsführung unterstellt und sollte in der Zentrale bei Frankfurt angesiedelt werden. Das bedeutete die Trennung von der Familie und die Beschränkung auf eine Wochenendbeziehung - für Schimon kein angenehmer Gedanke. Da er jedoch ohnehin geschäftlich sehr viel auf Reisen war, sehr lange Arbeitszeiten auf sich nehmen musste und die Familie nicht mehr allzu oft zu sehen bekam, akzeptierte er es als den berühmten Wermutstropfen. In dieser bewegten Zeit des schnellen Wandels, rechnete er mit maximal ein bis zwei Jahren in Frankfurt, bis zur Rückkehr nach Marburg. Sollte es widererwarten länger dauern, so würde er die Familie in die große Stadt nachholen.

Ende 1995 war es soweit. Schimon bezog ein luxuriöses Büro im Vorstandsgebäude, auf dem riesigen Werksgelände des Mutterkonzerns in Höchst. Er gehörte zum oberen Management und nahm an allen wichtigen Sitzungen teil. Sein Zuständigkeitsbereich umfasste unter anderem den Aufbau einer neuen Corporate Identity, den werblichen Auftritt in den Medien sowie die Präsenz auf Messen. Er arbeitete eng mit dem Marketingbereich, den Kollegen in den USA und in anderen Ländern der Welt zusammen.

Auf seinen Geschäftswagen, einen dunklen BMW 520 Touring mit grauen Sitzen, war er mächtig stolz. Der Arbeitsumfang war enorm und nicht leicht zu bewältigen. Bis spät in die Nacht, saß er im Büro und pflegte Kontakte mit Kollegen in Europa, Asien und Amerika, rund um die Uhr. Das kleine Zimmer, das die Firma für ein Jahr angemietet hatte, diente ihm lediglich als Schlafstätte, die er kaum bei Tageslicht erlebte. Schimon war mit seiner Arbeit eng verwurzelt. Als Perfektionist setzte er höchste Ansprüche an sich selbst und andere. Für ihn musste alles hundertprozentig stimmen, das war er sich, dem Unternehmen und den Kunden schuldig. Zufriedenheit für alle war das oberste Gebot. Wenn er dann am Wochenende nach Hause kam und mit seiner Familie zusammensaß, genoss er jede Minute. Manchmal hatte er auch ein schlechtes Gewissen gegenüber Frau und Kind. Viel lieber wäre er mit ihnen zusammengeblieben, hätte seinen Sohn aufwachsen sehen und seine Frau bei der Erziehung und den vielen Aufgaben im Alltag unterstützen. Doch jeden Montagmorgen fand er sich erneut im Stau auf der A5 in Richtung Frankfurt wieder, während seine Gedanken längst um die anstehenden Aufgaben des Tages kreisten.

Schimon sollte die Abteilung vergrößern und neue Mitarbeiter einstellen. Unter verschiedenen Bewerbungen zeichnete sich ein junges Mädchen aus, das im Unternehmen ihre Lehre absolviert hatte und gern in der Werbung tätig sein wollte. Sie schien gute Voraussetzungen zu haben und brachte einen starken Ehrgeiz mit. Ihr schwebten von Anfang an große Ziele vor, die sie mit einer Turbokarriere erreichen wollte. Für Schimon war sie eine willkommene Ergänzung im kleinen Team, die schnell Aufgaben anpackte und in Bewegung setzte. Oftmals jedoch, überholte ihre Motivation ihre Fähigkeiten, was zu manchen Frustrationen führte. Schimon brachte ihr geduldig vieles bei, und bemühte sich, mit väterlichem Rat manch kantige Ecke abzuschleifen. Nicht selten saßen sie bis spät in die Nacht im Büro und waren dabei, sich noch dringende Arbeiten fertigzustellen. Schimon wollte Carina nach Hause schicken, um sie nicht zu überfordern, doch ihre übermäßige Ambition hielt sie zurück. Sie war ungeduldig, wollte schnell ihr Ziel erreichen und glaubte es auf diesem Wege durchsetzen zu können. Jede gut erledigte Aufgabe, so hoffte sie, würde sie umgehend eine Stufe höher auf der Karriereleiter befördern.

Da das jedoch nicht der Realität entsprach, endete es manches Mal mit einer herben Enttäuschung. Dann zog sie sich schmollend oder weinend zurück, worauf Schimon sie immer wieder trösten und aufbauen musste. Eines Morgens stand sie tränenüberströmt bei seiner Vorgesetzten und beklagte sich bitterlich darüber, dass Schimon ihre Leistungen nicht ausreichend würdigte. Er überfordere sie und sei nicht in der Lage, sie zu motivieren. Diese Klage verbreitete sie hinterrücks auch vor anderen Kollegen mit großer Überzeugung. Wer wollte da dem traurigen Blick einer jungen, hochmotivierten Mitarbeiterin widerstehen. Schimons Chefin, eine kompetente Frau von der Statur der Königin Elisabeth II von England, mit der Schimon bislang ein sehr gutes Verhältnis gepflegt hatte, war erbost über sein Verhalten und ließ es ihn von nun an auch spüren. Er stand mit dem Rücken zur Wand. Bemühungen um eine Klärung der Sachlage wirkten nur noch wie versuchte Rechtfertigung und brachten ihn nur weiter in Bedrängnis. Er geriet in eine Zwickmühle. Jedes Wort, jede Handlung, wählte er mit äußerster Bedachtsamkeit, um der Gerüchtewelt keine neue Nahrung zu liefern. Er behandelte die junge Kollegin mit höchster Vorsicht. Er spürte einen enormen Druck, denn er stand permanent unter Beobachtung. Einerseits musste er die zahlreichen Aufgaben fristgerecht und zur Zufriedenheit aller zu Ende bringen, andererseits durfte er seiner Mitarbeiterin nicht allzu viel aufbürden. Das hatte zur Folge, dass er nun vieles wieder selbst bearbeitete, was für ihn aber kaum eine Entlastung bedeutete.

Die Anforderungen stiegen immer weiter und die Gerüchteküche bekam plötzlich neue Nahrung aus einer ganz anderen Richtung. Nun wollte der Konzern auch den diagnostischen Bereich abstoßen und es in die Obhut einer fremden Muttergesellschaft übergeben. Unsicherheit griff um sich, jeder bangte um seinen Job. Schimon war sich nicht mehr sicher, ob es für ihn in Frankfurt, in Marburg, oder irgendwo sonst noch eine Zukunft geben würde. Hinter verschlossenen Türen bildeten sich Grüppchen von Mitarbeitern, die leise und verängstigt über die unsicheren Aussichten spekulierten. Jeder war um seine eigene Position besorgt. Die Ungewissheit und die Angst, bald zu den Ausgemusterten zu gehören, wuchsen von Tag zu Tag. Jedem war klar, dass solche Veränderungen meistens mit Kosteneinsparungen begründet wurden und bestimmt auch das Personal betrafen. Die finale Nachricht erreichte die Mitarbeiter an einem Montagmorgen. Gespannt warteten alle im großen Besprechungsraum auf die Ankündigungen der Geschäftsleitung.

„Unser Produktbereich wird aus dem Mutterkonzern gelöst und von zwei Investmentgesellschaften übernommen", hieß es lapidar. „Es stehen uns schwere Zeiten bevor, aber wir werden sie gemeinsam meistern", versuchten die Oberen die Ängste der Belegschaft zu beschwichtigen. Doch die Marschrichtung war vorgegeben. Nur selten beabsichtigten Investmentfirmen, ein Unternehmen langfristig zu behalten, seine Zukunft zu sichern, geschweige denn auszubauen. Ihr Auftrag bestand meistens einzig und allein darin, die vorhandene Substanz auszusaugen und schnelle Gewinne zu machen. War erst einmal der Körper blutleer geworden, wurde die Hülle am Straßenrand abgelegt oder an die Geier veräußert. Das Prinzip schien sehr lukrativ und für Investoren eine wahre Goldgrube zu sein. Die Interessen der Mitarbeiter spielten hierbei keine Rolle. Sie waren nur eine Spielmasse, wie Bauern auf einem Schachbrett, die beliebig verschoben werden konnten. Der pure Kapitalismus hatte hier freie Bahn und kannte kein Skrupel. Und so lautete die Parole der Geschäftsführung, Business as usual. Jeder Soldat muss auf seinem Posten bleiben und mutig weiterkämpfen. Sicher würde es auch Verluste geben, doch die müssten in Kauf genommen werden, zur Rettung des gesamten Unternehmens.

Die Wochen darauf verliefen für die Angestellten wie ein Tanz auf dem Vulkan. Niemand wusste genau, ob und wann er im Krater verschwinden würde. Man ging seiner Arbeit nach und machte nach außen hin eine gute Miene zum bösen Spiel. Nur die oberste Führungsriege kannte die Pläne, hüllte sich jedoch in Schweigen.

Die finanzielle Situation der Firma schien immer dramatischer zu werden. Man leitete drastische Sparmaßnahmen ein, sprach Kündigungen aus, Stimmung und Motivation sanken wie Quecksilber bei Frost auf den Nullpunkt. Es war bitterkalt geworden.

Die Investoren zogen in kurzer Zeit immer mehr Kapital aus dem Unternehmen und leisteten ganze Arbeit. Dunkle Wolken zogen auf, die Lage war besorgniserregend. Es drohte die Insolvenz. Verzweifelt suchte man die Lösung im Kauf, in der Übernahme oder in einer Fusion mit einem neuen, starken Partner. Hinter den Kulissen tobten Verhandlungen mit Banken, Investoren und Interessenten aus der Branche, zur Rettung des Betriebes. Langsam zeichnete sich eine Lösung ab. Ein amerikanischer Partner bot sich für einen Zusammenschluss an. Neue Hoffnung keimte auf, das Projekt konnte weiterlaufen. Die Fusion fand 1996 statt und sollte zwei sehr unterschiedliche Kulturen in einem Unternehmen zusammenführen. Zwar behielt die deutsche Fraktion die Mehrheitsanteile, doch gesteuert werden, sollte der Betrieb aus den Vereinigten Staaten. Hier wedelte sprichwörtlich der Schwanz mit dem Hund. Für Schimon kein Problem. Er mochte die USA und wusste sich auf jede neue Kultur einzustellen. Die größte Herausforderung bestand für die Führung darin, dem fremden Gebilde eine neue gemeinsame Identität zu verleihen. Mitarbeiter zu beiden Seiten des Ozeans waren über viele Jahre von ihrer jeweiligen Unternehmenskultur geprägt worden und hatten sie inständig gelebt. Sie vertraten sie nach außen gegenüber dem Kunden und trugen sie wie ein Schild vor ihrer stolzgeschwellten Brust. Die Umstellung fiel den meisten Mitarbeitern hüben wie drüben nicht leicht. Eine solche emotional-mentale Umprogrammierung war nur selten einfach. Eingefahrene Strukturen, eingetretene Pfade, Gewohnheiten und nicht zuletzt Bequemlichkeiten, stellten oftmals unüberwindbare Hürden dar. Neue Strukturen in neuen Organisationen sollten aber wie Zahnräder ineinandergreifen und reibungslos funktionieren. Da standen deutsche Gründlichkeit mit akribischer Planung und endlosen Diskussionen den schnellen amerikanischen Entscheidungen gegenüber, die oftmals nur auf kurze Distanz ausgelegt waren. Soviel Flexibilität verwirrte manch deutsche Denkkultur, während die Amerikaner die behäbige Gründlichkeit der Deutschen als Bremse verstanden. So galt es für die Unternehmensführung in erster Linie eine neue Unternehmenskultur, beziehungsweise Corporate Identity, so schnell wie möglich zu erarbeiten und sie auch mit Leben zu füllen. Den Corporate- und Marketing Kommunikationsabteilungen fiel dabei die besondere Aufgabe zu, diesen Prozess federführend zu entwickeln und umzusetzen. Trotz aller Widrigkeiten funkelte für die Mitarbeiter jedoch wieder ein Schimmer am Horizont, auf dem sie ihre Hoffnungen richten konnten. Es kam der Tag, an dem man sich auch räumlich von der `alten Mutter´ trennen musste und mit dem neuen Partner neue Büros bei Frankfurt bezog. Als Direktor für Marketing Kommunikation türmte sich fortan vor Schimon ein

Berg voller anspruchsvoller Aufgaben.

In enger Zusammenarbeit mit den amerikanischen Kollegen, wurden die Werbeunterlagen für alle Produkte neu gestaltet und produziert, ein wirkungsvoller Auftritt auf Messen und Kongresse konzipiert und meistens auch schon über Nacht umgesetzt, sowie Promotion Aktionen für Kunden mit den Ländervertretungen organisiert. Die Marketingkommunikationsabteilung wurde vergrößert, neue Mitarbeiter erweiterten das Team. Die Aufbruchsstimmung war berauschend und entsprach einem Leben auf der Überholspur, das kaum noch eine geregelte Atmung zuließ. Meetings, Telefonkonferenzen, Besprechungen und schnelle Entscheidungen gehörten von nun an zur täglichen Normalität. Es zeichnete sich bald ab, dass für Schimon die Arbeit am Standort Frankfurt länger als vorgesehen dauern würde. So entschied sich die Familie, anstelle der Mietwohnung ein kleines Appartement in der Stadt zu kaufen, in das Schimon einziehen sollte. Er bewohnte es immer unter der Woche, sofern er nicht auf Reisen in Europa oder den USA unterwegs war. An jedem Freitagabend freute er sich, den Heimweg nach Marburg zu seiner Familie antreten zu können. Es gab aber auch Wochenenden, an denen man gemeinsam Familie und Freunde in Frankfurt besuchte. Bruder Oren und Schimons Eltern lebten dort.

Es war ein Sonntag, und nichts deutete auf etwas Besonderes hin. Gemeinsam mit den Eltern besuchten sie das chinesische Restaurant in Eschborn, gemäß einem Ritual, das die älteren Herrschaften seit Monaten im wöchentlichen Rhythmus zelebrierten. Der chinesische Kellner gehörte schon fast zur Familie. Sobald sie das Lokal betraten, grinste er breitmündig, denn er kannte schon genau die Nummern der Speisen auf der Karte, die er an die Küche durchgeben musste. Es waren immer dieselben. Die Macht der Gewohnheit ließ nichts anderes zu. Nach dem Essen, auf dem Weg zum Parkplatz, entdeckte Ria eine ungewöhnliche Auffälligkeit an Imas Gesicht. Ihr rechtes Augenlied schien leicht eingefallen. Sie empfahl ihr, sich umgehend medizinisch untersuchen zu lassen, um den Grund dafür abzuklären. Ima befolgte den Rat und konsultierte am Montag einen Arzt. Die erste Untersuchung verhieß nichts Gutes. Ima wurde sofort in ein Krankenhaus eingewiesen. Das MRT war besorgniserregend. Ein schnellwachsender

Tumor wucherte in ihrem Kopf und hatte bereits seine Fänge über verschiedene Gehirnregionen ausgeweitet. Für die ganze Familie eine niederschmetternde Nachricht. Mit 67 Jahren sollte Mutter doch noch einige Jahre vor sich haben. Man klammerte sich an die Hoffnung, dass eine Operation noch helfen könnte, doch der Glaube überdeckte nur die grausame Realität wie ein durchsichtiges Tuch. Ima lag in der Klinik und wurde von Tag zu Tag schwächer. Der Verfall rückte unaufhaltsam voran. Sie schaute mit ihren traurigen Augen zu den Angehörigen auf, die um das Bett herum standen, und fühlte, dass sie sie nicht mehr lange auf dieser Erde begleiten würde.

„Das ist das Ende", hauchte sie leise und mit kaum beweglichen Lippen. Die Kraft hatte sie verlassen. Sie starrte zur Decke. Sicher spürte sie schon den nahenden Abschied. Schimon schnürte sich der Hals zu, bei diesem traurigen Anblick und der Vorahnung, sehr bald die geliebte Mutter zu verlieren. Die Ärzte empfahlen eine Operation, die aus medizinischer Sicht eigentlich aussichtslos war. Dennoch wollte keiner den letzten winzigen Hoffnungsschein vernichten, an den man sich wie an einen Strohhalm klammerte. Für den Eingriff wurde sie in die Universitätsklinik in Frankfurt verlegt. Die komplizierte Operation dauerte mehrere Stunden. Ob es die Ärzte wussten, dass der Fall hoffnungslos war und den Eingriff nur durchführten, weil er für sie lukrativ war, blieb für immer ihr Geheimnis. Ima war nicht mehr zu retten. Sie fiel ins Koma und wurde in das erste Hospital zurückgeführt. Sie lag mit geschlossenen Augen da und schien zu schlafen. Aba saß Tag für Tag und Stunde um Stunde an ihrem Bett und weinte bitterlich. 47 Jahre Ehe, in denen sie nie voneinander getrennt waren, zogen in seiner Erinnerung vorbei. Nie hatte er sich mit dem Gedanken an einen Abschied auseinandergesetzt, doch nun stand er vor ihm. Auch Schimon sah seine Mutter an. Er wusste, dass sie nichts mehr auf der Welt geliebt hatte, als ihre Kinder. Sie gab ihnen Liebe, Vertrauen und Glück. Sie war immer für sie da und genoss es, sie glücklich zu sehen. Sie liebte die Menschen und scheute jede Konfrontation. Sie glaubte an Gott und nicht an Religion. Ob Christen, Juden oder Moslems, bei ihr waren alle gleich, einfach nur Menschen. Nun lag sie hilflos da und wartete ruhig auf das Ende. Drei Monate waren inzwischen verflogen, seit diesem Sonntag beim Chinesen. Die Zeit war schnell vergangen.

Es konnte nur noch Tage, nur noch Stunden dauern, bis sie diese Welt endgültig verlassen musste.

Eines Morgens war es dann geschehen. Schimon und Ria betraten die Klinik. Ein seltsames Gefühl durchfuhr ihn, als sie aus dem Aufzug stiegen und über den langen Flur zum Krankenzimmer gingen. Draußen vor der Tür stand Aba und schluchzte leise. Oren fasste ihn am Arm und suchte ihn zu trösten. Auch ihm liefen die Tränen übers Gesicht. Es war zu Ende. Ima Ruth hat sich in dieser Nacht aus dem Leben verabschiedet. Noch nie war Schimon so nah mit dem Tod konfrontiert worden, jetzt trennte ihn nur noch diese weiße Tür von seiner verstorbenen Mutter. Stumm stand er da und wollte weinen, doch es gelang ihm nicht. Er war schmerzerfüllt, seelisch aufgewühlt und tieftraurig, doch keine Träne benetzte seine Augen. Und doch weinte er bitterlich. Er tat es innerlich, ohne es zu zeigen. Die Beerdigung wurde organisiert, Verwandte und Freunde informiert und eine Traueranzeige im Ortsblatt geschaltet. Es war ein schwerer Verlust, über den man hinwegkommen musste.

Das Jahr 2000 rückte immer näher. Dies sollte nicht einfach ein normaler Jahreswechsel werden. Eine Jahrtausendwende mit dem klingenden Namen Millennium stand vor der Tür. Die Menschen fieberten der neuen Zeitrechnung entgegen. Ängste und Hoffnungen waren gleichermaßen mit dem Ereignis verbunden. Manche sprachen bereits vom Weltuntergang. Doch zunächst stand eine andere, sehr aktuelle Befürchtung im Raum. Mit dem Jahreswechsel mussten alle Computer auf das neue Datum eingestellt werden. Ältere Programmierungen hatten aber aus speichersparenden Gründen nur zweistellige Datumsangaben. Das konnte beim Wechsel von 1999 auf 2000 zu einem Chaos mit fatalen Folgen führen. Die moderne Welt wurde ja inzwischen überall von Computern gelenkt und gesteuert, Strom-und Wasserversorgung, Telekommunikation, Waffensysteme, Flugzeuge und vieles mehr. Was, wenn die Kontrolle über diese Systeme mit einem Mal nicht mehr funktionierte? Überall wurden vorsorglich Sicherheitsmaßnahmen errichtet und Notfallpläne ausgearbeitet. Fluggesellschaften stellten für die Nacht des Jahreswechsels die Flüge ein. Hinter den Kulissen wurde vielerorts Alarmstufe Rot ausgerufen. Dann knallten die ersten Feuerwerkskörper zur Begrüßung des neuen

Jahrtausends an der Datumsgrenze über der Südsee. Eine Welle der Freude wälzte sich über den Globus in Richtung Westen, bis sie die gesamte Erdkugel umrundet hatte. Das befürchtete Computerchaos blieb aus, die erste Hürde war genommen.

In Europa sollte in zwei Jahren eine neue Währung mit dem vielversprechenden Namen Euro eingeführt werden. Die Gemeinschaftswährung für 320 Millionen Menschen in unterschiedlichen Volkswirtschaften. D-Mark, Franc, Lire, Gulden oder Schilling, hätten dann ausgedient und würden dem Euro Platz machen. Mit der gemeinsamen Währung sollten die Menschen in den teilnehmenden Ländern über Nacht das gleiche Geld im Portemonnaie haben. Schon lange vor der praktischen Einführung war aber besonders in Deutschland die Skepsis noch groß. Machte es Sinn für den Bürger, die starke D-Mark zugunsten einer Gemeinschaftswährung aufzugeben? Wie weit würde Deutschland schwache Länder unterstützen müssen, die weniger produzierten, und würde die Inflation dadurch negativ beeinflusst werden? Und vor allen Dingen, würde alles für den Bürger teurer? Mutierte am Ende der Euro zum Teuro?

Viele Fragen standen im Raum, Politiker und Experten diskutierten kontrovers, die Wirtschaft frohlockte, denn sie galt schon im Vorfeld als Gewinner im großen europäischen Monopoly.

Man eröffnete ein Spiel mit vielen Unbekannten, dessen Ausgang völlig offen war. Erst Jahre später sollten sich die Auswirkungen mit ihren zwiespältigen Folgen zeigen.

Noch drei Monate blieb den Europäern, ihre Waren mit der gewohnten Landeswährung zu zahlen, als am 11. September 2001 eine Meldung die Welt erschütterte.

Schimon saß gerade in einer Arbeitsbesprechung, als plötzlich jemand die Tür aufriss und aufgeregt von einem Flugzeugabsturz in das World Trade Center in New York verkündete. Alle Teilnehmer waren schockiert. Als das Meeting zu Ende war, eilte Schimon in sein Büro und schaltete das Radio ein. Tatsächlich, die Meldungen überstürzten sich. Es war ein terroristischer Anschlag, bei dem zwei vollbesetzte Passagierflugzeuge von islamistischen Selbstmordattentätern in die Zwillingstürme gesteuert worden waren. Die Türme stürzten nacheinander ein und begruben 3000 unschuldige Menschen unter sich. Zur selben Zeit rasten zwei weitere entführte Maschinen auf geplante Anschlagsziele zu.

Die Täter lenkten eines in das Pentagon in Arlington, Virginia, das andere sollte wahrscheinlich ein Regierungsgebäude in Washington D.C. treffen. Diese Maschine brachte der Pilot während eines Kampfes der Entführer mit Passagieren bei Shanksville, Pennsylvania, zum Absturz. Die Welt war entsetzt über diesen barbarischen Akt der von der Terrororganisation al-Kaida unter der Führung von Osama Bin Laden verübt worden war. In islamistischen Kreisen sowie in den palästinensischen Gebieten wurden die Anschläge als ein großer Sieg gefeiert. Für die Vereinigten Staaten dagegen wachte das Trauma von Pearl Harbour im Jahre 1941 wieder auf. Alle Szenarien einer angemessenen Reaktion lagen bald auf dem Tisch und wurden heftig diskutiert. Die Quelle des Bösen war ausgemacht. Das Ziel lautete, die Terror-Organisation Al-Kaida zu zerschlagen, deren Anführer Osama bin Laden zu fassen oder zu töten und das mit ihm verbündete Regime der Taliban zu entmachten. Die Kampfhandlungen begannen am 7.Oktober 2001. Die USA bombardierten Ziele in ganz Afghanistan. Am 13.November, gelang es die Hauptstadt Kabul kampflos von den Taliban zu befreien.

Kapitel 37
Sinan ist frei

Die Nachricht von dem Anschlag in New York hatte auch die Insassen im Gefängnis erreicht. Sie jubelten vor Freude über den großen Sieg und die Schmach, die den Amerikanern und der westlichen Welt im Namen des Islams zugefügt worden war.
Die Terroristen wurden sofort zu Märtyrern erklärt. Sie waren Helden, die dem verhassten Amerika und damit auch den Zionisten eine Lektion erteilt hatten. Dabei spielte es für sie keine Rolle, dass dadurch 3000 unschuldige Menschen, unter ihnen sogar Muslime, in den Tod gerissen wurden. In Gaza tanzten Menschen feiernd auf der Straße, und die Hamas verteilte sogar Süßigkeiten an die Kinder. Palästinensische Flaggen wehten stolz im Wind, amerikanische und israelische Fahnen brannten am Boden, Die Emotionen radikaler Muslime schlugen himmelhoch, während die Welt um die Opfer trauerte.
Sinan saß in seiner Zelle. Die überschäumende Euphorie seiner Mitgefangenen konnte er nicht teilen. Zeigen durfte er es aber nicht. Er musste vorsichtig sein, das wusste er, um nicht sich oder seine Familie zu gefährden. Er kannte seine Glaubensbrüder, sie waren zu allem fähig. Wer nicht für sie war, der galt als Feind, den man vernichten musste. Sie waren ihrer Ideologie und ihrem Hass so sehr verfallen, dass jeder Gedanke an Versöhnung, einem bedrohlichen Schlag gegen ihre Ehre gleich kam. Das durfte nicht sein. Fast alle waren sicher, eines Tages aus diesem Gefängnis befreit zu werden und den Kampf gegen die Juden wieder aufnehmen zu können, so lange, bis Palästina judenfrei und arabisch war.
Nur die Nächte gehörten Sinan ganz allein. Wenn es draußen dunkel war, und er auf seiner Pritsche lag, und wenn die trübe Lampe seiner winzigen Zelle ausging, dann durfte er träumen, seinen Gedanken und Fantasien nachgehen. Er war wieder ein Kind, er spielte im Lager mit den anderen Jungen. Er hörte den Geschichten seines Vaters zu, der ihm von dem kleinen Heimatdorf erzählte, das die Familie verlassen musste. Da sah er seine Brüder, mit denen er sich immer gut verstand, und seine Mutter, die so oft auf die Juden schimpfte. Später kamen die bewaffneten Helden, die ihn mit ihren Gewehren so sehr faszinierten und die

ihn bald mit ihrer Ideologie wie mit einer Droge injizierten. Der Film lief Szene für Szene weiter. Da waren auch die kleinen jüdischen Kinder, die bei seinem ersten Überfall herzzerreißend um ihre getöteten Eltern weinten, die Opfer der Busanschläge in Tel Aviv, und die Ermordeten israelischen Sportler in München. Auch sie hatten Familien, Freunde, Verwandte, Menschen, denen sie viel bedeuteten und die um sie trauerten. Sollten sie ihm nicht auch irgendwie Leid tun? Was wäre eigentlich geworden, ging Sinan durch den Kopf, wenn sein Volk damals bereit gewesen wäre, sich mit den Juden, den Israelis, nach dem UN Beschluss von 1947 zur Teilung des Landes zu einigen? Vielleicht könnten sie heute noch in ihrem kleinen Dorf mit Kindern und Enkeln in Frieden leben. Sie wären dann entweder israelische oder palästinensische Bürger in einem eigenen, freien Staat. Man würde sich jederzeit gegenseitig besuchen, und freundschaftlich nebeneinander seinen Alltag leben können.

Warum jagen wir Palästinenser bis heute dem Traum nach, diesen Boden mit Gewalt zu erobern? Es ist uns doch in den letzten 50 Jahren nicht gelungen, im Gegenteil, wir haben immer mehr Land dabei verloren. Warum erziehen wir unsere Kinder noch immer zu Hass und Gewalt ohne an ihre Zukunft zu denken und warum wachen wir nicht endlich auf und schauen der Realität ins Auge? Eigentlich hätten wir unser Schicksal schon längst selbst in die Hand nehmen sollen und nicht immer auf die radikalen Organisationen und Regierungen um uns herum hören. Die missbrauchten uns auch nur als Spielball für ihre eigenen Interessen. Wäre Jordanien 1967 nicht in den Krieg gegen Israel eingetreten, dann säßen wir bestimmt heute noch zusammen in unserem Haus. Hätten wir nach der Besetzung des Westjordanlandes für den Frieden gestimmt, dann gäbe es jetzt wahrscheinlich auch keine einzige jüdische Siedlung auf unserem Land. Vielleicht müssten wir doch etwas kompromissbereiter sein und mit den Israelis mehr kooperieren, ein wenig zumindest. Dann besäßen wir womöglich schon längst unseren eigenen, wirtschaftlich funktionierenden Staat. Wir könnten auch vom technischen und wissenschaftlichen Fortschritt der Israelis profitieren, viel mehr als das, was wir von unseren arabischen Brüdern bekommen . . .

Sinans Gedanken hatten einen großen Bogen geschlagen, hatten zum ersten Mal Grenzen in seinem kopf überschritten. Er war erschrocken und verwirrt darüber, aber auch etwas stolz über seinen Mut.

Auf dem Flur hörte man Stimmen. Es waren die diensthabenden Wärter der Nachtschicht. Sinan glaubte auch Adina zu erkennen. Adina hatte ihn fasziniert. Als Mensch, aber auch als Frau, obwohl sie auch herbe männliche Züge trug. Dennoch, unter ihrer gediegenen, khakifarbenen Uniform zeichneten sich ein kräftiger Busen, ein üppiges Becken und ein runder Hintern ab. Sinan hatte schon seit Jahren keinen entblößten Frauenkörper mehr gesehen, geschweige denn berührt. In Gedanken scannte er Adinas Körper von oben nach unten ab. Er blieb wie gefesselt an ihrem Schritt stehen und stellte sich ihn unbekleidet und ganz blank vor. Sein Glied versteifte sich unwillkürlich und verlangte bald nach Entladung. Er konnte dem nicht mehr widerstehen.

Die Welt drehte sich weiter, und die Nahostdiplomatie spannte wieder ihre Fäden. Der amerikanische Außenminister rotierte zwischen Jerusalem, Kairo, Amman und Ramallah wie ein aufgezogener Kreisel hin und her, in der Hoffnung, neue Friedensansätze zwischen Israelis und Palästinenser knüpfen zu können. Amerika musste der Welt Erfolge vorweisen und war bemüht, es jedem Recht zu machen. Die Vereinten Nationen und Europa kritisierten traditionell Israel für seine unnachgiebige Haltung und für die Unterdrückung der Palästinenser. Im Sicherheitsrat hagelte es Resolutionen gegen das Land. Von 1949 bis 2000 durfte Israel keiner regionalen Gruppe der UN beitreten. Dafür unterhielten die Vereinten Nationen die UNWRA, ein exklusives Hilfswerk, eigens für palästinensische Flüchtlinge. Bereits 1975 verabschiedeten die UN eine Resolution, in der der Zionismus als Verkörperung des modernen Rassismus bezeichnet wurde, obwohl es die einzige Demokratie im Nahen Osten war, die sogar freigewählte arabische Abgeordnete zu ihrer Regierung zählte und in der Rede- und Religionsfreiheit herrschten. 40 Prozent aller Resolutionen des UN Rates für Menschenrechte richteten sich gegen Israel. Es gab sogar einen permanenten Tagesordnungspunkt, sodass Israel in jeder einzelnen Sitzung Diskussionsthema war. Erstaunlicherweise wurden kaum Resolutionen gegen arabische Despoten gefasst, die die Menschenrechte täglich mit Füssen traten und das eigene Volk mordeten oder knechteten.

Wieder einmal standen Friedensverhandlungen auf dem Programm. Diese hatte der amerikanische Außenminister in zähen Gesprächen mit allen Parteien ausgehandelt. Der stockende Prozess sollte endlich in Gang kommen. Neue Hoffnungen wurden von den Medien geschürt, die Welt horchte auf. Nur die Beteiligten selbst zeigten sich nicht so euphorisch über die bevorstehenden Verhandlungen. Sie alleine wussten, wie schwer es werden würde, Kompromisse zu schließen, die für jede Partei tiefgreifende Veränderungen nach sich ziehen könnten. Drei nahezu unlösbare Probleme standen im Vordergrund, die bereits im Vorfeld alle Erwartungen dämpften. Zum einen war da Jerusalem, die Heilige Stadt, auf die beide Kontrahenten einen historischen Anspruch erhoben. Keine israelische Regierung, auch keine linksorientierte, wäre in der Lage, die Jerusalemer Altstadt, den Tempelberg oder die Klagemauer den Palästinensern alleine zu überlassen. Aber auch die Palästinenser wollten darauf nicht verzichten. Zum anderen gab es, das von den Palästinensern geforderte uneingeschränkte „Rückkehrrecht" all derer, die als palästinensische Flüchtlinge bezeichnet wurden. 650.000 Araber hatten damals nach der Staatsgründung das israelische Gebiet verlassen oder verlassen müssen. Nun sollen fast 5.000.0000 zurückkehren. Eine Forderung, die der demokratische Staat Israel existentiell nicht überstehen würde. Das dritte strittige Thema auf der Tagesordnung war der Siedlungsstopp in den besetzten Gebieten und der Abzug aller Siedler ins israelische Kernland.

Die Diplomatie durchlief aufgeregte Zeiten. Man führte offene, geheime, heimliche und unheimliche Gespräche. Jede Seite suchte sich ins beste Licht zu rücken. Das Lächeln der Politiker in die Kameras war nichts als bloße Fassade. Die Verhandlungen drohten wieder einmal, wie schon so oft, zu scheitern.

Im Rahmen eines erhofften Abkommens, sollte Israel eine Geste des guten Willens zeigen und als Vorbedingung einige palästinensische Gefangene freilassen. Den Wunsch der Israelis ihr Land als jüdischen Staat anzuerkennen, verweigerten die Palästinenserhartnäckig. Die Verhandlungen durften jedoch nicht scheitern, das war man den Amerikanern schuldig. So erklärte sich die israelische Regierung bereit, trotz starker Proteste aus der eigenen Bevölkerung, Gefangene, die als Mörder verurteilt worden waren, *aus der Haft zu entlassen. Man stellte eine Liste der Kandidaten zusammen. An einem Montagmorgen vernahm Sinan ein hektisches Treiben vor seiner Zelle. Schwere Eisentüren wurden aufgeschlossen, Namen aufgerufen, Schritte hallten durch die Flure. Dann war er dran. Ari, der stämmige Wärter, schloss die Türe auf und bat ihn aus der Zelle in den Flur zu treten.*

„Du bist frei, du darfst nachhause", raunte er mit tiefer Stimme.

„Was ist passiert?" fragte Sinan erstaunt.

„Das wirst du noch erfahren. Aber jetzt beeil dich. Es geht bald los."

Auf dem langen Gang standen die Auserwählten in einer Reihe hintereinander, zu beiden Seiten flankiert von den Wärtern. Der Kommandierende trat einen Schritt nach vorn und zog ein Schreiben aus der Tasche, auf dem arabische Namen von Gefangenen aufgelistet waren. Er las sie nacheinander vor und befahl den Aufgerufenen durch das Tor auf den Hof hinaus zu treten. Auch Sinans Name stand auf der Liste. Vor der Haftanstalt waren bewaffnete Soldaten postiert, die ein Spalier bildeten, das direkt zu einem bereitstehenden Bus führte. Sinan stieg ein und suchte noch einen freien Platz. Die meisten Sitzplätze vorne waren schon besetzt. Noch wusste keiner, was der Grund ihrer Freilassung war und wohin die Fahrt gehen sollte. Als letzte stiegen noch drei bewaffnete Soldaten mit ein, dann setzte sich der Bus in Bewegung. Er wurde von Militärfahrzeugen begleitet. Die Fahrt ging durch die kahle Wüste über kleine, staubige Wege. Hier und da tauchten schwarze Beduinenzelte auf, vor denen Kamele ruhten und Ziegen an trockenen Ästen nagten. Die ersten Häuser eines arabischen Dorfes tauchten am Horizont auf. Der Konvoi musste seine Geschwindigkeit reduzieren, denn auf der holprigen Straße spielten Kinder. Es dauerte noch eine halbe Stunde bis zum Ziel. Schließlich war von weitem auf einem freien Feld eine große Menschenmenge zu erkennen. Männer, Frauen und Kinder in traditioneller arabischer Kleidung, die die Ankunft des Busses schon sehnsüchtig erwarteten. Abseits postierten sich israelische Soldaten, die den Bus in eine extra Fahrspur dirigierten. Die Menge jubelte und begrüßte ihn mit schrillen Lauten. Erst jetzt begriffen die Häftlinge, dass sie freigelassen wurden. Die Türen klappten auf, die Ersten, die das Fahrzeug verließen, wurden von der Menge aufgesogen und beinahe erdrückt.

„Sinan, Sinan, mein Sohn", rief es von irgendwoher.

Da stand er, der alte Mann und stemmte sich mühevoll auf seinen Stock. Seine Augen waren voller Tränen. Sinan zwängte sich durch die Menschenmenge.

„Abu, ich bin so glücklich dich zu sehen. Doch was ist geschehen?" fragte er erstaunt und drückte den alten Mann fest an sich.

„Allah hat meine Gebete erhört", erwiderte der Vater mit zittriger Stimme.

„Es wird Verhandlungen mit den Israelis geben und sie erklärten sich bereit, vorher schon viele Gefangene freizulassen. Es ist ein guter Tag. Ich hoffe, dass alle jetzt das Tor zum Frieden öffnen werden und niemand mehr im Krieg sterben muss.

Komm, lass uns nach Hause fahren, wo deine Mutter, und deine Brüder und Schwestern dich freudig in die Arme schließen wollen. Ihr seid Helden für unser Volk. Aber denk daran mein Sohn, wir müssen vorsichtig sein. Dein Bruder Mahmud hat damals den Überfall dank der Pflege im israelischen Krankenhaus überlebt. Nachdem er entlassen wurde, hat er sich irgendwo abgesetzt. Niemand soll wissen, wo er sich aufhält, doch ich weiß, dass er in Sicherheit ist. Die Organisation hat ihn lange gesucht, sie waren auch mehrmals bei uns im Haus. Sie werden es uns nicht verzeihen und werden keine Ruhe geben, bis sie ihn gefunden haben. Auch du, mein Sohn, musst dich in Acht nehmen. Vielleicht solltest du für eine Weile aus dem Land gehen, dich nach Europa absetzen."

Sinan verstand Abdallas Hinweis. Ihm war bewusst, dass er in Zukunft sowohl von den Israelis als auch von seiner Organisation genau beobachtet werden würde. Er entschied sich dafür, Deutschland als Ziel zu wählen. Die deutschen Behörden, so sagten alle, seien recht großzügig gegenüber Einwanderern, Flüchtlingen und Asylanten.

Die Verhandlungen zwischen Israelis und Palästinenser zogen sich in die Länge wie ein zäher Kaugummi unter einer Schuhsohle und gerieten schließlich ganz ins Stocken. Keine Partei war bereit, Kompromisse einzugehen. Die Fronten hatten sich erneut verhärtet. Die Delegationen einigten sich darauf, die Gespräche zu vertagen. Die Presse berichtete über große Fortschritte, die den Weg für künftige Vereinbarungen öffneten. Man ging auseinander und versprach sich in einiger Zeit wieder zu treffen.

Kapitel 38
Der Weg in die Fremde

An einem milden Morgen im Herbst 2006, bestieg Sinan mit klei-nem Gepäck den Bus nach Amman. Von der jordanischen Haupt-stadt aus, ging sein Weg weiter nach Syrien.
In Damaskus checkte er ein und nahm den Flug nach Frankfurt am Main. Vier Stunden später setzte die Maschine auf der Roll-bahn des Rhein-Main Flughafens auf. Sinan hatte sich vorge-nommen, in Deutschland ein neues Leben zu beginnen, fernab von Krieg und Gewalt. Hier wollte er arbeiten, Geld verdienen, und es seiner Familie im Flüchtlingslager zurückschicken. Das war er seinem Abu und den Brüdern schuldig. Man hatte ihm erzählt, dass Deutschland ein Paradies für Einwanderer sei, und dass das Sozialnetz für jeden sehr engmaschig gestrickt war. In der Tasche, gleich neben seinem jordanischen Reisepass, den die meisten Palästinenser im Westjordanland besaßen, steckte eine Adresse, die ihm ein Nachbar vor der Abreise zugesteckt hatte. Sinan war zuversichtlich, es in Deutschland zu schaffen, wenn ihm nur je-mand am Anfang etwas helfen würde. Nach der Landung in Frankfurt, reihte er sich erst einmal in die lange Schlange vor dem Schalter der Passkontrolle ein. Es ging nur langsam voran. Endlich stand er vor dem Grenzbeamten hinter der Glasscheibe. Zwei strenge Augen musterten ihn von der Haarspitze bis zum Brustkorb. Alles Weitere verdeckte der hohe Counter. Er reichte dem Beamten seinen Reisepass, doch es dauerte lange, bis der Grenzpolizist den Blick hob.
„How long will you stay in Germany?" fragte er auf Englisch mit einem hessischen Akzent.
„Zwei Wochen", log Sinan mit seinem arabischen Akzent.
Der Beamte schaute ihn argwöhnisch an.
„What is your destination?"
„Frankfurt. I will stay in Frankfurt", antwortete Sinan wahrheits-gemäß.
„What will you do in Frankfurt?" fragte der Polizist weiter.
„Visiting a friend."
Der Grenzbeamte schien mit dieser Antwort noch nicht ganz zu-frieden zu sein und rief einen Kollegen herbei, dem er das Einrei-sedokument zur Ansicht gab. Dieser bat Sinan auf einem Stuhl

*Platz zu nehmen und einen Augenblick zu warten. Sein Herz poch-
te schneller. Eine Frage kreiste dauernd wie eine lästige Fliege
um ihn herum, die er nicht verjagen konnte. Ob sie ihn wieder
zurückschicken würden? Seine Hände schwitzten. Es dauerte
beinahe zwanzig Minuten, bis der Beamte zurückkam und ihm
seinen Pass überreichte.*

*„OK. You can go," entließ er ihn mit einer knappen, eindeutigen
Handbewegung.*

*Sinan folgte den Hinweisen zur Gepäckausgabe. Es war ein lan-
ger Weg dorthin. Eigentlich hatte er den kleinen Koffer als Hand-
gepäck mitnehmen wollen, doch dann kurzerhand sich dazu entschieden, sich ihn doch noch aufzugeben. Das verwaiste Gepäck-
band drehte immer noch unermüdlich seine Runden und transportierte sein kleines, schwarzes Köfferchen im Kreis herum. Sinan
schnappte ihn und ging zum Ausgang. Eigentlich hatte er nichts
zu verzollen, und so wählte er die grüne Tür.*

„Halt", rief im selben Moment ein grüngekleideter Zollbeamter.

*„Kommen Sie bitte hierher." Er dirigierte Sinan mit einem Fin-
gerzeig zu sich.*

„Sprechen Sie Deutsch?" wollte er wissen.

*Sinan verneinte mit einer Kopfbewegung, obwohl er noch ein
paar Brocken in Erinnerung behalten hatte.*

„Englisch?" fragte der Zollbeamte.

„Where do you come from?"

„Amman, Jordan", erklärte Sinan verunsichert.

„Do you have something to declare?"

Der Zöllner war misstrauisch.

„Cigarettes, jewellery, cash money?"

„No, nothing", revidierte Sinan ein wenig genervt.

*„Please, open your luggage", befahl der Beamte etwas unfreund-
lich.*

*Er zog sich Handschuhe an und durchsuchte den Koffer bis zur
letzten Ritze, konnte aber nichts entdecken. So entließ er Sinan mit
einem höflichen Dankeschön.*

Sinan war in Deutschland angekommen.

*Draußen, vor dem gigantischen Terminal, herrschte großes Trei-
ben. Busse spuckten Touristen aus, Reisende huschten eilig mit
Gepäck in die Halle, während andere übermüdet herausschlichen.
Taxis nahmen die Ankommenden auf und brausten davon. Ein*

wenig verloren schaute sich Sinan um. Er zog den kleinen Zettel aus der Tasche, auf dem eine Anschrift gekritzelt war:

Frankfurt-Griesheim und eine Straße mit Hausnummer. Dort, hatte ihm der Nachbar aus dem Flüchtlingslager gesagt, könne er für den Anfang unterkommen. Es seien gute Menschen, Brüder, Moslems, so wie er. Er eilte zur U-Bahn Station. Hier stand er vor einem großen, blauen Metallkasten, auf dem unzählige Tasten mit verwirrenden Zahlen, Stationsnamen und Zonen zu lesen waren. Fragend schaute er sich um.

„Wohin möchten Sie fahren?" sprach ihn eine junge Frau an.

Er zeigte ihr die Anschrift auf dem Zettel.

Sie suchte die richtige Tastenkombination, bis das Display den Fahrpreis anzeigte. Sinan schob einen Geldschein in den Schlitz. Die U-Bahn war im Anrollen. Der Fahrkartenautomat spukte den Schein wieder aus. Sinan versuchte es erneut. Der Kasten weigerte sich hartnäckig. Quietschend hielt der Zug an, und eine Menschenmenge strömte heraus. Die Wartenden stiegen ein, der Bahnsteig leerte sich. Sinan zwängte sich gerade noch zwischen den schon schließenden Türen hindurch. Am Hauptbahnhof angekommen, verließ er den Zug. Auf dem Bahnhofsvorplatz herrschte reges Treiben. Menschen unterschiedlicher Herkunft kreuzten seinen Weg oder jagten an ihm vorbei. Asiaten, Osteuropäer, Südländer, eine multikulturelle Gesellschaft. Einige Frauen trugen Kopftücher und lange, dunkle Gewänder, was ihn sehr an zuhause erinnerte.

Aus einer Ecke drangen ein paar arabische Sprachfetzen an sein Ohr. Da standen zwei Orientalen und diskutierten miteinander. Sinan sprach sie an und fragte nach dem Weg. Sie schienen kaum überrascht darüber zu sein, von einem Fremden in ihrer Muttersprache angesprochen zu werden. „Zu Fuß sind es über dreißig Minuten, mit der Straßenbahn fünfzehn, ein Taxi braucht nur zehn Minuten", meinten sie. Sinan entschied, zu laufen. Es war die billigste Möglichkeit. Er hatte ja Zeit. Auf seinem weg durch die Mainzer Landstraße passierte er zahlreiche Autohändler mit türkischen und arabischen Namen, die manche luxuriöse Karosse anboten. Hier musste er einfach stehenbleiben. Sie zogen ihn magisch an. So kam er aber erst nach fast über einer Stunde an seinem Ziel an.

Dann stand er vor dem mehrstöckigen Haus. Es wirkte verfallen, wie auch die anderen Häuser daneben, vor denen alte Möbel als Sperrmüll her rumlagen. Die Wände waren voller Schmierereien in arabischer Sprache. Auf den Namensschildern neben der Eingangstür, die zum Teil herausgerissen und oft nur mit Hand geschrieben waren, entdeckte er den Namen seines Kontaktes. Da, wo ursprünglich ein Klingelknopf vorgesehen war, klaffte ein schwarzes Loch. Sinan betrat das Treppenhaus. Die ausgetretenen Holztreppen knarrten bedrohlich bei jedem Schritt. Auf einer mächtig ramponierten Tür hatte jemand auf Arabisch einen Namen eingraviert. Derselbe stand auf seinem Zettel. Er klopfte. Eine Weile tat sich nichts, endlich waren Schritte zu hören. Die Tür öffnete sich, und ein älterer, dunkelhäutiger Mann in einem langen, weißen Gewand stand vor ihm. Auf dem Kopf trug er eine weiße Kappe, Kinn und Backen wurden von einem schwarzen Bart verdeckt.

„Was willst du, wer bist du?" fragte er misstrauisch auf Deutsch mit starkem arabischen Akzent.

Sinan reichte ihm den Zettel mit der Anschrift.

„Ich bin Sinan, der Sohn von Abdallah. Man hat mir diese Adresse gegeben und sagte ich könnte vorerst hier bleiben, wenn das geht."

Die dunklen Augen des alten Mannes begannen zu glänzen. Er öffnete die Arme und drückte seinen Gast an sich.

„Du bist der Sohn von Abdallah? Dann bist du uns herzlich willkommen, Bruder."

Sinan trat ein. Der alte Mann, er hieß Halim, führte ihn durch den langen, düsteren Flur zu einem kleinen Zimmer am Ende des Ganges. Es war winzig, hatte ein enges Fenster und roch moderig. Ursprünglich war es eine Abstellkammer. Außer einem klapprigen Bett mit einer durchgelegenen Matratze die von einem alten, bodenlangen Bezug bedeckt war, einem kleinen Tischchen und einem uralten Holzstuhl davor, gab es in dem Raum keine Möbeln. An der einen Wand klebten nebeneinander zwei große, vergilbte Fotos, auf denen die al Aksa Moschee in Jerusalem und die schwarze Kaba in Mekka abgebildet waren. An der Wand gegenüber prangte ein Poster von ganz Palästina, so wie sich die Palästinenser das Land wünschten.

„Hier kannst du bleiben. Morgen, ist Freitag, dann werden wir zusammen zum Freitagsgebet in die Moschee gehen", sagte der Alte und schloss die Tür hinter sich. Sinan ließ sich auf den Stuhl nieder und schaute sich in dem Zimmer um. Sein Blick blieb an der Palästinakarte hängen. Nirgendwo war das Wort Israel zu sehen. Alle Orte trugen arabische Namen. Ob er das jemals erleben würde, ein eigenständiges, freies Palästina?

Um sich zu erfrischen, suchte er das Bad auf. Er schritt den langen Flur entlang, an mehreren Türen vorbei. Eine war nur leicht angelehnt, aus dem Raum dahinter waren Geräusche zu hören. Neugierig blieb er stehen. Im Türspalt erschien die Kontur einer vermummten Frau, die gleich wieder verschwand als sie ihn erblickte. Eigentlich wollte er sich nur nach dem Bad erkundigen. Die nächste Tür stand offen. Im Zimmer dröhnte lautstark ein altes Fernsehgerät in arabischer Sprache. Davor saßen drei Jungs im Alter von 7 bis 10 Jahren, die gebannt einen Spielfilm verfolgten. Sie waren viel zu sehr in der Handlung gefangen, um den Fremden zu bemerken. Da trieben gerade schwerbewaffnete israelische Soldaten kleine palästinensische Kinder durch die Straße eines arabischen Dorfes vor sich her. Sie merkten dabei nicht, dass sie in eine Falle tappten, da plötzlich von allen Seiten das Feuer auf sie eröffnet wurde. Es waren heldenhafte Hamas Krieger, die die israelischen Soldaten töteten und die Kinder befreiten. Die Kleinen jauchzten vor Freude vor der Mattscheibe. Sinan blieb noch eine Weile am Türrahmen gelehnt stehen. Die nächste Sendung wurde von einer verschleierten Sprecherin angekündigt. Auf dem Bildschirm erschien ein Imam. Eindringlich beschuldigte er die Juden, für alles Schlechte auf der Welt verantwortlich zu sein. Er behauptete, dass der jüdische Tempel in Jerusalem eine Lüge und die Bibel eine Fälschung sei. Einzig der Islam sei die wahre Religion, die über den gesamten Erdball verbreitet werden musste. Notfalls mit dem Schwert. Fasziniert saßen die Jungs vor dem Bildschirm und saugten die Worte des Geistlichen auf. Sinan hatte genug gesehen. Er fand das Badezimmer hinter der nächsten Türe und zog sich dann müde in seine Kammer zurück. Am Morgen darauf, wurde er von einem lauten Klopfen geweckt. Der alte Mann in der weißen Kutte stand mitten im Raum.

„Sinan, steh auf, wir müssen in die Moschee zum Morgengebet."

Aus allen Himmelsrichtungen strömten gläubige Muslime in das

Gotteshaus. Das Freitagsgebet musste gemeinschaftlich in der Moschee abgehalten werden. Ein Fernbleiben zu diesem Termin war eine Sünde. Der Gebetsraum war brechend voll. Eng beieinander knieten die Männer auf dem Teppich, in Richtung Mekka gerichtet. Die Frauen beteten in einem separaten Raum, so schrieb es der Islam vor.

„Sinan", meinte der alte Mann, als das Gebet zu Ende war.

„komm mit, ich möchte dir ein paar Freunde vorstellen."

Er nahm Sinan an die Hand und führte ihn zu einer Gruppe junger Männer, die traditionell arabisch mit einem Kaftan bekleidet waren und einen pechschwarzen Bart trugen.

Sie begrüßten den Neuankömmling herzlich.

„Allah sei mit dir, Bruder", reichte ihm ein untersetzter Mann mit dickem Bauch die Hand. „Wir haben schon von dir gehört, du bist der Sohn von Abdallah aus Palästina. Außerdem bist du ein Held der uns beim Kampf für die Rechte der Palästinenser unterstützt. Eines Tages werden wir mit Allahs Hilfe unser Land zurückerobern und die Juden aus Palästina vertreiben. Das fordert auch unser Imam bei jeder Predigt."

Sinan schwieg. Er war sich nicht sicher, ob er zustimmen oder es einfach ignorieren sollte.

Nach einer kurzen, belanglosen Unterhaltung, wandte sich die Gruppe ab und rückte in eine andere Ecke der Moschee. Sinan sah ihnen nach. Sie unterhielten sich angeregt und gestikulierten dabei lebhaft. Zwischendurch aber, hielten sie inne und begannen zu flüstern, wobei sie sich vorsichtig umsahen. Dennoch konnte er einige Wortfetzen mitbekommen.

Eines Abends, saß er in seinem Zimmer, die Tür war nur leicht angelehnt. Im Flur waren Stimmen zu hören. Eine Gruppe von Männern wurde an seiner Kammer vorbei vom alten Halim ins Wohnzimmer geleitet. Da er im Dunklen saß, hatte ihn niemand bemerkt. Sie glaubten sich allein in der Wohnung und fühlten sich sicher. Die Männer setzten sich im Kreis auf Sitzkissen um einen kleinen, niedrigen Tisch herum, auf dem Teegläser, eine Teekanne aus Metall und eine Schischa bereitstanden. Man schenkte sich Tee ein, scherzte und lachte miteinander. Dann eröffnete Halim das Gespräch. Er sprach von der Unterdrückung der muslimischen Glaubensbrüder auf der Welt und von den Erzfeinden, die man im Namen Allahs bekämpfen und vernichten musste.

„Nur der Islam ist die einzig wahre Religion und der Koran die Heilige Schrift und die wörtliche Offenbarung Gottes an den Propheten Mohamed. Alle, die nicht daran glauben oder dagegen verstoßen, sind Ungläubige, die man bekehren muss. Dazu gehören die Christen und die Juden", verkündete er voller Innbrunst.

„In Palästina töten sie unsere Frauen und Kinder, in Jerusalem besetzen sie unsere Heiligen Stätten. Das können wir nicht so hinnehmen. Der Kampf gegen diese Hundesöhne hat längst begonnen und wir werden ihn mit allen Mitteln zu Ende führen. Allah sei mit uns."

Die Runde nickte zustimmend mit dem Ruf: Allah hu akbar!"

Dann wurde seine Stimme leiser, er begann fast zu flüstern.

„Meine Brüder, mir wurde aus gesicherter Quelle mitgeteilt, dass es in Kürze eine Aktion gegen eine jüdische Einrichtung in unserer Stadt geben wird. Die Vorbereitungen sind bereits im Gange. Jedes tote palästinensische Kind wird mit der gleichen Härte gerächt- hier, wie überall auf der Welt. Sicher werden auch wir unseren Beitrag dazu leisten müssen, wenn man uns dazu auffordert. Haltet euch bereit, meine Brüder."

Es war spät geworden. Man unterhielt sich noch eine Weile bei Tee und dem leisen Blubbern der Schischas, bis der gemeinsame Aufbruch begann. Sinan musste ins Bad. Als ihn Halim plötzlich im Flur entdeckte, schien er sichtlich überrascht. Er hatte mit seiner Anwesenheit in der Wohnung nicht gerechnet. Sinan glaubte in Halims Blick eine unterschwellige Warnung zu erkennen, falls er das Gespräch mitgehört haben sollte.

Er war verwirrt, als er sich wieder in seinem Zimmer einschloss. Nun sollte das Blutvergießen auch hier, in dieser Stadt, weitergehen. Gegen unbeteiligte Menschen, womöglich Kinder, die das ganze Leben noch vor sich hatten. Was hatten die nur mit dem so weit entfernten Kampf um Palästina zu tun und wem sollte ihr Tod nützen? Die ganze Nacht lag Sinan grübelnd auf seinem Bett, diese Gedanken ließen ihm keine Ruhe.

Am Tag darauf machte er sich auf den Weg. Halim hatte ihm einen Job in einer kleinen Dönerbude im Bahnhofsviertel besorgt. Er sollte sich dort ein paar Euro verdienen. Er wusste, dass es illegal war, denn er besaß keine Arbeitserlaubnis für Deutschland, doch Halim sagte, er könnte sich darauf verlassen, dass ihn niemand verraten würde. Wenn eine Kontrolle auftauchte, sollte er sich im hinteren Raum verstecken. Außerdem, empfahl ihm Halim, irgendwann zur Polizei zu gehen und offiziell Asyl zu beantragen. Er solle sagen, er wäre ein politischer Flüchtling, der von den israelischen Behörden verfolgt und gefoltert wurde. Das hätten schon viele hier gemacht und sie würden heute Unterstützung vom Staat bekommen, versicherte er. Die Prüfung des Asylantrages ziehe sich über Monate, ja manchmal Jahre hin, und bis dahin würde man schon eine Lösung finden. So stand Sinan Tag für Tag hinter der Imbisstheke, füllte Pitas mit Dönerfleisch und Salat, und lauschte den Gesprächen der vorwiegend arabischen Gäste.

Eines Abends, das Geschäft lief ruhig, betraten zwei junge Kunden den Gastraum und bestellten Falafel. Sinan bereitete die Portionen vor, die Männer setzten sich an den kleinen Tisch in der Ecke unweit der Theke. Sinan brachte ihnen die Bestellungen und verschwand wieder hinter dem Tresen. Noch immer waren keine andere Gäste im Lokal, sodass er in aller Ruhe unauffällig, die beiden Männer beobachten konnte. Sie steckten die Köpfe zusammen und sprachen leise auf Arabisch. Es schien als würden sie einen Plan durchgehen. Sinans Augen waren durch das große Fenster auf die Straße gerichtet, seine Ohren jedoch, versuchten, dem Gespräch zu folgen. Ihm war, als hätte er die beiden vorher schon einmal gesehen. Vielleicht damals in der Moschee, als der alte Halim ihn der Gruppe vorstellte. Doch diese flüchtige Begegnung war ihm nicht so nachhaltig in Erinnerung geblieben. Einer der Männer zog einen kleinen, zerknäulten Zettel aus seiner Tasche heraus. Er schaute sich vorsichtig um, und faltete das Papier auf. Irgendetwas war darauf notiert, Sinan konnte es aber aus der Entfernung unmöglich erkennen. Der Zeigefinger fuhr über die Schrift, flüsternd erklärte der Mann die Bedeutung. Angestrengt konnte Sinan manchmal einige Wortfetzen auffangen. Es musste sich um die jüdische Gemeinde im Frankfurter Westend handeln. Dort, wo sich die Synagoge, mehrere Veranstaltungsräume und ein jüdischer Kindergarten befanden.

Nachdem die zwei Männer gegessen hatten, verließen sie grußlos das Lokal. Sinan kam der unbestimmte Verdacht, dass diese Begegnung in Zusammenhang mit dem nächtlichen Treffen bei Halim stehen konnte. In einer Schublade neben der Theke, lag ein altes Telefonbuch. Unter dem Buchstaben J, entdeckte er darin den Eintrag der Jüdischen Gemeinde Frankfurt mit einer Anschrift. Ein Stadtplan auf den ersten Seiten des Buches bestätigte seine Vermutung. Sie lag im Westend. Jetzt war er neugierig geworden und irgendwie wollte er diese Einrichtung einmal sehen. Einige Tage später, machte er sich auf den Weg in die Savigny Straße. Um die Anlage herum, die mit vielen Kameras gesichert war und einer Festung glich, patrouillierten Polizeistreifen. Es war Mittagszeit und Eltern holten gerade ihre Kinder vom Kindergarten ab.

Sinan schlenderte unauffällig die Straße entlang, um keinen Verdacht zu wecken. Er war sich sicher, von unzähligen Augen beobachtet zu werden. Er wechselte die Straßenseite und verschwand um die nächste Ecke. Es wurde ihm klar, dass dies das Ziel eines Anschlages werden könnte. Vor seinen Augen tauchten schreckliche Szenen auf, die er schon kannte. Blutige, zerfetzte Körper, schreiende Menschen, heulende Sirenen, Chaos. Planlos ging er immer schneller durch die Straßen, verfolgt von wirren Gedanken, die ihn quälten. Sie führten immer wieder zu der einen Frage: Welchen sinn sollte das haben? Würde sich durch diese Aktion wirklich etwas in Palästina ändern? War das noch sein Kampf gegen Israel? Oder war das nur noch ein Verbrechen? Doch was sollte er tun, was konnte er tun, um es zu verhindern? Er rannte inzwischen, als wäre der Teufel hinter ihm her. Sein Herz pochte wie ein riesiger Klöppel auf eine schwere Trommel. In seinem Inneren tobte ein verzweifelter Gewissenskampf. Sollte er seinen Verdacht der Polizei melden und damit möglicherweise eine Katastrophe verhindern oder besser schweigen und sich ganz aus der Angelegenheit heraushalten? Dann konnte er wenigstens sicher sein, sich nicht selbst in Gefahr zu bringen. Natürlich war er ein glühender Verfechter der palästinensischen Sache, aber mit dem Tod von unschuldigen Menschen, wollte er jetzt nichts mehr zu tun haben. Hatte er nicht selbst erfahren, dass die Israelis nicht alle solche Unmenschen waren, als die sie in der arabischen Presse häufig dargestellt wurden? Aber wie sollte er die Polizei informieren, ohne sich selbst in Verdacht zu bringen? Er könnte aus irgendeiner Telefonzelle anrufen. Das wäre unverfänglich. Oder eine Nachricht auf Papier schreiben und sie unauffällig bei einer Polizeistation einwerfen. „Ja", sprach er zu sich selbst und beschloss, es so schnell wie möglich auch wirklich zu tun. Mit *einem Mal fühlte er sich, als wäre ihm eine Last von der Seele gefallen. Er war sich sehr sicher, das Richtige zu tun.*

Zurück in seinem Zimmer, schrieb er einige Zeilen in Englisch auf einem Zettel, und vergrub ihn kleingefaltet und ganz tief in seiner Hosentasche.

Am nächsten Morgen, kam er auf dem Weg zu seiner Dönerbude, an der Polizeiwache vorbei. Sinan wartete einen Augenblick, bis die Straße leer war, näherte sich dann, scheinbar gedankenlos, dem Briefkasten und warf unauffällig im Vorbeigehen den Zettel hinein. Drei Tage vergingen und nichts geschah. Er nahm schon an, dass seine Nachricht entweder nicht bei der richtigen Stelle angekommen war oder einfach nicht ernst genommen wurde. Dennoch hatte er sein Gewissen beruhigt und immer noch das Gefühl, das Richtige getan zu haben. Nun waren die Behörden an der Reihe, sich der Sache anzunehmen. Vielleicht, so hoffte er, traf seine Vermutung am Ende überhaupt nicht zu und es würde gar nichts geschehen. Das wäre wohl am Besten für alle.

Der Alltag nahm wieder seinen Lauf, bis es eines Abends laut und heftig an der Wohnungstür hämmerte.

„Polizei. Aufmachen!“ wurde energisch von draußen befohlen.

Jetzt ist es soweit, dachte Sinan und begann am ganzen Körper zu zittern. Er musste handeln, irgendwie verschwinden. Das enge Fenster zum Hof stand gekippt, hier hätte er sich durchzwängen und entkommen können. Doch, was, wenn das Haus umstellt war? Ihm blieb nur eine Chance. Hastig kroch er unters Bett und zog das Betttuch bis zum Boden herunter. Er wagte kaum zu atmen. Im Hausflur hörte er Schritte. Halim wankte zur Wohnungstür und wollte sie öffnen. Doch mit einem Krachen wurde die Tür gewaltsam aufgedrückt und stieß dabei den alten Mann zu Boden. Mehrere Polizisten mit Helmen und Schusswesten bekleidet, stürzten mit gezückter Waffe in den Flur und postierten sich vor den Türen.

„Befinden sich noch weitere Personen in der Wohnung“? schrie einer von ihnen den verängstigten Halim an. Der schüttelte verneinend den Kopf. Die Türen zu den Zimmern wurden gewaltsam aufgestoßen und jeder Raum hastig durchsucht. Ordner wurden aus den Regalen gezerrt und zusammen mit einem Computer zu einem Fahrzeug der Polizei gebracht.

Unter dem Bett mit der bezogenen, bodenlangen Tagesdecke in der karg möblierten Kammer, hatte niemand so genau nachgesehen. Sinan wagte sich nicht zu rühren, atmete nur ganz flach. Er durfte hier nicht entdeckt werden. Eine kurze Zeit noch ging die Aktion krachend und rumpelnd weiter, bis schließlich die Haustüre mit einem Knall von außen zugeschlagen wurde. Sinan wartete noch ein paar Minuten, um sicher zu gehen, dass niemand zurückkam, dann kroch er aus seinem Versteck heraus. Er war jetzt in Gefahr. Halims warnender Blick an jenem Abend nach dem konspirativen Treffen in der Wohnung, bedeutete nichts Gutes. Würde der ihn jetzt bei einem Polizeiverhör beschuldigen oder womöglich auch nur seinen Glaubensbrüdern einen Hinweis geben, so wäre das sein Ende. Er musste hier fort, sich irgendwo verstecken. Eiligst packte er in einer kleinen Tasche die notwendigsten Dinge zusammen. Die Aktion schlug ihm auf die Blase, er musste sie noch schnell auf der Toilette entleeren. Hastig urinierte er in die Kloschüssel. Dann zog er kräftig an der Kette, die von der altertümlichen Klospülung unter der Decke herunter hing, wobei er fast die wackelige Konstruktion von der Wand abgerissen hätte. Während das Wasser sich in die Keramik ergoss, kam plötzlich ein kleines Blatt Papier hinter dem Wasserkasten zum Vorschein. Jemand musste es dort versteckt haben. Sinan zog es heraus und faltete es auf. Auf Arabisch waren Namen aufgelistet, denen gewisse Aufgaben zugeordnet waren. Der Plan für eine bevorstehende Kommandoaktion? Hastig steckte er den Zettel in die Jackentasche und eilte aus dem Haus. Seine Gedanken überschlugen sich. Wo konnte er sich die Nacht über verstecken. Wie sollte er an Geld kommen, um sich etwas zu essen zu kaufen. Er ging die Möglichkeiten durch. Viele waren es nicht. Er musste in dieser ausweglosen Situation wohl betteln gehen, um nicht hungern zu müssen. An einem Hauseingang, auf der belebten Einkaufsmeile Zeil, in der City von Frankfurt, unweit der protzigen Wolkenkratzer der Banken, fand er einen passenden Platz. Voller Scham ließ er sich auf den Boden nieder, zog die Schildmütze tief ins Gesicht, um nicht erkannt zu werden, stellte einen Plastikbecher vor sich hin und hoffte auf Almosen. Auf dieser Straße war er nicht der einzige Bettler, doch das durfte ihn nicht abhalten. Ab und an klingelte dumpf eine Münze in seinem Becher, die er umgehend in die Tasche steckte. Die Ausbeute war nicht groß, aber

für etwas Fastfood im Imbiss gegenüber, musste es reichen.
So vergingen einige Tage.

Kapitel 39
Berufliche Krise

In Schimons Firma fanden gravierende Veränderungen statt. Die Geschäftsführung wurde ausgetauscht, das Unternehmen bereitete sich auf den Börsengang vor. Die Anforderungen an die Mitarbeiter hatte man stetig hochgeschraubt. Wie in einer Schraubzwinge nahm der Druck mit jedem Schritt zu. Externe Unternehmensberatungen gingen ein und aus und durchforsteten jeden Winkel, mit dem Ziel, für die Unternehmensleitung Einsparungspotenziale zur Steigerung des Profits aufzudecken. Man führte Bewertungsbögen ein, um die Leistungsfähigkeit der Angestellten zu messen und nach Möglichkeit gezielt heraufzusetzen. Die Maschine sollte mit einer noch höheren Drehzahl und doch sparsamer laufen. So wurde die Messlatte derart angehoben, dass die guten Mitarbeiter mit einem Mal zu mittelmäßigen degradiert wurden. Motivationsgespräche, Trainings und Schulungen sollten das Menschenkapital produktiver machen und der Außenwelt zeigen, wie mitarbeiterorientiert das Unternehmen agierte. Allein den Angestellten, fiel es schwer, daran zu glauben. Die Stimmung war äußerst angespannt.

Die oberste Geschäftsführung hatte ihren Sitz in den Vereinigten Staaten und dirigierte das Orchester in der europäischen Zentrale und in anderen Ländern nach amerikanischem Muster. Auch Schimon musste sich den neuen Richtlinien unterordnen und bemühte sich verstärkt, gute Kontakte zur Leitung zu halten. Häufig nahm er an Besprechungen im Hauptquartier in den USA teil, gemeinsam mit Kollegen aus Werbung und Marketing. Mit seinen kreativen Ideen und neuen Kampagnen prägte er den Auftritt des Unternehmens am Markt, was ihm viel Lob, Anerkennung und einen gewissen Einfluss im Konzern einbrachte. Bei Kollegen und Vorgesetzten war er beliebt, und mit den Mitarbeitern in seiner Abteilung pflegte er ein gutes Arbeitsverhältnis. Er setzte hohe Maßstäbe an Qualität und strebte einzig und allein danach, durch Leistung zu überzeugen. Jede Art von Firmenpolitik mied er, denn sie war ihm suspekt und meist zuwider. Schimon hatte Menschen immer wegen ihrer Persönlichkeit, sozialen Kompetenz und ihren fachlichen Fähigkeiten respektiert. Ihm war es gleich, welche Position sie im Unternehmen bekleideten, ganz egal ob Topmanager oder Pförtner. Es zählte der Mensch der seinen Beitrag zum Erfolg der Firma leistete.

Ein angekündigter Besuch des obersten Geschäftsführers verursachte bei vielen Mitarbeitern schon Tage vorher Schlaflosigkeit und ein Kribbeln in der Magengrube. Es schien, als würde der Allmächtige höchstpersönlich zu ihnen herabsteigen, um seine Schafe zu segnen. Schimon war ein solches Obrigkeitsdenken fremd. Ganz anders dagegen sein belgischer Kollege im Management, der ebenfalls diese Ehrerbietung von all seinen Untergebenen einforderte. Jedwede Kritik war diesem Mann zuwider. Besonders zuvorkommend behandelte der unterwürfige Mitarbeiter und die jungen, attraktiven Damen in seinem Umfeld. Die letzte personelle Umstrukturierung hatte ihn weiter nach oben gespült und ihm Verantwortung und Macht über den gesamten Marketingbereich mit der Abteilung für Kommunikation übertragen. So kam es, dass auch Schimon unter seine Hoheit geriet. Eine funktionierende chemische Verbindung sah anders aus, soviel stand fest. Schimon erlebte fortan bei allem was er tat den Druck von oben, meist direkt, oft aber auch subtil und indirekt. Er gab sich trotzdem alle Mühe, mit diesem Vorgesetzten eine gemeinsame Ebene zu finden, schließlich ging es einzig um die erfolgreiche Bearbeitung der Projekte und um überzeugende Ergebnisse. Doch trotz aller Anstrengungen gelang es ihm nicht den überzogenen Erwartungen seines Chefs zu entsprechen. So entschied der Vorgesetzte, eine neue Position als Zwischenebene einzufügen, die ihn wie ein Filter von Schimon trennen sollte. Die neue Stelle wurde mit einer Frau besetzt, die voll und ganz den Vorstellungen dieses Mannes entsprach, denn natürlich befolgte sie alle seine Anordnungen bedingungslos. Schimon wurde fortan nicht mehr in Abteilungsbeschlüsse mit einbezogen, wodurch neue Projekte an ihm vorbeirutschten. Mitarbeiter umgingen ihn und wandten sich bei Entscheidungsfragen direkt an seinen Vorgesetzten. In dessen Büro, wurden hinter verschlossenen Türen, Schimons Konzepte kurzfristig verworfen oder geändert. Der psychische Druck wuchs stetig an und wurde zunehmend für ihn unerträglich. Auch die gerade hinzugekommene Mitarbeiterin Carina hatte schnell ihre Chance gewittert und machte ihren Anspruch auf die Position des Werbeleiters deutlich. Mit ihrem unschuldigen, mädchenhaften Blick aus den tiefblauen Augen und ihrem geschickt eingesetzten weiblichen Charme, wusste sie auch ihren verheirateten belgischen Chef zu bezirzen und ihn so für sich einzunehmen. Mit ständigen Beschwerden und Anschuldigungen über Schimons Führungsstil, rückte sie ihrem Ziel immer näher. Zuweilen sah man sie mit dem Vorgesetzten gemeinsam aus dem Büro verschwinden. Die Gerüchteküche brodelte. Man munkelte, das habe mehr als nur geschäftliche Gründe. Sie half ihm bei der Einrichtung seiner neuen Zweitwohnung, er war ihr dafür wohlgesonnen bei Sonderwünschen - und bei der Unterstützung zu ihrer Beförderung.

So bekam Schimon eines Tages eine neue Assistentin, die ihn in allen Belangen, ob gefragt oder ungefragt `unterstützen´ sollte, die ihm aber de facto offensichtlich übergeordnet war. Oft fühlte er sich bei Beschlüssen hintergangen, konnte dem jedoch nichts entgegensetzen. Die Berichts- und Entscheidungsschiene lief nur noch über diese Person, dann weiter zum Belgier als deren Führungskraft, bis hin zum obersten Management. Welche Informationen dabei wirklich am Ende bei der Geschäftsleitung ankamen, konnte Schimon nicht mehr nachvollziehen. Seine Stimmung war gedrückt, der mentale Druck mittlerweile unerträglich. Ein Versuch, die Sachlage aus eigener Sicht darzustellen, würde dabei nur einer Rechtfertigung gleichkommen, befürchtete er. Doch wofür sollte er sich auch rechtfertigen? Und irgendwie erinnerte ihn diese ganze Situation an die Intrigen, die er Jahre zuvor schon auf fast erschreckend gleiche Art und Weise in Eschborn erlebt hatte. Er kämpfte gegen Windmühlen – ein Kampf, der ihn unsagbar deprimierte. Abend für Abend saß er allein in seinem frankfurter Appartement und suchte verzweifelt nach einem Ausweg. Trübe Gedanken machten sich in seinem Kopf breit und versuchten, ihm den Willen zu nehmen. Und der Sturm nahm Tag für Tag weiter zu. Ein eiskalter Wind blies ihm ins Gesicht. Die Lage eskalierte. Nun hatte sich auch die übrige Abteilung unter dem Einfluss seiner Widersacher gegen ihn gewandt.

Schimon dachte zum ersten Mal ans Aufgeben.

Am Abend stand er auf dem Balkon. Es war kalt. Der sechste Stock reichte aus, um alle Probleme mit einem Sprung zu lösen. Nur ein paar Sekunden und er hätte es geschafft.

Doch wozu? Er würde ihnen damit nur einen Gefallen tun. Sie hätten dann gewonnen. Er dachte an seine Frau und an seinem

Sohn und er wusste, dass er durch diese Krise wie ein Soldat marschieren musste. So leicht wollte er es niemandem machen. Das war die Sache wert. Er musste kämpfen und einen langen Atem haben. Er würde durchhalten, bis sich wieder etwas veränderte. Das einzig Beständige war der Wechsel, und der würde mit Sicherheit irgendwann kommen, machte er sich Mut. Und eigentlich, ganz tief in seinem Inneren, wünschte er sich schon lange mehr Ruhe. Einen Arbeitsplatz, in dem er zufrieden die Aufgaben nach klaren Vorgaben erledigen durfte und wo er nach einer geregelten Arbeitszeit, wieder bei seiner Familie sein konnte. Keine Sandwichposition mehr, in der man zwischen den extremen Forderungen und Erwartungen seiner Vorgesetzten einerseits und der Motivation und den Fähigkeiten seiner Mitarbeiter andererseits zerrieben wurde. Schimon erinnerte sich plötzlich an einen Maler auf einer Leiter, dem er neulich im Treppenhaus begegnet war. Beschaulich strich er seinen weißen Pinsel auf der großen Wand hin und her und trällerte dabei eine beschwingte Melodie. Er beneidete ihn dafür.

Kapitel 40
Eine schicksalhafte Begegnung

Eines Abends, nach einem langen Arbeitstag, fuhr Schimon müde und hungrig in die Frankfurter Innenstadt, auf einen kurzen Snack in einem Fastfood Restaurant nahe der Hauptwache. An der Theke konnte er sich erst nicht für den richtigen Hamburger entscheiden und wurde von dem hinter ihm Wartenden zur Eile gedrängt. Er bestellte den erstbesten Fleischklops mit Pommes und suchte sich einen freien Tisch. Dort wischte er mit einer Serviette die Krümel vom vorherigen Gast weg und ließ sich auf einem Stuhl nieder. Um ihn herum schwirrten junge Leute, die lauthals scherzten und lachten. Der Stuhl gegenüber war noch frei. Den Mann, der gerade vor ihm Platz nahm, beachtete Schimon kaum. Er war zu sehr in seinen Gedanken vertieft und hatte den Blick zu Boden gerichtet. Bissen für Bissen verschwand die Frikadelle in seinem Mund. Für einen kurzen Moment schaute er auf. Zwei dunkle Augen starrten ihn an. Ihm war, als habe er dieses Gesicht schon einmal irgendwo gesehen, doch das war vielleicht auch nur eine Täuschung. Woher sollte er diesen Menschen kennen? Ein südländischer Typ mit schwarzen, ungepflegten Haaren, in zerknitterter Kleidung, der zudem auch etwas streng roch. Und dennoch, der starre Blick des Mannes zog immer mehr seine Aufmerksamkeit auf sich. Irgendeine Schwingung pendelte zwischen ihnen und gab keine Ruhe.
„Hast du etwas Geld für mich?"
Die Frage traf Schimon unerwartet. Der Akzent verriet eine nahöstliche Herkunft, er tippte auf Arabisch.
„Nein", war die knappe Antwort. Soll doch der Kerl jemand anderen anbetteln, dachte er.
„Ich habe Hunger", schob der Mann nach und starrte weiter in Schimons Augen.
Das Gesicht war faltig und zerfallen, es hatte traurige Züge. Er schien schon eine Weile nichts gegessen zu haben. Schimon zögerte eine Minute, dann schob er wortlos die Schale mit den Pommes Frites rüber. Hastig flog ein dankender Blick über den Tisch. Gierig fischten die Finger die Fritten aus dem Karton und schoben sie zwischen die Zähne. Als er die Schale geleert hatte, wischte er sich mit dem Ärmel über den Mund.

„Danke", flüsterte er, „du bist ein guter Mensch."

„Wie heißt du?" wollte Schimon wissen.

„Sinan", erwiderte der Mann.

„Und wo kommst du her?"

„Aus der Nähe von Jerusalem"

Schimons Gedächtnis bemühte sich krampfhaft eine Schneise in die Vergangenheit zu schlagen. Sein Gehirn arbeitete auf Hochtouren.

Er bohrte nach: „Aus Ostjerusalem? Sind wir uns nicht schon einmal begegnet?"

„Möglich", antwortete Sinan.

„Es ist schon viele Jahre her, damals, in der Untersuchungshaft in Frankfurt, hinter der Zeil."

Sinans Erinnerung begann sich zu rühren. Da saß ein älterer Herr vor ihm, offenbar ein Geschäftsmann, mit leichter Glatze und Brille und behauptete, ihn vor vielen Jahren im Gefängnis schon einmal getroffen zu haben. Ja, richtig, es waren damals mehrere Leute in dieser Zelle gewesen. Und hatte nicht auch einer behauptet, dass sie quasi Nachbarn wären, aber auf verschiedenen Seiten standen? Sollte der Typ wirklich der Junge von damals sein?

„Wie dein Name?" fragte Sinan in gebrochenem Deutsch.

„Schimon. Ich heiße Schimon."

„Du Israeli ?"

„Nein. Ich bin ein Deutscher, der in Israel geboren ist. Und Jude."

„Ich bin Palästinenser… und Moslem", reagierte Sinan ein wenig trotzig.

„Was machst du hier in Frankfurt?"

Sinan zögerte einen Augenblick.

„Ich besuche Freunde." Mehr wollte er nicht preisgeben von sich.

„Wie lange bleibst du hier?"

„Ich weiß noch nicht. Kommt darauf an, wie lange ich bei Freunden wohnen kann."

Sinans Deutsch war ziemlich holprig, sodass Schimon manchmal ins Englische wechselte.

„Wo kommst du her, wo ist deine Familie?" fragte er.

„Sie leben in einem Flüchtlingslager in der Nähe von Jericho, schon seit die Israelis sie aus ihrem Dorf vertrieben haben."

„Vertrieben? Sind sie nicht eigentlich gegangen, weil der Imam ihnen gesagt hat, sie sollten das Dorf verlassen, bis die Araber

Palästina zurückerobert haben?"

Sinan wusste, dass es damals oft so war, wollte es aber jetzt nicht bestätigen.

Schimon setzte nach. Es drängte ihn mit Sinan darüber zu reden.

„Heute leben in Israel eineinhalb Millionen Araber, deren Vorfahren damals im Land geblieben waren. Sie sind israelische Staatsbürger und profitieren von diesem Staat. In keinem arabischen Land verfügen sie über solche Möglichkeiten. Im Parlament, sind sie mit einer eigenen, frei gewählten Partei vertreten, die nicht einmal davor zurückschreckt, die Vernichtung Israels zu propagieren. Sie erhalten Sozialleistungen, haben am Bildungs- und Gesundheitssystem teil und genießen absolute Religionsfreiheit. Sie können studieren und besetzen zum Teil hohe Positionen in Politik und Wirtschaft. Und trotzdem sind viele von ihnen unzufrieden und träumen von einem Großpalästina, indem der Staat Israel keinen Platz mehr hat."

Sinan hätte bei manchem gern widersprochen, aber er hielt sich noch zurück. Eine Weile schwiegen sie, dann begann er doch:

„Aber meine Familie und viele Palästinenser in den von Israel besetzten Gebieten fühlen sich wie Gefangene im eigenen Land. Für jede Bewegung benötigen sie von den Behörden eine Genehmigung und müssen stundenlang an israelischen Kontrollpunkten warten, bis sie durchgelassen werden. Unsere Dörfer und Felder habt Ihr mit einer Mauer geteilt und Familien voneinander getrennt. Das hat nichts mit Freiheit zu tun."

Schimon lehnte sich vor.

„Auch ich bin dagegen, wenn Familien getrennt und Menschen schikaniert werden. Hier muss die israelische Militärbehörde vielleicht manchmal mehr Rücksicht nehmen und die Kontrollen nach Möglichkeit lockern. Aber leider hat es sich immer wieder gezeigt, dass der Terror vor keiner Grenze und keinem Kontrollpunkt haltmacht. Arabische Männer verkleiden sich als Frauen, Behinderte, Schwangere und sogar Kinder werden mit Sprengstoffgürtel ausgerüstet, um als Selbstmordattentäter unbeteiligte Menschen in Israel zu töten. Sie tun das freiwillig, oder sie werden auch dazu gezwungen. Das ist barbarisch und kann doch nicht als Rache oder Verzweiflungsakt gerechtfertigt werden. Auch die Juden haben viel Leid in der Geschichte ertragen müssen. Sechs Millionen wurden bestialisch von den Nazis ermordet, aber kein

Jude schnallt sich deshalb einen Sprengstoffgürtel um den Bauch und reißt unschuldige Menschen in Deutschland in den Tod.

Diese Mauer, die natürlich ein Schandfleck für jedes Land und jede Stadt ist, hat es früher auch nicht gegeben. Aber sie wurde leider notwendig zum Schutz der Menschen in Israel. Die Zahl der Attentate ist danach wirklich stark zurückgegangen. Die Mauer wird auch schnell wieder fallen, wenn einmal Frieden eingekehrt ist. Solange aber diese dauernde Bedrohung von den Radikalen existiert, müssen eben auch alle normalen, friedlichen Bürger im Namen der Sicherheit solche unangenehmen Kontrollen über sich ergehen lassen. Ansonsten wurden auch schon dort, wo sich die Situation verlässlich entspannt hat, die Kontrollpunkte wieder abgebaut. Ich wünsche mir doch genauso wir du, dass es gar keine Mauern geben müsste und sich jeder überall und jederzeit frei und ohne Angst bewegen könnte."

„Und was ist mit den jüdischen Siedlern, die unser Land rauben und sich wie die Herren auf fremder Erde aufführen? Sie berufen sich auf die Bibel und werden dabei auch noch von der israelischen Regierung unterstützt. Ist das gerecht?" fragte Sinan.

„Nein, bestimmt nicht. Das sollte von der israelischen Regierung unterbunden werden. Dagegen gibt es auch bei vielen israelischen Bürgern Widerstand und Kritik. Die Orthodoxen Juden berufen sich eben darauf, dass in dieser Region schon immer Juden gelebt haben, in Jerusalem, in Hebron oder in Safed, was historisch belegt ist. Und das auch schon zu einer Zeit, in der der Islam noch längst nicht geboren war. Zweimal in der Geschichte wurden Juden aus ihrer Heimat vertrieben, zunächst von den Babyloniern, später von den Römern, nur ..."

„ Und deshalb verweigern die Juden den Palästinensern ihr Recht auf das Land?" fiel Sinan ins Wort.

„Das tun sie doch gar nicht", entgegnete Schimon, „zumindest die meisten nicht. Aber es haben letztlich beide, Araber und Juden einen Anspruch auf das Land. Als Israel von den Vereinten Nationen 1947 legitimiert und 1948 gegründet wurde, war das Gebiet, das den Juden zugestanden wurde, wesentlich kleiner als das heutige Staatsgebiet. Ein Großteil davon war unfruchtbares Land in der Negev Wüste. Die Juden haben sich mit einer Teilung notgedrungen abgefunden, die Araber nicht. Fünf arabische Länder griffen die neue Nation an, mit dem Ziel, sie zu zerstören. Den

Israelis gelang es die Angriffe abzuwehren und Land zu erobern. Der Krieg endete mit einem Waffenstillstand. Kein arabisches Land stimmte damals einem Frieden mit Israel zu, geschweige denn seiner Anerkennung. Bis heute versuchen angrenzende Länder immer wieder Israel zu vernichten, wenn nicht militärisch, dann politisch oder wirtschaftlich. Und daran sind nicht nur die unmittelbaren Nachbarn beteiligt, sondern auch andere muslimische Staaten wie der Irak oder der Iran, die von Israel weit entfernt liegen. Kein arabischer Führer, außer der von den Moslem Brüdern ermordete ägyptische Präsident Sadat und König Hussein von Jordanien, waren je bereit, mit Israel Frieden zu schließen. Die Palästinenser wurden in den meisten umliegenden Ländern die ganzen Jahre doch nur als Staatenlose in den Lagern geduldet. Ein eigener Staat im Westjordanland, war für sie kein Thema. Als sie versuchten, in Jordanien mit Gewalt die Macht zu übernehmen, 75% der Menschen in diesem Land waren Palästinenser, wurde der Aufstand vom jordanischen Militär niedergeschlagen. Durch freie Wahlen wäre da sicher etwas zu erreichen gewesen, doch die gibt es ja in keinem arabischen Land.

Nicht einmal nach dem Sechstage Krieg 1967, nachdem Israel das Westjordanland nach dem Angriff Jordaniens eroberte, waren die Palästinenser zu einem Frieden mit Israel bereit. Damals, wurde definitiv eine historische Chance auf einen wahren Frieden verpasst. Und das zu einem Zeitpunkt, an dem es noch keinen einzigen jüdischen Siedler in Judäa und Samaria gab. Doch niemand im arabischen Lager zeigte sich für einen Friedensabkommen mit Israel bereit. Der Terror nahm zu. Im Oktober 1973 folgte der Yom Kippur Krieg, bei dem Israel erneut von seinen arabischen Nachbarn angegriffen wurde und sich nach zahlreichen Verlusten wieder erfolgreich zur Wehr setzten konnte. Später brachen tödliche Rivalitäten um die Macht zwischen der PLO und der Hamas aus und schlugen in grausame Gewalt um. Selbstmordattentate verbreiteten Tod, Angst und Schrecken in ganz Israel, die Terrororganisation Hisbollah, die von Syrien und dem Iran finanziert und gestützt wird, attackierte Dörfer und Kibbuzim an der nördlichen Grenze zum Libanon. Wie an einer Perlenkette reihten sich die Brandherde in zahlreichen muslimischen Ländern. Sie reichen bis heute, von Religionskriege und schrecklichem Terror unter Muslime, Stammesfehden, Machtkämpfe und Interessenkonflikte, in denen Tausende Menschen, zumeist unschuldige Männer, Frauen und Kinder auf brutalster Weise ihr Leben verloren oder aus ihrer Heimat vertrieben wurden. Menschenrechte oder Demokratie existieren nicht, oder werden mit Füßen getreten, häufig im Namen der Religion und unter Berufung auf den Koran.

Wenn Araber Arabern dies antun, Was glaubst du, würden radikale Muslime mit wehrlosen Juden tun, wenn sie es könnten?"

Für einen Augenblick unterbrach Schimon seinen Monolog. Er schaute Sinan eine Weile tief in die Augen.

„Wenn die Palästinenser wirklich Frieden wollen, sollten sie zuerst der Gewalt abschwören und ihren Plan zur Vernichtung des Staates Israel, wie es die Hamas festgeschrieben hat, aus ihrer Charta streichen. Oder würdest du mit jemandem verhandeln, der deine rechtmäßige Existenz nicht anerkennen will und dich täglich terrorisiert?

Die Palästinenser müssen zu einem verlässlichen Verhandlungs- und Vertragspartner werden, der von seinen Maximalforderungen abrückt und der mit einer Stimme spricht. Sie sollten akzeptieren, dass Israel als jüdischer Staat, der wie eine winzige Insel von islamischen Ländern umzingelt ist, genauso seine Existenzberechtigung in der Völkergemeinschaft hat, wie die anderen. Sie sollten verstehen, dass Jerusalem den Juden ebenso heilig ist wie den Christen und den Muslimen. Jetzt, unter Israelischer Verwaltung, ist der Besuch der Heiligen Stätten jedem gestattet. Unter arabischer Verwaltung war es den Juden verwehrt. Die Palästinenser müssen sich vor allem darüber klar werden, dass es kein Rückkehrrecht für damalige Flüchtlinge und ihre Nachkommen geben kann, wenn ein demokratischer Staat wie Israel, auch künftig als jüdisches Land überleben möchte."

Schimon musste seine Seele erleichtern.

Sinan schwieg. Das war klar und deutlich. Die andere Seite der Geschichte, die er so lange nicht sehen wollte

Wie auch? Die arabische Propaganda mit ihrer ideologischen Hetzkampagne gegen Juden, Zionismus und Israel, hatte ganze Arbeit geleistet. Ob in den arabischen Staaten oder in der übrigen Welt. Kinder wurden in Gaza schon im Kindergarten indoktriniert und zu Kampfmaschinen für die palästinensische Sache umfunktioniert. Wer eine andere Meinung vertrat oder Frieden und Kooperation mit Israel anstrebte, galt bei vielen Arabern als Verräter an der arabischen Sache und musste um sein Leben fürchten. Er hatte es doch selbst erfahren.

Was sollte er sagen? Er hätte gern widersprochen, aber war er nicht schon länger sich seiner Sache selbst nicht mehr so sicher? Außerdem hatte er noch Hunger und musste jetzt auch noch um sein Leben fürchten.

Sein stummer Blick gab Schimon eine Antwort.

Schimon stand auf, zog seine Brieftasche aus der Jacke, und öffnete sie. Auf der Innenseite der Geldbörse konnte Sinan den Namen, Schimon Feinstein, erkennen.

Schimon legte einen Geldschein auf den Tisch, wünschte Sinan noch alles Gute und verließ das Lokal.

Kapitel 41
Zusammenbruch und Neuanfang

Am Tag darauf, war in Schimons Arbeitsstelle eine Besprechung über einen kommenden großen Kongress in Barcelona angesetzt. Den sollte die Kommunikationsabteilung organisieren. Im Meeting Raum saß man beisammen und definierte die anstehenden Aufgaben. Schimon hatte Mühe, sich zu konzentrieren. In seinem Kopf kreisten Gedanken, die er nicht verdrängen konnte. In der kurzen Pause, während der die Teilnehmer ein paar belegte Brötchen herunter schlangen, um bloß keine wertvolle Arbeitszeit zu verlieren, ging plötzlich die Türe auf. Schimon wurde von einer Sekretärin aufgefordert, im Büro des Personalchefs zu erscheinen. An einem runden Tisch erwarteten ihn der Personalleiter und der Belgier. Nach einer freundlichen Begrüßung wurde er gebeten, Platz zu nehmen.

„Wissen Sie, warum wir Sie hergebeten haben?" begann der Personalleiter das Gespräch.

„Vermutlich aufgrund der aktuellen Situation in der Abteilung", mutmaßte Schimon.

Er war sich sicher, dass der Belgier dem Personalchef die Verhältnisse längst in seinem Sinne dargestellt hatte.

„Das ist richtig", bestätigte dieser und kam ohne Umschweife zu Sache.

„Wir können die Situation nicht dabei belassen. Seitens Ihrer Mitarbeiter haben wir Beschwerden über Ihren Führungsstil bekommen, die es uns nicht erlauben, Ihnen weiterhin die Leitung der Abteilung zu überlassen. Aus diesem Grund bieten wir Ihnen folgende Alternativen an: Sie geben die Leitung an Ihre Assistentin ab, oder Sie werden das Unternehmen verlassen müssen."

Es war totenstill im Raum. Das Schweigen hielt eine Weile an. Dieses unerwartete Ultimatum hatte Schimon in eine plötzliche Schockstarre versetzt. Sein Gesicht verfärbte sich weiß wie die Wand hinter ihm. Er war nicht in der Lage, auch nur ein Wort zu sagen. Ungläubig schaute er die beiden Herren an und war entsetzt über die Kaltschnäuzigkeit, die sie ihm entgegenbrachten. Achtzehn Jahre lang hatte er dem Unternehmen gedient. Nicht selten war er Tag und Nacht im Einsatz. Er hatte die Werbeabteilung aufgebaut und entscheidend dabei mitgewirkt, das Gesicht dieser Firma international erfolgreich zu etablieren und zu prägen. Er war im gesamten Unternehmen bekannt und beliebt, bis hin zur obersten Firmenleitung, und er war stets als ausgezeichneter Mitarbeiter geschätzt und bewertet worden. Aufgrund seiner Leistung, hatte er die Karriereleiter erklommen, bis hin zum Direktor Marketing Kommunikation. Und nun sollte das alles mit einem Handstreich vorbei sein? Doch was blieb ihm übrig. Sie setzten ihm gerade das Messer auf die Brust und drohten zuzustechen.

Langsam nahmen seine Gehirnzellen wieder ihren Betrieb auf und forderten eine Entscheidung. Wenn er schon die Leitung abgeben musste, dann wollte er nach Marburg zurückkehren und von dort die Werbeabteilung unterstützen. Außerdem sollte er auf keinen Fall seiner Assistentin als Mitarbeiter unterstellt werden. Diese Bedingungen brachte er unmissverständlich zum Ausdruck. Nach einigen Verhandlungen hatte man sich geeinigt. Schimon sollte im Werk Marburg Sonderaufgaben übernehmen, unter der Führung seiner bisherigen Vorgesetzten. Seiner Assistentin wurde die Leitung der Werbeabteilung in der Europäischen Zentrale übertragen.

Nach dreißig schreckliche, Minuten, die ihm wie eine Ewigkeit vorkamen, verließ er auf wackligen Beinen das Personalbüro. Das soeben Erlebte spulte noch einmal wie eine Filmszene in seinem Kopf ab. Ihm wurde bewusst, dass er gerade einem Drama beiwohnte, in dem er die traurige Hauptrolle spielte. Die Enttäuschung über diese Menschen steckte ihm in den Gliedern. Er betrat den Besprechungsraum, wo noch das Meeting im Gange war, und ließ sich in den Stuhl fallen. Wie Blätter im Wind rauschten die Worte der Teilnehmer an ihm vorbei. In seinem Kopf spielte sich noch ein ganz anderes Stück ab. Sein Gesicht war grau und eingefallen. Hitzewellen schossen durch seinen Körper, sein Herz pochte wie ein Dampfhammer in der Brust. Der Raum begann sich zu drehen, und die Szenerie verdunkelte sich plötzlich, Schimon verlor den Halt und knallte bewusstlos auf den Boden.

Irgendjemand klopfte ihm auf die Wange. „Hören Sie mich? Hallo, hören Sie mich?" Die Sanitäter legten ihn auf die Trage und fuhren ihn mit Blaulicht und Martinshorn ins Krankenhaus. Auf der Intensivstation wurde die Notfalldiagnostik in Gang gesetzt. Die Ärzte schwirrten um ihn herum und suchten nach der Ursache des Zusammenbruchs. Ganz allmählich stabilisierte sich sein

Zustand wieder und man stellte ihm die obligatorischen Fragen. Ob er Alkohol trinke oder Raucher sei. Nein? Dass er kein Übergewicht hatte, verriet schon seine Statur. Daraufhin folgerten die Mediziner, könne er auch kein Risikopatient für einen Herzinfarkt sein. Wahrscheinlich war es einfach nur das Ergebnis einer beruflichen Überlastung, beruhigte man ihn. Er wurde auf die Station gebracht und in ein Zimmer mit einem sehr alten Mann, der kräftig schnarchte, einquartiert. In seinem Kopf liefen wieder beängstigende Bilder ab, die er nicht beeinflussen konnte. Er sah zu dem alten Mann hinüber.

Was war nur geschehen? Eigentlich wollte er stark sein, über den Dingen stehen, seine Ängste, seine Gefühle, unter Kontrolle haben und sich nicht unterkriegen lassen. Er hatte geglaubt, dass der Frust wie Öl an ihm abperlen würde, dass er durchhalten musste, bis sich alles von selbst veränderte. Heimlich hatte er gebetet, mit Gott gesprochen und darum gefleht, dass sich alles für ihn zum Guten wenden möge. Diesen Wunsch hatte er doch auch irgendwann auf einem Zettel in die Ritze der Klagemauer in Jerusalem gesteckt. Vieles davon war tatsächlich erfüllt worden, doch nun schien der Draht nach oben einen Riss bekommen zu haben. Vielleicht, so dachte er, war es auch eine Vorsehung. Vielleicht sollte es so kommen, damit eine Veränderung stattfinden musste. Schimon war in Gedanken, als sich plötzlich die Zimmertüre leise öffnete, und Ria sorgenvoll den Raum betrat. Die Firma hatte sie telefonisch informiert. Sie war sofort aus Marburg angereist. Es schien, als habe sie der Himmel geschickt, diese wunderbare Frau. Sie war froh zu sehen, dass es Schimon etwas besser ging. Und sie wusste sofort, dass es so nicht mehr weitergehen durfte. Sie kannte nur zu gut seine Belastung in der Firma, die Intrigen, die gespielt wurden und auch die Akteure, die sie inszenierten.

„Wir werden einen Weg finden, dich aus dieser Tretmühle herauszuholen", machte sie ihm Mut. Und sie hatte Recht. Allein für sie und für ihren Sohn war es schon wert einen neuen Weg zu gehen: Keine Karriere mehr, kein Kampf, und keinen Stress.

Der Fall wirbelte in der Firma viel Staub auf. Die langen Jahre im Unternehmen, die erfolgreiche Arbeit und die guten Beziehungen zu Schlüsselpositionen und zur Geschäftsleitung, ermöglichten Schimon einen reibungslosen Transfer in das Werk in Marburg, wo er innerhalb der Abteilung Internationale Marketing Kommunikation neue Aufgaben übernahm. Unterstellt wurde er direkt der Führung im Corporate Bereich, mit Sitz in den USA. Im Werk Marburg fühlte er sich sehr schnell wohl. Hier kannte er noch viele Kollegen aus der Vergangenheit, hier konnte er frei agieren und die neuen Aufgaben mit Freude erfüllen. Gemeinsam organisierten sie weltweit internationale Kongresse, die er auch of selbst bereiste. Er verantwortete die Unternehmenszeitschriften für Mitarbeiter und Kunden und half bei der Gestaltung von Werbekonzepten. Wenn er nicht gerade unterwegs war, verbrachte er jetzt die Abende glücklich zuhause mit seiner Frau. Sie war der Fels in der Brandung. Sie führte den Haushalt, verwaltete die Finanzen, versorgte den Sohn in einer schwierigen Phase und arbeitete daneben noch als Arzthelferin in einer medizinischen Praxis. Schimon bewunderte ihre Kraft und Energie, die sie für all diese Aufgaben aufbrachte. Manchmal plagte ihn auch ein schlechtes Gewissen. Er hätte sie viel stärker unterstützen sollen. Andererseits, sicherte er der Familie ein finanziell sorgenfreies Leben. So konnten sie kostspielige Urlaubsreisen unternehmen und ohne fremde Hilfe ihre Eigentumswohnungen erwerben. Doch ihr größtes Kapital, das wusste er, war ihre Liebe zueinander. Im Alltag hatte sich jeder mit seiner Rolle arrangiert, wobei Ria die weitaus größere zu bewältigen hatte. Schimon liebte sie aus tiefstem Herzen. Er wusste, ohne ihren Beitrag, hätten sie es zusammen nie so weit gebracht. Ohne sie und ihre umsichtige Erziehung wäre sicherlich auch ihr gemeinsamer Sprössling nicht so gut geraten. Selbst in seiner schlimmsten pubertären Phase, die Schimon meist nur aus der Ferne erlebte, gelang es ihr, mit Geduld, Weisheit und der passenden Sensibilität die Zügel in die richtige Richtung zu lenken. Er selbst erfuhr immer erst hinterher von den Eskapaden des Filius, was für den Hausfrieden meist auch besser war. Dass der Junge von einer Schule zur anderen wechselte, und dabei andere Vorstellungen vom Leben entwickelte wie seine Lehrer, das hätte er ihm schon übel nehmen können. Doch selbst die abgedroschene Elternwarnung, er würde einmal in der Gosse landen, konnte ihn nicht sichtlich beeindrucken. Er wollte einfach nur Erfahrungen sammeln, was ihm auch zweifellos gelang.

„Ich werde es schaffen", behauptete Tom selbstbewusst zum Erstaunen der Eltern. Aber wenn es drauf ankam, tat er es auch. So wurde der Raum für Zweifel immer enger. Er gönnte seinen Eltern kaum einmal die Freude des Triumphes, mit dem erhobenen Zeigefinger Recht zu behalten, wie etwa ein „siehst du, wir haben es dir gesagt!" Nachdem er schon eine Reihe von Bildungsanstalten in Marburg getestet hatte und die meisten von ihm vor allem bezüglich der Lehrkräfte als mangelhaft erachtet worden waren, entschloss er sich jetzt zum finalen Endspurt. Dazu wählte er eine Schule, in der er zugleich eine Berufsausbildung und auch ein Fachabitur absolvieren konnte. Seinen Eltern steckte dabei ein gewisser Zweifel am Erfolg dieser Unternehmung ziemlich tief in der Magengrube. Doch bekanntlich stirbt die Hoffnung zuletzt. Darüber hinaus, kannten sie ihren Sohn, seine Willensstärke und sein Durchsetzungsvermögen, das er bislang bewiesen hatte. Dies wiederum, förderte auch ihre Zuversicht. Zwei Jahre später verließ der Junge die Schule mit einem sehr passablen Zeugnis, einer Fachschulreife und einem erlernten Beruf als Biologisch Technischer Assistent. Wieder konnten Mama und Papa keinen Erfolg in ihrer Vorhersage verbuchen. Er hatte es tatsächlich geschafft. Doch darüber waren sie überaus glücklich.

Tom war sehr vielseitig, er war sportlich und auch handwerklich äußerst geschickt. Er baute Computer zusammen, fuhr Skateboard und Ski und begeisterte sich für das Fallschirmspringen. Nun steuerte er ein neues Ziel an. Die Bundeswehr hatte es ihm angetan. Hier wollte er es weit bringen, die Offizierslaufbahn bestreiten und studieren. Und wieder sollte es ein ganz spezieller Weg sein, der über eine Fallschirmspringereinheit führen musste. Dazu war eine hohe körperliche Fitness nötig. Erneut zeigte Tom seine Willensstärke und brachte bei den Disziplinen Schwimmen und Ausdauertraining die erforderlichen Leistungen. Er verpflichtete sich bei der Bundeswehr, zunächst für zwei Jahre. Welch eine Absurdität der Geschichte, dachte Schimon. Sein Sohn als Soldat in einer deutschen Armee. Doch die Welt hatte sich längst weitergedreht und Deutschland war ein anderes, ein demokratisches Land geworden. Die harte Grundausbildung in einer Fallschirmeinheit in Zweibrücken, meisterte der Junge mit Bravur. Auch einen Sturz, bei dem er sich eine Knieverletzung zuzog, steckte er einfach so weg, immer dem Grundsatz folgend, was ihn nicht umbringe, mache ihn härter. Nach drei Monaten wurde er nach Calw beordert, dem Sitz der Kommando Spezial Kräfte. Dann kam der Tag, an dem die Eignungstests für die Offizierslaufbahn bevorstanden. Tom war zuversichtlich, er freute sich darauf, eine Woche lang in Köln, verschiedene Prüfungen im körperlichen und psychologischen Bereich zu durchlaufen und zu bestehen. Alles lief zunächst nach Plan. Am letzten Tag saß er dem Militärarzt gegenüber, der sich schließlich noch seine bisherige Verlaufsakte anschaute. Bei einer Seite hielt er inne und las sie noch einmal aufmerksam durch.

„Sie hatten eine Knieverletzung während Ihrer Grundausbildung", stellte er fest. „Die Ergebnisse sind nicht sehr ermutigend. Um sicherzugehen, dass es keine Folgeschäden nach sich ziehen wird, müsste das Knie operiert werden. Somit können wir Sie jetzt noch nicht in die Offizierslaufbahn befördern."

Für Tom brach in diesem Moment eine Welt zusammen. Damit hatte er nicht gerechnet, zumal er keine Beschwerden am Knie hatte. Vielleicht hatte er sie auch nur ignoriert. Jeder Widerspruch war aber zwecklos, es war ein militärisches Urteil. Für Tom bedeutete es jedoch eine neue Lebensentscheidung mit Konsequenzen. Wenn er kein Offizier werden konnte, dann würde die Bundeswehr auch auf ihn verzichten müssen, beschloss er standhaft. Am selben Tag reiste er zurück nach Hause und teilte es tiefenttäuscht seinen Eltern mit. Sie nahmen die Nachricht eher gespalten auf. Einerseits verstanden sie seine Frustration und fühlten mit ihm. Andererseits machte es sie froh, ihn nicht künftig auf Auslandseinsätzen sehen zu müssen. Sie waren davon überzeugt, dass ihr Sohn mit all seinen Talenten und seiner ausgeprägten Persönlichkeit einen anderen Weg finden würde, seine Zukunft neu zu ordnen. Dabei sicherten sie ihm ihre volle Unterstützung zu, solange er in der Ausbildung war.

Auch bei Bruder Oren hatte sich mittlerweile etwas Besonderes getan. Schon seit langem lebte er zusammen mit seiner Lebensgefährtin in einer kleinen Hinterhof-Wohnung in Frankfurt. Er und diese Behausung, waren über viele Jahre zusammengewachsen und konnten sich kaum voneinander trennen. Durch seinen Beruf bei einem Fernsehsender, war er ohnehin ständig auf Reisen und übernachtete oft in vornehmen Luxusherbergen. Auch seine Partnerin Inge, die sich in der Gastronomie erfolgreich hochgearbeitet hatte und nun eine verantwortungsvolle Position in einem renommierten Fünfsternehotel in Frankfurt bekleidete, bewegte sich in der Arbeit die meiste Zeit in einem noblen Ambiente. So bot diese eher spartanisch anmutende Altbauwohnung vielleicht einfach nur eine willkommene Abwechslung zum gewohnten Schickimicki- und Wichtigtuer-Umfeld, dem sie beide im täglichen Berufsleben ständig begegneten. Leider haben sie sich nicht allzu oft gesehen, denn wenn er den Ton bei TV-Sendungen in ganz Deutschland mischte, war sie alleine zuhause. Und kam er von den Reisen zurück, betreute sie bis tief in die Nacht reiche Gäste im Hotel-Restaurant. Böse Zungen behaupten, eben deswegen funktionierten solche Beziehungen recht gut, aber das sind sicherlich nur Gerüchte. Nun war der kleine Bruder schon fünfzig geworden und es wurde allmählich Zeit, diese langjährige Beziehung mit einer Ehe zu legitimieren. Darüber hatte er auch schon manchmal nachgedacht, und für Inge war ein Antrag schon längst überfällig. Doch irgendwas Geheimnisvolles hielt ihn immer wieder zurück. Vielleicht fühlte er sich noch zu jung für eine Ehe. Das durfte nicht so bleiben, beschloss Ria, hier musste eingegriffen werden. Man hatte sich sehr gut verstanden und fuhr auch gemeinsam in den Urlaub. So ergab es sich, dass man ein Wochenende in einem vornehmen Hotel zusammen verbrachte. Als Schimon und Inge im Schwimmbecken ihre Runden drehten, ergriff Ria die Gelegenheit, den lieben Oren geschickt in die Hochzeits-Ecke zu bewegen. Eigentlich war es gar nicht so schwer, denn auch er hatte sich bereits Gedanken dazu gemacht, allein der passende Moment hatte gefehlt. Und so gab Ria den entscheidenden Anstoß, um die Murmel in seinem Kopf ins Rollen zu bringen. Sie rollte erfolgreich ins Loch.

Am nächsten Abend war es geschehen. Bei einem Candlelight Dinner machte Oren den Antrag, Inge war glücklich, und der Sekt schmeckte doppelt so gut. Ein halbes Jahr darauf, waren Freunde und Verwandte im Frankfurter Rathaus am Römer versammelt und wohnten der feierlichen Hochzeits-Zeremonie bei, in der Oren und Inge eine historische Unterschrift leisteten. Die Mission war vollendet.

Schimon hatte sich bald wieder an den neuen alten Arbeitsplatz gewöhnt. Er musste sich jetzt zwar nicht mehr mit Personalfragen herumärgern, doch die Arbeit wurde auch nicht weniger. Der Projektdruck war geblieben. Schimon galt als Perfektionist, alles was er ablieferte, sollte hundertprozentig sein. Qualität war für ihn der absolute Maßstab. Er wollte seinen internen Kunden zuverlässig den allerbesten Service bieten, denn er glaubte, ihre Erwartungen zu kennen. Und so stellte er die höchsten Anforderungen an sich und war somit auch gleichzeitig selbst sein größter Gegner. Bei allen Erwartungen achtete er daneben peinlichst auf eine faire und harmonische Zusammenarbeit mit Vorgesetzten, Kollegen und externen Partnern, was ihm viele Sympathien einbrachte. Doch er ahnte manchmal auch, dass er diese Belastung nicht mehr allzu lange mitmachen konnte. Mit Ende fünfzig fühlte er sich zuweilen ziemlich ausgebrannt. Er hatte alles gegeben und lief oft schon auf Reserve. Er war Tag und Nacht für die Firma da, er brachte Höchstleistungen und hatte dabei meist viel Spaß und Erfolgserlebnisse. Es gab aber auch schwere Zeiten, die ihm viel abverlangten. Irgendwann sollte Schluss sein. Wenn er sich umschaute, stellte er erschrocken fest, dass er mittlerweile der Senior in der Abteilung war und im Unternehmen schon zum alten Eisen gehörte. Früher, es war schon lange her, da hatte er Kollegen gehabt, die so alt waren wie er heute. Er hatte diese Menschen respektiert, und ihre langjährige Erfahrung, aus der er und andere profitierten, geschätzt. Aber er hatte sich damals keine Gedanken darüber gemacht, wie es einmal sein würde, wenn er auch Mal dieses Alter erreichte. Es war noch zu weit weg. Heute nun, war er von jungen Kollegen umgeben, die ambitioniert und hoffnungsvoll wie er damals, in die Zukunft blickten und dabei nicht merkten, dass die Scheibe auf der sie saßen, sich immer schneller drehte. Jeder von ihnen versuchte, sich krampfhaft an ihr festzukrallen, was jedoch immer mühsamer wurde und enorm viel Kraft kostete. Die Zentrifugalkräfte waren unerbittlich, manchmal fast unerträglich. Wer es nicht schaffte, wurde aus der Bahn geschleudert, in ein unbekanntes Universum.

Für Schimon führte die Gnade seiner frühen Geburt zu dem Angebot einer Altersteilzeitregelung. Dabei sollte er noch drei Jahre aktiv tätig bleiben und auf einen Teil seiner Bezüge verzichten. Anschließend durfte er drei Jahre lang für ein reduziertes Gehalt als passiver Mitarbeiter seine Freizeit mit der Familie genießen. Die Entscheidung war schnell gefallen. Er unterschrieb den Vertrag und strich Tag für Tag auf seinem großen Wandkalender die noch verbliebene Zeit ab.

Währenddessen standen wieder einmal strukturelle Veränderungen im Konzern an. Schimon wechselte vom Corporate Bereich zur Abteilung Marketing Kommunikation und bekam eine neue amerikanische Vorgesetzte. Seine Kollegin Carina in Frankfurt, strebte sogleich die nächste Stufe in der sich verändernden Hierarchie an. Von nun an hofierte sie ihre neue Vorgesetzte besonders hartnäckig, was dieser auch zunächst außerordentlich schmeichelte und wovon Carina wiederum profitierte. Sie verstand es einfach, die Menschen mit ihrem mädchenhaft betörenden Blick und mit fachlicher Kompetenz um den Finger zu wickeln. Leider aber fehlte ihr die soziale Kompetenz. Wenn sie das Gefühl hatte, mit den herkömmlichen Mitteln nicht weiter zukommen, suchte sie hinterrücks andere Möglichkeiten, ihre Ziele zu erreichen. So geschah es auch dieses Mal mit der von ihr angestrebten Beförderung. Als diese ihr nicht in der gewünschten Zeit gelungen war, suchte sie erneut die Unterstützung des Belgiers, der noch immer eine einflussreiche Position im Unternehmen hatte. Mit seiner Hilfe war es ihr schon manches Mal gelungen, ihrer Vorgesetzten ein paar Steine in den Weg zu legen. Im Laufe der Zeit wurde aber auch der Chefin allmählich klar, woher der Wind wehte und welch ein Spiel sie spielte. Doch noch waren ihr die Hände gebunden. Sie wollte jeden politischen Konflikt mit dem Kollegen aus dem Weg gehen. Darüber hinaus saß sie in ihrem amerikanischen Büro sehr weit weg vom Ort des Geschehens.

Eines Tages war Schimon während einer Geschäftsreise wieder in der US Zentrale anwesend. In einem Gästebüro erledigte er gerade seine elektronische Post, als seine Vorgesetzte den Raum betrat. Nach dem Austausch belangloser Informationen, kam sie zum Kern des Problems und bat ihn um Aufklärung. Zum ersten Mal traute er sich offen über die Historie und die Hintergründe seiner Lage zu erzählen. Sie wiesen deutliche Parallelen zur aktuellen Situation seiner Vorgesetzten auf. Nun konnte auch sie die Zusammenhänge besser einschätzen und wusste sich darauf einzustellen, um Gegenmaßnahmen zu treffen.

Carinas Reputation begann zu bröckeln.

Der Gesundheitsmarkt stand weltweit unter Druck, Einschnitte im Gesundheitswesen und weiterhin hohe Gewinnerwartungen von

gierigen Aktionären und Anteilseignern verlangten nach entsprechenden Maßnahmen. Nur die größten Anbieter, so hieß es, würden in Zukunft noch im Markt bestehen können. Führende Konzerne gingen auf strategische Einkaufstour und suchten nach den Filetstücken in der Branche. Die nächste gravierende Veränderung im Unternehmen bahnte sich bereits an. Die Firma schien ein lohnendes Objekt im Portfolio eines deutschen Weltkonzerns zu sein. Und sie griffen zu. Eine neue Identität, neue Abläufe, neue Strukturen, neue Kollegen und Vorgesetzte, alles wiederholte sich. Angst und Verunsicherung bei den Mitarbeitern gehörten erneut zur Tagesordnung. Nichts ist beständiger als die Veränderung, lautete wieder einmal die vermeintlich ´tröstende´ Losung für alle Mitspieler. Auch die zentrale Werbeabteilung wurde neu organisiert und sollte fortan komplett aus den USA gesteuert werden. Carinas hohe Erwartungen als Gesamtabteilungsleiterin in Frankfurt wurden nicht erfüllt. Mehr noch, sie sollte sich innerhalb der Abteilung einer neuen Struktur unterordnen. Doch sie pokerte hoch und glaubte noch einmal auf die Hilfe ihres Verbündeten zurückgreifen zu können. Dabei unterschätzte sie allerdings die bebenartige Verschiebung der Platten innerhalb des Konzerns. Kompetenzen hatten sich grundsätzlich verändert, führende Mitarbeiter fanden sich in neuen Positionen wieder oder verließen die Firma. Der Belgier wurde gar ins ferne Ausland versetzt. So stand sie bald ohne Rückendeckung da und verlor das Spiel. Sie musste das Unternehmen verlassen. Schimon wurde gebeten, die Marketing Kommunikation Abteilung in Frankfurt kommissarisch zu betreuen, bis eine neue Organisation dafür bestimmt wurde. Wieder pendelte er zwischen Marburg und Frankfurt, doch dieses Mal unter anderen Voraussetzungen. Kurze Zeit später erfuhr er, dass auch der Belgier das Unternehmen verlassen musste. Es kursierten Gerüchte, dass er intensive Kontakte zu seiner Mitarbeiterinnen gehabt hatte. Die Wahrheit kam nicht ans Licht.
Schimon musste an den Zettel in der Klagemauer denken.
Die Botschaft war doch angekommen.

Kapitel 42
Sinans Flucht

Die Nacht war kühl. Sinan verbrachte sie unter einer Decke, die er aus einem Kleidercontainer herausgefischt hatte. Die ersten Sonnenstrahlen wärmten langsam seine kalten Hände. Er war nicht allein. Auf der Parkbank gegenüber döste ein Obdachloser vor sich her, eingemummt in Zeitungspapier. Es war schon die dritte Nacht, die Sinan an dieser Stelle verbrachte. Hier fühlte er sich sicher, hier glaubte er, nicht entdeckt zu werden. Er hatte Angst vor der Rache seiner Glaubensbrüder. Er wusste, dass sie nicht nachlassen würden ihn zu suchen und zu bestrafen. In ihren Augen war er der Verräter, der ihre Pläne zunichte gemacht und Halim ins Gefängnis gebracht hatte. Er kannte sie und ihre brutalen Methoden, mit Gegnern umzugehen. Sie kannten keine Gnade, weder mit Freund noch Feind. Er wusste von manchen grausamen Folterungen, die Hamas Terroristen an Fatah Kämpfern bei Auseinandersetzungen verübt hatten, und ahnte, was auch ihm blühen würde, wenn sie ihn zu fassen bekämen. Wem konnte er noch trauen? All diejenigen, die ihm als Freunde begegneten, waren jetzt womöglich seine Feinde oder mussten selbst vorsichtig sein, um nicht in den Verdacht zu geraten, einem Verräter zu helfen. An die Polizei konnte er sich auch nicht wenden, sie würden ihm kaum glauben und möglicherweise sogar ausweisen. Wie lange würde er noch in der Lage sein dieses Leben hier durchzuhalten, flüchtig und hungrig?
Schon lange hatte er sich nicht mehr gewaschen und roch streng an Körper und Kleidung. Gern wäre er wieder nachhause zurückgekehrt, zurück zur Familie, in sein vertrautes Umfeld. Dort, wo die Menschen seine Sprache sprechen, da wo es warm war und er vielleicht sogar Arbeit finden konnte und sei es bei den Israelis. Er würde weiterhin für einen eigenen Staat kämpfen, aber von nun an mit friedlichen Mitteln. Mit Gesprächen, mit Kompromissen. Nur so bestand vielleicht eine Hoffnung auf ein freies Palästina im Westjordanland, in Koexistenz mit Israel in sicheren Grenzen. Doch vorher musste das palästinensische Volk seine Streitigkeiten in den eigenen Reihen beseitigen. Wir müssen mit einer Stimme sprechen, dachte er sich, verlässlich und dauerhaft. Und vor allen Dingen müssen wir es irgendwie schafften, der

Gewalt abzuschwören und nicht immer nur dem Traum nachzuja-
gen, irgendwann einmal Israel militärisch zu besiegen Unsere
Zukunft ist die Jugend und ihre Bildung. Sie darf nicht nur auf
Hass basieren, wie es seit Jahren in den Kindergärten und Schulen propagiert wird. Nur dann besteht noch Hoffnung, dass sich
einmal etwas ändert.
Doch wie sollte Sinan jetzt in seine Heimat zurückkehren, ganz
ohne Geld?
Hunger und Durst zwangen ihn weiter auf die Straße. Alle Kno-
chen schmerzten ihm von der Nacht auf dem kalten Boden.
Schwerfällig bewegte er sich in Richtung der Einkaufsstraßen, um
einen einträglichen Bettelplatz zu erwischen. Die lukrativsten
Plätze waren längst von professionellen Bettlern, die in Banden
organisiert waren, besetzt. Sie wurden morgens von Schleppern in
die Stadt gebracht und mussten den ganzen Tag lang Mitleid
erregend von Passanten ein paar Euro schnorren. Abends wurden
sie wieder in Kleinbusse verfrachtet und unweit der Stadt für die
Nacht in eine erbärmliche Unterkunft gesteckt. Die Almosen
mussten sie abgeben. Wer nicht spurte oder zu wenig erbettelte,
wurde bedroht und geschlagen.
An einer Straßenecke, direkt hinter der Konstablerwache, fand
Sinan einen geschützten Platz, den er besetzte. Er legte eine alte
Zeitung auf den Boden und ließ sich darauf nieder. Die Mütze zog
er sich aus Furcht wieder tief ins Gesicht. Vor ihm stand ein ver-
beulter Metallbecher, den er im Müll gefunden hatte. Vor seinen
gesenkten Augen passierten Schuhe in allen Größen, Formen und
Farben den Gehsteig, doch niemand ließ eine Münze in den Becher fallen. Plötzlich, wie aus dem nichts, stellten sich ein paar
schwarze, glanzpolierte Herrentreter bedrohlich vor ihm hin. Mit
einem kräftigen Tritt schossen sie den Becher wie einen Ball in
die Ferne. Sinan zitterte vor Angst. Jetzt war es soweit. Sie hatten
ihn entdeckt. Eine kräftige Männerhand packte ihn am Arm und
zog ihn nach oben. Er blickte in dunkle, hasserfüllte Pupillen.
„Los, verschwinde hier", befahl ihm der Mann in einem fremd-
ländischen Akzent. „Das hier ist nicht dein Platz. Suche dir einen
anderen, sonst wirst du den nächsten Morgen nicht mehr erleben."
Sinan verstand die Warnung. Er war erleichtert, dass es nicht
seine Verfolger waren. Wortlos räumte er den Platz und zog wei-

ter. Oben, am Eisernen Steg, der Brücke über den Main zwischen der Innenstadt und Sachsenhausen, in Sichtweite der Wolkenkratzer vieler Banken und Versicherungen, breitete er erneut seine Zeitung aus. Hier saß er nun schon eine Stunde und hoffte auf ein paar Cent. Irgendwie schien er an dieser Stelle sogar mehr Glück zu haben, denn mehrmals klingelten einige Münzen im und neben seinem Becher. Er sammelte sofort das Geld ein und steckte es sich in die Tasche. Doch er war niedergeschlagen. In seinem Kopf kreisten dunkle Gedanken. Verzweifelt suchte er nach einem Ausweg, doch er konnte keinen sehen. Eine unsichtbare Mauer hatte sich um ihn herum aufgebaut und drohte langsam über ihn einzustürzen. Er schaute nach unten. Das braune Wasser des Mains floss gemächlich unter der hohen Brücke hindurch und teilte sich an den mächtigen Steinpfeilen in zwei Ströme. Nur ein kleiner Sprung über die Brüstung, und alles Leid wäre mit einem Mal vorbei. Wen würde das kümmern? Keinen Menschen! Oder vielleicht doch. Er dachte an Abdallah, seinem alten Vater. Das konnte er ihm nicht antun. Außerdem war es im Islam eine Sünde, sich selbst das Leben zu nehmen. Es sei denn als Märtyrer. Doch davon war er schon weit entfernt.

Sinan überlegte, ob es nicht doch irgendjemanden gab, dem er sich vielleicht anvertrauen konnte. Jemand, der ihm womöglich helfen würde. Er stand auf und schlurfte über die Brücke zum Sachsenhäuser Ufer. Am Horizont senkte sich die Sonne über den Fluss und schickte ihre letzten Strahlen über das Wasser. Ein unwirkliches Lichtspiel traf die glänzende Skyline der Stadt. Die Türme der Wolkenkratzer glitzerten und zeichneten gleichzeitig dunkle Silhouetten in den Himmel. Sinan betrat eine Telefonzelle und blätterte im zerfledderten Telefonbuch. Bei dem Buchstaben F hielt er inne. Der Name war Feinstein. Schimon Feinstein. So hatte es auch auf der Brieftasche gestanden. Er warf die Münzen in den Schlitz und zögerte erst einen Augenblick, bevor er die Ziffern eintippte.

Sollte er es wirklich tun? Er war sich unsicher. Was hatte er noch zu verlieren? Seine Ehre? Nein, die war durch die Umstände schon verloren genug. Sein Zeigefinger bediente die Tastatur. Zitternd presste er den Hörer ans Ohr. Es tutete mehrmals.

„Vielleicht ist er gar nicht zuhause", dachte er. Seine Gefühle sprangen aufgeregt zwischen Bangen und Hoffen hin und her.

Der Zufall wollte, dass Schimon eben an diesem Tag seinen Dienst in Frankfurt und nicht in Marburg verrichtete.

"Feinstein, wer da?" klang es am anderen Ende.

Sinan schwieg.

"Wer ist da?" wiederholte Schimon mit Nachdruck.

Sinan fasste Mut.

"Hier ist Sinan", antwortete er leise.

"Woher hast du diese Nummer und was willst du von mir?" fragte Schimon verwundert und misstrauisch zugleich.

"Kannst du mir helfen?" kam die Antwort mit zittriger Stimme.

"Eigentlich nicht", aber nach einem kurzen Zögern, dann doch die Frage,

"Warum? Was kann ich für dich tun?"

"Ich muss hier weg, zurück nachhause, zu meiner Familie."

"Und was hält dich davon ab?"

"Ich kann nicht. Mir fehlt das Geld für ein Flugticket."

"Warum helfen dir nicht deine Glaubensbrüder?" wollte Schimon wissen.

"Das geht nicht." Sinan stockte. Doch er war sich sicher, dass diese Antwort Schimon nicht reichen würde.

"Ich werde von ihnen verfolgt. Sie sind hinter mir her und werden mich töten", sagte er.

"Warum? Was ist passiert?"

"Hast du vor einigen Tagen die Zeitung gelesen, die mit den großen Buchstaben auf der Titelseite?"

"Nein", antwortete Schimon. "Die lese ich nicht."

"Dann weißt du auch nicht, dass in Frankfurt kürzlich eine Terrorzelle aufgedeckt wurde, die Anschläge auf jüdische Institutionen plante. Dabei wurden im Gallus Viertel einige Verdächtige verhaftet."

"Das habe ich im Radio gehört. Aber was hast du damit zu tun?"

"Ich habe der Polizei den Hinweis gegeben. Natürlich anonym. An der Planung waren auch Menschen beteiligt, bei denen ich gewohnt habe. Ich habe sie verraten."

"Warum hast du das gemacht? Du hast doch gewusst, dass du dich selber damit in Gefahr bringen würdest?"

"Ich glaube nicht mehr an das gegenseitige Töten. Ich glaube, dass es uns immer nur weiter voneinander entfernt. Ich will, wie auch die meisten Palästinenser und Israelis, nur in Ruhe und

Frieden leben. Ich will arbeiten und genug zu essen haben, ohne Krieg und ohne Terror, glücklich und frei.

„Und woher weiß ich, dass du die Wahrheit sagst?" zweifelte Schimon.

„Ich habe einen Beweis in der Hand, den ich bisher noch niemandem gegeben habe. Darauf steht alles geschrieben. Es ist das, wonach meine Glaubensbrüder suchen. Ich werde es dir zeigen, wenn du mir hilfst."

Schimons Zweifel begannen zu schwinden. Sinan schien es ernst zu meinen. Er wollte ihm und sich selbst eine Chance geben.

„Also gut. Dann lass uns morgen treffen und gemeinsam überlegen. Ich werde um 17 Uhr am Römer vor dem Rathaus auf dich warten."

Die Sonne war untergegangen, die Nacht hatte sich über Frankfurt gesenkt. Die Gaslaternen am Mainufer streuten ihr gelbliches Licht auf die Promenade, um sie herum schwirrten aufgeregt Tausende von Mücken. Im Wasser des dahinfließenden Mains, spiegelten sich noch einige Lichter der Hochhäuser von der anderen Seite des Flusses. Nur wenige Menschen schlenderten den oberen Mainweg entlang, junge Pärchen und ein paar Touristen zogen auf eine Äppelweintour in Richtung Sachsenhausen. Sinan verließ die hellerleuchtete Telefonzelle und schritt die Treppen hinunter zum unteren Mainufer, wo er sich einen geschützten Schlafplatz suchen wollte. Er bemerkte nicht, dass ihm jemand gefolgt war. Schon die ganze Zeit über, während er telefonierte, war er beobachtet worden. Mit einem Mal stieg in ihm ein seltsames Gefühl auf. Er wusste nicht warum, doch es war einfach da. Er schaute sich um, aber niemand war zu sehen. Trotzdem beschleunigte er seinen Gang, sein Herz pochte schneller. Jetzt konnte er spüren, dass ihm jemand auf der Spur war. Unter dem Bogengewölbe der alten Friedensbrücke, in einer kleinen Nische, fand er ein Versteck. Er hörte Schritte, die immer näher kamen und auf einmal verstummten. Wie weit sein Verfolger noch war, konnte er nicht sehen. Sein Blut gefror ihm in den Adern. Er wagte kaum zu atmen. Wieder waren die Schritte zu hören, diesmal ganz nah. Mit einem Mal stand dieser schwarzgekleidete Mann direkt vor ihm. Er setzte ein diabolisches Lächeln auf und zischte auf Arabisch: „Jetzt haben wir dich, du Verräter. Bei Allah, du wirst uns nicht mehr entkommen. Allah wird dich zu deiner gerechten Strafe für deinen Verrat und der Kollaboration mit dem Feind führen."

Von hinten tappten weitere Schritte auf dem Asphalt. Sinan drehte sich um. Er spürte einen schmerhaften Stich in den Rücken. Dann noch einen und noch einen. Im Licht einer Laterne, blitzte die Klinge eines Messers, das immer wieder auf ihn einstach.

Seine Beine knickten ein, er verlor den Halt und stürzte mit dem Kopf auf die harten Pflastersteine, die sich schnell um ihn herum rot färbten. Er fühlte, wie seine Seele langsam den Körper verließ und das Licht seines Lebens unweigerlich erlosch. Er hörte noch Stimmen, immer leiser, dann wurde es dunkel.

Am nächsten Morgen machte sich Schimon im Bad für die Arbeit fertig. Er putzte sich die Zähne, rasierte seinen nächtlichen Bartwuchs und zog sich an. Im Radio auf HR1 liefen gerade die Morgennachrichten.

„Heute, in den frühen Morgenstunden, entdeckten Jogger am Mainufer eine männliche Leiche. Der Mann, vermutlich südländischer Herkunft, wurde mit 23 Messerstichen in Brust und Rücken getötet. Von den Tätern fehlt noch jede Spur. Für sachdienliche Hinweise steht jede Polizeidienststelle zur Verfügung."

Schimon erschrak. Er hatte sofort so eine unbestimmte Ahnung. Diese Nachricht ging ihm den ganzen Tag nicht mehr aus dem Kopf.

Punkt 17Uhr, traf er am Römer ein. Er schaute sich immer wieder um, hoffte Sinan irgendwo zu entdecken, doch vergeblich.

Sinan war nicht gekommen.

Kapitel 43
Gaza 2008

Schon seit Jahren wurde der Süden Israels mit Raketen aus dem Gazastreifen beschossen und der Spuk wollte kein Ende nehmen. Schimon hatte es in den Medien intensiv verfolgt. In kleinen Hinterhofwerkstätten, nahe der Grenze aber auch häufig im Umfeld von Schulen und Krankenhäusern, bastelten Hassan und seine Kameraden Qassam Raketen zusammen. Die Bauteile bekamen sie zum Teil aus Osteuropa, die Grundstoffe für das Sprengmaterial aus dem Sudan. Das Material wurde aus Ägypten durch geheime Tunnel in den Gazastreifen geschmuggelt. Tagsüber war Hassan Student, ein intelligenter Junge, nachts unterstützte er den Kampf des Islamischen Jihad mit dem Bau dieser Raketen. Sie waren äußerst simpel konstruiert und flogen bis zu 20 Kilometer weit. Bald sollten sie auch leistungsfähigere Geschosse aus dem Iran bekommen. Diese waren noch gefährlicher, denn sie konnten viel weiter fliegen und sogar Tel Aviv in 45 Kilometer Entfernung erreichen. Wo sie einschlugen, würden sie Tod und Zerstörung hinterlassen. In dem Kellerraum von knapp 25 Quadratmetern, direkt unter einem Wohnhaus im Zentrum der Stadt Gaza, stapelten sich an jeder Wand Metallrohre, Zünder und andere Kleinteile aus Stahl. Sogar ein Sack mit Nitrathaltigem Dünger lagerte in einer Ecke. Hassan scherzte manchmal, „den bekommen wir aus Israel, um unsere Gemüsegärten zu düngen." Auf einem kleinen Gaskocher verrührten sie den Dünger zusammen mit einem Batzen Zucker zu einer hochexplosiven Mischung. In einer Nacht schafften sie manchmal bis zu 100 Raketen, die dann von den Qassam Brigaden auf israelische Ortschaften abgefeuert wurden, mittlerweile schon über Tausend. Es war aber auch eine gefährliche Mission. Nicht selten wurden die Bombenbauer von Israelischen Hubschraubern entdeckt und gezielt mit einer Lenkwaffe getötet. Doch das hielt sie nicht davon ab, ihren Kampf gegen Israel fortzusetzen. Besonders betroffen waren die Städte Sderot, Ashkelon und Ashdod unweit der Grenze, aber auch Dörfer und Kibbuzim im Umland. In einer Region, so groß wie das Rhein Main Gebiet, heulten im Süden Israels immer wieder die Sirenen von den Dächern herab. Fabriken stoppten ihre Maschinen, Schulen unterbrachen den Unterricht, Kinder-

gärten wurden hastig geschlossen. Menschen auf der Straße verließen ihre Fahrzeuge und flüchteten in öffentliche Luftschutzkeller. Es war Ausnahmezustand. Handys klingelten allerorts, weil besorgte Mütter ihre Kinder zu erreichen versuchten.

„Wo bist du gerade? Bist du an einem sicheren Ort? Pass auf dich auf. Melde dich bald und lass uns wissen, dass dir nichts passiert ist. Wir haben solche Angst um dich."

Alle suchten panisch nach Schutz, wohlwissend, dass es nur 15 Sekunden bis zur tödlichen Detonation dauern würde. Niemand wusste vorher, wo die Raketen einschlugen werden, jeder bangte um das Leben von Familienangehörigen, Freunden und Verwandten. Eine ganze Region wurde für Stunden, manchmal sogar Tage lahmgelegt, nichts ging mehr.

Schon seit Jahren dauerte dieser Zustand an und die Welt nahm es kaum zur Kenntnis. Den Zeitungen war es nur vereinzelt eine Randnotiz wert, Menschenrechtsorganisationen hielten sich bedeckt. Politiker warnten die israelische Regierung bei jeder Gelegenheit vor einer überzogenen Reaktion, und wenn Israel dann doch auf den ständigen Beschuss mit einer gezielten Aktion antwortete, lauteten Tags darauf regelmäßig die Anklagen der Weltpresse:

ISRAEL GREIFT DEN GAZASTREIFEN AN.

Genährt wurde das von der Propaganda arabischer Medien, die es oft mit der Wahrheit nicht so sehr genau nahmen. Ob es die ungeprüfte Zahl der Opfer betraf oder die stereotypen Fernsehbilder von längst vergangenen Ereignissen, die einfach wiederholt wurden, nichts ließ man aus, um das Mitleid der Welt zu erwecken und Israel wieder an den Pranger stellen zu können.

45 Kilometer lang und maximal 15 Kilometer breit war dieser Küstenstreifen am Mittelmeer, in dem mehrere arabische Städte, wie: Gaza Stadt, Rafah, Chan Yunis sowie verschiedene Dörfer lagen. Gern wurde er von den Palästinensern und der breiten Presse als der am dichtesten bevölkerten Streifen der Welt beklagt. Ein Vergleich mit anderen Metropolen zeigte dagegen ein anderes Bild: Gazastreifen - 5170 Einwohner pro Quadratkilometer, Tel Aviv – 5790, Kairo – 37.136, New York City – 10.560, Monaco – 18.648. Mancher Experte verwies darauf, dass im Gegensatz zu den genannten Städten, der Gazastreifen rundherum einer Blockade unterlag, ohne jedoch zu bedenken, dass keine dieser Städte ständig ihre Nachbarn mit Raketen beschossen und deren Zerstörung angestrebt hatte.

Im Sechstagekrieg 1967 wurde das Gebiet, das bis dahin von Ägypten verwaltet worden war, von Israel besetzt. Damals war Hassan noch nicht geboren. Die Grenzen waren offen, zahlreiche Palästinenser aus dem Westjordanland und dem Gazastreifen hatten in Israel eine Arbeit und konnten so ihre Familien ernähren. Die israelische Regierung lieferte Medikamente, Lebensmittel, Wasser und Strom in den Gazastreifen, ermöglichte es aber auch gleichzeitig jüdischen Siedlern, sich illegal in den besetzten Gebieten niederzulassen. Diese Aktivitäten waren höchst umstritten und wurden auch in Israel von vielen Bürgern scharf kritisiert. Der Terror gegen Israelis wollte seitdem nicht aufhören. Zunächst ging er von der Fatah aus, danach von dem militärischen Arm der Muslimbruderschaft, der einen stärker fundamentalistischen Islam verfolgte. 1978 wurde die Universität in Gaza Stadt gegründet, zehn Jahre später gelangte sie gewaltsam unter islamistische Führung. 1987 zählte zur Geburtsstunde der Hamas in Gaza Stadt. Ein Jahr später veröffentlichte sie in ihrer Grundcharta das Ziel, den Staat Israel von der Landkarte zu löschen. Islamisches Heimatland dürfe niemals Nicht-Muslimen überlassen werden. So sei es die Pflicht eines jeden Moslems für die Eroberung Israels zu kämpfen. Überall hetzte die Hamas die Bevölkerung auf und stachelte sie zum Terror auf. Schon die Kinder wurden in Schulen und Kindergärten für den Heiligen Krieg gegen die Juden indoktriniert und für den Kampf ausgebildet. Wer nicht für sie war, oder mit den Juden zu kollaborieren schien, musste um sein Leben bangen. Immer mehr Waffen und Munition fanden jetzt den Weg über die Grenze aus Ägypten nach Gaza und nicht wenige Attentäter kamen von dort. Selbstmordanschläge in Israel gehörten bald zur Tagesordnung. Die Lage spitzte sich zu. Die Welt drängte Israel zu einem Abkommen mit den Palästinensern. In der Uno wurden zahlreiche Resolutionen gegen den jüdischen Staat eingebracht, so viele wie gegen kein anderes Land auf der Welt, und meistens führten sie mit einer großen Mehrheit von arabischen und muslimischen Ländern zu einer Verurteilung. Menschenrechtsverletzungen in der arabischen Welt hingegen, wurden nur selten thematisiert, ebenso wenig wie die unzähligen toter Kinder, Frauen und Männer, die in den innerarabischen Kriegen ermor-

det wurden.

Als Geste des Friedens beschloss die israelische Regierung unter dem als `Hardliner´ geltenden Ministerpräsidenten Ariel Sharon, den Gazastreifen zu räumen. Trotz großer Proteste in der israelischen Gesellschaft, begann an einem heißen Sommertag im August 2005 die meist gewaltsame Evakuierung der jüdischen Siedlungen durch die Armee. Auf Gazas Straßen feierten die Menschen frenetisch den Abzug des Militärs und die Vertreibung der Siedler. Unkontrollierte Freudenschüsse hallten durch die Luft, Autocorsos verstopften die Straßen, Synagogen in den verlassenen jüdischen Siedlungen wurden in Brand gesteckt. Der Gazastreifen erhielt die Autonomie und sollte sich von nun an selbst verwalten. Als Sicherheitsmaßnahme wurden die Grenzen nach Israel zunächst geschlossen, und eine Sicherheitszone von 2,5 Kilometer Breite errichtet. Im Süden blieb der Grenzübergang Rafah nach Ägypten offen.

Dollarmilliarden aus den USA und der Europäischen Union flossen in der Folge nach Gaza, zur Finanzierung des Aufbaus einer funktionierenden Infrastruktur und mit der Hoffnung auf einen Neuanfang und eine friedliche Koexistenz mit den Nachbarn. Ein Großteil der Gelder, verschwand jedoch schon bald in dunklen Kanälen, oder wurde in neue Waffen investiert. Kaum war das israelische Militär abgezogen, verstärkte sich erneut der Raketenbeschuss der Hamas oder ihrer Splittergruppen auf die israelischen Siedlungen im Grenzgebiet.

Zur selben Zeit entbrannte ein Machtkampf um die Vorherrschaft im Gazastreifen, zwischen der religiös moderaten, jedoch korrupten Fatah und der radikal islamistisch geprägten Hamas. Mit äußerster Härte und Brutalität gingen die verfeindeten Rivalen gegeneinander vor, ohne Rücksicht auf die Zivilbevölkerung.

Im Januar 2006 fanden in Gaza Parlamentswahlen statt, die die Hamas mit 76 von 132 Sitzen gewann. Hartnäckig hielten sich schon bald Gerüchte über massive Wahlmanipulationen.

So wurde die Hamas, die weithin vom westen als Terrororganisation eingestuft wurde, von den USA und der EU durch die Aussetzung der Finanzhilfen wieder isoliert. Notgedrungen stimmte sie daraufhin einer Regierung der nationalen Einheit, zusammen mit der Fatah zu. Im Laufe der nächsten Monate nahm der Konflikt an Schärfe zu und entlud sich 2007 in pure Gewalt auf den Stra-

ßen Gazas. *In den Fernsehbildern waren misshandelte Menschen zu sehen, die brutal aus Fenstern geworfen oder hinter Fahrzeugen her geschleift wurden. Es waren jetzt Palästinenser, die ihre eigenen Volks- und Glaubensbrüder bestialisch mordeten.*

In den blutigen Kämpfen starben Hunderte Zivilisten. Die Hamas vertrieb die Fatah aus dem Gazastreifen und führte ein straffes, islamistisches Regime ein. Doch die Übergriffe beschränkten sich nicht nur auf die Gegner der Fatah, auf angebliche Kollaborateure mit Israel oder auf unislamisches Verhalten, sondern auch auf die christliche Minderheit. Bibliotheken, Geschäfte und Internet Cafés von Christen wurden zerstört. Der Vatikan hüllte sich in Schweigen.

Der Raketenbeschuss auf Israel hielt an. Täglich explodierten Geschoße in Städte, Dörfer und Umland. Die Anschläge auf israelische Soldaten nahmen zu und forderten ihre Opfer.

Währenddessen saß noch immer der 2006 verschleppte junge israelische Soldat Gilad Shalit irgendwo in einem palästinensischen Verließ in Gaza Stadt und wurde von seinen Peinigern gequält. Immer wieder öffnete Israel nach kurzen Phasen der Ruhe die Grenzen zum Gazastreifen, die nach neuen Attacken der Hamas wieder geschlossen wurden. Doch trotz den ständigen Angriffen, erhielt Gaza 70% seines Strom und Kraftstoffbedarfes aus Israel.

Im Juni 2008 handelten Ägypten und Israel einen sechsmonatigen Waffenstillstand aus, bei dem die Hamas sich verpflichtete, die Raketenangriffe auf seinen Nachbarn auszusetzen. Daraufhin wurden die Grenzen geöffnet und die Palästinenser konnten unbeschränkt mit Nahrungsmittel, Treibstoff und Konsumgütern versorgt werden.

Doch dieser Ruhezustand hielt nicht lange an. Raketen und Mörserangriffe aus dem Gazastreifen nahmen schon bald wieder zu. Die israelischen Streitkräfte reagierten gezielt gegen die Raketenschützen. Die Hamas beschuldigte Israel der Provokation und der Verletzung der Waffenruhe. Die Stimmen in der israelischen Gesellschaft, die eine deutliche Antwort auf die ständigen Attacken aus Gaza verlangten, wurden immer lauter. Der Druck auf die Regierung nahm zu.

Es war ein Sonntag, der dritte Tag nach Weihnachten 2008, als die Israelische Armee die Operation „Gegossenes Blei" eröffnete.

Kampfjets griffen gezielt Gebäude in Gaza an, in denen sich Stellungen und Waffenlager der Hamas befanden. Die meisten von ihnen waren bewusst in der Nähe von Kindergärten, Schulen und Krankenhäuser errichtet worden, aus reinem Kalkül, ungeachtet der Zivilbevölkerung. Die Hamas-Miliz rief die Bewohner Gazas sogar dazu auf, sich als menschliche Schutzschilde zur Verfügung zu stellen. Ein Sprecher lobte alle Palästinenser als Vorbilder, die kurz vor einem israelischen Angriff sich nicht selbst in Schutz gebracht hatten, sondern auf die Dächer ihrer Häuser gestiegen waren. So konnte man Israel leicht der Tötung von unschuldigen Zivilisten bezichtigen. Die Kameras der internationalen Presse waren bereits vorsorglich in Stellung gebracht worden, um jede Reaktion der Israelischen Armee aus palästinensischer Sicht zu dokumentieren. In wirkungsvoll montierten Aufnahmen wurde das Bild des grausamen Israelis, der wehrlose palästinensische Kinder tötet, in die Wohnzimmer der empörten Welt übertragen. Die Antiisraelische Propaganda lief auf Hochtouren. Regierungen, NGO`s und Menschenrechtsorganisationen verdammten auf den Straßen das harte Vorgehen der Israelis, Politiker verurteilten die Unverhältnismäßigkeit der israelischen Reaktion. Ignoriert und vergessen wurde der andauernde Terror gegen Juden und die jahrelangen Raketenangriffe auf jüdische Städte in Israel.

Hassan hatte sich kurz vor Ausbruch der Kämpfe einem Qassam Kommando angeschlossen. Auf dem Dach eines flachen Gebäudes, direkt neben dem Krankenhaus, bauten sie ihren Mörser auf, gerichtet auf die nahe Stadt Sderot. Mit Sandsäcken um das Geschütz herum, sicherten sie provisorisch ihren Stand.

„Nun können sie kommen, die verdammten Juden. Wir werden es ihnen zeigen", ermunterten sie sich gegenseitig mit Kampfparolen. Aus den zerrenden Lautsprechern eines Gettoblasters hetzte ein Radiosprecher gegen die Zionisten und sprach den Kämpfern Mut und Allahs Unterstützung im heiligen Kampf gegen die Ungläubigen zu. Hassan war euphorisch. Er war jung und fanatisch im Glauben für ein freies Palästina. In den drei Jahren, die er schon in Gaza Stadt lebte, fühlte er sich vollends in diese Gesellschaft integriert. Er zählte zu den eifrigsten Hamas Mitgliedern, die zu allem bereit waren, um ihre Ziele zu erreichen. Auf der Universität wurde er geachtet und gefürchtet. Man wusste um seine Stellung und die Beziehungen zu der obersten Führungsspit-

*ze und war vorsichtig, ihm zu widersprechen. Das gab ihm
Selbstbewusstsein und stärkte seine Kampfbereitschaft. Schon in
seinem Heimatdorf nahe Jerusalem, fühlte er sich dem Kampf
gegen die Juden stark verbunden. Damals schloss er sich einer
radikalen Jugendgruppe an, die israelische Soldaten und Siedler
aus dem Hinterhalt mit Steinen und Molotov Cocktails angriffen.
Er hasste sie, diese Menschen, von denen er überzeugt war, dass
sie ihm und seiner Familie das Land geraubt hatten, wie ihm in
der Schule gelehrt wurde. Er musste sie im Namen der Gerechtigkeit und Allahs bekämpfen, mit allen Mitteln. So, wie es auch sein
Onkel schon getan hatte. Onkel Sinan, den er so sehr für seinen
Mut verehrte. Er hatte sich gegen die Israelischen Besatzer gestellt und ihre Taten mit Blut gerächt. Sie haben ihn verhaftet und
für Jahre ins Gefängnis gesteckt, diese Hundesöhne. Dann, eines
Tages, wurde er wieder freigelassen. Unter den Kampfgenossen
kursierte das Gerücht, der Onkel habe mit den Juden kollaboriert.
Das konnte und wollte Hassan aber nicht glauben. Doch irgendwann, war Onkel Sinan verschwunden. Man sagte, er sei geflüch-
tet, irgendwohin ins Ausland. Hassan war verwirrt. Sollen all die
Gerüchte wahr sein? War Onkel Sinan tatsächlich ein Verräter?
Nein, niemals!
Eines Abends pochte es laut und heftig an der Tür seines Eltern-
hauses im Dorf am Rande von Jerusalem. „Aufmachen", schrie
ein bewaffneter Soldat von draußen. Hassans Vater fasste seinen
Sohn am Arm und zerrte ihn zu der Truhe, die hinter dem Vorhang stand. „Los Junge, verstecke dich darin, und gib keinen
Mucks von dir." Er ahnte schon, dass es um die Unruhen von
heute Nacht ging, in denen Hassan und seine Kumpane eine israelische Patrouille mit Steinen und Brandsätzen attackiert hatten.
Es war ja nicht das erste Mal. Dann trat er verängstigt zur Tür.
Eine Minute später hätte der Soldat sie eingetreten.
„Wo ist dein Sohn Hassan?" schrie der bewaffnete Soldat und
schickte seinen Blick in den halbdunklen Raum. Er war nicht
allein. Hinter ihm standen drei Kameraden und gaben ihm mit
ihren Uzis Feuerschutz.
„Weg. Er ist einfach weg", jammerte der Alte. „Ich weiß nicht wo
er sich jetzt gerade aufhält."
„Los, durchsuchen", befahl der Offizier. Die Soldaten stürzten in
den Raum und durchkämmten jede Ecke. Zitternd lehnte Hassans*

Vater an einer Wand und betete leise zu Allah. Auch Hassans Mutter stand wie angewurzelt daneben und versuchte ihr Weinen zu unterdrücken. Die Soldaten ließen kein Möbelstück aus und stöberten schon vor dem Vorhang herum, hinter dem sich die Kiste befand. Plötzlich hallten von draußen Schüsse. Von irgendwoher wurden die Kameraden angegriffen. Sie mussten sich verteidigen.

„Los, raus", schrie der Offizier und stürmte aus der Tür. Die anderen folgten ihm. Sein Ruf hallte noch im Raum, dann wurde es still. Man hörte nur noch laute Stimmen von draußen auf den Gassen, doch auch sie verstummten nach einer Weile. Hassans Vater lief zur Kiste und hob den schweren Deckel.

„Komm raus, mein Sohn. Sie sind weg. Aber jetzt musst du von hier verschwinden, denn sie werden wiederkommen und dich mitnehmen."

Am folgenden Tag führte Hassans Flucht in den Süden zur jordanischen Hafenstadt Akaba. Von dort ging die Reise mit einem kleinen Fischerboot durch das Rote Meer auf die Halbinsel Sinai und anschließend in die Stadt Gaza.

Nun saß Hassan auf dem Dach eines Hauses und schaute zum Himmel. Es war schon der dritte Tag, an dem er und seine Mitkämpfer hier oben ausharrten. Wenn er sterben sollte, dann wäre er ein Märtyrer. Er würde in den Himmel kommen und von 72 Jungfrauen verwöhnt werden. Was für eine verlockende Aussicht. Dazu würde die Hamas noch mit viel Geld für seine Eltern sorgen. Aber so weit sollte es ja gar nicht kommen. Denn wenn alles mit Allahs Hilfe irgendwann vorbei war und sie ganz Palästina befreit hätten, dann würde er auch ein Held sein.

Hassan schaute auf die Uhr. Noch war nichts passiert.

In der Ferne hörte man Detonationen. Sie kamen immer näher. Hassan griff zu seinem Geschütz. Er wollte es gleich laden und eine Granate abfeuern. Mit einem Mal zerriss ein ohrenbetäubendes Zischen die Luft, Das ganze Gebäude begann zu zittern, dann zu schwanken. Mit ungeheurer Geschwindigkeit jagte eine Kampfmaschine über das Haus und entledigte sich ihrer tödlichen Fracht. Es war ein zielgenauer Treffer, der nichts mehr vom Haus übrig ließ.

Aus den Ruinen stieg schwarzer Rauch auf, der alle Träume mit in den Himmel nahm.

Kapitel 44
Herzoperation

Die Wochen vergingen. Tom hatte mittlerweile in Darmstadt ein Studium der Geschichte aufgenommen und kam sehr gut voran. Ria, die unter gesundheitlichen Problemen litt, war jetzt nicht mehr berufstätig. Für das Paar bewegte sich alles in Richtung Lebensabend.

Nach seinem beruflichen Höhenflug, befand sich Schimon nun im ruhigen Sinkflug und zielte auf eine sanfte Landung mit einem langsamen Ausrollen bis zum endgültigen Stopp am Gate. Was er noch nicht ahnen konnte, war der bevorstehende plötzliche Absturz, der beinahe zur endgültigen Katastrophe geführt hätte.

Die Uhr an der Wand vor dem Untersuchungsraum zeigte 14:23 Uhr. Noch immer lag Schimon im Notfallraum der Klinik in Marburg-Wehrda. Die Ärzte kämpften um sein Leben. Die Chancen für sein Überleben standen schlecht. Dies konnten nur noch Bypässe sichern. Doch die durften erst nach vier Wochen gelegt werden, um Blutungen zu vermeiden. So lange, dauerte es in der Regel, bis die Narbe eines Infarktes verheilt war. Vier lange Tage schon lag Schimon allein auf der Intensivstation, angeschlossen an Instrumenten und Schläuchen. Die medizinische Betreuung war hervorragend und machte Mut. Ärzte, Schwestern und Pfleger taten ihr Bestes und lockerten die Atmosphäre mit Scherzen auf. Doch die größte Freude war für ihn die ständige Anwesenheit seiner liebevollen Frau, die wie ein Schutzengel über ihn zu wachen schien. Sie hatte sein Leben mit ihrem klugen, schnellen Handeln gerettet. Sie war auch jetzt da und gab ihm die Kraft, seelische Tiefs zu überwinden. Das, und die Besuche seines geliebten Sohnes, stärkten seinen Lebensmut und den Wunsch, diese unglückliche Zeit gut zu überstehen. In Wirklichkeit hatte er die Schwere seiner Lage noch gar nicht richtig erfasst. Für ihn sollte die Sache nach höchstens vier Wochen erledigt sein und er würde wieder fit in den Arbeitsprozess zurückkehren. Schon verlangte er nach Handy und Laptop, die ihm aber natürlich strikt verweigert wurden. Eine große Bestätigung für seine Bedeutung im Unternehmen, war für ihn der Anruf aus der obersten Führungsetage, der ihn auf der Intensivstation erreichte. Es zeigte sich plötzlich das menschliche Gesicht des Unternehmens. Die vielen Genesungskarten, der Geschenkkorb und die Telefonate von besorgten Kolleginnen und Kollegen hoben für eine kurze Weile Stimmungslage.

Nach vier Tagen durfte er die Intensivstation verlassen und konnte auf ein normales Krankenzimmer verlegt werden. Räumlich ging es von ganz unten nach ganz oben in die dritte Etage. Ob es göttliche Fügung oder das gute Verhältnis zu dem Chefarzt war, vielleicht auch beides, konnte Schimon nicht einschätzen, jedenfalls wurde er in ein großzügiges Zweibettzimmer mit Balkon und Blick auf das Tal der Lahn einquartiert. Ein wenig Glück im Unglück durfte es schon sein. Schließlich lagen nun über vier Wochen zwischen Bangen und Hoffen vor ihm. Zwar wurde er dauernd ärztlich überwacht und bekam die entsprechenden Medikamenten, doch sollte er sich trotzdem weiterhin möglichst ruhig verhalten und jegliche Bewegung einschränken. Die Herzkranzgefäße an der Hinterwand waren zerstört und die der Vorderwand zu einem Großteil verschlossen. Ein weiterer Infarkt würde für ihn das endgültige Aus bedeuten. Diesen Gedanken versuchte Schimon zwar auszublenden, doch das war nicht einfach. Oft lag er nachts wach und versuchte die Angst zu verdrängen. Jeder Schmerz, jedes Zwicken, löste neue Ängste aus. Er solle sich sofort melden, hieß es, wenn er eine Unregelmäßigkeit registrierte. Er verspürte oft Unregelmäßigkeiten, aber war es vielleicht nur Einbildung? Oder war es etwa die Psyche, die ihn täuschte? Wann sollte er es melden und wann lieber verschweigen? Ein Teufelskreis. Trotz der angenehmen Umgebung, trotz der fürsorglichen Betreuung seiner Frau, die ihm Mut zusprach, trotz seiner Familie, den Freunden und Kollegen, die sich um seinen Zustand sorgten, für ihn stand die Zeit still, sie wollte einfach nicht vergehen. Zu Beginn hatte er noch viel gelesen, um die Langeweile zu vertreiben. Sein Gemütszustand verlangte nach heiteren Geschichten, die ihn zum Lachen brachten und seine trüben Gedanken zerstreuten. Die Kurzgeschichten von Ephraim Kishon waren da genau das Richtige. Doch auch diese Zerstreuung war immer nur von kurzer Dauer. In solchen Situationen wird einem erst bewusst, wie schnell ein Leben vorbei sein kann, dachte er oft. Man fragt nach einem Sinn und was danach kommt. Eigentlich glaubt man, kann es für einen selbst gar nicht so schlimm sein, wenn es vorbei ist. Vermutlich ist es wie einschlafen und nicht mehr aufwachen. Doch was ist mit der Familie, mit den Lieben, die einem so nahe stehen? Sie werden trauern und leiden. Einen Menschen, den man liebt zu verlieren, ist immer ein großer Schmerz. Ganz besonders, wenn man sich emotional eng verbunden fühlt. Da waren immer noch seine Frau, sein Sohn und sein Stiefsohn. Da waren sein Vater, sein Bruder und dessen Frau. Für sie alle war es doch wert durchzuhalten und weiterzumachen.

Das nächste große Ziel, das Schimon erreichen wollte, war die bevorstehende Herzoperation. Niemand konnte ihm sagen ob sie gelingen würde, doch es war ohnehin seine einzige Chance. Mit Hilfe von Bypässen könnte er wieder ein fast normales Leben führen, sagten die Ärzte.

Dann war es soweit. Nach vier Wochen im Werdaer Hospital, wurde Schimon mit dem Krankenwagen in die Marburger Universitätsklinik verlegt. Dort war man auf Operationen am Herzen spezialisiert und genoss hierfür auch einen sehr guten Ruf. Die Perspektive auf eine Operation innerhalb der nächsten drei Tage gab ihm wieder Hoffnung und neuen Mut. Einen Bypass zu setzen sei heute schon fast Routine, hieß es allgemein. Dennoch stelle es immer noch einen ernsthaften Eingriff dar, den man nicht unterschätzen durfte. So ein Eingriff dauerte immerhin mehrere Stunden und erforderte vom Ärzteteam höchste Konzentration. Nachdem der gesamte Brustkorb wie ein Buch aufgeklappt und das Herz an einer Herz-Lungenmaschine angeschlossen war, zog man die Ersatzgefäße für die Bypässe aus einem der Arme oder der

Beine ein. Sie wurden dann zur Überbrückung der verengten Stellen und zur Regulierung des Blutflusses an die Herzgefäße angenäht. Anschließend musste das Herz wieder mittels Elektroschocks aktiviert werden. Schließlich wurde der Schnitt an Arm oder Bein wieder zugenäht, beziehungsweise geklammert und der geteilte Brustknochen mit einem Draht, wie mit einem Schuhsenkel, verschnürt. Die Haut darüber wurde zugenäht oder geklammert.

Vor dem Eingriff lag Schimon in einem Vierbettzimmer auf der Herzstation und wartete auf den Tag der Operation. Drei Nächte später war es soweit. Er stand als erster auf der Liste für die Operationen am nächsten Morgen. Am Vorabend musste er noch mit einer Ganzkörperrasur vorbereitet werden. In einem kleinen Nebenraum entfernte die Schwester 90 Prozent aller Haare von seinem Körper, einen Rest im Schambereich überließ sie pflichtgemäß einem männlichen Pfleger. Das, dachte sich Schimon insgeheim, hätte sie eigentlich auch noch selbst erledigen dürfen. Die Nacht vor dem Eingriff wollte nicht enden. Schimon fand keinen Schlaf, trotz eines Beruhigungsmittels, das ihm verabreicht worden war. Aus der anderen Ecke des Zimmers, füllte ein lautes Schnarchen den Raum. Um vier Uhr morgens, draußen war es noch dunkel, ging die Tür auf. Eine Schwester trat ein, verabreichte Schimon eine weitere Tablette, die wahrscheinlich auch zur Beruhigung dienen sollte, und verschwand wieder. Er war aufgeregt und konnte keinen klaren Gedanken fassen. Um sieben Uhr, sollte es losgehen. Endlich ging die Tür auf. „Mein Herr, es ist soweit", sagte eine Stimme, als müsse er nun für seinen Auftritt auf die Bühne.

Das Bett wurde durch die Gänge gefahren und in einen Aufzug geschoben. Die Krankenhauswelt rauschte an ihm vorbei und endete hinter einer schweren Eisentür. Er sah Männer in Grün, die konzentriert medizinische Apparate richteten. Dann legte man ihn mit einem Ruck vom Krankenhausbett auf die OP Liege. Sie war kalt, hart und unbequem. Es glich einem Science-Fiction Film.

Die Welt war unwirklich, er konnte sie kaum noch wahrnehmen. Ein letzter Gedanke schwebte wie ein Ballon im Wind und entschwand in der Ferne. Wenn er hoffentlich wieder aufwachte, würde er es geschafft haben. Die Narkosemaske auf Mund und Nase verrichtete schnell und wirkungsvoll ihre Aufgabe. Für Schimon ging das Licht aus.

Stunden später blinzelten seine Augenlieder. Er wachte langsam auf. Sichtlich benommen lag er auf der Intensivstation, unfähig sich zu bewegen. Um ihn herum ein dunkler, kalter, unfreundlicher Raum im Keller des Krankenhauses, vollgestopft mit medizinischen Geräten. Sein erster Blick fiel auf die Wanduhr oberhalb des halbhohen Glasfensters zum Nebenraum. Die Zeit war im schummrigen Licht kaum zu erkennen. Schläuche banden ihn an das Beatmungsgerät, sowie auch an andere Instrumente, die ständig piepsend seinen Zustand überwachten. Schimon hatte überhaupt kein Zeitgefühl und konnte nicht einschätzen, ob es schon Tag oder noch Nacht war. Neben ihm röchelte ein anderer Patient, den er nur aus den Augenwinkeln wahrnehmen konnte, da er wegen der vielen Anschlüssen nicht in der Lage war, sich zu drehen. Ich habe es überstanden, ich lebe noch, bewegte ihn langsam der erste Gedanke. Heute ist mein zweiter Geburtstag. Er schloss die Augen und versuchte zu schlafen, aber es wollte ihm nicht gelingen. So döste er eine Weile weiter, bis er Schritte hörte, die immer näher kamen. Vor ihm stand eine Nachtschwester. Sie schaute ihn musternd an und fragte leise, ob alles in Ordnung sei. Er nickte, und sie verließ den Raum. Draußen war es noch dunkel. Sein sehnlichster Wunsch war es, in diesem Augenblick seine Frau und seinen Sohn zu sehen und so schnell wie möglich diesem deprimierenden Umfeld zu entfliehen.
Am nächsten Tag schon, durfte Schimon für eine halbe Stunde auf einem Stuhl neben dem Bett sitzen. Ein Glücksgefühl das man sonst kaum registrierte und nicht genügend zu schätzen wusste. Kurz darauf ging für ihn endlich die Sonne auf, als eine Türe sich

vorsichtig öffnete und Ria ins Zimmer trat. Sie schaute ihn mit ihren wundervollen, braunen Augen an, die eine Mischung aus Sorge und Erleichterung ausdrückten. Schimon war überglücklich, sie wiederzusehen, ihre streichelnden Hände zu fühlen, ihre Nähe zu spüren. Was würde er bloß ohne sie machen? Welchen Sinn hätte das Leben ohne sie noch gehabt?

Es dauerte weitere zwei Tage bis er auf ein normales Krankenzimmer verlegt werden konnte. Nach und nach wurden zuvor die Schläuche aus seinem Körper herausgezogen. Auf der Station lag er in einem seelenlosen Vierbettzimmer, das penetrant nach Reinigungschemiekalien roch. Die Betreuung entsprach hier eher einer Fließbandversorgung, wie sie vermutlich in den meisten Universitätskliniken praktiziert wurde. Man war offensichtlich sehr darum bemüht, ihn so schnell wie möglich auf die Beine zu bringen. Die ersten Schritte wagte er mit der Hilfe einer netten Schwester auf dem Flur. Wie ein klappriger Greis wackelte er den langen Gang auf und ab. Die Kraft zu gehen reichte höchstens für ein paar Meter. In dieser Situation wurde ihm sehr schnell seine Hilflosigkeit bewusst, sich nicht frei bewegen zu können. Die Beine hatten ihre Muskelkraft verloren, die Pumpe ihre Leistung, geblieben war nur noch der eiserne Wille so schnell wie möglich wieder aus eigener Kraft mobil zu werden.

Nach der angsterfüllten Wartezeit vor der Operation und dem überstandenen Eingriff, war jetzt das nächste Ziel die Rehabilitationsphase in einer REHA Klinik. Schimon hoffte das Krankenhaus bald verlassen zu können, um die Maßnahme zügig zu beginnen. Dieser Wunsch ging schneller als er dachte in Erfüllung. Kaum 8 Tage nach der Operation, wurde er liegend in einem Krankenwagen nach Bad Berleburg in die REHA Anstalt gefahren. Einerseits war er sehr froh aus dem Krankenhaus so schnell heraus zu kommen, um endlich, nach fünf Wochen, das neue Gefühl der Freiheit zu genießen. Andererseits wunderte er sich schon etwas darüber, dass ein Patient, der nicht einmal in der Lage war sich selbstständig zu bewegen, so übereilt in die Rehabilitation verlegt wurde. Der Grund dafür schien ihm aber bald klar zu sein. Den schnellen 'Rausschmiss' verdankte er den Sparreformen in der Gesundheitspolitik. Da die Krankenhäuser für Operationen eine finanzielle Fallpauschale bekamen, war es für sie wohl lukrativer, den Patienten 'blutig' zu entlassen, anstatt ihn bis zur vollständigen Mobilität zu kurieren. Als der Krankenwagen die REHA Klinik erreichte, war Ria zum Glück schon vor Ort und organisierte fachmännisch die gesamte Aufnahmeprozedur. Da Schimon noch kaum laufen konnte, schob sie ihn in einem Rollstuhl auf sein neues Zimmer. Während der Dauer der REHA wollten sie zusammenbleiben und so bezogen sie gemeinsam ein kleines Zimmer. Unter den gegebenen Umständen, wäre Schimon ohnehin kaum in der Lage gewesen sich eigenständig zu versorgen, da er kaum beweglich war und als Linkshänder nicht einmal seine Haupthand zum Essen benutzen konnte. Aus ihr wurden nämlich die Gefäße für die Bypässe entnommen. Wie machten das eigentlich Patienten, die in einer ähnlichen Situation waren, die aber niemanden hatten und nur auf sich selbst gestellt waren? Die Antwort darauf sahen sie einige Tage später. Direkt neben dem Schwesternzimmer befanden sich Intensivräume, in denen diese Menschen einquartiert und laufend über eine Kamera überwacht wurden. Die zumeist überforderten Schwestern versorgten sie zu bestimmten Zeiten mit Essen und schoben sie gelegentlich im Rollstuhl über den Gang auf und ab. Reiches, armes Deutschland.

Schimon war glücklich seine Frau an seiner Seite zu haben und fortan nicht mehr in einer Krankenfabrik ans Bett gefesselt zu sein.

In den ersten Tagen wurde er im Gebäude und auf dem Hof im Rollstuhl gefahren. Noch war er nicht in der Lage auch nur eine kurze Strecke selbstständig zu gehen, geschweige denn Treppen zu steigen. Das Programm zielte darauf, seine Beweglichkeit schnellstens in Gang zu bringen, sowie die angeschlagene Psyche zu stabilisieren. In dieser Phase, jagten ihm unaufhörlich Hunderte von angstvollen Fragen durch den Kopf. Wann werde ich wieder richtig laufen können? Kann das nicht jederzeit wieder mit mir passieren? Wie lange halten Bypässe überhaupt? Und immer wieder... warum?

Neben der psychologischen Betreuung mit Einzelgesprächen und mentalen Trainingsübungen sowie der Ernährungsberatung, standen zahlreiche körperliche Aktivitäten auf dem Programm. Sie reichten von Konditionstraining auf dem Ergometer bis zur Brustkorbtherapie zur Stärkung der Muskulatur. Darüber hinaus fanden Vorträge statt, die Ursachen und Wirkung von Herzerkrankungen erläuterten. Wer machte sich schon in gesundem Zustand Gedanken darüber, worauf zu achten war, um eine Herzerkrankung zu vermeiden? Wer dachte schon daran, seinen Blutdruck zu kontrollieren, den Cholesterinspiegel zu beobachten, sich gesund zu ernähren, ausreichend zu bewegen, nicht zu rauchen und in Maßen Alkohol zu trinken. Insbesondere hoher Stress galt als ein gefährlicher Risikofaktor für den Herzinfarkt. Dieser, so erfuhr er, fand seinen Ursprung bereits in der Geschichte des Urzeitmenschen.

Zu jener Zeit, liefen die Menschen weite Strecken auf ihrer Suche nach Nahrung. Die Welt barg für sie zahlreiche Gefahren. Entdeckten sie ein wildes Tier, blieben nur drei Optionen: Gefressen werden, kämpfen oder flüchten. Es waren oft lebensbedrohliche Situationen, die eine schnelle Entscheidung und Handlung erforderten. Jetzt setzte der Körper seinen Stressmechanismus in Gang. Er schüttete zunächst die Stresshormone Adrenalin und Noradrenalin aus. Die Leber schoss Blutfette in den Kreislauf aus. Der Blutzucker stieg an und versorgte die Muskeln mit zusätzlicher Energie. Die Gefäße zogen sich zusammen und ließen den Blutdruck steigen. Das Herz pumpte schneller, der Körper war in Alarmbereitschaft. Nun befahl das Gehirn kämpfen oder flüchten. In beiden Fällen wurde dem Körper eine intensive Reaktion abverlangt. Ob beim Kampf oder bei der Flucht, der Körper begann den aufgestauten Stress abzubauen, sodass sich in den Gefäßen keine Schadstoffe ablagern konnten. Im besten Fall kehrte der Urmensch glücklich und ausgelaugt mit der Beute in seine Höhle zurück. Im ungünstigen Fall blieb er hungrig, jedoch am Leben. Bei der dritten Option wurde wenigstens die Beute satt.

In der jetzigen Zeit kam der moderne Mensch auch sehr häufig in Stresssituationen. Aufgestauter Frust, Existenzängste, Ärger. Leider konnte er ihnen aber sehr oft nicht ohne entsprechende Konsequenzen entkommen. Oder würde es jemand wagen, den Chef, der ihn geärgert hatte zu ohrfeigen? Ständige Angst und erzwungene Selbstkontrolle führten zu Dauerstress. Der Körper konnte das überschüssige Adrenalin nicht abbauen. Die Lipide setzten sich in den Gefäßwänden ab und drohten sie zu verstopfen. Der Infarkt war vorprogrammiert. Die Bedeutung von Stress für Herzerkrankungen zeigte sich auch sehr deutlich in einer Studie mit Menschenaffen. Bekanntlich war bei Affen die Rangordnung klar gegliedert. Dabei hatten die Alphamännchen eine dominierende Rolle in der Gruppe. Sie konnten sich alles erlauben und mussten nichts fürchten, höchstens einmal ein jüngeres Männchen, das ihnen hin und wieder die Führungsrolle streitig machen wollte. Die Affen ernährten sich vorwiegend von Pflanzen, bewegten sich viel und waren in der Regel alle Nichtraucher und Antialkoholiker. Somit waren also kaum Risikofaktoren für eine Herzerkrankung gegeben. In der Studie, wurde ein Alphamännchen in eine fremde Gruppe versetzt. Hier hatte es plötzlich einen niedrigeren Rang und musste erneut um seine Position kämpfen. Nach einiger Zeit waren Symptome einer Herzerkrankung sichtbar.

Auch für Schimon schien Stress die Ursache für seinen Infarkt gewesen zu sein. Er dachte viel darüber nach und war sich bewusst, dass er es nur seiner Frau zu verdanken hatte, weiterhin an diesem Leben mit einer zweiten Runde teilnehmen zu dürfen. Das Leben kam ihm vor wie eine Rennstrecke. Welches Fahrzeug man dafür bekam, wie es ausgestattet war und wie weit der Tank mit Treibstoff gefüllt war, wurde vermutlich vom Schicksal oder den

Genen bestimmt. Die Strecke bot Auf- und Abfahrten, glatte und holprige Wege, kurvige und schnurgerade Bahnen. Die Fahrweise allerdings, bestimmte jeder selbst. Ob man schnell und rücksichtslos auf ein Ziel zuraste, oder vorsichtig und umsichtig die Fahrt genoss, war eine Frage von Temperament und Verstand. Die Reise konnte länger dauern oder auch schnell zu Ende sein. Und erst der Blick in den Rückspiegel verriet manchmal, ob man sein Ziel erreicht hatte.

Vier Wochen waren vergangen, Schimon durfte die REHA verlassen und sich auf sein neu gewonnenes, geregeltes Leben zuhause freuen. Das war er sich und seiner Familie, die ihm immer beigestanden hatte, schuldig. Allmählich stabilisierte sich sein Zustand, er bewegte sich Tag für Tag in der frischen Luft, befolgte brav seine Medikation und wurde langsam vollkommen entspannt. Die Muskulatur begann sich zu regenerieren, die Kondition bedankte sich mit mehr Leistungsfähigkeit und er fühlte sich insgesamt zunehmend wohler.

Doch noch blieb ihm ein Jahr Dienst im Unternehmen, bis zur offiziellen Beendigung seines aktiven Arbeitsverhältnisses abzuleisten. Nach Monaten der Genesung, trat er seine Aufgaben noch einmal gemäßigt an. Die ausstehenden Streichungen der noch verbliebenen Arbeitstage auf seinem großen Wandkalender im Büro, trug er als erste berufliche Amtshandlung nach. Bis zur letzten Stunde. Dann vibrierte sein Handy, es war der 17 Februar 2010, eine SMS wurde angekündigt.

Sie lautete: „Und denke daran, nie wieder arbeiten müssen. Kuss, Schnecke."

Kapitel 45
Zeit der Gedanken

Schimon genoss seine Freiheit im Vorruhestand. Er konnte schlafen gehen wann er wollte, aufstehen wenn die Sonne längst am Himmel stand, in Ruhe mit seiner Frau am Frühstückstisch die Zeitung studieren und sein Tagewerk gemächlich beginnen. Er nahm sich Zeit, Bücher zu lesen, sich dem Schreiben zu widmen und die Gedanken grenzenlos um die Welt kreisen zu lassen. Keine dringenden Termine, keine zwingenden Aufgaben, kein fordernder Chef, kein Stress. Schimon schätzte den Luxus, eigener Herr über seine Lebenszeit und Planung zu sein. Zusammen mit seiner Frau, unternahm er Urlaubsreisen, zu Zeiten, an denen nur wenige Menschen unterwegs waren. Sie drehten ihre Runden durch Stadt und Land und hielten sich körperlich fit. Sie trafen Freunde und genossen die freie Zeit gemeinsam.

„Was machst du so als Rentner den ganzen langen Tag? Ist es dir nicht langweilig? Gehst du deiner Frau nicht auf die Nerven?" lautete immer wieder die Standardfrage seiner noch berufstätigen Freunde.

„Ich lebe das Leben, das sich die meisten Menschen wünschen", antwortete er dann entspannt mit einer lässigen Handbewegung.

Schimon wunderte sich über die Vorstellung mancher Zeitgenossen, die anscheinend nicht wussten, was man mit sich und seiner Freiheit anfangen konnte - so ganz ohne Arbeit. Menschen, deren ganzer Lebensinhalt darin bestand, allein für den Beruf da zu sein, und die in ein schwarzes Loch purzeln würden, wenn sie ihn nicht mehr ausüben dürften. Ihren Selbstwert schöpften sie aus dem Gefühl heraus, in ihrem Beruf angeblich unentbehrlich zu sein, ohne dabei zu merken, dass sie mittlerweile oft nur austauschbare Zahnräder in einer rotierenden Maschine waren. Ihr Leben drehte sich im Kreis, tagtäglich, und sie selbst drehten sich mit, wie der Hamster im Rad. Zur Belohnung erhielten sie am Ende jeden Monats ein `Schmerzensgeld´, mit dem sie sich ihren Frust schönkonsumieren durften. Am liebsten mit dem Erwerb von teuren Markenartikeln, die wie Trophäen der Welt vorzeigen sollten, was man sich doch alles leisten konnte und wie erfolgreich man war. Doch der Konsum konnte auch zu einer Droge werden, die immer schneller ihre eigentliche Wirkung verlor. Wie lang hielt die Freude an einer Neuerwerbung an? Solange, bis man sich an sie gewöhnt hatte. Schon bald musste es wieder etwas Neues sein. Die Bedürfnisse stiegen, gefüttert und angetrieben von aufdringlichen Werbebotschaften, die das Blaue vom Himmel versprachen. Mit einem Mal wünschte man sich Dinge, von denen man vorher nie wusste, dass man sie jemals benötigen würde. Die monatliche `Belohnung´ vom Arbeitgeber, reichte manchmal nicht mehr aus, zumal Preise, Lebenshaltungskosten, Steuern und Abgaben ständig stiegen. Der verführerische Teufelskreis drehte munter weiter seine Kreise. `Fürsorgliche´ Banken und Kreditinstitute sprangen ein und boten helfend ihre Dienste in Form von Darlehen an, die über Jahre laufen konnten. Zum Glück gab es noch einen anderen Hoffnungsschimmer, einen Stern, der ganz weit oben glitzerte. Sechs winzige Kreuze in einem Kästchen mit 49 Feldern, verhießen den Eintritt zur großen Welt. Woche für Woche schwebte ein wundervoller Traum in den Köpfen der Menschen, in dem ein Zauberstab goldene Sterne regnen ließ. Dann würde alles anders werden, hoffte man. Die Vision von der großen Freiheit mit einer vielversprechenden Chance von 1 zu 140 Millionen. Egal, irgendjemand würde es schon treffen, sagt man sich. Warum also nicht mal mich? In Gedanken hatte man schon die Millionen verplant. Man wollte reisen, viel erleben, entspannen, in der Sonne liegen und einfach nur dem Tag das Beste abringen. So, wie Schimon es jetzt tat, ohne einen Lottogewinn.

Schimon hatte Glück. Er wohnte in einem Land, in dem das Leben noch in ziemlich geordneten Bahnen lief. Deutschland war ein demokratischer Staat im Herzen Europas, der seit über 60

Jahren Frieden und Wohlstand genoss. Die Menschen in seinem Alter, hatten hier glücklicherweise keinen Krieg mehr erlebt, niemand musste hungern, das Gesundheitssystem funktionierte, ein Sozialnetz war engmaschig geknüpft und fing nahezu jeden Bürger auf. Eigentlich ein kleines Paradies, mitten in einem brodelnden Kessel, namens Welt.

Doch seit längerer Zeit, klafften auch hier bedrohliche Risse, die sich unkontrolliert ausbreiteten und immer weiter vertieften. Das System begann seine Bürger aufzufressen, in Deutschland, in Europa und auch der restlichen Welt. Das Kapital regierte inzwischen gnadenlos und zeigte überall sein hässliches Gesicht. Wirtschaft und Finanzwelt herrschten ungehemmt und gaben rücksichtslos den Takt an, und die Politik half dabei mit. Jugendliche suchten vergeblich nach Vorbildern und Orientierung. Trotz guter Ausbildung oder jahrelangem Studium, fanden Absolventen keine adäquate Anstellung. Die Industrie beklagte sich vollmundig über den Fachkräftemangel, hatte es jedoch aus Kostengründen selbst lange vermieden ausreichend auszubilden. Studenten wurden in endlose Praktika als billige Arbeitskräfte missbraucht, erhielten anschließend befristete Zeitverträge und einen geringen Lohn, während sich die Politik mit geschönten Statistiken herauszureden versuchte. Eine perspektivlose Generation wuchs heran, anfällig für Verführungen jeder Art. Kriege, bewaffnete Konflikte und Terror nahmen in einem Ausmaß zu, das viele Menschen nur noch verunsichert, ratlos und verzweifelt werden ließ.

Das waren die Tage, an denen die Sonne hinter dicken, schwarzen Wolken verschwand. Tage, an denen es kalt wurde, wie an jenem trüben Herbstmorgen, an dem Schimon vor dem Spiegel stand, verschlafen und unrasiert, sich selbst betrachtend. Er war gealtert. Die volle Haarpracht, die sein Haupt vor vielen Jahren zierte, hatte sich jetzt in eine kahle Wüste mit leichtem Gestrüpp verwandelt. Ein zerfurchtes Gesicht blickte ihm sorgenvoll entgegen. Vor seinen Augen rollte langsam eine unsichtbare Schrift ab, so wie der Abspann in einem Film:

WAS IST DER SINN DES LEBENS UND WAS HABEN WIR DARAUS GEMACHT?

Fragen kreisten in seinem Kopf herum und ließen jede Antwort wie eine Seifenblase in der Luft zerplatzen.

Und mit einem Mal wurde auch Schimon bewusst, wie fragil und endlich ein Menschenleben war, und wie sehr sich unsere Spezies gedankenlos in den Mittelpunkt des Universums gedrängt hatte, ohne zu merken, wie entbehrlich sie in diesem System in Wirklichkeit war.

Über sieben Milliarden Erdenbürger lebten auf dem Blauen Planeten, der sich wie ein Staubkrümel im Weltraum drehte. Jedes dieser Individuen war einzigartig. Und obwohl sich die Menschen auf unterschiedlichste Weise voneinander unterschieden, so gab es auch viele Gemeinsamkeiten zwischen ihnen. Man empfand Schmerz, wenn man sich verletzte. Man weinte, wenn einen die Traurigkeit überkam und man lachte, wenn man glücklich war. Jeder Mensch strebt ein gesundes, glückliches und langes Leben an, in einer intakten Gemeinschaft und einem sicheren Umfeld. Jeder auf seine Art, entsprechend seinem persönlichen Hintergrund und seiner Kultur. Die Hoffnung auf eine positive, erfüllte Zukunft, war allen gemeinsam und bildete schon ganz früh die Triebfeder für unser Leben. Kein Baby wurde böse geboren, dachte Schimon. Nicht einmal der kleine Atila von nebenan, der seine Freunde im Kindergarten ständig verprügelte, die Kindergärtnerin malträtierte und seine Eltern nervte. Er stockte einen Moment bei diesem Gedanken und musste schmunzeln.

Der Mensch bekam bestimmte Gene auf seinen Lebensweg mit und wurde danach von der Umwelt wie eine Knetmasse geformt. Auf seine DNA hatte das Neugeborene Kind keinen Einfluss, auf die Einwirkung durch die Umwelt in bestimmten Maßen schon, auch wenn diese These nicht unumstritten war. Studien haben belegt, so hatte es Schimon neulich in einer Zeitschrift gelesen, dass bereits Babys moralisch handelten. Worauf sich die Frage stellte, wodurch sich ein Kind später als Erwachsener entweder zu

einem Menschenfreund, oder zu einem Monster entwickeln konnte. Sozialstudien mit sechs und zehn Monaten alte Babys, die von
Psychologie-Professorin Karen Wynn von der Yale Universität
durchgeführt wurden, hatten gezeigt, dass Babys in der Mehrzahl
zu einem Helfersyndrom tendierten. Man hatte dafür Babys mit
„Puppen" vertraut gemacht, die aus je einem runden, einem quad-
ratischen und einem dreieckigen Holzklotz bestanden, und denen
große Augen angeklebt worden waren. Je eine dieser „Puppen"
mühte sich ab, einen Hügel zu erklimmen. Eine andere half ihr
dabei, und wieder eine andere schubste sie hinunter. Danach wurden die Babys aufgefordert, sich eine Puppe auszusuchen. Fast
alle zogen die `Helferpuppe´ der `Verhindererpuppe´ vor.

In einer anderen Studie wurde die Frage untersucht, ob Diktatoren
einen Gen-Fehler haben. Dabei sollte das Böse im Menschen in
einem Gen mit der Bezeichnung AVPR1 liegen. Laut der Studie
einer israelischen Forschungsgruppe um Richard Ebstein, die in
`Genes, Brain and Behaviour´ veröffentlicht wurde, konnte man
demnach den Egoismus und die Herrschsucht besser verstehen.
Egoistische Menschen sollten über einen verkürzten AVPR1 Gen
verfügen, wie es sich in einem Rollenspiel mit 200 Personen gezeigt hatte. Schimon kamen in diesem Zusammenhang Personen
aus seinem Umfeld in den Sinn, die diese These ein wenig be-
stärkten. Doch weiter wollte er sich nicht darauf einlassen. Diese
Erkenntnisse würden sich höchstwahrscheinlich mit fortschreiten-
dem Stand der Forschung erhärten, abschwächen oder sogar in
ganz neue, noch unbekannte Bahnen führen. Unbestreitbar war
aber, dass Erziehung und Umwelt schon immer ein entscheiden-
der Faktor für die Entwicklung und das Sozialverhalten eines
Menschen waren. Es machte eben meistens einen Unterschied, ob
ein Kind in einer intakten Familie und einem gesunden Umfeld
oder in einem Slum am Rande der Gesellschaft geboren wurde
und dort aufwachsen musste. Wobei natürlich auch keine Garantie
dafür gab, dass wohlbehütete Kinder aus reichem Hause nicht
auch im Leben scheiterten oder zu gefährlichen Unmenschen

mutierten. Eines aber war sicher. Der Anfang und das Ende des Lebens war bei allen Menschen gleich. Man kam für ein kurzes Gastspiel auf die Erde und musste sie früher oder später wieder verlassen. Das Leben dazwischen war Schicksal oder Bestimmung, je nach persönlicher Auslegung. Wenn man sich vergegenwärtigte, dass ein durchschnittliches Menschenleben heute in reichen Industrienationen inzwischen 80 bis 90 Jahre dauern konnte, in armen Ländern weitaus weniger, war das so oder so insgesamt nur ein Hauch von nichts in unserer Zeitrechnung. Es stellte sich daher die Frage, warum sich eigentlich die Menschen das Leben auf dieser Welt, gegenseitig so schwer machten und sich unaufhörlich geistig und physisch bekämpften.

Mancher behauptete, das taten sie schon zu allen Zeiten, das läge in unserer Natur. Aber Menschen sind lernfähig und mittlerweile lebten wir doch in einer modernen, aufgeklärten Welt. Dabei sollten wir im Laufe der Geschichte genügend Erfahrung für ein friedliches Miteinander gesammelt haben. Der Mensch schien also aus seiner Entwicklung nicht sehr viel gelernt zu haben. Das sechste Gebot, du sollst nicht morden, wurde und wird nach wie vor überall bedenkenlos gebrochen. Der Blick zurück in der Geschichte zeigte, wie rasch sich diese Welt gewandelt hatte. Das dunkle Mittelalter wechselte lediglich seine Farbe von schwarz auf weiß, die hässlichen Flecken waren geblieben. Grundwerte wie Moral und Ethik waren in unserer modernen Welt zusehends verkümmert, Respekt verblasst, Verlogenheit, Heuchelei und Gier nahmen zu.

Neue Begriffe wie: Political Correctness und aalglattes Mainstream kamen plötzlich in Mode, keiner mochte irgendwo anecken und sozial isoliert werden. Man brachte für jeden und alles Verständnis auf, predigte nach außen hin Toleranz, sogar für Intoleranz, und ballte zur selben Zeit resigniert die Faust in der Tasche. Und so suchten immer mehr Menschen irgendwo Orientierung und Halt. Viele resignierten und andere, besonders Jugendliche, verliefen sich zuweilen in einem Irrgarten von religiösem Fanatismus. Ausgerechnet davon versprachen sie sich einen Ausweg.

Schimon verspürte einen Adrenalin Schub in seinem Körper.

Seit seinem eigenen schicksalhaften Ereignis, wollten die Gedanken nicht aufhören und ließen ihn nicht zur Ruhe kommen. Jetzt, als Rentner, fand er Zeit, sich eingehender und umfassender über die Geschehnisse in Politik und Wirtschaft zu informieren. Er las verschiedene Tageszeitungen und verfolgte die aktuellen Ereignisse in Funk, Fernsehen und im Internet.

Dabei fiel ihm auf, wie sehr viele Medien die Menschen in ihrer Meinung und Einstellung beeinflussten und zum Teil bewusst manipulierten. Nachrichten waren eine verderbliche Ware und Sensationen belebten das Geschäft. Eiligst wurden immer öfter Artikel unrecherchiert zusammengeschustert, inhaltlose, emotionale Bilder als Momentaufnahmen eingebunden und dem Leser oder Zuschauer als Realität dargeboten, insbesondere in der politischen Berichterstattung. Ein dickes Fragezeichen hinter einer Überschrift, eine vage Spekulation, ein eigens gewähltes Zitat eines vermeintlichen Experten, unvollständige Statistik oder ein Foto, das bewusst nur aus eine bestimmte Perspektive zeigte, wirkten glaubwürdig und zerstreuten schnell jeden Zweifel an der Wahrheit der Botschaft die vermittelt werden sollte. Nicht selten allerdings, blieb die halbe Wahrheit auf der Strecke. Das Ziel, als Erster über ein Ereignis zu berichten, um im harten Konkurrenzkampf der Aktualität die Nase vorn zu haben, kippte zuweilen den Anspruch auf eine korrekte Berichterstattung. Schließlich buhlten alle um Anzeigen und Werbegelder aus der Wirtschaft, die jedem Medium das Überleben sicherten. Ausgenommen die Öffentlich-Rechtlichen Sender. Diese profitierten ohnehin von den eingezogenen Gebühren. Je höher die Leser- und Zuschauerquote, desto teurer der Einzelkontakt und die Platzierung einer Werbeanzeige. Zahlreiche Fernsehsender kämpfen heutzutage um die Gunst der Zuschauer mit der Ausstrahlung niveauloser Programme und endloser Wiederholungen, die lediglich den Rahmen für penetrante Werbeeinlagen bilden. Der Zuschauer nimmt es unreflektiert hin und lässt sich von dieser vorgespielten Realität, die ihm das wahre Leben suggeriert, hypnotisieren und einlullen. Die Sender behaupten, das wolle der Kunde sehen, der Kunde sagt, es würde nichts anderes angeboten. So streitet man sich, ob das Huhn oder das Ei zuerst da waren.

Besonders fatal, fand Schimon, die grenzenlose Zunahme von Gewalt im Fernsehen, Kino und Internet. Während diese Gewalt im Alltag von einer vermeintlich pazifistischen Gesellschaft in jeder Form geächtet wurde, und Waffen per se als ein Werk des Teufels galten, und wo zugleich Ballerspiele am Computer unsere Kinder mutmaßlich zu potentiellen Mördern machten, lockten doch diese Sendungen trotzdem Millionen Zuschauer Abend für Abend vor den Bildschirm oder ins Filmtheater. Offenbar brauchten die Menschen den Nervenkitzel, den sie in einem sicheren Abstand gemütlich bei Bier und Chips genießen konnten. War doch alles gespielt! War es aber nicht auch das Eintauchen in eine heile Fantasiewelt im Kampf gegen das Verbrechen, in der der Böse stets erwischt und überführt wurde und alles gut endete? Ganz im Gegensatz zum wahren Leben, wo die Täter leider nicht immer gefasst wurden, und wenn doch, sie in der öffentlichen Wahrnehmung viel zu gut davon kamen. Nicht selten waren der Staatsmacht aufgrund einer schwammigen Gesetzgebung die Hände gebunden, was sogar manche Richter behaupteten. Wie etwa im Fall eines 18-jährigen Intensivtäters mit Migrationshintergrund, der bereits mehrfach wegen Gewalttaten verurteilt worden war und schließlich einen Menschen getötet hatte und bei dem geprüft werden musste, ob eine sogenannte Reifeverzögerung vorlag. Das bedeutete, es sollte geklärt werden, ob der mutmaßliche Täter in seiner persönlichen Entwicklung noch einem Jugendlichen gleichstand: Inwieweit hatte der Heranwachsende seine Lebensplanung im Griff? Verfolgte er zielstrebig und gewissenhaft eine Berufsausbildung? Lebte er alleine oder noch bei den Eltern? Hatte er bereits eine eigene Familie? Sprachen die

Verhältnisse für mildernde Umstände, womöglich für eine weitere Bewährung? Irgendetwas, ließ sich sicher finden. Die Tat selbst und ihre Folgen für das Opfer und seiner Familie, traten dabei nahezu in den Hintergrund. So etwas konnte eben passieren!

Ähnlich wie in dem Fall eines Jugendlichen, der Zivilcourage zeigte, einen Streit in einer Diskothek schlichten wollte und von dem Gewalttäter wegen Beleidigung seiner Ehre erstochen wurde. Der Täter erhielt Strafminderung, da er angeblich von blitzenden Lichtern verwirrt worden war und unter Alkoholeinfluss stand. Diese war die Erklärung der Verteidigung, welcher der Richter in seinem Urteil auch folgte. Rechtsprechung schien in diesem System nicht allzu viel mit dem ursprünglichem Begriff der Gerechtigkeit gemein zu haben. Wie war es möglich, fragte sich Schimon, dass in einem Rechtsstaat, Gewaltverbrecher zu minimalen Haftstrafen verurteilt wurden, in der Haftanstalt von Psychologen betreut und häufig vorzeitig entlassen wurden, und die Opfer und ihre Angehörigen währenddessen ein Leben lang unter den Folgen der brutalen Tat leiden mussten und damit allein gelassen wurden. Warum erhielt eigentlich ein Täter mildernde Umstände, nur weil er zur Tatzeit alkoholisiert war oder unter Drogen stand? Weshalb liefen oft Gewalttäter bis zu ihrer Verurteilung so lange frei herum und warum wurden zugewanderte Mehrfachtäter nicht umgehend in ihr Herkunftsland ausgewiesen? Mit welchem Recht wurde es immer wieder hingenommen, dass Polizisten bei der Dienstausübung zum Schutz der Bürger von gewalttätigen Kriminellen beleidigt, angegriffen oder verletzt wurden? Galt der Satz von der Würde des Menschen nicht auch für sie? Wer in dieser Gesellschaft eine härtere Gangart gegenüber Kriminellen forderte, wurde als gnadenloser Hardliner bezeichnet. Ihm fehlte das nötige Einfühlungsvermögen für die Täter, behaupteten manche Menschen in ihrer sozial verklärten Sichtweise. Maßregelung sei keine Lösung. Die Täter seien doch auch nur Opfer in unserer Gesellschaft. Eine Wiedereingliederung in die Gemeinschaft und nicht die Bestrafung, sollte im Vordergrund stehen, was auch im Einzelfall sinnvoll sein konnte, was aber Intensiv- und Wiederholungstäter besonders freute. Politiker, Richter und Bürger, die solche Zustände tolerierten, schienen in einer wohlbehüteten Komfortzone zu leben, und fühlten sich nicht betroffen.

Dabei hatten schon seit Jahren mehrere Bürgermeister von New York mit ihrer null Toleranz Politik gezeigt, wie effektiv Kriminalität in einer Stadt bekämpft werden konnte. In der Metropole, wo das Verbrechen einst zuhause war, hatte die Kriminalität rapide abgenommen. New York war mittlerweile sicherer als manche deutsche Großstadt. Nicht das Opfer sollte Angst vor dem Täter haben, sondern der Täter vor der Tat und einer schnellen, ernstzunehmenden Bestrafung, war das Ziel gewesen. Natürlich durfte dabei auch eine wirkungsvolle Präventionsarbeit nicht vernachlässigt werden, um Gewalttaten schon im Vorfeld zu verhindern.

Warum war das in Deutschland nicht auch möglich, fragte sich Schimon. Weil man es hier jedem Recht machen wollte. Weil man hier niemandem wehtun und bei keinem anecken wollte. Weil man aus einer historischen Verantwortung heraus, vielleicht sogar einem schlechten Gewissen, für die ganze Welt als ein Vorbild für Freiheit, Toleranz und Menschlichkeit gelten wollte. Man wollte geliebt werden, als Musterschüler geachtet werden. Ein großes, gutes Vorhaben. Es war vor allem bei weiten Teilen der politischen Mitte und allen, die sich in ihrem Weltbild links von ihr sahen verbreitet. Sie beanspruchten, das moralische Gewissen der Nation zu sein. Sie wollten die Maßstäbe und Spielregeln anlegen und bestimmen, wie diese Ziele zu erreichen seien. Doch sie merkten nicht, dass sie auf ihrem Weg dorthin, oft jenen immer ähnlicher wurden, die sie eigentlich bekämpften. Sie tolerierten die Intoleranz und waren nur für Meinungsvielfalt, wenn es in ihrem Sinne war. Sie ignorierten, was eine ihrer historischen Vorkämpferinnen, die Jüdin Rosa Luxemburg, schon einst angemahnt hatte, dass Freiheit nämlich auch die Freiheit der anders denken-den war. Stattdessen lehnten sie alle konservativen Werte kurzerhand ab und hatten für jeden Widerspruch schnell eine passende

Schublade mit einem eindeutigen, griffigen Schlagwort parat: Populismus, Rassismus, Rechtsradikalismus. An den menschenverachtenden Einstellungen bestand kein Zweifel, da hatten sie Recht. Doch allzu schnell fanden sich nachdenkliche Kritiker dieser linkslastigen Euphorie der Menschlichkeit in eine Gesinnungsecke gedrängt, mit der sie ihr Leben lang nichts zu tun gehabt hatten und es auch nicht wollten. Selbst Politiker und Medien waren sich da oft einig und ließen den Bürger auf nicht selten schulmeisterliche Art wissen, wie er korrekt zu denken habe. Sie verurteilten die Pauschalisierung, nutzten aber gleichzeitig selbst die Verallgemeinerung.

Wie zum Beispiel in der Frage der Einwanderung und Integration, die scheinbar über Nacht Europa zu entzweien begann. So war es ihrer Meinung nach verwerflich, eine unkontrollierte Zuwanderung in der aktuellen Form in Frage zu stellen. Alle Menschen, die das taten, wurden schnell als gewissenlose Ausländerfeinde bezeichnet, als Rassisten und Nazis abgestempelt. Dabei waren die Probleme einer unkontrollierten Zuwanderung, mit ihrem zwangsläufig hohen Konfliktpotential, schon seit Jahren vielerorts in Europa deutlich erkennbar. Es betraf dabei weniger Migranten aus europäischen, angelsächsischen oder asiatischen Ländern, die in breiten Kreisen des Volkes die Furcht vor einer Überfremdung erzeugten. Meist waren es Einwanderer aus islamisch geprägten, vorwiegend arabischen Ländern, von denen viele ihre Religion und Kultur mitbrachten und diese in den Gastgeberländern rücksichtslos zu etablieren versuchten. Sehr viele flüchteten vor der Armut, andere, um ihr Leben vor Krieg und Terror zu retten. Sie flohen aus muslimischen Diktaturen, wo sie selbst als Muslime verfolgt worden waren, in westlich tolerante, offene Gesellschaften, wo sie Aufnahme, Schutz und Unterstützung erwarteten und dies auch in den meisten Fällen bekamen.

Dass war ihr gutes Menschenrecht, glaubte auch Schimon.

Doch weshalb, fragte er sich, bekannten sie sich noch immer kritiklos zu einem Glauben, der unter anderem auch ein Grund für ihre Flucht war. Viele schlossen sich in Großstadtgettos ein und führten ihr Leben in Parallelgesellschaften, die ihren eigenen Gesetzen folgten, sogar in der dritten und vierten Generation. Sie kamen aus dem Elend und suchten das Glück, sie brachten ihre Familien mit, oder ließen sie nachkommen. Sie suchten ihr Auskommen im Westen, oder flohen vor Krieg und Verfolgung. Zuerst waren es nur wenige. Später wurden es immer mehr. Mittlerweile gehören Kopftücher und sogar voll verschleierte Frauen als Zeichen des Islams in vielen Städten des Westens zum allgemeinen Stadtbild. Auch wenn viele den Koran nie selbst gelesen hatten, hängen doch immer mehr Muslime kritiklos der strengen Auslegung des Glaubens nach, der wie in Sure 9 des Korans, zur Tötung von Ungläubigen aufruft, der die Frauenrechte ignoriert, die grausame Beschneidung von Mädchen praktiziert, dem Tod huldigt und immer mehr Märtyrer erzeugt. Der noch archaische Bestrafungen, wie die Steinigungen anwendet, und dessen eifrigste Anhänger als radikale Fundamentalisten im Namen Allahs die Welt mit Terror überziehen. Zur gleichen Zeit aber erwarteten sie die Toleranz, die sie Andersgläubigen und Andersdenkenden nicht zugestehen wollten. Nicht einmal den vielen modernen, weltoffenen Muslimen, die dieselbe Religion in einer friedlichen Art und Weise lebten und ausübten. Integration wurde von ihnen oftmals nur als Bringschuld der anderen verstanden.

Unter dem Vorwand der Religions-und Meinungsfreiheit sahen manche politische Amtsträger großzügig darüber hinweg, wenn im Alltag muslimische Mädchen nicht an gemeinsamen Schwimm- und Turnunterricht mit Jungen teilnehmen durften, wenn Schwimmbäder einen Frauenbadetag einrichten, um muslimische Frauen vor angeblich gierigen Männerblicken zu schützen, oder wenn in manchen Schulen fortan die Ernährung den strikten Regeln des Islams folgen sollte. Aus Rücksicht auf muslimische Kinder, wurden mancherorts zu Weihnachten Christbäume aus Kindergärten verbannt und der St. Martinstag in Sonne, Mond und Sterne Feiertag umbenannt. Sogar beim traditionellen Weihnachtsmarkt, fand man eine kreative Lösung, er wurde zum Wintermarkt entschärft. So waren anscheinend alle zufriedengestellt, zumindest nach außen hin. Doch die meisten schüttelten nur ratlos den Kopf.

„Würde ein strenggläubiger Moslem womöglich auch das Weihnachtsgeld ablehnen?" fragte sich Schimon einmal.

Wie viel Toleranz würden islamische Regierungen andersgläubigen Bürgern und Gästen in ihrem eigenen Land gewähren, und überschritt unser grenzenloses Verständnis nicht allmählich seine Grenzen? Toleranz bedeutete auch Akzeptanz, gegenseitige Achtung und Rücksichtnahme und durfte keine Einbahnstraße sein, resümierte Schimon.

Plötzlich hielt er inne. Er geriet ins Schwanken, wie ein morscher Ast im Wind. Seine Gedanken verunsicherten ihn. War er vielleicht doch zu einem Rassisten oder einem Rechtsradikalen mutiert, wie ihn nun manche verächtlich bezeichnen könnten? Durfte er überhaupt als Jude so denken, geschweige denn solche Überlegungen offen äußern? Schließlich mussten auch die Juden im Dritten Reich aus den Todesfängen der Nazis fliehen, um ihr nacktes Leben zu retten. Auch sie waren damals Flüchtlinge und für jede Hilfe dankbar, die ihnen gewährt wurde. Auch sie waren glücklich, wenn sie in der Fremde mit offenen Armen aufgenommen und unterstützt wurden.

Und doch, befand Schimon, konnte er trotz mancher Gemeinsamkeit, gravierende Unterschiede ausmachen.

In Deutschland waren die meisten Juden deutsche Staatsbürger gewesen, die ihrem Land mit Leib und Seele gedient und ihm damit zu seiner Stärke verholfen hatten. Deutschland sahen sie als ihre Heimat an, in der sie verwurzelt waren und die sie nicht verlassen wollten. Doch diese Heimat hatte sie verstoßen, bis hin zur systematischen Vernichtung. Wer noch rechtzeitig flüchten konnte, war für jede Aufnahme dankbar und versuchte nicht in dem Land, das ihm Schutz bot, missionarisch seine religiösen oder kulturellen Prinzipien zu verbreiten, weder politisch noch mit

Gewalt. Das entsprach auch nicht den Grundsätzen des Judentums. Man hatte sich angepasst, um mit seinen Fähigkeiten in Wissenschaft, Medizin, Wirtschaft oder Kunst einen wertvollen Beitrag für die jeweilige Gesellschaft und dem Land zu leisten. So stellten Juden als eine winzige und dennoch verfolgte Minderheit, weder eine kulturelle oder religiöse Bedrohung noch eine soziale Belastung für ein Gastland dar.

Eigentlich war Schimon kein polarisierender Mensch. Er wusste sehr wohl, dass es unrecht war, alle Einwanderer aus dem orientalischen Kulturkreis und seiner Religion über einen Kamm zu scheren. Viele hatten sich längst integriert und waren zu einem unverzichtbaren, geschätzten Teil dieser Gesellschaft geworden. Sie selbst wünschen sich Reformen und kritisierten scharf ihre radikalen Glaubensbrüder, ob mutig und offen oder verdeckt, aus Angst vor Repressalien für sich und ihren Familien. Denn auch sie gehörten oft zu den Opfern und wurden völlig zu Unrecht pauschal mitverurteilt. Es waren aber auch nicht diese Mitbürger, die Schimon bei seiner Kritik im Sinne hatte. Es waren vielmehr die engstirnigen Fanatiker, wie sie in jeder Religion zu finden sind, die ihre Netze über eine freie Gesellschaft auswerfen, um sie für ihre totalitären Ziele einzufangen. Sie erreichten im Westen vorwiegend Jugendliche mit Migrationshintergrund, die oft sicher in einer Wohlstandsgesellschaft aufgewachsen waren und sich nun aus unbestimmten Solidaritätsgefühlen heraus, dem radikalen Islam zuwendeten, ohne wahrnehmen zu wollen, wie viele Menschen in den arabischen Ländern selbst unter ihm zu leiden hatten. Sie verfielen dem Zauber der Worte von Hasspredigern, die in Moscheen und auf den Straßen ungestraft ihre menschenverachtenden Botschaften verkündeten, während Politik und Medien die Gefahren herunterspielten und ernstzunehmenden Bedenken schlichtweg als bloße Islamphobie abtaten. Dabei distanzierten sich die meisten Kritiker ausdrücklich von den rechtsradikalen und rassistischen Tendenzen, die ohne Zweifel immer wieder von Trittbrettfahrern aus bestimmten Ecken in die Debatte getragen werden. Hier versuchte eine radikale Minderheit, den Unmut vieler einfach nur konservativ denkender Menschen für eigene Ziele zu vereinnahmen

Der Rechtsruck in vielen europäischen Ländern war eine fatale Antwort auf die Ignoranz der Verantwortlichen und ein Zeichen für die gefühlte Ohnmacht vieler Bürger. Sie fanden sich ungerecht von einer Gesellschaft, die sich ideologisch vorwiegend linksliberal orientiert sah, in eine braune, fremdenfeindliche Schublade eingeordnet - was irgendwann zu entsprechenden Reaktionen bei Wahlen und auf der Straße führte.

Kapitel 46
Schimons Traum

Schimon wusste, dass seine kritischen Betrachtungen nicht immer haltbar und gerecht waren. Viele Missstände waren höchst komplex, eng miteinander verflochten und kaum zur Zufriedenheit aller Betroffenen lösbar. Politische Entscheidungen entstanden aus Sachzwängen und waren letztendlich das Ergebnis von Kompromissen. Und dennoch fiel es ihm schwer, die Augen vor all diesen Dingen zu verschließen und sie bedingungslos zu akzeptieren. Wir jammern auf hohem Niveau, hörte er immer wieder von Menschen, die mit dem Strom schwammen und sich vom Wasser treiben ließen. Vielleicht hatten sie ja Recht und waren glücklich mit ihrer Meinung, warum auch nicht? Doch am Ende, führte ein Fluss immer ins offene Meer und dort gab es kein rettendes Ufer mehr.

Schimon hatte im Leben oft in trübem, tiefem und ziehendem Wasser schwimmen müssen, den Kopf oben haltend und die Richtung selbst bestimmend, was ihn zuweilen sehr viel Kraft kostete. Doch das Schicksal hatte es letztlich gut mit ihm gemeint, er hatte es irgendwie geschafft. Es ging ihm gut, er fühlte sich wohl, hatte eine liebevolle Familie, keine finanziellen Sorgen und viel freie Zeit, um sich zu all diesen Dingen Gedanken zu machen, auch wenn die manchmal zermürbten. Stromlinienförmiges Denken und politische Korrektheit waren seiner Meinung nach Eigenschaften von Menschen, die Konflikten und unbequemen Antworten aus dem Wege gingen. Nicht überall fand das Anklang und machte so manchen Freund zum Gegner. Manche wandten sich von ihm ab. Aber das war eben der Preis, den man für seine Ehrlichkeit zahlen musste. Schimon wusste, er wird den Lauf der Welt nicht ändern können, aber er hoffte wenigstens, vielleicht kleine Denkanstöße beim dem einen oder anderen Mitmenschen auszulösen.

Dann schloss er die Augen und begann seinen immerwährenden

Traum zu träumen.

Er saß mit seiner Familie und vielen Freunden auf einer Holzbank im Garten an einem langen, reichgedeckten Tisch unter schattenspendenden Bäumen. Von der nahen grünen Wiese sandten bunte Blumen in allen Farben einen unwiderstehlichen Duft in die Sommerluft. Die Sonne schickte ihre wärmenden Strahlen zur Erde, während ein lauwarmer Wind sanft über die Haut strich. Man unterhielt sich, lachte und genoss die ausgelassene Atmosphäre. Allen ging es gut, die Zukunft war rosig und frei von Sorgen. Zum Abschied umarmen sich alle herzlich. Schimon und Ria bestiegen den alten VW Bulli und begaben sich frohen Mutes auf eine lange Reise.

Schimon saß am Steuer des grünen Campers, der sich langsam in Bewegung setzte. Eine atemberaubende Landschaft rollte an ihnen vorbei. Weiße Wolken bildeten fantasievolle Formen hoch oben im azurblauen Himmel. Der heiße, schwarze Asphalt der Landstraße flimmerte in der Ferne und zeichnete wie eine Fatamorgana gleich Bilder am Horizont. Der kleine Motor im Heck im des Wagens sorgte für gemächlichen Vortrieb, und aus dem Radio breiteten sich sphärische Klänge von Pink Floyd aus, die den mobilen Wohnraum wie mit einem lieblichen Duft erfüllten. Ria lehnte sich entspannt auf dem Beifahrersitz, streckte ihre Beine auf die vordere Ablage und summte die Melodie des Liedes mit. Sie war so schön anzusehen mit ihren langen, dunklen Haaren und ihren braunen Reh Augen. Das weinrote Kleid aus samtweichem Stoff, rutschte über das Knie und glitt in den Fußraum hinab. Durch das offene Fenster drang der wohltuende Fahrtwind ein und verwirbelte ihr glattes Haar. Sie sah zu Schimon herüber und lächelte, als wolle sie sagen, „siehst du, jetzt ist alles gut."

Bei jedem Blick in den Rückspiegel, begeisterte sich Schimon für die so liebevoll gestaltete Einrichtung ihres Wohnmobils, in den lebhaften Farben Gelb und Orange. Sie hatten alles gemeinsam entworfen und gebaut. Auf der Rückbank saß Tomi, das Glück ihres Lebens und grinste verschmitzt. Er wollte dabei sein und sie wollten das auch. Jetzt, wo er seinen Traumjob bekommen hatte, der ihm so viel Spaß und Anerkennung brachte und eine großzügige Entlohnung sicherte, und nachdem er eine liebevolle Partnerin gefunden hatte, war auch er noch einmal zu einem gemeinsamen Abenteuer mit seinen Eltern bereit. Wie in einem grandiosen Hollywoodstreifen, zog die Natur an ihnen vorbei, mal hügelig, mal flach, mal üppig bewachsen, mal steinig und kahl. Der Weg führte durch kleine, verwunschene Dörfer, aber auch durch große Städte, wo Menschen mit den verschiedensten Kulturen, Religionen und Hautfarben in friedlicher Harmonie miteinander lebten. An einem blauen See machten sie Halt. Sie setzten sich ans Ufer und ließen ihre Blicke entspannt über das glitzernde Wasser schweifen, das die Strahlen der Sonne wie ein Spiegel in den Himmel reflektierte. Dann ging die Fahrt weiter, immer Richtung Osten, dem Orient entgegen. Sie passierten die Tempel des antiken Griechenlands mit seiner reichen Geschichte, die langen Strände der Türkei und den Westen Syriens, bis sie nach langer Fahrt die Grenze zum Zedernstaat Libanon erreichten. Die Grenzbeamten winkten sie mit einem lässigen Handzeichen durch und schauen ihnen noch lange nach, bis das Fahrzeug am Horizont verschwand.

Im Libanon führte die felsige Straße immer an der Küste entlang nach Süden und bot ein gigantisches Panorama auf das türkisblaue Wasser des Mittelmeeres. Wie weiße Schnüre zogen sich die Schaumkronen auf den Wellen entlang, die sich schließlich entspannt über den hellen Sandstrand ausrollten. Beirut war faszinierend. Freundliche Gesichter überall, lebhaftes Treiben auf den Straßen, in den Märkten, auf dem Bazar. Eine bunte Mischung von Orient und Okzident. Man sprach Arabisch, hin und wieder Französisch und war modern, aber auch traditionell gekleidet. Im Bazar boten die Händler alles an, was das Herz begehrte, duftende Gewürze, süßes Gebäck, allerlei Souvenirs, sogar Flaggen verschiedener Länder aus der ganzen Welt. Die Israelische war natürlich auch dabei. Nur noch ein paar Kilometer, dann erreichten sie die offene Grenze nach Israel. Keine Soldaten, kein Schlagbaum, nur ein kleines Wachhäuschen aus früheren Zeiten. Etwas gelangweilt begrüßten sie die Grenzposten und ließen sie sogleich mit einem freundlichen Handzeichen fast unbeachtet passieren. Nun hatten sie ihr Ziel erreicht. Sie waren angekommen. Die Serpentinen in Obergaliläa schlängelten sich kurvenreich durch die bergige Landschaft. Die Sonne schien vom blauen Himmel herab, die Luft war glasklar und rein und die Temperaturen, frisch und angenehm. Sie machten Halt in einem Kibbuz nahe der libanesischen Grenze, wo es keine Luftschutzbunker mehr gab, denn sie wurden dort schon längst nicht mehr gebraucht. Sie waren inzwischen in Spaßräume umfunktioniert worden. Hüben wie drüben besuchte man sich jetzt gegenseitig und trieb regen Handel miteinander. Weiter ging die Reise zum See Genezareth, an dem auch die alte Römerstadt Tiberias lag. Der See war bis zum Rand mit klarem Wasser gefüllt, während zahlreiche Fischer- und Touristenboote gemächlich auf seiner in der Sonne funkelnden Oberfläche schaukelten. In einem Kaffeehaus am Ufer, schlürfte man genüsslich eine Tasse heißen arabischen Kaffee, den der alte syrische Kellner in seinem schwarzen, abgetragenen Anzug servierte. Am Tisch nebenan diskutierte gestenreich ein orthodoxer Rabbi mit einem Imam aus Jordanien über göttliche Missionen. Der sprachliche Mischmasch aus Jiddisch, Hebräisch und Arabisch, klang wie aus einer alten Humoreske. Doch man schien sich zu verstehen.

„Wo kommt Ihr her?" wollte der Kellner in einem holprigen Hebräisch mit starkem Arabischen Akzent wissen.

„Aus Deutschland, aber auch aus Israel", war die Antwort.

Er blickte etwas verwirrt, denn mit dieser Antwort konnte er nicht viel anfangen.

„Macht Ihr hier Urlaub?" fragte er neugierig nach. Ohne jedoch die Antwort abzuwarten, redete er weiter. „Dann müsst Ihr unbedingt auf der anderen Seite des Sees die Golanhöhen besuchen.

Von da aus fahrt Ihr weiter nach Damaskus. Eine schöne, alte Stadt. Ich komme von dort. Es ist nicht weit, nur eine halbe Stunde, oder vielleicht auch ein bisschen mehr, nach orientalischer Zeitrechnung. Wenn Ihr wollt, kann ich euch begleiten und euch alles zeigen. Ist nicht teuer." Er holte tief Luft und setzte seine Werbetour fort.

„Wenn Ihr Damaskus gesehen habt, solltet Ihr auch Amman in Jordanien besuchen. Und von da, über Jericho in Palästina, wieder nach Israel zurückfahren. Alle Grenzen sind offen. Geht nach Jerusalem, wo jetzt alle Religionen endlich in Frieden miteinander leben. Allah sei Dank! Dann müsst Ihr Tel Aviv sehen. Die weiße Stadt am Meer, eine Perle, aber auch ein Sündenbabel, sage ich euch. Meine Frau lässt mich nicht dahin." Er lächelte verstohlen. Seine gelben Frontzähne, ließen zwei große Lücken erkennen. „Aber wunderschön", fügt er hinzu. „Die Israelis sagen immer, „In Jerusalem betet, in Haifa arbeitet und in Tel Aviv lebt man." Und ich sage, in Tiberias schwitzt man. Hier ist es besonders heiß. Aber egal. Es ist eine gute Arbeit und man kann redlich seine Familie ernähren. Inschallah. Es ist alles nicht weit, Ihr schafft es sogar an einem Tag. Vielleicht auch an zwei oder drei. Wer weiß das schon."

Schimon fühlte sich wohl. Er lenkt sein Fahrzeug auf der neuen, breiten Straße entlang des Jordanflusses, der gemächlich sein Wasser nach Süden zum Toten Meer führte. Sie passierten die Grenze nach Palästina im Westjordanland, auf die nur noch ein grünes Schild hinwies. Darauf stand in den Sprachen Arabisch, Hebräisch und Englisch: Welcome to Palestine. Für die Juden, die hier lebten, war es zwar immer noch das alte Judäa und Samaria. Doch sie fühlen sich in diesem Land willkommen, konnten ihre Religion frei ausüben, wie auch alle Muslime in Israel, und durften an den heiligen Stätten in Hebron beten.

Vorbei an grünen Feldern und sauberen, modernen Dörfer, die irgendwann einmal Flüchtlingslager gewesen waren, führte der Weg durch eine biblische Landschaft. Es war Zeit für eine gemüt-

liche Ruhepause in einem kleinen Lokal im Schatten der Palmen.
Eine sympathische Frau, orientalisch-modern in einem dunkelblauen, langen Gewand gekleidet, servierte warmen Tee und süße Datteln auf einem silbernen Tablett. Sie war schon etwas älter, doch ihr offenes Gesicht strahlte eine natürlich frische Herzlichkeit aus. Aus der leisen Unterhaltung erkannte sie die deutsche Sprache. Vielleicht war es aber auch nur das deutsche Nummernschild am Wagen oder nur das korrekt steife Auftreten als deutsche Touristen.

„Ihr kommt aus Germany in unser schönes Palästina? Seid willkommen!" rief sie lächelnd in einem holprigen Englisch. „Palästina ist klein, aber fein", sagte sie stolz. „Wir haben hier lange leiden müssen, bis es zum Frieden mit den Israelis kam, Allah sei Dank. Jetzt hat jeder sein eigenes Land, in dem er leben kann. Wir kommen gut miteinander aus, jeder respektiert den anderen. Wir haben viel von den Juden übernommen, ob in der Landwirtschaft, Medizin oder beim Umweltschutz. Wir treiben Handel, sie kaufen unsere Sachen und wir ihre, das funktioniert inzwischen reibungslos. Alle haben Arbeit, die Kinder gehen zur Schule und können danach studieren. Natürlich auch in Israel."

Plötzlich versteiften sich ihre Gesichtszüge. Die Falten gruben sich tiefer in ihre Haut ein, und die dunklen Augen wirkten nun traurig.

„Wenn das mein geliebter Bruder noch erlebt hätte", seufzte sie.

„Er hatte lange für unsere Freiheit gekämpft. Irgendwann hat er aber geglaubt, dass wir es mit Gewalt nicht mehr erreichen würden. Wir haben auf falsche Versprechungen unserer Führer gehört, die uns ins Unglück stürzen wollten", sagte er. „Wir sollten besser in die Zukunft blicken und nicht mehr an die Vergangenheit denken, für die wir nur sinnlos Zeit vergeudet haben. Von da an wollte er nicht mehr kämpfen und unschuldige Menschen töten. Und das hat ihm selbst das Leben gekostet. Wie glücklich wäre er heute die süßen Früchte zu ernten und mit uns dieses friedliche Miteinander zu genießen. Er ist zu früh von uns gegangen. Allah hat ihn zu sich geholt, weit weg von hier, in einem fremden Land. Eines Tages kam ein Schreiben von einer Behörde in Germany, aus Frankfurt. Sie schrieben uns, dass er auf ungeklärte Weise ums Leben gekommen war. Lange hätten sie nachgeforscht, bis sie seine Identität herausgefunden hatten. Dann haben sie uns unseren Bruder in einer Holzkiste nach Hause geschickt.

Dort drüben", sie deutete mit ihrem Zeigefinger auf eine kleine Mauer, „haben wir ihn begraben. Unseren Eltern hat es das Herz gebrochen. Sie starben kurz darauf."

Schimon erhob sich langsam von seinem Sitz und ging zu der Mauer auf die die Frau gezeigt hatte. Hinter dem Haus, auf einem kleinen, kahlen Friedhof, lagen vereinzelt einige Grabsteine im Sand. Er näherte sich einem der Steine, der ihn wie magisch anzog und las die Inschrift:

Sinan el Malawi, geboren August 1948, gestorben 2006.

Schimon senkte den Kopf. Es traf ihn wie ein Schlag. Sein Herz bebte. Sinan war zuhause angekommen.

Irgendwann einmal, hatte sie das Schicksal zusammengeführt, ließ sie sich ein zweites Mal treffen und bescherte schließlich dem einen von Ihnen ein schreckliches Ende. Und doch war es letztlich auch sein Verdienst, dass sich für sein Volk alles zum Guten gewendet hatte.

Über den Status Jerusalems, hatten sich die Politiker beider Völker irgendwann geeinigt. Die Stadt wurde nicht wieder geteilt. Jerusalem blieb die Hauptstadt Israels, neue Gebiete im Osten, wurden zur Hauptstadt Palästinas deklariert und die Altstadt mit all ihren Heiligtümern, zu einer internationalen Zone erklärt, in der jeder seine Religion ausleben konnte. Alle Mauern zwischen Palästinensern und Israelis wurden abgerissen. Die Klagemauer am Fuße des Tempelberges, ein Überbleibsel des zweiten jüdischen Tempels, blieb als Symbol der Freiheit und als Zeichen jüdischer Geschichte für alle Ewigkeit an diesem Ort bestehen. Juden und Muslime beteten gemeinsam auf dem Tempelberg zu einem und demselben Gott. Von einem Minarett aus rief der Muezzin die Muslime zum Gebet auf. Aus der Synagoge hörte man den jüdischen Chasan (Vorsänger) mit glasklarer Stimme eine Passage aus der Bibel singen, in der Ferne klang das Geläut der Kirchenglocken für die Christen. Alle Töne harmonierten klangvoll miteinander, wie die Instrumente in einem gut eingestimmten Orchester.

Nur 50 Kilometer trennten Schimon, Ria und Tom noch vom Meer. Von Jerusalem aus führte die Straße die Judäischen Berge hinab zur Küste des Mittelmeeres. Am Horizont ragten schon die Spitzen der Hochhäuser Tel Avivs in den Himmel. Eine Stadt, die vor 100 Jahren auf Sand gebaut worden war und heute als weltoffene, tolerante Metropole 24 Stunden am Tag brodelte. Ein Schmelztiegel von Menschen aus aller Welt, die kaum eine Sprache vermissen ließen. Zwischen hochmodernen Wolkenkratzern, zierten weiße, dreistöckige Häuser im Bauhaus Stil das Stadtbild, geplant von deutschen Architekten, die dem Dritten Reich entkommen waren. Deutsche Einwanderer waren es auch, die die Kultur der vielen Cafehäuser in die Stadt gebracht hatten. Der herrliche Sandstrand am warmen Mittelmeer bot jedem seinen gewünschten Abschnitt, ob den gewöhnlichen Bürgern gläubigen Juden, Muslimen, Homosexuellen oder auch den Hundebesitzern. An der langen, breiten Strandpromenade fanden sich Menschen zu sportlichen Aktivitäten zusammen, aber auch zu gemeinschaftlichen Volkstänzen, bei denen jedermann mitmachen konnte.

Von irgendwoher hörte Schimon seinen Namen rufen und spürte plötzlich eine leichte Berührung auf der Haut. Ganz vorsichtig öffnete er die Augen. Vor ihm stand Ria und streichelte zärtlich seine Hand. Er hatte wieder geträumt. Wie gern wäre er noch in dieser Traumwelt geblieben, doch die Realität hatte ihn schon wieder.

Und alles blieb wie es war.

Noch lange musste er an den Traum denken, und bald kamen auch wieder seine Zweifel zurück. Was würde sein, wenn die Welt

Israel einen Frieden mit den Palästinensern aufzwingen würde?

Was, wenn wirklich ein Palästinenserstaat entstehen würde, der aber unter dem Einfluss der terroristischen Hamas und anderen radikalen Kräften nur weiter zur Vernichtung Israels aufrufen würde? Was wenn die Feinde Israels Atomwaffen besäßen?

Wer würde dem Land dann noch beistehen und vor allen Dingen, wie?

Beendete die Gründung eines Palästinenserstaates tatsächlich die Gewalt im Nahen Osten oder würde das winzige Israel, einer der modernsten Staaten der Welt, ebenfalls in den Strudel von Terror, Krieg und Chaos versinken wie es mit seinen arabischen Nachbarn geschah?

Die Naivität westlicher Mächte, insbesondere der USA und Europas, die so manche Entwicklung immer wieder verkannten, ließen Schimon verzweifeln. Doch er wusste auch: Wirtschaftliche Interessen wogen meist schwerer als Ethik, Moral und Gerechtigkeit.

Kapitel 47
Von Gaza bis Antisemitismus

Schimons Sorgen waren nicht unbegründet. Seit Anfang des arabischen Frühlings, der so hoffnungsvoll begonnen hatte und zu einem frostigen Winter mutiert war, reihten sich die kriegerischen Auseinandersetzungen und der Terror im arabisch muslimischen Raum wie brennende Perlen an einer langen Kette auf. Der fundamentalistische Islam griff wie eine Krake um sich und legte in vielen Ländern eine blutige Spur. Ideologische Unterstützung und finanzielle Mittel erhielt er von diktatorischen und theokratischen Regimen, deren Ziel es war, aus dem Hintergrund heraus den Islam über den gesamten Erdball zu verbreiten. Dabei kamen ihnen westliche Moralwerte wie Toleranz und Verständnis, sogar sehr zunutze. Kompromisse und Nachgiebigkeit verstanden sie meistens als einen errungenen Sieg zu feiern. Sie kalkulierten auch mit den Hemmungen, die westlich orientierte Kulturen damit hatten, Gewalt gegen sie einzusetzen, sei es auch nur aus Angst oder aus Selbstschutz. So standen sie siegessicher ratlosen Gesellschaften gegenüber, die in ihren eigenen Ländern offenbar immer mehr zurückwichen und radikalen Kräften das Feld überließen, ohne die Folgen zu erkennen.

2014. Wieder wurde der Süden Israels seit Monaten mit Raketen aus dem Gazastreifen beschossen. Die regierende Hamas hatte seit dem mörderischen Krieg in Syrien, der bereits über 250.000 Tote gefordert und Millionen von Flüchtlingen hervorgebracht hatte, sowie nach dem Sturz der Islamisten in Ägypten, mächtige Verbündete verloren. Nun suchte die Hamas nach Aufwertung und Unterstützung, sowohl bei der eigenen Bevölkerung als auch international. Auch wenn die arabische Welt untereinander bis ins tiefste Mark zerstritten war und die Glaubensbrüder sich gegenseitig im Namen Allahs gnadenlos und grausam bekämpften, so gab es für sie weiterhin diese eine Klammer, die sie immer wieder weltweit einigte: Der Staat Israel und die Juden. Mit diesem gemeinsamen Feindbild konnte man alle inneren Streitigkeiten und das Unvermögen der eigenen Führer zur Gemeinsamkeit verschleiern. Das wusste auch die Hamas in Gaza sehr geschickt für ihre perfiden Ziele einzusetzen. Je mehr sie das palästinensische Volk in die Opferrolle drängten, desto mehr Gehör und Mitleid fanden sie in der Welt. So flossen nach jeder kriegerischen Auseinandersetzung mit Israel Spenden- und Hilfsgelder in unermesslicher Höhe in den Gazastreifen, die die Kassen der Hamas vorwiegend für den Kauf neuer Waffen füllten. Eine Geldquelle, die man so schnell nicht versiegen lassen wollte. So wurde jede Gelegenheit genutzt, um eine israelische Reaktion auf die eigenen Attacken zu provozieren, ungeachtet der Opfer in der eigenen Bevölkerung, die als Notwendigkeit hingenommen wurden. Der gutgläubige Westen und die UN spielten bei diesem Ritual immer wieder mit, ob aus politischem Kalkül oder aus wirtschaftlichen Eigeninteressen.

Tag für Tag schlugen Raketen aus Gaza im Süden Israels ein und brachten Leid über viele Familien.

Ein Zwischenfall im Juni 2014 brachte den Kessel zum Sieden. Drei israelische Jugendliche im Alter von 16 bis 19 Jahren, wurden an einer Bushaltestelle entführt und zwei Wochen später ermordet aufgefunden. Alles wies darauf hin, dass die Tat von radikalen Islamisten verübt worden war. Israel führte zur Aufklärung des Falles und zur Ergreifung der Täter massive Durchsuchungen in den palästinensischen Gebieten durch. Als Racheakt für den Mord, hatten kurz darauf israelische Extremisten einen moslemischen Jungen getötet. Die Täter wurden gefasst und von einem israelischen Gericht verurteilt. In der Folge, wurde der Raketenangriff der Hamas aus dem Gazastreifen intensiviert. Leistungsstarke Geschosse aus Syrien und dem Iran, die über den Sudan nach Gaza eingeschmuggelt worden waren, erreichten nun auch die Metropolen Tel Aviv, Jerusalem und den Norden Israels. Niemand konnte sich fortan in Israel sicher fühlen. Der Flughafen

Ben Gurion bei Tel Aviv und das Atomkraftwerk Dimona in der Negev Wüste, wurden von der Hamas ins Visier genommen. Das israelische Raketenabwehrsystem „Eiserne Kuppel" kam zum Einsatz. Es gelang, die meisten Raketen abzufangen und noch in der Luft zu zerstören. Doch in Israel wuchs wieder der öffentliche Druck auf Ministerpräsident Netanjahu, entsprechend auf die Angriffe zu reagieren und den fortwährenden Beschuss ein für alle Mal zu stoppen. Westliche Länder und die UN riefen Israel zur Mäßigung auf. Die Regierung wollte auch nicht kopflos agieren, um die Lage unnötig eskalieren zu lassen. Man hatte schon lange eine militärische Reaktion hinausgezögert, diskutierte teilweise sehr kontrovers über die Möglichkeiten die es gab, bei den Gegenaktionen in Gaza möglichst wenig Zivilisten zu treffen. Gleichzeitig wurden aber die bekannten verbalen Attacken der Hamas immer deutlicher, sie drohten Israel mit einem Raketenhagel und der totalen Vernichtung. Nun musste Israel antworten. Es begannen gezielte Luftangriffe auf identifizierte Ziele im Norden Gazas, aus denen die Granaten abgeschossen worden waren. Das Überwachungssystem des Gazastreifens durch das israelische Militär war lückenlos und erkannte sehr schnell, wann, woher, wie und von wem die Geschosse abgefeuert wurden. Die Zivilbevölkerung wurde im Vorfeld über Telefon oder SMS gewarnt, die bezeichneten Plätze, aus denen geschossen worden war und wo Waffen lagerten zu verlassen, bevor ihre Zerstörung erfolgte. Eine Maßnahme, die man von keiner anderen Armee der Welt kannte. Zum Plan der Hamas gehörte es bekanntlich, ihre Waffen in Krankenhäusern, Moscheen und zivilen Häusern zu lagern und von dort aus Aktionen durchzuführen. Sie forderten die Bewohner sogar auf, sich als menschliche Schutzschilder auf den Dächern der Häuser den Israelis entgegenzustellen, wohlwissend, dass Israel moralische Grenzen nicht überschreiten darf. Bilder von toten Kindern und Frauen, waren medial ihre stärkste Waffe. Jedes Opfer mehr, diente ihrer Propaganda, die die Medien weltweit oft kritiklos verbreiteten. Falsche Darstellungen und manipulierte Fotos, willkürliche Opferzahlen und emotionale Bilder waren dabei beliebte Mittel, um Israel vor der Weltöffentlichkeit zu diskreditieren.

„Die sollen doch mal damit aufhören und Frieden machen", dachten viele Menschen im Westen, wenn täglich unzählige Male diese Darstellung der Ereignisse vorgeführt wurde. „Die armen Palästinenser in Gaza werden von den Israelis terrorisiert und getötet. Gaza ist doch nur ein großes Straflager, das von allen Seiten umzäunt ist", war immer wieder zu hören.

Dass aber der Gazastreifen nicht schon immer unter einer Blockade litt und das viele Palästinenser früher einmal ihr Auskommen in Israel fanden und hiervon ihre Familien ernähren konnten, das wollten viele Beobachter nicht wahrhaben. Auch nicht, dass Gaza trotz dem Beschuss der Hamas, humanitäre Leistungen vom `Israelischen Feind´ erhielt: Strom, Treibstoffe, Medikamente, Lebensmittel und vieles mehr, was die Region zum Überleben brauchte. Und dass der Durchschnittsisraeli nichts gegen Palästinenser hatte, wohl aber gegen diejenigen, die ihm ein friedliches Leben im eigenen Land verweigerten, indem sie sich für alle Zukunft als Flüchtlinge auf das ihnen zugefügte Unrecht von Vertreibung beriefen.

Nach wie vor wurden Palästinenser bis zur dritten und vierten Generation als Flüchtlinge anerkannt, die fortdauernd weitreichende Unterstützung von der Weltgemeinschaft forderten und sie auch reichlich über ihre Organisationen erhielten. Es waren Summen, die längst für den Aufbau eines funktionierenden Staates ausgereicht hätten. Weltweit mussten in unzähligen Regionen dieser Welt immer wieder Menschen ihre Heimat verlassen, wurden vertrieben oder umgesiedelt. Die Chance für diese Menschen in ihre Heimat zurückzukehren lag meist bei nahezu Null. Das galt auch für über 800.000 Juden aus den islamischen Ländern, die einst ihre Häuser verlassen, und ihr ganzes Hab und Gut zurücklassen mussten. Sie fanden in Israel eine neue Heimat, in der sie integriert wurden und sich eine neue Zukunft aufbauten. Sie hatten es geschafft, weil sie hoffnungsvoll nach vorne schauten und ihren eigenen Weg beschritten. Nicht so viele Palästinenser. Sie schienen nach wie vor in der Vergangenheit zu leben, mit der Vorstellung, eines Tages in einem von ihnen geführten Palästina zu leben, das auch ganz Israel umfasste. Genährt und unterstützt wurde dieser Traum von radikalen Islamisten, von anderen muslimischen Ländern, aber auch von einigen westlichen Regierungen, die verdeckt oder offen, Israel als Ursache für jeden Missstand in diesem Konflikt verantwortlich sahen.

Aus Europa, den USA und besonders aus verschiedenen arabischen Staaten, die unbestritten täglich die Menschenrechte mit Füssen traten, waren Gelder in Milliardenhöhe zur PLO, und insbesondere zur Hamas, nach Gaza geflossen. Wie das Reuter Maydan Investment House in Tel Aviv errechnet hatte, erhielten im Vergleich zu anderen bedürftigen Flüchtlingen die Palästinenser mit Abstand die höchste pro Kopf Unterstützung auf der ganzen Welt. Bislang waren jedoch laut Angaben des Europäischen Rechnungshofes schon über zwei Milliarden Euro in schwarzen Kanälen der PLO und der Hamas verschwunden oder wurden für Kriegswaffen oder dem ausgefeilten Tunnelbau unterhalb Gazas verschwendet. Diese weitverzweigten unterirdischen Bauten hatten einzig den Zweck, Waffen zu lagern, für die Hamas als Versteck zu dienen und Terroristen nach Israel einzuschleusen. Wie viele Schulen, Krankenhäuser und andere nützliche Einrichtungen hätten stattdessen von diesen Geldern für das palästinensische Volk errichtet werden können? Stattdessen, fokussierte die Hamas nach wie vor ihre Ideologische Ausrichtung auf den Hass gegen Juden und Israel, mit dem Ziel, diesen Staat von der Landkarte zu streichen und stattdessen einen islamisch geprägten Gottesstaat auf dem Gebiet zu errichten.

Dabei schien Israel doch nur die Speerspitze des Westens in einem Meer von meist radikalen innermuslimischen Konflikten zu sein. Kriege und bewaffnete Auseinandersetzungen mit Terrororganisationen wie: Al Kaida, Taliban, Islamischer Staat, Hamas,

Hisbollah, Boko Haram, Al Nusra Front, Al Shabab und viele andere, die ihre Botschaften gewaltsam hinaus in die Welt trugen, wurden immer mehr zu einer globalen Bedrohung. Hunderttausende tote, verstümmelte und notleidende Menschen, waren Opfer einer radikalen, hasserfüllten Definition und Umsetzung dieser fundamentalistisch religiösen Weltanschauung. Der Westen sah dieser Entwicklung planlos und uneins zu, bis er die fatalen Folgen in den eigenen Ländern langsam erkannte. Unter dem Deckmantel einer friedlichen Religion, verkündeten fanatische Islamisten das Heil ihres Glaubens auf Europas Straßen und köderten damit Jugendliche für ihre Ideologie. Sie planten und verübten ihre Attentate überall auf der Welt und profitierten von den moralischen Fesseln westlicher Werte und der christlichen Religion.

Ob in Deutschland, Frankreich oder England, fanden lautstarke, zum Teil gewaltbereite Demonstrationen von Menschen statt, die von der Propaganda der Fernsehsender ihrer Herkunftsländer gegen den Westen, gegen Andersgläubige und insbesondere gegen Israel und Juden aufgewiegelt worden waren. Gemeinsam mit linken Aktivisten und rechtsradikalen Nazis, bildeten sie eine seltsame Allianz, die ein gefährliches Potential in sich barg. Sie trugen Hetzplakate und skandierten feindselige antiisraelische und antisemitische Rufe. `Israel Kindermörder´ und `Juden ins Gas´, konnte man hören und lesen auf einer Demonstration in Essen. Deutschland 2014. In Berlin wurde ein jüdisches Pärchen, er durch seine Kippa erkennbar, von einer Gruppe jugendlicher Migranten verfolgt, und musste von Polizisten beschützt werden. Anderswo gab es ähnliche Fälle. Die Stimmung im Land hatte eine neue Färbung bekommen, immer mehr Bürger tendierten zu einer antiisraelischen Meinung, häufig mit antisemitischem Hintergrund. Sie war erwachsen aus einer sensationshungrigen und verantwortungslosen Berichterstattung vieler Medien, die jedoch ihre Mitschuld dafür bei jeder Gelegenheit leugneten. Und sie entsprang aus dem weltweit anarchischen Raum des Internets, der neuen Spielwiese für alle Demagogen und Propagandisten, die endlich unkontrolliert ihre Ideen in die Welt schicken konnten. Milliardenschwere Sender wie Al Jazeera, oder Al Arabija, verbreiteten sogar auf Englisch ihre einseitige Sichtweise der Dinge, die nicht selten vorschnell von westlichen Medien als seriöse Quellen zitiert wurden. Israels Bild in der Öffentlichkeit und in den Köpfen der Leute bestand aus Unruhen, einer rechtsradikalen Regierung, Siedlern, die den Palästinensern das Land raubten und Soldaten, die unschuldige Araberkinder umbrachten.

Woher sonst, als aus diesen Quellen, entnahm der normale Mitbürger, der nie Israel besucht hatte, geschweige denn einen Juden oder Israeli persönlich kannte, sein `fundiertes´ Wissen für eine solche Meinung?

In einer Dokumentation des Deutschen Fernsehens zu dem Thema, wie antisemitisch Deutschland sei, schienen Vorurteile und Abneigungen gegenüber Israel und Juden tiefer verwurzelt zu sein, als es je zu erwarten war: Juden seien geldgierig, sie beherrschten die Welt und zögen überall die Fäden. Israel sei ein aggressiver Staat, der Kinder tötete und die Palästinenser so behandelte, wie es damals die Nazis mit den Juden getan hatten. Unwissenheit, Naivität oder bloße Dummheit, die sich über alle Bildungsstufen hinweg zogen, zeigten ein ernüchterndes und erschreckendes Ergebnis. Radikale Muslime, linke Ideologen und rechte Antisemiten, bewegten sich, in ihrem Feindbild einig, langsam in die Mitte der Gesellschaft.

Fast 80 Jahre waren nun vergangen, seitdem Schimons Großeltern und Eltern auf deutschen Straßen beschimpft und verfolgt worden waren. Um ihr Leben zu retten, hatten sie aus ihrer Heimat fliehen müssen. Sie waren zuvor ein selbstverständlicher, ein integraler Bestandteil der deutschen Gesellschaft gewesen, sie sprachen dieselbe Sprache, lebten die gleiche Kultur, und nahmen die gleichen Rechte und Pflichten wahr. Plötzlich jedoch, besaßen sie einen Makel: Sie waren einfach nur Juden. Jahre später, kehrten Schimons Eltern in ihr Geburtsland zurück, in der Hoffnung und mit dem sehnlichen Wunsch, im neuen Deutschland nie mehr so etwas erleben zu müssen. Für sie hatte sich dieser Wunsch erfüllt, denn sie waren nun beide nicht mehr am Leben. Doch für Schimon schien sich das Rad der Geschichte wieder zurückzudrehen. Er hoffte, dass zumindest die Mehrheit der Deutschen, den Antisemitismus aus ihren Köpfen verbannt hatte und einen Juden in ihrer Mitte selbstbewusst und wie selbstverständlich als Mitbürger und Mensch in einem unbelasteten Verhältnis akzeptierten. Er hoffte auch, dass der Holocaust, der für immer ein Teil der Deutschen Geschichte blieb, zwar nicht in Vergessenheit geriet, aber auch nicht für alle Ewigkeit als Schuldzuweisung auf die nachfolgenden Generationen übertragen würde. Gleichzeitig fürchtete er aber auch, dass immer mehr radikale Migranten aus muslimischen Ländern den wachsenden Antisemitismus in ganz Europa stetig vorantreiben würden.

In Deutschland war Schimon aufgewachsen und fühlte sich mit diesem Land als deutscher Jude sehr verbunden. Er lebte dessen Werte und schätzte dessen Kultur. Als Bürger dieses Landes hieß er auch jeden willkommen, der sich integrieren und europäisieren wollte, in einer offenen, liberalen und toleranten hier üblichen Lebensweise. Sein Herz schlug aber auch für sein Geburtsland Israel. Er war überzeugt, Israel brauchte Frieden, musste weiter existieren und sich gegen jeden feindlichen Angriff verteidigen dürfen. Denn er wusste, im Ernstfall, würde das Land und seine Menschen alleine stehen, so wie die Millionen verwundeter, gefolterter, misshandelter und flüchtender Menschen in Syrien, Irak, Iran und Afghanistan, und auch in den vielen afrikanischen Ländern wie Libyen, Sudan, Somalia, Mali oder Nigeria. All diese armen Menschen, wurden von empörten Politikern und der Weltöffentlichkeit medienwirksam und mitfühlend bedauert. Einigen wenigen wurde sogar geholfen. Doch unzählige sollten für immer die Opfer bleiben, in einem globalen Interessenspiel von Politik und Wirtschaft, um Macht, Geld und Religion, um Leben und Tod.

Schimon griff ins Regal. In der Ecke, ein wenig verstaubt, lag ein winziges Gebetsbuch, das er sich immer bei Reisen als Talisman gedankenlos in die Tasche gesteckt und mitgenommen hatte. Aus der Mitte ragte ein kleiner, zerknitterter Zettel heraus, der mit den Jahren schon vergilbt war. Neugierig zog Schimon das Papier heraus und faltete es auf.

In kritzliger Handschrift hatte jemand darauf den Satz geschrieben:

DAS SECHSTE GEBOT -
Du sollst nicht morden.

- E N D E -

Dieses Buch ist meiner Familie
und in Andenken an meine Eltern
gewidmet.

Ein besonderer Dank gebührt meinem Lektor
für die Unterstützung und das Lektorat dieses Buches

Mein Dank gebührt auch Ulrich Sahm,
Dore Gold und Jeff Helmrich
für die Genehmigung zur Veröffentlichung ihrer Texte.

Anhang

Eine Veröffentlichung von Dore Gold und Jeff Helmreich
Jerusalem Viewpoints Nr. 507
November 2003

Die Rechte des jüdischen Volks auf einen souveränen
Staat in ihrer historischen Heimat

- Eine neue Kritik an Israel schlägt seine Beseitigung und Ersetzung durch einen binationalen pa-
  lästinensisch-israelischen Staat vor. Israels neue
  Kritiker bezweifeln die Legitimität jüdischer Eigenstaatlichkeit, obwohl sie nichts zur Gültigkeit Dut-
  zender neuer Staaten sagen, die im letzten halben Jahrhundert entstanden und von denen vielen jegliche verwurzelte nationale Identität fehlt.
  Der neue Angriff auf Israels Existenzrecht als jüdischer Staat trägt besonders ironische Züge, weil
  die jüdische Nationalität Tausende Jahre vor dem
  Aufkommen der meisten modernen Nationalstaaten bestand.

- Die modernen Kritiker der jüdischen Eigenstaatlichkeit vernachlässigen die Tatsache, dass der
  Ausdruck israelischer Gemeinsamkeit – wie der
  vieler Staaten in der ganzen Welt – in keiner Weise die Rechte seiner Minderheiten angehörenden
  Staatsbürger verletzt, die gleiches Recht unter
  dem Gesetz und dem politischen System genießen. Sie ignorieren auch, dass diese Form des
  nationalen Ausdrucks nicht einmalig ist; die meisten Staaten identifizieren sich auf formale Weise
  mit dem religiösen oder kulturellen Erbe ihrer zah-
  lenmäßig überlegenen Gemeinden. Trotzdem
  wird nur Israel zur Kritik ausgewählt.

- Israel ist der einzige im letzten Jahrhundert gegründete Staat, dessen Rechtmäßigkeit nicht nur
  durch den Völkerbund, sondern auch die Vereinten Nationen anerkannt wurde. Das Völkerbund-
  Mandat schuf nicht die Rechte des jüdischen Volkes auf eine nationale Heimstätte in Palästina,

sondern erkannte viel mehr ein schon existieren-
des Recht an – denn die Verbindungen des jüdischen Volkes zu ihrem historischen Land waren
den Führern der Welt des letzten Jahrhunderts
bekannt und von ihnen akzeptiert.

- Bis 1864 entstand in Jerusalem eine klare jüdische Mehrheit – mehr als ein halbes Jahrhundert
bevor das britische Empire und das Völkerbund-
Mandat ankamen. In den Jahren, in denen die jüdische Präsenz in Eretz Israel wieder hergestellt
wurde, fand ein riesiger arabischer Bevölkerungszustrom statt, weil arabische Immigranten die Vor-
teile höherer Löhne und wirtschaftlicher Chancen
nutzen wollten, die durch die jüdische Besiedlung
des Landes entstanden. Präsident Roosevelt
schloss 1939, dass „arabische Immigration nach
Palästina seit 1921 die totale jüdische Immigration
in der gesamten Zeit weit überschritt".

- Israels neue Kritiker wollen jüdische nationale
Rechte delegitimisieren, indem sie argumentieren,
deren Behauptung sei eine Erweiterung des europäischen Imperialismus. In Wirklichkeit fochten
jüdische Untergrundbewegungen in den 40-er
Jahren einen antikolonialistischen Krieg gegen die
fortgesetzte britische Herrschaft. Israel war eine
antiimperialistische Macht, als es gegründet wurde, während die arabischen Staaten mit imperia-
listischen Mächten verbündet waren und ihre Armeen vom französischen und vom Britischen
Reich ausgebildet und versorgt wurden.

- Vor 1967 gab es keine aktive Bewegung zur Bildung eines einzigartig palästinensischen Staates.
1956 sagte Ahmed Schugairy, der acht Jahre
später die PLO gründen sollte, dem UN-
Sicherheitsrat: „Es ist allgemein bekannt, dass
Palästina nichts anderes ist als Süd-Syrien." In
den frühen 60-er Jahren betrachteten die Palästinenser Ägyptens Abdul Nasser genauso als ihren
Führer wie jeden anderen Palästinenser. Vor diesem historischen Hintergrund ist es unmöglich zu
sagen, dass die Palästinenser einen Anspruch auf

das Land Israel haben, der dem der Juden vorrangig sei, wie es Israels Kritiker geltend machen.

- Der neue Angriff auf Israel gründet zum Teil auf der Ignoranz der jüdischen Geschichte in der heutigen, stark säkularisierten Welt. Er kommt aber auch aus der neuen antisemitischen Welle, die sich in einer Meinungsumfrage der Europäischen Kommission widerspiegelt, die Israel als das Land aufzeigt, das von den meisten Europäern als eine Bedrohung des Weltfriedens angesehen wird. Der Präsident der Europäischen Kommission, Romano Prodi – anspielend auf den antisemitischen Unterbau, der zu dem Ergebnis der Umfrage führte – sagte, „dem Ausmaß gegenüber, dass dies ein tieferes, generelleres Vorurteil gegenüber der jüdischen Welt andeuten könnte, stellen wir unsere noch radikalere Abscheu entgegen."

Die neuen Antizionisten

Obwohl Israel seine Existenz vor mehr als fünfzig Jahren erreichte, hat sich eine neue und heimtückische Kritik auszubreiten begonnen, die erneut die Rechtmäßigkeit der Gründung Israels als jüdischem Staat attackiert. Die neue Linie kommt nicht aus Teheran oder Riyad, sondern erstaunlicherweise von größtenteils europäischen Intellektuellen und bestimmten Stimmen am äußersten Rand der amerikanischen Linken; sie tauchte kürzlich im „Guardian" und der „New York Review of Books" auf. Sie schlägt die Beseitigung Israels vor und wird gemeinhin von Forderungen begleitet, an seiner statt einen binationalen palästinensisch-jüdischen Staat zu schaffen.[1] Die neuen Antizionisten beginnen ausnahmslos mit der Behauptung, dass es keine jüdischen Rechte auf Souveränität in Israel gäbe oder dass auf jeden Fall der jüdische Nationalismus von Natur aus ungerecht ist.

Kurioserweise wird diese Kampagne nicht durch entsprechende Fragen zur Validität anderer der mehr als 190 Mitgliedstaaten der UNO begleitet, ob sie Israel nun ähneln oder nicht. Es gibt keine derartige Untersuchung der Ministaaten Europas – von Liechtenstein bis zum Vatikan – oder der afrikanischen Viel-Stämme-Staaten, von denen viele zusammenbrechen. Genauso wenig gibt es ein infrage stellen der Rechte ausdrücklich katholischer, protestantischer oder muslimischer Staaten in ihrer Existenz. Die ausschließliche Konzentration auf Israel wirft besorgniserregende Fragen über die wahren Motive dieser Kommentatoren auf. Michael Gove, stellvertretender Herausgeber der „Times of London" merkte neulich an: „Ich weiß nicht, wie Zeitungen damit durchkommen können. Man kann den Staat Israel kritisieren, aber zu sagen, es sollte ihn nicht geben, ist etwas völlig anderes. Damit legt man an die Juden ein anderes Maß an, als auf jeden anderen."[2]

Gleichermaßen bemerkenswert vermeidet der Angriff auf die jüdische Eigenstaatlichkeit bei aller Konzentration auf Israel die geringste Berücksichtigung der Besonderheiten des Falls Israel. Die Angreifer versäumen es, die rechtlichen und politischen Konsequenzen des nationalen Ausdrucks Israels als jüdischem Staat bezüglich seiner Nichtjuden, religiöser und rassischer Gleichstellung oder der zivilen und politischen Gleichstellung zu untersuchen (vielleicht, weil sie keine finden). Sie ignorieren ebenfalls die besonderen historischen Umstände und Gefahren, die die Notwendigkeit aufbrachten, dass Israel sich als jüdisch identifiziert. Kurz gesagt, es ist ein Angriff auf Israel ohne Berücksichtigung der Kosten, des Nutzens oder der Einzigartigkeit der jüdischen Eigenstaatlichkeit – eigentlich ohne überhaupt eine Grundlage zu haben. Das wird nach einer kurzen Untersuchung der Geschichte, des Gesetzes und der Fakten um Israels Existenz als jüdischem Staat klar.

Rechte der Staaten und die Rechte Israels

Das internationale Recht tritt traditionell dafür ein, dass politische Einheiten, um als Staat definiert zu werden, vier Punkte erfüllen müssen: Erstens muss es ein Volk geben; zweitens muss es Territorium geben; drittens muss es eine Regierung geben; und viertens muss es die Möglichkeit geben, Beziehungen mit anderen Staaten einzugehen. Im Eintreten für die Aufnahme Israels in die UNO argumentierte der US-Repräsentant 1948 im UN-Sicherheitsrat, dass Israel diese vier Bedingungen erfüllt. Fakt ist, dass die neuen Attacken auf Israels Rechte besonders ironische Züge tragen, das die jüdische Nationalität schon Tausende

Jahre vor dem Aufkommen der meisten modernen Nationalstaaten bestand. Und dennoch hat der heutige Diskurs Zweifel an der Grundlage jüdischen Volk seins und der Verbindung des jüdischen Volkes zu Israels Territorium geschaffen. Ob der neue Angriff auf Israel ein Nebenprodukt der radikalen Säkularisierung gewisser Intellektuellen-Kreise ist, die keine Ahnung von jüdischer Geschichte haben, oder ob er einem wieder geborenen, heimtückischen Antisemitismus entstammt, sein Handlanger ist die allgemeine bezüglich der einzigartigen Wurzeln Israels ungezügelten Ignoranz.

Der jüdische Anspruch auf Souveränität im Land Israel (Eretz Israel, Palästina) kam im letzten Jahrhundert wegen dreier zentraler Gründe auf:

- Erstens war es kein neuer Anspruch, sondern ein neu zum Ausdruck gebrachtes historisches Recht, das nie abgegeben oder vergessen worden war. Selbst nach der Zerstörung des letzten jüdischen Staates im ersten Jahrhundert behielten die Juden ihre eigenen, autonomen politischen und rechtlichen Institutionen bei: Die davidische Dynastie wurde in Bagdad bis ins dreizehnte Jahrhundert durch die Herrschaft des Exilarchen (Resch Galuta) erhalten, während die Rückkehr nach Zion in die am weitesten praktizierten jüdischen Traditionen eingegangen ist, einschließlich dem Ende des Yom-Kippur-Gottesdienstes und der Sederfeier am Passah, wie auch in täglichen Gebeten. Auf diese Weise wurden historische jüdische Rechte im jüdischen historischen Bewusstsein am Leben erhalten.

- Zweitens wurde die Sicherheitslage für das jüdische Volk in der Diaspora völlig untragbar, weil die Bedrohung durch antisemitische Verfolgung und Angriffe im 20. Jahrhundert mit der Androhung der tatsächlichen Vernichtung – oder Völkermord – ersetzt wurde, demonstriert durch den Holocaust. Diese Bedrohung konzentrierte sich ursprünglich auf Europa, breitete sich aber bald in den Nahen Osten aus, wo unabhängige, neue arabische Staaten begannen, ihre alt hergebrachten jüdischen Gemeinschaften als europäische Fremde zu betrachten und systematisch deren grundlegende Menschenrechte verletzten, entweder durch Verweigerung von Schutz oder durch Konfiszierung ihres Eigentums. Vom Ritualmord-Vorwurf von Damaskus 1840 bis zum Pogrom gegen die Juden von Bagdad 1941 brach die früher bestehende, unsichere arabisch-jüdische Koexistenz noch vor dem Aufkommen des Staates Israel zusammen. Weit davon entfernt sich aufzulösen, bleibt die Gefahr fanatischen Antisemitismus bestehen; deshalb wird ein starker jüdischer Staat gebraucht, der als letzte Zuflucht für bedrohte Juden, wo auch immer, dienen kann. Das jüdische Volk hat gelernt, dass es nicht in einen Zustand der Machtlosigkeit zurückkehren darf.

- Drittens drohte die stetige Zunahme der Assimilation die jüdischen Gemeinden weltweit zu eliminieren. Die Existenz des jüdischen Staates, dessen öffentliche Kultur auf den einzigartigen Praktiken des jüdischen Volkes basiert, ist die beste Garantie für jüdische Kontinuität – religiös wie nicht-religiös – und die Geburt einer neuen jüdischen Zivilisation, die weiterhin ihre Leistungen zur Weltgemeinschaft beisteuern.[3]

Israels historische Grundlage: die ungebrochene jüdische Verbindung zum Land Israel

Israel ist der einzige im letzten Jahrhundert gegründete Staat, dessen Rechtmäßigkeit vom Völkerbund wie auch den Vereinten Nationen anerkannt wurde.[4] Das von den Siegermächten des Ersten Weltkriegs ausgegebene Völkerbund-Mandat schuf nicht die Rechte des jüdischen Volks auf eine nationale Heimstatt in Palästina, sondern erkannte ein bereits bestehendes Recht an, denn die Verbindungen des jüdischen Volkes zu seinem historischen Land waren im vorher gehenden Jahrhundert wohl bekannt und von den Führern der Welt von Präsident Joseph Adams über Napoleon Bonaparte bis zum britischen Außenminister Lord Palmerston akzeptiert.[5] Diese Rechte wurden von der Nachfolge-Organisation des Völkerbundes, den Vereinten Nationen, unter Artikel 80 der UN-Charta aufrechterhalten. Die alte, sogar biblische Verbindung des jüdischen Volkes mit dem Land Israel wurde in der jüdisch-christlichen Tradition als historisches Axiom akzeptiert.

Vom rechtlichen Standpunkt her ergab sich die Gelegenheit, dieses historisch anerkannte Recht wahrzunehmen. Seit 1517 hatte Eretz Israel unter der Souveränität des ottomanischen Reichs gestanden; als die Ottomanen 1918 den Briten unterlagen, übergaben sie die Souveränität über ihre asiatischen Territorien außerhalb der Türkei im Vertrag von Sevres. Ein Souveränitäts-Vakuum war geschaffen, in dem der historische Anspruch des jüdischen Volkes erhoben werden konnte. Die Juden hatten aber viel früher schon begonnen, ihn zu erheben.

Seit dem Verlust des zweiten jüdischen Staates an die römischen Legionen im Jahre 70 n.Chr. und der Zerstörung des Tempels in Jerusalem hat das jüdische Volk nie seine Verbindung zum Land Israel (Palästina) verloren. Das Land wurde nicht von einer anderen Nation als Heimat gefordert, sondern war eine Provinz anderer großer Reiche. Der angesehene Nahost-Historiker Bernard Lewis schrieb:

Vom Ende des jüdischen Staates in der Antike bis zum Beginn der britischen Herrschaft war das jetzt mit dem Namen Palästina bezeichnete Gebiet kein Land und hatte keine Grenzen, nur Verwaltungseinteilungen; es war eine Gruppe provinzieller Unterteile einer größeren Einheit und nie gleich.[6]

In der Zwischenzeit hörte das jüdische Volk nie auf, seinen Anspruch auf das Land auszuüben. Lewis merkt an: „Es gab durch die Jahrhunderte hindurch eine ständige Bewegung von Juden ins Heilige Land."[7] 135 n.Chr. nahmen die Juden am Bar Kochba-Aufstand gegen das imperiale Rom teil und erklärten Jerusalem wieder zu ihrer Hauptstadt. Nach ihrer Niederlage gegen die brutalste aller römischen Legionen unter dem Kommando Kaiser Hadrians war es Juden fast 500 Jahre lang verboten in Jerusalem zu leben. Einmal im Jahr, am 9. Tag des hebräischen Monats Av war es ihnen erlaubt, an den Überbleibseln ihres zerstörten Tempels an einer Stelle zu weinen, die „Klagemauer" genannt wurde. Inzwischen benannten die römischen Behörden Judäa in Palästina um, damit die Erinnerung an jüdische Eigenstaatlichkeit ausgelöscht würde.

In dieser Zeit verschob sich das nationale jüdische Zentrum von Judäa nach Galiläa, wo zwischen dem Mittelmeer und den Golanhöhen Hunderte Synagogen gebaut wurden. Das jüdische Recht wurde dann in den Mischnah von Juda Ha-Nasi kodifiziert. Trotz der katastrophalen Verluste an jüdischem Leben in den Kriegen gegen die Römer, bildeten Juden im vierten Jahrhundert immer noch die Bevölkerungsmehrheit Galiläas. Im obergaliläischen Dorf Pek'in bestand eine kontinuierliche jüdische Präsenz von der Zeit der Römer bis zur Entstehung des Staates Israel.

Mit der Niederlage des Oströmischen Reichs (Byzanz) durch die persischen Armeen im Jahr 614 nahm das jüdische Volk Jerusalem wieder ein und machte es kurzzeitig wieder zu seiner Hauptstadt. Die byzantinische Herrschaft wurde bald wieder hergestellt und die Juden erneut gezwungen Jerusalem zu verlassen, bis die Byzantiner 638 von den islamischen Armeen des Kalifen Omar geschlagen wurden, der die Stadt wieder für jüdische Besiedlung öffnete. Eretz Israel wurde Teil der erfolgreichen muslimischen Reiche – der Raschidun (den unmittelbaren Nachfolgern des Propheten Mohammed, der von Medina aus regierte), der Omayyaden (die von Damaskus aus herrschten), der Abbassiden (die von Bagdad aus regierten) und der Fatimiden (die von Kairo aus regierten).

Unter dem Islam waren die Juden als „Volk des Buchs" geschützt, aber trotzdem gezwungen diskriminierende Steuern zu zahlen, die Jizya (Kopfsteuer) und die Kharaj (Bodensteuer). Die drückende Last dieser beiden Steuern, führte zu einem Verlust der jüdischen Kontrolle des Landes in Galiläa innerhalb der ersten Jahrhunderte islamischer Herrschaft. Während der Besatzung Eretz Israels durch die Kreuzfahrer, wurden viele Juden abgeschlachtet, besonders in Jerusalem. Trotzdem forderte der große jüdische Gelehrte und Poet Rabbi Yehuda Halevi (1075 – 1141) immer noch die Massen-Immigration der Juden in das Land Israel.[8]

Die Anfänge der jüdischen Erholung in Eretz Israel begannen mit der Niederlage und dem Rauswurf der Kreuzfahrer

1187 durch den kurdischen Muslim-Krieger Saladin, der, wie Kalif Omar, den Juden erlaubt, sich wieder in Jerusalem niederzulassen. Zwischen 1209 und 1211 z.b., kamen 300 Rabbiner aus Frankreich und Südengland, um sich in Jerusalem anzusiedeln, sobald das wieder sicher getan werden konnte. Ihnen schlossen sich Rabbiner aus Nordafrika und Ägypten an. Der große jüdische Gelehrte Nachmanides, (Ramban) baute 1267 in Jerusalem eine Synagoge, die in der Altstadt heute noch steht.

Im dreizehnten Jahrhundert stellten jüdische Familien die Gemeinde in Safed wieder her, die bis zum 16. Jahrhundert das Studienzentrum des jüdischen Mystizismus werden sollte. Verstärkt durch ihre steigende Zahl, zeigten die Juden wieder mehr Durchsetzungsvermögen bezüglich ihres Anspruchs auf Jerusalem, sodass der Papst Schiffskapitänen 1428 verbat Juden nach Palästina zu bringen.[9] Trotz der Härten, kehrten weiter Juden zurück. Der große Kommentator der Mischnah, Ovadia Bartinura, verließ Italien, um sich 1488 in Jerusalem niederzulassen; sein Grab liegt am Fuß des Ölbergs.

Der Zustrom von Juden in das ottomanische Reich (1517 übernahmen die Ottomanen die Kontrolle von Eretz Israel) durch die spanische Inquisition 1492, führte zu einer substantiellen Ausdehnung der jüdischen Präsenz in Safed, Hebron und Tiberias, wo Sultan Suleiman der Prächtige seinem portugiesisch-jüdischen Ratgeber Don Joseph Nais, Land für die jüdische Wiederansiedlung zuteilte. Noch vor dem Aufkommen des modernen, politischen Zionismus strömten beständig Juden aus dem Jemen und Litauen ins Land, zu denen in den Jahren 1809 – 1811 die Studenten des halakhitischen Gelehrten VilnaGaon gehörten. Bis 1864 gab es in Jerusalem eine klare jüdische Mehrheit, mehr als ein halbes Jahrhundert vor der Ankunft des britischen Empire, der Ausgabe der Balfour Declaration und der Erstellung des Völkerbund-Mandats.

Zu den palästinensischen Arabern gehören Wellen arabischer Einwanderer

Während der Wiederherstellung der jüdischen Präsenz im Land Israel, war der überwältigende Eindruck westlicher Besucher des 19. Jahrhunderts, dass es nur wenige arabische Einwohner gab. Der britische Generalkonsul James Finn schrieb 1857: „Das Land ist zu einem beträchtlichen Teil ohne Einwohner." Er fügte an, dass „das größte Bedürfnis des Landes eine Einwohnerschaft" sei.[10] Mark Twain besuchte Eretz Israel 1867, bereiste das Jesreel-Tal und ließ wissen: „In seiner ganzen Weite gibt es nicht ein einziges Dorf."[11] Arthur Penrhyn Stanley, der große britische Kartograph, kam 1881 zu ähnlichen Schlussfolgerungen: „In Judäa ist es kaum übertrieben zu sagen, dass es Meile um Meile kein Zeichen von Leben oder Bewohnung gab."[12]

Geographen haben lange geschlussfolgert, dass es unwahrscheinlich ist, dass „mehr als ein kleiner Teil der derzeitigen arabischen Bevölkerung Palästinas von den alten Einwohnern des Landes abstammt"; tatsächlich war Palästina, entsprechend ihrer Analyse, „bevölkert von den wandernden Bevölkerungen Arabiens und zu einem gewissen Ausmaß von den Hinterlassenschaften seiner Häfen."[13] Darüber hinaus siedelten die Ottomanen muslimische Bevölkerung als Puffer gegen Beduinen-Angriffe an; Ibrahim Pasche, der Herrscher Ägyptens, brachte in den 1830-er Jahren mit seiner Armee ägyptische Kolonialisten mit. Es ist bemerkenswert, dass der gebräuchliche palästinensische Name al-Masri, der von einem Clan in Nablus benutzt wird, buchstäblich „der Ägypter" bedeutet.[14]

Trotzdem hält die Palästinensische Befreiungsorganisation den Mythos aufrecht, der von Yassir Arafat bei den Vereinten Nationen 1974 auf der Weltbühne eingebracht wurde, dass „die jüdische Invasion [Palästinas] 1881 begann". Zudem behauptete er, dass es bereits eine große einheimische, arabische Bevölkerung gab, als die Juden ankamen. Seine implizite Botschaft war, dass es vor Ort eine fest installierte palästinensische Gesellschaft vor Israels Wiedergeburt gab, eine Gesellschaft, die Rechte hatte, die über denen der zurückkehrenden Juden standen.

Nun ist aber klar, dass in den Jahren der Wiederherstellung der jüdischen Präsenz in Eretz Israel ein riesiger arabischer Bevölkerungszustrom aus den benachbarten Ländern statt- fand, weil arabische Immigranten den Vorteil höherer Löhne und wirtschaftlicher Chancen zu nutzen suchten, die durch die jüdische Besiedlung des Landes entstanden. Präsident Franklin Delano Roosevelt schloss 1939, dass „arabische Immigration nach Palästina seit 1921 die totale jüdische Immigration in der gesamten Zeit weit überschritt".[15]

Die Wiederherstellung Israels war kein Produkt des europäischen Imperialismus

Ein weiteres gängiges Argument, das von der PLO vorge-bracht wird, ist: Israel sei in Wirklichkeit das Produkt euro-päischen Imperialismus und daher keine legitime nationale Bewegung an sich. Das Ergebnis war, dass der Zionismus in der arabischen Welt als „hyperaggressive Variante des Kolonialismus" dargestellt wurde.[16] Diese Wahrnehmung ist auch in den Diskurs der europäischen Kritiker Israels eingedrungen. Es ist wahr, dass die Idee eines wieder hergestellten jüdischen Heimatlandes ursprünglich ihren stärksten Schub aus der Erklärung des britischen Außen-ministers Lord Balfour von 1917 erhielt, der seine Schaf-fung forderte, nachdem die Briten das ottomanische Reich besiegten. Die Ironie ist, dass in den Folgejahren, während des britischen Mandats über Palästina, die europäische (und besonders die britische) imperiale Politik die Entste-hung einer nationalen jüdischen Heimstatt verhinderte.

Zuerst einmal wurde das Territorium Transjordaniens aus dem Palästina-Mandat herausgeschnitten und von den Briten der Haschemiten-Dynastie Arabiens abgegeben, die ihre alt hergebrachte Heimat, den Hedschas, an den sau-dischen Clan aus dem östlichen Arabien verlor. Zweitens versuchten die Briten, das verbleibende Territorium des westlichen Palästina weiter zu teilen, in einen jüdischen und einen arabischen Staat, was das Gebiet für jüdische Besiedlung weiter verkleinerte. Schließlich beschränkten die Briten mit dem Weißbuch von 1939 die jüdische Ein-wanderung ausgerechnet dann, als Nazideutschland seine Eroberung Europas und seinen Holocaust gegen das eu-ropäische Judentum begann.

In diesem Zusammenhang überrascht es nicht, dass jüdi-sche Untergrundbewegungen in den 1940-ern einen anti-kolonialen Krieg gegen die fortgesetzte britische Herrschaft führten. Mit anderen Worten: Israel war antikolonialistisch, als es entstand. Im Gegensatz dazu standen die arabischen Staaten der damaligen Zeit auf Seiten der imperialen Mächte. Die arabischen Staaten, die den neu geborenen Staat Israel überfielen, waren vom französischen und Britischen Reich ausgebildet und ausgerüstet worden. Während Israels Unabhängigkeitskriegs kommandierten britische Offiziere die Arabische Legion Transjordaniens, während die Royal Air Force in der Verteidigung ägyptischen Luftraums 1949 über der Sinai-Halbinsel gegen die israelische Luftwaffe kämpfte. Und die Nationen der Welt rührten nicht einen Finger, als die Juden Jerusalems umzingelt waren und sich der Vernichtung gegenübersahen, obwohl die UNO die Internationalisierung der Stadt forderte. Nur die israelischen Streitkräfte durchbrachen die Belagerung Jerusalems und retteten seine jüdischen Einwohner. Kurz gesagt: Die jüdische Unabhängigkeit in Israel wurde von einer einheimischen und im Land heimischen Gemeinschaft gewonnen, die in Selbstverteidigung ohne große Hilfe von außen handelte.

Ist die jüdische Staatsbürgerschaft diskriminierend?

Heute argumentieren manche, dass Israel Gründung als jüdischer Staat bereits nicht jüdische Israelis diskriminiert, sie sogar – wie ein jüngst erschienener Artikel behauptet – zu Bürgern zweiter Klasse machen.[17] Eine solche Behauptung ist nicht nur vollkommen falsch, wie jeder Student des israelischen Rechts oder der Politik weiß; sie verdreht schlimm die harmlose – und eigentlich schöne – Art, in der Staaten die Identität ihrer großen Gemeinden widerspiegeln oder ihrer Gründungsgeschichte Tribut zollen können, ohne die Rechte der einzelnen Bürger zu verletzen. Israels Kritiker gehen zu weit, wenn sie den einfachen Ausdruck der israelischen Gemeinschaft in flammende Mäntel religiöser Diskriminierung stecken wollen.

Fast jedes Land der Welt rühmt sich einer Mehrheitsgemeinschaft und fast alle zeigen die kulturelle Identität dieser Gemeinschaft auf die eine oder andere Weise. Die USA feiern offiziell christliche Feiertage; viele europäische Länder identifizieren sich entweder als katholisch oder protestantisch und viele muslimische Länder bezeichnen sich unumstritten als „Islamische Republik", ob sie nun demokratisch sind oder nicht. Für manchen ist eine solche Identifizierung einfach ein Signal der spirituellen Überzeu-

gung der Mehrheit; für andere ist es eine Homage an die
Grundlagen des Landes. Es ist nichts offensichtlich Fal-
sches an solchem Ausdruck.

Es ist in der heutigen multikulturellen Umgebung, mit einer
Renaissance öffentlicher Wertschätzung kommunaler
Identität, ein Anachronismus anzudeuten, dass allein im
Fall Israels kommunale Identifikation problematisch ist.
Man kann sich nur wundern, warum der Ausdruck jüdi-
scher Nationalität, ohne diskriminierendes Beiwerk, so
einzigartig schwer zu ertragen ist.[18] Vielleicht entstammt
der Grund der Geschichte der Opposition zur jüdischen
Eigenstaatlichkeit: Sie wurde zuerst von den arabischen
Nationalisten und islamischen religiösen Radikalen aufgebracht, die gegen jüdische Herrschaft auf dem waren, was
sie „arabischen Boden" nannten. Diese Gegnerschaft,
wenn auch in der Rhetorik palästinensischer Gruppen wie
Hamas heute weit verbreitet, [19] ist in der westlichen politischen Diskussion weitgehend inakzeptabel. Das zwingt
ihre Vertreter, ihre antiisraelische Feindseligkeit in univer-
selle Sprache von Recht und Gleichheit umzuformulieren.
Und doch hat Israels Selbstverständnis als jüdischer Staat,
so bequem dieses Ziel auch sein mag, wie die gemeinschaftliche Identifikation eines jeden anderen Staats wenig
Gewicht in Fragen von Recht und Gleichheit.

Der wichtige Punkt ist nicht, ob ein Staat sein Gemeinwe-
sen annimmt, sondern wie in Wirklichkeit in ihm Unterschiede gemacht werden. Sind Minderheits-Angehörige
vom Gesetz her gleich gestellt? Können Sie ihre eigene
Kultur öffentlich und in Gemeinschaft leben? Haben sie die
gleichen Möglichkeiten, an der Macht beteiligt zu sein und
im System repräsentiert zu werden, vielleicht sogar die
Möglichkeit, zur Mehrheit zu werden? Kurz gesagt: Sind
sie Staatsbürger erster Klasse?

Für nicht jüdische Staatsbürger Israels ist die Antwort auf
all diese Fragen: „Ja. Uneingeschränkt." Arabische Israelis
sind vor dem Gesetz jüdischen Bürgern gleich gestellt; sie
haben dieselben Rechte und werden rechtlich vor Diskriminierung geschützt. Nichtjuden erfreuen sich aller Freihei-
ten, die die Demokratie anerkennt, einschließlich Religionsfreiheit, der freien Ausübung des Glaubens, Gleichberechtigung in finanziellen, materiellen und Arbeitsgelegen-

heiten, politischer Macht und aller juristischen Rechte. Und in der Tat verlangt die Unabhängigkeitserklärung nichts weniger. Die Erklärung besagt: der jüdische Staat „wird die vollständige Gleichberechtigung bezüglich der sozialen und politischen Recht aller seiner Einwohner sicherstellen, ohne Ansehen von Religion, Rasse oder Geschlecht; er wird die Freiheit von Religion, Bewusstsein, Sprache, Ausbildung und Kultur garantieren; er wird die Heiligen Stätten aller Religionen sichern." Die arabischen Staatsbürger Israels haben Positionen in Israels Oberstem Gerichtshof erreicht und haben machtvolle Parteien in die israelische Knesset gewählt, die voll am politischen Leben Israels teilhaben.

Ein aktuelles Beispiel hierfür ist die jüngste Verurteilung des ehemaligen Staatspräsidenten Katzav durch ein israelisches Gericht zu 7 Jahren Haft wegen sexueller Übergriffe auf Mitarbeiterinnen. Eine nicht allzu selbstverständliche rechtliche Konsequenz in westlichen Demokratien, geschweige denn in Diktaturen. Bemerkenswert ist, dass der Richter im obersten Gericht Israels der den Urteil aussprach ein israelischer Araber war.

Manche Kritiker Israels nutzen das Wesen des parlamentarisch-politischen Systems Israels – oft mit fragwürdigen Motiven – aus, um die arabischen Staatsbürger fälschlich als verletzbare Minderheit darzustellen. Das sind sie in der Tat – aber nur insofern, wie alle Minderheiten in einer parlamentarischen Regierung außerhalb der Regierungskoalition einige Nachteile haben. In Israel gibt es ein lebhaftes System bestimmter Gemeinschaften, die Seite an Seite leben, oft für dieselbe begrenzte Versorgung der weitgehend sozialisierten nationalen Wohlfahrt und Hilfsprogramme konkurrieren. Israelische Araber stehen z.B. mit anderen Minderheiten in Wettstreit, die normalerweise nicht bis an die Spitze kommen – ultraorthodoxe Juden, russische Einwanderer und religiöse Sephardim. Dass einige dieser Gruppen manchmal besser fahren als andere, zeugt nicht von Diskriminierung, es zeigt nur, wie das System arbeitet.

Am wichtigsten ist aber, dass die Nachteile politischer Minderheiten in Israel nichts mit Israels zeremonieller Identifikation als jüdischer Staat zu tun haben. Ihre Situation wird sich ändern, falls und sobald Israels sich in eine System proportionaler Repräsentation verändert, in dem jede Minderheit eine Partei für sich hat, in ein bezirksabhängiges Wahlsystem. Viele Israelis unterstützen einen solchen Wandel, obwohl der auch Unzulänglichkeiten hat. Aber selbst in der derzeitigen, nicht perfekten politischen Realität sind jüdische und arabische Staatsbürger vor dem Gesetz gleich.

All das leugnet nicht, dass Israel einen besonderen Auftrag als jüdischer Staat hat – aber einen, der die Rechte seiner nicht jüdischen Bürger nicht betrifft. Israel wurde als Zuflucht für jüdische Flüchtlinge aufgebaut, die Verfolgung entkommen wollen. Der legendäre israelische Staatsmann Abba Eban bezog sich auf diesen Aspekt Israels als einem Fall „internationaler Förderung von Minderheiten", weil es entworfen wurde, um einen innewohnenden Nachteil zu korrigieren, den eine bestimmte Gruppe durch die Geschichte hindurch erleiden musste, die ihnen die Gleichberechtigung versagte. Unglücklicherweise brauchten die Juden immer noch einen Zufluchtsort vor Verfolgung. Aus diesem Grund verdienen die Diaspora-Juden die besondere Behandlung, die sie diesbezüglich erhalten. Als die jüdische Gemeinde Äthiopiens im Bürgerkrieg von 1991 wehrlos dem Angriff bewaffneter Partisanen gegenüberstand; oder als Argentiniens Juden in der jetzigen Wirtschaftskrise zum Sündenbock gemacht wurden; oder als sowjetische Juden vor dem Kommunismus flohen, öffnete allein Israel bedingungslos seine Toren. Juden, die in Israel Zuflucht suchen, gewährt der Staat sofort die Staatsbürgerschaft. Ein Nichtjude hat dasselbe Recht und dieselbe Gelegenheit Israels Staatsbürgerschaft zu erwerben, wie es von jedem anderen Land angeboten wird, einschließlich der USA. Und als Staatsbürger erfreut er oder sie sich aller Rechte und Privilegien, die Israels Gesetz und Regierung der Mehrheit seines Volkes gewährt, auf dem Prinzip der Gleichheit, das jetzt im Grundgesetz des Landes und dem Gewebe seiner politischen Kultur eingraviert ist.

Israelische Rechte gegen palästinensische Rechte

Trotzdem sagen Kritiker, ungeachtet der seinen nicht jüdischen Bürgern gewährten Rechte, Israel aus verschiedenen Gründen Übles nach: dass die Palästinenser einen

größeren Anspruch auf nationale Souveränität über dasselbe Land haben. Diese Behauptung muss separat untersucht werden. Besonders, ob es vor Israels Gründung
einen besonderen palästinensischen Nationalismus gab,
der um einen eigenen Platz im Land stritt.

Die palästinensischen Araber betrachteten sich ursprünglich im frühen 20. Jahrhundert als Teil einer größeren arabischen Nationalbewegung. Lange Zeit in der ersten Hälfte
des letzen Jahrhunderts wollten sich die arabischen Staaten vereinigen, während sie verschiedene Pläne für die
arabische Einheit unterstützten. Im Arabischen gibt es zwei
Bezeichnungen für Nationalismus: „qawmiyah" – Loyalität
gegenüber der arabischen Nation als Ganzem und
„wataniyah" – Loyalität gegenüber dem Land, in dem man
wohnt. Jahrzehnte lang war „qawmiyah" für die palästinensischen Araber bei Weitem wichtiger.

Bernard Lewis hat z.B. geschrieben, dass die palästinensischen Araber zwar ein wachsendes Gefühl der Identität mit
ihrem Kampf gegen die jüdische Einwanderung in den
1930-er Jahren hatten, „ihre Grundempfindung gemein-
schaftlicher historischer Identität aber immer noch auf den
verschiedenen Ebenen eine muslimische oder arabische
oder – für einige wenige – syrische war; es ist bedeutsam,
dass es sogar 1948, am Ende des Mandats, nach 30 Jahren separater politischer Existenz Palästinas praktisch
keine Bücher auf Arabisch über die Geschichte Palästinas
gab."[20]

Mehr noch: Der Teilungsplan von 1947 beschrieb die Palästinenser weiter als „Araber" und forderte einen „arabischen Staat" in Palästina neben einem jüdischen Staat. Im
Mai 1956 erklärte Ahmed Schuqairy, der acht Jahre später
die PLO gründen würde, vor dem UN-Sicherheitsrat: „Es ist
allgemein bekannt, dass Palästina nichts anderes ist als
Süd-Syrien."[21] In den frühen 1960-ern schauten viele Palästinenser mehr auf Ägyptens Gamal Abdel Nasser als
ihren Führer, als auf irgendeinen Palästinenser. Es gab vor
1967 keine aktive Bewegung der Palästinenser, die Westbank von Jordanien oder den Gazastreifen von Ägypten
abzutrennen, um einen eigenen palästinensischen Staat zu
schaffen. Heute entsteht eine dritte Quelle der Loyalität
unter den palästinensischen Arabern, die mit der Hamas

oder dem Islamischen Jihad verbunden sind – Loyalität gegenüber der islamischen Nation oder „Umma". Hamas ist schließlich der palästinensische Zweig der Muslim-Bruderschaft, einer Organisation mit pan-islamischen Ambitionen.

Trotzdem erkennt Israel an, dass heute eine einzigartige palästinensische nationale Identität existiert. Aber vor dem historischen Hintergrund ist es unmöglich zu zeigen, dass palästinensischer Nationalismus einen Anspruch auf das Land Israel gibt, der dem der Juden überlegen ist.

Welche politische Einheit die Palästinenser auch immer aus Teilen der Westbank und dem Gazastreifen entsteht, sie könnte sich gut und gerne entscheiden, in zehn oder zwanzig Jahren eine Föderation mit dem haschemitischen Königreich Jordanien einzugehen, wo es bereits jetzt eine palästinensische Mehrheit gibt. Auf dem Balkan ist es z.B. für die Europäer schwierig, die Zukunft von Bosnien oder dem Kosovo vorauszusehen. Wird die Bevölkerung dort anstreben, sich mit Staaten zu vereinigten, die dieselbe ethnische Zusammensetzung haben, so dass Kroaten in Bosnien sich mit Kroatien zusammenschließen, während die Kosovaren die Einheit mit Albanien suchen? Dieselbe langfristige Frage traf auf die palästinensischen Gebiete unter Arafat zu.

Die andauernde Notwendigkeit der jüdischen Eigenstaatlichkeit

Eine einzigartig jüdisch-demokratische Gesellschaft wird es auf jeden Fall in Israel weiter geben, die als lebenswichtiger Fluchtpunkt für Juden dient, die Antisemitismus in Frankreich, Russland, Südamerika oder dem Jemen ausgesetzt sind. Israel bleibt das einzige Land, das jüdische Einwanderung bedingungslos erlaubt. In ein paar Jahren wird Israel die größte jüdische Gemeinde der Welt sein. Nur die Armee des jüdischen Volkes, die Israel Defense Forces, kann diese Gemeinschaft beschützen.

Mancher meint, dass Juden nicht länger den existenziellen Bedrohungen ausgesetzt sind, die der Antisemitismus einst bereithielt. Es wird sogar angedeutet, dass der heutige Antisemitismus durch Israels Politik verursacht wird, statt dass diese ihm entgegen wirkt. Aber die jüngsten Erfahrungen von Juden in Äthiopien, Argentinien und in Europa, gemeinsam mit den abscheulichen Verleumdungen über das Weltjudentum durch islamische Leiter wie Malaysias Mohammed Mahathir zeugen von der Falschheit dieser Euphorie. Antisemitismus hat es seit Jahrhunderten gegeben, lange bevor der Staat Israel aufkam. Es könnte eher gesagt werden, dass es nicht die Realität israelischer Politik ist, die den neuen Antisemitismus verursacht, sondern eher die Vorurteile europäischer Redakteure, die schwerwiegend antiisraelische Fotos, aus dem Zusammenhang gerissen, als Titelseiten-Inhalte verbreiten, während sie die schweren Massaker herunter spielen, wie sie sich z.B. in Afrika und in arabische Länder wie Libyen, Syrien, Irak und andere an der eigenen Bevölkerung ereigneten.

Heute sind Führer der Welt bereit zuzugeben, dass die harsche Kritik, die an Israel geübt wird, auf ältere, antisemitische Wurzel zurückzuführen ist. Romano Prodi, Präsident der Europäischen Kommission, sagte z.B. – als er eine neue Meinungsumfrage kommentierte, die zeigte, dass Israel von den meisten Norma-Europäern als das Land angesehen wird, das den Weltfrieden am stärksten bedroht – das Ergebnis „zeige auf die fortbestehende Existenz von Einseitigkeit, die von vorneherein verurteilt werden muss" und gehe „so weit, dass es ein tiefer gehendes, allgemeineres Vorurteil gegen die jüdische Welt andeute, dem gegenüber unsere Ablehnung noch radikaler ist."[22]

Es gibt sogar einen antisemitischen Strang, der in der radikalen Opposition zur Globalisierung aufgekommen ist, die jetzt Juden als eine Art transnationaler wirtschaftlicher Kraft angreift und sie in erschreckend bekannten Begriffen für wirtschaftliche Umwälzungen verantwortlich macht. Die antisemitische Bedrohung lebt leider – und lebt gut.

Aber nicht nur die Sicherheit der Juden steht auf dem Spiel, sondern auch die Fortsetzung der jüdischen Existenz. Durch die jüdische Geschichte hinweg wurde nationale Unabhängigkeit als Bedingung jüdischer Selbstverwirklichung angesehen.[23] Erlösung wurde an die Idee der Rückkehr geknüpft. Aus diesem Grund stärkte die Wiedergeburt Israels die jüdische Identität. Eine Umkehr der jüdischen Unabhängigkeit würde ganz klar den gegenteiligen

Effekt haben. So, wie die Dinge stehen, wird jüdische Kreativität zukünftig zunehmend aus Israel kommen, wenn der jüdische Staat als Hauptzentrum jüdischen Lebens entsteht. So, wie das jüdische Volk in der Diaspora einst zum Wachstum der modernen Zivilisation im neunzehnten und Zwanzigsten Jahrhundert beitrug, wird es die jüdische Zivilisation in Israel sein, die die Schlüsselquelle jüdischer Beiträge zur Weltgesellschaft im einundzwanzigsten Jahrhundert sein. Ein starker jüdischer Staat ist für den Schutz des Fortbestehens der jüdischen Identität und seinem Platz im Weltgeschehen lebenswichtig.

* * * * * * * * * *

Anmerkungen:

1. Tony Judt: Israel: The Alternative. New York Review of Books, Bd. 50, Nr. 16, 23. Oktober 2003.
2. Lawrence Marzouk: UK Media Blasted Over Israel. Bernet& Potters Bar Times (UK), 29. Oktober 2003; http://www.barnettimes.co.uk/features/newsfeatures/display.var.427956.0.uk_media_blasted_over_israel.php
3. Ruth Gavison: On the Jewish Right to Sovereignty. Azure, Sommer 2003.
4. Rede von Premierminister Netanyahu vor der UNO-Vollversammlung, 24. September 1998. Außenministerium: http://www.mfa.gov.il/mfa/go.asp?MFAH0h3f0
5. Benjamin Netanyahu: A Place Among the Nations: Israel and the World. New York, Bantam, 1993, S. 14-15. Um eine historische Perspektive zu erhalten, sollte man Ben Gurions erste Prämisse bedenken, die Hauptpflichten der Juden für dieses Land, die er am 7. Januar 1937 der Peel-Kommission gegenüber vorstellte: „Ich sage im Auftrag der Juden, dass die Bibel unser Auftrag ist; die Bibel, die von uns geschrieben wurde, in unserer eigenen Sprache, in Hebräisch, in genau diesem Land. Das ist unser Mandat. Einfach nur die Anerkennung dieses Rechts wurde in der Balfour-Erklärung ausgedrückt."
6. Bernard Lewis: The Palestinians and the PLO. A Historical Approach. Commentary, Januar 1975, S. 32.
7. Bernard Lewis: Semites and Anti-Semites: An Inquiry into Conflict and Prejudice. New York, Norton, 1999, S.

164.

8. Arie Morgenstern: Dispersion and the Longing for Zion, 1240-1840. Azure, Winter 2002.
9. Ebenda
10. Alan Dershowitz: the Case for Israel. Hoboken, John Wiley & Sons, S. 26.
11. Mark Twain: The Innocents Abroad. New York, Oxford University Press, 1996, S. 349.
12. Netanyahu: A Place Among the Nations. S. 38-40.
13. Palestine: A Study of Jewish, Arab, and British Policies. New Haven, Yale University Press und Esco Foundation for Palestine, Inc., 1947, Bd. 1, S. 463-464.
14. Joseph Alpher: Israel and the Palestinians: What Everyone Should Know About the Conflict. Reform Judaism, Herbst 2002, Bd. 31 Nr. 1.
15. Netanyahu: A Place Among the Nations, S. 36.
16. Mortimer B. Zuckerman: Graffiti on History's Walls. U.S. News & World Report, 3. November 2003.
17. Judt: Isarel: The Alternative.
18. Dennis Prager, Joseph Telushkin: Why the Jews? New York, Touchstone, 2003, S. 170
19. Hama-Führer schwören, den Kampf gegen Israel voranzutreiben (Hamas LeadersVowto Press Fight Against Israel), Washington Post, Kurzberichte, 27. Dezember 1999, S. A16
20. Bernard Lewis: Semites and Anti-Semites, S. 186.
21. Harris O. Schoenberg: Mandate for Terror: The United Nations and the PLO. New York, Shapolsky Publishers, 1989, S. 59.
22. Ed O'Loughlin: Europe Apologizes to Israel for Poll. The Age (Australien), 5. November 2003.
23. Marvin Fox: Jewish Power and Jewish Responsibility. In: Daniel J. Elazar (Hg).: Jewish Education and Jewish Statesmanship. Jerusalem Center for Public Affairs, Jerusalem 1996, S. 60.

Dore Gold ist Präsident des Jerusalem Center for Public Affairs. Davor diente er als Israels Botschafter bei den Vereinten Nationen (1997-1999). EristAutor von „Hatred's Kingdom: How Saudi Arabia Supports the New Global Terrorism" (Regnery, 2003).
Jeffrey S. Helmreich ist Autor vieler Artikel über Israel für amerikanische Zeitungen und Magazine. Zu seinen

jüngsten Veröffentlichungen in den „Jerusalem Viewpoints", gehört: „Beyond Political Terrorism: The New Challenge of Trancendent Terror", (November 2001); „The Israel Swing Factor: How the American Jewish Vote Influences U.S. Elections"(Januar 2001); „Journalistic License: Professional Standards in the Print Media's Coverage of Israel" (Aug. 2001).